ଏକଦା ଏକ ସହର

ଏକଦା ଏକ ସହର

ରୋହିତ କୁମାର ଦାଶ

BLACK EAGLE BOOKS

2020

BLACK EAGLE BOOKS

USA address:
7464 Wisdom Lane
Dublin, OH 43016

India address:
E/312, Trident Galaxy, Kalinga Nagar,
Bhubaneswar-751003, Odisha, India

E-mail: info@blackeaglebooks.org
Website: www.blackeaglebooks.org

First International Edition Published by
BLACK EAGLE BOOKS, 2020

EKADA EKA SAHARA
by **Rohit Kumar Dash**

Copyright © **Rohit Kumar Dash**

Cover & Interior Design: Ezy's Publication

ISBN- 978-1-64560-076-3 (Paperback)

Printed in United States of America

ଉତ୍ସର୍ଗ

ମୋର ପ୍ରିୟ କଥାକାର

ଆନ୍ତର୍ଜାତୀୟ ଖ୍ୟାତି ସମ୍ପନ୍ନ

ପଦ୍ମଭୂଷଣ ମନୋଜ ଦାସଙ୍କ

କରକମଳରେ

ସୂଚୀପତ୍ର

ଅସରପା

ଦର୍ଜା ପାଖରେ ଥିବା ଗାତ ଭିତରୁ ଧୀରେଧୀରେ ଶୁଣ୍ଢ ଦୁଇଟି ବାହାରେ। କିଛି ସମୟ ହଲ୍‌ଚଲ୍ ହୁଏ। ଧୀରେଧୀରେ ମୁଣ୍ଡଟା ବାହାର କରେଇ ବାହାରକୁ ଅନାଏ ଓ ପୁଣି ପଶିଯାଏ ଗାତ ଭିତରକୁ।

ସତ୍ୟଜିତ ଝରକା ଖୋଲେ। ବାହାରକୁ ଅନାଏ। କିଛି ସମୟ ଧରି ଆକାଶ ଆଡ଼କୁ। ଝର୍କା ବନ୍ଦ କରେ ଓ ପୁଣି ଥରେ ବିଛଣାରେ ଗଡ଼ିଯାଏ। ତକିଆ ତଳୁ ବହି ବାହାର କରେ। ଦି'ତିନି ପୃଷ୍ଠା ଓଲଟେଇ ଦିଏ। ଲମ୍ବା ନିଶ୍ୱାସ ଛାଡ଼େ। ତକିଆଟାକୁ ଆଉ ଟିକିଏ ସଜାଡ଼ି ନିଏ କାନ୍ଥ ପାଖରେ। ବହିଟାକୁ ବିଛଣା ଉପରେ ରଖିଦିଏ। ପୁଣି ଥରେ ସିଧା ଅନାଏ।

କାନ୍ଥ। କାନ୍ଥ ଚାରିକଡ଼େ ବୁଢ଼ିଆଣୀ ଜାଲ। ବହି ଥାକ ଉପରେ ପରସ୍ତ ପରସ୍ତ ଧୂଳି। ବହି ସବୁର ନାଁ ଲିଭିଗଲାଣି। ଫ୍ରେମ୍‌ରେ ବନ୍ଧା ହୋଇଥିବା ନିଜର ଫଟୋ ଚାରିକଡ଼େ ଏତେ ଜାଲ, ମୁହଁଟା ଜାଲ ଭିତରେ ଛନ୍ଦି ହେଇଥିବା ପୋକ ସାଙ୍ଗରେ ମିଶି ଗଲାଣି।

ଅସରପାଟା ଧୀରେ ଧୀରେ ଗାତରୁ ବାହାରେ। ଚାରିଆଡ଼େ ଅନାଏ। ଅତି ସନ୍ତର୍ପଣରେ କାନ୍ଥ ଉପରକୁ ଚଢ଼େ; ଖସିଯାଏ। ପୁଣି ଚଢ଼େ, ଖସେ ଓ ପୁଣି ଥରେ ଚେଷ୍ଟା କରୁଥାଏ।

ଯେତେ ଝଡ଼ଝଞ୍ଜା ଆସିଲେ ବି ସେ ହାରିଯିବନି । କେମିତି ବାରମ୍ବାର ଖସି ପଡୁଥିବା ଅସରପାଟା ଶେଷରେ କାନ୍ଥ ଉପରକୁ ଚଢ଼ିଯାଇପାରେ । ଜେଜେମାଁ କହିଥିବା କାହାଣୀକୁ ମନେ ପକେଇ ନିଏ ସତ୍ୟଜିତ୍ । ଚଢ଼ିବା ଓ ବାରମ୍ବାର ଖସିବା ଏବେ ତାର ଦେହଘଷା ।

ଅସରପା ଘର ସାରା ଘୁରେ । ବହିପତ୍ର ଭିତରେ ପଶିଯାଏ । ଆଲ୍‌ନାରେ ପେଣ୍ଟ୍‌ସାର୍ଟ ଭିତରେ ପଶି ବାହାରି ଆସେ । କେଲେଣ୍ଡର ଭିତରେ ପଶି ଖଡ଼ ମଡ଼ ଶବ୍ଦ କରେ । କିଛି ସମୟ କେଉଁଠି ଲୁଚିଯାଏ ଓ ସତ୍ୟଜିତର ବିଛଣା ତଳୁ ବାହାରେ । ଦେହ ଉପରେ ଚଢ଼େ, ଖଣ୍ଡେ ବୁଲେ ଓ ପୁଣି ଫେରିଯାଏ ତାର ଅନ୍ଧାର ଆଡ଼କୁ ।

ସତ୍ୟଜିତ ପେଣ୍ଟସାର୍ଟ ଗଳାଏ । ଅନ୍ଧାରୁଆ ଗଳିରୁ ବାହାରି ରାସ୍ତାରେ ଥୋଡ଼େ ଦୂର ଯାଏ । କୁଆଡ଼େ ଯିବ ? ପ୍ରକୃତରେ ସେ କାହିଁକି ବାହାରିଥିଲା ? କୁଆଡ଼େ ଯିବାର ଥିଲା ? କିଛି କାରଣ ମିଳେନି । ପୁଣି ଚାଲେ ଅଧିକା କିଛି ଦୂର । ଫେରିଆସେ, ଚା ଦୋକାନରେ ବସେ ।

ଚପଲ ଘୋଷାରି ଘୋଷାରି ଯାଉଥିବା ଲୋକମାନେ । ଗଦାଏ ମେକ୍‌ଅପ୍ ଭିତରେ କ'ଣ ସବୁ ଅଛି ? ସଜେଇ ହେଇ ଚାଲି ଯାଉଥିବା ଏ ଝିଅ ସୁନ୍ଦରୀ ନା ତାର କେହି ପ୍ରେମିକ ଅଛି ନା ତାକୁ ଦେଖି କେହି ମୁହଁ ଫେରାଉଥିବେ ?

ପୁଣିଥରେ ସତ୍ୟଜିତ ଭାବିବ ସେ କାହିଁକି ଏଠିକୁ ଆସିଛି, ଏଠି ବସିବାଟା କ'ଣ ନିହାତି ଦରକାର, ସେ ଚା' ଖାଇ ନେଇଛି ତ ? ଏବେ କ'ଣ କରିବି ? ଉଠେ । କିଛିର ବି ଠିକଣା ମିଳେନି । ରେଲୱେ ପ୍ଲାଟଫର୍ମ ଆଡ଼େ ଚାଲିଯାଏ ।

ବୁକିଂ କାଉଣ୍ଟର ସାମ୍ନାରେ ଠିଆହୁଏ । ମୋର କୁଆଡ଼େ ଯିବାର ନାହିଁ । କିଏ କେଉଁ ଆଡ଼କୁ ଟିକେଟ କାଟି ନେଉଛି । ଟ୍ରେନର ବିଗୁଲ ଶୁଭେ । କୋଳାହଳ ବଢ଼ିଯାଏ । ସତ୍ୟଜିତ ଭିତର ଆଡ଼କୁ ଦୌଡ଼େ । ଡିଜେଲ ଧୂଆଁରେ ଭର୍ତ୍ତି ଆକାଶ । ମୁହଁମାନଙ୍କର ଶବ୍ଦ ସବୁ ସରି ଅସୁଥାଏ । ପୋଷା ଘୋଡ଼ାଟେ ଭଳି ଟ୍ରେନ ଠିଆ ହୁଏ । ଜୁଲୁ ଜୁଲୁ ଅନାଏ ଆଗର ଲମ୍ବା ଅନ୍ଧାରୁଆ ରାସ୍ତା ଆଡ଼କୁ । ଦମ୍ ନିଏ । ସତ୍ୟଜିତ୍ ଝର୍କା ଭିତରୁ ଅନେଇଥିବା ସୁନ୍ଦର ମୁହଁମାନଙ୍କୁ ଦେଖି ନେଇ କମ୍ପାଟ୍‌ମେଣ୍ଟ ଦର୍ଜାରେ ଝୁଲୁଥିବା ଲୋକମାନଙ୍କ କଥା ଭାବି ଭାବି ଗୋଟେ କଦମ୍ ଆଗକୁ ଆଗକୁ ବଢ଼ାଏ । ହାତ ସବୁ ଲମ୍ବି ଯାଇଥାଏ ଝର୍କା ଭିତରୁ ବାହାର ଆଡ଼କୁ, କେଉଁଠି ହସରେ ଅଳ୍‌ଝି ଯାଇଥିବା କାହାର ମୁହଁ ଉପରେ ଆହୁରି କେତେ ବେଶି ମୁହଁମାନଙ୍କରେ ଘନେଇଁ ଆସୁଥିବା ଦୁଃଖ ଭିତରେ ହାତ ସବୁ ହଲେଇ ଦିଆଯାଏ । ସତ୍ୟଜିତ ବି ହାତ ହଲାଏ । କେହି କେବେ ଆସିବାର ନାହିଁ, ଯିବାର ନାହିଁ କୁଆଡ଼େ, କେବେ ବି ହାତ ହଲେଇବା

ପାଇଁ କେହି ନାହିଁ- ସତ୍ୟଜିତ ରାସ୍ତାରେ, ଭିଡ଼ରେ ଗଳି ଆସୁ ଆସୁ କେତୋଟି ଜିପ୍ କାର୍, ବସ୍, ଟ୍ରକ୍ ଅଟକିଛି ଗଣି ଗଣି ଫେରି ଆସୁଥାଏ।

ଅନ୍ଧାରୁଆ ଗାତ ଭିତରେ ପଶିଯାଇ ଅସରପାଟି କ'ଣ କରେ ? ଗାତଟା କେତେ ଭିତରକୁ ଯାଇଥିବ, କେଉଁଠି ସରିଥିବ, ଅନ୍ୟ ଆଡ଼କୁ ରାସ୍ତାଥିବ ନା ନାଇଁ ? ଅସରପାମାନେ କ'ଣ ନିଶ୍ୱାସ ନିଅନ୍ତି ? ସେମାନେ ମେରୁଦଣ୍ଡୀ ନା ଅମେରୁଦଣ୍ଡୀ ? ଅସରପାର କେହି ଅଛନ୍ତି ନା ସେ ଏକା ରହେ, ଗାତ ଭିତରେ କ'ଣ ଖାଏ ଦେହ ଖରାପ ହୁଏ ନା ନାହିଁ ? ସେମାନେ କେତେ ବର୍ଷ ବଞ୍ଚି ରହନ୍ତି କ'ଣ କରନ୍ତି ? କାହିଁକି ବଞ୍ଚି ରହନ୍ତି, ଜନ୍ମ ହୁଅନ୍ତି, ମରିଯାଆନ୍ତି ? ଅସରପାମାନଙ୍କର ଜନ୍ମ ହେବାଟା କ'ଣ ନିହାତି ଦରକାର। ଏତେଗୁଡ଼ା ଗୋଡ଼ ଥାଉଁ ଥାଉଁ ଡେଣା ଦୁଇଟିର ଆଉ କ'ଣ ଦର୍କାର। ଏଇ ଡେଣା ଦୁଇଟା ଯୋଗୁଁ ହିଁ ସତ୍ୟଜିତର ରାଗ ଅସରପା ଉପରେ।

ଜୁଲୋଜି ବହି ଖେଳଉ ଖେଳଉ ଭାବେ : ସେ କାହିଁକି ଜନ୍ମ ହେଲା ? କ'ଣ ଦର୍କାର ଥିଲା ? ସେ କାହିଁକି ବଞ୍ଚି ରହିଛି ? ବଞ୍ଚିବା କି ଦର୍କାର। କେତେ ବର୍ଷ ଧରି ବଞ୍ଚିରହିବ, କ'ଣ କରିବ, ନ ବଞ୍ଚିଲେ କୋଉ କାମଟା ରହିଯିବ, ଜନ୍ମ ହେଇ ନ ଥିଲେ କ'ଣ ରହିଯାଉଥିଲା ?

ସତ୍ୟଜିତ ବାକ୍ସ ଖୋଲିଦେଲା। ଫୋଲଡିଂ ଫାଇଲ ଖୋଲି ମେଟ୍ରିକ୍ ସାର୍ଟିଫିକେଟରୁ ଜନ୍ମ ତାରିଖ ଟିପିନେଇ ହିସାବ କଲା। ତିରିଶ ବର୍ଷ। ମଝିରେ ବର୍ଷମାନେ କେମିତି କୁଆଡ଼େ ଚାଲିଗଲେ। ସତେଇଶ ବର୍ଷ ବୟସରେ ସାର୍ଟିଫିକେଟ ଦେଖି ହିସାବ କରିଥିଲା। ଆଉ ବର୍ଷେ ବାକି ଅଛି କମ୍ ପିଟିଟିଭ୍ ପାଇଁ। ସେ ପରୀକ୍ଷା ଦେଲା ନାଁ ରେଜଲଟ୍ ବାହାରିଲା ନା କିଛି ଚିଠିପତ୍ର ଆସିଲା। ପରୀକ୍ଷା ସମ୍ପର୍କରେ ଆଉ କିଛି ମନେ ରହିନି। ଏମିତି କ'ଣ ସବୁ ହେଇଯାଇଛି ? ସବୁ କିଛି ଭୁଲ୍‌ହେଇ ଆସୁଛି। ମନେ ପଡୁନି ତାର କିଛି ହେଇଗଲା କି ?

ସତ୍ୟଜିତ ଦର୍ପଣ ସାମ୍ନାରେ ଠିଆ ହେଲା। ତିରିଶ ବର୍ଷ ମୁହଁଟା ବୟସକୁ ନେଇ ଠିକ୍ ଅଛି ? ପାତି ଭିତରୁ ଜୁଳୁ ଜୁଳୁ ଦିଇଟା ଆଖି ଗୋଟେ ଲମ୍ବା ନାକ। ଗୋଟେ ସରଳରେଖାର ଆଖି ଦୁଇଟିକୁ ଛେଦ କରି ଦୁଇଟା ନବେ ଡିଗ୍ରୀର କୋଣ ଆଙ୍କିଥିବା ନାକ ମୂଳରୁ ଛୋଟ ଛୋଟ ପରିଧିର ଖଣ୍ଡ ଦୁଇଟା ଭୂଲତା। ଆୟତକ୍ଷେତ୍ରର କପାଳ ଉପରକୁ ପୋକ ଲଗା ଧୀନକ୍ଷେତର ମୁଣ୍ଡ। ସତ୍ୟଜିତ ପଚାରେ : ଏଇଟା କ'ଣ ମୁଁ ? ଆଗରୁ କେମିତି ଦିଶୁଥିଲି, ଆଲ୍‌ବମ୍ ବାହାର କରି ଦେଖି ନେବ, କ'ଣ ଦର୍କାର ପୁଣି ଭାବିନେଇ ବିଛଣାରେ ବସିପଡ଼େ।

ସମ୍ଭବତଃ ଅସରପାର କେହି ନ ଥିଲେ। ସମୟ ସମୟରେ ସେ କୁଆଡ଼େ

କୁଆଡ଼େ ଉଭେଇ ଯାଉଥିଲା । ଅନେକ ଦିନ ନ ଦେଖିଲେ ସତ୍ୟଜିତ ଭାବେ । ତାର ଦେହ ଖରାପ ହେଲା କି ଗାତ ଭିତରେ ମରିଗଲା କି ବାହାରେ କେଉଁଠି ମରିକି ପଡ଼ିଥାଏ ଯଦି ? ଅନ୍ୟ କେଉଁଠି ରହିଥିଲା କି ଓ ପୁଣି ଏତେ ସମୟ ତା ବିଷୟରେ ଭାବି ହେବାର କ'ଣ ଦର୍କାର, ସତ୍ୟଜିତ୍ ଅନ୍ୟ କିଛିରେ ମୁଣ୍ଡ ଖେଳାଏ ।

ସତ୍ୟଜିତର କିଏ କିଏ ନିଜର ଅଛନ୍ତି । ସେ ବାପା ମାଁ ଓ ଅନ୍ୟମାନଙ୍କର ମୁହଁ ସବୁ ମନେ ପକାଏ । କେତେ ଦିନ ହେଲା ଘରକୁ ଯାଇ ପାରିନି ଓ ଏ ରବିବାର, ନିଶ୍ଚୟ ଯିବାର ନିଷ୍ପତ୍ତି ନିଏ ।

ଅସରପାମାନଙ୍କର କ'ଣ ବାପା ମାଁ ଥାଆନ୍ତି । ବିଚରାର କେହି ନାହିଁ । ସତ୍ୟଜିତ ବେଳେବେଳେ ତା' ପାଇଁ ଦୁଃଖ କରେ ଓ ସ୍ନେହରେ ତାକୁ ଗୋଟେ ନାଁ ଦେବ ଭାବିଲେ ଦ୍ୱନ୍ଦ୍ୱରେ ପଡ଼ିଯାଏ । ଅସରପାଟା ମାଈ ନା ଅଣ୍ଡିରା । ମାଈ କି ଅଣ୍ଡିରା କେମିତି ଜଣାପଡ଼େ । ସବୁ ମୁହଁ ସମାନ । ନାଁ ଦେଇ ବି କ'ଣ ହେବ । ନାଁ ଥିବା ନଥିବା ଏକା କଥା ।

ସତ୍ୟଜିତ୍ ବାରମ୍ବାର ଘରକୁ ଯିବା କଥା ଭାବେ ଓ ଯାଇ ପାରେନି । ଠିକ୍ ସମୟରେ ଉଠି ପାରେନି କୋଉ ଦିନ ଅଳସୁଆ ଲାଗେ କୋଉଦିନ ବସ୍‌ଷ୍ଟେଣ୍ଡରୁ ବୋର ହେଇ ଫେରିଆସି ଭାବେ : ସବ ସମାନ । ବଞ୍ଚିବାଟା ସବୁଠି ସମାନ୍ । ମା ତା କଥା କ'ଣ ଭାବୁଥିବ । ବାପା କ'ଣ ମନେ ରଖିଥିବେ । ତା ପାଇଁ ଦୁଃଖର କ'ଣ ଦର୍କାର । ଅନ୍ୟମାନଙ୍କ ପାଇଁ ସେ କାହିଁକି ବଞ୍ଚି ରହିବ । ନିଜର ଇଚ୍ଛାରେ ଜନ୍ମ କ'ଣ ସେ ମାଗିଥାଆନ୍ତା । କାହିଁକି କାହିଁକି ଭାବି ଭାବି ତାର କ'ଣ ହେଇଯାଇଛି ଭାବିବନି କିଛି ଅଲଗା ଭାବିନେବ । କାହିଁକି କାହିଁକି ଭାବି ହୁଏନି କିଛିର ବି ଠିକଣା ନଥାଏ ସେ କ'ଣ ପାଗଳ ହେଇ ଯିବ, ଏଥର ଘର ଆଡ଼କୁ ଯିବା ଆଗରୁ ଡାକ୍ତରଖାନା ଯିବ । ମୁଁ କାହାକୁ ଭଲ ପାଇ ପାରୁନି କାହିଁକି ?

ଅସରପାଟା ଏଥର ଆଉ ଗୋଟେ ଅସରପା ସାଙ୍ଗରେ ବୁଲୁଥିଲା । ଅନେକ ସମୟ ସେମାନେ ଏକାଠି ରହୁଥିଲେ । ବୋଧେ ପାଖ କୋଉ ସାହିରୁ ଅନ୍ୟ ଅସରପାଟି ନୂଆ ହେଇ ଆସିଥାଏ । ଏମିତି ଅନେକ ଦିନର ମିଳାମିଶା ପରେ ଉଭେୟ ସତ୍ୟଜିତ୍ କୋଠରୀରେ । ଅସରପାଟି ଆଉ ଆଗଭଳି ବୁଲାବୁଲି କରେନି । ଅନେକ ସମୟରେ ଦି'ଜଣ ଯାକ ମୁହଁକୁ ମୁହଁ ଲଗେଇ ସମ୍ଭବତଃ ଚୁମା ଖାଆନ୍ତି ।

ସତ୍ୟଜିତ ଭାବେ : ଅସରପାଟି ବୋଧେ ବାହା ହେଇଗଲା ।

ଅସରପାମାନେ କ'ଣ ଭଲ ପାଆନ୍ତି । ବାହା ହୁଅନ୍ତି । ସେମାନଙ୍କର ବାହା ହେବାର ବୟସ କ'ଣ ? ଅସରପାମାନଙ୍କର ହୃଦୟ ଅଛି ? ଜୁଲୋଜି ବହିର ହୃଦୟ

ଓ ଭଲ ପାଉଥିବା ହୃଦୟ ଭିତରେ ପାର୍ଥକ୍ୟ କ'ଣ। ପାଞ୍ଚଧାଡ଼ି ଲେଖିଦେବ ଭାବି ସତ୍ୟଜିତ୍ କଲମ କାଗଜ କାଢ଼େ ଭାବେ। ସବ୍ ସମାନ, ପ୍ରେମ ନାହିଁ। ପ୍ରେମ କବିତାରେ ଆଜେବାଜେ ବହୁତ ଲେଖା ସରିଯାଇଛି। ଲେଖିବା ପାଇଁ କିଛି ନାହିଁ, କିଛି ନାହିଁ, ପଢ଼ିବା ଭଲ ପଢ଼ିବା ଭଲ, ସବ୍ ସମାନ୍, ଚା' ଖାଇବା ଭଲ।

ସତ୍ୟଜିତ ସାର୍ଟପେଣ୍ଟ ପିନ୍ଧି ବାହାରି ଯାଇ ଚା' ଦୋକାନରେ ବସି ତିନି କପ୍ ଚା' ଖାଇ ଫେରିଆସି ଗୋଡ଼ହାତ ଧୋଇ ନେଇ ମଝି କୋଠରୀରେ ଆଣ୍ଠେଇ ବସିପଡ଼ି ଆଖିବୁଜି ହାତ ଦୁଇଟାକୁ ଯୋଡ଼ିଦିଏ ଛାତିରେ।

ଭଗବାନ ବର୍ତ୍ତମାନ କ'ଣ କରୁଥିବେ ? ସେ ଯାହା କହିବ ଭଗବାନଙ୍କୁ କ'ଣ ଶୁଭିବ ? ଭଗବାନ କିଏ ? ତାଙ୍କୁ କାହିଁକି ଡାକିବ ?

ସତ୍ୟଜିତ୍ ଭାବେ : କାଳେ ଥାଇପାରନ୍ତି, କଥାବାର୍ତ୍ତା ସବୁ ଶୁଣୁଥାଇ ପାରନ୍ତି, ଯଦି ଥାନ୍ତି ଡାକିଦେଲେ କ୍ଷତି କଣ, ଯଦି ନଥାନ୍ତି ନଥାନ୍ତୁ।

ଭାଇ ମୁଁ ଭାରୀ ଦୁଃଖୀ ଲୋକଟେ। ମୋର କଥା ଟିକେ ଶୁଣ। ସବୁଠୁ ବଡ଼ ଦୁଃଖ ହେଲା ମୁଁ ଜାଣେନି ମୋର ଦୁଃଖ କୋଉଠି। ମୁଁ କିଏ ? କାହିଁକି ଆସିଛି, କ'ଣ ସବୁ କରି ଚାଲିଛି, ମୋର କ'ଣ ସବୁ କରିବା ଦରକାର। ଏତେଗୁଡ଼େ କଥା କହି ସାରିଲା ପରେ ସତ୍ୟଜିତ ଭାବିଲା ଲାଞ୍ଚପାଞ୍ଚ ଦେବିକି ଓ ପୁଣି ଥରେ ଅସରପାମାନଙ୍କର ପ୍ରେମ, ଭୟ, ହୃଦୟ, ଦୁଃଖ ଓ ପୁଣିଥରେ ସବ୍ ସମାନ୍।

ସତ୍ୟଜିତ ଭାବିଲା ତାର ବି ବାହା ହେଇଯିବା ନ ହେଲେ ପ୍ରେମ କରିବାର ନିହାତି ଦରକାର। ତାର କ'ଣ ପ୍ରେମର ବୟସ ଅଛି ? କେତେ ବର୍ଷରେ ପ୍ରେମ ହୁଏ ? ବୁଢ଼ାମାନେ କ'ଣ ପ୍ରେମ କରନ୍ତି ? ସେ କ'ଣ ବୁଢ଼ା ? ମଣିଷ କେବେ ବୁଢ଼ାହୁଏ ? ବୁଢ଼ା ହୁଏ କାହିଁକି ? ପ୍ରେମକରି ଯଦି ବାହା ନ ହୁଏ, ବାହା ହେଇସାରି ଯଦି ପ୍ରେମ କରେ, କାହାକୁ ପ୍ରେମ କରିବି, ସିଧା ସିଧା ବାହାହେଇ ଗଲେ, ଯଦି ନ ହୁଏ, କାହିଁକି ହେବନି କାହିଁକି ଯଦି ପ୍ରେମ କରେ, କାହିଁକି ?

ଗୋଟେ ରଚନା ଲେଖିଦେବ କି ଏ ସମ୍ବନ୍ଧରେ ଭାବି, ସପକ୍ଷରେ ଲେଖିବ ନା ବିପକ୍ଷରେ ଲେଖିବ ଭାବି ଭାବି ଲେଖିଦିଏ : ମଣିଷ ଗୋଟେ ପଶୁ। କିଛି ନୂଆ କଥା କହିପାରେନି, ଯେତେକ ଜ୍ଞାନ ସେକେଣ୍ଡ ହେଣ୍ଡ, ବହି ଘୋଷା : ବିବାହ ଏକ ସାମାଜିକ ବ୍ୟାଧି। ଏହା ପପୁଲାର ହେଇ ପାରିବତ ପୁଣି ଭାବେ ଓ କାନ୍ଥକୁ ଅନାଏ ଓ ସବ୍ ସମାନ୍ ଅସରପାମାନେ ସମାନ, ନାଁ ନାଇଁ ନାକ ଭିତରେ ପବନ, ନାଡ଼ି ଭିତରେ ଧକ୍‌ଧକ୍ ତାତି ଜୀବନ, ଅସରପାମାନେ ସମାନ୍, କିଛି କହିବାର ନାହିଁ ଓ ପୁଣିଥରେ କାନ୍ଥକୁ ଅନାଏ ଉଚ୍ଚାରଣ କରେ।

ମୋର କୌଣସି ବିଷୟରେ କାହାକୁ କିଛି ବି କହିବାର ନାହିଁ। ମୁଁ ଯାହା କହୁଛି ସତ। କାଲିଠୁ ମୋର କାହାରି ବିଷୟରେ କିଛି ଭାବିବାର ନାହିଁ। ଯାହା ଇଚ୍ଛା ସେଇୟା କରୁଛି। କିଛି ବାର୍ତ୍ତା ନାହିଁ।

ତଥାପି ତହିଁ ପରଦିନ ସତ୍ୟଜିତ ଭାବିଲା ଅସରପାମାନେ କେତେ ଦିନ ବଞ୍ଚି ରହନ୍ତି। ପେଣ୍ଟସାର୍ଟ ଗଳେଇ ବାହାରକୁ ଗଲା, ଅସରପାମାନେ କ'ଣ କରନ୍ତି, ଫେରିଆସି ବିଛଣାରେ ଗଡ଼ିଲା, ଅସରପାମାନଙ୍କର କ'ଣ ସ୍ୱପ୍ନ ଅଛି। ଆଲୁଅ ନ ଥିଲା, ସତ୍ୟଜିତ ଅଣ୍ଡାଳି ଅଣ୍ଡାଳି ଉଠି ଯାଉ ଯାଉ ସ୍ଲିପର୍ ତଳେ କ'ଣ ଗୋଟେ କଡ଼୍ କଲା, ସତ୍ୟଜିତ ଶୀତେଇ ଉଠିଲା। ମଣିଷ ପଛେ ହେଇଥାଉ ବାଦାମ ଚେପା ହେଇଥାଉ, ଅସରପା ବଞ୍ଚିରହୁ।

ସତ୍ୟଜିତ ଅସରପାର ଶବ ବ୍ୟବଚ୍ଛେଦ ପୂର୍ବରୁ ଗୋଟେ ଶୋକବାର୍ତ୍ତା ଲେଖିବାର ଚେଷ୍ଟାରେ, ଅନ୍ୟ ଅସରପାଟି ଶବ ଚାରିପଟେ ବାୟାଙ୍କ ଭଳି ଉଡୁଥିଲା, ସତ୍ୟଜିତର ଦେହ ଉପରକୁ ବହୁତ ଜୋର୍‌ରେ। ସତ୍ୟଜିତ ଚିତ୍କାର କରି ବାହାର ଆଡ଼କୁ ଦୌଡ଼ି, ଦୌଡ଼ି, ସାର୍ଟପେଣ୍ଟ ଝାଡ଼ିନେଲା। ଦୋକାନ ଭିତରେ ତା ଦେହ ଉପରେ ଅସରପାଟା ଏ ଯାବତ୍ ଘୁରୁଛି। ରାତିରେ ମଶାରୀ ଚାରିକଡ଼େ ଲକ୍ଷ ଲକ୍ଷ ଲାଲ୍ ଲାଲ୍ ଅସରପା ଧୀରେ ଧୀରେ ମଶାରୀ ଭିତରକୁ ଧସି ପଶିବାର ଚେଷ୍ଟା କରୁଛନ୍ତି। ସେ ଝାଳରେ ଭିଜିଗଲା। ଏ ଘର ଛାଡ଼ିଦେବ ଭାବି ପାଆନ୍ତା ଆଡ଼କୁ ବେଡ଼ିଂ ବହିପତ୍ର ବାନ୍ଧାବାନ୍ଧି କରି ଦେଇ ଝର୍କା ବାହାରକୁ ଦେଖିନେଲା ଓ କାନ୍ଥ ଆଡ଼କୁ ଆଖି ଫେରେଇଲା। ଚଟାଣରେ ପିମ୍ପୁଡ଼ିମାନେ ଅସରପାଟାକୁ ଘୋଷାରି ନେଉଥିଲେ। ସତ୍ୟଜିତ ବାହାର ଆଡ଼କୁ ଯାଇ ଘୁରି ଘୁରି ଫେରିଆସିଲା। ବେଡ଼ିଂ ଖୋଲି ବିଛଣାଟା ବିଛେଇ ଦେଲା। ବିଛଣାରେ ଗଡ଼ିଗଲା।

ଦର୍ଜା ପାଖରେ ଥିବା ଗାତ ଭିତରୁ ଅନ୍ୟ ଅସରପାଟି ଧୀରେ ଧୀରେ ଶୁଣ୍ଢ ଦୁଇଟି ବାହାର କଲା। କିଛି ସମୟ ହଲ୍‌ଚଲ୍ ହେଲା। ଧୀରେ ଧୀରେ ମୁଣ୍ଡଟା ବାହାର କରେଇ ବାହାରକୁ ଅନେଇଁଲା ଓ ପୁଣି ପଶି ଗଲା ଗାତ ଭିତରକୁ।

ସତ୍ୟଜିତ ଝର୍କା ଖୋଲିଲା। ବାହାରକୁ ଅନେଇଁଲା। କିଛି ସମୟ ଧରି ଅକାଶ। ଝର୍କା ବନ୍ଦ କଲା ଓ ପେଣ୍ଟସାର୍ଟ ଗଳେଇ ଅନ୍ଧାରୁଆ ଗଳି ପାରିହେଇ ରାସ୍ତାରେ ଠିଆହେଲା। ସବ୍ ସମାନ୍। ଅସରମାନେ ସମାନ୍। ମୋର ଏଠିକୁ ଆସିବାର କ'ଣ ଦର୍କାର ଥିଲା। ଏବେ ମୁଁ କେଉଁଆଡ଼େ ଯିବି। ସବ୍ ସମାନ୍। ମୁଁ ଯିବି।

ସାପ

ମହାନ୍ତିବାବୁ ଆଗରୁ ଏମିତି ନ ଥିଲେ। ସେ ଥିଲେ ଭାରୀ ଗମ୍ଭୀର ସ୍ୱଭାବର। ବିନା କାରଣରେ କେବେବି ହସନ୍ତି ନାହିଁ। ହସନ୍ତି ବି ଖୁବ ମାପିଚୁପି। କୌଣସି ବଦଭ୍ୟାସ ବି ନାଇଁ। ପାନ, ବିଡ଼ି, ସିଗାରେଟ, ତମାଖୁଠାରୁ ଖୁବ୍ ଦୂରରେ ରହନ୍ତି। ମଦ ତ ବହୁତ ଦୂରର କଥା, କେହି ଅଲେଇଚଟିଏ ଦେଲେ ବି ପାଟିରେ ପୂରାନ୍ତି ନାହିଁ। ନିଜ ଚିନ୍ତା ନିଜେ କରନ୍ତି ଅନ୍ୟର ହାନି ଲାଭ କୁହାରୁ ଦୂରରେ ରହନ୍ତି। ଦରକାର ନ ପଡ଼ିଲେ କୌଣସି ପାଖ ପଡୋଶୀଙ୍କ ସହ ବି କଥା ହେବେ ନାଇଁ। ଏପରିକି ସେମାନଙ୍କ ମୁହଁକୁ ବି ଅନାନ୍ତି ନାହିଁ। ଯଦିବା କେବେ ବଜାରରେ କୌଣସି ପାଖ ପଡ଼ୋଶୀଙ୍କ ସହ ଦେଖା ହୁଏ ଓ ସେ ମହାନ୍ତି ବାବୁଙ୍କୁ ତାଙ୍କ କୁଶଳ ମଙ୍ଗଳ ପଚାରନ୍ତି ବାବୁ ଦୋ ଦୋ ଚିହ୍ନା ହୋଇ ଜବରଦସ୍ତି ହସି ଏଡେଇଯିବେ। ସେ କିଏ ଥିଲେ କି, କୋଉଠି ତାଙ୍କୁ କେବେ ଦେଖିଥିଲେ କି ବୋଲି ଭାବିବା ପାଇଁ ବି ତାଙ୍କ ଫୁରସତ ନ ଥିବ।

ମହାନ୍ତି ବାବୁ ସବୁବେଳେ ତାଙ୍କ ଅଫିସ କାମରେ ବ୍ୟସ୍ତ ଅବା ନିଜର ବ୍ୟକ୍ତିଗତ ବା ପାରିବାରିକ କାମରେ। ନା କୌଣସି ଶବଦାହରେ ସେ ଛିଡ଼ା ହୁହନ୍ତି ନା କୌଣସି ମାଙ୍ଗଳିକ କାର୍ଯ୍ୟରେ। କାହାକୁ ସଂଙ୍ଖୋଳିବା ବା କାହାରି ହାରିଗୁହାରି ଶୁଣିବା ପାଇଁ ତାଙ୍କର ବେଳ ନ ଥାଏ। ହଁ ସେଇ ମହାନ୍ତି ବାବୁ ଯିଏ ଅନ୍ୟମାନଙ୍କ ପାଇଁ ସବୁବେଳେ

ବେପରଓ୍ବା, କିଛିଟା ଅନ୍ୟ ମନସ୍କ, କିଛିଟି ଭାବ ପ୍ରବଣ, ଚେହେରାରେ ସବୁବେଳେ ଗୋଟେ ଅଦରକାରୀ ଗାମ୍ଭୀର୍ଯ୍ୟ, ଲୋକଟି ଅମାୟିକ ହେଲେ ବି ପଡ଼ୋଶୀ ତାଙ୍କୁ ଗର୍ବି ବୋଲି ଭାବନ୍ତି ଅଥଚ ଈର୍ଷା ବି କରନ୍ତି ତାଙ୍କ ଏଇ ବ୍ୟକ୍ତିତ୍ୱକୁ ।

କିଛି ବି ହେବାର ନ ଥିଲା ଆହୁରି ବି ହୁଏତ ଏମିତି ଅନେକଦିନ ଗଡ଼ିଯାଇଥାଆନ୍ତା ଯଦି ତାଙ୍କ ଜୀବନରେ ଏଇ ସାପଟି ଆସି ନ ଥାଆନ୍ତା । ଏଇ ସାପଟି ହିଁ ସବୁକୁ ଗେଳମାଳ କରି ପକେଇଲା ।

ଅଫିସରେ ଚରିତ୍ର ପଞ୍ଜିକା ପାଇଁ ରିପୋର୍ଟ ଲେଖୁ ଲେଖୁ ଯେତେବେଳେ ସେ ଜାଣି ପକେଇଲେ ତାଙ୍କର ବୟସ ଚାଳିଶ ଅତିକ୍ରାନ୍ତ ସେଇ ମୂହୁର୍ତ୍ତରୁ ହିଁ ସବୁ ବିଗିଡ଼ିବା ଆରମ୍ଭ କଲା । ହଠାତ୍ ସେ ଅନୁଭବ କଲେ ତାଙ୍କ ଆଖି ଚାରିପଟେ ଜୁଳୁଜୁଳିଆ ପୋକ ବୁଲିବାର, ସମ୍ବାଦ ପତ୍ରର ଅକ୍ଷର ସବୁ ତାଙ୍କର ଦୁର୍ବୋଧ୍ୟ ମନେ ହେଲା । ପାଖ ଜିନିଷ ସବୁ ତାଙ୍କୁ ବଡ଼ ଅସ୍ପଷ୍ଟ ଓ ଅରୁଚିକର ମନେ ହେଲା । ଏପରିକି ନିଜ ପରିବାରର ଅତିପ୍ରିୟ ବାପା, ମାଆ, ଭାଇ, ଭଉଣୀ ସ୍ତ୍ରୀ ପୁଅ ଝିଅ କାହାକୁ ସେ ଆଉ ଅତି ପାଖରୁ ଦେଖି ପାରିଲେ ନାହିଁ । ତେଣୁ ସେମାନଙ୍କୁ ଦେଖିବାକୁ ହେଲେ ଗୋଟିଏ ନିର୍ଦ୍ଦିଷ୍ଟ ଦୂରତାରେ ତାଙ୍କୁ ଛିଡ଼ା ହେବା ପାଇଁ ପଡ଼ିଲା ।

ବୟସର ଏଇ ହିସାବ ତାଙ୍କୁ ବଡ଼ ଦ୍ୱନ୍ଦରେ ପକେଇଦେଲା । ଯା ବି ଟିକେ ଅଧେ କେବେ କେମିତି ସେ ହସୁଥିଲେ ଆଉ ଇଚ୍ଛା ପୂର୍ବକ ବି ସେ ହସି ପାରିଲେ ନାହିଁ । ଆଉ କେତେ ବର୍ଷ ବଞ୍ଚିବି । ଏଭାରେଜ୍ ହ୍ୟୁମେନ ଲାଇଫ କେତେ, ଷାଠିଏ ନାଁ, ପଚାଶ ନାଁ ଆହୁରି କମ୍ । ଚାକିରୀ ରହିଲା ଆଉ କେତେ କାଳ, କିଛି ସେଭିଙ୍ଗ୍ ଅଛି କି, କଅଣ ହେବ ମୋର ସେଇ ସୁନ୍ଦରୀ ମାଇକିନାଟାର । ଧଳା ଶାଢ଼ୀ ପିନ୍ଧି ଚଳିପାରିବତ ନାଁ ଦୋଚାରୁଣୀ ହେବ, ପିଲା ଛୁଆଙ୍କୁ ସ୍କୁଲ ପଠେଇ ଦେଇ ଆଉ କାହା ସାଥିରେ ? ଧେତ୍ ଯେତେ ସବୁ ବାଜେ ଚିନ୍ତା ସେ ସବୁ ତ ସେ ଏବେ ବି କରିପାରିବ । ଏବେବି କରୁଛି କି ? ଯାଃ ଅଯଥା ସନ୍ଦେହ, ପାପଚିନ୍ତା ଭଗବାନ ମୋତେ ତ୍ରାହି କର । ଏ ପାପ ଚିନ୍ତା ସବୁରୁ ମୁକ୍ତ କର ।

ହଠାତ ତାଙ୍କୁ ମନେହେଲା ଯେମିତି ତାଙ୍କ ସ୍ତ୍ରୀ ତାଙ୍କ ପ୍ରତି ନିର୍ଲିପ୍ତ ରହୁଛି । ନାଁ ଆଉ ଆଗଭଳି ସେମିତି ସୋହାଗରେ ଢ଼ଳ ଢ଼ଳ ହେଉନାହିଁ । କେମିତି ଶୀଥିଳ ପଡ଼ିଗଲାଣି ସେ ଧୀରେ ଧୀରେ, ଏଇଟା କଅଣ ତାଙ୍କ ବୟସ ବଢ଼ିବାର ଲକ୍ଷଣ ନାଁ ଆଉ କଅଣ । ମହାନ୍ତି ବାବୁ ଭାବୁଥିଲେ ଧେତ୍ ଯେତେ ସବୁ ବାଜେ ଚିନ୍ତା । ବୟସ ହେଲାରେ ପୁଅ, ଏଥର ରାମନାମ ଧ୍ୟାନ କର । ମହାନ୍ତି ବାବୁ ନିଜକୁ ନିଜେ କହିଲେ ଏବଂ ଛଟପଟ ହେଲେ । ମନବୋଧ ଚଉତିଷାକୁ ମନକୁ ମନ ଘୋଷୁଘୋଷୁ

ତାଙ୍କୁ ଅଳ୍ପଟିକେ ଯାଇ ନିଦ ହୋଇଥିଲା। ମହାନ୍ତି ବାବୁ ଶୋଇଥିଲେ ଏକ ଗଭୀର ମାନସିକ ଅସ୍ଥିରତାରେ।

ବଗିଚାରେ ପାଣି ଦେଉ ଦେଉ ଦେଖିଲେ ଗୋଟେ ତମ୍ବା ବର୍ଣ୍ଣର ନାଗସାପ ଫଁ କିନା ଫଣା ମେଲିଛି। ପ୍ରଥମେ ସେ ଟିକେ ଡରିଗଲେ। ତାପରେ ସାହାସ କରି ପଛକୁ ଫେରିଲେ। ଏତିକି ବେଳେ ହାତରୁ ପାଣି ଢ଼ାଳଟା ତଳେ ପଡ଼ିଗଲା। ସାପ ଜାଣିଗଲା ଶତ୍ରୁ ଅତି ପାଖରେ ଏବଂ ଅତର୍କିତ ଆକ୍ରମଣ ମୁଦ୍ରାରେ ଲମ୍ଫ ପ୍ରଦାନ କଲା। ମହାନ୍ତି ବାବୁ ଆଉ ଲୁଙ୍ଗିଟେକିବା ପାଇଁ ବି ଫୁରସତ୍ ପାଇଲେ ନାହିଁ। ଦରଲଙ୍ଗଳା ହୋଇ ଦୌଡ଼ିଲେ। ଚିତ୍କାର କରି ସାପ, ସାପ.. ସାପ.. ଛାତି ଧଡ଼ ଧଡ଼ ଧଡ଼।

ଏତିକି ସ୍ୱପ୍ନରେ ହିଁ ସକାଳ ହେଇ ସାରିଥିଲା। ପଡ଼ିଶା ଘରୁ କୁକୁଡ଼ା କେତେଥର ଡାକି ସାରିଥିଲା। ପୋଷା ଶୁଆ ତ୍ରାହି କର ତ୍ରାହି କର ଡାକରେ, ଗଗନ ପ୍ରକମ୍ପିତ କରୁଥିଲା। ତଥାପି ସ୍ତ୍ରୀ ପିଲା ସବୁ ମହା ନିଶ୍ଚିନ୍ତରେ ନିଦ୍ରାୟିତ ଥିଲେ। ମହାନ୍ତି ବାବୁ ଝାଡ଼ି ଝୁଡ଼ି ହୋଇ ଖଟ ଚାରିପଟେ ତନଖିନେଲେ। ନାଁ ସାପ ଫାପ କିଛି ନାଇଁ ଏବଂ ପୁଣି ଶୋଇବା ପାଇଁ ଚେଷ୍ଟା କଲେ ଏବଂ ଶଳା ପୁଣି ସେଇ ଦୁଃସ୍ୱପ୍ନ ଏଥର ସାପ ଆଉ ବଗିଚାରେ ନ ଥିଲା, ସାପ ତାଙ୍କ ଶୋଇବା କମରାରୁ ହିଁ ପାଦ ଟିପିଟିପି ଚୋରଙ୍କ ଭଳି ବାହାରି ଆସୁଥିଲା। ସ୍ତ୍ରୀ ଙ୍କ ଶାଢ଼ୀ ବ୍ଲାଉଜ୍ ସବୁ ଅସ୍ତବ୍ୟସ୍ତ ଥିଲା ଏବଂ ସେ ଏକ ମହାନ ଆଶ୍ୱସ୍ତିରେ ଏକ ରତିକ୍ଲାନ୍ତ ମୁଦ୍ରାରେ ନିଦ୍ରିତ ଥିଲେ।

ମହାନ୍ତି ବାବୁ ପୁଣିଥିରେ ଭଲଭାବେ ଅନେଇଲେ ସାପର ମୁହଁକୁ। ଆରେ ଶଳା ଏଇଟା ତ ଚିହ୍ନା ମୁହଁଟେ। କିଏ ସେ ପଡୋଶୀ, ନା ତାଙ୍କ ଅଫିସର ସହକର୍ମୀ, ନା ପୁଅର ଟ୍ୟୁସନ ମାଷ୍ଟର, ନା ପ୍ରିୟ ବନ୍ଧୁ ଉମେଶ, ନା ମାଉସୀ ପୁଅଭାଇ, ନା ତାଙ୍କ ଚାକର, ନା ଠିକରେ ବାରି ହେଉନି ମୁହଁ କିନ୍ତୁ ଧୀରେ ଧୀରେ ବଢ଼ି ଯାଉଛି ସନ୍ଦେହର ପରିସର, ଠିକରେ ବାରି ହେଉନି ମୁହଁ ଅଥଚ ହାରାମଜାଦା କାହାରି ନାଁ କାହାରି ଭଳି ଗୋଟେ ଦିଶୁଛି ଏବଂ ମହାଦର୍ପରେ ତା ବାପର ଘର ଭଳି ଆସ୍ତେ ଆସ୍ତେ କବାଟ ଖୋଲି ବାହାରି ଯାଉଛି। ମହାନ୍ତି ବାବୁଙ୍କ ରାଗ ଚଢ଼ିଲା ସପ୍ତମକୁ। ସେ ଗୋଟେ ବାଡ଼ି ଖୋଜିଲେ। ନାଁ ବାଡ଼ି ଫାଡ଼ି କିଛି ନାହିଁ ଏ ଘରେ। ଖାଲି ଯାହା ମଶାରୀ ବାଡ଼ି ଚାରିଟା ଯେ ସେ ବି ଖଟ ସାଙ୍ଗରେ ଫିକ୍ସଡ୍। ଆଉ ଗୋଟେ ମୋଟା ବାଡ଼ି ଯାହା ବାଡ଼ିପଟେ କବାଟରେ ଲଗା ହୋଇଛି ଦରଜା ପଛପଟୁ ଚୋରଙ୍କ ପାଇଁ ସେଥିରେ ବି ଲାଗିଛି ଟାଇଟ ସ୍କ୍ରୁ। ଆଉ କିଛି ଅଛିକି ଏ ଘରେ। ଆଉ ସହ୍ୟ କରି ପାରୁ ନଥିଲେ ମହାନ୍ତି ବାବୁ ଏବଂ ମଶାରୀ ବାଡ଼ିରୁ ଗୋଟେ ଟାଣିବା ପାଇଁ ଯାଉ ଯାଉ ସାଫ ଫେରାର ଏବଂ ନିଦ ଭାଙ୍ଗିଗଲା, ସ୍ତ୍ରୀ ଙ୍କ ରଗ ରଗ ଗାଳିରେ। ଯାଃ ଶଳା କି ଦୁସ୍ୱପ୍ନ ମହାନ୍ତି ବାବୁ

ସଂଶୟରେ ଅନେଇଲେ ସ୍ତ୍ରୀ ଙ୍କ ମୁହଁକୁ ଏବଂ ତୁରନ୍ତ ଗାଧୁଆ ଘରକୁ ପରିସ୍ରା ପାଇଁ ଗଲେ।

ବାସ୍ ସେଇ ସାପ ସେଇ ସ୍ୱପ୍ନର ସାପ ହିଁ ସବୁ ଗୋଳମାଳ କରିଦେଲା ସେଦିନଠୁ ମହାନ୍ତି ବାବୁ ସଦାବେଳେ ଅନ୍ୟମନସ୍କ ରହିଲେ, ତାଙ୍କ ସଂସ୍ପର୍ଶରେ ଆସିଥିବା ସବୁ ମଣିଷ ଭିତରେ ସେ ସାପର ମୁହଁ ଦେଖିଲେ। ରାସ୍ତାରେ ଚାଲିଗଲା ବେଳେ ରଶିଟିଏ ଦେଖିଲେ ସାପ ବୋଲି ଚମକି ପଡ଼ିଲେ। ଅଫିସର ଫାଇଲ୍ ଭିତରେ ହଠାତ ସାପଟିଏ ଫଣା ଟେକିବା ଅନୁଭବ କଲେ। ଘରର ଝରକା ପାଖରେ ସବୁବେଳେ ଦିଶିଲା ତାଙ୍କୁ ସାପର ମୁହଁ ଟିଏ। ଅଫିସରେ ଥାଇ ଘର କଥା ଚିନ୍ତା କଲାବେଳେ ତାଙ୍କୁ ଲାଗିଲା ସାପଟିଏ ମହାଆରାମରେ ଶୋଇଛି ତାଙ୍କ ବିଛଣାରେ। ମହାନ୍ତି ବାବୁ ଘରେ ଅଫିସ୍‌ରେ ସବୁଆଡେ ସାପ ସାପ ବୋଲି ଚମକିଲେ। ସାପ ଏଇ ସ୍ୱପ୍ନର ସାପ ତାଙ୍କୁ ସବୁବେଳେ ଅସ୍ତବ୍ୟସ୍ତ କଲା। ଦିନେ ଦି ପହରରେ ଘରକୁ ଆସିଲେ ଖାଇବା ବାହାନାରେ। ଘରର ଦ୍ୱାର ଅଳ୍ପ ଖୋଲା ଥିଲା। ମହାନ୍ତି ବାବୁ ପାଦ ଟିପିଟିପି ଅତି ସନ୍ତର୍ପଣରେ ଘରକୁ ପଶିଲେ। ଧୀରେ ଧୀରେ ଶୋଇବା ଘରର ଝରକା ପାଖକୁ ଗଲେ। ଆସ୍ତେ ଆସ୍ତେ ଝରକା ଖୋଲିଲେ ଏବଂ ପାଟିକଲେ ସାପ ସାପ ଏବଂ ପାଖ ପଡ଼ିଶା ମହାନ୍ତି ବାବୁଙ୍କ ଚିତ୍କାରରେ ଦୌଡ଼ିଆସି ଦେଖିଲେ ମହାନ୍ତି ବାବୁ ତାଙ୍କ ସ୍ତ୍ରୀ ଙ୍କ ଗଳାକୁ ଜୋର୍ ସୋର୍ ଭିଡ଼ି ଧରିଛନ୍ତି। ବହୁ କଷ୍ଟରେ ତାଙ୍କୁ ମୁକୁଳେଇ ସାରି ପୋଲିସ୍‌ର ଜିମା ଦେଲେ।

ମହାନ୍ତି ବାବୁ ନିଜକୁ ସଂପୂର୍ଣ୍ଣ ସୁସ୍ଥ ବୋଲି ଭାବୁଥିବା ବେଳେ ଅନ୍ୟମାନେ ତାଙ୍କୁ ଏକ ମାନସିକ ରୋଗୀ ଧରି ନେଇଥିଲେ ଏବଂ ଅବଶିଷ୍ଟ ଜୀବନ ସେଇଭଳି କାଟିଥିଲେ।

■■

ବାୟାଣୀର ବସା

ଏମିତି ଜାଗାରେ କାହିଁକି ସେମାନେ ଭଡ଼ା ରହୁଥିଲେ କେଜାଣି ! ସମୟ କାଟିବି କହିଲେ କଥା ହେବା ପାଇଁ ପଡ଼ୋଶୀରେ କେହି ନ ଥିଲେ । ଘର ଭିତରୁ ବାହାରି ଆସିଲେ ଅଳିଆ ଗଦା, ନାଳ ନର୍ଦ୍ଦମା, ଝୁପୁଡ଼ି ଘର, ଆଜେ ବାଜେ ଲୋକ । ଝରକା ଖୋଲିଲେ ଅଶ୍ଳୀଳ ଗାଳି ଗୁଲଜ । କିଛି ନା କିଛି କଳି କଜିଆ ଲାଗି ରହିଛି ପଡ଼ିଶା ଭିତରେ । ଛୁଆ ଖେଳିବି କହିଲେ ଜାଗାଟିଏ ବି ନାଇଁ । ବାହାରକୁ ବୁଲିଗଲା ଯଦି ତା' ଉପରେ ଜଣେ ନଜର ରଖିଥିବା ଦର୍କାର । ଏତେ ବକଟେ ବୋଲି ସହର କୁଆଡ଼େ ବୁଲିଯିବି କହିଲେ ଜାଗା ଟିକେ ନାହିଁ । ଘରେ ବସି ବସି ଭାରୀ ବିରକ୍ତ ଲାଗେ ସୁନୀତାକୁ । ସୁକାନ୍ତ ସକାଳୁ ଅଫିସ ଯିବ ଯେ ଆସିବ ରାତିରେ । ଘର କଥା ସିଏ କ'ଣ ବୁଝନ୍ତି । ଯେତେବେଳେ ଦେଖ ଖାଲି ଅଫିସ ଚିନ୍ତା । କେତେଥର କହିଲାଣି ସୁନୀତା, ଏ ଘର ବଦଳେଇ ଦେବ । ସୁକାନ୍ତ ଏଡ଼େଇ ଯାଏ ବିଭିନ୍ନ ବାହାନାରେ । ବେଳେବେଳେ କହେ ଛୋଟ ସହର । କୋଉଠୁ ଏତେ ଘର ଆସିବ । ଘରଟିଏ ପାଇଯାଇଛି ବଡ଼ କଥା । ତା ଛଡ଼ା ଏଇଟା ମୋ ଅଫିସ କୁ ପାଖ ବଜାର, ହସପିଟାଲ, ବସ୍‌ଷ୍ଟାଣ୍ଡ ଓ ବୁବୁନର ସ୍କୁଲକୁ ପାଖ । ଏମିତି ସୁବିଧାରେ ଘର ମିଳିବ ନାଇଁ । ଏଇଠି ଏମିତି କଣ ଅସୁବିଧା ହେଉଛି ଶୁଣେ । ସୋସାଇଟି କଥା କହୁଛତ କବାଟ କିଳିଦିଅ ବେଶ୍ । ଯାହାଦିନ

ରହୁଛ ଏଡ଼ଜଷ୍ଟ କରିନିଅ। ସୁନୀତା ଜାଣେ ସୁକାନ୍ତ କୁ କହି କିଛି ଲାଭନାହିଁ। ତେଣୁ ଭଡ଼ା ଘରର ସୀମିତ ପରିସର ଓ ସବୁଦିନିଆ ଅସୁବିଧା ଭିତରେ ସଢ଼ୁଥାଏ।

ସେଦିନ ବୁବୁନ ଯାଇଥିଲା ବାହାରକୁ ଖେଳିବା ପାଇଁ। ପଡ଼ିଶା ଘରର ପିଲା ତାକୁ ବାଡ଼େଇଲା ମୁଣ୍ଡରେ। ରକ୍ତ ବାହାରିଲା। ସୁନୀତା ତଥାପି ମୁହଁ ଖୋଲି ନ ଥିଲା। ଏମିତି ନୁହେଁ ଯେ ବୁବୁନ ଟା ସୁନାପିଲା କାହାକୁ କେବେ ମାରେ ନାଇଁ। ତେବେ ପିଲାଙ୍କ ଖେଳରେ ତ ଏମିତି କଳି କଜିଆ ଲାଗିଥାଏ। ତାକୁ ନେଇ ଏତେ ବ୍ୟସ୍ତ ହେବା କ'ଣ ଦର୍କାର। ସବୁଦିନ ବୁବୁନର ଏଇ ଖେଳକୁ ନେଇ ହିଁ ସୁନୀତାର ଅଶାନ୍ତି। ବାହାରକୁ ବୁଲିବା ପାଇଁ ଛାଡ଼ିଲେ ଏଇ ଅବସ୍ଥା। କୋଉଦିନ ମୁଣ୍ଡ ଭାଙ୍ଗିବ ତ କୋଉଦିନ ଦାନ୍ତ ଆଉ କୋଉଦିନ କାହା ଦେହରେ ହାତ ଯଦି ମାରିଦେଇଛି ସାହି ଯାକର ଲୋକ ଲାଗିଯିବେ ବୁବୁନ ସାଙ୍ଗରେ। ଘରକୁ ଆସି କଜିଆ କରିବେ। କହିବେ ତମ ଛୁଆକୁ ସମ୍ଭାଳ। ନୋହିଲେ କୋଉଦିନ ଏମିତି ମାରିବୁ ଦୋଷ ଦେବ ନାଇଁ। ଅଶିକ୍ଷିତ, ମୁର୍ଖ, ଲୋକ ଗୁଡ଼ାକ, ବୁଝେଇକି ବି ଲାଭ ନାଇଁ। ସୁନୀତା ବୁବୁନ କୁ କବାଟ କିଳିଦିଏ। ବିଚରା ଘର ଭିତରେ କାନ୍ଦେ, ରଡ଼େ, ଚାରିକାନ୍ଥ ଫଟେଇ ଦିଏ। ତାର ଅସହାୟତା କୁ କେହିବି ବୁଝି ପାରେନା।

ସୁନୀତାର ଇଚ୍ଛା ସେ ଭଲ ଜାଗାରେ ଘର ଖଣ୍ଡେ ନିଅନ୍ତା। ବୁବୁନ ଭଲ ଛୁଆ ମାନଙ୍କ ସାଙ୍ଗରେ ଖେଳନ୍ତା, ଭଲ କଥା ଶିଖନ୍ତା। ଏଇଠି ସାହିରେ ବୁଲି କେତେ ବାଜେ ଭାଷା ସବୁ ମୁଖସ୍ତ କରି ସାରିଲାଣି। କାହା ଉପରେ ପ୍ରୟୋଗ କଲେ ସେମାନେ ସୁନୀତା ଉପରେ ଖପା କାହାକୁ ଦୋଷ ଦେବ ସୁନୀତା।

ବୁବୁନ ବଡ଼ ହେଲାଣି। ତାକୁ ଡରେଇକି ବି ଘରେ ରଖିହେବନି। ଖେଳିବା ପାଇଁ ତାର ମନ ଉଡୁଛି। ଦିନେ ବାହାରକୁ ନ ଛାଡ଼ିଲେ ପାଗଳ ପରି ହୁଏ। ଜିଦି କରେ, କାନ୍ଦେ। ଘରର ଜିନିଷ ପତ୍ର ଫୋପାଡ଼ି ଦିଏ। କେତେ ସମୟ ଏମିତି ଗୋଟେ ଛୁଆକୁ ଘର ଭିତରେ ବନ୍ଦି କରି ରଖାଯାଇ ପାରିବ।

ଦିନେ ସୁନୀତା ଜବରଦସ୍ତି ବୁବୁନ କୁ ଘର ଭିତରେ ରଖିଲା। ଶୋଇପଡ଼ିବ ବୋଲି ଭୂତ ଡରେଇଲା। ଘରର କବାଟ କିଳିଦେଲା। ବୁବୁନ ସେଦିନ ଯାକ ବାହାରିଲା ନାଇଁ , ଝରକା ଉପରେ ବସି କରୁଣ ଆଖିରେ ବାହାରେ ଖେଳୁଥିବା ପିଲାମାନଙ୍କୁ ଦେଖିଲା। ସେଦିନ ସାରାରାତି ବୁବୁନ ବିଳ ବିଳେଇଲା। ବିଭିନ୍ନ ଛୁଆମାନଙ୍କ ନାଆଁ ଧରି ଡାକିଲା କହିଲା ଭିତରକୁ ଆସ, ମୋ ମାଁ ମୋତେ ଜମା ଛାଡୁନି।

ତା ଆରଦିନ ସୁନୀତା ବୁବୁନର ଦି ଚରିଟା ସାଙ୍ଗକୁ ଘରକୁ ଡାକିଲା। ବୁବୁନର ସବୁ ଖେଳନା ଦେଲା। ସମସ୍ତଙ୍କୁ ଖାଇବା ଜିନିଷ ଦେଇ କହିଲା ଏଇଠି ସବୁଦିନ

ଆସି ମୋ ବୁବୁନ ସାଙ୍ଗରେ ଖେଳିବ। ମୁଁ ସବୁଦିନ ଖାଇବା ପାଇଁ ଦେବି। ସୁନୀତା ରୋଷେଇ ଘରକୁ ଗଲା, ଥରେ ବୁଲିକି ଦେଖିଲା ବୁବୁନ ଖୁସୀରେ ଖେଳୁଛି। ସୁନୀତା ଗୁଣୁ ଗୁଣୁ ଗୀତ ଗାଇ ଶୋଇବା ଘରକୁ ଗଲା। ଜନିଷ ପତ୍ର ସଜା ସଜି କଲା ଫେରି ଦେଖିଲା ବେଳକୁ ସାଙ୍ଗମାନେ ସବୁ ଖାଇସାରି ଫେରାର୍। ବୁବୁନ ତା ଖେଳନା ସବୁ ରାଗରେ ଭାଙ୍ଗିଦେଇ ତଳେ ମୁହଁ ମାଡ଼ି ରୁଷିଛି। ବୁବୁନ ଏକା ହୋଇ ଯାଇଛି। ତାକୁ ସାଙ୍ଗ ଦର୍କାର, ତାକୁ ଖେଳିବା ଦର୍କାର, ତାକୁ ଦର୍କାର ଘର ବାହାରର ମୁକ୍ତ ଆକାଶ, ଖୋଲା ପଡ଼ିଆ।

ସୁକାନ୍ତ କହେ ତାକୁ ଛାଡ଼ଦିଅ, ସେ ଖେଳୁ। କେତେଦିନ ତମେ ତାକୁ ଆଉ କାନି ପଣତରେ ବାନ୍ଧି ରଖି ପାରିବ। ବୁବୁନ ଆଉ ଛୋଟ ପିଲା ହେଇନି, ସାଙ୍ଗ ନ ହେଲେ ବାହାରେ ପାଞ୍ଚଟି ପିଲାଙ୍କ ସଙ୍ଗରେ ନ ମିଶିଲେ କେମିତି ଶିଖିବ ସାମାଜର ଚଳଣି। ଏତେ ସବୁ ତତ୍ତ୍ୱ, ସୁନୀତା ବୁଝେନା। ଆଖେଷ୍ଟ ଆବର୍ଜନା ଭିତରେ ଲଙ୍ଗଳା ସିଙ୍ଘାଣିନକା ଛୁଆମାନଙ୍କ ସଙ୍ଗରେ ବୁବୁନ ଖେଳୁ ଏଇଟା ସେ ପସନ୍ଦ କରିପାରେନା ତା ଛଡ଼ା ବୁବୁନ ତାଙ୍କଠୁ ମାଡ଼ ଖାଇବ ଏବଂ ଯଦି ବୁବୁନ କାହା ଦେହରେ ହାତ ଲଗେଇଛି ପୁଣି ଅଶାନ୍ତି। ସାହିଯାକର ଲୋକଙ୍କଠୁ କଥା ଶୁଣିବ। କିଏ ଜଣେ ପୁଣି ଅଶ୍ଳୀଳ ଭାଷାରେ ଗାଳି ଗୁଲଜ କରିବ। ଝରକା କବାଟ ବନ୍ଦ କରିଦେଇ ସୁନୀତା କାନ୍ଥରେ ମୁଣ୍ଡ ବାଡ଼େଇବ। ବୁବୁନ କୁ ବହେ ମାରି ତା ମନର ରାଗ ଉତାରିବ। ବୁବୁନ ପ୍ରମିଜ କରିବ ମମ୍ମି ଆଉ ବାହାରକୁ ଯିବି ନାହିଁ। ତଥାପି ତାପରଦିନ ଚୁପ୍‌ଚାପ୍ ତା ଖେଳନା ସବୁକୁ କାଖରେ ଜାକି, ମାଁ ଠୁ ଲୁଚିଛପି ଖେଳିବା ପାଇଁ ବାହାରକୁ ପଳେଇବ।

ଦିନେ ବୁବୁନ ଶୋଇ ପଡ଼ିଥିଲା। ସୁକାନ୍ତ ଥିଲେ ଅଫିସରେ, ସୁନୀତା ତା ଘରକାମ ସାରି ଅନେଇଥିଲା ଝରକା ଆଡ଼େ। ପାଖରେ ଅଳିଆ ଗଦା। ତା ଉପରେ ଗୋଟେ ଖଜୁରୀ ଗଛ। ଦି ଟା ଚଢ଼େଇ ସାରା ଦି ପହର ଲାଗିଛନ୍ତି, ଖେଳରେ। ଅଳିଆ ଗଦାରୁ ଗୋଟେଇ ନେଉଛନ୍ତି ପାଳ, ଘାସ ସବୁ ଗୋଟି ଗୋଟି କରି। ଗଛ ଉପରକୁ ଉଡ଼ି ଯାଉଛନ୍ତି , ପୁଣି କିଛି ସମୟପରେ ଓହ୍ଲେଇ ଆସୁଛନ୍ତି ତଳକୁ। କ'ଣ ସବୁ କଥା ହେଉଛନ୍ତି ତାଙ୍କ ଭାଷାରେ କିଚର ମିଚର। ସୁନୀତା ଦୃଶ୍ୟରେ ନିମଜ୍ଜିତ ଥିଲା। କ୍ରମାଗତ ତିନି ଘଣ୍ଟା ଧରି ଲକ୍ଷ କରୁଥିଲା ଦୃଶ୍ୟକୁ। ଧୀରେ ଧୀରେ ଖଜୁରୀ ଗଛର ବାହୁଙ୍ଗାରୁ ବସାଟିଏ ଝୁଲି ଆସୁଥାଏ। ବାଃ କେତେ ଚମତ୍କାର। ସୁନୀତା ତନ୍ମୟ ହୋଇ ରହିଁଥାଏ ବୁବୁନ ଉଠିବା ଯାଏ।

ସେଦିନ ଅଫିସରୁ ଫେରି ସୁକାନ୍ତ, ଦେଖିଲା ସୁନୀତା ଖୁବ୍ ବିମର୍ଷ ରହିଛି।

କାରଣ ପଚାରିଲା। ସୁନୀତା କିଛି କହିଲା ନାହିଁ। କେବଳ କାନ୍ଦିଲା । ଏମିତି କାନ୍ଦର ଅର୍ଥ କିଛିବି ବୁଝି ପାରି ନ ଥିଲା ସୁକାନ୍ତ।

ସୁନୀତାକୁ ପ୍ରତ୍ୟେକ ରାତିରେ ଏଥର ସେଇ ଏକା ସ୍ୱପ୍ନ ହେଲା। ଦିଇଟି ବାୟା ଚଢ଼େଇ ଖଜୁରୀ ଗଛରେ ଗଢୁଥିବା ସେଇ ବସା। ଏମିତି ସ୍ୱପ୍ନର ଅର୍ଥ କିଛି ଜାଣି ପାରୁ ନ ଥିଲା ସୁନୀତା। ତଥାପି ସ୍ୱପ୍ନଟି ତାକୁ ବ୍ୟତିବ୍ୟସ୍ତ କରି ଦେଉଥିଲା ଏବଂ ଦିନକୁ ଦିନ ସୁନୀତା ବିମର୍ଷ ହୋଇ ଯାଉଥିଲା। ଦିନେ ଦିନେ ସ୍ୱପ୍ନ ଦେଖେ ସୁନୀତା ସେ ନିଜେ ଡେଣା ମେଲେଇ ସୁଉଚ୍ଚ ଖଜୁରୀ ଗଛ ଉପରେ ବସାଟିଏ ତୋଳୁଛି। ଖଜୁରୀ ଗଛର ବାହୁଙ୍ଗାରେ ଝୁଲୁଛି ତାର ଘର। ବୁବୁନ ସେଇଠି ଖେଳୁଛି ବାରଣ୍ଡାରେ। ଜୋର୍‌ରେ ପବନ ବହୁଛି। ବସା ଦୋହଲୁଛି ପବନରେ। ବୋଧେ ଝଡ଼ ଟିଏ ଆସୁଛି। ସୁନୀତା ପାଟି କରୁଛି, ସୁକାନ୍ତ ବୁବୁନକୁ ଧର। ଏଥର ଜୋର୍‌ରେ ହଲୁଛି ଖଜୁରୀ ଗଛ। ସୁନୀତାର ନିଦ ଭାଙ୍ଗି ଯାଉଛି।

ସୁନୀତା ପ୍ରାୟତଃ ବିମର୍ଷ ରହୁଥାଏ। ସୁକାନ୍ତ ଜାଣି ପାରୁ ନ ଥାଏ ସୁନୀତାର ବିମର୍ଷତାର କାରଣ। ପ୍ରତ୍ୟେକ ଦିନ ଝରକା ପାଖରେ ଠିଆ ହୋଇ ଖଜୁରୀ ଗଛ ଆଡ଼କୁ ନିଘା କରି ସୁନୀତା ଲୁହ ଝରାଏ।

ସେଦିନ ଖାଇବା ପାଇଁ ସୁକାନ୍ତ ଆସିଥିଲା ଅଫିସରୁ ଦିନ ଦି ଟାରେ। ଖୋଜୁ ଖୋଜୁ ଦେଖିଲା ସୁନୀତା ଛିଡ଼ା ହେଇଛି ଝରକା ପାଖରେ। ସୁକାନ୍ତର ଆସିବା ବି ସେ ଜାଣି ପାରିନାହିଁ। ସୁକାନ୍ତ ସୁନୀତା ପାଖରେ ଛିଡ଼ା ହେଲା। ଝରକା ଆର ପାଖକୁ ନିଘା କଲା। ଏମିତି କ'ଣ ଦେଖୁଥାଇ ପାରେ ସୁନୀତା ?

ଗୋଟିଏ ଦୃଶ୍ୟ ଆକର୍ଷିତ କଲା ସୁକାନ୍ତକୁ। ଖଜୁରୀ ଗଛର ବାହଙ୍ଗାରୁ ଝୁଲି ଆସିଛି ଗୋଟେ ବସା। ଗୋଟେ ଚଢ଼େଇ ବସିଛି ବସା ଉପରେ। ଅନ୍ୟ ଚଢ଼େଇଟି ଶିଖଉଛି ତା ଛୁଆକୁ ଖଣ୍ଡଉଡ଼ା। ଛୁଆଟି ଉଡ଼ି ପାରୁନି , ତଳେ ପଡ଼ିଯାଉଛି। ଚଢ଼େଇଟି ଚଞ୍ଚୁରେ ଗୋଟେଇ ଆଣୁଛି ଛୁଆକୁ। ସୁନୀତା ଆଖିରୁ ଧାର ଧାର ଲୁହ ବହିଯାଉଛି।

ସୁକାନ୍ତ ସୁନୀତା କାନ୍ଧରେ ହାତ ଦେଲା। ସୁନୀତା ବୁଲିପଡ଼ି ସୁକାନ୍ତ ଛାତିରେ ଲୋଟି ପଡ଼ିଲା। ଝରକା ଆଡ଼କୁ ହାତ ଲମ୍ବେଇ, ସୁନୀତା କୋହ ଭରା କଣ୍ଠରେ କହୁଥିଲା - "ସୁକାନ୍ତ ମୋ ବୁବୁନ ପାଇଁ ବି ଏମିତି ଗୋଟେ ବସା ଦରକାର, ଯୋଉଠି ସେ ଖୁସୀରେ ଖେଳି ପାରୁଥିବ, ନାଚି ନାଚି ବୁଲି ପାରୁଥିବ, ସୁକାନ୍ତ ମୋ ବୁବୁନ ପାଇଁବି ଟିକେ ମୁକ୍ତ ଆକାଶ, ଖୋଲା ପଡ଼ିଆ ଦରକାର।"

■■

ଗୃହ ପ୍ରବେଶ

ସୁନୀତାର ସ୍ୱପ୍ନ ଥିଲା ବାହା ହେଲା କ୍ଷଣି ସେ ଗୋଟେ ଘର ତିଆରି କରିବ। ତାର ଏମିତି ଏକ ସ୍ୱପ୍ନ ରହିବା ପଛରେ ବି ଗୋଟେ କାହାଣୀ ଅଛି।

ସୁନୀତାର ବାପା ଗୋଟେ ସରକାରୀ କର୍ମଚାରୀ ଥିଲେ। ପ୍ରତି ଗୋଟେ ଦି ବର୍ଷରେ ତାଙ୍କର ବଦଳି ହୁଏ ଓ ଏମିତି ବଦଳି ପାଇଁ ସମୁଦାୟ ଚାକିରୀ କାଳ ମଧ୍ୟରେ ତାଙ୍କୁ ଅନ୍ତତଃ ଚାଳିଶଟି ଘର ବଦଳେଇବାକୁ ପଡ଼ିଥିବ। ସୁନୀତା ଜାଣିବା ଦିନଠୁ ଅନ୍ତତଃ ତାଙ୍କୁ କୋଡ଼ିଏ ଟି ସହର ବଦଳିବାକୁ ପଡ଼ିଛି। ପ୍ରତିଥର ବଦଳି ବେଳକୁ ହଇରାଣ। ଘରଯାକ ସାମଗ୍ରୀ ବନ୍ଧା ବନ୍ଧି କର। କିଛି କୁ ଅଦରକାରୀ ଭାବି ଫିଙ୍ଗି ଦିଅ, ପୁଣି ଗୋଟେ ନୂଆଁ ଜାଗାରେ ପେଡ଼ି ଫିଟାଅ। ସବୁଯାକ ସଜା ସଜି କର। ଭାରୀ ବୋରିଂ।

ଅଥଚ ସେମାନେ ନିରୁପାୟ ଥିଲେ। କାରଣ ତାଙ୍କର ନିଜର ବୋଲି ଘର ଖଣ୍ଡିଏ ନ ଥିଲା। ତା ବାପାଙ୍କର ଜନ୍ମ ମାଟି ବୋଲି ଯୋଉଟାକୁ କୁହାଯାଏ ସେଇଟା କୋଉ ଦୂର ମଫସଲ ଗାଁରେ ଯୋଉଠିକୁ ଯିବାର କୌଣସି ସୁବିଧା ନ ଥିଲା ଏବଂ ଘରବୋଲି ଯାହାଥିଲା ଅବ୍ୟବହୃତ ହୋଇ ଅନେକ ଦିନରୁ ତାହା ମାଟିରେ ମିଶି ସାରିଲାଣି। ବାପାଙ୍କ ଘରଟିଏ ଯଦି କୋଉ ସହର ଜାଗାରେ ଥାଆନ୍ତା ସେମାନେ କେବେବି ଏମିତି ହଇରାଣ ହେଉ ନ ଥାଆନ୍ତେ ବୋଲି ମାଆ ସବୁବେଳେ ବାପାଙ୍କୁ

ଗାଳି କରେ। ପାଠ ପଢ଼ିବାର ସୁବିଧା ନାହିଁ ବୋଲି ସିନା ମୁଁ ଛୁଆଙ୍କୁ ଧରି ବାର ଦୁଆର ଶୁଣି ପିଣ୍ଡା ହେଉଛି। ମାଆଁ ସବୁବେଳେ କହୁଥିଲେ।

ବାପା ତାଙ୍କ ଜୀବନରେ ସବୁବେଳେ ଏଇଥିପାଇଁ ଅନୁତାପ କରି ଆସିଛନ୍ତି। ମାଆଁ ବି ସାରା ଜୀବନ ଏଇଥି ପାଇଁ ବାପାଙ୍କୁ ଚିଡ଼ିଛନ୍ତି, ଅଥଚ ମାଆଁ ଯେତେ ଲଗେଇଲେ ବାପାଙ୍କୁ ଘରଟିଏ ତିଆରି କରିବା ପାଇଁ କେବେବି ତାଙ୍କ ଫୁରସତ ହୋଇ ପାରିଲା ନାହିଁ। ବିଚରା ଜଣେ ଭାରୀ ନିଷ୍ଠାପର ସରକାରୀ କର୍ମଚାରୀ ଥିଲେ। ତେଣୁ ହୁଏତ ଜୀବନରେ କେବେବି ନିଜ ପାଇଁ କିଛି କରି ପାରିଲେ ନାହିଁ।

ତେଣୁ ସୁନୀତାର ସବୁବେଳେ ସେଇ ଗୋଟେ ଝୁଙ୍କ ବାହା ହେଲାକ୍ଷଣି ଆଗ ସେ ଗୋଟେ ଘର ତିଆରି କରିବ।

ବାହାଘରର ପ୍ରଥମ ରାତିରେ ଯେତେବେଳେ ସୁନୀଲ ତାକୁ ପଚାରି ଥିଲେ "କୁହ ମୁଁ କଅଣ ଗୋଟେ ଦେବି 'ଜୁଆ'ରେ ଜିତିଲା ବେଳେ ତ କହିଲ ପରେ ମାଗିବି " ସୁନୀତା କହିଥିଲା ନିସଙ୍କୋଚ ରେ "ମୋତେ ଗୋଟେ ଘର କରିଦେବ ସହର ଜାଗାରେ।" ସୁନୀଲ ସେଦିନ କଥାଟାକୁ ଭାରି ହାଲୁକା ଭାବେ ନେଇଥିଲା ଓ କହିଥିଲା 'ଓ ସାମାନ୍ୟ ଗୋଟେ ଘର। ଦେଖିବ ମୁଁ ତମ ପାଇଁ ଏମିତି ଗୋଟେ ଘର କରିଦେବି ଯେ ଦେଖିଲେ ଆଖି ଝଲିସ ଯାଉଥିବ, ତାକୁ ନେଇ ତମେ ସବୁବେଳେ ଗର୍ବ କରିବ, ଯିଏବି ସେଇ ବାଟ ଦେଇ ଚାଲିଯାଉଥିବ, ପଚାରିବ ଏଇଟା କାହାର ଘର କି ?

ବିଚାରି ସୁନୀତା ସେତିକିରେ ହିଁ ସନ୍ତୁଷ୍ଟ ହୋଇଯାଏ। ତଥାପି ସୁନୀଲ କୁ ବେଳକୁ ବେଳ ଜେରା କରେ କ'ଣ ହେଲା , ଆମ ଘର କଥା କେତେ ଦୂର ଗଲା ? ପ୍ଲଟ୍ ଠିକ କଲ ?

ସୁନୀଲ କହେ ସହର ଜାଗାରେ ଭଲ ପ୍ଲଟ ଟିଏ ମିଳିଯିବା କଅଣ ଏତେ ସହଜ ହୋଇଛି। ଟିକେ ଧୈର୍ଯ୍ୟ ଧର। ଏମିତି ଯୋଉଠି ସେଇଟି ପ୍ଲଟ୍ ନେଇ ହେବ ନାଇଁ , ତେଣୁ ମୁଁ ବିଲ୍‌କୁଲ୍ ହରବର ହେଉନାଇଁ। ଘର କରିବ ତ ଠିକ୍ ଜାଗାରେ କରିବ, ସେଇଠି ତ ପୁଣି ଆମକୁ ଦିନେ ରହିବାର ଅଛି। ପାଖ ଆଖରେ ଭଲ ସୋସାଇଟି ଥିବା ଦର୍କାର୍ , ନଚେତ୍ ପିଲା ଛୁଆ ବରବାଦ ହୋଇଯିବେ।

ବିଚରା ସୁନୀଲ ସୁନୀତାକୁ ବୁଝେଇ ଦିଏ ସିନା ହେଲେ ନିଜେ ବୁଝିପାରେ ନା କେମିତି ସେ ଘରଟିଏ କରିବ ? ଆଜିକାଲି ଯୁଗରେ ଘରଟିଏ କରିବା କଅଣ ସହଜ ହୋଇଛି। ତାର ବା ପୁଞ୍ଜି କେତେ ଯେ ଘରଟିଏ ସାଏଁ କିନା ତିଆରି କରିଦେବ।

ବିଚରା ସୁନୀଲ ଚାକିରୀ କରୁ କରୁ ଜନ୍‌ଜାଳ ଗ୍ରସ୍ତ ହୋଇ ପଡ଼ିଲା। ପ୍ରଥମେ

ବାପା କରିଥିବା ଋଣତକ ସୁଝିଲା । ପରେ ପରେ ଦି' ଟା ଭଉଣୀର ବାହାଘର । ଭାଇମାନଙ୍କ ପାଠପଢ଼ା ଖର୍ଚ୍ଚ । ଘରର ଯାବତୀୟ ଜଞ୍ଜାଳ ତା ପରେ ପୁଣି ନିଜେ ବାହା ହେଲା । ବାହା ହେବା ପରେ ପୁଣି ଗୁଡ଼ାଏ ଜଞ୍ଜାଳ ବଢ଼ିଲା । ଖର୍ଚ୍ଚ ବଢ଼ି ଚାଲିଲା । ଘର ଭଡ଼ା ନେଇ ରହିଲା ଚାକିରୀ ଜାଗାରେ, ତାର ଦରମାତକ ନିଜକୁ ନିଅଣ୍ଟ ହେଲା । କେତେ ଶହ ଦରମା ପାଉଥିଲା ଯେ, ସେଇଠୁ ପୁଣି ସଞ୍ଚୟ କରିପାରିଥାଆନ୍ତା ସୁନୀଲ ।

ଅଥଚ ସୁନୀଲ ର ସାଙ୍ଗମାନେ ସମସ୍ତେ ଘର ତିଆରି କରି ସାରିଲେଣି । ସେମାନଙ୍କ ମୁଣ୍ଡରେ କିଛି ବି ଘରୋଇ ବୋଝ ନ ଥିଲା । ଖୁବ୍ ଆଗରୁ ପ୍ଲଟ୍ ସବୁ କିଣି ନେଇ ଥିଲେ ଶସ୍ତାରେ । ଅବଶ୍ୟ ସୁନୀଲ କୁ ବି ସେମାନେ ମତେଇଥିଲେ ସେତେବେଳେ ପ୍ଲଟ୍‌ଟିଏ ନେବା ପାଇଁ । କିନ୍ତୁ ସୁନୀଲ ମୁଣ୍ଡରେ ସେତେବେଳେ ଏ ସବୁ କଥା ପଶୁ ନ ଥିଲା । ଜାଗା ସବୁ ଏତେ ଜଲଦି ମହଙ୍ଗା ହୋଇଯିବ ଏଇଟା ସେ ଭାବି ପାରି ନ ଥିଲା । ତାଛଡ଼ା ଘରର ଦାୟିତ୍ୱ ତା ମୁଣ୍ଡରେ ଏତେ ଥିଲା ଯେ ସେ ପଇସା ବଞ୍ଚେଇ ପାରୁ ନ ଥିଲା । ତେଣୁ ପ୍ଲଟ୍ କିଣିବା ଉପରେ ସେ ଆଦୌ ଗୁରୁତ୍ୱ ଦେଇ ନ ଥିଲା, ଭାବୁଥିଲା ପ୍ରଥମେ ଭଉଣୀମାନେ ବାହା ହୋଇ ସାରନ୍ତୁ, ଭାଇମାନେ ପାଠ ପଢ଼ିସାରନ୍ତୁ । ଏମିତି ସବୁ କଥାକୁ ଅପେକ୍ଷା କରି କରି ଶେଷରେ ସେ ଏମିତି ଅବସ୍ଥାରେ ପହଞ୍ଚି ଗଲା, ଯେତେବେଳେ ତା ପାଖରେ ପ୍ଲଟ୍ କିଣିବି କହିଲେ ବି ଆଦୌ ପଇସା ନାହିଁ । ପ୍ଲଟ୍ ମାନଙ୍କ ଦାମ୍ ବି ଦଶ ପନ୍ଦର ଗୁଣ ବଢ଼ିଯାଇଛି । ବିଚରା ସୁନୀଲ ପ୍ଲଟ୍ କଥା ଭାବିଲେ ଖାଲି ପସ୍ତେଇ ହେଉଛି ।

ଆଜିକାଲି ସୁନୀଲ ଖାଲି ପ୍ଲଟ୍ ଚିନ୍ତାରେ ରହୁଛି । ଅଧିକ ସଞ୍ଚୟ ପ୍ରତି ଧ୍ୟାନ ଦେଉଛି । ବେଳେବେଳେ ସୁନୀତା କୁ ଡାକି କହୁଛି ଦେଖ ସୁନୀତା ! ଆମେ ଯୋଉ ହିସାବରେ ଚଳୁଛୁ ସେମିତି ଚଳିଲେ କେବେ ହେଲେ ବି ଘରଟିଏ ତିଆରି କରି ପାରିବା ନାହିଁ । ଆମକୁ ଆଉ ଟିକେ ଖର୍ଚ୍ଚ କମ କରିବାକୁ ପଡ଼ିବ । ଟିକେ ଜଗିକି ଚଳିବାକୁ ପଡ଼ିବ, ଦେଖ ଘର ଚଳେଇବା ଦାୟିତ୍ୱ ଏଣିକି ତମେ ନିଅ ମୋ ଦ୍ୱାରା ହେବନି । ମୁଁ ଭାରୀ ବଦଖର୍ଚ୍ଚି, ସୁନୀତା ହଁ ଭରେ । କେବେ କେମିତି ବିଗିଡ଼ିଯାଏ । କହେ ଏତେ ଦିନ ଯାଏ କଅଣ କରୁଥିଲ । ଚାକିରୀ ଆସି ସରିବା ଉପରେ ହେଲାଣି । ଆଗରୁ ଏ କଥା ଭାବିଲ ନାଇଁ । ଖାଲି ମୋ ବେଳକୁ ଖର୍ଚ୍ଚକାଟ । ଆହୁରି ଅନେକ କିଛି ସୁନୀତା କହିବା ପାଇଁ ଚାହେଁ । ଅଥଚ କହେ ନାହିଁ । କାରଣ ସେ ଜାଣେ ଏ ସବୁ ସୁନୀଲ କୁ କହି କିଛି ଲାଭ ନାଇଁ । ଯେତେ କହିଲେ ବି ସିଏ ସୁଧୁରିବେ ନାହିଁ । ତାର ଭାରୀ ଦୁଃଖ ହୁଏ । ସାଙ୍ଗମାନେ ସବୁ କେତେ ଆରାମରେ ଅଛନ୍ତି । କେବେଠୁ ଘର ତିଆରି

କରି ସାରିଲେଣି। ସୁନୀତା କୁ ଭେଟିଲେ ଯିଏ ଯାହାର ଘର କଥା କୁହନ୍ତି। କୋଉଠି ତିଆରି କଲେ, କେତେ ଖର୍ଚ୍ଚ ହେଲା, କେତେ ସଞ୍ଚିଥିଲେ, କେତେ ଋଣ ହେଲା କେମିତି ବଢ଼ିଆ ପ୍ଲାନ୍‌ରେ ହୋଇଛି ତାଙ୍କ ଘର ଏବଂ ସୁନୀତାକୁ କୁହନ୍ତି ଥରେ ଆସୁ ନ ଆମ ଘର ଆଡ଼େ। ସୁନୀତା କୁ ଲାଗେ ଯେମିତି ସେମାନେ ତାଙ୍କୁ ଆଉ ସ୍ନେହରେ ଡାକୁ ନାହାନ୍ତି, ଡାକୁଛନ୍ତି ତାଙ୍କ କୋଠା ବାଡ଼ି, ଫ୍ରିଜ୍ କଲର୍ ଟି.ଭି. କାର୍, ୱାସିଙ୍ଗ ମେସିନ୍ ତାଙ୍କ ଆଦବ କାଇଦା ତାଙ୍କ ଷ୍ଟେଟସ୍ ଦେଖେଇବା ପାଇଁ। ଅନ୍ୟ କୌଣସି ଜିନିଷ ପାଇଁ ସୁନୀତାର ଈର୍ଷା ହୁଏନି ତେବେ ଘରଟିଏ ପାଇଁ ତାର ସବୁବେଳେ ଅନ୍ୟମାନଙ୍କ ପ୍ରତି ଈର୍ଷା ହୁଏ। ତେଣୁ ଆଜିକାଲି ସୁନୀତା ଆଉ କାହାରି ଘରକୁ ବୁଲିବା ପାଇଁ ଯାଉନି।

ସୁନୀଲର ଖର୍ଚ୍ଚକାଟ ବ୍ୟବସ୍ଥା କାଟ ଖାଇଯାଏ। କୋଉଥିରୁ ହେଲେ ବି ଖର୍ଚ୍ଚ କମ୍ ହୋଇ ପାରେ ନାହିଁ। ଏମିତି ମହଙ୍ଗା ଯୁଗରେ ଯେତେ କାଟି ଛାଟି ଚଳିଲେ ବି କେତେ ଖର୍ଚ୍ଚ କମେଇ ହେବ। ତା ଛଡ଼ା ନିଜର ଷ୍ଟେଟସ୍ କୁ ଦେଖି ତ ପୁଣି ଚଳିବାକୁ ପଡ଼ିବ। ସୁନୀଲ ହିସାବ କରେ ମନକୁ ମନ ଘରଭଡ଼ା ପାଞ୍ଚଶହ ଟଙ୍କା, ପେଟ୍ରୋଲ ଖର୍ଚ୍ଚ ଅତି କମ୍‌ରେ ଶହେ, ଦୁଧ ବାଲା ମାସକୁ ତିନି ଶହ, ଚାକରାଣୀ ଶହେ ଟଙ୍କା, ଏମିତି ହଜାରେ ଟଙ୍କା ଧରାବନ୍ଧା, ଏଥିରୁ ବେଶୀ ସେ ବେଶୀ ଦୁଧ ଖର୍ଚ୍ଚ କମେଇ ହେବ ଶହେ ଟଙ୍କା, ଘର ଭଡ଼ା ଯଦି ଅନ୍ୟ କୌଣସିଠି ଘର ନେଲେ କମି ଯାଇପାରେ ତେବେ ପାଞ୍ଚଶହରୁ କମ୍‌ରେ କୋଉଠି ଭଲ ଘର ମିଳିବ, ଅନ୍ୟ ଖର୍ଚ୍ଚରୁ ତେଲ, ଲୁଣ, ହଳଦୀ, ଅଟା, ଚିନି, ଡାଲି, ପନିପରିବା, ଔଷଧ ଏସବୁ ତ କମେଇ ହେବ ନାଇଁ। ତେବେ କେତେ ଟଙ୍କା ଏସବୁରୁ ସଞ୍ଚୟ କରି ହେବ। ତା ଛଡ଼ା ପ୍ରତିମାସ ଘର ପାଇଁ କିଛି ନାଁ କିଛି କିଣିବା ସୁନୀତାର ଅଭ୍ୟାସ କହିବ ଏଇଟା ନ ହେଲେ ନ ଚଳେ, ସେଇଟା ନ ହେଲେ ଚଳେ, ଏ ମାସ ସ୍କ୍ରିନ୍ ତ ଆର ମାସ ବେଡ୍‌ସିଟ୍ , ତା ଆର ମାସ ଛୁଆ ପାଇଁ ଡ୍ରେସ୍। ଏମିତି ସବୁମାସ କିଛି ନା କିଛି ଲାଗିଥାଏ, ଶାଢ଼ୀ,ଚୁଡ଼ି, ସୁନା ଗହଣା ଠୁ ଘରକରଣା ଯାଏ, ତାଛଡ଼ା ଅନ୍ୟାନ୍ୟ ଅନେକ ଜରୁରୀ ଖର୍ଚ୍ଚ ଚାଲିଆସେ ପ୍ରତିମାସ ଯାହା ବଜେଟ ଭିତରେ ନ ଥାଏ। ଅର୍ଥନୀତି ବିଭାଗର ଅଧ୍ୟାପକ ସୁନୀଲ ର ନିଅଣ୍ଟିଆ ବଜେଟ ସବୁଦିନ ଏମିତି ହିଁ ଚାଲିଥାଏ। ତାର ସବୁ ଥିଉରୀ ଫେଲ୍ ମାରିଯାଏ।

ସୁନୀଲ ବେଳେ ବେଳେ ନିଜର ଭାଗ୍ୟକୁ ଏଇଥି ପାଇଁ ଦୋଷ ଦିଏ। ସେ ହେଲେ କୋଉ ବ୍ୟାଙ୍କ୍‌ରେ ଚାକିରୀ କରିଥାଆନ୍ତା। କିଛି ନ ହେଲେ ବି ଅନ୍ତତଃ ଋଣ ନେଇ ଅନେକ କିଛି କରି ପାରିଥାଆନ୍ତା। ହେଲେ ବ୍ୟାଙ୍କ ଚାକିରୀ ତା ଭାଗ୍ୟରେ ନ ଥିଲା। ଘରର ପରିସ୍ଥିତି ଖରାପ ବୋଲି ବି.ଏ. ପାସ୍ କଲା କ୍ଷଣି ଗାଁ ସ୍କୁଲ୍‌ରେ ମାଷ୍ଟର

ହେଲା। ନୂଆଁ ନୂଆଁ ସ୍କୁଲ୍ ହୋଇଥାଏ। ଗାଆଁ ପିଲା ବୋଲି ସ୍କୁଲ୍ କାମରେ ଏତେ ମାତି ଗଲା ଯେ ଆଉ କୌଣସି କମ୍ପିଟିଟିଭ୍ ପରୀକ୍ଷା ଦେଇ ପାରିଲା ନାହିଁ। ଯୋଉ କେତେଟା ପରୀକ୍ଷା ଦେଲା ପଢ଼ା ପଢ଼ି ଅଭାବରୁ ଫେଲ ହୋଇଗଲା। ଅଥଚ ସହରରେ ଥିବା ତାର ସାଙ୍ଗମାନେ ସବୁ ଭଲ ଭଲ ଋକିରୀ ପାଇଗଲେ। ପରେ ସୁନୀଲ ପ୍ରାଇଭେଟ୍ ରେ ଏମ୍.ଏ ପରୀକ୍ଷା ଦେଲା। ଗାଁ ସ୍କୁଲ ଏଡ୍ ପାଇ ନ ଥିଲା। ତେଣୁ ପାଖ ସହରରେ ଖୋଲିଥିବା ଏକ ପ୍ରାଇଭେଟ୍ କଲେଜରେ ଅର୍ଥନୀତି ଅଧ୍ୟାପକ ହୋଇ ଜଏନ କଲା। ସେଇଟା ବି ଦଶବର୍ଷ ପରେ ଯାଇ ଫୁଲଏଡ୍ ପାଇଲା। ଆଜିକାଲି ଯାହା ସେ ଆଖିକୁ ଦିଶିଲା ଭଳି ଦରମାଟିକେ ପାଉଚି। ତଥାପି କମ୍ ଦରମା ପାଇ ଦଶବର୍ଷ ତଳେ ସେ ଯେତେ ଆରାମରେ ଚଳି ଯାଉଥିଲା ଆଜିକାଲି ଏତେ ଗୁଡ଼ାଏ ଦରମା ପାଇବି ତାଙ୍କୁ ନିଅଣ୍ଟ ହେଉଛି। ସବୁ କିଛି ବଦଳି ଯାଇଛି ଦଶବର୍ଷ ଭିତରେ। ଦରଦାମ୍ ସବୁ ଆକାଶ ଛୁଆଁ ହୋଇଯାଇଛି। ତେଣୁ ହୁଏତ ସୁନୀଲ ଆଜି ପ୍ଲଟ୍‌ଟିଏ କିଣିବା ପାଇଁ ଏତେ ଅସମର୍ଥ ହୋଇ ପଡ଼ିଛି।

ଆଜିକାଲି ସୁନୀଲ ଯାହାକୁ ବି ଭେଟୁଛି ପ୍ଲଟ୍‌ଟିଏ ଯୋଗାଡ଼ କରିଦେବା ପାଇଁ କହୁଛି। ଯୋଉଠି ବି ଟିକିଏ ଖବର ପାଇଲେ ପ୍ଲଟ୍ ଦେଖିବା ପାଇଁ ଦୌଡ଼ି ଯାଉଛି। କୋଉଟା ମନକୁ ପାଉନି ତ କୋଉଟା ବେଶୀ ଦାମ ହୋଇ ଯାଉଛି। ଧୀରେ ଧୀରେ ସୁନୀଲ କ୍ଲାନ୍ତ ହୋଇଯାଉଛି ଏବଂ ତାର ଚୋଏସ୍ କୁ ବି ସୀମିତ କରିଦେଉଛି। ଯୋଉଠି ବି ମିଳିଗଲେ ଜାଗାଖଣ୍ଡେ ନେଇଯିବ ବୋଲି ସ୍ଥିର କରି ନେଉଛି ଏବଂ ପୁଣି ଥରେ ଖୋଜି ବାହାରିଲା ବେଳକୁ ତାର ରିଜେକ୍ଟ କରିଥିବା ପ୍ଲଟ୍ ସବୁ ବିକ୍ରୀ ସରିଯାଇଛି। ବିଚରା ସୁନୀଲ ଭାଙ୍ଗି ପଡୁଛି। ବେଳେବେଳେ ରାତିରେ ତାକୁ ଜାଗା ସଂକ୍ରାନ୍ତିୟ ବିଭିନ୍ନ ଦୁଃସ୍ୱପ୍ନ ସବୁ ହେଉଛି। ରାତିରେ ବିଳବିଳଉଛି। ସକାଳୁ ଉଠି ସ୍ଥିର କରୁଛି ନାଁ ଆଉ ଜାଗା ଖୋଜିବ ନାହିଁ। ଭାଗ୍ୟରେ ଥିଲେ ଆପେ ମିଳିଯିବ। ତଥାପି କୋଉଠି ଖବର ପାଇଲେ ଦୌଡ଼ିଯାଉଛି।

ହଠାତ ଦିନେ ସୁନୀଲ ର ସାଙ୍ଗ ଆସି କହିଲା ସେ ଗୋଟେ ଭଲ ଜାଗା ଠିକ କରିଛି, ସୁନୀଲ ପାଇଁ। ସିଏ ନିଜେ ବି ସେଇଠି ଆଉ ଗୋଟିଏ ଜାଗା ନେବ ଦଶ ଡିସିମିଲ। ଜାଗାଟାର ପ୍ରୋସ୍‌ପେକ୍ଟ ଅଛି। ଯଦିଓ ସହରଠୁ ଦୁରରେ ଅଛି ତଥାପି ଆଗାମୀ କେଇ ବର୍ଷ ଭିତରେ ସହର ସିଆଡ଼େ ଲମ୍ବିଯିବା ଶୁଣାଯାଉଛି, ସିଆଡ଼େ କୁଆଡ଼େ ଗୁଡାଏ ଅଫିସ କ୍ୱାଟର୍ସ ବି ତିଆରି ହେବାର ଯୋଜନା ରହିଛି। ତେଣୁ ସହରର ଗୁଡ଼ାଏ ଭଲ ଭଲ ଲୋକ ସେଇଠି ଜାଗା କିଣୁଛନ୍ତି। "ଦେଖ୍ ସୁନୀଲ ଏ ମଉକା ମିସ୍ କଲେ ବହୁତ ପସ୍ତେଇବୁ" ପରେ ଦାମ୍ ବି ବଢ଼ିଯିବ।

ସୁନୀଲ ତତ୍‌କ୍ଷଣାତ୍ ପ୍ଲଟ୍ ଦେଖିବା ପାଇଁ ଗଲା। ରାସ୍ତା କଡ଼ରେ ଗୋଟେ ଆଣ୍ଠୁ ଯାଗା ଯଦିଓ ରାସ୍ତାର ଟିକେ ତଳକୁ ଅଛି ତଥାପି ଖାଲୁଆ ଜାଗା ନୁହେଁ। ସୁନୀଲ ଭାବିଲା ମନ୍ଦ ନୁହେଁ। ସୁନୀଲ ସୁନୀତା କୁ ବି ଜାଗାଟି ଦେଖେଇଲା। ଉଭୟେ ନିଷ୍ପତ୍ତି ନେଲେ ଯେମିତି ହେଲେ ବି ସେଇଠି ସେମାନେ କିଣିବେ, ଘର ତିଆରି କଲା ବେଳକୁ ଦେଖାଯିବ।

ଦଶ ଡିସିମିଲ୍ ର ପ୍ଲଟ୍ ସବୁ। ଡିସିମିଲ ପାଞ୍ଚ ହଜାର। ତାପରେ ସୁନୀଲ ପଇସା ଯୋଗାଡ଼ କରିବାରେ ଲାଗିଲା। ସୁନୀଲ ର ଜମା ଥିଲା ପନ୍ଦର ହଜାର, ପ୍ରୋଭିଡେଣ୍ଟ ଫଣ୍ଡରୁ କମ୍‌ରେ ମିଳିଯିବ କୋଡ଼ିଏ ହଜାର, ବାକି ରହିଲା ପନ୍ଦର ହଜାର ର ଚିନ୍ତା। ସୁନୀତା କହିଲା ମୋ ସୁନାତକ ବ୍ୟାଙ୍କରେ ବନ୍ଧା ଦେଇଦେବ। ସୁନୀଲ ଯଦିଓ ରାଜି ହେଉ ନ ଥିଲା ତଥାପି ଅନ୍ୟ ଉପାୟ ନ ଥିଲା। ତେଣୁ ସୁନୀଲ ବ୍ୟାଙ୍କ କୁ ଋଣ ପାଇଁ ଗଲା। ସବୁ ହୋଇ ଦଶ ହଜାର ଟଙ୍କା ମିଳିଲା, ବାକି ପାଞ୍ଚ ହଜାର ସୁନୀତା କହିଲା। କୋଉ ସାଙ୍ଗଠୁ ଧାର କରିଥାଅ ପରେ ସୁଝିଦେବା। ବଡ଼ କଷ୍ଟରେ ଗୋଟେ ସାଙ୍ଗଠୁ ଧାର କଲା ପାଞ୍ଚ ହଜାର। ତା ଉପରେ ପୁଣି ରେଜେଷ୍ଟ୍ରି ଖର୍ଚ୍ଚ। ଯା ବି ହେଉ ସୁନୀଲ ଶେଷରେ ଗୋଟେ ପ୍ଲଟ୍ କଣିବା ପାଇଁ ସଫଳ ହୋଇଗଲା। ଘରଟିଏ କେବେହେଲେ ବି ତିଆରି କରି ପାରିବ।

ସୁନୀତା ଜାଣେ ଏମିତି ଚୁପ୍ ହୋଇ ବସିଲେ ସୁନୀଲ ପୁଣି ଏମିତି ଗଡ଼େଇ ଦେବ ଦଶବର୍ଷ। ସୁନୀତା ଲାଗି ନ ଥିଲେ ସିଏ କଅଣ କେବେବି ପ୍ଲଟ୍ କିଣିଥାଆନ୍ତେ। ସୁନୀତା ତେଣୁ ତାଗିଦ କଲା ସୁନୀଲକୁ ଯାଅ ଏମିତି ଚୁପ୍ ହେଇ ବସିଛ କଅଣ। ପ୍ଲାନ୍‌ଟିଏ ପ୍ରଥମେ କର। ସୁନୀଲ କହେ ଏବେଠୁ ପ୍ଲାନ୍ କଅଣ ହେବ। ପଇସା ନାହିଁ। ପ୍ରଥମେ ପଇସା ଯୋଗାଡ଼ ହେଉ ପ୍ଲାନ୍ ଟିଏ କରିବା ପାଇଁ କେତେ ସମୟ ଲାଗିବ। ସୁନୀତା କହେ ତମ ଦ୍ୱାରା କିଛି ହେବନି। ପଇସା ମୁଁ ଯୋଗାଡ଼ କରିବି। ତମେ ପ୍ରଥମେ ପ୍ଲାନ୍ ଟିଏ କର। ଏମିତି ପ୍ଲାନ୍ ଟିଏ କରୁ କରୁ ବିତିଗଲା ଗୋଟିଏ ବର୍ଷ। ଯୋଉଟା ସୁନୀଲ କୁ ପସନ୍ଦ ହୁଏ ସୁନୀତାର ମନକୁ ପାଏନା। ସୁନୀତା ଯୋଉଟା ପସନ୍ଦ କରେ ସେଥିରେ ଖର୍ଚ୍ଚ ଅଧିକ। ସୁନୀଲ ମନା କରିଦିଏ। ଶେଷରେ ଉଭୟେ ଉଭୟଙ୍କ ପସନ୍ଦ ନା ପସନ୍ଦରୁ କିଛି ଯୋଡ଼ି ବାଦଦେଇ ଗୋଟେ କମ୍ପ୍ରମାଇଜିଂ ପଏଣ୍ଟରେ ପହଞ୍ଚିଲେ ଓ ସ୍ଥିର କଲେ ସେଇ ପ୍ଲାନଟା ହିଁ ସେମାନେ କରିବେ। ସୁନୀଲ ଯା ଭିତରେ ବ୍ୟାଙ୍କରେ ଥିବା ତା ସାଙ୍ଗମାନଙ୍କୁ ଭେଟି ଗୋଟେ ହାଉସିଂ ଲୋନ ପାଇଁ କଥାବାର୍ତ୍ତା କରି ସାରିଥିଲା। ବ୍ୟାଙ୍କ ଋଣ ଓ କିଛି ସଞ୍ଚୟକୁ ମିଶେଇ ତଥା ଧାର ଉଧାର କରି ସୁନୀଲ ଶେଷରେ ଘରଟିଏ ତିଆରି କରିବାରେ ସଫଳ ହୋଇ ପାରିଲା।

ଗୃହ ପ୍ରବେଶ ଦିନ ରାତିରେ, ସବୁକାମ ଧାମ ସରିଯିବା ପରେ ସୁନୀଲ ସୁନୀତାକୁ କହିଲା "କଅଣ ଏବେ ଖୁସୀ ତ ?" ଦେଖ କେମିତି ତିଆରି ହୋଇ ଗଲା ତମର ମନଲାଖି ଘରଟିଏ। ଏଥର କହ କେବେ ସିଫ୍ଟ କରିବା ଏଇ ଘରକୁ।

ସୁନୀତା କହିଲା ଆଗେ ହିସାବ କରତ କେତେ ଟଙ୍କା କଟିବ ତମର ଦରମାରୁ। ସୁନୀଲ ହିସାବ ବତେଇଲା, ପ୍ରୋଭିଡେଣ୍ଟ ଫଣ୍ଡ ବାବଦକୁ ପାଞ୍ଚ ଶହ ଟଙ୍କା ହାଉସିଂ ଲୋନ ବାବଦକୁ ବାରଶହ ଟଙ୍କା, ଥ୍ରୀଫଟ ଫଣ୍ଡରୁ ଯୋଉ କୋଡ଼ିଏ ହଜାର ଉଠେଇଛି ତାବାବଦରେ ପାଞ୍ଚଶହ ଟଙ୍କା, ସୁନା ଋଣ ବାବଦକୁ ଦେବାକୁ ପଡ଼ିବ ମାସକ ପାଞ୍ଚ ଶହ ଟଙ୍କା, ଆହୁରି ଅନେକ ବାହାରିଆ ଋଣ ଅଛି, ଯେମିତି ତମ ଭାଇଙ୍କଠୁ ଧାର ଆଣିଥିଲା ଦଶ ହଜାର, ମୋର ସାଙ୍ଗଠୁ ପାଞ୍ଚ ହଜାର, ଲୁହା ଦୋକାନର ବାକି ଅଛି ପାଞ୍ଚ ହଜାର ଇଲେକ୍ଟ୍ରି ଦୋକାନର ତିନି ହଜାର, କାଠ ସାମାନର ଦୁଇ ହଜାର, ଏମିତି ଆହୁରି ଅନ୍ୟାନ୍ୟ ଦଶ ହଜାର ଯାଏ ହେବ। ତା ବାହାରେ ଡ୍ରେନ୍ ତିଆରି ହୋଇନାହିଁ, କବାଟରେ ରଙ୍ଗ ବାଉଣ୍ଡ୍ରି ୱାଲ୍ ପ୍ଲାଷ୍ଟରିଂ।

ସୁନୀତା କହିଲା ଏତେ ବଡ଼ ଘର ଆମର କଅଣ ହେବ ? ଏଇଟା ଏବେ ଆମେ ଭଡ଼ାରେ ଲଗେଇଦେବା। କିଛି ନ ହେଲେ ପନ୍ଦର ଶହ ଟଙ୍କା ମିଳିଯିବ। ଆଗ ଉଧାରୀ ସବୁ ସୁଝିଯାଉ। ଆମେ ରିଟାଏର୍ଡ଼ କଲା ପରେ ବି ତ ଏଇଠି ରହିଲେ ଚଳୁଛି। ଘର ନ ଥିଲା ବୋଲି ସିନା ବ୍ୟସ୍ତ ହେଉଥିଲି, ଯା ବି ହେଉ ଘରଖଣ୍ଡେ ତ ହୋଇଗଲା।

ସୁନୀଲ ମନେ ମନେ ହିସାବ ଯୋଡୁଥିଲା। ଯେତିକି ଋଣ ହୋଇଛି ରିଟାଏଡ଼ କଲା ପରେ ବି ଆହୁରି ଦଶବର୍ଷ ଲାଗିଯିବ ତାଙ୍କୁ ଋଣ ସୁଝିବା ପାଇଁ ବୋଧେ ଏଇଟା ତାଙ୍କର ଏଇ ଘରକୁ ପ୍ରଥମ ଓ ଶେଷ ଗୃହ ପ୍ରବେଶ।

ସୁନୀଲ ତଳେ ଶୋଇ ମୁଣ୍ଡ ଉପରର ଧଳା ଚୁନ ଲଗା ସିଲିଂ କୁ ଶୂନ୍ୟ ଆଖିରେ ଅନେଇଥିଲା। ସଫା ଧଳା କାନ୍ଥ ଉପରୁ କୋଉଠୁ ଗୋଟେ ମୋଟା ଝିଟିପିଟି ଦୌଡ଼ି ଆସି ଝିଣ୍ଟିକାକୁ ପାଟିରେ ଧରି ପଳେଇଲା।

■■

ସମୟର ଚକ୍ରବ୍ୟୂହରେ ଅଭିମନ୍ୟୁ

ଚକ୍ରବ୍ୟୂହ ଭିତରକୁ ପଶିଯିବାର ଉପାୟ ଓ ସପ୍ତରଥିଙ୍କ ସହିତ ଯୁଦ୍ଧ କରିବାର କୌଶଳ ଅଭିମନ୍ୟୁ ମାଆ ପେଟରୁହିଁ ଶିଖି ଆସିଥିଲା। ଯେହେତୁ ଜନ୍ମ ହେବାର ବହୁ ପୂର୍ବରୁ ଅଭିମନ୍ୟୁ ପାଇଁ ଚକ୍ରବ୍ୟୁହ ରଚନା ହେଇ ସାରିଥିଲା। ଅଭିମନ୍ୟୁ ଘରର ବଡ଼ ପୁଅ ଥିଲା। ଅତି ଛୋଟ ଥିବା ସମୟରେ ବାପାଙ୍କ ମୃତ୍ୟୁ ଅଭିମନ୍ୟୁ କୁ ଖୁବ ଦାୟିତ୍ୱ ସମ୍ପନ୍ନ କରିଦେଇଥିଲା। ତେଣୁ ପାଠପଢ଼ିବା ସାଙ୍ଗକୁ ଘରର ଋଷବାସ ତଥା ଅନ୍ୟ ଅନେକ ଜଞ୍ଜାଳରେ ତାକୁ ମୁଣ୍ଡ ପୁରେଇବାକୁ ପଡୁଥିଲା। ପାଖ ଗାଆଁ ସ୍କୁଲରେ ମେଟ୍ରିକ ପାଠ ପଢ଼ିବା ପରେ ତା ପାଇଁ ଆଉ ଅଧିକ ପାଠ ପଢ଼ିବା ସମ୍ଭବ ନ ଥିଲା। କାରଣ ପାଖ ଆଖରେ କଲେଜ ନଥିଲା। ଦୂର ସହରରେ ହଷ୍ଟେଲରେ ରହି ପାଠ ପଢ଼ିବା ଭଳି ଆର୍ଥିକ ଅବସ୍ଥା ନଥିବା ହେତୁ ଅଭିମନ୍ୟୁ ମେଟ୍ରିକ ପରେ ହିଁ ପାଠପଢ଼ା ବନ୍ଦ କରି ଦେଇ ଋଷ ବାସରେ ମନଦେଇ ଥିଲା।

ଏମିତି କିଛି ବର୍ଷ ଘରେ ରହିବା ପରେ ମାଆଙ୍କ ରୁଗ୍ଣ ସ୍ୱାସ୍ଥ୍ୟ ହେତୁ ଓ ତାକୁ ଘରେ ବାହାହେବା ପାଇଁ ବାରମ୍ବାର ତାଗିଦ କରୁଥିବା ହେତୁ ଅଭିମନ୍ୟୁ କିଛିସ୍ଥିର କରିପାରୁ ନ ଥିଲା। ଏମିତି ସମୟରେ ପାଖ ସହରରେ ଗୋଟିଏ କଲେଜ ଖୋଲିବାର ଗୁଜବ ଶୁଣାଗଲା ଓ ଅଭିମନ୍ୟୁ ପାଠ ପଢ଼ିବ ବୋଲି ଆଳ ଦେଖେଇ ତାର ବାହାଘରର ପ୍ରସ୍ତାବ ସବୁ ଏଡେଇ ଦେଇଥିଲା।

ସତକୁ ସତ କଲେଜ ଖୋଲିଲା । ଅଭିମନ୍ୟୁ ର ଯେମିତି ଦିଇଟି ଡେଣା ଗଜୁରୀ ଉଠିଲା । ସେ ତାର ପୁରୁଣା ସାଇକେଲକୁ ମରାମତି କଲା କିଛି ଧାନ ବିକି ଏଡ଼୍‌ମିସନ୍ ଖର୍ଚ୍ଚ ବାହାର କଲା । ଫୁଲ୍‌ପେଣ୍ଟ ସାର୍ଟ ତିଆରି କଲା । ପାଞ୍ଚ ବର୍ଷର ବେକାରୀ ଜୀବନ ଯାପନ ପରେ ଯେମିତି ଅଭିମନ୍ୟୁ ବୁଢ଼ା ହେଇଯାଇ ଥିଲା । କଲେଜରେ ପ୍ରଥମଦିନ ପାଦ ପକେଇଲା ବେଳକୁ ତାକୁ ଲାଗିଲା ଯେମିତି ତାର ବୟସ ଆହୁରି ପାଞ୍ଚ ବର୍ଷ ତଳକୁ ଖସି ଯାଇଛି । ତାକୁ ସବୁ କିଛି ନୂଆଁ ନୂଆଁ ଲାଗୁଥିଲା । ଅଭିମନ୍ୟୁ ସତରେ ଖୁବ୍ ଖୁସୀ ହେଇଯାଇଥିଲା ଓ ପାଠ ପଢ଼ାରେ ଏମିତି ମନ ଲଗେଇଥିଲା ଯେ ସେ ବର୍ଷ ସେ ସମଗ୍ର ବିଶ୍ୱବିଦ୍ୟାଳୟରେ ସପ୍ତମ ସ୍ଥାନ ହାସଲ କରିପାରିଥିଲା । ପାଖ ଆଖରେ କେହି କେବେ ଏମିତି ସଫଳତା ହାସଲ କରି ନ ଥିଲେ । ତେଣୁ ଅଭିମନ୍ୟୁ ପ୍ରତି ସମସ୍ତଙ୍କର ଦୃଷ୍ଟି ଆକର୍ଷିତ ହେଇଥିଲା । ବି.ଏ ପ୍ରଥମ ବର୍ଷ କଲେଜରେ ପାଦ ଦେବାବେଳକୁ ଅଭିମନ୍ୟୁ ଗୋଟିଏ ବିରାଟ ଷ୍ଟାର୍ ହେଇଯାଇଥିଲା । ଯେମିତି ଗୋଟିଏ ଓଭର୍ ରେ ଛଅଟି ୱିକେଟ୍ ହାସଲ କରିଥିବା ବା କ୍ରମାଗତ ଚୌକା ମାରି ସେଞ୍ଚୁରୀ ପିଟିଥିବା ଗୋଟେ କ୍ରିକେଟ ଖେଳାଳୀ ।

ତେଣୁ ସଂଘମିତ୍ରା ନାମିକା ତାର ସହପାଠୀ ତା ପାଖକୁ ନୋଟ୍ ମାଗି ଆସିବା ସ୍ୱାଭାବିକ ଥିଲା ଓ ଏଇ ବାହାନାରେ ସେ ବାରମ୍ବାର ଅଭିମନ୍ୟୁ କୁ ଭେଟିବା, କଲେଜ କେଣ୍ଟିନ୍‌ରେ ଚା ପିଇବା, ଲନ୍ ରେ ଏକା ସାଙ୍ଗରେ ବୁଲିବା, କ୍ଲାସ୍ ରୁମ୍‌ରେ ତା ପାଖରେ ବସିବା, କଲେଜ ପିକ୍‌ନିକ୍ ରେ ଅଭିମନ୍ୟୁର ହାତ ଧରି ତାକୁ ଜଙ୍ଗଲ ଆଡ଼କୁ ନେଇଯିବା ଓ ଜଙ୍ଗଲରେ ଅଭିମନ୍ୟୁ ର ହାତରେ ମୋଟେ ଚୁମା ଦେଇଦେବା ଅସ୍ୱାଭାବିକ ଲାଗୁଥିଲେ ବି ସତ ଥିଲା ଓ ଅଭିମନ୍ୟୁ ଏଇଟାକୁ ଭଲ ପାଇବା କୁହନ୍ତି ବୋଲି ଜାଣିବାକୁ ଆଉ ବିଳମ୍ବ ହେଇ ନ ଥିଲା ଓ ନୋଟ ବହି ବଦଳ ବାହାନାରେ, କବିତା ଓ ପ୍ରେମପତ୍ର ସବୁ ଅଦଳ ବଦଳ ହେଉ ହେଉ ଅଭିମୁନ୍ୟ ପାଠରେ ବେଶୀ ଧ୍ୟାନ ନ ଦେଇ ସଂଘମିତ୍ରାକୁ ହିଁ ବେଶୀ ବେଶୀ ପଢ଼ିବାରେ ଲାଗିଲା ଏବଂ ଯେତେ ପଢ଼ିଲେ ସେତେ ବେଶୀ ସଂଘମିତ୍ରା ତାକୁ ନୂଆଁ ଲାଗିଲା । ଏଇ ନୂଆଁ କୋର୍ସ ପାଇଁ ପ୍ରସ୍ତୁତି ହେବାରେ ଏଥର ଅଭିମନ୍ୟୁର ସବୁତକ ସମୟ ଚାଲି ଯାଉଥିଲା ।

ବି.ଏ ଫାଇନାଲ ରିଜଲ୍ଟ ବାହାରିଲା ବେଳକୁ ଅଭିମନ୍ୟୁ ଗାଁ ରେ ଥିଲା । ସେକେଣ୍ଡ୍ କ୍ଲାସ୍ ଅନର୍ସ ପାଇବ ବୋଲି ସେ କେବେ ବି କଳ୍ପନା କରି ପାରି ନଥିଲା । ଅନ୍ୟମାନେ କଅଣ ଭାବୁଥିବେ ସେଥିପାଇଁ ତାର ଚିନ୍ତା ନ ଥିଲା କିନ୍ତୁ ସଂଘମିତ୍ରା ଯେ ତାକୁ ଖୁବ୍ ଖରାପ ଭାବୁଥିବ ଓ ତା ପାଇଁ ସେ ବି ନିଶ୍ଚୟ ଦୁଃଖିତ ଥିବ ଏକଥା ଭାବି ସେ ଖୁବ୍ ବ୍ୟସ୍ତ ହେଉଥିଲା । ଏମିତି ସମୟରେ ସଂଘମିତ୍ରା ପାଖରୁ ସେ ଗୋଟେ ଚିଠି ପାଇଲା ।

"ପ୍ରିୟ ଅଭିମନ୍ୟୁ, ତମର ରିଜଲ୍ଟ ଶୁଣି ଦୁଃଖ ଲାଗିଲା। ଆହୁରି ବି ଜାଣି ଦୁଃଖିତ ହେବ ଯେ ମୋର ବାହାଘର ଠିକ୍ ହେଇଯାଇଛି ଗୋଟେ ଇନ୍‌ଜିନିୟର୍ ସହିତ। ଏସବୁ ଏତେ ଜଲ୍‌ଦି ହେଇଗଲା ଯେ ମୁଁ ତମକୁ ଜଣେଇବା ପାଇଁ ସମୟ ପାଇଲି ନାହିଁ। ଘରେ ଜଣେଇବା ଭଳି ସାହାସ ମୋର ନାହିଁ। ତା ଛଡ଼ା ତମେ ଯଦି ପ୍ରଥମ ଶ୍ରେଣୀରେ ପ୍ରଥମ ହେଇଥାଆନ୍ତ ମୁଁ ଅନ୍ତତଃ ମାଆକୁ ଏକଥା ଜଣେଇ ବାହାଘର ଅଟକେଇ ପାରି ଥାଆନ୍ତି। ଗୋଟିଏ ସେକେଣ୍ଡ୍ କ୍ଲାସ୍ ଡିଗ୍ରୀକୁ ନେଇ ତମର ଭବିଷ୍ୟତ ରେ ମୁଁ ବେଶୀ ଆଶାବାଦୀ ନୁହେଁ। ବାପା ଜାଣିଲେ ନିଶ୍ଚୟ ରାଗିବେ ତେଣୁ ଖରାପ୍ ଭାବିବ ନାହିଁ। ତମେ ସବୁବେଳେ ମୋର ନିଶ୍ଚୟ ମନେ ପଡ଼ିବ। ଇତି ସଂଘମିତ୍ରା।"

ଅଭିମନ୍ୟୁ ରାଗିବ, ନାଁ କାନ୍ଦିବ କିଛି ବୁଝି ପାରିଲା। ସଂଘମିତ୍ରା ଖୁବ୍ ସ୍ୱାର୍ଥପର। ଗୋଟିଏ ଇନ୍‌ଜିନିୟର୍ ସ୍ୱାମୀ ପାଇଁ ସେ ତାର ପ୍ରେମକୁ ବଳି ଦେଇ ପାରିଲା।

ମାଆଙ୍କ ସ୍ୱାସ୍ଥ୍ୟର ଉନ୍ନତିର କୌଣସି ସମ୍ଭାବନା ନ ଥିଲା। ତେଣୁ ମାମୁଁଙ୍କ ବାଧ୍ୟ ବାଧକତା କ୍ରମେ ସେ ସେଇ ଗ୍ରୀଷ୍ମ ଛୁଟୀରେ ହିଁ ବାହା ହେଇଗଲା ତା ମାମୁଁ ଗାଁ ପାଖରେ ଗୋଟେ ମଫସଲି ଝିଅକୁ।

ବେଶ୍ କିଛି ଦିନ କଟିଗଲା ମଉଜରେ। ନୂଆଁ ନୂଆଁ ଲାଗିଲା। ଭୂଲି ହେଇଗଲା ସଂଘମିତ୍ରାକୁ। ତାପରେ ଆସିଲା ପୁଣି କୁଟୁମ୍ବ ଭରଣପୋଷଣର ଚିନ୍ତା ଅଧିକ ଅର୍ଥର ଆବଶ୍ୟକତା।

ଅଭିମନ୍ୟୁ ଇନ୍‌ଟରଭ୍ୟୁ ମାନ ଦେବାକୁ ଲାଗିଲା। ଗୋଟିଏ ପରେ ଗୋଟିଏ ଇନ୍‌ଟରଭ୍ୟୁ ରେ ଅକୃତ କାର୍ଯ୍ୟ ହେବା ପରେ ଗାଁରେ କିଛି ଟିଉସନ୍ ଯୋଗାଡ଼ କରିଥିଲା। କିଛିଦିନ ପରେ ଲୋକାଲ୍ ଏମ୍.ଏଲ୍.ଏ.ଙ୍କ ସୁପାରିଶ କ୍ରମେ ଗୋଟେ ପ୍ରାଇଭେଟ୍ ଫେକ୍ଟ୍ରିରେ ହିସାବ ରକ୍ଷକ ଚାକିରୀ ପାଇଲା।

ଚାକିରୀ ଟି ସେତେଭଲ ନ ଥିଲେବି କିଛି ଖରାପ ନ ଥିଲା। ଅଭିମନ୍ୟୁ ର ଆର୍ଥିକ ଅବସ୍ଥା ଅନ୍ତତଃ ସ୍ୱଚ୍ଛଳ ହୋଇ ଗଲା। ଘରର ଯାବତୀୟ ଖର୍ଚ୍ଚ ପରେବି ସେ ବଳକା କିଛି ପଇସା ଭବିଷ୍ୟତ ପାଇଁ ସଞ୍ଚୟ କରି ପାରିଲା।

କମ୍ପାନୀ ତରଫରୁ ଗୋଟେ କ୍ୱାଟର୍ ମିଳିଥିଲା ଏବଂ କମ୍ପାନୀ ଟି ପ୍ରାଇଭେଟ୍ ହେଇ ଥିବା ହେତୁ ଅଫିସ ପାଇଁ କୌଣସି ନିର୍ଦ୍ଦିଷ୍ଟ ସମୟ ନ ଥିଲା ଯଦିଓ ଉପସ୍ଥାନ ଖାତାରେ ଅଭିମନ୍ୟୁ ଦଶଟାରୁ ପାଞ୍ଚଟା ବୋଲି ଦସ୍ତଖତ ଦେଉଥିଲା ଥରେ ଅଫିସକୁ ଗଲେ ଫେରିବା ପାଇଁ କୌଣସି ସମୟ ସୀମା ନ ଥିଲା। ତେଣୁ ଆସିବାରେ ପ୍ରାୟତଃ ଅଭିମନ୍ୟୁକୁ ରାତି ନଅଟାରୁ ଦଶଟା ହେଇଯାଇଥିଲା, କିଛି ଦିନ ଅଫିସ ତାକୁ ସକାଳ ୭ଟା ରୁ ଖୋଲିବାକୁ ପଡୁଥିଲା।

ଅଭିମନ୍ୟୁ ଖୁବ୍ ଦାୟିତ୍ୱବାନ ଥିଲା ଓ ଅତି ନିଷ୍ଠାର ସହିତ ତାର ଦାୟିତ୍ୱ ତୁଲାଉଥିଲା, ତା ଛଡ଼ା ଫେକ୍ଟ୍ରି ର ପ୍ରତ୍ୟେକ ଗୋଡ଼ି, ମାଟିର ହିସାବ ତା ତୁଣ୍ଡରେ ଥିଲା ତେଣୁ ଅଭିମନ୍ୟୁ ଚାକିରିରେ ଜଏନ୍ କଲା ପରଠୁ କ୍ରମାଗତ କମ୍ପାନୀ ର ପ୍ରଫିଟ୍ ହେବାରେ ଲାଗିଲା। ଯଦିଓ ତାର ପୋଷ୍ଟ କେବଳ ହିସାବ ରକ୍ଷକର ଥିଲ। ତଥାପି ସେ କମ୍ପାନୀ ର ଲାଭ କ୍ଷତି ଉପରେ ଅଧିକ ଗୁରୁତ୍ୱ ଦେଉଥିଲା ଓ ଅଫିସ ର ଅନେକ ଅଦରକାରୀ ଖର୍ଚ୍ଚ କୁ ସେ କମେଇ ଦେଇପାରି ଥିଲା। କମ୍ପାନୀର ମେନେଜିଂ ଡାଇରେକ୍ଟର ତା ଉପରେ ଏଇଥି ପାଇଁ ଖୁବ୍ ଖୁସୀ ଥିଲେ ଏବଂ ଥରେ ବୋର୍ଡ଼ ଅଫ ଡାଇରେକ୍ଟର ମିଟିଙ୍ଗରେ ଏକଥା ଉପସ୍ଥାପିତ କରି ତାକୁ ହିସାବ ରକ୍ଷକରୁ ମେନେଜର ପ୍ଲାନିଙ୍ଗ୍ କରିବା ପାଇଁ ଗୋଟେ ରିଜୋଲୁସନ୍ କରେଇ ଥିଲେ। ବୋର୍ଡ଼ର ନିଷ୍ପତ୍ତିକ୍ରମେ ଅଭିମନ୍ୟୁ ମେନେଜର୍ ପ୍ଲାନିଙ୍ଗ୍ ହିସାବରେ ତାର କାମ ତୁଲେଇଲା ଏବଂ ତାର ଅଭୁତପୂର୍ବ ଦକ୍ଷତା ହେତୁ ଜଣେ ଦକ୍ଷ ପ୍ରଶାସକ ହିସାବରେ ନାମ ଅର୍ଜିଲା ତଥା ଅନ୍ୟ ଅନେକ ସହକର୍ମୀଙ୍କର ହିଂସା ଓ ନିନ୍ଦାର ଶୀକାର ହେଲା। ସେସବୁ ଭ୍ରୂକ୍ଷେପ ନ କରି ଅଭିମନ୍ୟୁ ସବୁବେଳେ କମ୍ପାନୀର ଲାଭ, ତଥା ସୁଚାରୁ ପରିଚାଳନା ଉପରେ ଅଧିକ ଧ୍ୟାନ ଦେଲା। କମ୍ପାନୀରେ ହେଉଥିବା ଅନେକ ହେରଫେର ଓ ଦୁର୍ନିତୀ କ୍ରମଶଃ ବନ୍ଦ ହେବାରେ ଲାଗିଲା। କମ୍ପାନୀକୁ ଆସୁଥିବା କଞ୍ଚାମାଲ ର ଅଧା ବାଟରେ ବାଟମାରଣା, ନିକୃଷ୍ଟଧରଣର କଞ୍ଚାମାଲ ଆଣି ଉତ୍କୃଷ୍ଟ ଧରଣର କଞ୍ଚାମାଲ ର ଦାମ ଦିଆ ହେଉଥିବା, ବଜାରରେ ତାଙ୍କ କମ୍ପାନୀର ନାଁ ରେ ବିକା ଯାଉଥିବା ଡୁପ୍ଲିକେଟ୍ ଜନିଷର ଜବତ ଇତ୍ୟାଦି ଅନେକ କିଛି କାମ ହାତକୁ ନେଇ ସେ ସଫଳତାର ଗୋଟିଏ ପରେ ଗୋଟିଏ ସୋପାନ ଅତିକ୍ରମ କରିଯାଉଥିଲା।

କମ୍ପାନୀ ପାଇଁ ଏତେ ସମୟ ଦେବାକୁ ପଡୁଥିଲା ଯେ ଅଭିମନ୍ୟୁ ଘର କଥା ବିଲକୁଲ ଭୁଲି ଯାଇଥଲା। ଏ ଭିତରେ ତାର ପୁଅ କଲେଜରେ ଦିଇଥର ଫେଲ ହେଇସାରି ଘରେ ବେକାର ବସିଥିଲା, ଝିଅର ଦିଇଟି ବାହାଘର ପ୍ରସ୍ତାବ ଭାଙ୍ଗି ସାରିଥିଲା, ଗାଁରେ ଥିବା ଚାଷ ଜମିକୁ ନନା ପୁଅ ଭାଇମାନେ ଜବର ଦଖଲ କରି ସାରିଥିଲେ। ରୁଗ୍ଣ ମାଆଙ୍କର ମୃତ୍ୟୁ ହେଇ ସାରିଥିଲା ଏବଂ ତଥାପି ଅଭିମନ୍ୟୁ ତାର ଦାୟିତ୍ୱରେ ଅବହେଳା କରୁ ନ ଥିଲା ଏବଂ କମ୍ପାନୀ କ୍ରମାଗତଭାବେ ଲାଭ ଦେଖେଇ ଚାଲିଥିଲା।

ଯେଉଁମାନେ କମ୍ପାନୀରୁ ନିଜର ଲାଭ ଉଠେଇ ପାରୁଥିଲେ ସେମାନଙ୍କର ଆୟର ସମସ୍ତ ବାଟ ବନ୍ଦ ହେଇଯାଇଥିଲା ଓ ଅଭିମନ୍ୟୁ ବିରୁଦ୍ଧରେ ଖୋଲତାଡ଼ କରି ତାକୁ ଯେକୌଣସି ମତେ ତାଙ୍କର ରାସ୍ତାରୁ ହଟେଇବା ପାଇଁ ଷଡ଼ଯନ୍ତ୍ର କରୁଥିଲେ।

ଅଭିମନ୍ୟୁ ବିରୁଦ୍ଧରେ ଅଣା ଯାଇଥିବା ସମସ୍ତ ଅଭିଯୋଗ ଭିତ୍ତିହିନ ପ୍ରମାଣିତ ହେଇଥିଲା। ତା ବିରୁଦ୍ଧରେ ପ୍ରସାରିତ ଅପପ୍ରଚାରର ବିଶ୍ୱାସ ଯୋଗ୍ୟ ନ ଥିଲା। ତେଣୁ କମ୍ପାନୀ ଅଭିମନ୍ୟୁକୁ ଦୋଷୀ କରି ପାରୁ ନ ଥିଲେ କିମ୍ବା ଦୋଷୀ କରିବା ପାଇଁ ଚାହୁଁବି ନ ଥିଲେ।

ଅନନ୍ୟୋପାୟ ହେଇ କିଛି କର୍ମଚାରୀ ସଂଘ ଉପରେ ଗୁରୁତ୍ୱ ଦେଲେ ଓ ସଂଘର କାର୍ଯ୍ୟାନୁଷ୍ଠାନକୁ ସକ୍ରିୟ କରିବାରେ ଲାଗିଲେ ତେଣୁ ସେହି ବର୍ଷ ପ୍ରଥମ ଥର ପାଇଁ ଫେକ୍ଟ୍ରି ରେ ଦିନକ ପାଇଁ ତାଲା ପଡ଼ିଲା ଓ ଅନ୍ୟୁନ ଚାରିଥର ପ୍ରଶାସନର ମନମୁଖୀ କାରବାର ବିରୁଦ୍ଧରେ ଧର୍ମଘଟ ହେଲା। ସେମାନଙ୍କର ପ୍ରଥମ ଦାବୀ ଥିଲା, ଅନ୍ୟ ଅନେକ ଦକ୍ଷ କର୍ମଚାରୀ ଥିବା ସତ୍ତ୍ୱେ ଅଭିମନ୍ୟୁକୁ ବିନା ପରୀକ୍ଷାରେ ପ୍ରେମୋଶନ ଦେବା ଆଇନ ବିରୁଦ୍ଧ ଥିଲା। ତେଣୁ ଅଭିମନ୍ୟୁକୁ ସେଇ ପୋଷ୍ଟରୁ ହଟେଇବା ସେମାନଙ୍କର ପ୍ରଥମ ଓ ସର୍ବପ୍ରଧାନ ଦାବୀଥିଲା। ପ୍ରଶାସନ କିନ୍ତୁ ସେ ଦାବୀ ଉପରେ ଆଦୌ ଗରୁତ୍ୱ ଦେଉ ନ ଥିଲା। କାରଣ ଏହା ଏକ ପ୍ରାଇଭେଟ କମ୍ପାନୀ ଥିଲା। କିନ୍ତୁ ସଂଘ ଏ ସଂପର୍କରେ ମୋକଦ୍ଦମା ଦାଏର କରି ଯେତେବେଳେ କୋର୍ଟରୁ ଏକ ରହିତାଦେଶ ଆଣିଲା ଓ ମାମଲା ବଢ଼ି ଚାଲିଲା କମ୍ପାନୀ ଅନନ୍ୟୋପାୟ ହେଇ ଏ ସଂପର୍କରେ ଏକ ନିଷ୍ପତ୍ତି ନେବା ପାଇଁ ସଂଘକୁ ଗୋଟିଏ ସମୟ ମାଗିଲା ଓ ଅଭିମନ୍ୟୁ ଗୋଟିଏ ମାସ ଛୁଟିରେ ରହିବା ପାଇଁ ବାଧ୍ୟ ଥିଲା।

ଜୀବନର ସପ୍ତରଥୀଙ୍କ ସହ ଯୁଝି ସମସ୍ତଙ୍କୁ କ୍ରମଶଃ ଜିଣି ସାରୁଥିବାବେଳେ ଅଭିମନ୍ୟୁ ର ଏବେ ସବୁକିଛି ହରେଇବାର ପାଳିଥିଲା।

ଛୁଟିରେ ଥିବା ସମୟରେ ସେ ପ୍ରଥମ ଥର ପାଇଁ ସଂଘମିତ୍ରା କୁ ଭେଟିଥିଲା ପାଖ ସହରରେ ଅଚାନକ ଭାବେ ଏବଂ ଜାଣିବାକୁ ପାଇଥିଲା ଯେ ତାର ଇନ୍‌ଜିନିୟର୍ ସ୍ୱାମୀ ଦ୍ୱାରା ସେ ଅନେକ ଦିନରୁ ପରିତ୍ୟକ୍ତା ଏବଂ ଅଭିମନ୍ୟୁ କୁ ଠକି ଦେଇଥିବାର ଦୁଃଖରେ ଅନୁତପ୍ତା।

ଛୁଟୀରେ ଥିବା ସମୟରେ ହିଁ ଅଭିମନ୍ୟୁ ପ୍ରଥମ ଥର ପାଇଁ ଆବିଷ୍କାର କଲା ଯେ ତାର ସ୍ତ୍ରୀ ରୁଗ୍‌ଣ। ବଡ଼ପୁଅ ମଦପିଇ ରାତିରେ ଘରକୁ ଫେରୁଛି। ଝିଅ ତାର କଲେଜ ସହପାଠୀ ସହିତ ପ୍ରେମରେ ପଡ଼ିଛି। ଗାଁର ଚାଷ ଜମି ନନାପୁଅ ଭାଇମାନେ ଅକ୍ତିଆର କରି ନିଜ ନାଁରେ କରେଇନେଇଛନ୍ତି।

ଅଭିମନ୍ୟୁ କମ୍ପାନୀ କ୍ୱାଟରର ବେଲକୋନୀରେ ଆରାମ ଚେୟାରରେ ଢୁଳେଇ ଯାଇ ପଛକୁ ଫେରି ଚାହିଁଛି। ଏତେ ସବୁ ସଂଘର୍ଷ ଭିତରେ ସେ ସତରେ କଅଣ ପାଇଛି। ଅଭିମନ୍ୟୁ ମାନଙ୍କ ଭାଗ୍ୟ କ'ଣ କେବଳ ଚକ୍ରବ୍ୟୂହ ଭିତରକୁ ପଶିଯିବା

ପାଇଁ, ଚକ୍ରବ୍ୟୂହ ଭିତରୁ ବାହାରିବାର ରାସ୍ତା ସତରେ କ'ଣ ଅଭିମନ୍ୟୁ ମାନଙ୍କୁ ଜଣା ନ ଥାଏ।

ଅଭିମନ୍ୟୁ ଶୋଇ ଶୋଇ ସ୍ୱପ୍ନ ଦେଖୁଛି ସପ୍ତ ମହାରଥୀଙ୍କ ଭଳି ସାତଟି ଲୋକ ସୁସଜ୍ଜିତ ଅସ୍ତ୍ର ଶସ୍ତ୍ରରେ ଅଭିମନ୍ୟୁକୁ ଏକା ସଙ୍ଗରେ ଆକ୍ରମଣ କରିବା ପାଇଁ ଧାଇଁ ଆସୁଛନ୍ତି। ଅଭିମନ୍ୟୁ ଚିତ୍କାର କରୁଛି ଏଇଟା ଯୁଦ୍ଧର ନିୟମ ନୁହେଁ, ଆପଣମାନେ ମୋ ପ୍ରତି ଅନ୍ୟାୟ କରୁଛନ୍ତି। କ୍ରମଶଃ ସେମାନେ ଅଭିମନ୍ୟୁକୁ ଘେରି ଯାଇଛନ୍ତି, ଅଭିମନ୍ୟୁ ମୁଣ୍ଡରେ ହାତ ଦେଇ ବସିଯାଉଛି, ଉପରକୁ ଅନାଉଛି, ସପ୍ତରଥି ଙ୍କ ଛାତିରେ ଅକ୍ଷରରେ କିଛି ନାଁ କିଛି ଲେଖା ଅଛି। ଅଭିମନ୍ୟୁ ପଢ଼ିବା ପାଇଁ ଚେଷ୍ଟା କରୁଛି ବିଦ୍ୟା, ପ୍ରେମ, ବୃତ୍ତି, ବିବାହ, ଅର୍ଥ, ରୋଗ, ମୃତ୍ୟୁ। ଅଭିମନ୍ୟୁ ଚିନ୍ତା କରୁଛି, ଜଣ ଜଣ କରି ସମସ୍ତଙ୍କ ସହିତ ଯୁଦ୍ଧ କରି ମୁଁ ଜିତି ସାରିଛି ତେବେ ଏକା ସଙ୍ଗରେ ଏତେ ଜଣଙ୍କ ସଙ୍ଗରେ ଯୁଦ୍ଧ କରିବା କଅଣ ସମ୍ଭବ। ଅଭିମନ୍ୟୁ ତଥାପି ଖଡ଼ଗ ଧରୁଛି ଓ ଅନେକ ଖଣ୍ଡାର ଝଣ୍‌ଝଣାତ୍ ଶବ୍ଦରେ ତାର ନିଦ ଭାଙ୍ଗି ଯାଉଛି।

■■

ଏକ ଦୁର୍ଦ୍ଦିନର ଦିନ

ସାମାନ୍ୟ ଗୋଟିଏ ରସିଦ ପାଇଁ ଯେ ସବୁକିଛି ଓଲଟ ପାଲଟ ହୋଇଯିବ ଏହା ମୁଁ କେବେ ବି ଭାବି ନ ଥିଲି। କାମ ଭିଡ଼ରେ ମୋଟର ସାଇକେଲ ର ବାର୍ଷିକ କର ଦେଇ ପାରୁ ନ ଥିଲି। ଅଫିସ ଗଲା ବାଟରେ ଏମ:ଭି:ଆଇ: ଚେକିଂ। ବାଧ୍ୟ ହେଇ ଛୁଟୀ ନେଲି। ପଚାଶ ଟଙ୍କା ଫାଇନ ଦେଇ ଗାଡ଼ି ଆଣିଲି ଏବଂ କୈଫିୟତ ଦେଇଥିଲି ଜମା ହେଇଛି ଖାତାରେ ଚଢ଼ା ହେଇନି। ସେମାନେ ମୋତେ ରସିଦ ମାଗିଲେ, ମୁଁ କହିଲି ଘରେ ଅଛି। ମୋର ଅଫିସ ଠିକଣା ଦେଖି ବୋଧେ ସେମାନେ ମୋର କୈଫିୟତରେ ବିଶ୍ୱାସ କରିଗଲେ। ଭାବିଲି ଛୁଟୀ ନେଇଛି ଯେତେବେଳେ ଏ ବର୍ଷର ଟେକ୍ସ୍ ବୁଝେଇଦେବି। ଆର:ଟି:ଓ ଅଫିସରେ କେହି ନ ଥିଲେ। ଗୋଟେ ପିଅନ ଢୁଳଉଥିଲା ଅଫିସ ବାରଣ୍ଡାରେ ତାକୁ ନିଦରୁ ଉଠେଇଲି। ସେ ମୋ ଉପରେ ଭୀଷଣ ରାଗିଗଲା। ଦେଖି ପାରୁନାହାନ୍ତି ମୁଁ ଶୋଇଛି। ବୋଧେ କୋଉଠି ମାଗଣାରେ ଗଞ୍ଜେଇ ପାଇଯାଇଥିଲା। ବିଚରା ଯାକୁ ରାଗି କିଛି ଲାଭ ନାହିଁ। ପୁଣି ଢୁଳେଇ ବସିଲାଣି। ଗୋଟେ ଲୋକ ମୋ ଆଡ଼କୁ ହସି ହସି ଆସିଲା ଯେମିତି ସେ ମୋର ଅନେକ ଦିନର ଚିହ୍ନା। ମୋତେ ପଚାରିଲା କୁଆଡ଼େ ଆସିଲେ। ମୁଁ ମୋର କାମଟା ତାକୁ ବତେଇଲି ଏବଂ ସଂକୋଚରେ ପଚାରିଲି ଅଫିସରେ କେହି ନାହାନ୍ତି କି, ଆପଣ କଅଣ ଏଇଠି

କାମ କରନ୍ତି ସେ ବୋଧେ ମନେ ମନେ ମୋତେ କହୁଥିଲା ମୁର୍ଖ କୋଉଠିକାର ମୋତେ ଚିହ୍ନି ପାରୁନୁ, ସେ ମୋତେ କିଛି ଏମିତି ଭଙ୍ଗୀରେ ଅନେଇଲା ଓ କହିଲା, ଏ ଅଫିସକୁ ନୂଆଁ ଆସିଛନ୍ତି ବୋଧେ ଏଇଟା ସବୁବେଳେ ଏମିତି ଖାଲିଥାଏ, ବାବୁମାନେ ସବୁବେଳେ ବାହାରିଆ କାମରେ ବ୍ୟସ୍ତ, ବାହାରିଆ କାମ ର ଅର୍ଥ ଯଦିଓ ମୁଁ ଠିକ ଭାବରେ ବୁଝି ପାରୁଥିଲି କିଛି ନ ବୁଝିବାର ଛଳନା କରି ପଚାରିଲି ତେବେ ଅଫିସ କାମ ତକ କେମିତି ହୁଏ ? ସେ ନିଃସଙ୍କୋଚରେ ଦାନ୍ତ ନିକୁଟେଇ କହିଲା ଆମେମାନେ କଅଣ ପାଇଁ ଅଛୁ। କୁହନ୍ତୁ ଆପଣଙ୍କ ପାଇଁ କଅଣ କରି ପାରିବା। ଏମିତି ସମୟରେ ଆଉ ଜଣେ ଲୋକ ମୋତେ ଆସି ପଚାରିଲା କଅଣ ନୂଆଁ ଗାଡ଼ି ଲାଇସେନ୍ସ୍ କରିବେ। ଆସନ୍ତୁ ଆସନ୍ତୁ ମୁଁ କରିଦେବି। ଏମାନଙ୍କ ହାବୁଡ଼ରେ ପଡ଼ିଲେ ମାସେ ଲାଗିଯିବ। ମୋର ସ୍ୱତନ୍ତ୍ର ଗୋଟେ ଅଫିସ ଅଛି ହେଇ ଦେଖନ୍ତୁ, ମୋ ତଳେ ଦଶ ଜଣ ଲୋକ କାମ କରୁଛନ୍ତି, ମୁଁ ହେଉଛି ବସ୍, ମୋର ଗୋଟେ ନିର୍ଦ୍ଦିଷ୍ଟ ଠିକଣା ଅଛି, ଏଇ ନିଅନ୍ତୁ ମୋ କାର୍ଡ, କାମ କଅଣ ମୋତେ ଦେଇଦିଅନ୍ତୁ। ଆପଣ ପରେ ଆସି ମୋଠୁ ସଂଗ୍ରହ କରି ନେଇଯିବେ। ଏମାନଙ୍କର କଅଣ ଠିକଣା ଅଛି। ବାରବୁଲା, ଭିକାରୀ, ଆଜି ଏଇ ଅଫିସରେ କାଲି ସେଇ ଅଫିସରେ, ପଇସା ଧରି ଛୁ ଚମ୍ପଟ। ତା ପରେ ଉଭୟଙ୍କ ମଧ୍ୟରେ ବଚସା ହେଲା, କଲର ଧରା ଧରି, ଧସ୍ତାଧସ୍ତି, ଆହୁରି କିଛି ଲୋକ ଜମା ହେବା ବେଳକୁ ମୁଁ ସେଇଠୁ ପାନ ଦୋକାନ ଯାଏ ଖସି ଆସିସାରିଥିଲି। ସିଗାରେଟ ଟାଣୁ ଟାଣୁ ଭାବୁଥିଲି ଏଇ ଦଲାଲ ବ୍ୟବସାୟ ଆମ ଦେଶରେ କେବେଠୁ ଆରମ୍ଭ ହେଲା ଏବଂ ଏଥିପାଇଁ କେତେ ପରିମାଣରେ ଅଫିସ କର୍ମଚାରୀ, କେତେ ପରିମାଣରେ କର୍ତ୍ତୃପକ୍ଷ ଏବଂ କେତେ ପରିମାଣରେ ଆମେମାନେ ଦାୟୀ।

କିଛି ସମୟ ପରେ ଗୋଟିଏ ଜିପ୍‌ରୁ ଯିଏ ଓହ୍ଲେଇଲେ ସିଏ ବୋଧେ ଅଫିସର ସର୍ବୋଚ୍ଚ କର୍ମକର୍ତ୍ତା। ମୁଁ ଚତୁରତାର ସହ ଦଲାଲ ମାନଙ୍କୁ ଏଡ଼େଇଦେଇ ତାଙ୍କ ପ୍ରକୋଷ୍ଠକୁ ପହଞ୍ଚିଲି ଏବଂ ମୋର ଦୁଃଖ ଜଣେଇଲି। ସେ ଢୁଳଉଥିବା ପିଅନ କୁ ଡାକି ଗୋଟିଏ ଫାଇଲ୍ ମାଗିଲେ ଓ ଗୋଟିଏ କର୍ମଚାରୀ ର ନାଁ ଧରି ତାକୁ ଡାକିବା ପାଇଁ କହିଲେ। ପିଅନ କହିଲା ସାର ସିଏ ଘରକୁ ଯାଇଛନ୍ତି ଖାଇବା ପାଇଁ। ଅନେକ ସମୟ ଯାଏ ଅପେକ୍ଷା କରିବା ପରେ ମୋତେ କୁହାଗଲା ଆଉଦିନେ ଆସିବା ପାଇଁ। ମୁଁ ଚୁପ୍ ଚାପ୍ ପ୍ରକୋଷ୍ଠ ଭିତରୁ ବାହାରି ଆସିଲି। କ'ଣ   ଆଉଦିନେ ଯା ପାଇଁ ଛୁଟି ନେବି। ମୁଁ ପାନଦୋକାନରେ ପୁଣି କିଛି ଗୋଟିଏ ଆକସ୍ମିକତାର ଅପେକ୍ଷାରେ ବସିଲି। ଠିକ ଏତିକି ବେଳକୁ ଆସିଲା ସୁରେଶ, ଗୋଟିଏ ଛୋଟ ସାଇକେଲରେ, ପାଦଦୋକାନର ବେଞ୍ଚ ଉପରେ ଗୋଡ଼ ଲଦି ଅଟକିଗଲା ଓ କହିଲା ଗୋଟେ ସିଗାରେଟ

ଦେଲୁ ବେ, ତାର ଆଖି ଲାଲ ପଡ଼ି ଯାଇଥିଲା ମଦ ନିଶାରେ, କଡ଼ା ପାନ ଓ ଉକ୍ଟ ମଦର ଗନ୍ଧରେ ରହିହେଉ ନ ଥିଲା ତା ପାଖରେ। ଆମ ଗଳିରେ ଆସି ଦାଦାଗିରି ଚାଲିଛି ! ଶଳେ।" ବିଡ୍ ବିଡ୍ ହେଉଥିଲା ସୁରେଶ। ପାନ ଦୋକାନୀ ତାକୁ ଗୋଟେ ସିଗାରେଟ ଦେଲା। ସୁରେଶ ପାନ ଛେପ ପକେଇଲା ଓ ସିଗାରେଟ କୁ ଗୁଞ୍ଜିଲା ମୁହଁରେ। ପାନଦୋକାନୀ ନିଆଁ ଧରେଇବା ପାଇଁ ଉଦ୍ଦିଷ୍ଟ ନଡ଼ିଆ ରସିକୁ ବଢ଼େଇଦେଲା ତା ହାତକୁ। ସୁରେଶ ନିଆଁ ଧରେଇ ସାରି ଦି ହୁଲା ଧୂଆଁ ଫୁଙ୍କିଲା ଓ କାଶିଲା। କାଶି କାଶି ସେ ସାଇକେଲ ରୁ ଓହ୍ଲେଇଗଲା ଓ ବେଞ୍ଚ ଉପରେ ବସିଲା। ନିଶା ପାଇଁ ସେ ତାର ଭାରସାମ୍ୟ ରକ୍ଷା କରି ପାରୁ ନ ଥିଲା। ଗୋଟିଏ ଖମ୍ବ ଉପରେ ତାର ମୁଣ୍ଡକୁ ରଖି ବସିବାକୁ ଚେଷ୍ଟା କରୁଥାଏ ଓ ପୁଣି ମୁଣ୍ଡଟି ଖସି ଆସୁଥାଏ।

ମୁଁ ବିଶ୍ୱାସ କରି ପାରୁ ନ ଥାଏ ଏଇଟା ସେଇ ସୁରେଶ ଯିଏ ଏକଦା ମୋ ସଙ୍ଗରେ କଲେଜରେ ପଢୁଥିଲା। ଯଦିଓ ଭଲ ପାଠ ପଢୁ ନ ଥିଲା ତଥାପି ଖୁବ୍ ସ୍ମାର୍ଟ ଓ ଏକଟିଭ ଥିଲା। ମଦ, ସିଗାରେଟ, ପାନ କୌଣସି ବଦଭ୍ୟାସ ନ ଥିଲା ତା ପାଖରେ। କିନ୍ତୁ ଭାରୀ ବୋରିଂ ଥଲା। ଯଦିଓ ସେତେ ଭଲ ସ୍ୱାସ୍ଥ୍ୟ ତାର ନ ଥିଲା ତଥାପି ସୁଯୋଗ ମିଳିଲେ ତାଠୁ ବଳୁଆ ପିଲାଙ୍କୁ ବି ସେ ଚେଲେଞ୍ଜ କରି ଡରେଇ ଦେଇ ପାରୁଥିଲା। ଅଳ୍ପ କଥାରେ ରାଗି ଯାଉଥିଲା। ଦରକାର ପଡ଼ିଲେ ମାଡ଼ପିଟ କଥା ଯଦିଓ ସବୁବେଳେ କହେ କେବେବି କାହାକୁ ପିଟି ନ ଥିଲା।

କଲେଜରେ ସୁନାମ ଥିଲା ଏଇଥି ପାଇଁ ଯେ ସବୁ କାମକୁ ସେ ଆଗଭର ଥିଲା। କାହା ଉପରେ ଦାଦାଗିରି କରାଗଲେ ସେ ଦୁର୍ବଳ ପିଲାଟା ର ସପୋର୍ଟ କରି ଲଢୁଥିଲା। ଗରିବ ଛାତ୍ରମାନଙ୍କ ପ୍ରତି ତାର ଖୁବ୍ ସହାନୁଭୁତି ଥିଲା। ସେମାନଙ୍କୁ ସାହାଯ୍ୟ କରିବା ପାଇଁ ସୁରେଶ ପଛଉ ନ ଥିଲା। ଥରେ ଗୋଟିଏ ଗରୀବ ଛାତ୍ରକୁ ନେଇ ସାଙ୍ଗମହଲରେ ଥଟ୍ଟା କରାଯାଉଥିବା ବେଳେ ସୁରେଶ ସମସ୍ତଙ୍କ ଉପରେ ରାଗି ଖୁବ୍ ଗାଳି ଗୁଲଜ କରିଥିଲା ଓ ଗରିବକୁ ଉପହାସ କରା ନ ଯିବା ପାଇଁ ପ୍ରତିବାଦ ସ୍ୱରୂପ କାହାରି ସଙ୍ଗରେ କଥାବାର୍ତ୍ତା କରି ନ ଥିଲା। ପିକ୍‌ନିକ୍ ରେ ସବୁକାମ ନିଜ ହାତକୁ ନେଉଥିଲା। ଇଲେକ୍‌ସନ୍ ସମୟରେ ନିଜେ ପୋଷ୍ଟର ସବୁ କାନ୍ଥବାଡରେ ଛାପୁଥିଲା। ଯଦିଓ କାହାରିକୁ ସେ ସପୋଟ୍ କରୁ ନ ଥିଲା। ଏଇଥି ପାଇଁ ଥରେ ଗୋଟିଏ ଦଳ ତା ସାଙ୍ଗରେ ଝଗଡ଼ା ବି କରିଥିଲେ କାରଣ ଦୁଇଟିଯାକ ବିରୋଧି ଦଳର ପୋଷ୍ଟର ସେ ଏକା ସାଙ୍ଗରେ ଗୋଟିଏ କାନ୍ଥରେ ମାରୁଥିଲା। ତାକୁ ଧମକ ଦିଆଯାଇଥିଲା ଯାହାକୁ ହେଲେ ବି ଗୋଟିଏ ଦଳକୁ ସପୋର୍ଟ୍ କରିବା ପାଇଁ ଏବଂ ସୁରେଶ ସେମାନଙ୍କୁ ଖାତିର ନ କରି ଉଭୟ ଦଳର ପୋଷ୍ଟର ଉପରେ ଛେପ ପକେଇ ଦେଇ ଚାଲି ଆସିଥିଲା।

ସୁରେଶ ଭଲ ପାଠ ପଢୁ ନ ଥିଲା । ତଥାପି ସମସ୍ତଙ୍କ ସାଙ୍ଗରେ ଭଲ ସଂପର୍କ ରଖି ପାରୁଥିଲା । କାହାକୁ ସେ ଅନାଦର କରୁ ନ ଥିଲା ଏବଂ ସୁରେଶକୁ ବି ସମସ୍ତେ ଭଲ ପାଉଥିଲେ ଯଦିଓ ତାର ମାଡୁଆ ଗୁଣ ଯୋଗୁଁ କିଛି ଲୋକ ତା ସଙ୍ଗରେ ସାଙ୍ଗ ହେବା ପାଇଁ ଭୟ କରୁଥିଲେ ଓ ଗାଳି ଶୁଣିବାର ଭୟରେ ତାଠୁ ଦୁରେଇ ରହୁଥିଲେ । ତେବେ ମୋଟ ଉପରେ କହିବାକୁ ଗଲେ ସୁରେଶର କେହି ଶ୍ରତ୍ରୁ ବି ନ ଥିଲେ । କାରଣ ଇଲେକ୍ସନ୍ ସରିଯିବା ପରେ ପୁଣି ସମସ୍ତେ ସୁରେଶ ସାଙ୍ଗରେ ଏକ ହୋଇ ଯାଉଥିଲେ, କାରଣ ଯାହା ବି ଇଲେକ୍ସନ ହେବ ସୁରେଶ ସବୁଥିରେ ବେଶୀ କାମ କରିବ । ଇଲେକ୍ସନ ର ବିଜୟ ଶୋଭା ଯାତ୍ରାରେ ବ୍ୟାଣ୍ଡ ବଜେଇବାଠାରୁ ଏନୁଏଲ୍ ଫଙ୍କ୍‌ସନ୍ ରେ ଚୌକି ସବୁ ବୋହିବା ପର୍ଯ୍ୟନ୍ତ ସବୁଠି ସୁରେଶ ଥିବ । କୃତିତ୍ୱର ସହ ନ ହେଲେ ବି ଅନ୍ତତଃ ସୁରେଶ ବି.ଏ ଟି କୌଣସି ମତେ ପାସ କରିଯାଇଥିଲା । ତା ପରେ ଦି ବର୍ଷ ପରେ ଥରେ ଦେଖିଥିଲି ସୁରେଶକୁ ବସ୍‌ଷ୍ଟାଣ୍ଡ ପାଖରେ ଗୋଟେ ଛୋଟ ହୋଟେଲ କରିଥିଲା । ମୁଁ ପି.ଜି ସାରି ଫେରିବା ବେଳକୁ ସୁରେଶର ହୋଟେଲ ଆଉ ନ ଥିଲା । ମୁଁ ସୁରେଶ କୁ ଭେଟିଥିଲି ଗୋଟେ ପାନଦୋକାନରେ କିଛି ଜୁନିୟର ପିଲାଙ୍କ ସହିତ ବସି ସିଗାରେଟ ଟାଣି ବକ୍ ବକ୍ ହେଉଥିବା ଅବସ୍ଥାରେ । ସେଇ ବୋଧେ ମୁଁ ଶେଷ ଭେଟିଥିଲି ସୁରେଶକୁ । ତା ପରେ ଆଜି ଏଇ ଦେଖୁଛି ଦଶବର୍ଷ ପରେ ଏମିତି ଅବସ୍ଥାରେ ।

ଏ ଭିତରେ ସୁରେଶ କିଛିଟା ଭୁଲେଇ ସାରିଥିଲା । ମଦର ନିଶା ବୋଧେ ଟିକେ ଫାଙ୍କି ଯାଇଥିଲା । ସେ ପାନଦୋକାନୀକୁ କହିଲା ଟିକେ ଚିଲମ ଦେଲୁବୋ, ଶଳା ଶହେ ଟଙ୍କାର ନିଶା ଆଜି ବେକାର ହେଇଗଲା । ଠିକ୍ ଏତିକି ବେଳେ ମୋ ଆଖି ସହିତ ସୁରେଶ ର ଆଖି ଏକ ହେଇଗଲା ଏବଂ ଚିହ୍ନିପାରି ସୁରେଶ ମୋତେ କହିଲା ଆରେ ଦୋସ୍ତ ! ତୁ କୁଆଡ଼େ । ମୁଁ ସଂକ୍ଷେପରେ ତାକୁ ମୋର ଆସିବାର କାରଣ ଜଣେଇଲି । ସୁରେଶ ଭୀଷଣ ରାଗିଗଲା । ରାଗିଯାଇ ପାନଦୋକାନକୁ ଗୋଟେ ଗୋଇଠା ମାରିଲା । ଗୋଇଠା ମାରିସାରି ପାଦଦୋକାନୀର କଲର ଧରି ତାକୁ କହିଲା ଶଳା ଚିହ୍ନି ପାରୁନୁ, ଦେଖ ଏଇଟା ମୋର ସାଙ୍ଗ, ତାକୁ କେତେବେଳୁ ଏମିତି ଠିଆ କରେଇଛୁ, ତୁ ସିଗାରେଟ ଟାଣିବୁ, ମୁଁ ହଁ ନାଁ କିଛି କହି ପାରୁ ନ ଥାଏ, ଦୋକାନୀ ଦିଇଟା ସିଗାରେଟ ବଢ଼େଇଲା, ମୋତେ ଭାରୀ ଖରାପ ଲାଗୁଥାଏ ଏମିତି ଏକ ପରିସ୍ଥିତିରେ, ମୋର ଅଫିସ ମୋର ଷ୍ଟେଟସ୍ କଥା ଭାବି ମୁଁ ଆହୁରି ସଙ୍କୋଚ କରୁଥାଏ । କେହି ଯଦି ମୋତେ ଏବେ ଦେଖିଦିଏ ସେ କଅଣ ଭାବିବ, ମୋତେ ଦୁଃଖ ଲାଗୁଥିଲା ଯେ ଏକଦା' ମୁଁ ଏମିତି ଏକ ପିଲା ସଙ୍ଗରେ ପଢୁଥିଲି, ସେ ମୋତେ କାହିଁକି ଚିହ୍ନି ପକେଇଲା ଯେ, ତା ଆଗରୁ ମୁଁ କାହିଁକି ଏଇଠୁ ପଳେଇ ନ ଗଲି ।

ସୁରେଶ ମୋତେ ଟାଣି ଟାଣି ଅଫିସ ଭିତରକୁ ନେଇଗଲା। ନେଇଯାଇ ଜବରଦସ୍ତି ଗୋଟିଏ ଚେୟାରରେ ବସେଇଲା। ମୁଁ ଚେୟାର୍‌ରେ ବସି ସାରିଲା ପରେ ମୋତେ ପଚାରିଲା କ୍ୟା ଚଲେଗା, ଚାୟ, ନାସ୍ତା ୟା କଫି। ମୁଁ ମନା କଲି, ତଥାପି ସେ ପିଅନକୁ ଅର୍ଡ଼ର କଲା ଯାବେ ଚ଼ ନେଇ ଆ, ମୁଁ ସୁରେଶ କୁ ପଚାରିଲି ତୁ ଏଇଠି କାମ କରୁ କି, ସୁରେଶ ବହୁତ ଜୋର୍ ହସିଲା, ହସି ହସି ସେ ରାମାୟଣ ଧାରାବାହିକର ରାବଣ କୁ ଅନୁକରଣ କଲା, ଅନୁକରଣ କରି ହସୁହସୁ କହିଲା ଜାଣିଛୁ ଦୋସ୍ତ, ମୁଁ ଏଠିକାର ସମ୍ରାଟ, ଏଇଠି ମୋ ଇଙ୍ଗିତରେ କାମ ହୁଏ, ମୁଁ କାମ କରେ ନୁହେଁ, କାମ କରାଏ, ସେଇଟା ପୁଣି କେମିତି ଜାଣିଛୁ, ସେ ଠିଆ ହୋଇ ଗୋଟେ ଚେୟାର୍‌କୁ ଜୋର୍‌ରେ ଲାତ ମାରିଲା, ଚେୟାର୍ ଟି କିଛିବାଟ ଯାଇ ଆଉ ଗୋଟେ ଚେୟାର୍‌ରେ ବାଜି ଓଲଟି ପଡ଼ିଲା, ଗୋଟେ ପିଅନ ଦୌଡ଼ି ଆସି କହିଲା କଣ କରୁଛନ୍ତି ସୁରେଶ ବାବୁ ବଡ଼ବାବୁ ଆସିଗଲେଣି, ସୁରେଶ କହିଲା ଡକାବେ ତୋର ବଡ଼ବାବୁ କୁ। ମୁଁ କାହାକୁ ଡରେନା। ମୁଁ ଭୁଲ ବୁଝୁଥିଲି, ସୁରେଶ ର ମଦର ନିଶା ଉତୁରି ନ ଥିଲା, ସେ ବୋଧେ ମଦ ସହିତ କିଛି ଗଞ୍ଜେଇ ବି ପିଇଦେଇଥିଲା, ତେଣୁ ଆଦୌ ହୋସରେ ନ ଥିଲା। ମୋତେ ସୁରେଶ କହିଲା, ଦେଖା ଦେଖା ତୋର୍ କାଗଜ ପତ୍ର, ମୁଁ କାଗଜ ବଢ଼େଇଲି, ସେ ତା ପକେଟରେ ପୁରେଇ ଦେଲା, ମୋତେ କହିଲା କାମ ହେଇଯିବ ଦେ ପଚାଶ ଟଙ୍କା ମୁଁ ଥଟ୍ଟାରେ କହିଲି ସୁରେଶ ତୁ ମୋଠୁ ବି ଲାଞ୍ଚ ନେବୁ, ବୋଧେ ସୁରେଶ ର ଆଗର ପ୍ରକୃତି ବଦଳି ନ ଥିଲା, ସେ ହଠାତ ରାଗିଗଲା, ମୁଁ ତୋତେ ଲାଞ୍ଚ ମାଗୁଛି, ଶେଷରେ ତୁ ବି ଏଇୟା ବୁଝିଲୁ, ଆବେ ମୁଁ ଯଦି ଲାଞ୍ଚ ଖାଇଛି, ତୁ ଏ ଅଫିସଟା ଯାକ ପଚାର, ପଚାର ସୁରେଶ କାହାଠୁ କେବେ ଲାଞ୍ଚ ଖାଇଛି, ସୁରେଶ ବହୁତ ଜୋର୍ ପାଟି କରି କହୁଥିଲା, ମୁଁ ଭୟରେ ଚୌକି ଉପରୁ ଉଠୁଥିଲି, ସୁରେଶ କହୁଥିଲା, ମୁଁ ଯଦି ଲାଞ୍ଚ ଖାଇଛି ତେବେ ଏ ଅଫିସର ସମସ୍ତେ ଲାଞ୍ଚ ଖାଉଛନ୍ତି, ଏ ଚୌକି, ଟେବୁଲ, ଫାଇଲ ପତ୍ର ସମସ୍ତେ ଲାଞ୍ଚ ଖାଉଛନ୍ତି, ଏ ଦେଶର ସମସ୍ତେ ଲାଞ୍ଚ ଖାଇଛନ୍ତି, ତୁ ବି ଖାଇଛୁ, ସୁରେଶ ତାପରେ ମୋ ଉପରକୁ ଆକ୍ରମଣାତ୍ମକ ଭଙ୍ଗୀରେ ଆଗେଇଲା, ମୁଁ ଠିକ ଚୌକିରୁ ଉଠିବି ଭାବୁଥିଲି ମୋତେ ବୋଧେ ସେ ଚୌକିରେ ଜବର୍‌ଦସ୍ତ ବସେଇ ଦେବା ପାଇଁ ଧକ୍‌କା ଦେଲା ଓ ମୁଁ ଚୌକି ସହିତ ତଳେ ପଡ଼ିଗଲି, କିଛିଲୋକ ୟା ଭିତରେ ଜମା ହେଇଯାଇଥିଲେ, ମୋତେ ତଳୁ ଉଠେଇବା ପାଇଁ ଧାଇଁ ଆସିଲେ, ପଛପଟରୁ ମୋର ମୁଣ୍ଡ ଫୁଲି ଯାଇଥାଏ, ତଥାପି ସୁରେଶର ରାଗ କମି ନ ଥାଏ, ସେ ଚିତ୍କାର କରି ଫାଇଲ୍ ସବୁ ଫିଙ୍ଗି ବସିଲା, ଚୌକି, ଟେବୁଲ ଓଲଟେଇଦେଲା ବେଳକୁ ପୋଲିସ ଆସି ସାରିଥିଲେ। ସୁରେଶ ର ଡାହାଣ ହାତରେ

ଜୋର୍‌ରେ ବାଡ଼େଇଲେ ଓ ତାକୁ ଜବରଦସ୍ତ ଟାଣି ନେଇ ଯାଉଥିଲେ। ସୁରେଶ ସମଗ୍ର ଦେଶବାସୀଙ୍କୁ ଅଶ୍ରାବ୍ୟ ଭାଷାରେ ଗାଳି ଦେଇ ଦେଇ ଘୋସାରି ହେଇ ଯାଉଥାଏ।

ଅଫିସର କିଛି କର୍ମଚାରୀ ମୋ ପାଖକୁ ଆସି ସହାନୁଭୂତି ଦେଖେଇଲେ। ଆପଣଙ୍କ ଭଳି ଭଦ୍ରଲୋକ କେମିତି ତା ହାବୁଡ଼ରେ ପଡ଼ିଗଲେ। ଆମେ ସେଇ ଗୋଟେ ପିଲା ପାଇଁ କେହି କାମ କରି ପାରୁନୁ। ଯେତେବେଳେ ଦେଖିବେ ମଦ, ଦାଦାଗିରୀ, ହୋ ହଲ୍ଲା, କାଲି ଆସିବେ ତ ଦେଖିବେ ପୁଣି ସେଇ ସମାନ ଦୃଶ୍ୟ। ଏମିତିରେ କଅଣ କେହି କାମ କରିପାରେ, କାହାର ପଡ଼ିଛି ତା ସଙ୍ଗରେ ଲାଗିବ, ଯିଏ ଲାଗିବ ମାଡ଼ ଖାଇବ। ଆପଣ ପଳାନ୍ତୁ ଆଜ୍ଞା ଅନ୍ୟଦିନ ଆସନ୍ତୁ।

ମୁଁ ସୁରେଶ କଥା, ଦେଶ କଥା ଓ ଦୁନିଆଁ କଥା ଚିନ୍ତା କରୁକରୁ ଘରକୁ ଫେରି ଆସିଥିଲି। ସତରେ ଆଜି ଦେଶର ଏ ଉଶୃଙ୍ଖଳ ଯୁବକ ମାନଙ୍କର ଏ ଅବସ୍ଥା ପାଇଁ କିଏ ଦାୟୀ।

ଭଗବାନଙ୍କୁ ପ୍ରାର୍ଥନା କଲି ଏମିତି ଦୁର୍ଦ୍ଦିନ ଆଉ ଜୀବନରେ କେବେ ନଆସୁ ବୋଲି।

■■

ଯାହା ଯେମିତି ହେବାର ଥାଏ

ମୁହଁ ପୋତି କାଉଣ୍ଟରରେ କାମ କରୁଥବା ସମୟରେ ଗୋଟିଏ ପରିଚିତ ସ୍ୱର ଶୁଣି ଚମକି ଉଠିଥିଲି ମୁଁ। ମୋ ଆଖି ଦିଶେ ନାଇଁ ସାହେବ ମୋ ପେମେଣ୍ଟ ଟା ଜଲଦି ଦେଇଦେ। କାଉଣ୍ଟର ସାମାନାରେ କାଉଣ୍ଟର ଭିତରକୁ ହାତ ଗଳେଇ ଛିଡ଼ା ହୋଇଥିଲା ଷାଠିଏ ବର୍ଷର ବୁଢ଼ାଟିଏ। ନିଷ୍ପ୍ରଭ ଦୁଇଟି ଆଖି। ଲୋଚାକୋଚା ମାଂସପେଶୀ। ମଇଳା ଧୋତି ହାଫସାର୍ଟ, କାନ୍ଧରେ ଗାମୁଛା।

ଗୋବିନ୍ଦ ପ୍ରଥମେ ମୋତେ ଚିହ୍ନିବା ପାଇଁ ଚେଷ୍ଟା କଲା। ତାର ଆଖି ଦୁଇଟି ମୋ ଉପରେ ବୁଲେଇ ଆଣି କିଛି ଖୋଜି ବସିଲା ମୁଁ ତାକୁ ପଚାରିଲି ମୋତେ ଚିହ୍ନି ପାରୁଛୁ ଗୋବିନ୍ଦ।

ମୋର ଆଖି ଆଉ ଭଲଭାବେ ଦିଶୁ ନାହିଁ ସାହେବ। ତମେମାନେ ସିନା ମୋତେ ଏବେ ଚିହ୍ନିବା କଥାରେ। ତମମାନଙ୍କୁ ଯେତେଦିନ ମୁଁ ଚିହ୍ନିବା କଥା ଚିହ୍ନିଥିଲି। ତଥାପି କହିଲୁ ତୋ ଗାଁ ନାଁ, ତୋ ବାପାର ନାଁ, ମୁଁ ମନେ ପକେଇ ଦେବି।

ତାକୁ ଆଉ ବେଶୀ ସମୟ ଦ୍ୱନ୍ଦରେ ପଡ଼ିବାକୁ ନ ଦେଇ ମୁଁ ମୋ ନାଁ କହିଦେଲି। ଗୋବିନ୍ଦ ଖୁସୀରେ ନାଚି ଉଠିଲା ଯେମିତି, ସତରେ ସାହେବ ତୁ ଏଇଠି ଅଛୁ, ତୁ ଏଡ଼େ ଲୋକଟେ ହେଇଗଲୁଣି, ଯା ହେଉ ଏଇଠି ଅଛୁ ମୋର ବହୁତ କାମରେ ଆସିବୁ। ଆଉ କେତେ ଦିନ ଯେ। ଯେତେଦିନ ବଞ୍ଚିଛି ମୋ କଥା ଟିକେ ବୁଝୁଥିବୁ

ସାହେବ। ମୋ ଆଡ଼କୁ ତା ପାସ୍ ବୁକ୍ ବଢ଼େଇ ଦେଇ କହିଲା ଦେଖ ତ ସାହେବ ମୋ ଖାତାରେ ଆଉ କେତେ ଟଙ୍କା ଅଛି। ମୁଁ ତାକୁ ପାସ୍ ବୁକ୍ ପଢ଼ି କହିଦେଲି। 'ଏତିକି ସରିଗଲେ ଗଲା' ଗୋବିନ୍ଦ ଦୀର୍ଘ ଶ୍ୱାସ ଛାଡ଼ି,. କହିଲା, ସାରା ଜୀବନ ଖଟି ଖଟି ଯାହା କିଛି ସଞ୍ଚିଥିଲି, ଖାଲି ଏତିକି ରହିଲା ସାହେବ, ଏତିକି ସରିଗଲେ ଗଲା, ଆଉ କଅଣ ବୟସ ଅଛି ଯେ, ଖଟି ପାରିବି।

କାହିଁକି ତୋ ପେନ୍‌ସନ୍ ମିଳିବ ନାଇଁ କି ?

ଟ୍ରେଜେରୀ ଅଫିସ ଦୌଡ଼ି ଦୌଡ଼ି, ହଇରାଣ ହୋଇଗଲିଣି ସାହେବ। ଅର୍ଡର୍ ଟା ମିଳିପାରୁନି। ତୁ ଟିକେ ଦେଖ ସାହେବ। ବଡ଼ ଲୋକ ହେଇଛୁ, ତୋ କଥା ସେମାନେ ଶୁଣିବେ।

ଆଚ୍ଛା ଗୋବିନ୍ଦ ତୁ ଗୋଟେ କାମ କର, ମୁଁ ଗୋବିନ୍ଦ କୁ କହିଲି ତୁ ଟ୍ରେଜେରୀ ଅଫିସ୍ ଯାଇ କହ ସେମାନେ ତୋ ପେନ୍‌ସନ୍ ଟଙ୍କା ଟା ବେଙ୍କ୍‌କୁ ପଠେଇ ଦେବେ। ତୁ ବୁଢ଼ା ଲୋକ, ଟ୍ରେଜେରୀ ଅଫିସ କେତେ ସବୁଦିନ ଦୌଡ଼ିବୁ। ପେନ୍‌ସନ୍ ଟା ବ୍ୟାଙ୍କ୍ କୁ ଆସିଗଲେ ତୋର ଆଉକିଛି ଅସୁବିଧା ହେବନି। ମାସକୁ ମାସ ତୋ ଖାତାରେ ଆମେ ଚଢ଼େଇଦେବୁ। ତୋର ଯେତେବେଳେ ଇଚ୍ଛା ଆସି ଟଙ୍କାଟା ନେଇଯିବୁ।

"ସତରେ ସାହେବ ! ସତରେ ଏମିତି ହେଇ ପାରିବ।"

ହଁ କାହିଁକି ହେଇ ପାରିବ ନାଇଁ। ତୁଟିକେ ଦେଖ୍ ସାହେବ। ତୋ ଦ୍ୱାରା ହେଇ ପାରିବ। ପେନ୍‌ସନ୍ ମିଳିଲେ ମୁଁ ଥୋଡ଼େ, ବହୁତ ଚଳିଯିବ।

ଠିକ୍ ଅଛି ତୁ ଚିନ୍ତା କର ନାଇଁ। ମୁଁ ଗଲେ କହିଦେବି। ତୁ କିନ୍ତୁ ଯେବେ ଯିବୁ କହିଦେବୁ ଯେ ମୁଁ ବ୍ୟାଙ୍କ୍‌ରୁ ପେନ୍‌ସନ୍ ନେବି ବୋଲି।

ଗୋବିନ୍ଦ ଖୁସୀରେ ଗଦ ଗଦ ହୋଇ ଉଠିଗଲା। ବୋଧେ ସେ ଭାବୁଥିଲା ଯେ ଅତୀତରେ ସେ ଯାହାକୁ ଯାହା ସ୍ନେହ ଦେଇଥିଲା ସବୁ ଯାକ ଜମା ହେଇଥିଲା ପାସ୍ ବହିରେ, ଏବେ ଦିଗୁଣ ସୁଧ ହେଇ ସେ ସବୁ ସେ ଫେରି ପାଉଛି।

"ଆଚ୍ଛା ମୁଁ ଯାଉଛି ସାହେବ ମୋ କଥା ଟିକେ ବୁଝିବୁ।" ହଉ ଠିକ୍ ଅଛି। ଗୋବିନ୍ଦ ଗାମୁଛାରେ ମୁହଁ ପୋଛିଲା, ହାଫ୍ ସାର୍ଟ ପକେଟରେ ପାସ୍‌ବୁକ୍ ରଖିଲା ଓ ମୋ ପାଖରୁ ଧୀରେ ଧୀରେ ଅପସରି ଯାଉଥିଲା। ମୁଁ ଡାକିଲି ଏ ଗୋବିନ୍ଦ। ଗୋବିନ୍ଦ ଫେରି ଆସି ପଚାରିଲା। ମୋତେ ଡାକିଲୁ ସାହେବ। ଆରେ ମୁଁ ପଚାରିବାକୁ ଭୁଲି ଯାଇଥିଲି, ବାବୁଲା ଏବେ କଅଣ କରୁଛି ? ଗୋବିନ୍ଦ ଗୁମ୍ ହେଇଗଲା। ଯେମିତି ଖସି ଯାଇଥିଲା ତା ପାଦ ତଳର ମାଟି। ସଜଳ ହେଇ ଯାଇଥିଲା ଆଖିପତା, ବାଷ୍ପାରୁଦ୍ଧ ହେଇ ଆସୁଥିଲା କଣ୍ଠ। ମୁହଁରେ ଗାମୁଛା ଦେଇ ଭୋ ଭୋ କାନ୍ଦି ଉଠିଲା। ମୁଁ କିଛି ବୁଝି

ପାରିଲି ନାହିଁ। ଆରେ ଗୋବିନ୍ଦ କଅଣ ହେଲା, ଏମିତି କାନ୍ଦୁଛୁ କଅଣ ? ତାର କାନ୍ଦିବା ଦେଖି ଲୋକମାନେ ମୋ ଆଡ଼କୁ ଅନେଇ ବସିଲେ। ମୋତେ ଭାରୀ ଅଖାଡୁଆ ଲାଗିଲା। ମୁଁ କାଉଣ୍ଟର ବନ୍ଦକଲି ଓ ବାହାରପଟୁ ଆସି ଗୋବିନ୍ଦକୁ ବାଟ ଆଡ଼କୁ ଗୋଟେ ଛିନା ଜାଗାକୁ ନେଇଗଲି ଓ ତାକୁ ପ୍ରବୋଧନା ଦେଲି। ମୋ ରୁମାଲ ତା ଲୁହ ସବୁକୁ ପୋଛି ଦେବା ପାଇଁ ଯଥେଷ୍ଟ ନ ଥିଲା। ସ୍ପ୍ରେୟାର୍ ରୁ ପାଣି ଧାର ଯେମିତି ବାହାରେ ଗୋବିନ୍ଦ ଆଖିରୁ ଲୁହ ସେମିତି ବାହାରି ଆସୁଥଲା, ମୁଁ ତା ଗାମୁଛାରେ ଲୁହ ସବୁ ଶୁଖେଇବାର ଚେଷ୍ଟା କଲି ଓ ଗୋବିନ୍ଦକୁ କହିଲି, କାନ୍ଦନା ଗୋବିନ୍ଦ କଅଣ ହେଇଛି ମୋତେ କହ, ମୁଁ ତୋ କଥା ବୁଝିବି।

ନଳରୁ ଝରି ଆସୁଥିବା ପାଣିକୁ ହାତରେ ଜାକି ଧରି କିଛି ସମୟ ପରେ ଛାଡ଼ିଦେଲେ ପାଣି ଯେମିତି ହାତକୁ ଠେଲି ଦେଇ ବାହାରି ଆସେ, ଗୋବିନ୍ଦର ମୁହଁରୁ ସେମିତି ଲାଳ ଓ ପବନ ମିଶା ଶବ୍ଦ କେତୋଟି ବହାରି ଆସିଲା। "ମୁଁ ବାବୁଲାକୁ ମାରି ଦେଲି ସାହେବ ! ମୋ ନିଜ ହାତରେ ମାରିଦେଲି, ଏଇ ହାତରେ ମୁଁ ତାକୁ ମାରି ଦେଇଛି ସାହେବ ଓ ହାତ ଦୁଇଟିକୁ ସିମେଣ୍ଟ ବେଞ୍ଚରେ ପିଟି ବସିଲା। ମୁଁ ଗୋବିନ୍ଦର ହାତ ଦୁଇଟିକୁ ମୋ ଛାତିରେ ଜାବୁଡ଼ି ଧରି କହିଲି, ଗୋବିନ୍ଦ ମୁଁ ବି କଅଣ ତୋ ପୁଅ ନୁହେଁ, ମୋ ଆଗରେ ଏମିତି କାନ୍ଦିବୁ। ତୁ ପ୍ରଥମେ ତୁନୀ ହ, ଆମେ ପରେ କଥା ହେବା।"

ବହୁତ ସମୟ ଧରି ଥକେଇ ସାରିଲା ପରେ ଗୋବିନ୍ଦ କହିଲା, ବାବୁଲା ମରିଗଲା ସାହେବ, ତୋତେ ଦେଖିଲେ, ତୋ କଥା ଶୁଣିଲେ ମୋର ବାବୁଲାକୁ ଭାରୀ ଜୋର୍ ମନେ ପଡୁଛି। ବଞ୍ଚିଥିଲେ ଏବେ ତୋ ଭଳିଆ ଦିଶୁଥାଆନ୍ତା ସାହେବ, ଅବିକଳ ତୋ ଭଳି, ମୁଁ ତାକୁ ନିଜ ହାତରେ ମାରିଦେଲି।

କେବେ ମଲା, କେମିତି ମଲା। କେମିତି ମୁଁ ଏ ଯାଏ ଜାଣି ପାରିନି କିଛି ମୁଁ କହିଲି।

ସାହେବ ମାନଙ୍କୁ କହି ମୁଁ ତା ପାଇଁ ଚାକିରୀଟିଏ କରେଇ ଦେଇଥିଲି। କିଛିଦିନ ଗଲା ତାକୁ କହିଲି ବାପା ତୁ ବାହା ହେଇ ପଡ଼। ସେ ମନା କରୁଥିଲା କହୁଥିଲା ଏତେ କମ୍ ବୟସରୁ ବାହା ହେବିନି ବୋଲି। କହୁଥିଲା ଆହୁରି ପଢ଼ିବି, ଭଲ ଚାକିରୀଟିଏ କରିବି ବାପା, ଯେ ତୋ ମେହେନତ କାମରେ ଆସିବ। ମୁଁ ତାକୁ ବାଧ୍ୟ କଲି। କହିଲି ଦେଖ ତୋ ମାଆ ନାହିଁ। ଦଶ ବର୍ଷହେଲା ମୁଁ ତୋତେ ନିଜ ହାତରେ ରାନ୍ଧି ଖାଇବା ପାଇଁ ଦେଉଛି। ବୁଢ଼ା ହେଲିଣି। ଆଉ କେତେଦିନ ଏମିତି କରୁଥିବି।

ଘରକୁ ବହୁଟିଏ ଆସିଲେ ସୁନ୍ଦର ଦିଶିବ। ମୁଁ ବି ତ ବହୁ ପରଷଣା ଖାଇଲେ ଯାଇ ମରିବି। ନାତିର ମୁହଁ ଦେଖିବି ଯେ ଯମ ଛୁଇଁ ପାରିବ ନାହିଁ। ମୋର ଦୁଃଖ

ଦେଖି କଅଁଳିଆ ପିଲାଟା ହଁ କଲା। ବାପାର ଦୁଃଖ ସହି ପାରେ ନାଇଁ ସାହେବ।

ଗୋବିନ୍ଦ ପୁଣି କାନ୍ଦିଲା 'ତା ପରେ କଅଣ ହେଲା' ମୁଁ ପଚାରିଲି ଭଲ ଝିଅଟିଏ ଦେଖି ତାକୁ ବାହା କରେଇ ଦେଇଥିଲି ବାବୁ , ହେଲେ ବାହା ପରଠୁ ପିଲାଟା ମୋର ସବୁବେଳେ ଚିନ୍ତା କରିବସିଲା। ମୁଁ ଭାବିଲି ଘର ବିଷୟ ନେଇ ଚିନ୍ତା କରୁଛି। ତାକୁ କହିଲି "ତୁ ଚିନ୍ତା କରିବୁ ନାଇଁ ବାପା ! ଘର କେମିତି ଚଳିବ ସେ କଥା ମୁଁ ବୁଝିବି, ତୋର ଯେତେବେଳେ ଯାହା ଦର୍କାର ମୋତେ କହିବୁ ତୋର କି ମୋ ବୋହୁର କିଛି ଖଙ୍ଗିବ ନାହିଁ। ତା ପରଠୁ ଘରେ ସବୁବେଳେ ପୁଅ ଓ ବୋହୁ ଭିତରେ ଝଗଡ଼ା ଲାଗିଲା। ମୁଁ ଯେତେ ବୁଝେଇଲେ ବି କେହି ବୁଝିଲେ ନାଇଁ କି କେହି ମୋତେ କିଛି କହିଲେ ନାଇଁ। ଦିନେ ପୁଅ ବୋହୁକୁ ତା ମାଆ ଘରେ ଛାଡ଼ି ଆସିଲା ଯେ ଆଉ ଆଣିଲା ନାଇଁ। ମୁଁ ତାକୁ ଯାହା ବୁଝେଇଲି ବୁଝିଲା ନାଇଁ। ମୁଁ ତାକୁ କହିଲି ବୋହୂମାନେ ଘରର ଲକ୍ଷ୍ମୀ, ତାକୁ ନ ଆଣିଲେ ଆମକୁ ଲକ୍ଷ୍ମୀ ଛାଡ଼ି ଦେବେ। କଅଣ ହେଇଛି କହ ମୁଁ ତାକୁ ବୁଝେଇବି ଧରି ଆଣିବି। ଅନେକ ଦିନ ଯାଏ କିଛି କହିଲା ନାଇଁ ବାବୁ। ତା ପରେ ଖରାପ ସାଙ୍ଗ ଧରି ମଦ ପିଇ ଘରକୁ ଫେରିଲା ଓ ମୁଁ ଯେତେବେଳେ ତାକୁ କହିଲି କେତେ ସୁନ୍ଦର ଝିଅ ଟିଏ ଆଣି ଦେଇଥିଲି ମନକୁ ବୁଝିଲା ନାଇଁ, ତାକୁ ଛାଡ଼ି ଆସିଲୁ, ଏବେ ମଦ ପିଇବା ଆରମ୍ଭ କଲୁଣି, କାଲିକି ବେଶ୍ୟା ବୃତ୍ତି କରିବୁ, ମୋର ରାଗ ସପ୍ତମରେ ଚଢ଼ିଲା ସାହେବ, ରାନ୍ଧୁଥିଲି, ତାକୁ ପିଟିବା ପାଇଁ ଚଟୁ ଉଞ୍ଚେଇଲି, କହିଲି ବାହେନ୍‌ଞ୍ଚୋତ୍ ନିକିଲ୍ ଯା ମୋର୍ ଘରୁ। ମୋ ମୁହଁରେ ସେ କେବେ ଜବାବ ଦିଏ ନାଇଁ ସାହେବ। ସେଦିନ ମଦ ହୋସ୍‌ରେ ସତ କଥାଟା ତା ପାଟିରୁ ବାହାରିଗଲା। ମୁଁ ବୁଝି ପାରିଲି ପିଲାଟା କାହିଁକି ଦୁଃଖ ପାଉଥିଲା, ମୋତେ କଅଣ କହଲା ଜାଣୁ ସାହେବ କଅଣ କହିଲା ମୁଁ ପଚାରିଲି ? ସରମରେ ଏକଥା ମୁଁ କାହାକୁ କହିବି ସାହେବ ତୋ ଆଗରେ ଖୋଲି କହିଦେଉଛି, ଆଉ କହିଦେଲେ ବି କଅଣ ହେବ ସାହେବ ପୁଅଟା ତ ମରିଗଲାଣି। କଅଣ କହିଲା ଜାଣୁ ସାହେବ ? କଅଣ କହିଲା ମୁଁ ପଚାରିଲି, କହିଲା ! କହିଲା, କହିଲା ସୁନ୍ଦରି ଝିଅଟେ ଠିକ୍ କରିଥିଲୁ ବାପା, ତୋର ବି ଦୋଷ ନାଇଁ, କେମିତି ଜାଣି ପାରି ଥାଆନ୍ତୁ, ସେ ଝିଅର ସ୍ତନ ନ ଥିଲା।

ମୋ ହାତରେ ଧରିଥିବା ଚଟୁରେ ମୁଁ ନିଜେ ପିଟି ହେଲି ସାହେବ। ମୁଁ ମୋ ପୁଅକୁ ଜାଣି ଜାଣି ମାରିଦେଲି ସାହେବ।

ଗୋବିନ୍ଦ ପୁଣି ଦି ହାତରେ ମାରିହେଲା। ମୁଁ ତାର ହାତ ଦିଇଟାକୁ ଜୋର୍‌ରେ ଭିଡ଼ି ଧରିଲି। ବୁଝି ପାରିଲିନି ତାକୁ କେମିତି ସାନ୍ତ୍ୱନା ଦେବି, ତା ଆଖିରୁ ଅନର୍ଗଳ ଲୁହ ବାହାରୁଥାଏ।

ଗୋବିନ୍ଦ ପୁଣି ଆରମ୍ଭ କଲା ମୁଁ ବୁଝି ପାରିଲି ସାହେବ ପୁଅଟା ମୋର ଦୁଃଖ ପାଉଥିଲା। ସେଦିନଠୁ ତା ମୁହଁକୁ ମୁଁ ଭରସି ଅନେଇ ପାରୁ ନ ଥିଲି, ଜାଣି ଜାଣି ମୋ ପୁଅର ଜୀବନଟା ମୁଁ ନଷ୍ଟ କରି ଦେଲି।

ମୁଁ ଗୋବିନ୍ଦକୁ କହିଲି ଦେଖ ଗୋବିନ୍ଦ ଏଇଠି ତୁ ଭୁଲ କରୁଛୁ। ଜାଣି ଜାଣି କେହି କଅଣ ତା ପୁଅର ଭବିଷ୍ୟତ ନଷ୍ଟ କରେ। ତୁ କଅଣ ଜାଣିଥିଲୁ ଯେ ଏମିତି ହେବ। ପୁଅ ପାଇଁ ଗୋଟେ ସୁନ୍ଦର ବହୁ ଆଣିବା ପାଇଁ କିଏ ନ ଋହେଁ କହିଲୁ। ତା ପରେ ତୁ ବି ଝିଅକୁ ଦେଖିବୁ ସିନା ଏତେ କଥା କେମିତି ଜାଣିବୁ।

ଗୋବିନ୍ଦ ରାଗିଗଲା ମୁଁ ସିନା ଜାଣି ପାରିଲି ନାହିଁ ସାହେବ, ସେ ଝିଅଟା ତ ଜାଣିଥିଲା, ତା ବାପା ମାଆ ତ ଜାଣିଥିଲେ, ସେମାନେ କାହିଁକି ମୋ ସୁନ୍ଦର ପୁଅଟାକୁ ବରବାଦ କରିଦେଲେ।

ମୁଁ କହିଲି ତା ବାପା ମାଆଁ ହୁଏତ ଜାଣି ନ ଥିବେ, ଝିଅ ଜାଣିଛି ନିଶ୍ଚୟ ଅଥଚ ସେ ସଙ୍କୋଚରେ ବାପା ମାଆଙ୍କୁ କହି ପାରି ନ ଥିବ, ସେ ବାହା ହେବି ନାଇଁ ବୋଲି ମନା କରିଥିବ ଅଥଚ ବାପା ମାଆ ତାକୁ ବାଧ୍ୟ କରିଥିବେ, ଏମିତି ଅନେକ କଥା ହୋଇଥାଇପାରେ, ଦେଖ ଗୋବିନ୍ଦ ତୁ ବୁଢ଼ା ଲୋକ, ତୋତେ ମୁଁ କେମିତି ବୁଝେଇବି, କିନ୍ତୁ ସତକଥା କହୁଛି, ଯାହା ହେବାରଥାଏ ହୁଏ, ବୋଧେ ଏମିତି ହିଁ ହେବାର ଥିଲା, ଏମିତି ହେଲା, ଆମେ ଏଇଥି ପାଇଁ ଦୁଃଖ ପାଉ ଯେ ଆମେ ଯେମିତି ଭାବୁ ସେମିତି ହୁଏ ନାଇଁ, ବୋଧେ ସେଇଟା ହିଁ ମଣିଷର ଭାଗ୍ୟ, ତାକୁ ହିଁ ଭାଗ୍ୟ ବୋଲି କୁହାଯାଏ।

ଆମେ ତ ଆମର କର୍ତ୍ତବ୍ୟରେ ଖିଲାପ କରିନାହୁଁ, ତୁ ତ ବାପା ହିସାବରେ ତୋ କାମ ଠିକ୍ କରିଛୁ। ତଥାପି ସୁଧୁରି ପାରିଲା ନାଇଁ ଜୀବନ, ଯେମିତି ହେବା କଥା ହେଇ ପାରିଲା ନାଇଁ, ସେଇଟା ହିଁ ଭାଗ୍ୟ ଗୋବିନ୍ଦ, ଧରିନେ ଏମିତି ହିଁ ହେବାର ଥିଲା, ଏମିତି ହିଁ ହେଇ ସାରିଛି, ଖାଲି ଦୁଃଖ କରି ପାରିବା ସିନା, ଲୁହ ଝରେଇ ପାରିବା ସିନା ଆଉ ଅଧିକ କଅଣ କରି ପାରିବା।

ଗୋବିନ୍ଦ ବୁଝିଲା ନାଁ ନାଇଁ ଜାଣେ ନାଁ। କିଛି ସମୟ ଚୁପ୍ ହୋଇଗଲା। ତାପରେ ଗୋଟେ ଦୀର୍ଘଶ୍ୱାସ ମାରି କହିଲା ତୁ ସିନା ସବୁର କରି ନେଇ ପାରିବୁ ସାହେବ ! ମୋର ତ ବାପ ମନ, ଏଇ ହାତରେ ତାକୁ ଏଡ଼େ କରିଥିଲି, କେମିତି ବୁଝିବି, ତମମାନଙ୍କୁ ଦେଖିଲେ ତା ଚେହେରା ଝଲମଲ ହେଇ ଦିଶିଯାଉଛି ମୋତେ ଯେମିତି ସବୁବେଳେ ମୋତେ ସେ କହୁଛି। ବାପା ତୁ ମୋତେ ମାରିଦେଲୁ, ତୁ ମୋତେ ମାରିଦେଲୁ।

ଗୋବିନ୍ଦ ତୁ ଭୁଲ୍ ବୁଝିଛୁ। ବାବୁଲା ସେମିତି ପିଲା ନୁହେଁ। ସେ ତା ବାପାଙ୍କୁ କେବେ ବି ଏମିତି କରିବନି ମୁଁ ଜାଣେ। ମୁଁ ପରା ତାର ସାଙ୍ଗ।

ସତ କହୁଛୁ ସାହେବ ! ସତ କହୁଛୁ। ସେ ମୋତେ ମାଫ୍ କରିଦେଇଥିବ।

ଜାଣିଛୁ ସାହେବ ସେଦିନ ମୁଁ ଗାଆଁରେ ଥିଲି। ମୋତେ କେତେ ଜଣ ପିଲା ଡାକି ଆସିଲେ। କହିଲେ ବାବୁଲା ସିରିୟସ୍ ଅଛି ଜଲଦି ଚାଲ। ମୋର ହୋସ୍ ଉଡ଼ିଗଲା ତରତରରେ ବାହାରିଲି। ଭାବିଲି ନିଶ୍ଚୟ ପିଲାଟାର ମୁଣ୍ଡ ଖରାପ ହୋଇଥିବ। ମୁଁ ଭାବି ଭାବି ଆସୁଥାଏଁ ଯେ, ମୁଁ ଭୂଲ୍ କରିଛି। ପିଲାଟାକୁ ଆଉଥରେ ବାହା କରେଇ ଦେବି ଏଥର। ତାକୁ ଅନେକ ଥର କହିଥିଲି। ହେଲେ ସେ ମନା କରୁଥିଲା, କହୁଥିଲା ଝିଅମାନଙ୍କ ଉପରେ ତାର ଅବିଶ୍ୱାସ ଆସି ଯାଇଛି ସେ ଆଉ ବାହା ହେବ ନାଇଁ, ହେଲେ ଏଥରକ ଯେମିତି ହେଲେ ତାକୁ ବାଡ଼େଇ ବାଡ଼େଇ ବାହା କରି ଦେବି ଭାବୁଥିଲି। ବସ୍‌ରୁ ଓହ୍ଲେଇଲି ରିକ୍ସାରେ ବସେଇଲେ ମୋତେ, ରିକ୍ସା ବସା ଆଡ଼େ ଗଲା ନାଇଁ। ମୁଁ ତାଙ୍କୁ ପଚାରିଲି କୋଉଠି ଅଛି ବାବୁଲା, କେହି କିଛି କହିଲେ ନାଇଁ। ଭାବିଲି ହସ୍‌ପିଟାଲ୍‌ରେ ଥିବ, ରିକ୍ସା ହସ୍‌ପିଟାଲ୍‌କୁ ବି ଗଲା ନାଇଁ, ତାପରେ ଭାବିଲି ମଦଫଦ ପିଇ ଝଗଡ଼ା କଲା ତାକୁ ଜେଲ୍ ହେଇ ଗଲାକି, ମୁଁ ପଚାରିଲି ମୋତେ କୁଆଡ଼େ ନେଉଛ, କେହି କିଛି କହିଲେ ନାଇଁ, ମୁଁ ମଶାଣୀ ପଦାରେ ପହଞ୍ଚିବା ବେଳକୁ ତାର ଜୁଇ ଜଳି ସାରିଥିଲା। ଗୋବିନ୍ଦ ପୁଣି କହି କହି କାନ୍ଦିଲା ମୋତେ ସିନା ମୁହଁରେ ନିଆଁ ଦେବ ବୋଲି ମୁଁ ତାକୁ ପାଳିଥିଲି ବାବୁ, ମୋ ଆଗରୁ ତାକୁ ଦଇବ ନେଇଗଲା। ସାହି ଲୋକେ କହିଲେ ସେ ବେକରେ ଦଉଡ଼ି ଦେଇ ମରିଗଲା। ପୋଲିସ୍ କେସ୍ ହେଇଯିବ, ବୁଢ଼ା ଲୋକଟା ହଇରାଣରେ ପଡ଼ିବ ବୋଲି ମୋର ହିତୈଷୀ ମାନେ ତାକୁ ତରତରରେ ପୋଡ଼େଇ ଦେଲେ। ମୋତେ ତାର ମଲା ଦେହ ଟାକୁ ବି ଛୁଇଁ ବାବୁ ଦେଲାନି ସାହେବ ଭାବିଦେଖ ମୋ ଉପରେ ପୁଅମୋର କେତେ ଜୋର ରାଗିଥିଲା। ଗୋବିନ୍ଦ ଥକେଇ ଥକେଇ କାନ୍ଦୁଥାଏ। ମୁଁ ଗୋବିନ୍ଦକୁ ଛାତିରେ ଲଗେଇଲି, ଗାମୁଛାରେ ତାର ଲୁହ ପୋଛିନେଲି। କହିଲି, ଦେଖ ଯାହା ହେବାର ଥିଲା ହେଲା, ଆଉ କାନ୍ଦିକି କିଛି ଲାଭ ନାଇଁ, ବାବୁଲା ପଳେଇ ଗଲେ କଅଣ ହେଲା, ମୁଁ ତ ଏଇ ପାଖେ ଅଛି, ତୋର ଯାହା ଅସୁବିଧା ହେବ ମୋ ପାଖକୁ ପଳେଇ ଆସିବୁ।

ମୁଁ ଅବିଶ୍ୱାସରେ ଗୋବିନ୍ଦ କୁ ପଚାରିଲି। ବାବୁଲା କଅଣ ସତରେ ବେକରେ ଦଉଡ଼ି ଦେଇ ମରିଗଲା ନାଁ ଆଉକିଛି।

ଗୋବିନ୍ଦ ପଚାରିଲା ତୁ ବି ଅବିଶ୍ୱାସ କରୁଛୁ ବାବୁ। ବହୁତ ଲୋକ ବହୁତ କଥା କହିଲେ। କହିଲେ ପୋଲିସ୍ କେସ୍ କରିବା ପାଇଁ। କଅଣ ଫାଇଦା ହେଇଥାନ୍ତା ବାବୁ। ବାବୁଲା କଅଣ ଆଉ ଫେରି ଆସି ଥାଆନ୍ତା। ହେଲେ ମୁଁ ଜାଣେ, ତା ମନ କଥା ମୁଁ ଜାଣେ, ସେ କାହାକୁ କିଛି କହି ପାରିଲା ନାହିଁ, ମନକୁ ମନ ଘାରିହେଲା, ସନ୍ତୁଳି

ହେଲା, ତା ମନକଥା ମୋ ଠୁ ବେଶୀ କିଏ ଜାଣିବ ବାବୁ, ମୁଁ ତାର ବାପା, ମୁଁ ଜାଣେ ସେ ରାଗରେ, ଅଭିମାନରେ, କାହାକୁ କିଛି କହି ନ ପାରି ବେକରେ ଦଉଡ଼ି ଦେଇ ମରିଗଲା, ସ୍ତ୍ରୀଟାକୁ ଛାଡ଼ିଦେଲା ପରେ ତାକୁ ନାନା ଲୋକ ନାନା କଥା କହିଲେ, ଥଟ୍ଟା କଲେ, ହେଲେ ସତ କଥାଟା ସେ କାହାକୁ କହି ପାରିଲା ନାଇଁ, ଅପମାନ ସହି ପାରିଲା ନାଇଁ ପିଲାଟା ସାହେବ, ମରିଗଲା ।

ଆଚ୍ଛା ! ଠିକ୍ ଅଛି ଗୋବିନ୍ଦ ପୁଣି ଆସିବୁ ମୁଁ ଟିକେ କାମ କରେଁ ।

ହଉ ଯା ସାହେବ ଯା, କାମ କର, ଆହୁରି ବଡ଼ ଲୋକ ହ, ମୁଁ ପୁଣି ଆସିବି ଯେ । ସେଦିନ ଗୋବିନ୍ଦ ବ୍ୟାଙ୍କରୁ ପଳେଇଗଲା ପରେ ମୋତେ ଦିନସାରା ଆଉ କାମ କରିବା ପାଇଁ ଇଚ୍ଛା ଲଗି ନ ଥିଲା । ଅନେକ ନିସଙ୍ଗ ମୂହୁର୍ତ୍ତରେ ମୋର ତା କଥା ହିଁ ମନେ ପଡ଼େ ।

ତା ଆର ଥର ଗୋବିନ୍ଦ ଯେତେବେଳେ ଆସିଥିଲା ତାର ଆଖି ଦୁଇଟି ଆହୁରି ନିଷ୍ପ୍ରଭ ହେଇଯାଇଥାଏ, ଅହୁରି ଦୁର୍ବଳ ହେଇଯାଇଥାଏ ତାର ଦେହ । ସାଙ୍ଗରେ ତାର ସାନ ପୁଅକୁ ଧରି ସେ ଆସିଥିଲା । ମୋତେ କାଉଣ୍ଟର ରୁ ଡାକି ନେଇ ଯାଇ କହିଲା ଦେଖ୍ ସାହେବ ଏଇଟା ମୋର ସାନ ପୁଅ । ମୁଁ ତାର ଚେହେରା ରୁ ହିଁ ଠଉରେଇ ନେଇଥିଲି ସେ କଥା । ବାବୁଲାର ଅବିକଳ ନକଲ ଯେମିତି ପିଲାଟି ।

ୟାକୁ ପାଇଲୁ ସାହେବ। ୟାକୁ ମଣିଷ କରି ପାରିଲି ନାଇଁ ମେଟ୍ରିକ ପରୀକ୍ଷା ଦେଲା ତିନି ଥର ଫେଲ୍ ହେଲା ତା ଦ୍ୱାରା ଭଲ ପାଠ ହେବନି । ତା ପାଇଁ ଚାକିରୀ ଟେ ଦେଖିଦେ ସାହେବ ସେ ଦୁଇ ଗୋଡ଼ରେ ଠିଆ ହେଲେ ମୁଁ ଶାନ୍ତିରେ ନିଶ୍ୱାସ ମାରିବି ।

ମୁଁ କହିଲି ଆଜିକାଲି ଚାକିରୀ କୋଉଠି ମିଳୁଛି । ଦେଖୁଛୁ ଆମେ ଏତେ ପାଠ ଶାଠ ପଢ଼ିବି କେତେ କଷ୍ଟରେ ଚାକିରୀ ଖଣ୍ଡେ ପାଇଛୁ । ଆଉ ଏତେ କମ୍ ପାଠରେ କି ଚାକିରୀ ଟା ମିଳିବ । ତୁ ତାକୁ ପଢ଼ା । ଏତେ ଛୋଟ ଦିନରୁ ଚାକିରୀ କଅଣ କରିବ ।

ପିଲାଟା ଜଳଜଳ ହେଇ ମୋ ମୁହଁକୁ ଅନଇଥାଏ । ମୁଁ ତାକୁ ସେଦିନ ଅନେକ ବୁଝେଇଲି । ତା ବାପାର ଦୁଃଖଭରା କାହାଣୀ କହିଲି ଓ ତାକୁ ଭଲ ଭାବରେ ପଢ଼ି ଭଲ ଚାକିରୀ କରି ତା ବାପାର ସ୍ୱପ୍ନକୁ ସାକାର କରିବା ପାଇଁ କହିଲି । କୁନା ମୋ କଥା ବୁଝିଲା ନାଁ ନାଇଁ କେଜାଣି କିନ୍ତୁ ଦୁଃଖରେ ବା ଅନୁତାପରେ କାନ୍ଦି ପକେଇଲା ।

ଗୋବିନ୍ଦ ମୋତେ ବାରମ୍ବାର କହିଲା ସେଦିନ, ମୋ ପୁଅଟାକୁ ପାଇଲୁ ସାହେବ, ତାର କେହି ନାହିଁ, ମୁଁ ଆଜି ଅଛି କାଲିକି ନାଇଁ । ମୁଁ ଗୋବିନ୍ଦ କୁ ସେଦିନ ପ୍ରତିଶ୍ରୁତି ଦେଇଥିଲି କୋଉଠି ଚାକିରୀର ସନ୍ଧାନ ପାଇଲେ ତାକୁ ନିଶ୍ଚୟ ଲଗେଇଦେବି ।

କଥା ଛଳରେ ତାକୁ କହିଲି ତୁ ତାକୁ କଲେଜରେ ରଖି ଦେଉନୁ କାହିଁକି। ଗୋବିନ୍ଦ ସାଙ୍ଗେ ସାଙ୍ଗେ ମୋ କଥାଟାକୁ କାଟିଦେଲା। ନାଇଁ ସାହେବ ନାଇଁ, ଗୋଟେ ପୁଅକୁ ସେଠି ଦେଲି ଯେ ତିଷ୍ଟି ପାରିଲା ନାଇଁ, ଆଉ ଗୋଟେ ପୁଅକୁ ସେଇଠି ଦେବି ନାହିଁ, ମୋ ପୁଅ ଭାଗ୍ୟକୁ ସେ କଲେଜ ସୁହଉ ନାହିଁ। ମୁଁ ଜାଣି ପାରିଲି ମଣିଷର ମନ ହିଁ ଏମିତି। ଯୋଉଠି ଥରେ ଧକ୍କା ଖାଏ ସେ ଜାଗାକୁ ସେ ଆଉ ଯାଏ ନାଇଁ, ଯଦିଓ ଜାଗାର୍ କୌଣସି ଦୋଷ ନ ଥାଏ।

ହଠାତ୍ ଦିନେ ଚିଠି ଖୋଲୁ ଖୋଲୁ ଦେଖିଲି ଗୋବିନ୍ଦ ର ପେନ୍‌ସନ୍ ଆସିଯାଇଛି। ମୁଁ ତୁରନ୍ତ ତାର କାଗଜ ପତ୍ର ଦେଖି ପେନ୍‌ସନ୍ ବନେଇଦେଲି ଓ ଗୋବିନ୍ଦ ପାଖକୁ ଖଣ୍ଡେ ଚିଠି ବି ପଠେଇ ଦେଲି ବ୍ୟାଙ୍କ୍ ତରଫରୁ। ଚିଠି ପାଇଲା ପରେ ଗୋବିନ୍ଦ ତୁରନ୍ତ ବ୍ୟାଙ୍କ୍‌କୁ ଆସିଥିଲା ଓ ଖୁସୀରେ ମୋତେ କୁଣ୍ଢେଇ ପକେଇଥିଲା। ଯା ଭିତରେ ସେ ପାସ୍‌ବୁକ୍ ରୁ ସବୁତକ ଟଙ୍କା ଉଠେଇ ସାରିଥିଲା ଓ ପ୍ରତିମାସ ଠିକ୍ ତାରିଖରେ ଟେଲର୍ କାଉଣ୍ଟର ରେ ଛିଡ଼ା ହେଇ ପେନ୍‌ସନ୍ ପଇସା ନେଇ ଯାଉଥିଲା। ପ୍ରତିଥର ଗଲାବେଳେ ସେ ମୋତେ ତାର ପୁଅର ଋକିରୀ କଥା ମନେ ପକେଇ ଦେଉଥିଲା। ଏଥର ଯେତେବେଳେ ନିର୍ଦ୍ଦିଷ୍ଟ ତାରିଖ ଦିନ ଗୋବିନ୍ଦ ପେନ୍‌ସନ୍ ନେବା ପାଇଁ ଆସିଲା ନାଇଁ ମୁଁ ଗୋବିନ୍ଦ କଥା ହିଁ ଭାବୁଥିଲି। ଅନେକ ବେଳୁ କାଉଣ୍ଟର ରେ ଠିଆ ହେଇଥିବା ଲୋକଟିଏ ମୋର ଅନ୍ୟମନସ୍କତା କୁ ଭାଙ୍ଗି ଦେଇ କହିଲା ଆଜ୍ଞା, ମଲା ଲୋକର୍ ପଇସା ସବୁ କେମିତି କାଢ଼ି ହୁଏ ?

ମୁଁ ତାକୁ ପଋରିଲି ମଲା ବୋଲି କିଛି ପ୍ରମାଣ ପତ୍ର ରଖିଛ ? ଲୋକଟି ମୋ ପାଖକୁ ଗୋଟେ କାଗଜ ବଢ଼େଇଲା। ମୁଁ ଚମକି ପଡ଼ିଲି କାଗଜଟି ଗୋବିନ୍ଦ ର ମୃତ୍ୟୁର ପ୍ରମାଣ ପତ୍ରଥିଲା। ମୁଁ ଥରଥର ହାତରେ କାଗଜଟି ତା ହାତକୁ ବଢ଼େଇ ଦେଇ ଏକାଉନ୍‌ଟେଣ୍ଟ ଙ୍କ ପାଖକୁ ଡାକିନେଲି।

ଆଜିକାଲି ଗୋବିନ୍ଦ ର ଫେମିଲି ପେନ୍‌ସନ୍ ନେବା ପାଇଁ ଆସେ କୁନା। କୁନା ପାଇଁ ଯଦି ଋକିରୀ ଖଣ୍ଡେ ମୁଁ ଖଞ୍ଜି ଦେଇ ପାରନ୍ତି ତେବେ ତାହାହିଁ ଗୋବିନ୍ଦ ର ଆତ୍ମା ପାଇଁ ଶ୍ରେଷ୍ଠ ଶ୍ରଦ୍ଧାଞ୍ଜଳି ହୁଅନ୍ତା। ତେବେ ଯେତେବେଳେ ବି ମୁଁ କୁନା କଥା ଭାବେ ମୋତେ ଆମ ଦେଶର ଲକ୍ଷ ଲକ୍ଷ ବେକାର ଯୁବକଙ୍କ ମୁହଁ ଦିଶେ। ଏତେ ବେକାର ଙ୍କ ଭିଡ଼ ଭିତରେ ସତରେ କଅଣ କୁନା ପାଇଁ କୋଉଠି ଜାଗା ଖଣ୍ଡେ ଖାଲି ରହି ଥାଇପାରେ ?

■■

ତାଜା ଖବର

କାଶିଆ କପିଳା ଭାଇ ଭାଇ ନ ଥିଲେ କି କୌଣସି ସଂପର୍କୀୟ ନ ଥିଲେ । ତଥାପି ଉଭୟେ ଉଭୟଙ୍କୁ ଭାଇ ଭାଇ ବୋଲି ଧରିନେଉଥିଲେ । ସଂସାରରେ ତାଙ୍କର କେହି ନ ଥିଲେ ନୁହେଁ । ସମସ୍ତେ ଥାଇ ବି କେହି ନ ଥିଲେ । ପୁଅ ବାହା ହେଲା ପରେ ତାଙ୍କୁ ବୋହୁ ପେଜ ପାଣି ଟିକେ ବି ପିଇବା ପାଇଁ ଦେଲାନାହିଁ । ନିଜ ପୁଅ ମାନଙ୍କ ଉପରେ ସେମାନେ ହଠାତ ବୋଝ ହେଇଗଲେ ଏବଂ ତଦ୍‌ଜନିତ ନାନାଦି ନିର୍ଯ୍ୟାତନା ହେତୁ ଘର ଛାଡ଼ିଥିଲେ ଏବଂ ପେଟ ପୋଷିବା ପାଇଁ ଛୋଟ ମୋଟ ଚୋରିରେ ହାତ ଦେଇଥିଲେ । ଆଗରୁ ଯେ ସେମାନେ ଚିହ୍ନାଥିଲେ ସେମିତି ନୁହେଁ । ଜେଲ୍ ଭିତରେ ହିଁ ଉଭୟଙ୍କ ସାକ୍ଷାତ ହୋଇଥିଲା ଏବଂ ଉଭୟଙ୍କ କାହାଣୀ ଖୁବ୍ ପାଖାପାଖି ଥିବା ହେତୁ ଉଭୟେ ଅନ୍ତରଙ୍ଗ ହେଇ ଯାଇଥିଲେ । ଯା ବି ହେଉ ଜେଲ୍ ଭିତରେ ବିନ୍ଦରେ ଦୁଃଖ ସୁଖେ ଚଳି ଯାଉଥିଲେ । ଅନ୍ତତଃ ନାନାଦି କଷ୍ଟ ସତ୍ତ୍ୱେ ଖାଇବା ପାଇଁ ଦି ଗୁଣ୍ଡା ମିଳି ଯାଉଥିଲା । ଦୁର୍ଭାଗ୍ୟ ବଶତଃ ସେମାନଙ୍କ ଚୋରୀ ପ୍ରମାଣିତ ହୋଇ ପାରିଲାନି ଏବଂ ସେମାନେ ଏଇ ଅଳ୍ପଦିନ ତଳେ ନିର୍ଦ୍ଦୋଷରେ ଖଲାସ ହୋଇଯାଇଥିଲେ ।

ଖଲାସ ହେବା ପରେ ଉଭୟେ ସାଙ୍ଗ ହୋଇ ବାହାରିଲେ ଏବଂ ଚିନ୍ତା କଲେ ଏବେ କଅଣ କରିବା । କାଶିଆ କହିଲା ନାଇଁରେ କାଶିଆ ଏ ବୟସରେ ଆଉ

ଚୋରୀ ନୁହେଁ। ଖାଇବା ଗଣ୍ଡାକ ସିନା ମିଳୁଛି ହେଲେ ହାଜତରେ ଯୋଉ ମାଡ଼। ମୁଁ ଆଉ ପାରିବିନି ବରଂ ଭିକ ମାଗିବି। କପିଳା କହିଲା କୁଆଡ଼େ ଯିବା ଯୁଆଡ଼େ ଗଲେବି ଶଳା ଆଦତ ଯିବନି। କିଏ ଶଳା ଆମକୁ ଆଉ ଏମିତି ମାଗଣାରେ ଖାଇବାକୁ ଦେବ କହିଲୁ। ଆଉ ଭଲା ବୟସ ଅଛି ଯେ କୋଉଠି କାମ କରି ପାରିବା। କାଶିଆ କହିଲା ଚାଲ ସହରରେ କୋଉଠି ମନ୍ଦିର ଆଗରେ ଭିକ ମାଗିବା। କପିଳା କହିଲା ନାଁ ମୁଁ ମରିଯିବି ପଛେ ଭିକ ମାଗିବିନି ବରଂ ଶଳା ପୁଣି ଥରେ ଚୋରୀ କରି ଜେଲ୍ ଯିବି, ଆବେ ଶଳା, ଏଇଠି କୋଉଠି ପରା ମୋ ପୁଅ ହାରମଜାଦା ଘର ନେଇ ଚାକିରୀ କରୁଛି। ଆଉ ମୁଁ ଶଳା ଏଇଠି ଭିକ ମାଗିବି ଦ୍ୱାର ଦ୍ୱାର ବୁଲି ବରଂ ଅନ୍ୟ କୋଉ ସହରକୁ ପଳେଇବା। ନିଜର ଭାଗ୍ୟ ପରୀକ୍ଷା କରିବା। ସାରାରାତି ଭୋକରେ ଟ୍ରେନ୍‌ରେ ଢୁଳେଇ ବିନା ଟିକିଟରେ କାଶିଆ ଓ କପିଳା ଏଇ ସହରରେ ପହଞ୍ଚି ଥିଲେ। କପିଳା କହିଲା ଇଲୋ ବାପା ମାଆ କେତେ ବଡ଼ ସହର, କେତେ ଗାଡ଼ି ମଟର। ଏଇଠି କେମିତି ଚଳିବା। କୁଆଡ଼େ ଯିବା। କାଶିଆ କହିଲା ତୁ ଡ଼ରନା, ଭାଗ୍ୟ କଢ଼େଇଛି ଯେତେବେଳେ ଯାହା ହେଲେ ଗୋଟେ ଜୁଟିବ।

କାଶିଆ, କପିଳା ସହର ଭିତରକୁ ମୁହେଁଇଲେ। କ୍ୱାଟର୍ ପରେ କ୍ୱାଟର୍। ଘର ସରୁ ନ ଥାଏ, ସବ୍ ଯାକ ଶଳା ସମାନ ରଙ୍ଗର ସମାନ ଢ଼ଙ୍ଗର।

କିଛିଦିନ ଭିକ ମାଗି କଟେଇଲେ କାଶୀଆ କପିଳା। ଏଥିପାଇଁ ଜଣକୁ ଅନ୍ଧ ଭଳି ଅଭିନୟ କରିବା ପାଇଁ ପଡ଼ିଲା। ଅନ୍ୟ ଜଣେ ବାଡ଼ିଟିଏ ଧରି ବାଟ କଢ଼େଇଲା।

ଦିନେ ଦ୍ୱାର ମୁହଁରେ ଗୋଟେ ବୁଢ଼ା ପେନ୍‌ସନ୍ ଭୋଗି ବାବୁ ବଡ଼ ସକାଳୁ ଆରାମ୍ ଚେୟାର୍‌ରେ ବସି ବାସି ଖବର କାଗଜ ଘୋଷୁଥିଲେ। ଏମାନଙ୍କୁ ଦେଖି କହିଲେ- କିରେ ଭିକ ମାଗୁଛ କଣ, ଯାଅ ସରକାର ପରା ତମମାନଙ୍କ ପାଇଁ ପେନ୍‌ସନ୍ ବ୍ୟବସ୍ଥା କଲେଣି ବୁଝିଲ , ବସିଥିବ। ପେନ୍‌ସନ୍ ମାସକୁ ମାସ ଘରେ ପହଞ୍ଚିବ। ଯାଅ ଯାଅ ଆଉ ଡେରି କରନା।

କାଶିଆ ବିରକ୍ତ ହେଲା। ଶଳା ବୁଢ଼ା ଭିକ ନ ଦେବୁ ନାଇଁ ତା ଉପରେ ଏତେ ଦରଦ ଦେଖାଉଛୁ କିଆଁ। କିଓ ଆମର କୋଉ ଘର ଅଛି ଯେ, ସରକାର ଖୋଜିକି ଆମକୁ ପେନ୍‌ସିନି ଆଣିକି ଦେବ। ଯାଅ ଯାଅ ଆମ୍ଭେ ବସିକି ପେନ୍‌ସିନି ଖାଇବା ଲୋକ ନୋହୁଁ। ହକ୍ କମେଇବୁ ଖାଇବୁ। ଚାଲ୍ ରେ କପିଳା ଏ କନ୍‌ଜୁସ୍ ବୁଢ଼ାଠୁ କିଛି ମିଳିବାର ନୁହେଁ। ଆଜି ବହନି ମାରା ହୋଇଗଲା।

ଆଉ ଗୋଟେ ଘରେ ପହଞ୍ଚୁ ପହଞ୍ଚୁ କପିଳା କାଶିଆ ଦେଖିଲେ ଲକ୍ଷ୍ମୀ ଠାକୁରାଣୀ ଭଳି ସୁନା ବୋହୁ ଟିଏ ଗାଧୋଇ ସାରି ଖରାରେ ତା ମୁକୁଳା ବାଳକୁ

ପଖାଳୁଛି । ଆହା ହା କି ରୂପ ସାକ୍ଷାତ ଲକ୍ଷ୍ମୀ ବିଜେ କରିଛନ୍ତି । ଢ଼େର୍ ପଇସା ମିଳିବ ଏ ଘରେ ।

ବାବୁଆଣୀଙ୍କୁ ବୋଧେ ରାତିରେ ଭଲ ନିଦ ହୋଇଥିଲା । ସଜଫୁଟା ଗୋଲାପ ଭଳି ତାଙ୍କ ଚେହେରାରେ ଖୁସି ଝଲସି ଉଠୁଥିଲା । ହଁ ସେ ଭଲ ମିଜାସରେ ଥିଲେ । ଏତକ ଠଉରେଇ ସାରିଲା ପରେ କାଶିଆ ତା ଦୁଃଖର କାହାଣୀ ବଖାଣିଲା । ବାବୁଆଣୀ ସବୁ ଶୁଣିଲେ । ଆହା କଲେ । ଚୁ ଚୁ କଲେ । ବୋଧହୁଏ କାନ୍ଦିଲେ ନା କଣ । ନା ନା ହୃଦୟଟା ତରଳି ଗଲା କି । ଆହା କି ସୁନ୍ଦର ମୁରତି । କାଶିଆର ବହେ ଗେଲ କରିବା ପାଇଁ ମନ ହେଲା । ପୋଡ଼ା ଭାଗ୍ୟ । ଏମିତି ତା କପାଳରେ କାହିଁ । ବାବୁଆଣୀ ଘରୁ ଆଣି ମୁଢ଼ି ଦେଲେ , କିଛି ଚାଉଳ ଦେଲେ, ପଇସା ଦେଲେ । ଏମିତି ଏକ ନିଷ୍ଠୁର କଳକବ୍‌ଜାର ସହରରେ ଇଏ କିଏ କି । ଠାକୁରାଣୀ ନିଶ୍ଚୟ । ନହେଲେ ଏତେ ଦୟା । ଟିକେ ଗୁଡ଼ ମିଳିବ ମାଁ ଆଉ ପାଣି । ବାବୁଆଣୀ ଅଳ୍ପ ହସିଲେ । ଯେମିତି ଦରଫୁଟା କଳିଟୀ ଧିରେ ଧିରେ ପାଖୁଡ଼ା ମେଲୁଛି । ଆହା ଅରକ୍ଷ ଲୋକ । ଜୀବେ ଦୟା । ବାବୁଆଣୀ ଘରକୁ ଗଲେ । ଗୁଡ଼ ଆଉ ପାଣି ଧରିକି ଫେରିଲେ ।

ମହା ସନ୍ତୋଷରେ କାଶିଆ କପିଳା ଖାଉଥିଲେ । ଯେମିତି ଲକ୍ଷ୍ମୀ ଠାକୁରାଣୀ ପରଷୁ ଥିଲେ ନିଜ ହାତରେ ଜଗା ବଳିଆ କୁ । କପିଳା ଭବୁଥିଲା । ତୋର ଧର୍ମ ହେବ ଗୋ ମାଁ । ବହୁତ ଧର୍ମ । କାଶିଆ ଭାବିଲା ମନକୁ ମନ । ବୁବୁଆଣୀ ଅନଉ ଥିଲେ ଆହା ଗରିବ ଲୋକ । ପୁଣି ଘରକୁ ଗଲେ । ଗୋଟେ ପୁରୁଣା ଲୁଙ୍ଗି ଓ ଗାମୁଛା ଦେଲେ । କାଶିଆ କପିଳା ଦଣ୍ଡବତ ହେଲେ । ତୁ ସାକ୍ଷାତ ଲକ୍ଷ୍ମୀ ଠାକୁରାଣୀ ମାଁ ଏଇଠି ବିଜେ ହେଇଛୁ । ତୋ କୋଳ ପୁରିବ । ତୋର ସବୁ ଅଭିଷ୍ଟ ପୁରଣ ହେବ । ତୋର ଧର୍ମ ହେବ ଲୋ ମାଁ ।

କପିଳା କହିଲା ଆମେ ଭଲକି ମୁଠେ ଖାଇ ନ ଥିଲୁ । ଏବେ ଟିକେ ବଫୁ ପୁରିଲା । କିଛି କାମ ଅଛି କି ମାଁ କରିଦେବୁ । କାମ ? ବାବୁଆଣି ହସିଦେଲେ । କାମ କରିବ । ଠିକ୍ ଅଛି କାମ ତ କିଛି ନାହିଁ ଯଦି ପାରିବ ମୋ ପାଇଁ କିଛି ଘାସ ଆଣିଦେବ । ମୁଁ ପଇସା ଦେବି । କାଶିଆ କହିଲା ସାମାନ୍ୟ ଘାସ । ବାବୁଆଣୀ ହସିଲେ ହଁ ଘାସ କଅଁଳିଆ ଘାସ ଓ ଭିତରକୁ ପଶିଗଲେ । ବୋଧେ ବାବୁ ଡାକିଥିବେ ନା କଣ ।

କପିଳା କହିଲା ହଇହୋ ନନା ! ଘାସ ଆଣିଦେବା ଯେ ଏ ଘରଟା ପୁଣି ପାଇବା ତ । କାଶିଆ କହିଲା ପାଇବା ଓ ଖଣ୍ଡେ ଛୋଟ ଇଟା ଧରି କାନ୍ଥରେ ଛକି ଚିହ୍ନଟେ ଦେଇଦେଲା ।

କାଶିଆ କପିଳା ସେ ଦିନ ଭାରୀ ଖୁସି ଥିଲେ । ଘରୁ ବାହାରିବା ଦିନଠୁ ଏମିତି

ସରଧା ସେମାନେ ପାଇ ନ ଥିଲେ। ସେଦିନଟା ସାରା ସେମାନେ ଆଉ ଭିକ ନ ମାଗି ଖାଲି ଘାସ ଖୋଜିବାରେ ଲାଗିଲେ। ଏତେ ବଡ଼ ସହର ହେଲେ କୋଉଠି ଟିକେ ହେଲେ ଖାଲି ଜାଗା ନାହିଁ, କି ଘାସ ନାହିଁ। ଥକା ମାରି ଗୋଟେ ବସ୍ ଷ୍ଟପ ପାଖରେ ବସିଥିଲେ। ଏତିକିବେଳେ ଗୋଟେ ଠେଲା ଗାଡ଼ିରେ ସଂସାରଯାକ ଖାଲି ବୋତଲ ଲଦି ଗୋଟେ ଲୋକ ବି ଆସି ସେଇଠି ବସିଲା। କାଶିଆ କହିଲା ହୋ ଭାଇ ସେ ବୋତଲ ଗୁଡ଼ା କଣ କରିବ। ଲୋକଟି କହିଲା ବିକିବି। ସେ ଗୁଡ଼ା କିଏ ନେବ ? କେତେ ବେପାରି ଅଛନ୍ତି। ମତେ ଦଉନା। ଅଛିକି ତମ ପାଖରେ ଲୋକଟି ପଚାରିଲା।

କାଶିଆ ରାତିରେ କହିଲା କପିଳା କୁ ବୁଝିଲୁ ଭାଇ ସହର ବଡ଼ ସିନା ଏଠି ବହୁତ ଧନ୍ଦା ଅଛି ପେଟ ପୋଷିବା ପାଇଁ। ଏଇଠି ଘାସ ବିକିଲେ ପଇସା, ବୋତଲ ବିକିଲେ ପଇସା, ଜରି ବିକିଲେ ପଇସା, ଏଇଠି ସବୁ ବିକା କିଣାର ଗୋଟେ ବେଉସା ଚାଲିଛି। କେତେ ଦିନ ଆଉ ଏମିତି ଭିକ ମାଗିବା। ଚାଲ ଆମେ ବି ଗୋଟେ ବେଉସା କରିବା। କପିଳା କହିଲା ବିନା ପଇସାରେ କୋଉ ବେପାର ହେବ। ଆରେ ଚାଲ ମୁଁ ବତଉଛି।

ତା ଆରଦିନ ଦିହେଁ ପୁଣି ବାହାରିଲେ। ସହର ସାରା ଘାସ ଖୋଜିଲେ ଖୋଜୁ ଖୋଜୁ ଗୋଟେ ଡାକ ବଙ୍ଗଳା ପାଖରେ ପହଞ୍ଚିଲେ। ବାଃ ! କେତେ ଘାସ। କାଶିଆ ର ଆଖି ଖୋସି ହେଇଗଲା। ବାବୁଆଣୀ ଖୁସି ହୋଇଯିବେ। କାଶିଆ ଉପାଡ଼ିବାରେ ଲାଗିଲା। ହାଠାତ ଗୋଟେ ଦରଓ୍ୱାନ ଆସି କହିଲା ଆବେ ବୁଢ଼ା ସେ ଗୁଡ଼ା କାହିଁ ଉପାଡୁଛୁ। କାଶିଆ କହିଲା ଘାସ। କଅଁଳିଆ ଘାସ। ବାଛୁରୀ ପାଇଁ। ହାରମ୍‌ଜାଦା, ଦରଓ୍ୱାନ ବାଡ଼ି ହଲେଇ କହିଲା। ଜାଣିଛୁ ସେ ଗୁଡ଼ା ଏଇଠି ଜଗା ହେଇଛି। ଖାସ ସେ ଗୁଡ଼ା ଜଗିବା ପାଇଁ ମୋତେ ଚାକିରୀ ମିଳିଛି। ବଡ଼ ବିଷମ କଥା କପିଳା କହିଲା। ଘାସ ଗୋଟେ କି ଜିନିଷ ଯେ ଏଇଠି ଜଗେଇଛ। ସେ ଗୁଡ଼ା ଆମେ ଉପାଡ଼ି ଫିଙ୍ଗିଦେଉ। ଫସଲ ନଷ୍ଟ ହୁଏ। ଚୁପ୍‌ବେ ଗାଉଁଲିଆ କୋଉଠିକାର। ଯାଉଛ ନା ଦେଖିବ ଚୋର ଗୁଡ଼ା। ଘାସ ବାହାନାରେ ଚୋରୀ।

କାଶିଆ କପିଳା ଦୌଡ଼ିକି ଆସିଲେ। ଘାସ ମିଳିବ ନାଇଁରେ ଭାଇ, ଚାଲ୍ ସେ ବାବୁଆଣୀ ଲକ୍ଷ୍ମୀ ଠାକୁରାଣୀ ଙ୍କୁ ଗୁହାରିବା। ସରଗରୁ ଚାନ୍ଦ କହିଲେ ଆଣିଦେବୁ ମାଆଁ. ଘାସ କଥା ଆମକୁ କହନି। ବୁଝିଲୁ ଦାଦା କପିଳା କହିଲା ଏଇଠି ପଇସା ନ ଦେଲେ କିଛି ମିଳିବ ନାଇଁ ବାବୁଆଣୀ ହସିଲେ। ହସି ହସି ମୁହରେ ବାଆଁ ହାତ ଚାପିଲେ। ଡାହାଣ ହାତରେ କାନିକୁ ସଜାଡ଼ି ଅଣ୍ଟାରେ ଖୋସିଲେ। ଅଣ୍ଟାରେ ରୂପାର କଞ୍ଚିକାଠି। କପିଳା ର ଆଖିରେ ପଡ଼ିଲା। ତା ଉପରକୁ ଧୋବ ଫରଫର ହେଇ ନାଲି

ବ୍ଲାଉଜ୍, ତା ଉପରକୁ ସୁନାର ଗଜମୁକୁତା ହାର, ତା ଉପରକୁ ବାବୁଆଣୀ ଙ୍କ ସଫେଦ ପାଲିସ କରା ମୁହଁ। ନାଁ କପିଳା ନରମି ଗଲା। ଆଉ ନୁହେଁ। ସେ ରାସ୍ତା ସେ ଅନେକ ଦିନରୁ ଛାଡ଼ି ଆସିଛି। ବାବୁଆଣୀ ହସୁଥିଲେ। ଯେମିତି ସେ ଆଗରୁ ହିଁ ଜାଣିଥିଲେ ଏମିତି ହିଁ ହେବ। କାଶିଆକୁ ଲାଗିଲା ଯେମିତି ସେମାନେ ବାବୁଆଣୀଙ୍କ ସାମନାରେ ଦିଇଟା ଲଙ୍ଗଳା ଛୁଆ। ବାବୁଆଣୀ ଯେମିତି ତାଙ୍କ ମାଆ, କାନି ପଣତରେ କଅଣ ଗୋଟେ ଲୁଚେଇ ଧରିଛି। ସେ ଦି ଜଣ ମାଆଁ ପାଖରେ ଅଳି କରୁଛନ୍ତି। ଦେଖା ଦେଇଦେ ଆଉ ଲୁଚାନା ତୋର ଗଣ୍ଠି ଧନକୁ। ରାହା ଧରି କାନ୍ଦୁଛନ୍ତି। ମାଆଁ କୌତୁକ କରୁଛି। ଏଇବୋଧେ ଗେଲ କରି ଧରେଇ ଦେବ ସେମାନଙ୍କୁ ତା କାନି ପଣତ ଖୋଲି ତାର ଧନ ମାନଙ୍କୁ। ମୁଁ ଜାଣିଥିଲି। ବାବୁଆଣୀ କହିଲେ। ଘାସ ପାଇବନି ମୁଁ ଜାଣିଥିଲି। ସବୁଠୁ ବଡ଼ କଥା ହେଲା ତମେ ଫେରି ଆସିଛ। ଫେରି ଆସି ତମର ପରାଜୟ ସ୍ୱୀକାର କରିଛି। ତମ ଆଗରୁ ଯିଏ ବି ଆସିଛି ସେ କେବଳ ଯାଇଛି। ଯାଇଛି ଯେ ଯାଇଛି ଆଉ କେବେ ବି ଫେରିନି। ମୋର ବିଶ୍ୱାସ, ତମଦ୍ୱାରା ହେବ। ତମେ ପାରିବ। ତେଣୁ ନିରାଶ ହୁଅନି। ସେ ପଛକଥା ଚୁଲିକି ଯାଉ। ଯାଅ ଚେଷ୍ଟା କର। କାଶିଆ କିଛି ବୁଝି ପାରିଲା ନାହିଁ। ଏଇଟା ବାବୁଆଣୀ ନା ପାଗଳୀ ଟା। କାଶୀଆ କପିଳା ଲଥକିନା ତଳେ ବସି ପଡ଼ିଲେ। ତାଙ୍କୁ ଲାଗିଲା ଏଇଟା ଭୂତୁଣୀ ନୋଇଲେ ସତ ସତିକା ଦେବୀଟେ। ଯେମିତି ତାଙ୍କ ଗାଁ ବରଗଛରେ ପ୍ରତି ଉଆଁସରେ ବାହାରେ ତାଙ୍କ ଗାଁ ଦେବୀ କାଶିଆ ସାହାସ କରି କହିଲା। ବାବୁଆଣୀ ତମ ପାଖରେ ଖାଲି ବୋତଲ ଅଛି। ବାବୁଆଣୀ ପଚାରିଲେ କଅଣ କରିବ। କାଶିଆ କହିଲା ବେଉସା କରିବୁ। ବାବୁଆଣୀ କହିଲେ ଅଛି। ଢ଼େର ଅଛି। ମୋର କାହିଁକି ଆମ ସହରର ସଭିଙ୍କ ଘରେ ଖାଲି ବୋତଲ ଅଳିଆ ହୋଇ ପଡ଼ିଛି। ହେଲେ ପଇସା ନ ଦେଲେ କେହି ଦେବେନି। ଠିକ ଅଛି। ବାବୁଆଣୀ କହିଲେ ଓ ଘର ଭିତରକୁ ଗଲେ। ଗୋଟେ ଅଖାରେ କିଛି ଖାଲି ବୋତଲ ଆଣିଲେ। କହିଲେ ନିଅ ଏଇଥିପାଇଁ ମୁଁ ପଇସା ନେବିନି। ଏଇଟାକୁ ତମର ମୂଳଧନ ବୋଲି ଭାବିନିଅ ଯାଅ ବ୍ୟବସାୟ କରିବ। ଯଦି ଆଉ ଫେରିବ ନାହିଁ ଜାଣିବି ତମେ ମଣିଷ ହୋଇଗଲ। ସଂସାରରୁ ଦାରିଦ୍ର୍ୟ ଉଠିଗଲା। ଯାଅ। ବାବୁଆଣୀ ଅଭୟ ମୁଦ୍ରାରେ ଅନେଇଲେ ଓ ଘର ଭିତରକୁ ପଶି କବାଟ ଦେଇଦେଲେ।

ସେଦିନଠୁ କାଶିଆ କପିଳା ବୋତଲ ବ୍ୟବସାୟରେ ଲାଗିଥିଲେ। ସହର ଯାକର ଖାଲି ବୋତଲ ଆଣି ଗୋଟେ ଅଧା ଗଢ଼ା ଇଟାର ଘର ଭିତରେ ରହୁଥିଲେ। ବଡ଼ କଷ୍ଟରେ ଯୋଗାଡ଼ କରିଥିଲେ ମଦ ବେପାରୀର ଠିକଣା। ତାକୁ ଖାଲି ବୋତଲ ଯୋଗେଇ ତାଙ୍କର ଗୁଜୁରାଣ ମେଣ୍ଟାଉଥିଲେ।

ଅଚାନକ ଦିନେ ମଦ ମୃତ୍ୟୁ ସମ୍ବାଦ ସହରରେ ହଇଚଇ ମଚେଇ ଦେଲା ସହରରେ ଗୋଟେ ନକଲି ମଦ ବ୍ୟବସାୟର ର୍‍ୟାକେଟ ସକ୍ରିୟ ଥିବାକଥା ପ୍ରଶାସନର ମୁଣ୍ଡ ବ୍ୟଥା ହୋଇଗଲା। ସହର ସାରା ଦଙ୍ଗା ହଙ୍ଗାମା ସଭା ସମିତି, ଭାଷଣ, ପୋଷ୍ଟର, ର୍‍ୟାଲିରେ ମାତିଥିଲା। ପୋଲିସ ଉପରେ ମନ୍ତ୍ରୀ, ମନ୍ତ୍ରୀ ଉପରେ ମୁଖ୍ୟ ମନ୍ତ୍ରୀ, ମୁଖ୍ୟମନ୍ତ୍ରୀ ଉପରେ ପ୍ରଧାନ ମନ୍ତ୍ରୀ ଚାପଦେଉ ଦେଉ ତଳ ସ୍ତରରେ ଯେତେବେଳେ ଚାପ ଅସମ୍ଭାଳ ହେଲା ପୋଲିସ ହଠାତ ସକ୍ରିୟ ହେଇ ଉଠିଲା ଏବଂ ରାତିକ ଭିତରେ ନକଲି ମଦ ବ୍ୟବସାୟୀଙ୍କୁ ଠାବ କରିବା ପାଇଁ ଭୀଷ୍ମ ପ୍ରତିଜ୍ଞା କରିଥିଲା। ଏଇତନା ଘନା ତଦନ୍ତ ବେଳେ ହିଁ ପୋଲିସ କାଶିଆ ଓ କପିଳାଙ୍କୁ ତାଙ୍କର ଭଙ୍ଗା ଇଟାର ଘରେ ବୋତଲ ପାଖରେ ମହା ଆରାମରେ ଘୁମଉଥିବା ଅବସ୍ଥାରେ ବାନ୍ଧି ନେଇଥିଲା।

ତା ପରଦିନ ସମ୍ବାଦ ପତ୍ର ସବୁର ମୁଖ୍ୟ ଶିରୋନାମା ଥିଲା "ନକଲି ମଦ ବ୍ୟବସାୟୀ କାଶିଆ ଓ କପିଳା ଗିରଫ" ନକଲି ମଦ ବ୍ୟବସାୟରେ ସଂପୃକ୍ତ ର୍‍ୟାକେଟ ଧରା ପଡ଼ିଲା। ସକାଳର ଗରମ ଚା ସାଙ୍ଗରେ ଲୋକମାନେ ତାଜା ଖବର ପଢ଼ିଲେ ଓ ଉତ୍ସାହିତ ହେଲେ।

ଆଲୌକିକ ପାହାଡ଼

ସହରରୁ ଅନତି ଦୂରରେ ଗୋଟେ ସୁଉଚ୍ଚ ପାହାଡ଼ ଥିଲା ଯଦିଓ ପାହଡ଼ଟି ଦୂରରୁ ନୀଳ ଦିଶୁଥିଲା । ଏହା ପ୍ରକୃତରେ ନୀଳ ନ ଥିଲା । ବିଭିନ୍ନ ଋତୁରେ ଏହା ବିଭିନ୍ନ ରଙ୍ଗ ଧାରଣ କରୁଥିଲା ତଥା ଭିନ୍ନ ଭିନ୍ନ ସମୟରେ ଏହା ଭିନ୍ନ ଭିନ୍ନ ଚେହେରା ଧାରଣ କରୁଥିଲା । ତେଣୁ ଏହା ଯେ ଏକ ଆଲୌକିକ ପାହାଡ଼ ଏମିତି ଧାରଣା ପିଲାଦିନରୁ ହିଁ ଅମରେଶ ର ମୁଣ୍ଡକୁ ପଶି ଯାଇଥିଲା । ଏଇ ପାହାଡ଼କୁ ନେଇ ଗାଁରେ ଅନେକ ମନଗଢ଼ା ଗପ ବି ଥିଲା ଯାହା ପିଲାଦିନେ ସାଙ୍ଗ ମାନଙ୍କଠୁ ଅମରେଶ ଶୁଣି ଆସିଥିଲା । ଏଇ ପାହାଡ଼ ଟି ପ୍ରତି ଅମରେଶର ଅବଚେତନ ମନରେ ଅନେକ ଦିନରୁ ଗୋଟେ ଦୁର୍ବଳତା ରହି ଆସିଥିଲା । ବୟସ ବଢ଼ିଲା, ଜଞ୍ଜାଳ ବଢ଼ିଲା, ପାହାଡ଼ରୁ ଧିରେ ଧିରେ ସମସ୍ତେ ଦୁରେଇ ଗଲେ । ଯିଏ ଯାହାର କାମରେ ମାତିଲେ କ୍ରମଶଃ ପାହାଡ଼ କଥା ମନରୁ ପୋଛି ହୋଇଯାଇଥିଲା ।

ଏଇମାତ୍ର ଅଳ୍ପଦିନ ହେବ ଅମରେଶ ଏଇ ସହରକୁ ଆସିଛି ବଦଳି ହୋଇ । ତା ନିଜ ଗାଁର ପାଖାପାଖି ଯୋଉଠୁ ଏଇ ପାହାଡ଼ ସ୍ୱଷ୍ଟ ଦେଖାଯାଏ । ଏଇ ଘର ଭଡ଼ାରେ ନେବା ର ପ୍ରଥମ ରାତିରେ ଯେତେବେଳେ ଅମରେଶ ଶୋଇବା ଘରର ଝରକା ଖୋଲିଲା, ସେଦିନ ଗୋଟେ ଜହ୍ନରାତି ଥିଲା । ଦମକାଏ ପବନ ତା ଗାଲରେ ବାଜିଲା ଓ କେମିତି ଯେ ସେଇ ପାହାଡ଼ ଟା ତା ଆଖିରେ ପଡ଼ିଗଲା । ବାସ ସେଇଠୁ ସବୁ ଆରମ୍ଭ ।

ପିଲାଟି ଦିନରୁ ହିଁ ସେ ଏଇ ପାହାଡ଼କୁ ଦେଖି ଆସିଛି । ଅଥଚ ଯାର ପାଖକୁ ସେ କେବେବି ଯାଇ ପାରିନି । ଅନେକ ଥର ସେ ଭାବିଛି ପର୍ବତ ଶିଖରକୁ ଯିବ ଓ ସେଇଠୁ

ଏ ସମସ୍ତଙ୍କୁ ନିରେଖି ଦେଖିବ। ଅଥଚ ଏ ସଂସାରର ମାୟା ତାକୁ ଏତେ ଜୋର୍ ଛନ୍ଦି ରଖିଛି ଯେ କେବେହେଲେ ସେ ନିଜକୁ ଏଇ ପାହାଡ଼ ପାଇଁ ମୁକୁଳେଇ ପାରିଲା ନାହିଁ। ଅଥଚ ପାହାଡ଼ ପାଖକୁ ଯାଇ ନ ପାରିବାର ଦୁଃଖ ତାକୁ ଦିନକୁ ଦିନ ଗ୍ରାସି ଚାଲିଛି। ଏପରିକି ଅଧିକାଂଶ ରାତିରେ ତାକୁ ଆଉ ନିଦ ହେଲାନି। ଯଦିବା ହେଲା ଅଦ୍ଭୁତ ପାହାଡ଼ ସଂପର୍କିତ ଭୟଙ୍କର ସ୍ୱପ୍ନ ସବୁ ସହିତ ଉଠି ପଡ଼ିଲା।

ଡାକ୍ତରଙ୍କୁ ପରାମର୍ଶ କରିବି କିଛି ଲାଭ ହେଲାନି। ଦେହରେ ସାଂଘାତିକ କୌଣସି ରୋଗ ନାହିଁ। ବୟସ ବି ସେମିତି କିଛି ଖାସ ହୋଇନି। ମାତ୍ର ପଇଁଚାଳିଶ। ଡାକ୍ତର କହିଲେ ଚିନ୍ତାର କୌଣସି କାରଣ ନାହିଁ। ସାମୟିକ ମାନସିକ ଦୁଶ୍ଚିନ୍ତା। ମାନସିକ ଅସ୍ଥିରତା ହେତୁ ନିଦ ହେଉନାହିଁ। କିଛିଦିନ ନିଦ ବଟିକାର ସାହାଯ୍ୟ ନିଆଯାଇପାରେ। ଯୋଗ କରନ୍ତୁ। ମର୍ଣ୍ଣିଂ ଓ ଇଭିନିଂ ୱାକ କରନ୍ତୁ। ମାଇଣ୍ଡ୍ କୁ ଟିକେ ଏନ୍‌ଗେଜ୍ ରଖିବା ପାଇଁ ଚେଷ୍ଟା କରନ୍ତୁ। ଚିନ୍ତାର କୌଣସି କାରଣ ନାହିଁ।

ଅମରେଶ ଜାଣେ ତା ସମସ୍ୟା ଟା କେଉଁଠି। ଅଥଚ ଜାଣି ବି ସେ ତାର ପ୍ରତିକାର କରିପାରୁନି। ସକାଳ ପାଇଲା କ୍ଷଣି କେତେ ପ୍ରକାର ବ୍ୟସ୍ତତା ତାକୁ ବାନ୍ଧି ରଖି ଦେଇଛି। ରାତିରେ ବିଛଣାକୁ ଯିବାଯାଏ ବି ତା ପାଇଁ ଜଞ୍ଜାଳଟିଏ ଖଞ୍ଜା ହୋଇରହିଥିବ। ହଠାତ୍ ବିଛଣାକୁ ଯିବା ପୂର୍ବରୁ ହିଁ ସେ ଶୟନ କକ୍ଷର ଝରକା ଖୋଲିବ ଓ ସେଇଠି ସେଇ ପାହାଡ଼ଟା ତାକୁ ଖଟେଇ ଠିଆ ହୋଇଥିବ। ବାସ୍ ତା ପରେ ଆରମ୍ଭ ସବୁ ପୁରୁଣା ରୋଗର। ଅମରେଶ ସିଗାରେଟ ପରେ ସିଗାରେଟ ଟାଣିବ, ଝରକା ଆଡ଼କୁ ଅନେଇବ, ଏମିତି ଗୋଟିଏ ପରେ ଗୋଟିଏ ସିଗାରେଟ, ପହଡ଼ ପରେ ପହଡ଼ ବିତି ଯାଉଥିବ।

ହଠାତ ଦିନେ ଚୌକି ଉପରେ ବସି ଦୂର ପାହାଡ଼କୁ ଅନେଇ ଭୁଲଉ ଥିବା ବେଳେ ଅମରେଶକୁ ଗୋଟେ ଆଲୌକିତ ଦୃଶ୍ୟ ହେଲା ପାହାଡ଼ ଉପରେ। ବାସ୍ ଆଉ କେହି ଅଟକେଇ ପାରିବେନି, କେହି ବି ନୁହେଁ। ତା ହୃଦୟ ଭିତରେ ଗୋଟେ ଉଚ୍ଛ୍ୱାସ ଉଠିଲା। ସେ ଉଚ୍ଛ୍ୱାସ ଭିତରେ ଗୋଟେ ଦୀର୍ଘଶ୍ୱାସ ଛୁଟିଲା, ସେ ଦୀର୍ଘଶ୍ୱାସ ଭିତରେ ବହେ ଗାଳିଥିଲା ଗୋଟେ ବିଦ୍ରୋହ ଥିଲା , ସାରା ସଂସାର ବିରୁଦ୍ଧରେ, ନାଁ ଆଉ କେହି ବି ଅଟକେଇ ପାରି ବେନି ତାର ଉତ୍ଥାନ ପାଦକୁ। ତା ପାଦରୁ ଫିଟି ଯାଉଥିଲା ସବୁ ବେଡ଼ି ବନ୍ଧନ, ତା ହାତ ମୁକୁଳା ହୋଇ ଯାଉଥିଲା ଧୀରେ ଧୀରେ। ତା ବେକରୁ ଝୁଲୁଥିବା ରଶିକୁ ସେ ଛିଣ୍ଡେଇ ଦେଲା କଡ଼ ମଡ଼ ଦାନ୍ତ ଗୁଡ଼ିକରେ, ହେଣ୍ଡକପ୍ ଦିଇଟାକୁ ଫିଙ୍ଗିଦେଲା , ତା ସ୍ତ୍ରୀ'ର ବିଛଣା ଉପରେ। ବାଃ କେତେ ହାଲୁକା ଲାଗୁଛି ତାକୁ ଏବେ। ଯେମିତି ସେ ଶକ୍ତିମାନ ଭଳି ଉଡ଼ି ପାରୁଛି ଆକାଶ ଉପରେ। ନାଁ ଆଉ କେହି ବି ଅଟକେଇ ପାରିବେନି ତାକୁ , ପାହାଡ଼ ତାକୁ ଡାକୁଛି ହାତଠାରି ଏତେଦିନ ପରେ। ହେ

ମୋର ପ୍ରିୟ ପାହାଡ଼, ରହ ରହ ମୁଁ ଯାଉଛି , ଅମରେଶ କହିଲା ମନକୁ ମନ ଓ ପାଦ ବଢ଼େଇଲା ।

ଏବେ ଅମରେଶ ପାହାଡ଼ର ଠିକ ତଳେ ହିଁ ଥିଲା ତଳୁ ଥାଇ ଉପରକୁ ଅନେଇଲା । ନାଁ ବେଶୀ ଉଚ୍ଚ ନୁହେଁ, ନୀଳ ନୁହେଁ ସବୁଜ ବି ନୁହେଁ, ଧଳା ନୁହେଁ ଧୂସର ବି ନୁହେଁ । ଧଳା, କଳା, ନୀଳ, ସବୁଜ, ଅନେକ ରଙ୍ଗର ମିଶାଗୋଳା ଗୋଟେ ଅଦ୍ଭୁତ ରଙ୍ଗର ଏ ପାହାଡ଼ । ଶିଖରରୁ କେହି ଜଣେ ତାକୁ ଡାକୁଛି ଜୋରରେ ଆସ ଆସ ଡରିଯାଅନା, ଆମେ ସବୁ ଅଛୁ , ଏଇଠି ତମର ପ୍ରତୀକ୍ଷାରେ, ଏଇଠି ମହା ଖୁସିରେ ଗୋଟେ ମହା ମିଳନର ପର୍ବ ଚାଲିଛି, ଆସ ଆଉ ଡେରି କରନା ।

ଅମରେଶ ପର୍ବତକୁ ଅନେଇଲା ଓ ଥରେ ପଛକୁ, ନାଁ ଆଉ ପଛକୁ ଅନେଇ ଲାଭ ନାହିଁ । ପଛକଥା ଭୂଲିଯାଅ ଅମରେଶ, ସେଇଟା ସବୁ ଇତିହାସ ଯୋଉଟା ଖାଲି ମଲା ମୂର୍ଦ୍ଦାର ମାନଙ୍କ ମୃତ୍ୟୁ ପୂର୍ବର କାହାଣୀ ।

ଅମରେଶ ପର୍ବତର ଆହୁରି ପାଖକୁ ଗଲା,ବାଃ ଚମତ୍କାର । ଏଇଠି ଚଢ଼ିଯିବା ପାଇଁ ପାହାଚ ସବୁ ବି ଅଛି । ଅମରେଶ ପ୍ରଥମ ପାହାଚରେ ପାଦ ଦେଲା । ଥରେ ଖସି ପଡ଼ିଲା ଓ ପୁଣି ଥରେ ଚିନ୍ତା କଲା ଯିବ ନାଁ ନାଇଁ ଉପରୁ ପୁଣି କେହି ଜଣେ ତାଗିଦ୍ କଲା ଦେଖ ଚିନ୍ତା କରନା ଚିନ୍ତା କଲେ ସେଇଠି ରହିଯିବ, ସବୁଦିନ ପଥର ମୂର୍ତ୍ତିଟେ ହେଇ, ଯିଏ ବି ଚିନ୍ତା କରିଛି ସେଇଠି ହିଁ ଅଟକି ଯାଇଛି । ଚିନ୍ତା କରନା ଆସ ପାଦ ବଢ଼ାଅ । ଆମେମାନେ ଅଛୁ ।

ଅମରେଶ ପୁନର୍ବାର ପାଦ ବଢ଼େଇଲା । ଏଥର ଟିକେ ଜୋରରେ ଓ ସଫଳ ହେଲା । ତା ପରେ ଆଉ ଗୋଟେ ତା ପରେ ଆଉ ଗୋଟେ ପାଦ । ପର୍ବତ ଘୁଞ୍ଚି ଘୁଞ୍ଚି ଯାଉଛି । ପର୍ବତର ସେଇ ଆଲୌକିକତା ତାକୁ ଆହୁରି ବିଭୋର କରି ଚାଲିଥାଏ ନାଁ ଆଉ ଫେରିହୁଏନା, ଫେରି ହୁଏକି ? ନାଁ ଆଉ ଫେରିବାର ନାହିଁ । ମଣିଷ ବଡ଼ କଷ୍ଟରେ ମୁକୁଳିଛି । ଅମରେଶ ପାଦ ପରେ ପାଦ ବଢ଼େଇ ଚାଲିଛି । ପର୍ବତ ଘୁଞ୍ଚି ଘୁଞ୍ଚି ଯାଉଛି ।

ତା ପରଦିନ ସକାଳେ ହସପିଟାଲ ବାରଣ୍ଡାରେ ପ୍ରବଳ ଭିଡ଼ । ଅମରେଶ ପଟ୍ଟନାୟକ ଛାତ ଉପରୁ ଗଳି ପଡ଼ିଛି । ହସପିଟାଲର ବିଛଣାରେ ପାଞ୍ଚ ଫୁଟ ଆଠ ଇଞ୍ଚର ଅମରେଶ ପଟ୍ଟନାୟକ ପାଟିରେ ଅକ୍ସିଜେନ୍ ଆପାଦ ମସ୍ତକ, ଧଳା ବେଣ୍ଡେଜ୍, ହାତରେ ସାଲାଇନ, ଅଚେତ ଶୋଇଛି ।

ଧଳା ଧଳା ବେଣ୍ଡଜ୍‌ରେ ବରଫାବୃତ ଗୋଟେ ଧଳା ପାହାଡ଼ ଭଳି ଅଲୌକିକ ସେ ଦୃଶ୍ୟ ବିଗତ ରାତିର ସେ ସ୍ୱପ୍ନର କେତେ ପାଖାପାଖି ।

ସିଢ଼ି

ମୁଁ ସନ୍ତର୍ପଣରେ ଗୋଟିଏ ପରେ ଗୋଟିଏ ସିଢ଼ି ଚଢ଼ି ଚାଲିଛି। ଲୋକଟି ଉପରୁ ଥାଇ ମୋତେ ତାଗିଦ କରି ଚାଲିଛି। ମୋ ଆଡ଼କୁ ଆଙ୍ଗୁଳି ଦେଖେଇ କହି ଚାଲିଛି ହେ ଲୋକ ହେଃ ଚଢ଼ନା ପଡ଼ିଯିବୁ। (ଚୁପ୍‌ବେ ମୁଁ ମନକୁ ମନ କହୁଛି, ବଡ଼ ଦେଖେଇ ହେଉଛି, ପଡ଼ି ଗଲେ ପଡ଼ିଯିବି ତୋର କଅଣ ଗଲା କି ?)

ମୁଁ ଚଢ଼ି ଚାଲିଛି। ବଡ଼ ଚାଲାକିରେ ଗୋଟିଏ ପରେ ଗୋଟିଏ ସିଢ଼ି ଏବଂ ମଝି ମଝିରେ ଥକାମାରି ଅନାଉଛି। ବାପ୍‌ରେ ମୁଁ କେତେ ଲୋକଙ୍କୁ ପଛରେ ପକେଇ ଚାଲିଛି। ପଛରେ ପିମ୍ପୁଡ଼ିଧାର ପରି ଲୋକ ତା ଉପରେ ତା ଉପରେ ମାଡ଼ି ଚାଲିଛନ୍ତି। ଏଇ ଦୃଶ୍ୟ ପାଇଁ ମୁଁ ଗୋଟେ ଉପମା ବି ମନେ ପକେଇବା ପାଇଁ ଚେଷ୍ଟା କଲି। ହେଲେ ଏବେ କିଛି ମନେ ପଡୁନାହିଁ। ଉପରକୁ ଚଢ଼ିବାର ନିଶା ମୋତେ ଏତେ ଜୋର ଘାରିଛି। ଏତେ ସବୁ ଘୋ ଘା ଭିତରେ ମୁଁ ଧଇଁ ସଇଁ ଦୌଡ଼ି ଥରେ ଉପରକୁ ଅନେଇ ଦେଖୁଛି। କେତେ ବାଟ କି ? ବାଃ ଆଉ ଆଖି ପାଉନି ତା ଉପରକୁ, ତା ଉପରକୁ, ତା ଉପରକୁ କେତେ ଯେ ସିଢ଼ି। ଲୋକ ବି କିଛି କମ୍ ନାହାଁନ୍ତି। ପିମ୍ପୁଡ଼ି ଚାଲିବା ପାଇଁ ବି ଜାଗା ନାହିଁ। ଲୋକମାନେ ଅସହାୟ, ଲୋକମାନେ ବେପରୁଆ ଦୌଡୁଛନ୍ତି।

ଆଉ ଏଇଠି ଏମିତି ଛିଡ଼ା ହୋଇ ରହିଲେ ମୁଁ ପଛରେ ପଡ଼ିଯିବି ଯେ।ଏଇଠି

ଏଇ ଦୌଡ଼ା ଦୌଡ଼ି ଭିତରେ ଭାବ ପ୍ରବଣତାର ସ୍ଥାନ କେଉଁଠି। ଏବେ ଖାଲି ଧାଅଁ। ଧାଇଁବା ହିଁ ମୁଖ୍ୟ କାମ। ଥକ ନାଇଁ କୋଉଠି ଥାକ ନାଇଁ, ଅଟକି ଯିବ। ପଙ୍ଗପାଳ ଭଳି ମାଡ଼ିଯିବେ ଲୋକମାନେ। ସମସ୍ତେ ଚାଲିଯିବେ ତମ ପିଠି ଉପରେ ତମକୁ ପଛରେ ପକାଇ। ତମେ ଗୋପବନ୍ଧୁଙ୍କ କବିତା ଜପୁଥିବ।

ମୁଁ ପୁନର୍ବାର ପାଦ ବଢ଼େଇଲି ନାଁ ଯେମିତି ହେଲେ ଯିବାକୁ ହେବ। ଏ ଦୌଡ଼ରେ ନିଜକୁ ସାମିଲ କରିବାକୁ ହେବ। ଏମିତି କଅଣ ଅଛି ଯେ ସେ ସବା ସିଢ଼ି ଉପରେ ଯା ପାଇଁ ଏତେ ଧାଇଁବା ? ମୁଁ ବି କଅଣ ଜାଣେ ସେ ସଂପର୍କରେ ସଠିକ ଭାବେ। ନାଁ ମୁଁ କେବଳ ଦୌଡୁଛି ଦୌଡ଼ିବା ପାଇଁ, ନାଁ ଭୟରେ ଦୌଡୁଛି କାଳେ ପଛରେ ପଡ଼ିଯିବି ବୋଲି ? ମୁଁ ବି କଅଣ ସାମିଲ ଏ ଦୌଡ଼ିବାରେ ଅନ୍ଧଙ୍କ ଭଳି, ପାଗଳଙ୍କ ଭଳି।

ଲୋକଟି ମୋତେ ତାଗିଦ କରୁଛି ଉପରେ ଥାଇ। ହାତ ହଲାଉଛି, ନାଁ ଆଗକୁ ଆ ନାଁ, ଯେମିତି ସେ କହିବାକୁ ଚାହୁଁଛି ଏ ଦୌଡ଼ିବା ନିରର୍ଥକ, ମୂଲ୍ୟହୀନ, କିଛି ସେମିତି ନାହିଁ ଏଠି, ସବୁ ବେକାର, ଖାଲି ମିଛରେ ଦୌଡ଼ିବା କଥା, ସବୁ ମନଗଢ଼ା ଗପ, ସବୁ ଘୋର ମାୟା।

ନାଁ ମୁଁ ସେସବୁ ବୁଝିବା ପାଇଁ ପ୍ରସ୍ତୁତ ନୁହେଁ। କିଛି ଥାଉ ବା ନ ଥାଉ ମୁଁ ଦୌଡ଼ିବି । ଏତେ ବାଟ କ'ଣ ମୁଁ ବୃଥାଟାରେ ଆସିଛି ଏବଂ ଏଇଠୁ ଫେରିଯିବି। ଫେରିଯାଇ ବା ମୁଁ କଅଣ ଅଧିକାଟେ କରିବି। କିଛି ନ ଥାଉ। ଏ ଦୌଡ଼ିବାରେ ଅନ୍ୟମାନଙ୍କୁ ପଛରେ ପକେଇବାରେ କେତେ ମଜା ଅଛି। ତା ଛଡ଼ା ଗୋଟେ ଅଦ୍ଭୁତ ଆକର୍ଷଣ ମୋତେ ଟାଣି ଧରିଛି। ନାଁ ମୁଁ କାହାରି ଅଟକେଇବାରେ ମାନିଯିବିନି। ମୁଁ ଚଢ଼ିବି, ସିଢ଼ି, ସବୁ ଅଲବତ୍ ଚଢ଼ିବି।

ଚଢୁ ଚଢୁ ଗୋଟେ ନିର୍ଦ୍ଧିଷ୍ଟ ଦୂରତାରେ ପହଞ୍ଚିବା ପରେ ମୁଁ ଦେଖିଲି ଆଉ ଦୌଡ଼ିବା ସମ୍ଭବ ନୁହେଁ। ଦୌଡ଼ିବା କଅଣ ଚାଲିବା ବି ସମ୍ଭବ ନୁହେଁ। ଚାଲିବା କଅଣ ଛିଡ଼ା ହେବା ବି ସମ୍ଭବ ନୁହେଁ । ଭିଡ଼ ଯେ ଭିଡ଼ କେତେ ଭିଡ଼ ଅଣନିଶ୍ୱାସୀ ମଣିଷମାନଙ୍କ ଠେଲା ପେଲା, ହୋ ହାଲ୍ଲା। ମୁଁ ମୁଣ୍ଡରେ ହାତ ଦେବା ପାଇଁ ଚିନ୍ତା କରି ମୁଣ୍ଡ ଖୋଜିବା ପାଇଁ ଚେଷ୍ଟା କଲି। ଅଥଚ ନାଁ ହାତଟା ଜମାରୁ ମୁଣ୍ଡଯାଏ ନିଆ ଯାଇ ପାରେନା। ଏଥର ପଡ଼ିଯିବା କଥା। ଗୋଟେ ପୋକ ହେଇ ଗୁରୁଣ୍ଡିବା କଥା। ତେବେ ହୁଏତ କିଛି ବାଟ ଆଗକୁ ଯାଇ ହୋଇ ପାରେ। ତା ଆଗକୁ , ଆହୁରି ଆଗକୁ , ଆଉ ଠେଲା ପେଲା ନୁହେଁ ଖାଲି ଟଣାଓଟରା। ସମସ୍ତେ ସମସ୍ତଙ୍କ ଗୋଡ଼ ଟାଣିବାରେ ବ୍ୟସ୍ତ। ଜଣେ ତଳକୁ ଖସିଲେ ହୁଏତ ଯାଇ ଜଣେ ଉପରକୁ ଉଠିବା। ନାଁ ଆଉ ସମ୍ଭବ

ନୁହେଁ। ଏଥର ଫେରିଯିବା କଥା। ଆବେ! ଫେରିଯିବୁ କଅଣ ? ଫେରିଯିବାକୁ ହେଲେ ରାସ୍ତା ଅଛି।

ତାଗିଦ୍ କରୁଥିବା ସେ ଲୋକର କଥା ମୋତେ ଆଉ ଶୁଣାଯାଉନି। ମୁଁ ଜାଣେ ଯେ ମୋ ଆଗରେ ଓ ପଛରେ ସଭିଏଁ ମୋ ଭଳି ଗୋଟେ ଗୋଟେ ଅସହାୟ ଲୋକ। ନାଁ , ଆଉ ନୁହେଁ ଗୋଟେ ଅଦ୍ଭୁଦ ଜିଦ୍ ମୋ ହୃଦୟକୁ କୋରି ଖାଉଛି। ମୋତେ ଯିବାକୁ ହେବ। ସବୁତକ ସିଢ଼ି ଚଢ଼ିବାକୁ ହେବ। ମୋତେ ଭୁଲିଯିବାକୁ ହେବ ମୋର ମଣିଷ ପଣିଆ, ଏ ସିଢ଼ି ଚଢ଼ିବାର ମୋହ କିଛି ଅନନ୍ୟ। ମୋ ଆଗରେ ଯିଏ ବି ଥାଉ ପଛେ ମୋର ଯେତେ ଅନ୍ତରଙ୍ଗ ମୋତେ ସେମାନଙ୍କ ଗୋଡ଼ ଟାଣିବାକୁ ହେବ। ଅତଏବ ମୁଁ ଗୋଟେ ପରେ ଗୋଟେ ଗୋଡ଼ ଟାଣିବାରେ ଲାଗିଲି। ସେମାନଙ୍କୁ ଚିତ୍ କରି ଆଗକୁ ଧସେଇ ପଶିଲି।

ଏବେ ମୋ ଆଗରେ ମାତ୍ର ଅଳ୍ପ କେଇଟି ସିଢ଼ି ଓ ଗୋଟେ ଅଦୃଶ୍ୟ ଲୋକର ତାଗିଦ୍। ଆ ନାଁ ଆଗକୁ ଆ ନା। ଏଇଠି କିଛି ନାଇଁ ଫେରିଯା ଏବେ ବି ସମୟ ଅଛି।

ଶେଷ ପାଦ ଆଗକୁ ଦେବାକୁ ଅଛି। ବିଜୟୋଲ୍ଲାସରେ ଉଚ୍ଛୁଳିଯିବା ପୂର୍ବରୁ ମୁଁ ଜୋର୍‌ରେ ଚିଲ୍ଲାଉଛି ଆରେ ହେ ପାଷାଣ୍ଡ, କିଏ ସେ ମୋ ଗୋଡ଼ ଏତେ ଜୋର୍ ଟାଣି ଧରିଛି।

■■

ଏକଦା ଏକ ସହର

ଦୀର୍ଘ ଦିନର ନିର୍ବାସନ ପରେ ମୁଁ ପୁଣି ଥରେ ପାଦ ବଢ଼େଇ ଥିଲି ସେଇ ସହର ଆଡ଼କୁ।

କିଛି ପର୍ବତ, କିଛି ଜଙ୍ଗଲ, କିଛି ନଈ ନାଳ ଭଙ୍ଗାପୋଲ, କଳା ମଇଳା ଗେରେଜ, ପାଉଁଶିଆ ସିମେଣ୍ଟର ଘର, ଝୁପୁଡ଼ି ହୋଟେଲ ବିଜୁଳିର ଲମ୍ବା ଲମ୍ବା ତା'ର, ଚିମିନୀର ଧୂଆଁ, ଲମ୍ବା ରେଳହୁରି, ସାଲୁବାଲୁ ପୋକର ନର୍ଦ୍ଦମା ନାଳୀ, ଦୁଇ ତିନି ଥାକିଆ କୋଠା, କିଛି ଚର୍ଚ୍ଚ, ମସ୍‌ଜିଦ ଓ ମନ୍ଦିର ପାରି ହୋଇ ଗୋଟିଏ ଛିନା ଟ୍ରାଫିକ୍ ଛକ୍। ଚଉରିଆଡ଼େ ରାସ୍ତା। ମଝିରେ ଗୋଟେ ଧଳା ମାର୍ବଲର ମୂର୍ତ୍ତି ନିଶ୍ଚଳ। କିଛି ପଚାରିବି ଭାବି ପାଖକୁ ଗଲି। ତାକୁ ହଲେଇଲି ତା'ର ଥଣ୍ଡା ଦେହରେ ହାତ ବାଜି ଆଙ୍ଗୁଠି ମୋ ବରଫ ହେଇ ଯାଉଥିବା ସନ୍ଦେହ କଲି। ଭୟରେ ଫେରି ଆସିଲି।

ମୁଁ ଅଗତ୍ୟା ଗୋଟେ ରାସ୍ତା ବାଛି ନେଲି। ଗଳି ପରେ ଗଳି, ଛକ ପରେ ଛକ, ମୋଡ଼ ପରେ ମୋଡ଼ ପାରି ହୋଇ ଗୁଡ଼ାଏ ଲୋକଙ୍କୁ ଖୋଜିଲି। କେହି କୁଆଡ଼େ ନଥିଲେ। ଏମିତି କି କୁଆ କି କୁକୁରର ଶବ୍ଦ ବି ନଥିଲା। ଚଉରିଆଡ଼େ ଗୋଟେ ଶୁନ୍‌ଶାନ୍ ନୀରବତା। କଳା ଆକାଶରେ ଘୁରୁଥିବା ଦଳଦଳ ଛଞ୍ଚାଣଙ୍କର କଳା ଛାଇରେ ଅଂଧାର ଥିଲା ସାରା ସହର।

କୁଆଡ଼େ ଗଲେ ଏତେ ସବୁ ଲୋକ। କାହିଁକି ଏମିତି ଛିନା ହୋଇଗଲା ଏଇ

ସହର। ମୁଁ ଗୋଟେ ପାଣି କଳ ପାଖକୁ ଗଲି। ତଣ୍ଟି ମୋର ଅଠା ହେଇଯାଇଥିଲା। ଅଥଚ କଳ ଶୁଖା। କଳର ସଁ ସଁ ଆବାଜ ଯେମିତି ଗୋଟେ ବାଘ ଶୋଇ ଶୋଇ ଥକଉଛି।

ଖୋଜି ଖୋଜି ଗୋଟେ ପୁରୁଣା ହୋଟେଲ ପାଖକୁ ଗଲି। ହାତରେ ବତୀଟିଏ ଧରି ଗୋଟେ ଲୋକ ଆସିଲା। ମୋଠୁ ଚା'ର ଅର୍ଡର ନେଇଗଲା। ମୁଁ ପଟା ଉପରେ ଆଉଜି ଟିକେ ଝୁପିଲି। ଅନେକ ସମୟ ପରେ ଚ଼' ଗ୍ଲାସର ଟେବୁଲ ଠୁକୁଡ଼ା ଶବ୍ଦରେ ଚମକି ଉଠିଲି। ପକେଟରୁ ସିଗାରେଟ କାଢ଼ି ନିଆଁ ଧରେଇଲି। ଢ଼କ ଢ଼କ ଚ଼' ପିଇଲି। ଚା'ର ପଇସା ଦେବା ପାଇଁ କାଉଣ୍ଟରକୁ ଗଲି। ଅଥଚ ହୋଟେଲରେ କେହି ନଥିଲେ। ଭାଟିରେ ନିଆଁ ବି ଜଳୁ ନଥିଲା। କୌଣସି ଡେକଚି କଢ଼େଇ, ଚ଼' ଗ୍ଲାସ୍, କେଟଲି, ଥିବାର ଦେଖିଲି ନାହିଁ। ଭୟରେ ସେଇଠୁ ଦୌଡ଼ି ପଳେଇଲି।

ସହରରୁ ଫେରି ଯିବାର କୌଣସି ଉପାୟ ନଥିଲା। ଗୋଟେ ଝଁ ଝଁ ରାତି ସହରକୁ ଆହୁରି ଭୟଂକର କରି ଦେଉଥିଲା। ଯଦିଓ ଭୟରେ ଛାତି ମୋର ଥରୁଥାଏ, ପାଦ ତଳର ମାଟି ଦୋହଲି ଯାଉଥାଏ, ବାରମ୍ବାର ପରିସ୍ରା ଲାଗୁଥାଏ। ତଥାପି କାହାରି ସାଙ୍ଗରେ ଅକସ୍ମାତ ଦେଖା ହେଇଯିବାର ଆଶାରେ ମୁଁ ପୁଣି ଥରେ ଗୋଡ଼ କାଢୁଥାଏ। ସହର ସାରା ଘୁରି ବୁଲୁଥାଏଁ।

ବିଭିନ୍ନ ଛକରେ କଂକାଳରେ ତିଆରି ମୂର୍ତ୍ତିମାନଙ୍କ ଦେହରେ ପାଚିଲା ଫୁଲର ମାଳ। ଛିଣ୍ଡା କନା, ଚପଲ, ସିଗାରେଟ, ଖୋଳ, ନିରୋଧ, ଲକ୍ସ, ସର୍ଫ, ବ୍ରିଟାନିଆ, ଟପ ଡାଲି ଓ ଔଷଧର ଠୁଙ୍ଗାରେ ଭରପୁର ଅନେକ ଦିନର ପରିତ୍ୟକ୍ତ ରାସ୍ତା ବୁଢ଼ୀଆଣି ଜାଲରେ ଛନ୍ଦା ବିଜୁଳୀର ତାର ଭଙ୍ଗା ମୋଟର, ଛିଣ୍ଡା ଟାୟାରର କଳା ମଇଳା ଶୁନଶାନ ଗେରେଜ, ପାର୍କର ଶୁଖା ଶୁଖା ଗଛ ଆଉ ଫୁଲ ଧୂଳିରେ ଲିଭିଯାଇଥିବା ବିଭିନ୍ନ ଅଫିସର ନାମ ଫଳକ, ମାଟି ତଳେ ପୋତି ହେଇଯାଇଥିବା ମାଇଲ ଖୁଣ୍ଟ କବାଟ ଝର୍କା ବନ୍ଦ ନାମ ଫଳକ ଝୁଲୁଥିବା ଘର ସବୁ ଯେମିତି ନାଆଁ ଗାଆଁ ଖୋଦା ହେଇଥିବା ଗୋଟେ କବର।

ପାଖରେ ଗୋଟେ ଶିମୂଳୀ ଗଛ ଓ କୁଅକୁ ଦେଖି ମନେ ପଡ଼ିଲା। ଏଇଠି ମୋର ପ୍ରିୟତମ ବନ୍ଧୁଙ୍କ ଘର ଥିଲା ଏକଦା। ପାଖକୁ ଗଲି। ଚ଼ରିପାଖେ କଣ୍ଟାବୁଦା ଶୁଖିଲା ଘାସ ଓ ଫୁଲ ଗଛ। ଉପରକୁ ଉଇ ହୁଙ୍କା ହେଇ ଗୋଟିଏ ମନ୍ଦିର ଭଳି ଦେଖା ଯାଉଥାଏ। ସନ୍ତର୍ପଣରେ ପାଦ ପକେଇ ମୁଁ ଗୋଟେ ଝରକା ଭଳି ଛୋଟ କଣାରେ ମୁଣ୍ଡ ଗଳେଇଲି। ଭିତରେ ଗୋଟେ ମହୁମାଛି ଭଳି ଗୁଣୁଗୁଣୁ ଶବ୍ଦ ଶୁଭୁଥାଏ। ବାଳ ସାରା ମୋର ବୁଢ଼ୀଆଣି ଜାଲରେ ଅଠା ହେଇଗଲା। କାନ ଭିତରେ ଗୋଟେ ଚୁଟିଆ

ମୁଷା ନା ଝିଟିପିଟିର ଲାଞ୍ଜ ଗଲିଗଲା। ମୁଁ କଣାଟିକୁ ଭାଙ୍ଗି ଗୋଟେ ମଣିଷ ଗଳିବା ଭଳି ଗର୍ତ୍ତ କଲି ଓ ଭିତରକୁ ଡେଇଁ ପଡ଼ିଲି। ଗୋଟେ କଫିନ ଭଳି ବାକ୍ସ ଭିତରେ ବନ୍ଧୁ ଜଣକ ଶୋଇଥିଲେ। ସମ୍ଭବତଃ ସ୍ୱପ୍ନରେ ବିଳବିଳଉଥିଲେ। ମୁଁ ତାଙ୍କ ହାତ ଟାଣି ବାହାରକୁ କାଢ଼ିଲି। ସେ ଉଠିଲେ। ଆଖି ମେଲିଲେ। ମୋତେ ଗୋଟେ ଦରଚିହ୍ନା ହସରେ ଆମନ୍ତ୍ରଣ କଲେ। ଚୌକିରେ ବସେଇଲେ। ମୋର କୁଶଳ ପଚାରିଲେ। ଭିତରକୁ ଗଲେ। ଗୋଟେ କପ୍ ଚା' ଆଣିଲେ।

ମୁଁ ଚା' ପିଉଁ ପିଉଁ ପଚାରିଲି ଆଉ ଭାଉଜ ଛୁଆ ପିଲା ସବୁ କେମିତି ?

ସେ ମୋର ମୁହଁକୁ ବିଲବିଲ କରି ଅନେଇଲେ। ସମ୍ଭବତଃ ସେ ମୋତେ ଚିହ୍ନି ପାରୁ ନଥିଲେ। ତରତରରେ ବାକ୍ସ ଖୋଲିଲେ। ଗୋଟେ ଆଲବମ୍‌ର ଫଟୋ ସବୁ ଖେଳେଇଲେ। ଫଟୋରେ ଲେଖାଥିବା ନମ୍ବରରୁ ଡାଏରୀରେ ଗୋଟେ ଟିପ୍‌ପଣୀ ପଢ଼ିଲେ ଓ କହିଲେ ଆରେ ଦେଖୁଛୁ, ଆଜିକାଲି ମନେ ରଖି ପାରୁନି କିଛି, କାହାକୁ ବି ଚିହ୍ନି ପାରୁନି। ଫୁରସତ କାହିଁ। ଭାରୀ ଜନ୍‌ଜାଳ, ଆଉ କ'ଣ ଖବର, କେବେ ଆସିଲୁ କେବେ ଯିବୁ, କୋଉଠି ଅଛୁ, କ'ଣ କରୁଛୁ, ଦେଖୁଛୁ ଦେଖୁଛୁ ମୁଁ ତତେ ଚିହ୍ନି ପାରୁ ନଥିଲି।

ମୁଁ ତାକୁ ପଚାରିଲି କିଛି ଖବର ରଖିଛୁ ସହର ସଂପର୍କରେ ?

ନାରେ ଭାଇ ନା, ଆଉ କୋଉଠି ବାହାରି ହେଉଛି, ବାହାର ଆଡ଼େ, ଆଜିକାଲି ଆଉ ଜମା ଭଲ ଲାଗୁ ନାହିଁ କିଛି, କ'ଣ ହେଇଛି କେଜାଣି କେହିବି ତ ଆସୁ ନାହାନ୍ତି ଆମ ଆଡ଼େ। ଅନେକ ବର୍ଷ ପରେ ଏଇ ବୋଧେ ତୁ ଆଇଲୁ ପ୍ରଥମ କରି ମୁଁ ବା କୋଉଠୁ ଖବର ରଖିବି ସହର ସମ୍ପର୍କରେ। "କିଛି ଜାଣିନୁ! ସହରଟା ଶ୍ମଶାନ ହୋଇଯାଇଛି। ଘରସବୁ କବର ହେଇଯାଇଛି। କୋଠରୀସବୁ କଫିନ ହେଇଯାଇଛି। ଲୋକମାନେ ଥଣ୍ଡା ମୁର୍ଦ୍ଦାର ହେଇ ଯାଇଛନ୍ତି। କିଛି ଖବର ରଖନ୍ତୁ। କଅଣ କରୁଛ ସବୁ ତମେମାନେ ଆଜିକାଲି, କିଛି ବି ବୋଧେ ଘଟୁ ନାଇଁ ଏଇ ସହରରେ।

କ'ଣ ଦର୍କାର କିଛି ଘଟୁ ନଘଟୁ। ଉଃ! ବନ୍ଧୁ ଗୋଟେ ଦୀର୍ଘ ଶ୍ୱାସ ନେଲେ। ଆଜିକାଲି ଆଉ ଫୁର୍‌ସତ୍ କାହିଁ। ଯାହା ଘଟିବ ଘଟୁ, ନ ଘଟିବ ନଘଟୁ। ଦେଖ ମୁଁ ମୋର ନିଜର ଜୀବନ ବଂଚୁ ବଂଚୁ, ଜନ୍‌ଜାଳ ସମ୍ଭାଳୁ ସମ୍ଭାଳୁ ମାୟାରେ ଘାଣ୍ଟି ହେଉ ହେଉ ମରିଗଲି।

ବନ୍ଧୁ ଦର୍ପଣ ସାମନାରେ ଛିଡ଼ା ହେଇ ମୁଣ୍ଡରୁ ପୁଳାଏ ପାଚିଲା ବାଳ ଉପାଡ଼ି ଆଣି ଗୋଟେ ପ୍ଲେଟ୍‌ରେ ରଖି ଗଣୁ ଗଣୁ କହିଲେ, ମୁଁ ବି କ'ଣ କମ୍ ଚିନ୍ତା କରୁଥିଲି ଏଇ ସହର ସମ୍ପର୍କରେ। ଏତେସବୁ ଚିନ୍ତା କରୁ କରୁ ଦେଖ ମୋ ମୁଣ୍ଡରେ ବାଳ ସବୁ

ଧଳା ହେଇଗଲା। ସହର ମୋର କେବେ ସୁଧୁରିଲା ନାଇଁ। ତେଣୁ ମୁଁ ଦିନେ ବାହାର ପଟୁ ଦ୍ୱାରରେ ଗୋଟେ ତାଲା ପକେଇ ଦେଲି ଓ ସହର କଥା ଭୁଲିଗଲି।

ସେ ଦର୍ପଣ ପାଖରେ ଛିଡ଼ା ହେଇ ଆପାତତଃ ହାତ ହାତ ଲମ୍ୱର ଦାଢ଼ୀକୁ ଗୋଟେ କଟୁରୀରେ କାଟୁଥିଲେ। ମୁଁ ତାଙ୍କଠାରୁ ବିଦାୟ ମାଗି ନେଲି ଓ ରାଗରେ ସହର ସାରା ପୁଣି ଖେପିଗଲି। ଚାଲି ଚାଲି ମୁଁ ଅନେକ ଥକି ଯାଇଥିଲି। ଗୋଟେ ଗଛ ତଳେ ଦମ୍ ନେବି ଭାବି ଆଉଜି ପଡ଼ିଲି। ଦୁଇଟା ଶକ୍ତ ହାତ ମୋର ମୁହଁକୁ ଜାବୁଡ଼ି ଧରିଲା। ମୁଁ ପାଟି କଲି ଅଥଚ ଶବ୍ଦ ବାହାରିଲା ନାଇଁ। ବହୁତ ଜୋର୍‌ରେ ଟାଣି ଓଟାରୀ ହେଲି। ମୋର ଦୟନୀୟ ଅବସ୍ଥା ଦେଖି ବୋଧେ ସେ ହାତଟା ମୋର ମୁହଁ ଉପରୁ ଅଲଗେଇ ଦେଲା। ପଚାରିଲା କ'ଣ ଚିହ୍ନି ପାରୁନ। ଭୟରେ ତଣ୍ଟି ମୋର ଅଠା ହେଇଯାଇଥାଏ। ସମ୍ଭବତଃ ମୁଁ ପରିସ୍ରା କରି ଦେଇଥାଏ। ମୁଁ ଦମ୍ଭ କରି ତା' ଆଡ଼କୁ ଅନେଇଲି। ମୋ ପଛ ପଟେ ଗଛ ନ ଥିଲା। ଗୋଟେ ଗଛ ଉଚ୍ଚତାର ବୁଢ଼ା। ଭୟରେ ଆଖି ମୋର ବୁଜି ହେଇ ଆସୁଥାଏ। ବୁଢ଼ାଟି ଧୀରେ ଧୀରେ ନିଜକୁ ସଙ୍କୁଚିତ କଲା ଓ ମୋ ପାଖରେ ବସିଲା। ଭୟ କରୁଛ। ମତେ ଚିହ୍ନି ପାରୁନ ?

ମୁଁ ବୁଢ଼ାର ମୁହଁକୁ ଦେଖିଲି। ଟାଆଁସା ପାଚିଲା ବାଳ। କୁଂଚିତ ଭ୍ରୂଲତା, ଦୁଇଟି ଟଣା ଟଣା ଆଖି ଜ୍ୟୋତି ଦୀପ୍ତ, ଲୋଚା କୋଚା ଚମଡ଼ା, ହୁଗୁଳା ମାଂସପେଶୀ, ଛାତିରେ ମେଞ୍ଚାଏ ପାଚିଲା ବାଳ। ଗୋଟେ ଧଳା ଧୋତି, ଗେଞ୍ଜି ପଞ୍ଜାବୀ, କାନ୍ଧରେ ମଠାର ଚାଦର, ମଠା ରଙ୍ଗର ଦେହ, ଲମ୍ବା ଗୋଡ଼, ହାତ, ନାକ ଲମ୍ବା ପାପୁଲି, ଆଙ୍ଗୁଠି, ପାନ ଚୋବା ଜିଭ ଓ କେତୋଟି କଷା ଦାନ୍ତ। ମୋର ଧୀରେ ଧୀରେ ମନେ ପଡ଼ିଲା ବୁଢ଼ାଟି ଏକଦା ଏ ସହରର ହୃଦୟ ଥିଲା। ଯେମିତି ବୁଢ଼ାଟି ନିଜେ ଗୋଟେ ସହର।

ଧୀରେ ଧୀରେ ବୁଢ଼ା ମୋତେ ସହଜ ଲାଗୁଥିଲେ।

ମୁଁ ତାଙ୍କୁ ପଚାରିଲି ଆପଣ କିଛି କହି ପାରିବେକି ସହର ସଂପର୍କରେ। ଏଇଠି ଏଇ ନୀଳ ରଙ୍ଗର ଯେଉଁ ଗୋଟେ ସହର ଥିଲା, ହସ ଥିଲା, ଖୁସୀ ଥିଲା, ସ୍ନେହ ଥିଲା, ପ୍ରେମ ଥିଲା, ସଂପର୍କ ଥିଲା, ଫୁଲ ଥିଲା, ପ୍ରଜାପତି / ଜହ୍ନମୟ ଥିଲା ରାତି/ ନୀଳ ନୀଳ ସଡ଼କ ଥିଲା, ଲାଲ ଗୀତ ବିଭୋର ପାକ୍ଷୀ, ନୀଳ ଆକାଶ ଥିଲା, ଢେ଼ଉ ଢେ଼ଉ ସମୁଦ୍ର/ ଖିଲି ଖିଲି ହସରେ ଉଚ୍ଛୁଳି ଉଠୁଥିଲା ସାରା ସହରର ଛାତି।

କୋହରେ ରୁନ୍ଧି ହୋଇ ଯାଉଥାଏ ତାଙ୍କର ଛାତି। ଲୁହ ଜକେଇ ଆସୁଥାଏ ଆଖିରେ। ଦୂର ଦିଗନ୍ତ ଆଡ଼େ ସ୍ୱପ୍ନିଳ ଆଖିରେ ଅନେଇ ସେ କିଛି ଖୋଜି ହେଉଥିଲେ। ମୁଁ ତାଙ୍କୁ ପୁଣି ଥରେ ପଚାରିଲି କିଛି ମନେ ଅଛି କି ସେଇ ସହର ସଂପର୍କରେ ?

ବୁଢ଼ା କିଛି ସମୟ ଚୁପ୍ ରହିଲେ। ମୁହଁ ଖୋଲିଲେ। କିଛି ବାମ୍ଫ ବାହାର କଲେ। ଥମ ଥମ ହେଇ କହିଲେ।

ହଁ ଏଇଠି ଗୋଟେ ସହର ଥିଲା ଏକଦା। କିଛି ଲୋକ ଥିଲେ। ନିଜର ଜଞ୍ଜାଳ ଭୁଲି ରାତି ଅନିଦ୍ରା ରହି ସଜଉ ଥିଲେ ଏଇ ସହରକୁ। ଗଛ ମାନଙ୍କରେ ଫୁଲ ଖଞ୍ଜୁଥିଲେ। ଆକାଶରେ ରଙ୍ଗ ବୋଳୁଥିଲେ। ଜହ୍ନକୁ ମାଜି ଘଷି ସଫା ରଖୁଥିଲେ। ଆଖିମାନଙ୍କ ପାଇଁ ବୁଲି ବୁଲି ସ୍ୱପ୍ନ ବାଣ୍ଟୁଥିଲେ। ହୃଦୟମାନଙ୍କ ପାଇଁ ପ୍ରେମ। ଏକଦା ଏମିତି ଗୋଟିଏ ସହର ଥିଲା ଏଇଠି। ଧୀରେ ଧୀରେ ଲୋକମାନେ ସହର କଥା ଭୁଲିଗଲେ। ନିଜର ସ୍ୱାର୍ଥରେ ମାତିଲେ। ଯେ ଯାହାର ଫାଇଦା ଉଠେଇଲେ ସହରକୁ ନେଇ। ତା'ପରେ ଟଣା ଓଟରା। କଳିକଜିଆ, ମାଡ଼ ପିଟ, ହଣାକଟା, ରକ୍ତର ହୋଲି ଖେଳ। ସାଂପ୍ରଦାୟିକତା ଧର୍ମ, ଜାତି, ଗୋଷ୍ଠୀ ପଡ଼ା, ଗଳି ନିଜ ନିଜର ମୁଣ୍ଡ ଟେକିଲେ। ଲୋକ ଲୋକ ଭିତରେ କାନ୍ଥ ଠିଆ ହେଲା। ଲୋକେ ପଦାକୁ ଗୋଡ଼ କାଢ଼ିବା ପାଇଁ ଡରିଲେ। ଘୃଣା କଲେ। ସହର ଶୁନ୍‌ଶାନ୍ ହେଇଗଲା। ଅଳ୍ପ କିଛିଦିନ ଭିତରେ ଧୀରେ ଧୀରେ ସହର ଉପରର ଆକାଶଟା କଳା ହେଇଗଲା। ସହର ଅନ୍ଧାର ହେଇଗଲା। ସବୁଦିନ ପାଇଁ ଲୋକମାନେ ଯେ ଯାହାର ଘର ଭିତରେ ଶୋଇପଡ଼ି ମରିଗଲେ।

ଆମେ ସବୁଗୁଡ଼ାଏ ବୁଝେଇଲୁ ଲୋକଙ୍କୁ। ଆସ ପୁଣି ଫୁଲ ଫୁଟେଇବା। ହୃଦୟରେ ହୃଦୟ ଯୋଡ଼ି ଦେବା। ଓଠମାନଙ୍କ ପାଇଁ ହସର ଫସଲ ବୁଣିବା। ଏବେ ବି ସମୟ ଅଛି ଫେରି ଚାଲ। କେହି ଶୁଣିଲେ ନାଇଁ।

ସେ ଦିନଠୁ ଆଜିଯାଏ ମୁଁ ଏଇଠି ବସିଛି ଗୋଟେ ଜୀଅନ୍ତା ଲୋକର ଅପେକ୍ଷାରେ। ଯାହାକୁ କହିଦେଲେ ହାଲକା ହୋଇଯିବ ମୋ ହୃଦୟର ବୋଝ।

ଭଲ ହେଇଛି ତମେ ଆସିଯାଇଛ। ଏଯାଏ ଶ୍ମଶାନର ପାଉଁଶ ଭିତରୁ ଜୀବନର ଗୋଟେ ଛୋଟ ନିଆଁ ଲିଭି ନାଇଁ। ଏବେ ବି ଏଇଠି ଜୀବନକୁ ସୁନ୍ଦର କରିବା ପାଇଁ ଆଗ୍ରହ ଥିବା ଲୋକଙ୍କ ହୃଦସ୍ପନ୍ଦନ ମତେ ସ୍ପଷ୍ଟ ଶୁଭେ। ଭଲ ହେଇଛି ତମେ ଆସିଯାଇଛ। ପାଉଁଶ ଭିତରର ସେଇ ନିଆଁକୁ ଖୋଜ। ତାକୁ ଜଳାଅ ତେଜେଇ ରଖ। ଦେଖିବ ସେ ଆଲୋକରେ ତମକୁ କାହାରି ନା କାହାରି ମୁହଁ ନିଶ୍ଚୟ ଦିଶିବ। ବ୍ୟସ୍ତ ହେଇ ଶ୍ମଶାନ କଡ଼ରେ ଚାଲବୁଲ କରୁଥିବା କେତୋଟି ପାଦ ଶବ୍ଦ ଯେ ମତେ ପ୍ରତ୍ୟହ ଶୁଭେ, ବ୍ୟଥିତ କରେ। ଅଥଚ ମୁଁ ସେମାନଙ୍କୁ ଦେଖି ପାରେନାହିଁ। ପାଖକୁ ଡାକି ପାରେ ନାଇଁ, ଜୀବନ୍ୟାସ ଦେଇପାରେ ନାହିଁ। ଦେଖ ଚେଷ୍ଟା କର। ହୁଏତ ତମ ହାତର ଯାଦୁଗରି ସ୍ପର୍ଶରେ ଏଇଠି ପୁଣି ଥରେ ସହର ମୁଣ୍ଡ ଟେକିବ, କୋଳାହଳ ଜମିଯିବ। ପୁଣି ଲୋକମାନଙ୍କର ଉଚ୍ଛୁଳା ହସରେ ସହର ଉଲୁସି ଉଠିବ।

ତାଙ୍କ ପାଟିରୁ ତାପରେ କେବଳ ଗରମ ବାଷ୍ପ ବାହାରିଲା। ସେ ନେଳିଆ ଧୂଆଁରେ ଦେହ ମୋର ଥଣ୍ଡାରେ ଶୀତେଇ ଯାଉଥାଏ। ତାଙ୍କ ଆଖିରୁ ନୀଳ ଆଲୁଅ କିଛି ଉଡ଼ିଗଲା ଆକାଶ ଆଡ଼େ। ଦେହ ସାରା ଝଟକି ଉଠିଲା ବିଜୁଳି ଭଳି ଓ ଲାଲ ହେଇଗଲା ସାରା ଦେହ। ପର୍ବତ ଉଚ୍ଚତାରେ ଆକାଶ ଆଡ଼କୁ ମୁହଁ କରି ଶୋଇପଡ଼ି ସେ ମରିଗଲେ। ତାଙ୍କ ଉପରେ ନାଁ ଗାଁ ଖୋଦା ହୋଇ ତିଆରି ହୋଇଗଲା ଗୋଟେ କବର। କିଛି ଫୁଲ ଆଣି ମୁଁ ବିଛେଇ ଦେଲି କବର ଉପରେ ଓ ମନକୁ ମନ କହିଲି- "ପୁଣି ନୀଳ ହେଇଯିବ ଏଇ ସହର। ଆକାଶ ଯାଗାରେ ଆକାଶ, ଜହ୍ନ ପାଖରେ ଜହ୍ନ, ସମୁଦ୍ର ପାଖରେ ସମୁଦ୍ର ଖଞ୍ଜା ହେବ। ମୁର୍ଦାରମାନେ ଜୀଇଁ ଉଠିବେ। କାନ୍ଧରେ କାନ୍ଧରେ ଠିଆ ହେଇ ନିଶୁଣି ଗଢ଼ିବେ। ଆକାଶକୁ ଚଢ଼ିଯାଇ କଳା ସବୁ ପୋଛି ଦେବେ। ନୀଳ ରଙ୍ଗ ବୋଳି ଦେବେ। ଆକାଶ ନୀଳ ହେଇଯିବ। ସମୁଦ୍ର ଢ଼େଉ ତୋଳିବ। ମତୁଆଲା ଶୁଶୁରୀ ପବନ ବୋହିବ। ଚଢ଼େଇମାନେ ଆକାଶରେ ଡେଣା ମେଲିବେ। ଗୀତ ବୋଲିବେ, ସୂର୍ଯ୍ୟ ଉଇଁବ, ସହରର ତମାମ ଲୋକଙ୍କ ନିଦ ଭାଙ୍ଗିଯିବ। ଲୋକମାନଙ୍କ ଖିଲ ଖିଲ ହସରେ ଉଛୁଳି ଉଠିବ ରାସ୍ତା। ପୁଣି ଥରେ ନୁଆଁ ହୋଇ ଗଢ଼ି ଉଠିବ ଗୋଟେ ସହର। ଆଗଠୁ ବି ସୁନ୍ଦର ହେଇଯିବ।

"ଅପେକ୍ଷା କର ମୁଁ ଫେରି ଆସୁଛି। "

■■

ଅସତ୍ୟ ସହର

ସେଇ ସହରକୁ ମୋର ବଦଳି ଅନିବାର୍ଯ୍ୟ ଥିଲା । ଅନିଚ୍ଛା ସତ୍ତ୍ୱେ ଯେତେବେଳେ ଆସି ସହରର ମୁଖ୍ୟ ଦ୍ୱାରରେ ପହଞ୍ଚିଲି ମୋତେ ସେମାନେ ଗୋଟେ ବଣ୍ଡ୍ ସ୍ୱାକ୍ଷର କରିବା ପାଇଁ କହିଲେ । ବଣ୍ଡ୍‌ରେ ଲେଖାଥିଲା "ମୁଁ ସହରରେ ରହଣିକାଳ ଭିତରେ ସହରର ଉଚ୍ଚ କର୍ତ୍ତୃପକ୍ଷଙ୍କ ଅଧୀନ ହେଇ ରହିବି । ତାଙ୍କର ଆଦେଶ ମୋର ଶିରୋଧାର୍ଯ୍ୟ । ସହରର ଗୋପନୀୟତା ରକ୍ଷା କରିବା ପାଇଁ ମୁଁ ବାଧ୍ୟ ହେବି । ଏ ଦିଗରେ କୌଣସି ବି ଅବହେଳା ହେଲେ ମୁଁ ସହରର କର୍ତ୍ତୃପକ୍ଷଙ୍କ ପାଖରେ ଦୋଷୀ ହେବି ଏବଂ ତାଙ୍କ ଦ୍ୱାରା ନିର୍ଦ୍ଧାରିତ ଦଣ୍ଡ ଭୋଗିବା ପାଇଁ ବାଧ୍ୟ ହେବି ।" ଯୋଉମାନେ ସହରର ଅଧିବାସୀ ସେମାନେ ମଧ୍ୟ ବର୍ଷକ ଥରେ ଗୋଟିଏ ମେଳଣ ପଡ଼ିଆରେ ଜମା ହେଇ କର୍ତ୍ତୃପକ୍ଷଙ୍କ ଆଗେ ଠିଆ ହେଇ ଭଗବାନଙ୍କ ନାମରେ ଏମିତି ଶପଥ କରନ୍ତି । ସହରର ନିୟମସବୁ ଭାରି କଡ଼ା । କୌଣସି ନିୟମର ଟିକିଏ ବି ଖିଲାଫ ହେଲେ କର୍ତ୍ତୃପକ୍ଷ ତୁରନ୍ତ ଦଣ୍ଡସବୁ ଦିଅନ୍ତି ।

ଏସବୁ ଜାଣିବା ପରେ ମୋର ସହରକୁ ଯିବା ପାଇଁ ଆଉ ଇଚ୍ଛା ନଥିଲା । ଏମିତି ଏକ ସହରରେ କ'ଣ ସବୁ ଘଟୁ ନଥିବ ଭାବି ମୁଁ ଭାରି ଡରିଗଲି । ଅବଶ୍ୟ ମୋର ଏ ସହରକୁ ବଦଳି ହେବା ପୂର୍ବରୁ ମୁଁ ଏ ସଂପର୍କରେ ସାମାନ୍ୟ ଅଭାସ ପାଇଥିଲି । କିନ୍ତୁ ଏତିକି ସୁବିଧା, ଅସୁବିଧା, ଘଟଣା, ଦୁର୍ଘଟଣା ତ ସବୁ ସହରରେ

ଥାଏ ଭାବି ଓ ଏ ସହରକୁ ଯେକୌଣସି ସହର ଭଳି ହେଇଥିବ ଭାବି ମୁଁ କଥାଟିର ଆଦୌ ଗୁରୁତ୍ୱ ଦେଇ ନଥିଲି। କିନ୍ତୁ ସହରର ପ୍ରବେଶ ଦ୍ୱାରରୁ ଆରମ୍ଭକରି ଯେ ଏମିତି କଡ଼ା ନିୟମସବୁ ଥିବ ଏଇଟା ମୋର କଳ୍ପନାର ବାହାରେ ଥିଲା।

ବଦଳି ଆଦେଶକୁ ଅବମାନନା କରିବାର ସାହସ ମୋର ନଥିଲା। କାରଣ ବଦଳି ଆଦେଶ ନ ମାନିବା ଅର୍ଥ ଚାକିରୀରୁ ବହିଷ୍କୃତ ହେବା। ଚାକିରୀରୁ ବହିଷ୍କୃତ ହେବା ଅର୍ଥ ପୁଣି ଥରେ ବେକାରୀ ହେଇଯିବା। ଅନେକ ବର୍ଷର ବେକାରୀ ଜୀବନଯାପନ ପରେ ବଡ଼ କଷ୍ଟରେ ଜଣେ ହିତୈଷୀଙ୍କର ସୁପାରିଶ କ୍ରମେ ମୋତେ ଏଇ ଚାକିରୀ ଖଣ୍ଡିକ ମିଳିଥିଲା। ଚାକିରୀ ଖଣ୍ଡିକ ଗଲେ ଆଉ କୌଣସି ଚାକିରୀ ମିଳିବାର ସମ୍ଭାବନା ନାହିଁ। ମୋତେ ମୋର ପରିବାରର ଭରଣପୋଷଣ ପାଇଁ ଚାକିରୀ କରିବା ଯେହେତୁ ନିହାତି ଦରକାର ଥିଲା ମୁଁ ଆଉ ଅନ୍ୟ କଥା ଚିନ୍ତା ନକରି ବଣ୍ଡରେ ସ୍ୱାକ୍ଷର କଲି। ଅନେକ ଲୋକ ତ ପୁଣି ଏଇ ସହରରେ ରହୁଛନ୍ତି ଏଠିକୁ ବଦଳି ହେଇ ଆସୁଛନ୍ତି। ମୋର ବା ଏମିତି କଅଣ ଅସୁବିଧା ହେଇଯିବ ଏଇ ପ୍ରକାର ଗୋଟେ ସାନ୍ତ୍ୱନା ମୁଁ ନିଜକୁ ନିଜେ ଦେଲି ଏବଂ ସତ କହିବାକୁ ଗଲେ ମୋର ଭୟ ସତ୍ତ୍ୱେ ବି ଗୋଟେ କୌତୁହଳ ମୋତେ ଏଇ ଅଦ୍ଭୁତ ସହର ଆଡ଼କୁ ଆକର୍ଷିତ କରୁଥିଲା।

ପ୍ରବେଶ ଦ୍ୱାରରୁ ସହରରେ ରହିବା ପାଇଁ ଗୋଟିଏ ଅନୁମତି ପତ୍ର ମୋତେ ମିଳିଲା। ଯାହାର ପ୍ରଚ୍ଛଦ ଉପରେ ବଡ଼ ବଡ଼ ଅକ୍ଷରରେ ସାବଧାନ କରି ଦିଆଯାଇଥିଲା। "ଯାକୁ ହଜେଇବା ମାନେ ମୃତ୍ୟୁ। ସଯତ୍ନେ ସାଇତି ରଖନ୍ତୁ। ଜୀବନଠୁଁ ବି ମୂଲ୍ୟବାନ ଏଇ ଅନୁମତି ପତ୍ରକୁ।" ମୁଁ ଅନୁମତି ପତ୍ର ଦେଖେଇ ପ୍ରବେଶ ଦ୍ୱାରା ଅତିକ୍ରମ କଲି। ଦୁଇ ଜଣ ସଶସ୍ତ୍ର ପ୍ରହରୀ ମୋତେ ତୁରନ୍ତ ଗୋଟେ ଗାଡ଼ିରେ ବସେଇ ଗୋଟେ ନିର୍ଦ୍ଦିଷ୍ଟ ଠିକଣାରେ ପହଂଚେଇ ଦେଲେ ଯୋଉଠି ମୋ ପାଇଁ ଗୋଟେ ସୁସଜ୍ଜିତ ବାସଗୃହ ଆଗତୁରା ମୋର ନାମ ଫଳକ ଝୁଲା ହେଇ ମୋ ପାଇଁ ରଖା ହୋଇଥିଲା। ପ୍ରହରୀମାନେ ସଲାମ ଠୁକି ସେଇଠୁ ଚାଲିଗଲେ। ମୁଁ ଘର ଭିତରକୁ ପ୍ରବେଶ କଲି ଓ ଯେମିତି ବିଛଣାରେ ଟିକିଏ ଗଡ଼ିଯିବି ଭାବୁଛି ଗୋଟେ ଫୋନ ରିଂ ହେଲା। ମୁଁ ଫୋନ ଉଠେଇଲି। ସହରରେ କୁଶଳରେ ପହଞ୍ଚି ପାରିଥିବା ହେତୁ ମୋତେ ସହରର ଉଚ୍ଚ କର୍ତ୍ତୃପକ୍ଷ ଅଭିନନ୍ଦନ ଜଣଉଥିଲେ ଓ ମୋର ସଫଳ ଓ ସୁନ୍ଦର ରହଣୀ କାମନା କରିଥିଲେ। ମୁଁ ଧନ୍ୟବାଦ ଜଣେଇବା ପୂର୍ବରୁ ସେ ଫୋନ ରଖି ସାରିଥିଲେ। ମୁଁ ବିଛଣାରେ ପଡ଼ିପଡ଼ି ଭାବୁଥିଲି କେତେ ଚମତ୍କାର ବ୍ୟବସ୍ଥା ସବୁ ରହିଛି ଏଇ ସହରରେ।

ମୁଁ ନୂଆ ହେଇ ଏଇ ସହରକୁ ଆସିଥିବା ହେତୁ ଏଠିକାର ଚଳଣୀ ଯଦିଓ ମୋତେ ନିହାତି ଖାପଛଡ଼ା ଲାଗୁଥାଏ ତଥାପି ସହରବାସୀ ଗୋଟେ ସ୍ୱାଭାବିକ

ଜୀବନଯାପନ କରୁଥିବା ଓ ତାଙ୍କଠି କୌଣସି ବିଶେଷ ପ୍ରତିକ୍ରିୟା ନଥିବା ମୁଁ ଅନୁଭବ କରି ପାରୁଥିଲି। ଅନ୍ୟ ଯେକୌଣସି ସହର ଭଳି ଏଇଠି ବି ଯିଏ ଯାହାର ବ୍ୟସ୍ତତାରେ ମାତିଥିଲେ। କାହାରି ପ୍ରତି କାହାରି ଧ୍ୟାନ ନଥିଲା। ଯା'ବି ହେଉ ସହରର ଅଧିବାସୀମାନେ ବଡ଼ ଖୁସୀରେ ଜୀବନଯାପନ କରୁଥିଲେ ଓ ମୁଁ ଅଯଥା ଏହି ସହରକୁ ଆସିବା ପାଇଁ ଭୟ କରୁଥିଲି ଭାବି ମୋତେ ଟିକେ ଆଶ୍ୱାସନା ମିଳିଥିଲା।

ଧୀରେ ଧୀରେ ମୁଁ ସହରର ଦୈନନ୍ଦିନ ଜୀବନ ସହିତ ଅଭ୍ୟସ୍ତ ହେବାରେ ଲାଗିଲି। ଯଦିଓ ଅନେକ ଅସ୍ୱାଭାବିକ ଘଟଣା ସବୁ ସହରରେ ପ୍ରାୟତଃ ଘଟୁଥିଲା ଲୋକମାନେ ତା'କୁ ସ୍ୱାଭାବିକ ଢ଼ଙ୍ଗରେ ଗ୍ରହଣ କରିବା ଶିଖି ଯାଇଥିଲେ। ସେଇ ଘଟଣା ସବୁ ଯଦିଓ ମୋତେ ପ୍ରତିକ୍ରିୟାଶୀଳ କରିଦେଉଥିଲା ମୁଁ ସେସବୁ ସହଜରେ ଗ୍ରହଣ କରିବା ପାଇଁ ବାଧ୍ୟ ହେଉଥିଲି। ମୋର ପ୍ରତିକ୍ରିୟା ଶୁଣିବା ଭଳି ଲୋକ କେହି ନଥିଲେ। ଏବଂ ପ୍ରତିକ୍ରିୟା ପ୍ରକାଶ କଲେ ମୋର ସହରରେ ରହଣି ନିରାପଦ ନଥିଲା।

ସେଦିନ ଅଫିସ ଯିବା ସମୟରେ ବସ ଭିତରକୁ ଦଳେ ଲୋକ ପଶିଆସି ଗୋଟେ ଲୋକକୁ ନିର୍ମମ ଭାବରେ ହତ୍ୟା କଲେ। ଲୋକଟିର ଆର୍ତ୍ତ ଚିତ୍କାର ଶୁଣିବି କୌଣସି ସିଟରୁ ଲୋକମାନେ ତା'ଆଡ଼କୁ ଘୁରିକି ଚାହିଁ ନଥିଲେ। ଏପରିକି ତା' ପାଖରେ ବସି ବହି ପଢୁଥିଲା ଭଦ୍ର ବ୍ୟକ୍ତିଟି ବହି ଉପରେ ହିଁ ଆଖି ରଖି ଅପଲକ ପଢ଼ି ଚାଲିଥିଲେ। ବସ ସ୍ୱାଭାବିକ ଢ଼ଙ୍ଗରେ ଚାଲିଥିଲା ଓ ପରବର୍ତ୍ତୀ ଷ୍ଟେସନରେ ଗାଡ଼ି ଅଟକିବା ପରେ ଅତତାୟୀମାନେ ଯେକୌଣସି ସାଧାରଣ ଯାତ୍ରୀ ଭଳି ବସରୁ ଓହ୍ଲେଇ ପଡ଼ିଥିଲେ। ବସର କ୍ଲିନର ମୁର୍ଦ୍ଦାରକୁ ଘୋଷାରି ନେଇ ରାସ୍ତାକୁ ଫୋପାଡ଼ି ଦେଲା ଓ କନାରେ ସିଟ୍‌କୁ ପୋଛି ଦେବା ପରେ ଅନ୍ୟ ଯାତ୍ରୀମାନେ ନିର୍ଭୟରେ ସେଇଠି ବସି ପଡ଼ିଥିଲେ।

ଆଉ ଦିନେ ମଝି ରାସ୍ତାରେ ଗୋଟେ ଲୋକକୁ ଖୁଣ୍ଟରେ ବାନ୍ଧି ଦିଅ ହେଇଥିଲା। କିଛି ଲୋକ ଘେରିଯାଇ ତା' ଉପରକୁ ଜୋରରେ ପଥର ଫୋପାଡୁ ଥିଲେ। ଅନ୍ୟ କିଛି ଜଣ ତାଳିମାରି ଉସୁକାଉଥିଲେ। ତଥାପି ସେଇ ବାଟ ଦେଇ ଯାଉଥିବା ଲୋକମାନେ ପ୍ରତିକ୍ରିୟାବିହୀନ ଥିଲେ। ମୁଁ ଦୃଶ୍ୟଟିକୁ ଦେଖି ଅଟକି ଯାଇଥିଲି। ହୁଏତ ମୁଁ ସେମାନଙ୍କୁ ପଚାରି ଥାଆନ୍ତି କିନ୍ତୁ ତା'ପୂର୍ବରୁ ଜଣେ ଲୋକ ମୋତେ ଧକ୍‌କା ମାରି ସେଇଠୁ ତଡ଼ି ଦେଲା।

ମୁଁ ମୋର ପ୍ରତିକ୍ରିୟାକୁ କାହାକୁ କହିପାରୁ ନ ଥାଏ। ତେଣୁ ଡାଏରୀରେ ପ୍ରତିଦିନ ସେସବୁକୁ ଲେଖି ରଖୁଥାଏଁ। ଏ ସଂପର୍କରେ ମୋର ବନ୍ଧୁମାନଙ୍କୁ ଚିଠି ଲେଖି ଜଣେଇବା ପାଇଁ ଯଦିଓ ମୋର ଇଚ୍ଛା ଥାଏ ଭୟରେ ମୁଁ ଚିଠିରେ ଏକଥା ଲେଖି ପାରୁ ନଥାଏ।

କାରଣ ସହରରୁ ବାହାରକୁ ଯାଉଥିବା ଓ ଭିତରକୁ ଆସୁଥିବା ପ୍ରତ୍ୟେକ ଚିଠି ପ୍ରଥମେ ଯାଞ୍ଚ ହେବାର ବ୍ୟବସ୍ଥା ସହରରେ ଥିଲା।

ଦିନେ ବୁଲୁବୁଲୁ ଗୋଟେ ଅଦ୍ଭୁତ ବଜାରରେ ପହଞ୍ଚିଲି। ବଜାରଟିର ନାଁ ଥିଲା ସ୍ୱାମୀ ବଜାର। ସେଇଠି ଭିନ୍ନ ଭିନ୍ନ ଷ୍ଟଲରେ ବିଭିନ୍ନ ବେଶଭୁଷାର ଲୋକସବୁଙ୍କୁ ଅତି ସୁନ୍ଦର ମୁଦ୍ରାରେ ବସା ଯାଇଥିଲା। ତାଙ୍କର ବେକମାନଙ୍କରୁ ସୂତାରେ ବନ୍ଧା ହୋଇ ଗୋଟେ ଗୋଟେ କାର୍ଡ଼ ଝୁଲୁଥିଲା। ଯୋଉଥିରେ ସେମାନଙ୍କର ନିର୍ଦ୍ଧାରିତ ମୂଲ୍ୟସବୁ ଲେଖା ଥିଲା। ସଂକ୍ଷିପ୍ତରେ ସେମାନଙ୍କର ନାଁ, ଠିକଣା, ଶିକ୍ଷାଗତ ଯୋଗ୍ୟତା, ବୟସ, ଚାକିରୀ ବ୍ୟବସାୟ ଓ ପାରିବାରିକ ବିବରଣୀସବୁ ଟିପା ଯାଇଥିଲା। ଝିଅମାନଙ୍କ ପିତାମାନେ ଆସି ନିଜର ପସନ୍ଦ ଓ ସାମର୍ଥ୍ୟ ମୁତାବକ ସ୍ୱାମୀ ତାଙ୍କ ଝିଅମାନଙ୍କ ସଙ୍ଗରେ ନେଇ ଆସୁଥିଲେ। ବଜାର ସାରା ଏମିତି ସ୍ୱାମୀମାନଙ୍କର ଶହ ଶହ ଦୋକାନ ଥିଲା। ଏବଂ ସବୁ କିସମର, ଷ୍ଟାଣ୍ଡାର୍ଡ଼ର ଲୋକମାନଙ୍କ ପାଇଁ ଏଇଠି ସ୍ୱାମୀ ମିଳି ପାରୁଥିଲେ। ଗୋଟେ ଗୋଟେ ଦୋକାନ କେବଳ ବଡ଼ବଡ଼ିଆମାନଙ୍କ ପାଇଁ ଥିଲା। ଯୋଉଠି ଫିକ୍‌ସଡ୍ ରେଟ୍ ବୋଲି ଲେଖା ଯାଇଥିଲା। ଅନ୍ୟ ଦେକାନମାନଙ୍କରେ କିଛି ମୂଲେଇ ବି ଚାଲୁଥିଲା। କିଛି ଫୁଟପାଥ ଦୋକାନରେ ହରଏକମାଲ ପାଇଁ ସମାନ ଦାମର ବ୍ୟବସ୍ଥା ବି ରହିଥିଲା। କେତୋଟି ଦୋକାନରେ ରହାତି ମୂଲ୍ୟ ବା ରିଡକ୍‌ସନ୍ ସେଲର ବ୍ୟବସ୍ଥା ସବୁ ବି ରହିଥିଲା। ଅଧିକାଂଶ ଦୋକାନ ରେଡିମେଡ୍ ବିକ୍ରି ପାଇଁ ଉଦ୍ଦିଷ୍ଟ ଥିବାବେଳେ ଗୋଟେ ଅଧେ ଦୋକାନରେ କେତୋଟି ସେମ୍ପୁଲ ମାତ୍ର ରଖି ଅର୍ଡରର ଏଣ୍ଡ ସପ୍ଲାଏର୍ ବୋଲି ଲେଖା ଯାଇଥିଲା। ବଜାରର ଶେଷ ମୁଣ୍ଡରେ ଗୋଟେ ବିରାଟ ହଲ ଥିଲା ଯୋଉଠି ଲେଖା ଥିଲା ଅକ୍‌ସନ୍ ସେଲ୍ ବା ନିଲାମ ବିକ୍ରୀ। ଏଇ ହଲଟିରେ ବହୁତ ଜୋର୍ ଭିଡ଼ ଲାଗିଥାଏ। ଦଶ ଟଙ୍କାର ଟିକଟ କାଟି ଭିତରକୁ ଯିବାର ବ୍ୟବସ୍ଥା ଥିଲା। ଭିତରେ ବଡ଼ ବଡ଼ ବାରଣ୍ଡା ସବୁ ରହିଥିଲା। ଗୋଟେ ଟେବୁଲରେ ବରକୁ ସଜ୍ଜିତ କରି ରଖାଯାଇଥିଲା ଓ ନିଲାମ ଡାକ ସବୁ ହେଉଥିଲା। ପ୍ରଥମେ ଜଣେ ଆସି ବରର ସଂକ୍ଷିପ୍ତ ବିବରଣୀ ପ୍ରଦାନ କରୁଥିଲା। ତା'ର ଚେହେରା ଓ ଗୁଣଗାରିମା ଉପରେ ଗୋଟେ ମନୋହରକ ଭାଷଣ ଦିଆହେଉଥିଲା। ତା'ପରେ ନିଲାମ ଡାକ ହେଉଥିଲା। ଶହେ, ହଜାରେ, ପାଞ୍ଚ ହଜାର, ଲକ୍ଷ ଲକ୍ଷ ପର୍ଯ୍ୟନ୍ତ। କନ୍ୟାପିତାମାନେ ନିଲାମ ଡାକି ତାଙ୍କର ଝିଅ ପାଇଁ ଯୋଗ୍ୟ ବର ବାଛି ନେଉଥିଲେ। ସେମାନେ ଇଚ୍ଛା କଲେ ସେଇଠି ବିବାହ କରିବା ପାଇଁ ଗୋଟେ ଅଫିସ ଥିଲା। ନଚେତ ଦିନ ବାର, ତିଥି ଧାର୍ଯ୍ୟ ହୋଇ ଲେଖାପଢ଼ାସବୁ କରାଯାଉଥିଲା। ଏଇଠି ଗୋଟେ ଗୋଟେ ଦୋକାନରେ ସେକେଣ୍ଡ ହେଣ୍ଡ, ଥାର୍ଡ଼ହେଣ୍ଡ ସ୍ୱାମୀ ଓ ସ୍ତ୍ରୀ ବି ବିକ୍ରୟ

ହେଉଥିଲେ। ଏଇ ବଜାରରେ ସଂପୂର୍ଣ୍ଣ ଗୋଟେ ଦିନ ବୁଲିବା ପରେ ମୁଁ ମୋର ବସାକୁ ଫେରିଥିଲି। ସେଦିନ ରାତିରେ ଯେତେବେଳେ ମୁଁ ମୋର ପଡ଼ିଶା ଘରର ଭଦ୍ର ବ୍ୟକ୍ତିଙ୍କୁ ଏକଥା ଜଣେଇଲି ଓ ମୋର ବିସ୍ମୟଭାବ ପ୍ରକାଶ କଲି ସେ ଆଦୌ ଆଶ୍ଚର୍ଯ୍ୟ ହେଲେ ନାହିଁ ଓ କହିଲେ "ଆପଣ ମୋ ସ୍ତ୍ରୀଙ୍କୁ ଦେଖନ୍ତୁ। ଆପଣ କହି ପାରିବେ ସେଇଟା ସେକେଣ୍ଡ ହେଣ୍ଡ ବୋଲି। ମୁଁ ଏଇଠିକୁ ପାଞ୍ଚବର୍ଷ ପାଇଁ ଆସିଛି। ଆପଣ ତ ଜାଣନ୍ତି ଏଇଠି ଏକା ରହିବାଟା କେତେ ବୋରିଂ। କଅଣ ଅଛି, ଗଲାବେଳେ କିଛି ଦିନ ଆଗରୁ ତାକୁ ପୁଣି ବିକ୍ରି କରିଦେଲେ ବି ଗ୍ରାହକର ଅଭାବ ହେବ ନାହିଁ। ଆପଣ ଗୋଟେ ଆଣୁ ନାହାନ୍ତି, କେତେଦିନ ଆଉ ହୋଟେଲରେ ଖାଇବେ। " ସେଦିନ ରାତିରେ ମୋତେ ନିଦ ହେଲା ନାହିଁ ମୁଁ ସାରାରାତି ଡାଏରୀରେ ବିତେଇଦେଲି।

ସହରରେ ଖୁବ୍ ଧନୀ ଓ ପ୍ରଭାବଶାଳୀ ଲୋକମାନେ ଥିଲେ। ସେମାନଙ୍କ ଉପରେ କୌଣସି ନିୟମ ବା କାଇଦା କଟକଣା ଲାଗୁ ହେଇ ପାରୁ ନ ଥିଲା। ସେମାନଙ୍କ ମଧ୍ୟରୁ ବଛାବଛା କେଇଜଣଙ୍କୁ ନେଇ ଗୋଟେ ପରିଷଦ ଗଠନ କରାଯାଇଥିଲା। ପରିଷଦରୁ ସବୁଠୁ ଧୂର୍ତ୍ତ ଓ ଟାଣୁଆ ଲୋକକୁ ସହରର ମୁଖ୍ୟ ରୂପେ ବଛାଯାଉଥିଲା। ଏଇ ମୁଖ୍ୟ ଓ ତାଙ୍କ ପରିଷଦକୁ ସହରର କର୍ତ୍ତୃପକ୍ଷ ବୋଲି କୁହାଯାଉଥିଲା। କର୍ତ୍ତୃପକ୍ଷ ଯାହା ନିଷ୍ପତ୍ତି ନେବେ ତୁରନ୍ତ ଲୋକମାନଙ୍କୁ ଜଣେଇ ଦେବାର ବ୍ୟବସ୍ଥା ସବୁଥିଲା। ପ୍ରତିଦିନ ସନ୍ଧ୍ୟାରେ ଡାକବାଜି ଯନ୍ତ୍ର ଦ୍ୱାରା ଲୋକଙ୍କୁ କର୍ତ୍ତୃପକ୍ଷଙ୍କ ଘୋଷଣାନାମା ସବୁ ଶୁଣେଇ ଦିଆଯାଉଥିଲା। ନିୟମରେ କିଛି ପରିବର୍ତ୍ତନ କରାଗଲେ ତାକୁ ଇସ୍ତାହାର କରି ସହର ସାରା ବାଣ୍ଟି ଦିଆଯାଉଥିଲା। କର୍ତ୍ତୃପକ୍ଷଙ୍କ ନିୟମ ସବୁ ସଂପର୍କରେ ପ୍ରତ୍ୟହ ଜାଣିବା ପାଇଁ ଲୋକମାନେ ବାଧ୍ୟ ଥିଲେ। କାରଣ କେହି ଯଦି ନିୟମ ନଜାଣି ଭୁଲ୍ କରେ ଓ ମୁଁ ଜାଣିନଥିବାରୁ ବୋଲି ସଫେଇ ଦିଏ ତେବେ ସେଇଟା ଗୋଟେ ଧର୍ତ୍ତବ୍ୟ ଅପରାଧ ରୂପେ ଗଣନା କରାଯାଉଥିଲା।

କର୍ତ୍ତୃପକ୍ଷଙ୍କର ପ୍ରଭାବ ସାରା ଦେଶରେ ଥିଲା। ତେଣୁ ସହରର ଉନ୍ନତି ସକାଶେ କୋଟି କୋଟି ଟଙ୍କା ପାଣିଭଳି ସହରକୁ ବହିଆସୁଥିଲା। ଏମାନେ ଏତେ ପ୍ରଭାବଶାଳୀ ଥିଲେ ଯେ, ଦରକାର ପଡ଼ିଲେ ଦେଶର ନିୟମ ସବୁକୁ ବି ବଦଳେଇ ଦେଇପାରୁଥିଲେ। ମୁଖ୍ୟତଃ ଏଇ ପ୍ରଭାବ ପାଇଁ ସହରର ଏକତା ଓ କର୍ତ୍ତୃପକ୍ଷଙ୍କ ପାଖରେ ଥିବା ଏହି ଏକତାର କ୍ଷମତା ହିଁ ଯଥେଷ୍ଟଭାବେ ଦାୟୀ ଥିଲା। କାରଣ ସହର ପାଇଁ ଯାହା ନିଷ୍ପତ୍ତି ନିଆଯାଉଥିଲା ସେଥିପ୍ରତି ସହରବାସୀଙ୍କର ସବୁବେଳେ ଅନ୍ଧ ସମର୍ଥନ ରହିଥିଲା। କର୍ତ୍ତୃପକ୍ଷ ଏତେ ପ୍ରଭାବଶାଳୀ ଥିଲେ ଯେ, ସେମାନେ ନିଜକୁ ଦେଶର ସର୍ବୋଚ୍ଚ କର୍ତ୍ତା ବୋଲି ମନେ ମନେ ଧରି ନେଇଥିଲେ। ଦେଶର ଅର୍ଥନୀତି ଓ ରାଜନୀତିକୁ

ଏମାନେ ହାତ ମୁଠାରେ ରଖିଦେଇଥିଲେ ଓ ନିଜର ଇଚ୍ଛାନୁଯାୟୀ ତାଙ୍କୁ ବ୍ୟବହାର କରୁଥିଲେ। ତେଣୁ ସହର ବାହାରେ ଗୋଟେ ଦେଶ ଥିବା କଥା ଲୋକ ଅନେକ ଦିନରୁ ଭୁଲି ସାରିଥିଲେ ଓ ସହରକୁ ହିଁ ନିଜର ଦେଶ ବୋଲି ଭାବି ସାରିଥିଲେ। ଏଇଟା ଦେଶର ଏକମାତ୍ର ସହର ଯୋଉଁଠି ଗୋଟେ ଅମ୍ଳଜାନ ଖଣି ଥିଲା ଓ କୃତ୍ରିମ ଜଳ ତିଆରି କାରଖାନା ଥିଲା। ତେଣୁ ଦେଶ ତା'ର ଅଭାବ ସମୟରେ ଅମ୍ଳଜାନ ଓ ଜଳ ପାଇଁ ଏହି ସହର ଉପରେ ନିର୍ଭରଶୀଳ ଥିଲା। ଅତଏବ ଦେଶ ସହଜରେ ଏଇ ସହରର କର୍ତ୍ତୃପକ୍ଷଙ୍କ ବିରୁଦ୍ଧରେ କୌଣସି ନିଷ୍ପତ୍ତି ନେଇପାରୁ ନ ଥିଲା। ଆଧୁନିକ ଅସ୍ତ୍ରଶସ୍ତ୍ରରେ ସଜ୍ଜିତ ସବୁଠୁ ଚାଲାକ ଓ ଟାଣୁଆ ସୈନିକ ସବୁ ସହରର କର୍ତ୍ତୃପକ୍ଷଙ୍କ ଅଧୀନରେ ଥିଲେ। ତେଣୁ ଦେଶ ଯୁଦ୍ଧ କରି ସହରକୁ ହରେଇବାର ବି ସମ୍ଭାବନା ନଥିଲା। ତେଣୁ ଅଧିକାଂଶ ସମୟରେ ଦେଶ ସହରର କର୍ତ୍ତୃପକ୍ଷଙ୍କର ନିଷ୍ପତ୍ତିକୁ ଠିକ୍ ବୋଲି ଧରିନେଉଥିଲେ।

ସ୍ପଷ୍ଟ ଦିବାଲୋକରେ ଲୋକଙ୍କୁ ପ୍ରାୟତଃ ଗୁଳି କରି ମାରି ଦିଆଯାଉଥିଲା। ଲୁଣ୍ଠନ, ଅପହରଣ ସେଇଠି ଅତି ମାମୁଲି ଘଟଣା ଥିଲା। ରାସ୍ତାରେ ତାଜା ରକ୍ତ ବା ଗୁଳିର ଆବାଜ ସହରବାସୀଙ୍କୁ କେବେବି ବିବ୍ରତ କରୁନଥିଲା। କାନ୍ଦିବା, ହସିବା, ବ୍ୟସ୍ତହେବା, ରାଗହେବା, ବିରକ୍ତହେବା ଏମିତି ଅନେକ ବ୍ୟବହାର ଓ ଅଙ୍ଗଭଙ୍ଗୀ ବୋଧେ ସହରବାସୀ ଅନେକ ଦିନଠୁ ଭୁଲି ସାରିଥିଲେ।

ସହର ଦେଶଠାରୁ ଅନେକ ଦିନଠୁ ସ୍ୱାଧୀନ ହେଇସାରିଥିଲା। କାରଣ ଦେଶର କୌଣସି ନିୟମ ଏଇଠି ଲାଗୁ ହେଇପାରୁନଥିଲା। ସମଗ୍ର ଦେଶକୁ ଏବେ ନିଜର ଅକ୍ତିଆରକୁ ଆଣିବା ପାଇଁ ସହରର କର୍ତ୍ତୃପକ୍ଷ ବିଭିନ୍ନ ମସୁଧା ସବୁ କରୁଥିଲେ। ଦର୍କାର ପଡ଼ିଲେ ଦେଶ ସହିତ ଯୁଦ୍ଧ କରିବା ପାଇଁ ବି ଗୋଟେ ବିରାଟ ପ୍ରସ୍ତୁତି ଚାଲିଥାଏ ଏବଂ ଏଇଥିପାଇଁ ସବୁବେଳେ ସହରବାସୀଙ୍କୁ ବିଭିନ୍ନ ଘୋଷଣା ଜରିଆରେ ସଚେତନ କରି ଦିଆଯାଉଥାଏ।

ଯା ମଧ୍ୟରେ ସହର ଭିତରକୁ ଦେଶର କିଛି ଗୁପ୍ତଚର ଆସିଯାଇଥିବା କଥା ସହରର ଉଚ୍ଚ କର୍ତ୍ତୃପକ୍ଷଙ୍କ କାନକୁ ଆସିଯାଇଥିଲା। କାରଣ ଉଚ୍ଚ କର୍ତ୍ତୃପକ୍ଷଙ୍କ ଗୋଇନ୍ଦା ସାରା ଦେଶରେ ଛାଇ ରହିଥିଲେ। ସହରରେ କିଛିଦିନ ପାଇଁ ନିୟମ ସବୁକୁ ଆହୁରି କଡ଼ା କରାଗଲା ଓ ତନାଘନା ତଦନ୍ତ, ଖାନତଲାସୀ ସବୁ ଚାଲିଥିଲା। ସାତଦିନ ଭିତରେ ସତୁରି ଲୋକଙ୍କୁ ଗୁପ୍ତଚର ହେଇଥିବା ଆଶଙ୍କା କରି ହତ୍ୟା କରାଗଲା। ମୋ ସାମ୍ନାରେ ଆମ ଅଫିସର ମୁଖ୍ୟଙ୍କୁ ଖଣ୍ଡାରେ ହତ୍ୟା କରାଗଲା। ଆବଶ୍ୟକଠାରୁ ଅଧିକ ଦିନ ଛୁଟିରେ ରହୁଥିବା ହେତୁ ସିଏ ବି କର୍ତ୍ତୃପକ୍ଷଙ୍କର ସନ୍ଦେହର ପାତ୍ର ହେଇଥିଲେ।

ସହରରେ ରହିବା ପାଇଁ ମୁଁ ନିରାପଦ ମଣୁନଥିଲି। କିଛିଦିନ ଛୁଟିରେ ଘରକୁ ଚାଲିଗଲେ ଅନ୍ତତଃ ଏଇ ବିପଦ ସମୟ ଟିକକରୁ ପାର ପାଇଯିବି ଭାବି ମୁଁ ଛୁଟି ଦରଖାସ୍ତ ଦେଲି। କିନ୍ତୁ ସହରର ଏମିତି ସଙ୍କଟମୟ ସମୟରେ କାହାକୁ ବି ଛୁଟି ମିଳିବ ନାହିଁ ବୋଲି ଘୋଷଣାନାମା ଜାରି କରାଗଲା। ମୁଁ ମୋ ମୁଖ୍ୟ କାର୍ଯ୍ୟାଳୟକୁ ବାରମ୍ବାର ବଦଳି ପାଇଁ ତାର କରୁଥାଏ।

ଯା ମଧ୍ୟରେ ସାରା ଦେଶରେ ବିଭିନ୍ନ ଜାଗାରେ ଶତାଧିକ ହତ୍ୟା ଓ ଅପହରଣ ହୋଇ ସାରିଥାଏ। ଏଇଥିପାଇଁ ଏଇ ସହରକୁ ଦାୟୀ ଭାବି ଏବଂ ଏଥିରେ ସହରର ଉଚ୍ଚ କର୍ତ୍ତୃପକ୍ଷଙ୍କ ହାତଥିବା ସନ୍ଦେହ କରି ତୁରନ୍ତ ପଦକ୍ଷେପ ନେବା ପାଇଁ ଦେଶରେ ବିଚାର ଆଲୋଚନା ଚାଲିଥାଏ। ସହରର ଉଚ୍ଚ କର୍ତ୍ତୃପକ୍ଷ ତଥାପି ଏଥିପାଇଁ ବ୍ୟସ୍ତ ନଥିଲେ ଓ ଦେଶର ମୁଖ୍ୟଙ୍କୁ ଏସବୁ ଗୁଜବ ବୋଲି ସଫେଇ ଦେଇଥିଲେ। ଦିନେ ଗୋଟେ ଯୁବତୀର ରହସ୍ୟଜନକ ଅପହରଣ ସାରା ଦେଶରେ ଚାଞ୍ଚଲ୍ୟ ସୃଷ୍ଟି କଲା ଓ ବିଭିନ୍ନ ଜାଗାରେ ଦେଶର ମୁଖ୍ୟଙ୍କ ନାଁରେ ନିନ୍ଦା ପ୍ରସ୍ତାବ ସବୁ ଗୃହୀତ ହେଲା, ବିଭିନ୍ନ ସହରରେ ଏଥିପାଇଁ ଗଣଧାରଣା ସବୁ ଚାଲିଲା ଓ ଦେଶର ମୁଖ୍ୟ ପରିସ୍ଥିତି ସମ୍ଭାଳିବା ଅବସ୍ଥାରେ ନଥିଲେ। କୌଶଳକ୍ରମେ ଯୁବତୀଟି ଅପହରଣ କାରୀମାନଙ୍କ ହାତରୁ ଖସିଗଲା ଓ ସହରର କର୍ତ୍ତୃପକ୍ଷଙ୍କ ଅସଲ ସ୍ୱରୂପ ପଦାରେ ପଡ଼ିଗଲା। ଦେଶର ମୁଖ୍ୟ ଯେକୌଣସି ମୂଲ୍ୟରେ ସହର ସହିତ ମୁକାବିଲା କରିବା ପାଇଁ ନିଷ୍ପତ୍ତି ନେଲେ ଓ ବିଭିନ୍ନ ସହରରେ ହେଉଥିବା ଆନ୍ଦୋଳନ ସବୁକୁ ଦବେଇଲେ।

ସହରର ମୁଖ୍ୟ ସାରା ଦେଶକୁ ହାତକୁ ଆଣିବାରେ ବ୍ୟସ୍ତ ଥିବା ବେଳେ ଦେଶ ସହରଟାକୁ କାବୁ କରିବା ପାଇଁ ଯୋଜନା ପ୍ରସ୍ତୁତ କରୁଥାଏ। ଏମିତି ଏକ ମୁହୂର୍ତ୍ତରେ ସାରା ସହରକୁ ଚାରିଆଡୁ ଦେଶର ସୈନିକମାନେ ଘେରିଗଲେ। ଯୁଦ୍ଧରେ କାବୁ କରି ନ ପାରିଲେ ସହରଟାକୁ ବୋମାରେ ଧ୍ୱଂସ କରିଦେବା ପାଇଁ ନିଷ୍ପତ୍ତି ନିଆ ସରିଥାଏ। ସହରର କର୍ତ୍ତୃପକ୍ଷ ଯଦିଓ ଏ ନେଇ ବିଶେଷ ଉଦ୍‌ବେଗ ଥିଲେ ତଥାପି ଦେଶ ସହିତ ଯୁଝିବାର ସାମର୍ଥ୍ୟ ତାଙ୍କର ଅଛି ବୋଲି ସହରବାସୀଙ୍କୁ ଆଶ୍ୱାସନା ଓ ଦମ୍ଭ ଦେଉଥିଲେ। ଏବଂ ଦେଶର ଏ ପ୍ରକାର ପଦକ୍ଷେପ ପାଇଁ ସହରର କିଛି ଲୋକ ଦାୟୀ ବୋଲି ଭାବି ସେମାନଙ୍କୁ ଠାବ କରିବାରେ ବେଶି ବ୍ୟସ୍ତ ଥିଲେ।

ଦେଶର ମୁଖ୍ୟ ସହରର କର୍ତ୍ତୃପକ୍ଷଙ୍କୁ ବାରମ୍ବାର ଆତ୍ମସମର୍ପଣ ନକଲେ ବୋମା ପକାଇ ଦିଆଯିବ ବୋଲି ଧମକ ଦେଉଥାଆନ୍ତି। ସାରା ସହରରେ ଲୋକମାନେ ବୋମାର ଭୟରେ ବ୍ୟସ୍ତ ଥିବା ବେଳେ କର୍ତ୍ତୃପକ୍ଷ ବୋମାକୁ ଆମର ଭୟ କରିବାର କିଛି ନାହିଁ, ତମମାନଙ୍କୁ ବୋମା ମାଡ଼ରୁ ବଞ୍ଚାଇବା ପାଇଁ ଆମ ପାଖରେ ଯଥେଷ୍ଟ

ନିରାପଦ ଜାଗା ଅଛି। ତେଣୁ କେହି ଭୟ କରିବା ଦର୍କାର ନାହିଁ ବୋଲି ଘୋଷଣା କରୁଥାଆନ୍ତି।

ସହରରେ ବିଭିନ୍ନ ନିଷେଧାଦେଶ ସବୁ ଜାରି ରହିଥାଏ। ବିଭିନ୍ନ ଘର ଉପରେ ଚଢ଼ାଉ ଖାନତଲାସୀ ସବୁ ଜୋରସୋର ଚାଲିଥାଏ। କର୍ତ୍ତୃପକ୍ଷ ଘୋଷଣା କରିଥାଆନ୍ତି, ବାହ୍ୟଶତ୍ରୁ ଅପେକ୍ଷା ଆଭ୍ୟନ୍ତରୀଣ ଶତ୍ରୁ ଆମପାଇଁ ବେଶି କ୍ଷତିକାରକ। ପ୍ରଥମେ ସେମାନଙ୍କୁ ନିପାତ କରିବା ନିହାତି ଦର୍କାର। ବାହ୍ୟ ଶତ୍ରୁଙ୍କୁ ମୁକାବିଲା କରିବା ପାଇଁ ଯଥେଷ୍ଟ ସୈନିକ ସୀମାରେ ରଖାଯାଇଛି। ସହରର ସୀମା ଭିତରକୁ କେହି ବି ପଶି ଆସିପାରିବା ସଂପୂର୍ଣ୍ଣ ଅସମ୍ଭବ। ସହରବାସୀ ନିଶ୍ଚିନ୍ତରେ ଖାଅ-ପିଅ-ଶୋଅ ମଉଜ କର। ଯା'ବି ହେଉ ସହରର ମୁଖ୍ୟ ଭାରୀ ସାହସୀ ଥିଲେ। ତାଙ୍କର ସାମର୍ଥ୍ୟ ଉପରେ ସହରବାସୀଙ୍କ ଯଥେଷ୍ଟ ଭରସା ଥିଲା। ତେଣୁ ଲୋକମାନେ ଭୟ ସତ୍ତ୍ୱେ ବି ବିଶ୍ୱାସ ହରାଇ ନ ଥିଲେ।

ସେଦିନ ରାତିରେ ମୋ ଘରର ଝରକା ଭଙ୍ଗାଥିବା ମୁଁ ସକାଳେ ଦେଖିଲି। ମୋର ବାକ୍‌ସରୁ କିଛି କାଗଜପତ୍ର ଓ ମୋର ଡାଏରୀ ଇତ୍ୟାଦି ଚୋରି ଯାଇଥିବାର ଲକ୍ଷ୍ୟ କଲି। ସହରରେ ରହିବାର ପ୍ରମାଣ ପତ୍ରଟି ବି ଚୋରି ଯାଇଥିଲା। ମୁଁ ମୋର ଅଫିସ ର ଉଚ୍ଚ ଅଧିକାରୀଙ୍କୁ ଏ ସଂପର୍କରେ ଜଣେଇଲି। ସେ ମୋତେ ଚୁପ ରହିବା ପାଇଁ ଅନୁରୋଧ କଲେ। କିନ୍ତୁ ମୁଁ ଚୁପ୍ ହେଇ ରହି ପାରୁ ନ ଥାଏ। କାରଣ ସହରରେ ରହିବାର ଅନୁମତି ପତ୍ରଟି ବି ଚୋରି ଯାଇଥିଲା। ଯେକୌଣସି ମୁହୂର୍ତ୍ତରେ ଯଦି ଯାଞ୍ଚ ହୁଏ ଓ ମୁଁ ମୋର ଅନୁମତି ପତ୍ର ଦେଖେଇ ନପାରେ ମୋତେ ହତ୍ୟା କରାଯିବା ସ୍ୱାଭାବିକ। ମୁଁ ଉଚ୍ଚାଧିକାରୀଙ୍କୁ ଲିଖିତ ଅଭିଯୋଗ କଲି ଓ ଗୋଟିଏ କପି ସହରର ମୁଖ୍ୟଙ୍କ ପାଖକୁ ପଠେଇବା ପାଇଁ ଅନୁନୟ କଲି। ସେ କହିଲେ ଏହାଦ୍ୱାରା ତମେ ଅଧିକ ବିପଦ ଆଡ଼କୁ ଠେଲି ହେଇଯିବ ବରଂ ଚୁପ୍ ରୁହ ତମର କିଛି ହେବ ନାହିଁ।

ଉଚ୍ଚାଧିକାରୀଙ୍କ ଠାରୁ ନିରାଶ ହେଇ ମୁଁ ଏ ସଂପର୍କରେ ସହରର ମୁଖ୍ୟଙ୍କ ପାଖେ ଆଗତୁରା ଜଣେଇ ଦେବି ଭାବିଲି ଓ ତାଙ୍କ ପାଖକୁ ଗଲି।

ସହରର ମୁଖ୍ୟ ସକାଳର ନାସ୍ତା ପରେ ଗୋଟେ ଗ୍ଲାସ ତାଜା ରକ୍ତ ପିଉଥିଲେ। ତାଙ୍କ ଚେୟାର୍‌ର ପଛପଟେ ଶହେ ଆଠଟି ଖପୁରୀ ମୁଣ୍ଡରେ ସହରର ମାନଚିତ୍ରକୁ ଅତି ସୁନ୍ଦର ଭାବରେ ଅଙ୍କା ଯାଇଥିଲା। ତାଂକ ପାଟି ଚାରିପାଖେ ଦାଢ଼ି ଓ ନିଶରେ କିଛି କିଛି ତାଜା ରକ୍ତ ଲାଗି ରହିଥାଏ। ଯାକୁ ସେ ଜିଭ ବୁଲେଇ ସଫା କରୁଥାଆନ୍ତି ଓ ସଦ୍ୟ ଶିକାର କରିଥିବା ଗୋଟେ ବାଘ ଭଳି ଦେଖା ଯାଉଥାଆନ୍ତି। ତାଙ୍କୁ କିଛି କହିବା ପାଇଁ ମୋର ସାହସ ହେଉ ନ ଥାଏ। ମୁଁ କିଛି କହିବା ପୂର୍ବରୁ ସେ ମୋତେ ପଚାରିଲେ...

କ'ଣ ପାଇଁ ଆସିଲ ? ଅସୁବିଧା ନହେବା କଥା ତ...

ମୁଁ ଭୟରେ ମାତ୍ର କହି ପାରିଲି - ଚୋରି ...

ମୁଖ୍ୟ ବହୁତ ଜୋର୍‌ରେ ହସିଲେ। ତାଙ୍କ ହସରେ ତାଜା ରକ୍ତ ସବୁ ଛଟିକି ଆସି ମୋର ଧଳା ସାର୍ଟରେ ଲାଗିଲା। ତାକୁ ରୁମାଲରେ ପୋଛିଲେ ମୁଖ୍ୟଙ୍କୁ ଅବମାନନା ହେବା ନାଁ ନାଇଁ ଭାବୁ ଭାବୁ ସେ କହିଲେ...

ଆମ ସହରରେ ଚୋରୀ...

ନୂଆଁ କଥା...

ସେ ଟିକେ ଦମ ନେଲେ ଓ କହିଲେ... "ଏଇଠି ରେକର୍ଡ଼ ଦେଖ- ଏଇଠି ଚୋରୀ ନାହିଁ, ଡକାୟତି ନାହିଁ, ଲୁଣ୍ଠନ ନାହିଁ, ଅପହରଣ ନାହିଁ, ନାରୀ ଧର୍ଷଣ ନାହିଁ, ଜମିବାଡ଼ି ମାଲିମୋକଦ୍ଦମା ନାହିଁ, ଗାଳି ଗୋଳମାଳ ନାହିଁ, ଯୌତୁକ ହତ୍ୟା ନାହିଁ, ଆତ୍ମହତ୍ୟା ନାହିଁ, ଅପମୃତ୍ୟୁ ନାହିଁ। କୌଣସି ବାବଦରେ କାହାର କିଛି ଆପତ୍ତି ନାହିଁ, ଅଭିଯୋଗ ନାହିଁ- ତମେ ଆସି କହୁଛ ଚୋରି।

ମୁଖ୍ୟ ଏଥର ଏତେ ଜୋରରେ ହସିଲେ ଯେ ମୁହଁ ଭିତରୁ ତାଙ୍କର କଳିଜା ବାହାରି ଆସିଲା ଯାହାକୁ ସେ ଅତି ଯତ୍ନରେ ପୁଣି ଥରେ ଗିଳି ଦେଲେ ଓ କହିଲେ- 'ଅନ୍ୟ କିଛି ଅସୁବିଧା କଥା କୁହ ସାହାଯ୍ୟ କରିବା। ଆମ ଭଳି ଆଦର୍ଶ ସହରରେ ତମେ ଆସି କହୁଛ ଚୋରି ...।'

ମୁଁ ସାହାସ ବାନ୍ଧ କହିଲି "ମୁଁ ସତ କହୁଛି ସାର, ମୋର ଚୋରୀ ହେଇଛି। ଅନ୍ୟ କୌଣସି ଜିନିଷ ପାଇଁ ମୁଁ ବ୍ୟସ୍ତ ନୁହେଁ ସାର୍। ତେବେ ମୋର ଅନୁମତି ପତ୍ରଟା ବି ଚୋରି ହେଇ ଯାଇଛି। ଯୋଉଥି ପାଇଁ ମୁଁ ଆପଣଙ୍କୁ ଜଣେଇବା ଉଚିତ ମନେ କଲି।"

ମୁଖ୍ୟ ଏଥର ଗମ୍ଭୀର ଦେଖା ଗଲେ। କହିଲେ "ଠିକ୍ ଅଛି। ଦେଖିବା କୋଉଠି କିଛି ଗୋଟେ ନିଶ୍ଚୟ ଭୁଲ ଅଛି।"

ମୁଖ୍ୟ ଗୋଟେ ସୁଇଚ ଟିପିଲେ। ଗୋଟେ ଟେଲିଭିଜନ ପର୍ଦ୍ଦା ଖୋଲିଲା। ସେଇଠି ମୋର ଆରମ୍ଭରୁ ଶେଷ ଯାଏ ସହରର ରହଣୀ ସଂପର୍କରେ ମୁଖ୍ୟାଂଶସବୁ ବିବରଣୀ ସହ ଦେଖା ଗଲା। ମୁଖ୍ୟ ମୋତେ ଜୋରରେ ଅନେଇ ମୃଦୁ ହସୁଥିଲେ। ମୁଁ ଧୀରେ ଧୀରେ ଅଚେତ ହେଇ ଯାଉଥିବା ଅନୁଭବ କଲି।

ଆଖି ଖୋଲିଲା ବେଳକୁ ମୁଁ ସହରର ପ୍ରସ୍ଥାନ ଦ୍ୱାରରେ ଗୋଟେ ଜିପରେ ମୋର ବିସ୍ତର ସହ ଲଦା ହୋଇଥିଲି। ମୁଖ୍ୟଙ୍କର ଦସ୍ତଖତ ଥିବା ଗୋଟେ ସହର ଛାଡ଼ିଥିବା ପ୍ରମାଣପତ୍ର ମୋତେ ଧରେଇ ଦିଆଗଲା। ଯୋଉଠି ସହରର ମୁଖ୍ୟ ମୋର

ଅନେକ ପ୍ରସ୍ଥାନ ପାଇଁ ଶୋକବାର୍ତ୍ତା, ମୋର ସଫଳ ସୁଖକର ରହଣୀ ପାଇଁ ଅଭିନନ୍ଦନ ତଥା ଯାତ୍ରା ଓ ଭବିଷ୍ୟତ ପାଇଁ ଶୁଭେଚ୍ଛା ତଥା କିଛି ଚେତାବନୀ ବି ଲେଖିଥିଲେ। ଅନ୍ୟ ଗୋଟିଏ ଲଫାଫାରେ ମୋର ନିଜ ସହରକୁ ବଦଳି ଆଦେଶ। ଗୋଟେ ନାଲି ବେଗ୍‌ରେ ମୋର ନେଇ ଯାଇଥିବା ଜିନିଷପତ୍ର। ମୁଁ ବେଗ୍‌କୁ ଯାଂଚ କଲି। ମୋର ଡାଏରୀ ନଥିବା କଥା ଜାଣି ପାରିଲି ଓ ତଥାପି ସବୁ ବୁଝି ପାଇଲି ବୋଲି ଦସ୍ତଖତ ଦେଲି।

ମୋର ବଦଳି ଆଦେଶ ମୋ ପାଇଁ ପୁନର୍ଜନ୍ମ ଥିଲା। କାରଣ ଅସତ୍ୟ ସହରରୁ ଏଯାଏ କେହି ଫେରି ଆସି ନାହିଁ। ମୁଁ ଆଜିବି ଆଶ୍ଚର୍ଯ୍ୟ ହୁଏ ମୁଖ୍ୟ ମୋତେ ହତ୍ୟା ନକରି ବହିଷ୍କାର କଲେ କାହିଁକି ?

ଅସତ୍ୟ ସହରର ଦି ବର୍ଷ ମୁହଁ ବନ୍ଦ ଜୀବନ ଯାପନ ଭିତରେ ଡାଏରୀ ପାଖରେ ହିଁ ମୁଁ ମୋର ବ୍ୟଥିତ ହୃଦୟକୁ ଖୋଲି ଦେଇଥିଲି। ବୋଧେ ସେଇଟା ହିଁ ମୋ ପାଇଁ ଏକ ଆଶୀର୍ବାଦ ଥିଲା।

ଅସତ୍ୟ ସହରରୁ ଫେରିବା ଦିନଠୁ ମୁଁ ଆଉ ସେହି ସହରର ସଂପର୍କରେ ଜାଣି ଜାଣି ମୁଣ୍ଡ ପୁରେଇ ନାଇଁ। ଗୋଟେ ଦୁଃସ୍ୱପ୍ନ ଭାବି ତାକୁ ଭୁଲିବା ପାଇଁ ଚେଷ୍ଟା କରୁଛି। ଏବେବି ମଝି ମଝିରେ ସେ ସହର ସଂପର୍କରେ ଖବର କାଗଜରେ ଚାଞ୍ଚଲ୍ୟକର ସମ୍ବାଦ ସବୁ ବାହାରେ। ସମ୍ବାଦର ମୁଖ୍ୟ ଧାଡ଼ି ଉପରେ ଆଖି ପଡ଼ିବା କ୍ଷଣି ମୋର ଛାତି ଥରି ଉଠେ। ମୁଁ ସେଇ ପୃଷ୍ଠା ଉପରୁ ଆଖି ଓହରେଇ ନିଏ।

ଅଲୌକିକ ସହର

କାଚଘର ଭିତରେ ଗୋଟିଏ ଅଫିସ। ବିଭିନ୍ନ ଫାଇଲ ପତ୍ରରେ ବ୍ୟସ୍ତ ଗୋଟିଏ ଟେବୁଲ। ଦି ତିନିଟା ଟେଲିଫୋନ ଗୋଟିଏ ପେନ୍ ଷ୍ଟେଣ୍ଡ ଓ ବିଭିନ୍ନ ସାଇଜର କଲମ, ଆସ ଟ୍ରେ, ବିଭିନ୍ନ ସାଇଜର ଆଲମୀରା, ଟେବୁଲ ଉପରେ କଲିଂ ବେଲ। ଗୋଟିଏ ସିଗାରେଟ ମୁହଁରେ ଜାକି ରିସିଭର୍‌କୁ ବାଁ ହାତରେ କାନ ପାଖରେ ଧରି, ଗୋଟିଏ ଫାଇଲ ଉପରେ ସେ ଆଖି ବୁଲଉଥିଲେ। ଏମିତି ସମୟରେ ମୁଁ ତାଙ୍କ ପାଖରେ ପହଞ୍ଚିଲି।

ମୋ ପାଦ ଶବ୍ଦରେ ଟିକିଏ ବି ହଲଚଲ ହେଲେନି କି ମୋ ଆଡ଼କୁ ଦେଖିଲେ ନାଇଁ। ମୁଁ ଟିକିଏ ଖଣ୍ଡିକାଶ ଦେଲି। ତଥାପି ସେ ସେମିତି ମୁଦ୍ରାରେ ଧ୍ୟାନରତ।

ଅନ୍ତତଃ ଆପଣ ମୋତେ ବସନ୍ତୁ ବୋଲି କହିବା କଥା, ଅପେକ୍ଷା କରନ୍ତୁ କହିବା କଥା, ଗେଟ ଆଉଟ କହିବା କଥା, ମୋ ଆଡ଼କୁ ଚାହିଁ ଅନ୍ତତଃ ସଂଭ୍ରମତା ଦୃଷ୍ଟିରୁ ଅଳ୍ପ ହସିବା କଥା। ଏ ଗୋଟେ କେମିତି କଥା।

ମୋର ପଚାରିବାକୁ ଇଚ୍ଛା ହେଉଥିଲା। ଆପଣ କଅଣ ମରି ଗଲେ କି ସାର୍ ? ଏମିତି ଚିନ୍ତାରେ ମୁଁ ନିଜେ ହିଁ ଡରିଗଲି। କାରଣ ଏମିତି ନିର୍ଜନ ଏ ଜାଗା, ଏ ପରିବେଶ, ନୀରବତା ସମୟେ ସମୟେ ଅତି ଭୟଙ୍କର ମନେ ହୁଏ। ଯେମିତି ଏଇଟା ପରୀ କାହାଣୀର ସେଇ ଅଗ୍ନାଅଗ୍ନି ବନସ୍ତ ଯୋଉଠି ଛୁଞ୍ଚିଟିଏ ପଡ଼ିଲେ କୁଲା ପଡ଼ିବାର

ଶବ୍ଦ ଭଳି ମନେହୁଏ। ମୋର ଏଇଠିକୁ ଆସିବାର କେହି ଦେଖି ନାହାନ୍ତି। ସାର୍ ଯଦି ସତରେ ମରିଯାଇଥାଆନ୍ତି ତେବେ ସମ୍ଭବତଃ ମୋତେ ହିଁ ପ୍ରଥମେ ଖୁନୀ ହିସାବରେ ଜେରା କରାଯିବ।

ମୁଁ ପୁଣିଥରେ ନିରେଖି ଦେଖିଲି। ନାଁ ହଲଚଲ ବିଲ୍‌କୁଲ୍ ନାଇଁ ସେ ସେଇ ନିର୍ଦ୍ଦିଷ୍ଟ ମୁଦ୍ରାରେ ଏ ଯାବତ, ମୁଁ ଫେରିଯିବା ଉଚିତ ମନେ କରି ଦି ପାଦ ପଛକୁ ଘୁଞ୍ଚି ଯାଉଁ ଯାଉଁ ଗୋଟିଏ ଟେଲିଫୋନ ବାଜି ଉଠିଲା।

ମୁଁ ଚମକି ପଡ଼ିଲି ଓ ଭାବିଲି ନିଜେ ରିସିଭର୍‌ଟି ଧରି କହିଦେବି ସାର୍ ଏବେ ଏବେ ମରିଗଲେ ଆପଣ ତାଙ୍କୁ ଶ୍ମଶାନକୁ ନେବାର ବ୍ୟବସ୍ଥା କରନ୍ତୁ ଓ ପରମୂହୁର୍ତ୍ତରେ ଭାବିଲି ମୋତେ ଖୁନୀ ବୋଲି ଧରି ନିଆଯିବ ଓ ଝମେଲାରେ କିଏ ପଶିବ ଭାବୁଁ ଭାବୁଁ ଘୁଞ୍ଚି ଯାଉଁ ଯାଉଁ ସାର୍ ଗୋଟିଏ ଟେଲିଫୋନ୍ ଥୋଇଦେଇ ଅନ୍ୟଟି ଧରିଲେ, ମୁହଁ ରୁ ସିଗାରେଟ୍ କାଢ଼ି ଆସଟ୍ରେରେ ଜାକି ଦେଲେ ଓ କହିଲେ ହେଲୋ ....

ମୁଁ ଭାବିଲି ଏଇଟା ନିଶ୍ଚୟ ଭୂତ। ତା ପରେ ସେ ସ୍ୱାଭାବିକ ଭାବେ ନିଶ୍ୱାସ ପ୍ରଶ୍ୱାସ ନେଉଥିବାର ଦେଖି ଧରିନେଲି ଅନ୍ତତଃ ଲୋକଟି ଜୀବିତ ଓ ସେ ବେଶ୍ ହସି ହସି କଥାବାର୍ତ୍ତା କରୁଥବା ଦେଖି ମୁଁ ସାମନା ଚେୟାରେ ବସି ତାଙ୍କୁ ନମସ୍କାର ମୁଦ୍ରାରେ ଅନେଇଲି ଅଥଚ ସେ ମୋ ଆଡ଼େ ଦେଖୁ ନ ଥିଲେ।

: ହେଲୋ , ହଁ ହଁ

: ଆଚ୍ଛା। ଆଚ୍ଛା

: ବଡ଼ ଦୁଃଖର ବିଷୟ

: ମୁଁ ବି ଠିକ୍ ସେଇୟା ଭାବୁଛି

: ଲୋକମାନେ ମରିଯିବା ଉଚିତ

: କେତେ ମଲେ କେତେ ଗଲେ କେତେ ହଜିଲେ, କୋଉଠି କିଏ କାହାକୁ କେତେବେଳେ ଖୁନ୍ କଲା, ବନ୍ୟା ହେଲା ନାଁ ଘରପୋଡ଼ି ?

: ଆତଙ୍କବାଦୀ ?

: ଠିକ୍ କରିଛନ୍ତି

: ସେମାନଙ୍କୁ ଫାଶୀ ହେବା ଉଚିତ

: ଆମ ବିଷୟ କଅଣ ହେଲା। ଆମ ଲୋକ ସବୁ ଠିକ୍ ଅଛନ୍ତି।

: ଗହମର ଦର କେତେ ଅଛି ?

: ଲୋକମାନଙ୍କୁ ଦିନକ କେତୋଟି ରୋଟି ମିଳୁଛି।

: ଫାଇନ୍। ଭେରି ଗୁଡ଼। ଅର୍ଥନୀତି ବେଶ୍ ଆଗେଇଛି। ଅନ୍ତତଃ କେହି ଲୋକ

କିଛି ଖାଇବାକୁ ମିଳୁନି ବୋଲି ଆପତ୍ତି ନ ବାଢୁ।

: ସବୁ ସୀମାରେ ଲୋକ ଜଗିଛନ୍ତି।

: ଆଚ୍ଛା, ଆଚ୍ଛା, ମୁଁ ବ୍ୟବସ୍ଥା କରୁଛି।

: ଆଜି କେତୋଟି ବମ୍ ତିଆରି ହେଲା, କେତୋଟି ରକେଟ୍, କେତୋଟି ସେଟେଲାଇଟ ପଠାହେଲା, ଠିକ ଅଛି, ଦେଖିବା।

: ଫାଇଲ ସବୁ ଠିକ୍ ଅଛି ତ। ଭେରି ଗୁଡ୍

: କେତେ ଜନ୍ମ ହେଲେ, କେତେ ମଲେ ସବୁ ଟିକ ନିକ ହିସାବ ରଖ।

: ନାଁ ଆଉ ସମ୍ଭବ ନୁହେଁ। ଆଜି ଆଉ କାହାକୁ ବି ଜନ୍ମ ହେବାକୁ ଦିଅ ନାଇଁ। ଫିଗର ସବୁ ଓଲଟ ହେଇଯିବ। ନାଁ ତାକୁବି ନୁହେଁ। ତାକୁ କୁହ ସେ ସାତଦିନ ବାଦ ଜନ୍ମ କରିବ।

: ଆଚ୍ଛା ଆଚ୍ଛା ତାହେଲେ ଠିକ ଅଛି

ସଂଳାପରୁ ମୁଁ ବିଲକୁଲ କିଛି ହିଁ ବୁଝି ପାରୁନ ଥାଏଁ। ପାଖରେ ଗୋଟିଏ ଟେବୁଲ କେଲେଣ୍ଡର ପଡ଼ିଥାଏ ତାକୁ ଟାଣି ଆଣି ଦେଖିବାରେ ଲାଗିଲି। ଅନେକ ତାରିଖକୁ ଗୋଲ ଗୋଲ କରି କାଳୀରେ ଲିଭେଇ ଦିଆଯାଇଥାଏ, ଆଉ ଅନେକରେ ଛକି ଚିହ୍ନ, ମାତ୍ର ଅଳ୍ପ ତାରିଖରେ ରାଇଟ ଚିହ୍ନଥାଏ। ମୁଁ ପାଖରେ ଥିବା ଗୋଟିଏ ଖବର କାଗଜକୁ ଟାଣି ଆଣି ପଢ଼ିବି ଭାବୁଛି ଗୋଟିଏ ବିରାଟ ଅଟ୍ଟହାସ୍ୟ ରେ ଚମକି ପଡ଼ିଲି ବୋଧେ ସାର୍ ହସୁଥିଲେ। ସଂଳାପ ସରି ନ ଥାଏ, ଟେଲିଫୋନ୍ ରେ ଆହୁରି ଜୋର୍ ଘନେଇ ଆସୁଥାଏ କଥାବାର୍ତ୍ତା।

ମୁଁ ଖବର କାଗଜରେ ମନ ଦେଲି।

"ଗୋଟିଏ ମାସ ଯଦି ଦେଶରେ ଶିଶୁ ଜନ୍ମ ନ ହୁଅନ୍ତେ, ସବୁ ବୁଢ଼ା ଲୋକ ଯଦି ମରିଯାଆନ୍ତେ, ଯୁବକମାନେ, ଯୁବତୀମାନେ ଯଦି ଦେଶ ପାଇଁ ଆତ୍ମହତ୍ୟା କରିବା ପାଇଁ ଆଗେଇ ଆସନ୍ତେ ତେବେ ହୁଏତ ଏ ଦେଶର ସମସ୍ତ ସମସ୍ୟାର ସମାଧାନ ହେଇ ପାରନ୍ତା।"

"ଆଜି ଗୋଟିଏ ଦଳର ଲୋକମାନେ ଅନ୍ୟ ଦଳର ଲୋକମାନଙ୍କୁ ମାରିଦେଇଛନ୍ତି" "ଜାତି, ଜାତି ଧର୍ମ ଧର୍ମ ଗୋଷ୍ଠି ଗୋଷ୍ଠି, ଦଳ ଦଳ, ସଂପ୍ରଦାୟ ସଂପ୍ରଦାୟ ମଧ୍ୟରେ ଜାତିଗତ, ଧର୍ମଗତ, ଗୋଷ୍ଠିଗତ, ଦଳଗତ, ସାଂପ୍ରଦାୟିକ ସଂଘର୍ଷ ନ ହେବା ଯାଏ କୌଣସି ସମସ୍ୟାର ସମାଧାନ ହେଇ ପାରିବ ନାଇଁ।"

"ବେକାରୀମାନଙ୍କୁ ବେକାରୀ ଭତ୍ତା ମିଳିବା ଦ୍ୱାରା ଅଧିକ ଲୋକ ବେକାରୀ ହେବାକୁ ପସନ୍ଦ କରୁଛନ୍ତି।"

"ଦେଶକୁ ଜନସଂଖ୍ୟା ବୃଦ୍ଧିରୁ ରକ୍ଷା କରିବା ପାଇଁ ଲୋକମାନେ ଭ୍ରୁଣହତ୍ୟା କରିବାକୁ ଆଗେଇ ଆସିବା ଉଚିତ।"

ମାସକ ଭିତରେ ଲକ୍ଷେ ଶିଶୁଙ୍କୁ ପୃଥିବୀକୁ ଆସିବାରୁ ବଞ୍ଚିତ କରି ପାରିଥିବାରୁ ରାଷ୍ଟ୍ରର ସର୍ବଶ୍ରେଷ୍ଠ ସମ୍ମାନରେ ସମ୍ମାନୀତ। ମୁଁ ଖବର କାଗଜକୁ ଯଥା ସ୍ଥାନରେ ରଖିଦେଲି। ଯଦିଓ ମୁଁ ଅତି ମାତ୍ରାରେ ବିରକ୍ତ ହେଇ ସାରିଥିଲି ତଥାପି ଭାବିଲି ଆସିଛି ଯେତେବେଳେ ଅନ୍ତତଃ ମୋ ନିଜ କଥାକୁ ନିଶ୍ଚୟ କହିକି ଯିବି ଓ ସାର୍ ଙ୍କ ଆଡ଼େ ଅନେଇଲି। ସାର୍ ତଥାପି ବ୍ୟସ୍ତ ଥିଲେ। ବୋଧେ ଏବେ ସେ ଅନ୍ୟ କାହା ସହିତ କଥାବାର୍ତ୍ତା କରୁଥିଲେ। ହୁଏତ ଅନ୍ୟ ଦେଶର କୋଉ ସାର୍‌ଙ୍କ ସହିତ କଥାବାର୍ତ୍ତା କରୁଥିଲେ।

: ଆପଣଙ୍କ ଆଡ଼େ ପାଣିପାଗ ର ହାଲଚାଲ କଅଣ ?

: ଫସଲ ସବୁ ନଷ୍ଟ ହେଇ ସାରିଲାଣି ନାଁ ନାଇଁ

: ଯାହେଉ ଏ କ୍ଷେତ୍ରରେ ଆମ ଦେଶ ଆଗୁଆ ଅଛି।

: ଗୁଡ଼ାଏ ବନ୍ଧ ବାନ୍ଧି ଆମେ ପାଣିର ଗତିକୁ ରୋକି ଦେଇ ପାରିଛୁ। କିଏ କହିପାରେ କେତେବେଳେ କଅଣ ଘଟିବ। ତେଣୁ ଆମେ ଆଗତୁରା ସବୁ ଯୋଗାଡ଼ କରି ରଖିଛୁ।

: କଅଣ କହିଲେ ବର୍ଷା ଆପଣଙ୍କ ଆୟତ୍ତରେ। ଯୋଉଠି ଇଚ୍ଛା ସେଇଠି ବର୍ଷା ହେବ। ଇଚ୍ଛା ନ କଲେ ବର୍ଷାକୁ ବନ୍ଦ। ବଃ। ବାଃ ବଡ଼ ଚମତ୍କାର। ଆମକୁ ସେ ମନ୍ତ୍ର ଟା ଦିଅନ୍ତୁ ଆଜ୍ଞା। କେବେଦେବେ। ଜଲଦି ଦିଅନ୍ତୁ। ମୁଁ ଦିନେ ଦି ଦିନ ଭିତରେ ଲୋକ ପଠଉଛି। ହଁ ହଁ। ଠିକ ଅଛି।

: କଥା କଅଣ କି। ଆପଣ ତ ଜାଣନ୍ତି ଆମ ଦେଶ କଥା। ଲୋକମାନେ ଏଇଠି ଭାରୀ ଅଜବ। ଏଇଟା ମେଜିକ୍ ର ଦେଶ ଆଜ୍ଞା, ଯିଏ କୁହୁକ କାଠି ବୁଲେଇ ଜାଣିଲା ଦେଶ ତାର।

: ହଁ ଅନ୍ତତଃ ଲୋକଙ୍କ ମନ କିଣି ହେବ। ବିଶ୍ୱାସ ଫେରେଇ ହେବ। ଏବେତ ପରିସ୍ଥିତି ଭାରୀ ଖରାପ। ଆପଣ ତ ଜାଣନ୍ତି ....

: ଠିକ୍ ଅଛି, ମୁଁ ପଠେଇ ଦେବି।

: କେତେ ଦର୍କାର ?

: ସବୁତ ଆପଣଙ୍କର ଆଜ୍ଞା।

: ଆମ ସାହି ପଡ଼ିଶାର ଲୋକ ମାନେ ଭାରୀ ଉତ୍ପାତ ହେଲେଣି ତାଙ୍କୁ ଟିକେ ଦେଖନ୍ତୁ।

: ସବୁ ଆପଣଙ୍କର କୃପା ସାର୍।

: ଆପଣଙ୍କ ଗାଇ ମାନେ ଖାଆନ୍ତି ?

: ନାଇଁ ନାଇଁ କଛିମନେ କରିବାର ନାଇଁ। ଏମିତିରେ ଆମ ଦେଶର ଲୋକେ ଭୋକିଲା। ଠିକ୍ ଅଛି।

: ଯୁଦ୍ଧ ପାଇଁ ଆମର ସମୟ କାଇଁ ଆଜ୍ଞା। ଆମ ଭିତରେ ଏତେଜୋର ଯୁଦ୍ଧ ଲାଗିଛି ବାହାର ଲୋକଙ୍କ ହୁଙ୍କାର ଶୁଣିବା ପାଇଁ ଆମର ସମୟ ନାଇଁ

: ତଥାପି ଯଦି କହୁଛନ୍ତି ପଠେଇ ଦେବେ।

: ପଇସା ଆଗତୁରା ନେବେ? ଠିକ୍ ଅଛି। ନା ଆମେ ବି ଏବେ ଯଥେଷ୍ଟ ବନେଇଲୁଣି। ହଁ ଅନ୍ତତଃ ବିଶ୍ୱର ଅଧାଲୋକଙ୍କୁ ମାରିବା ଭଳି ସାମାନ ଆମ ପାଖରେ ମହଜୁତ ରହିଛି। ତଥାପି ପଠାଇଦେଲେ ପଚାଶଟି।

: ଏବେ ଟିକେ ଶାନ୍ତି ଅଛି। ତା ଛଡା ଯଦି ଲୋକେ ନିଜ ନିଜ ଭିତରେ ନ ଲଢିବେ ଆମକୁ ଅସୁବିଧା। ଏଇଟା ଆମର ଗୋଟିଏ ଟେକ୍‌ଟିସ୍।

: ଶିଖିବାକୁ ଅନେକ କଥା ଅଛି ଆଜ୍ଞା। ଆପଣ ପଠଉ ନାହାନ୍ତି। ଦି ଜଣ ପଠେଇ ଦିଅନ୍ତୁ। ଆମେ ମାସକେ ଓସ୍ତାଦ କରିଦେବୁ।

ମୋତେ ଭାରୀ ବିରକ୍ତ ଲାଗୁଥାଏ। ତଥାପି ମୁଁ ନାଚ୍ଛର। ମୋର ଏକା ଜିଦ୍ ମୁଁ ମୋ କଥା କହିବି ଓ ଯିବି। କିନ୍ତୁ ସାରଙ୍କର ବିଲ୍‌କୁଲ୍ ଫୁରସତ୍ ହିଁ ନ ଥାଏ। ଗୋଟିଏ ପରେ ଗୋଟିଏ ଫୋନ ଉଠେଇ ସେ କଥା ହେଉଥାଆନ୍ତି। ଏତେବଡ଼ ଦେଶକୁ ଗୋଟିଏ ଦିଇଟା ଫୋନରେ ସେ ଏଡ଼େ ଆରାମରେ ଚଳେଇ ପାରୁଥିବାରୁ ମୁଁ ଖୁବ୍ ଆଶ୍ଚର୍ଯ୍ୟ ହେବା ସଙ୍ଗେ ସଙ୍ଗେ ତାଙ୍କ ବଳିଷ୍ଠ ପ୍ରତିଭା ଆଗରେ ମଥାନତ କରି ଦେଉଥାଏଁ।

ସାର୍ ମୋ ଆଡ଼କୁ ଅନଉ ନ ଥିଲେ। ମୁଁ ତାଙ୍କ ଆଡ଼େ ନ ଦେଖିଲା ବେଳେ ସେ ଯଦି ମୋତେ ଦେଖିଥିବେ ମୁଁ କହି ନ ପାରେଁ। ଟେବୁଲ ଉପରେ ଗୁଡ଼ାଏ ଚିଠି ଇତସ୍ତତଃ ପଡ଼ି ରହିଥାଏ। ତାକୁ ସଜେଇ ଦେବା ମୁଁ ମୋର କର୍ତ୍ତବ୍ୟ ମନେ କଲି। ତାକୁ ଗୋଟିଏ ଜାଗାରେ ସଜେଇ ସାରିବା ପରେ ମୁଁ ତନ୍ମଧ୍ୟରୁ ଗୋଟିଏ ନେଇ ପଢ଼ିବା ଆରମ୍ଭ କଲି।

"ଆପଣଙ୍କ କହିଥିବା ମୁତାବକ ଆମେ କାମ କରି ଚାଲିଛୁ। ଚୋରୀ, ଡକାୟତି, ଗଣଧର୍ଷଣ ସବୁ ଠିକ୍ ହିସାବରେ ଚାଲିଛି। କାଲି ରାତିରେ ଆମେ ଗୋଟିଏ ବିରାଟ ଗାଁ ପୋଡ଼େଇ ଧ୍ୱଂସ କରିବାରେ ସଫଳ ହେଇଛୁ। ଆମେ ଆପଣଙ୍କର ଆଦର୍ଶରେ ଅନୁପ୍ରାଣିତ ସାର୍। ମୋର ଠିକ୍ ମନେ ଅଛି ଆପଣ ମୋତେ ଆପଣଙ୍କ ଦଳର ସଦସ୍ୟ କରିବା ପୂର୍ବରୁ ଯାହା ସବୁ ଗୋପନ ତଥ୍ୟ କହିଥିଲେ। ଜଣେ ଲୋକ ଦିନକ ଯଦି ଜଣେ

ଲୋକକୁ ବି ମାରି ନ ପାରେ ତେବେ ଦେଶରେ କେବେ ବି ଉନ୍ନତି ସମ୍ଭବପର ନୁହେଁ। ବାସ୍ତବିକ ମୁଁ ଏବେ ଅନୁଭବ କରି ପାରୁଛି ଆପଣ କଅଣ ପାଇଁ ଏମିତି କହୁଥିଲେ। ଆମଦଳ ଏଇଠି କାମ କରି ଚାଲିଛି। ଏଇଠି ଆମେ ହଜାରେ ସରିକି ଲୋକଙ୍କୁ ଉପରକୁ ପଠେଇ ଦେଇଛୁ। ସବୁ ଯେତେ ନମକହାରାମ ଲୋକ ଗୁଡ଼ାକ। ସେମିତି ଲୋକ ଜଣେ ବି ବଞ୍ଚିଥିଲେ ଆମ ପାଇଁ ବିପଦ, ଦେଶ ପାଇଁ ବିପଦ, ପ୍ରଗତି ପାଇଁ ବିପଦ, ଏଇଠି ଦଙ୍ଗାହଙ୍ଗାମା ଠିକ୍ ଚାଲିଛି ସାର୍। ଆପଣଙ୍କ ଯୋଜନା ଏକଦମ କାର୍ଯ୍ୟକାରୀ ହେଉଛି। ଅବସ୍ଥା ଟିକିଏ ଶାନ୍ତ ହେଇଗଲେ ଆମେ ପୁଣି ତେଜେଇ ଦେଉଛୁ। ଆପଣ ଏକଦମ ବେଫିକର ରହିବେ”।

ମୋ ମୁଣ୍ଡକୁ ରକ୍ତ ଚଢ଼ିଗଲା। ମୁଁ ଭୟରେ ସାର୍ ଙ୍କ ମୁହଁ ଆଡ଼କୁ ଅନେଇଲି। ସେ ମୋତେ ଚିଠି ପଢ଼ିବାର ଦେଖି ପାରିଥିଲେ ଓ ଲାଲ ଆଖିରେ ଅନେଇଥିଲେ। ଏମିତି ସମୟରେ ସେ ଗୋଟିଏ ଲାଲ ବୋତାମକୁ ଦବେଇଲେ ଓ ବିରାଟ ଶବ୍ଦ କରି ଘରର ଦି ପାଖରେ ଦିଇଟି କବାଟ ଖୋଲିଗଲା। ସେ ଭିତରୁ ଦିଇଟି ତାକଡ଼ା ଦାଉଓ୍ୱାନ ବାହାରି ଆସିଲେ ଓ ମୋତେ ଚେୟାର୍ ରୁ ଟାଣି ନେଇ ଘୋସାରୀବାକୁ ବସିଲେ। ମୁଁ ବହୁତ ଜୋର୍ ବିଲ୍ଲେଇଲି ସାର୍ ମୋର ଆପଣଙ୍କୁ କିଛି କହିବାର ଅଛି। ଖୁବ୍ ଜରୁରୀ ସାର୍। ମୁଁ ଅନେକ ବେଳୁ ଜଗିଛି। ସାର୍ ସାର୍ ସାର୍ ଅଥଚ ମୋର ତଣ୍ଟି ଅଠା ହେଇ ସାରିଥିଲା ଓ ସମ୍ଭବତଃ ମୋ ମୁହଁରୁ କିଛି ହିଁ ଶବ୍ଦ ବାହାରୁ ନ ଥିଲା। ସେମାନେ ମୋତେ ଘୋଷାରୀ ଆଣି କାଚଘର ର ବାରଣ୍ଡା ଉପରୁ ତଳକୁ ଫୋପାଡ଼ି ଦେଲେ ଓ ବିରାଟ ଅଟ୍ଟହାସ୍ୟ କରି ଅଦୃଶ୍ୟ ହେଇଗଲେ। କାଚଘରର ଦରଓ୍ୱାଜା ବନ୍ଦ ହେଇଗଲା। ସାଇରେନ୍ ବାଜି ଉଠିଲା ଓ ଗୋଟେ ଲାଲବତୀ ଜଳି ଉଠିଲା। ମୁଁ ବାହାରକୁ ଅନେଇ ଦେଖିଲି। ସନ୍ଧ୍ୟା ହେଇ ସାରିଥାଏ। ଆକାଶରେ ଗୋଟିଏ ଗୋଟିଏ ମାତ୍ର ତାରା ଓ ଗୋଟିଏ କଳା ଅନ୍ଧାର ରାତି ଘନେଇ ଆସୁଥାଏ।

ମୁଁ ମୋର ଛୋଟ କେବିନ ରେ ପହଞ୍ଚିଲି ଓ ବାଥରୁମରେ ଯାଇ ମୁଣ୍ଡରେ ଦିବାଲଟି ପାଣି ଢ଼ାଳିଲି। ତଥାପି ଭଲ ଲାଗିଲା ନାହିଁ। ଟାଙ୍କିରେ ପାଣି ଭର୍ତ୍ତିକଲି, ଉଲଗ୍ନ ଲମ୍ଫ ଦେଲି, ମୁଣ୍ଡ ଉପରେ ସାଓ୍ୱାର ଖୋଲି ଦେଇ ଘଣ୍ଟେକାଳ ଆର୍କିମେଡିସ୍ ଙ୍କୁ ଧ୍ୟାନ କଲି।

ପଢ଼ା ଟେବୁଲରେ ବସି କାର୍ଲମାର୍କସ୍‌ଙ୍କ ବହି ଖେଲେଇଲି, ତାପରେ ଇତିହାସ ବହି ବାହାର କରି ମହମ୍ମଦ ତୋଗଲକ ଙ୍କ କଥା ପଢ଼ିଲି, ମୋଗଲ ସାମ୍ରାଜ୍ୟ ପରିଚ୍ଛେଦ ବାହାର କରି ନୁରଜାହାଜ ଙ୍କ ଫଟୋ ଦେଖିଲି ଓ ମୋଗଲ ସାମ୍ରାଜ୍ୟ ପତନର କାରଣ ମାନ ଟିପି ରଖିଲି। ବାଃ ! ଏ ଦେଶର ଇତିହାସ ବଡ଼ ଚମତ୍କାର। ଏଇଠି ସବୁବେଳେ

ସେଇ ଗୋଟିଏ ନୀତି। ଜୋର୍ ଯାର ମୂଲକ ତାର। କେତେ ଶାସନ ଆଇଲେଣି, ଗଲେଣି କେତେ ଆଇବେ, କେତେ ଅଛନ୍ତି କେତେ ଯବେ କିଏ ହିସାବ ରଖୁଛି, କିନ୍ତୁ ଶାସନ ରହିଛି, ସିଂହାସନ ରହିଛି ଖାଲି ସମ୍ରାଟ ଙ୍କ ଅଦଳ ବଦଳ, ଯେତେବେଳେ ଯୋଉ ସମ୍ରାଟଙ୍କ ଯେଉନୀତି ପରିବର୍ତ୍ତନ ସଙ୍ଗେ ପ୍ରବର୍ତ୍ତିତ ଓ ପରିବର୍ତ୍ତିତ ହେଉ ହେଉ ଜୀବନ ଧାରା ବଦଳି ଗଲାଣି, ବଡ଼ ଅଜବ ହେଇ ଗଲେଣି ଲୋକମାନେ। ଯାବି ହେଉ ଦେଶର ଗୋଟିଏ ବିରାଟ ଐତିହ୍ୟ ରହିଛି। ଏମିତି ଏକ ଦେଶରେ ମୁଁ ପାଦ ପକେଇଥିବାରୁ ମନେ ମନେ ଖୁବ୍ ଗର୍ବକଲି ଓ ଏ ଦେଶ ବିଷୟରେ ଅନେକ କିଛି ଜାଣିବା ପାଇଁ ଆହୁରି ପରିଶ୍ରମ ଦରକାର ଜାଣି ମୁଁ ମୋର ଯୋଜନା ତିଆରି କରୁ କରୁ ବହିସବୁ କୁ ବୁକ୍‌ସେଲଫ୍ ରେ ରଖିଦେଇ ପ୍ରଥମ ଝରକା ଆଡ଼େ ଅନେଇଲି। ପ୍ରଥମ ଝରକା ଖୋଲିଲି। ମୋ ମାଆ, ବାପା, ଭାଇ, ଭଉଣୀ ସେ ପଟୁ ଦୌଡ଼ି, ଆସିଲେ ଓ ମୋତେ କୁଣ୍ଢେଇଲେ, ଗେଲକଲେ, ବାପା ଅନେକ ବୁଝେଇଲେ, ମାଆ ଅନେକ କାନ୍ଦିଲେ, ମାଆ ଅନେକ କାନ୍ଦିଲେ, ଭାଇ ଭଉଣୀମାନେ ଜିଜ୍ଞାସା କଲେ ଏମିତି କି କାମଟା ମୁଁ କରୁଛି ବୋଲି।

ବାପା କହିଲେ ତୁ ସବୁ ବେକାର କାମରେ ମାତି ଜୀବନଟା ବେକାର କରିଦେଲୁଣି। ଏତେ ପାଠ ପଢ଼ିଲୁ ସବୁ ବେକାର ହେଇଗଲା। କଅଣ ପାଇଛୁ ଏଇଠି ଏ ଦେଶରେ ରହି। ଚାଲ ଫେରିଚାଲ ଆମଦେଶ ଆଡ଼େ। ନିଜ ଦେଶ, ନିଜ ଗାଆଁ, ନିଜମାଟି ତୋର କଅଣ ଏତେ ଟିକେ ମମତା ନାଇଁ, ତାଛଡ଼ା ଆମେ ଆଉ କେତେ ଦିନ ଏମିତି ଖଟିବୁ। ବୁଢ଼ା ହେଇ ଗଲୁଣି। ଏବେ ତ ସଂସାର ଟା ତୁ ଚଳେଇବାର କଥା। ଏବେ ବି ସମୟ ଅଛି। ଆମ ସର୍କାର ତୋତେ କ୍ଷମା କରିବାକୁ ପ୍ରସ୍ତୁତ ଅଛି। ତୋ ତରଫରୁ ଆମେ ଲେଖିଛୁ। ସର୍କାର ଖୁସୀରେ ତୋର ନିର୍ବାସନ ଦଣ୍ଡ ଉଠେଇ ଦେବେ। ତୁ ଖାଲି କ୍ଷମା ମାଗିଲେ ହେଲା। ତୁ କ୍ଷମା ମାଗିନେ, ଏମିତି ଯାଯାବର ଜୀବନ କେତେ ଦିନ ବଞ୍ଚି ପାରିବୁ।

ମୁଁ ଉତ୍ତର ଦେଲି ମୁଁ କୌଣସି ଅପରାଧ କରିନି ବାପା, ତେଣୁ ମୋର କାହା ପାଖରେ କ୍ଷମା ମାଗିବା ଦର୍କାର ନାଇଁ, ସାରା ପୃଥିବୀ ମୋର, ମୋର ଯୋଉଠି ଇଚ୍ଛା ସେଇଠି ରହିପାରେଁ। ସତ କହିବା, ସତକଥା ଲେଖିବା। କୌଣସି ଅପରାଧ ନୁହେଁ। ମୁଁ ସେଇଠି ଯାହା କରୁଥିଲି, ଏଇଠି ବି ଠିକ୍ ସେଇୟା କରୁଛି। ଏଇଟା ଗୋଟିଏ ସୁନ୍ଦର ଦେଶ, ଏଇଠି ଜାଣିବା ପାଇଁ ଅନେକକ କିଛିଅଛି, ତମେ ଯାଅ ବାପା, ମୋତେ ମୋ ନିଜ ହିସାବରେ ଜୀବନ ବଞ୍ଚିବାକୁ ଦିଅ।

ମାଆର ଲୁହ ସଙ୍ଗରେ ଝରକା ବନ୍ଦ ହେଲା ସେମାନେ ପଳେଇଲେ। ମୋତେ

କିଛ ସମୟ ଖରାପ ଲାଗିଲା। ଇଚ୍ଛା ହେଲା ତାଙ୍କ ସଙ୍ଗେ ପଳାନ୍ତି। ପରମୂହୁର୍ତ୍ତରେ ମୋର କର୍ତ୍ତବ୍ୟ ମୋତେ ମୋର ଭାବପ୍ରବଣତାରୁ ଓହରେଇ ନେଲା।

ମୁଁ ଦ୍ୱିତୀୟ ଝରକା ଆଡ଼େ ଅନେଇଲି।

ଝରକା ଖୋଲିଲା। ସୁଗନ୍ଧ ସୁରଭି ରେ ଚହଟି ଗଲା ପବନ। ଲାଲଶାଢ଼ୀ ପିନ୍ଧି ରୁଣଝୁଣ ଝିଅଟିଏ ଠିଆ ହେଲା ଆସି ସାମ୍ନାରେ ମୋ ଗଳାରେ ଝୁଲିଗଲା, ମୋତେ ଚୁମା ଦେଲା, ପଚାରିଲା ଆଉ କେତେକାଳ ପ୍ରିୟ କେତେକାଳ, କେତେ ସରିବ ତମର ନିର୍ବାସନ, କେବେ ଆସିବ ସେ ସୁନେଲୀ ସକାଳ। ମୁଁ ତା ମୁଣ୍ଡକୁ ଆଉଁସିଲି, ତା ପିଠିକୁ ସାଉଁଳି ଦେଲି ତାର ଅଲରା ବାଳକୁ ଓ ଅଭିଶାପ ଦେଲି କାଳକୁ। ତାକୁ ବସିବାକୁ ଇଙ୍ଗିତ କଲି ଓ ଘଡ଼ିଏ କାଳ ଭାବିଲି ମୋର ଅତୀତ ସଂପର୍କରେ ଓ ଏକ ଦୀର୍ଘସ୍ୱାସ ଛାଡ଼ିଲି। ଅନ୍ତତଃ ତମ ଉପରେ ଏ ଅନ୍ୟାୟ ନ ହେବାରଥିଲା ପ୍ରିୟେ। କାହିଁ ମୋ ଭଳି ଲୋକକୁ ପ୍ରେମ କଲ ହଇରାଣ ଦେଲ। କଅଣ ପାଇଲ ତମେ କଅଣ ପାଇଲ, ମିଛରେ ଦୁଃଖ ପାଇଲ, ହଇରାଣ ହେଲ। ଏବେବି ସମୟ ଅଛି, ଫେରଯାଅ, ସୁଖରେ ସଂସାର କର, ଆରାମରେ ରୁହ। ମୁଁ ତମକୁ ମୋ ପ୍ରେମର ଅଭିଶାପ ରୁ ମୁକ୍ତ କରିଦେଲି ଯାଅ।

ନାଁ ମୁଁ ପ୍ରସ୍ତୁତ ହେଇ ଆସିଛି, ତମେ ଯୋଉଠି ରହିବ ମୁଁ ସେଇଠି, ମୁଁ ତମରି ଜୀବନ ବଞ୍ଚିବି, ତମ ପାଇଁ କାମ କରିବି, ମୁଁ ତମର ପ୍ରିୟ ତମର, ତମେ ନ ଥିବା ଏକ ଦେଶରେ ମୁଁ କେବେବି ରହି ନ ପାରେ। ଦିନେ ନାଁ ଦିନେ ତୋ ସର୍କାର ବୁଝିବ, ମୋତେ ସ୍ୱୀକାର କରିବ, କହିବ ଅମାନିଆଁ ପୁଅ ମୋର ଫେରିଆ, ମୋ ପୃଥିବୀ ଦିନେ ମୋତେ ନିଶ୍ଚୟ ଚିହ୍ନିବ, ମୋ ଲୋକମାନେ ଦିନେ ମୋତେ ନିଶ୍ଚୟ ପାଛୋଟି ନେବାକୁ ଆସିବେ, ତମେ ସେଇଦିନର ଅପେକ୍ଷାରେ ରହ ଦେବୀ। ମୋତେ ମୋ ଜୀବନ ଏବେ ବଞ୍ଚିବାକୁ ଦିଅ, ମୁଁ ଜୀବନ ସଂପର୍କରେ ଆହୁରି ଅନେକ କଥା ଜାଣିବାକୁ ଚାହେଁ।

ସେ କାନ୍ଦିଲା ଓ ତା ଲୁହ ସାଙ୍ଗରେ ଝରକା ବନ୍ଦ ହେଲା ସେ ଉଭେଇ ଗଲା। ଭାରୀ ଖାଁ ଖାଁ ଲାଗିଲା। ଛାତି ଭିତରେ ମୁଁ ଖୁବ କଷ୍ଟ ଅନୁଭବ କଲି ଓ କ୍ଷୋଭରେ ଗୋଟିଏ କପ ଚା ତିଆରି କରି ପିଇଲି। ରାତିରେ କିଛି ଖାଇବି ନାହିଁ ସ୍ଥିରକଲି ଓ ମୋର ଡାଏରୀ ଖୋଲି ଲେଖିଲି।

ମୋ ଉପରେ ସବୁଠି ସବୁବେଳେ ଅନ୍ୟାୟ ହେଉଛି। ଲୋକମାନେ ଏଇଠି ସେଇଠି, ସବୁଠି ସମାନ। ସେମାନେ ସବୁବେଳେ ଚୁପଚାପ୍ ସବୁ ଅନ୍ୟାୟ କୁ ବରଦାସ୍ତ କରିବରେ ଧୁରନ୍ଧର। ମୁଁ ଅନ୍ୟାୟକୁ ପ୍ରତିରୋଧ କରୁଛି। ପ୍ରତିବାଦ କରୁଛି, ସ୍ୱର ତୋଲୁଛି। ତେଣୁ ମୁଁ ସୁଖରେ ବଞ୍ଚିପାରୁନି ମୋର ସୁନ୍ଦର ପୃଥିବୀ, ସ୍ନେହର ସଂସାର

ପ୍ରେମର ଆୟୁଷ ସବୁଉଜୁଡ଼ି ଯାଉଛି। ମୁଁ ଏଇଠି ଦିନ ଗଣି ବସିଛି। ମୁଁ ଗୋଟିଏ ଏମିତି ଲୋକର ଆପେକ୍ଷାରେ ଯିଏ ଜନ୍ମି ସରିଲେ ଯାଇ ମୋର ଛୁଟି।

ସେଦିନ ଡାଏରୀ ଉପରେ ହିଁ ମୁହଁ ମାଡ଼ି ଶୋଇପଡ଼ିଥିଲି ମୁଁ ଓ ଯେତେବେଳେ ଉଠିଲି ଅନେକ ସମୟ ହେଇଯାଇଥାଏ। ମୁଁ ନିତ୍ୟକର୍ମ୍ ସାରି ଜଳଖିଆ ଖାଇନେଲି ଓ ପୁଣି ମୋର ଦୈନନ୍ଦିନ ରୋଟିନ୍‌ର ଜୀବନ ସାର୍‌ଙ୍କ ଅଫିସ ଆଡ଼େ।

ସେ ଦିନ ସହରରେ ଭାରୀ ଧରଣ ଗୋଟେ ଭିଡ଼। ଯେମିତି କିଛି ଗୋଟ ଅଘଟଣ ଘଟିଥାଏ। ଭାଷଣରେ ସରଗରମ ଥିଲା ଅନେକ ପଡ଼ିଆ, ଇଚ୍ଚ ସ୍ୱରରେ ଡାକ ବାଜି ଯନ୍ତ୍ର ଘୋଷଣା କରୁଥିଲା କିଛିଗୋଟେ ଜୋର୍‌ରେ।

ଗୋଟିଏ ଯୁବତୀ ବଧୁକୁ କଞ୍ଚା ପୋଡ଼େଇ ଦିଆଯାଇଥିଲା। ଗୋଟିଏ ଲୋକକୁ ମଝି ରାସ୍ତାରେ ଗୁଳି କରି ମାରି ଦିଆଯାଇଥିଲା। ଅନେକ ସଂସ୍ଥାର କର୍ମଚାରୀମାନେ କଳା ପତାକା ଧରି ତାଙ୍କର ଦାବୀ ନେଇ ଗୋଟିଏ ପଟୁଆରରେ ବାହରିଥିଲେ।

ସେଦିନ ଭାରୀ ସରଗରମ ଥିଲା ସହର। ଜିନ୍ଦାବାଦ, ମୁର୍ଦ୍ଦାବାଦ ଆମର ଦାବୀ ଇତ୍ୟାଦି ଧ୍ୱନିରେ ସହର ଉଠୁଥିଲା ପଡୁଥିଲା। ଚାରିଆଡ଼େ ପୋଲିସ୍ ମାର୍କା ଜିପ୍ ସବୁ ଧାଁ ଧପଡ଼ କରୁଥିଲେ। ଭାରି ଅସମ୍ଭାଳ ଥିଲା ପରିସ୍ଥିତି। ଲାଗୁଥିଲା ଯେମିତି ପୃଥିବୀ ଏକ ମହା ପ୍ରଳୟର ସମ୍ମୁଖୀନ।

ଏମିତି ଏକ ସମୟରେ ମୁଁ କାଚଘର ସାମ୍ନାରେ ପହଞ୍ଚିଥିଲି। ସବୁଥର ଭଳି ଏଥର ଭିତରକୁ ପଶିଯିବା ଏତେ ସହଜ ନ ଥିଲା। କାଚଘର ଚାରିଆଡ଼େ ପୋଲିସ ସବୁ ପଇଁତରା ମାରୁଥିଲେ। ମୁଁ ଅଗ୍ରସର ହେବାଭଙ୍ଗୀରେ ଅବିଳଚିତ। ସେମାନେ ମୋତେ ସେଇଠି ଅଟକିଯିବାର ଧମକ ନଚେତ ମୃତ୍ୟୁ କହିଲେ ଓ କହିଥିଲେ ଆଜି ନୁହେଁ ଅନ୍ୟ କେବେ ଆସ।

ମୁଁ କହିଲି ମୋର ଅତି ଜରୁରୀ କାମ। ଅନେକ ଦିନ ହେଲା ତାଙ୍କ ସହିତ ମୋର ଏପଏଣ୍ଟମେଣ୍ଟ ଅଛି। ମୁଁ ମୋର ଏପଏଣ୍ଟମେଣ୍ଟ କାର୍ଡ଼ ଟି ଦେଖେଇଲି। ଜଣେ ଭିତରକୁ ଗଲା ଓ ଫେରି ଆସିଲା। ଦୁଇଜଣ ଦରଓ୍ୱାନ ଆସି ମୋ ପକେଟ ସାର୍ଚ କଲେ। ମୋ ପକେଟରେ କାଗଜ, କଲମ, ରୁମାଲ, ଦିଆସିଲି କାଠି, ଖୁଚୁରା ପଇସା ଓ ଖଣ୍ଡେ ସିଗାରେଟ ଛଡ଼ା ଅନ୍ୟ କିଛି ନ ଥିଲା। ସେମାନେ ଦିଆସିଲି କାଠି ଓ ସିଗାରେଟ ବ୍ୟତୀତ ଅନ୍ୟ ସବୁ ମୋ ପକେଟରେ ଭରି ଦେଲେ ଓ କହିଲେ ଆପଣ ଆସି ପାରନ୍ତି।

ଭାରୀ ଶୁନ୍‌ଶାନ୍ ଲାଗୁଥାଏ କାଚଘର। ଜଣା ପଡୁଥାଏ କେହି କୁଆଡ଼େ ନାହାନ୍ତି। ତଥାପି କୋଉଠି କେମିତି ଅନେକ ଅଚିହ୍ନା ମୁହଁ ଆବିର୍ଭାବ ହେଇ ଫୁଟପାଟ ଶବ୍ଦରେ ହଠାତ ଅଦୃଶ୍ୟ ହେଇ ଯାଉଥାଆନ୍ତି।

ମୁଁ ଭାବୁଥିଲି ସହର ଆଜି ଏତେ ଗରମ ଯେହେତୁ ସାର୍ ଭାରୀ ଗୁଡ଼ାଏ ବ୍ୟସ୍ତଥିବେ। ଅଥଚ ସେମିତି କିଛି ଭାବ ତାଙ୍କ ମୁହଁରେ ନ ଥିଲା। ସେ ଭାରୀ ଉତଫୁଲ୍ଲିତ ଜଣା ପଡୁଥିଲେ। ମୋତେ ଦେଖିବା କ୍ଷଣି କହିଲେ ବସନ୍ତୁ। ମୁଁ ତାଙ୍କର ଏତାଦୃଶ ବ୍ୟବହାରରେ ଭାରୀ ପ୍ରୀତ ହେଲି ଓ ତାଙ୍କ ସାମନା ଚେୟାରରେ ବସିଲି। ସାର୍ କିଛି ପଚାରିବେ ଭାବୁଛନ୍ତି ଫୋନ୍ ରିଙ୍ଗ ହେଲା .... ହେଲୋ ....

: ୟେସ୍ ସ୍ପିକିଙ୍ଗ୍ ମୁଁ ଚାରିଆଡ଼େ ଅନେଇଲି। ମୋ ବ୍ୟତୀତ ଆହୁରି ଅନେକ ଏ ଭିତରେ ଥାଇପାରନ୍ତି ଏହା ମୋର କଳ୍ପନାର ବହିର୍ଭୁତ ଥିଲା। ଅନେକ ଯୁବକ ଓ ଯୁବତୀ ଅତି ଚୁପ୍ ଚାପ୍ ମୁଦ୍ରାରେ ନିଜ ନିଜ ଚେୟାର୍ ରେ ଫାଇଲ କିମ୍ବା ମେଗାଜିନ୍ ସବୁ ଉପରେ ଆଖି ବୁଲଉଥିଲେ।

ଫୋନରେ ଆଳାପ ଘନେଇ ଆସୁଥାଏ।

: କଅଣ କହିଲେ ? ଅନ୍ଧୁଣୀ ଝିଅକୁ ଧର୍ଷଣ ?

: ଦୁଃଖ କରିବାର କିଛି ନାଇଁ। ପ୍ରେମରେ ପଡ଼ିଥିବା ସବୁ ଝିଅ ଅନ୍ଧ।

: ଶୋଭାଯାତ୍ରା ହେଇ ପଟୁଆର ବାହାରୁ। ସ୍ଲୋଗାନ ଦିଅନ୍ତୁ। ଏତିକିରେ ଘାବରେଇ ଗଲେ ହବ।

: ହୁଁ, ଠିକ୍ ଅଛି, ମୁଁ ବ୍ୟବସ୍ଥା କରୁଛି।

: ଆମେ ତ ଚାହୁଁଛୁ ଜନ ଜାଗରଣ ହେଉ, ଲୋକମାନେ ଅନ୍ୟାୟ ବିରୁଦ୍ଧରେ ସ୍ୱର ଉତ୍ତୋଳନ କରିବା ପାଇଁ ବାହାରି ଆସନ୍ତୁ। ତା ହେଲେ ଯାଇ ଦେଶର ଅବସ୍ଥା ସୁଧୁରିବ।

: ସେଇଟା ପାଜି ଲୋକଟା। ତାକୁ ଜେଲରେ ଭର୍ତ୍ତିକର। ବେକାରଟାରେ ନିଜର ସ୍ୱାର୍ଥ ପାଇଁ ଲୋକଙ୍କୁ ମତଉଛି।

: ବୋନସ୍ ବଢ଼େଇ ଦିଅ। ପଟୁଆର କୁ ଫେରେଇ ଦିଅ। ବିଶେଷ କିଛି କ୍ଷତି ନାଇଁ।

; ନାଁ ଏବେ ସମ୍ଭବ ନୁହେ, ଆମର ଜରୁରୀ କାମ ଚାଲିଛି।

: ଠିକ୍ ଅଛି ନମସ୍କାର।

ସାର୍ ଫୋନ୍ ରଖିଦେଲେ ଓ ମୋ ଆଡ଼େ ଅନେଇଲେ। ମୁଁ ତାଙ୍କୁ ମୋର ପରିଚୟ ଦେବା ପୂର୍ବରୁ ସେ ମୋର ନାଁ, ଗାଁ ବଂଶ, ଗୋତ୍ର ସବୁ ବଖାଣି ଦେଲେ ଓ ଆହୁରି ମଧ୍ୟ ମୁଁ ଆଜି କଅଣ ଖାଇଛି କେତେଥର ମୁତିଛି ସବୁ ଟିକ୍‌ନିକ୍ କହିଦେଲେ।

ମୁଁ ଅତି ମାତ୍ରାରେ ବିସ୍ମିତ ହେଲି ଓ ଭୟଭୀତ ହେଇ କହିଲି, ସାର୍ ଆପଣଙ୍କ ଗୁପ୍ତଚର ବିଭାଗ ଅତି ଚମତ୍କାର।

ସାର୍ ଅଳ୍ପ ହସିଲେ ଓ ଯୁବତୀମାନଙ୍କ ଆଡ଼େ ଦେଖିଲେ। ଖୋସାମତି ବୋଧେ ସାରଙ୍କୁ ଭଲ ଲାଗେ ନାଇଁ ମୁଁ ଯାହା ଅନୁମାନ କଲି।

ଯୁବତୀମାନେ ଧାଡ଼ି ବାନ୍ଧି ତାଙ୍କ ପଛପଟେ ଏମିତି ଘେରି ଗଲେ ମନେ ହେଲା ବତିଶ ଟି ପରୀ ବିଶିଷ୍ଟ ରାଜା ବିକ୍ରମାଦିତ୍ୟ ଙ୍କ ବତ୍ରିଶ ସିଂହାସନରେ ଉପବିଷ୍ଟ ସ୍ୱୟଂ ସାର୍। ପରୀମାନଙ୍କ ମୁହଁରେ ମୁଚୁକୁନ୍ଦ ହସ ଲାଗି ରହିଥାଏ ଓ ସମସ୍ତେ ମୂର୍ତ୍ତିବତ୍ ସାରଙ୍କ ଆଦେଶ ଅପେକ୍ଷାରେ ଦଣ୍ଡାୟମାନ।

ଏବେ ସାର୍ ଯୁବକ ମାନଙ୍କୁ ଇଙ୍ଗିତ କଲେ ଓ ଜଣେ ଯୁବକ ଫାଇଲ ପତ୍ର ଧରି ତାଙ୍କ ସାମନାରେ ହାଜିର ସାର୍ ଙ୍କ ଆଡ଼େ ନମସ୍କାର ମୁଦ୍ରାରେ ସାର୍ ଙ୍କ ଆଡ଼କୁ ପ୍ରଶ୍ନିଳ ଭଙ୍ଗୀରେ ଅନେଇ ଗୋଟିଏ ନେଳୀ ବୋତାମକୁ ଦାବିଲେ ଓ ଜଣେ ସଫାସୁଟ ପରିହିତ ବ୍ୟକ୍ତି ଆସି ହାଜିର ତାଙ୍କ ସାମନାରେ ସାର୍ ଆଦେଶ କଲେ ତାଙ୍କର ସାକ୍ଷାତ୍‌କାର୍ ନିଅ ଓ ସାର୍ ତାଙ୍କ ନିଜ ଫାଇଲରେ ମନ ଦେଲେ।

: ଆପଣଙ୍କ ନାଁ।

ସାର୍ ବିରକ୍ତ ହେଇ କହିଲେ କାହାରିକୁ ତାର ନାଁ ପଚାରିବା ଦର୍କାର ନାଇଁ। ନାଁ ନେଇ କୌଣସି କାମ ହୁଏନାଁ। ତା ଛଡ଼ା ଆମ ଦେଶରେ ନାମକରଣ ବି ବଡ଼ ଅଜବ ଧରଣ, ଯା ର ନାଁ ଭୀମ ଥିବ ସେ ଅତି ପତଳା ଓ ଦୁର୍ବଳ, ଜ୍ଞାନ ରଞ୍ଜନ ଥିବ ନିପଟ ଗଧ, ଗୋରାଚାନ୍ଦ ଥିବ ନିପଟ କଳା, ବୀରକିଶୋର ଥିବ ନିପଟ ଭୀରୁ, ଯେତେ ସବୁ ବାଜେ ନାଁ, ନାଁ ନେଇ କୌଣସି କାମ ହୁଏନାଁ, ସାର୍ ବଡ଼ବଡ଼ ହେଉ ହେଉ ନିଜ ଫାଇଲରେ ....

: ଆପଣ ଆମ ପାଇଁ କଅଣ କରିପାରିବେ ?

: ଆପଣ ଯାହା କରିବେ ସାର୍।

: ତା ତ ଆମେ ଯେମିତି୍ ହେଲେ ତମଠୁ ଆଦାୟ କରିନେବୁ, ତମେ ନିଜର ମୁଣ୍ଡରୁ ଅକଲ ଖଟେଇ ଆମ ପାଇଁ, ଦେଶ ପାଇଁ, ଜନସାଧାରଣ ଙ୍କ ପାଇଁ କଅଣ କରି ପାରିବ ?

: ଜନସାଧାରଣଙ୍କ ପାଇଁ ଜୀବନ ମୋର ଉତ୍ସର୍ଗୀକୃତ ସାର୍।

: ଭାରୀ ଭଲକଥା। ଏମିତି ହେଇପାରେ ଦେଶର ଇଜ୍ଜତ ପାଇଁ କେତେବେଳେ ତୁମକୁ ନିଜର ଇଜ୍ଜତକୁ ଭୁଲିବାକୁ ପଡ଼ିପାରେ। ତମେ କଅଣ ପ୍ରସ୍ତୁତ ?

: ସାର୍ ମୁଁ ଦେଶପାଇଁ ସବୁକିଛି କରିବା ପାଇଁ ପ୍ରସ୍ତୁତ ?

: କେମିତି ଜାଣିବା ? ପେଣ୍ଟଖୋଲ ଖୋଲି ପାରିବ ଖୋଲ ?

: ପିଲାଟି ଥତମତ ହେଇ କହିଲା-

: ଏବେ ତ ଦର୍କାର ପଡୁନି ସାର୍

: ତମେ କେମିତି ଜାଣିଲ ?

: ମୁଁ ପେଣ୍ଟ, ସାର୍, ମୁଁ ପାରିବିନି ସାର୍

: ପଳାଅ ଏଠୁ। ତମ ଭଳି ଭୀରୁ ଲୋକଙ୍କ ଦ୍ୱାରା କିଛି ହେବନି। ଏମିତି ଚାଲି ରହିଥାଏ, ଗୋଟାଏ ପରେ ଗୋଟାଏ ପରେ ଗୋଟାଏ। ସାକ୍ଷାତକାର ସରୁ ନ ଥାଏ।

ଅଧିକାଂଶ ପରୀ ପଛପଟ ପର୍ଦ୍ଦାରୁ ଧୀରେ ଧୀରେ ଅନ୍ତର୍ଦ୍ଧାନ ହେଇ ସାରିଥିଲେ। ବାକିଥିଲେ ମାତ୍ର ଜଣେ ନା ଦି ଜଣ ଯୋଉମାନେ ସାର୍‌ଙ୍କର କାନ୍ଧରେ ବାଦୁଡ଼ି ଭଳି ଝୁଲି ରହିଥିଲେ। ସାର୍ ଦୃଶ୍ୟ ଭିତରେ ନିମଜ୍ଜିତ ଥିଲେ।

ଏମିତି ସମୟରେ ଜଣେ ସଂପୂର୍ଣ୍ଣ ଉଲଗ୍ନ ସାର୍ ଙ୍କ ସାମ୍ନାରେ ଛିଡ଼ା ହେଇ ଦମ୍ଭର ସହ କହିଲା ମୁଁ ସବୁକିଛି କରିବା ପାଇଁ ପ୍ରସ୍ତୁତ ସାର୍।

ସାର୍ ତାଳି ମାରିଲେ ଓ ଅଭିଭୂତ ହେଇ କହିଲେ - ଚମତ୍କାର ବଡ଼ ଚମତ୍କାର ଦେଶ ପାଇଁ ଜଣେ ସଚ୍ଚୋଟ ଲୋକ ହିଁ ଯଥେଷ୍ଟ ଓ ସେ ତାର ପୁରୁଷ ପଣିଆର ଯାଞ୍ଚ ପାଇଁ ଗୋଟିଏ ଯୁବତୀକୁ ଆଦେଶ ଦେଲେ।

ତାପରେ ଆମ ଆଖି ସାମ୍ନାରେ ଯାହାସବୁ ଘଟିଗଲା ବର୍ଣ୍ଣନା କରିବା ଶୋଭନୀୟ ନୁହେଁ। ଆମେ ସବୁ ଯଦିଓ ଆଖିବୁଜି ଦେଉଥିଲୁ ତଥାପି ସାର୍ ଙ୍କ ସଂଳାପରୁ ଆମେ ବେଶ ଅନୁମାନ କରି ପାରୁଥିଲୁ ଆମଆଖି ସାମ୍ନାରେ କଅଣ ସବୁ ଘଟି ଚାଲିଛି।

ସାରଙ୍କ କୌଣସି ପ୍ରତିକ୍ରିୟା ପୂର୍ବରୁ ମୁଁ ସେ କକ୍ଷରୁ ନିଷ୍କ୍ରାନ୍ତ ହେଇସାରିଥିଲି। ସହର ଛାଡିବା ପରେ ଚିନ୍ତା କଲି ବୋଧେ ମୁଁ କୌଣସି ଅଲୌକିକ ସହରକୁ ଭୁଲରେ ପଶିଯାଇଥିଲି।

■■

ଅଲୌକିକ ଫୁଲ

ସ୍ୱପ୍ନଟି ଭାଙ୍ଗିବା ବେଳକୁ ପାହାନ୍ତିଆ ହେଇଯାଇଥାଏ। ଲୋକଟି ଆଖି ମଳି ମଳି ବିଛଣାରେ ବସିଲା। ତାକୁ କେମିତି ନୂଆଁ ନୂଆଁ ଲାଗିଲା। ଗୋଟିଏ ସୁନ୍ଦର ବାସ୍ନାରେ ଘର ମହ ମହ ବାସିଯାଉଥାଏ। ଲୋକଟି ଥରେ ଦି ଥର ଜୋର୍‌ରେ ନିଶ୍ୱାସ ନେଲା ଓ ଖୁସୀରେ ଆଖିବୁଜି ବାସ୍ନାକୁ ଉପଭୋଗ କଲା। ଧୀରେ ଧୀରେ ବିଛଣାରୁ ଉଠିଲା ଓ ଘର ଚାରିଆଡ଼େ ବାସ୍ନା ବାରି ବାରି ବୁଲିଲା ଓ ଝରକା ଟାକୁ ଖୋଲିଦେଲା। ଦମକାଏ ନୂଆଁ ବାସ୍ନା ଝରକା ବାହାରୁ ପଶି ଆସିଲା। ଲୋକଟି ଝରକା ପାଖରେ ଠିଆ ହୋଇ ବାଡ଼ି ପଟକୁ ଏକଲୟରେ ଅନେଇଲା। କିଛି ସମୟ ପରେ ଅନୁଭବ କଲା ଯେମିତି ସେ ଖୁବ୍ ଖୁସୀ। ଧୀରେ ଧୀରେ ତାର ସ୍ୱପ୍ନ କଥା ମନେ ପଡ଼ିଲା। ଗୋଟିଏ ପର୍ବତ ଉଚ୍ଚତାର ଡେଙ୍ଗାଲୋକ, ବଡ଼ ବଡ଼ ସାଇକେଲ ଚକ ଭଳି ଆଖି, ଆଠଟି ହାତ, ତିନୋଟି ମୁଣ୍ଡ, ବେକରେ ଲିଚୁ ବଲ ଭଳି ଚକ ଚକ ହାର, ଗୋଟେ ପକ୍ଷୀରେ ବସି ତାର ବଗିଚାରେ ଓହ୍ଲେଇ ପଡ଼ିଲା, ତାକୁ ନିଦରୁ ଉଠେଇଲା, କହିଲା ପ୍ରକୃତରେ ତୁହିଁ ହେଉଛୁ ମୋର ପ୍ରକୃତ ଭକ୍ତ, ଯା ତୋତେ ବରଦେଲି, କାଲି ସକାଳକୁ ଦେଖିବୁ ତୋର ଅବସ୍ଥା ବଦଳିଯିବ। ତାପରେ ଲୋକଟି ମୁଣ୍ଡିଆ ମାରୁ ମାରୁ ଘରିଆଡ଼େ ବିଜୁଳୀ ଆଲୁଅ ଭଳି ଝଟକି ଉଠିଲା, ବିକଟାଳ ଶବ୍ଦ କରି ଚଢ଼େଇଟି ଗୋଟେ ଉଡ଼ାଜାହାଜ ଭଳି ଆକାଶରେ ଉଡ଼ି ଯାଉଥିଲା ଏବଂ ସେଇ ଶବ୍ଦରେ ହିଁ ଲୋକଟି ଉଠି ପଡ଼ିଥିଲା।

ହଠାତ ସକାଳୁ ଏମିତି ଏକ ଅଦ୍ଭୁତ ବାସ୍ନା ପାଇବା ପରେ ଲୋକଟି ଭାବିଲା ସ୍ୱପ୍ନଟି କଅଣ ସତକି। ସେ ବାସ୍ନା ବାରି ବାରି ବଗିଚା ଭିତରକୁ ଗଲା। ଦେଖିଲା ବାସ୍ନାଟି ଖତ ଗଦାରୁ ହିଁ ଆସୁଛି। ଖତଗଦା ଉପରେ ଗୋଟିଏ ଅଦ୍ଭୁତ ଫୁଲ ଗଛରେ ବାସ୍ନା ଫୁଲଟି ଫୁଟିଛି। ସୁନା ରଙ୍ଗର ଗଛରେ ହୀରା ଭଳି କଢ଼ ସବୁ, ନୀଳ ରଙ୍ଗର ଫୁଲ ଯେମିତି ମୁକ୍ତା, ଏଇଟା ନିଶ୍ଚୟ ସେଇ ଆଲୌକିକ ଗଛ ଯାହା ଭଗବାନଙ୍କର ବରା ଲୋକଟି ଦୌଡ଼ି ଦୌଡ଼ି ଘର ଭିତରକୁ ଗଲା ଓ ସ୍ତ୍ରୀ କୁ ଉଠେଇଲା। ସ୍ତ୍ରୀ ଚମକି କି ଉଠିଲା ଓ କହିଲା ଆରେ ତମେ ହଠାତ୍ ଏମିତି ସୁନ୍ଦର ହେଇଗଲ କେମିତି। ଲୋକଟି ଏତେବେଳ ଯାଏ ଲକ୍ଷ୍ୟ କରି ପାରି ନଥିଲା। ଯା ଭିତରେ ତାର ହାତ ଗୋଡ଼ ସବୁ ଶକ୍ତ ଓ ମାଂସଳ ହେଇଯାଇଛି, ଛାତିର ପଞ୍ଜରା ହାଡ଼ ଯାହା ଗଣି ହେଇ ଯାଉଥିଲା ମାଂସରେ ଭରିଯାଇଛି। କଙ୍କାଳସାର ପେଟ ମେଦ ଓ ଚର୍ବିରେ ଉପରକୁ ଫୁଲି ଉଠିଛି। ପଶି ଯାଇଥିବା ଗାଲ ଦିଟା ଚିକ୍‌କଣ ହେଇ ଉପରକୁ ଫୁଲି ଉଠିଛି। ସେ ନିଜକୁ ବିଶ୍ୱାସ କରି ପାରିଲା ନାଇଁ ଓ କହିଲା ନିଶ୍ଚୟ ଏଇଟା ସେଇ ବାସ୍ନାର କରାମତି। ଉଠ ଚାଲ ଦେଖିବ ଗୋଟେ ଅଦ୍ଭୁତ ଜିନିଷ ତମକୁ ଦେଖେଇବି। ତାପରେ ଉଭୟେ ଗଛ ପାଖକୁ ଗଲେ। ସ୍ତ୍ରୀ ବି ତା ଆଖିକୁ ବିଶ୍ୱାସ କରି ପାରିଲା ନାଇଁ। ଲୋକଟି ତାକୁ ତାର ସ୍ୱପ୍ନ ବୃତ୍ତାନ୍ତ କହିଲା ଓ ଉଭୟେ ଖୁସିରେ ଗଛକୁ ମୁଣ୍ଡିଆ ମାରିଲେ ଓ ପରେ ଆସି ପୂଜାବିଧି କଲେ।

ଯଦିଓ ଗଛଟି ପାଇବା ପରେ ସେମାନଙ୍କୁ ସବୁକିଛି ପାଇଯାଇଥିବା ଭଳି ଲାଗୁଥିଲା ଗଛକୁ ନେଇ ସେମାନେ କଅଣ କରିବେ ଏବଂ କେମିତି ତାଙ୍କର ଦୁଃଖଯିବ ସେ କଥା ସେମାନେ ଭାବି ପାରୁ ନ ଥିଲେ। ସ୍ତ୍ରୀ ବାରମ୍ବାର ଲୋକଟିକୁ ପଚାରୁଥିଲା ଭଲ କି ମନେ ପକାଅ ସ୍ୱପ୍ନରେ ଭଗବାନ ଆଉ କ'ଣ ସବୁ କହିଥିବେ। ଅଥଚ ଲୋକଟି ଆଉକିଛି ମନେ ପକେଇ ପାରୁ ନ ଥିଲା। ତେବେ ଭଗବାନ ଭଳି ଗୋଟେ ଲୋକ ତାକୁ କିଛି ଗୋଟେ ବର ଦେଇଥିବା କଥା ତାର ସ୍ପଷ୍ଟ ମନେ ପଡୁଥିଲା। ତେବେ ସେ ଯା ବି ହେଉ ବରଟିଏ ମିଳିଛି ଯେତେବେଳେ ବାକି କଥା ବି ସେଇ ଭଗବାନ ବୁଝିବ ଭାବି ଉଭୟେ ଆଉ ସେ ବିଷୟରେ ମୁଣ୍ଡ ଖେଳେଇବା ନାହିଁ ବୋଲି ଭାବିଲେ।

ସେଦିନ ଠୁ ଲୋକଟି ଭାରୀ ଉତଫୁଲ୍ଲିତ ଜଣା ପଡୁଥିଲା ଓ ସହର ଆଡ଼କୁ ବାରମ୍ବାର ବୁଲିବା ପାଇଁ ଯାଉଥିଲା। ତାକୁ ମନେ ହେଉଥିଲା ଯେମିତି ସେ ସହରର ସବୁଠୁ ବଡ଼ଲୋକ। ଲୋକଟିର ହଠାତ ଏ ପରିବର୍ତ୍ତନରେ ସହରବାସୀ ବି ଆଶ୍ଚର୍ଯ୍ୟ ହେଇଥିଲେ ଓ ତା ସଂପର୍କରେ ବିଭିନ୍ନ କଳ୍ପନା କରିବାରେ ଲାଗିଲେ। ଅଧିକାଂଶ କୁହା କୁହି ହେଲେ ବୋଧେ ବାପ ଅଜାର ପୋତା ଧନ ତାକୁ ମିଳି ଯାଇଛି, ନା ଆଉ

କୋଉ ଚୋରା ଧନ୍ଦା କରୁଛି, ଯା ବି ହେଉ ବେଶ୍ ଦି ପଇସା ତା ହାତରେ ପଡ଼ିଯାଇଛି, ନୋହିଲେ କାଲିଯେ ହାତପାତି ସମସ୍ତଙ୍କୁ ସାହାଯ୍ୟ ମାଗୁଥିଲା ଆଜି ଏତେ ବେପରୁଆ ଭାବରେ ବୁଲୁଥାଆନ୍ତା। ଚେହେରା ଦେଖୁନ କେମିତି ଦିନ କେଇଟାରେ ବାଗେଇ ଗଲାଣି।

ଗଛଟି ସେମାନଙ୍କର କି କାମରେ ଆସିବ ସେମାନେ ସେ ସଂପର୍କରେ ଆଉ ଚିନ୍ତା କରୁ ନଥିଲେ। ତେବେ ଗଛଟି ସେମାନଙ୍କ ପାଇଁ ଏକ ମନ୍ଦିର ହେଇ ସାରିଥିଲା। ଯା ଭିତରେ ସେମାନେ ଖତକୁଢ଼କୁ ସଫା କରି ଗଛ ଚାରିଆଡ଼େ ଚଉରା ବନେଇ ସାରିଥିଲେ। ପ୍ରତିଦିନ ସକାଳୁ ଓ ସନ୍ଧ୍ୟାରେ ସେମାନେ ଗଛ ମୂଳେ ପୂଜା କରିବା ଆରମ୍ଭ କରିଦେଇଥିଲେ।

ହଠାତ ସେଦିନ ସହରର ସବୁଠୁ ଧନୀ ବ୍ୟକ୍ତିଟି ଖୁବ୍ ଅସୁସ୍ଥ ବୋଲି ଚାରିଆଡ଼େ ପ୍ରଚାର ହେଲା। ଲୋକକୁ ଗୋଟିଏ ଦୁରାରୋଗ୍ୟ ବ୍ୟାଧୀ ଧରିଥିଲା ଓ ପାଖ ଆଖର ସବୁ ଗୁଣିଆ, ବଇଦ, ଡାକ୍ତର ରୋଗ ପାଖରେ ହାର ମାନିସାରିଥିଲେ। ଧନୀ ବ୍ୟକ୍ତିଟି ଯେକୌଣସି ମୂହୁର୍ତ୍ତରେ ମରିଯାଇପାରେ ଏମିତି ଖବର ଚାରିଆଡ଼େ ବ୍ୟାପୀଗଲା ଓ ଲୋକଟି ପାଖରେ ପହଞ୍ଚିଲା। ବିଚରା ଭାରି ପସ୍ତେଇ ହେଲା। ଏକଦା ଧନୀବ୍ୟକ୍ତିଟି ଲୋକଟିକୁ ଅନେକ ସାହାଯ୍ୟ କରିଥିଲା। ତେଣୁ ତାକୁ ଅନ୍ତତଃ ଥରେ ଶେଷଥର ପାଇଁ ଦେଖି ଆସିବା ଉଚିତ ହେବ ବୋଲି ଲୋକଟି ମନେକଲା ଓ ସ୍ତ୍ରୀକୁ କହିଲା। ସ୍ତ୍ରୀ କହିଲା ଆହା ବିଚରା, ଆମଦ୍ୱାରା ଆଉ କଅଣ ହେବ ଅନ୍ତତଃ ତମେ ତାକୁ ସେଇ ବାସ୍ନା ଫୁଲରୁ ଗୋଟିଏ ଦେଇଦିଅ ଯେ ଲୋକଟି ଅନ୍ତତଃ ଶାନ୍ତିରେ ମରି ପାରିବ।

ଅନେକ ଭିଡ଼ ଠେଲି ଲୋକଟି ଧନୀବ୍ୟକ୍ତି ପାଖକୁ ଗଲା ଓ ପଚାରିଲା ମୋତେ ଚିହ୍ନି ପାରୁଛ ହଜୁର। ମୁମୁର୍ଷ ଲୋକଟି ଦୋ ଦୋ ଚିହ୍ନା ହେଲା ଓ ମୁଣ୍ଡ ହଲେଇଲା। ଲୋକଟି ଭାବିଲା ମରିବାକୁ ବସିଲାଣି ଆଉ କୋଉଠି ଚିହ୍ନିବ। ସେ ଫୁଲଟି ଧନୀବ୍ୟକ୍ତିଟିକୁ ବଢ଼େଇଦେଲା। ଏଇଟା ନିଅନ୍ତୁ ହଜୁର ମୁଣ୍ଡ ପାଖରେ ରଖିଥିବେ ଓ ଜୁହାର ହେଇ ପଳେଇ ଆସିଲା।

ଫୁଲର ମହ ମହ ବାସ୍ନାରେ ଧନୀବ୍ୟକ୍ତିଟି ବିଛଣାରୁ ଉଠିପଡ଼ିଲା। ତାକୁ ଲାଗିଲା ସେ ଯେମିତି ଧୀରେ ଧୀରେ ସୁସ୍ଥ ହେଇ ଯାଉଛି। ସେ ଫୁଲଟିକୁ ନାକ ପାଖକୁ ନେଲା ଓ ଜୋର୍‌ରେ ଶୁଂଘିଲା ଓ ଅନୁଭବ କଲା ସେ ସଂପୂର୍ଣ୍ଣ ସୁସ୍ଥ ହେଇଯାଇଛି। ଧନୀ ବ୍ୟକ୍ତିଟି ଖୁସୀରେ ଚିଲ୍ଲେଇଲା ସେ ଲୋକଟିକୁ ଖୋଜ। ମୁଁ ତାକୁ ମୋର ସବୁ ସମ୍ପତ୍ତି ଦେଇଦେବି। ଏ ଫୁଲରେ ନିଶ୍ଚୟ କିଛି ଦୈବୀ ଶକ୍ତି ଅଛି।

ଧୀରେ ଧୀରେ ଖବରଟି ସହର ସାରା ଖେଳିଗଲା। ସହର ଉପକଣ୍ଠରେ

କୁଡ଼ିଆରେ ରହୁଥିବା ସେ ଲୋକ କିଛି ଗୋଟେ କିମିଆ ଜାଣିଛି। ତା ପାଖରେ ଗୋଟେ ଅଦ୍ଭୁତ ଫୁଲ ଅଛି। ଯାକୁ ଶୁଂଘିଲେ ମଲା ଲୋକ ବଞ୍ଚି ଯାଉଛି। ତାକୁ ଜାଣିଥିବା ଲୋକ କୁହାକୁହି ହେଲେ ସେ କୋଉ ଦେବୀ ଗୋଟେ ମନେଇଛି। କିଛି ଲୋକ କହିଲେ ଆମେ ତାକୁ ରାତିରେ ବାଡ଼ି ପଟେ ଜୁଇଜାଳି ପୂଜା କରିବା ଦେଖିଛୁ। କିଛି ଲୋକ ତାକୁ ଭୟ କରିବା ଆରମ୍ଭ କରିବା ବେଳେ ଆଉ କିଛି ଲୋକ ତାକୁ ସନ୍ଦେହ କରିବାରେ ଲାଗିଲେ।

କ୍ରମଶଃ ଖବରଟି ଚାରିଆଡ଼କୁ ବ୍ୟାପିଗଲା। ଖବର କାଗଜରେ ଘଟଣା ଟି ପ୍ରଚାରିତ ହେଲା। ଅଦ୍ଭୁତ ଫୁଲର ବିବରଣୀ, ଧନୀବ୍ୟକ୍ତିର ରୋଗର ଉପଶମ ଓ ଅନ୍ୟାନ୍ୟ ଅନେକ ଆଲୌକିକ ଘଟଣା ସବୁ ପ୍ରକାଶିତ ହେଲା। ଏପରିକି ମଲାଲୋକ କୁ ବଞ୍ଚେଇ ଦେଇଛି ବୋଲି ପ୍ରଚାରିତ ହେଲା। କ୍ରମଶଃ ଲୋକଟିର ଘର ଆଗେ ଭିଡ଼ ଜମିବାକୁ ଲାଗିଲା। ସକାଳୁ ସଞ୍ଜଯାଏ ତାକୁ ଆଉ ଫୁରସତ ହେଲା ନାଇଁ। ସମସ୍ତେ ତାକୁ ନିଜ ନିଜର ଦୁଃଖ ଗୁହାରିଲେ। ଲୋକଟି କାହାକୁ ଫୁଲର ପାଖୁଡ଼ାରୁ ଟିକେ, କାହାକୁ ପତ୍ର ଗୋଟେ, କାହାକୁ ଟିକେ ବାସ୍ନା ଶୁଂଘେଇଲା। ପ୍ରାୟତଃ ଲୋକ ଫୁଲଟି ଦ୍ୱାରା ଉପକୃତ ହେଉଥିବା ଅନୁଭବ କଲେ। କିଏ ରୋଗମୁକ୍ତ ହେଇଗଲା, କିଏ ନିପୁତ୍ରିକ ସନ୍ତାନ ପାଇଲା, କିଏ ବେରୋଜଗାରୀ ଚାକିରୀ ପାଇଗଲା ତ କାହାର ମୋକଦ୍ଦମାରେ ଜୟ ହେଇଗଲା, କିଏ ଫୁଲଟିଏ ପକେଟରେ ପୁରେଇ ଯାଉଥିବାରୁ ପରୀକ୍ଷାରେ ପାସ୍ କରିଗଲା । କ୍ରମଶଃ ଫୁଲର ମହିମା ବଢ଼ିବାରେ ଲାଗିଲା ଓ ଲୋକଟି ଫୁଲ ବାଣ୍ଟିବାରେ ଏତେ ବ୍ୟସ୍ତ ରହିଲା ଯେ, ତାକୁ ଆଉ ନିଜ ପାଇଁ କିଛି କରିବା ପାଇଁ କି ଭାବିବା ପାଇଁ ସମୟ ମିଳିଲା ନାଇଁ। ତା ସ୍ତ୍ରୀ ଓ ଛୁଆପିଲା ବି ଫୁଲ ତୋଳିବା ଓ ଖଣ୍ଡ ଖଣ୍ଡ କରି ପୁଡ଼ିଆ ବନେଇବାରେ ବ୍ୟସ୍ତ ରହିଲେ। ଏମିତି ଲୋକଟି ଏବେ ସହରର ସବୁଠୁ ମୁଖ୍ୟ ଲୋକ ହେଇଗଲା।

ଏକା ଫୁଲ ବାଣ୍ଟିବା ଆଉ ଲୋକଟି ପାଇଁ ସମ୍ଭବ ନ ଥିଲା। ତେଣୁ ସେ ଫୁଲ ପୁଡ଼ିଆ ବାନ୍ଧିବା ପାଇଁ ଓ ବାଣ୍ଟିବା ପାଇଁ କିଛି ଲୋକଙ୍କୁ ନିଯୁକ୍ତ କଲା ଏବଂ ସେମାନଙ୍କ ଖର୍ଚ୍ଚ ଉଠେଇବା ତଥା ଫୁଲ ସମ୍ବନ୍ଧିୟ ଅନ୍ୟାନ୍ୟ ଖର୍ଚ୍ଚ ବାବଦକୁ ଫୁଲ ପୁଡ଼ିଆ ପିଛା କିଛି ଦାମ ଲଗେଇଲା। ଲୋକେ ଏବେ ଆଉ ଫୁଲ ପାଇଁ ହଇରାଣ ହେଲେ ନାହିଁ। ପଇସା ଦେଲେ ଫୁଲ ପୁଡ଼ିଆ ରୁ କିଛି ନେଲେ। ତଥାପି ଫୁଲ ର ଚାହିଦା କମିଲା ନାଇଁ ଏବଂ ଲୋକଟି ପାଖରେ ପ୍ରଚୁର ପଇସା ବି ହେଇଗଲା।

ବିନା ପରିଶ୍ରମରେ ଏମିତି ପଇସା କମେଇବା ଟା ସହରର ଅନେକ ଲୋକଙ୍କୁ ବାଧିଲା। ତେଣୁ ସେ ଭିତରୁ ଅନେକ ତାର କୁତ୍ସା ରଟନା କଲେ ଏବଂ

ନାନାଦି ଗୁଜବ ସୃଷ୍ଟି କଲେ । ଯଥା ସେ ମିଛ ଉପାୟରେ ଲୋକଙ୍କୁ ଭୁଆଁ ବୁଲେଇ ପଇସା କମଉଛି, ପ୍ରକୃତରେ ତାର ବଗିଚାରେ ସେମିତି କିଛି ଫୁଲ ଗଛ ନାହିଁ, ସେ ଫୁଲର ସେମିତି କିଛି କରାମତି ନାହିଁ, ଏପରିକି ଲୋକଟି ବାଣ୍ଟିଥିବା ଫୁଲ ଓ ପତ୍ର ସେବନ କରି ସହରରେ ବିଭିନ୍ନ ଲୋକଙ୍କ ଅସୁସ୍ଥତା ବଢ଼ିଥିବା କିଛି ଲୋକ ପାଗଳ ହେଇଯାଇଥିବା ଓ କିଛି ଅପମୃତ୍ୟୁ ଘଟଣାକୁ ବି ଲୋକଟିର ଫୁଲ ଦ୍ୱାରା ଘଟିଥିବା କଥା ସେମାନେ ଉଲ୍ଲେଖ କରିଥିଲେ ଓ ଶୀଘ୍ର ଲୋକଟିକୁ ଏ କାମ ରୁ ନିବୃତ୍ତ କରାଯାଉ ନଚେତ ଆହୁରି ପ୍ରାଣହାନୀ ଘଟିପାରେ ବୋଲି ସେମାନେ ଦାବୀ କରିଥିଲେ । ତା ସତ୍ତ୍ୱେ ଲୋକଟିର ଦ୍ୱାରରୁ ଭିଡ଼ କମୁ ନ ଥିଲା ।

ଫୁଲ ପାଇଁ କ୍ରମାଗତ ଏତେ ଜୋର୍ ଭିଡ଼ ହେଇ ବସିଲା ଯେ ଦିନେ ଦିନେ ସବୁ ଫୁଲ ଓ ପତ୍ର ସରିଯାଉଥିଲା ଏବଂ ପୁନର୍ବାର ପତ୍ର ଓ ଫୁଲ ଗଜୁରିବା ଯାଏ ଲୋକଙ୍କୁ ଅପେକ୍ଷା କରିବାକୁ ପଡୁଥିଲା । ଏଇ ସୁଯୋଗ ନେଇ କିଛି ଚାଲାକ ଲୋକ ଆଗତୁରା ଅଧିକ ଫୁଲ କିଣି ନେଇ ବଜାରରେ ଅଧିକ ଦାମରେ ବିକ୍ରୀ କରିବାରେ ଲାଗିଲେ ଏବଂ ବେଶି ଦି ପଇସା ରୋଜଗାର କଲେ । ତେଣୁ ଫୁଲ ପାଇଁ ଆହୁରି ଭିଡ଼ ଜମିବାରେ ଲାଗିଲା, କାରଣ ଫୁଲକୁ ନେଇ ଅନ୍ୟମାନେ ଦି ପଇସା ରୋଜଗାର କରିବାର ସୁଯୋଗ ପାଇଲେ । ଏଣୁ ଲୋକଟିର ଘର ଆଗରେ ଏଣିକି ଫୁଲ ପାଇବା ପାଇଁ ଗଣ୍ଡଗୋଳ ହେବା ଆରମ୍ଭ ହେଇଗଲା । କୁତ୍ସା ରଟନାକାରୀ ମାନେ ଗଣ୍ଡଗୋଳ କୁ ଉସୁକେଇଲେ ଓ ଲୋକଟି ନାଁରେ ମିଥ୍ୟା ଅପପ୍ରଚାର ଚଳେଇଲେ । ଧୀରେ ଧୀରେ ସେଇଠି ହଣାକଟା ଗୋଳି ଗୁଳା ଆରମ୍ଭ ହେଲା ଏବଂ ଦିନେ ଦିନେ ସେଇଠି ବିଶି ଆଙ୍ଗୁଠି, କାନ ରୁ ଖଣ୍ଡେ କାହାର ଗୋଟେ ନାକ, କାହାର ଗୋଟେ ଲାଶ ପଡ଼ିଥିବା ଦେଖାଗଲା । ଲୋକଟି ପକ୍ଷରେ ଆଉ ଫୁଲ ବାଣ୍ଟିବା ସମ୍ଭବ ନ ଥିଲା । ସେ ନିଷ୍ପତ୍ତି ନେଲା, ନାଁ ଆଉ କାହାକୁ ଫୁଲ ଦେବି ନାହିଁ । ବେକାରଟାରେ ଖାଲି ହଇରାଣ ଏବଂ ପ୍ରକୃତରେ ଦିନେ ଫୁଲ ବାଣ୍ଟିବା ବନ୍ଦ କରି ଦେଲା ।

ଫୁଲ ବାଣ୍ଟିବା ବନ୍ଦ କରିଦେବା ପରେ ଏଥିନେଇ ସହରରେ ଗଭୀର ଉଦ୍‌ବେଗ ପ୍ରକାଶ ପାଇଲା । ଉତ୍ତେଜନା ବି ସୃଷ୍ଟି ହେଲା । ଲୋକଟି ଫୁଲ ସବୁ ବିଦେଶକୁ ଚାଲଣ କରିଦେଉଛି ବୋଲି ଗୁଜବ ହେଲା । ବିଭିନ୍ନ ଶୋଭାଯାତ୍ରା ଓ ପଟୁଆର ମାନ ବି ବାହାରିଲା ତଥାପି ଲୋକଟି ନାଚାର ଥିଲା । କିଛି ଲୋକ ତାକୁ ପ୍ରସ୍ତାବ ଦେଲେ ଫୁଲ ଗଛଟି ଆମକୁ ଦେଇଦିଅ ଆମେ ବାଣ୍ଟିବୁ । ଲୋକଟି ସେମାନଙ୍କୁ ଡାଳରୁ , ଚେରରୁ ମଞ୍ଜିରୁ କିଛି କିଛି ଦେଲା । କିନ୍ତୁ ଗଛଟି ଅନ୍ୟ କୌଣସି ମାଟିରେ ଉଧଉ ନ ଥିଲା ।

ଦିନେ ବଡ଼ି ଭୋରରୁ ହେଲିକେପ୍ଟରରୁ କିଛି ଲୋକ ଆସି ତା ଘର ସାମ୍ନାରେ

ଓହ୍ଲେଇଲେ ଓ କହିଲେ ତମେ ସେ ଫୁଲ ଗଛର ମାଲିକ। ଲୋକଟି କହିଲା ହଜୁର। ସେମାନେ ଫୁଲଗଛ ପାଖକୁ ଗଲେ ଓ ବିଭିନ୍ନ ଯନ୍ତ୍ରପାତି ନେଇ ପରୀକ୍ଷା କଲେ। ଗଛର ଉଚ୍ଚତା ମାପିଲେ ଡାଳ ପତ୍ର ଗଣିଲେ, ମାଟିକୁ ଖୋଳି ପରୀକ୍ଷା କଲେ ଓ ସମୁଦାୟ ବଗିଚାଟିର ଦୈର୍ଘ୍ୟ ପ୍ରସ୍ଥ ମାପିଲେ ଓ ଲୋକଟିକୁ ପଚାରିଲେ କିଛି ପାଠ ଶାଠ ପଢ଼ିଛୁ। ଲୋକଟି କହିଲା ନାଇଁ ହଜୁର ଆମେ ମୁର୍ଖଲୋକ। ଠିକ ଅଛି ଆସ କଥାବାର୍ତ୍ତା କରିବା। ଲୋକଟି ବାଡ଼ି ପଟେ ପଟିଆ ବିଛେଇ ଦେଲା। ଗୋରା ଗୋରା ଡେଙ୍ଗା ଲୋକମାନେ ସବୁ ବସିଲେ ଓ ଗୋଟିଏ ଅଦ୍ଭୁତ ଭାଷାରେ ନିଜ ନିଜ ଭିତରେ କଥାବାର୍ତ୍ତା କଲେ ଓ ପ୍ରସ୍ତାବ ଦେଲେ ଦେଖ ଏଇଟା କିଛି ମାମୁଲି କଥା ନୁହେଁ। ଆମେ ଆମର ବିଜ୍ଞାନ ଗାରରେ ବିଭିନ୍ନ ପରୀକ୍ଷା ନିରୀକ୍ଷା କରିଛୁ। ଏଇଟା କିଛି ମାମୁଲି ଗଛ ନୁହେଁ, ମୃତ୍ୟୁ ସଞ୍ଜିବନୀ ଗଛ ଯୋଉଟା ପୁର୍ବରୁ ପୃଥିବୀରେ ଥିଲା ଏବଂ ଏବେ ଏଇ ଗଛ ଟି ଲୋପ ପାଇ ଯାଇଛି। ବିଭିନ୍ନ ମାଟିରେ ଏହାକୁ ଆମେ ଲଗେଇ ଦେଖିଛୁ କିନ୍ତୁ ଗଛଟି ବଞ୍ଚି ପାରୁ ନାଇଁ। ତମ ଖତ ଗଦାରେ ଥିବା ମାଟିରେ ଗୋଟେ ଅସାଧାରଣ ରାସାୟନିକ ଗୁଣ ରହିଛି। ପରେ ଯାକୁ ବିଭିନ୍ନ ଗବେଷଣା କରି ଅନ୍ୟ ଆଡ଼େ ବି ଲଗେଇବାର ଚେଷ୍ଟା କରିବୁ। ତେଣୁ ଏଇଠି ଆମର ଏକ ଗବେଷଣା ଗାର ତଥା ବ୍ୟବସାୟ କେନ୍ଦ୍ର ପ୍ରତିଷ୍ଠା କରିବା ନିହାତି ଜରୁରୀ, ତମର ଆପତ୍ତି ଥିଲେ ବି ଆମେ ଜାତୀୟ ସ୍ୱାର୍ଥ ଦୃଷ୍ଟିରୁ ଏଇ ଜାଗାଟି କିଣିବା ପାଇଁ ବାଧ୍ୟ। ତମର ବଗିଚାଟି ଆମେ ମାପି ସାରିଛୁ। ସମୁଦାୟ ଆଠ ଡିସ୍‌ମିଲ ହେବ। ତମେ ଦାମ କାମ କର। ଅବଶ୍ୟ ପରେ ଆମେ ପାଖ ଆଖରେ ଜାଗା ବି କିଣିବା ପାଇଁ ବାଧ୍ୟ ହେବୁ। ତେଣୁ ତମେ ଯଦି ଆବଶ୍ୟକ ମନେ କର ଏବେବି ତମର ଘର ଥିବା ଜାଗାଟିକୁ ବି ବିକିଦେଇ ଅନ୍ୟତ୍ର ଘର ତିଆରି କରିପାର।

ଲୋକଟି କହିଲା ମୁଁ ସବୁକିଛି ଦେଇ ପାରିବି ହଜୁର କିନ୍ତୁ ଗଛଟିକୁ ଛାଡ଼ି ରହି ପାରିବି ନାହିଁ।

ସେମାନେ କହିଲେ ଠିକ୍ ଅଛି। ଆମେ ତମର୍ ଘର ଖଣ୍ଡିକ ନେବୁ ନାଇଁ ଏବଂ ତମେ ଯଦି ଇଚ୍ଛା କର ତମକୁ ମାଳୀ ଚାକିରୀ ଖଣ୍ଡକ୍ ବି ଦେବୁ। ତମେ ପ୍ରତ୍ୟହ ଗଛଟିର ଦର୍ଶନ ବି କରି ପାରିବ ସେବାବି। ତେବେ ଏକଥା ନିଶ୍ଚିତ ତମେ ମନା କଲେବି ଜାଗାଟି ଆମେ କିଣିବା ପାଇଁ ବାଧ୍ୟ।

ଲୋକଟି ଅନୋନ୍ୟପାୟ ହେଇ ହଁ ଭରିଲା। ଜାଗାଟି ପାଇଁ ଗୋଟିଏ ଦସ୍ତାବିଜ୍ ରେ ତା ଠୁ ଦସ୍ତଖତ କରିଦେଇ ସେମାନେ ଚାଲିଗଲେ।

କିଛିଦିନ ପରେ ସେଇଠି ନିର୍ମାଣ କାର୍ଯ୍ୟ ଆରମ୍ଭ ହେଲା। ବିରାଟ କାନ୍ଥ

ସବୁ ଠିଆହେଲା । ବିଶିଷ୍ଟ ଯନ୍ତ୍ରପାତି ସବୁ ଆସିଲା । ଗଛି ଘେରିଆଡ଼େ କାଚର କାନ୍ଥ ତିଆରି ହେଲା ଏବଂ ଲୋକଟିର ଘର ଦିନେ କାନ୍ଥ ଉହାଡ଼ରେ ଲୁଚିଗଲା ।

ଆଜିକାଲି ଗେଟ ପାଖରେ ଗୋଟିଏ ଦରଓ୍ୱାନ କୁ ଗୋଟେ ଚିହ୍ନଟ କାର୍ଡ଼ ଦେଖେଇ ସେ ଭିତରକୁ ଯାଏ । ବଗିଚା ସାରା ପାଣି ଦିଏ । ଥକିଯାଏ । ମୁଣ୍ଡରୁ ଝାଳ ପୋଛିଦିଏ । ଥକା ମାରି ଗଛ ଛାଇରେ ବସିଯାଏ ଓ କାଚଘର ଆଡ଼କୁ ଅନାଏ । କାମ କରି କରି ତାର ଛାତିର ପଞ୍ଜରା ଗଣି ହେଇଗଲାଣି । ହନୁହାଡ଼ ଦିଶିଗଲାଣି ତଥାପି ଗୋଟେ ଅଦ୍ଭୁତ ମାୟାରେ ସେ କାମ କରେ । ଗଛ ପାଖକୁ ଯାଇ ତାକୁ ଥରୁଟିଏ ଆଉଁସି ଦେବା ପାଇଁ ତାର ଇଚ୍ଛା । ଅଥଚ ଗଛ ପାଖକୁ ଯିବା ପାଇଁ ତା ପାଖରେ ଅନୁମତି ପତ୍ର ନାହିଁ । ଦିନେ ସେ କାଚଘର ସାମ୍ନାରେ ପାଟିକଲା ଏ ଗଛଟି ମୋର । ଏଇଟା ଜବରଦସ୍ତ ମୋଠୁ ଛଡ଼େଇ ନିଆଯାଇଛି ଓ କାଚଘରର କାନ୍ଥକୁ ପିଟିଲା ଓ କାନ୍ଦିଲା । ମୋତେ ଥରେ ମାତ୍ର, ଗଛଟିକୁ ଛୁଇଁବା ପାଇଁ ଅନୁମତି ଦିଆଯାଉ ହଜୁର ।

ସେଇ ଦିନଠୁ ଲୋକଟିକୁ ପାଗଳ ହେଇଯାଇଛି ବୋଲି ମାଳୀ ଚାକିରୀରୁ ବରଖାସ୍ତ କରିଦିଆହେଇଛି ।

ଫୁର୍ସତ୍‌ର ଗୋଟିଏ ଦିନ

ଅନେକ ଦିନପରେ ଘରୁ ବାହାରି ସେମାନେ କୁଆଡ଼େ ଗୋଟେ ଯାଉଥିଲେ। ଯିବା ନ ଯିବା ସପକ୍ଷରେ ଓ ବିପକ୍ଷରେ ଗୁଡ଼ାଏ ଯୁକ୍ତି ତର୍କ ପରେ ଶେଷରେ ସ୍ଥିର ହେଲା ଯେ ସେମାନେ ଯିବେ। ଦିନେଶ ର ଅଫିସ ସରିବା ପରେ ଶେଷ ବସ୍‌ରେ ସେମାନେ ଯିବେ ଓ ସକାଳୁ ଫେରି ଆସି ଦିନେଶ ପୁଣି ଅଫିସ ଜଏନ କରିବ ରିତୁ ଓ ଜିତେନ ଦି ଦିନ ପାଇଁ ସେଇଠି ରହିଯିବେ।

ଅବଶ୍ୟ ରିତୁ ଗୁଡ଼ାଏ ପ୍ରବର୍ତ୍ତେଇ ଥିଲା ଦିନେଶକୁ ଅନ୍ତତଃ ପାଞ୍ଚଦିନ ପାଇଁ ଛୁଟୀ ନେଇଯିବା ପାଇଁ। ଦିନେଶ କିନ୍ତୁ ଛୁଟି ନେବା ପାଇଁ ମନା କଲା ସେ ମନେ ମନେ ସ୍ଥିର କରି ନେଇଥିଲା ଛୁଟୀ ନ ମିଳିବାର ବାହାନା ଦେଖେଇ ସେ ଆରାମରେ ସେଇଠୁ ଖସି ଆସି ପାରିବ। ଦିନେ ଅଫିସ ଜଏନ କରିବ ତା ପରଦିନ ଅଫିସରେ ଧର୍ମଘଟ। ଗୋଟିଏ ଦିନ ଫୁର୍ସତରେ ଆରାମରେ ଘରେ କଟେଇବ। ଛୁଆ ପିଲାର ଝାମେଲା ନ ଥିବ। ମନକୁ ଯାହା ଆସିବ ସେଇଯା କରିବ। ତେଣୁ ଅଫିସରେ ଧର୍ମଘଟ ଥିବା କଥାଟା ସେ ଜାଣି ଜାଣି ରୀତୁ କୁ ଲୁଚେଇଥିଲା। ନଚେତ ଗୋଟିଏ ଦିନ ଛୁଟୀ ନେବା ପାଇଁ ରୀତୁ ଦିନେଶ କୁ ବାଧ୍ୟ କରିଥାଆନ୍ତା।

ଅଫିସ୍ ରୁ ଫେରି ତରବରରେ ଦିନେଶ ତାର ପେଣ୍ଟ ସାର୍ଟ ବଦଳେଇଲା। ସେତେବେଳକୁ ରୀତୁ ଓ ଜିତେନ ରେଡ଼ି ହେଇ ସାରିଥାଆନ୍ତି।

ଜିତେନ ବ୍ୟସ୍ତ କରି ପକାଉଥାଏ ବାପା ଜଲଦି ଚ଼ଲ, ମାମୁଁ ଗାଁ ଯିବା। ତିନି ବର୍ଷର ଅଝଟ୍ ପୁଅ ଜିତେନ୍, ଯାକୁ ସମ୍ଭାଳିବା ଭାରୀ ମୁସ୍କିଲ ଏବେ ବସରେ ବସିଲେ ବସ୍ ଚଲେଇବି କହି ଅରକ୍ଷି କରିବ ନଚେତ ଓହ୍ଲେଇପଡ଼ିବି କହି ଧମକ ଦେବ। ରୀତୁ ତଥାପି ତାର ମେକ୍‌ଅପ୍ ସାରି ନ ଥାଏ, ତାକୁ ଲାଗୁଥାଏ ଯେମିତି ତରବରରେ କୋଉଠି କିଛି ଭୂଲି ଯାଇଛି, ବାରମ୍ବାର ଦର୍ପଣ ଆଗରେ ଏପଟ ସେପଟ କରି ଦେଇ କେତେବେଳେ ବାଳକୁ କେତେବେଳେ ଶାଢ଼ୀକୁ ଟିକେ ଏପଟ ସେପଟ କରୁଥାଏ, ଡ୍ରେସିଂ ଟେବୁଲ ଡ୍ରୟର୍ କୁ ଖୋଲି କିଛି ଖୋଜୁଥାଏ, ପୁଣି ଆଲମାରୀ ପାଖକୁ ଦୌଡ଼ି ଯାଉଥାଏ, ଆରେ ମୋର ସେପ୍‌ଟିପିନ କୋଉଠି ଅଛି ଦେଖିଛ, ମୁଁ ଜାଣେ ପରା ଏଇ ପିଲା ପାଇଁ ଘରେ କିଛି ମିଳିବ ନାଇଁ, ଇଏବି ଆସି ଚୁପଚ଼ପ ବସିଯିବେ, ଟିକେ ସାହାଯ୍ୟ କଲେ ହୁଅନ୍ତା ନି, ଖାଲି କହିବେ ଡେରୀ ହେଉଛି। ଦିନେଶ କହିଲା ମୁଁ କଅଣ କରିବି, ମୁଁ କଅଣ ମେକଅପ୍ ମେନ୍। ତମର କୋଉଠି କେତେ ପରସ୍ତ ପାଉଡର ଲାଗିବ, ଓଠରେ କେତେ ବହଳିଆ ଲିପ୍‌ଷ୍ଟିକ୍ ଲାଗିବ, ଶାଢ଼ୀରେ କେତେ ଭାଙ୍ଗ କୁଞ୍ଚ ପଡ଼ିବ, କୋଉ ଶାଢ଼ିରେ କୋଉ ବ୍ଲାଉଜ୍ ମେଚ କରିବ, ମୁଁ କେମିତି ଜାଣିବି। ଏଥର ରୀତୁ ରାଗିଗଲା, ତମକୁ କିଏ କହୁଛିକି ମେକ୍‌ଅପ୍‌ମେନ୍ ହେବାକୁ। ଆରେ ଦେଖୁଛ ସେଇଠି ଘରଯାକର୍ ଜିନିଷ କେମିତି ବାହାରେ ପଡ଼ିଛି, ତାକୁ ଘର ଭିତରେ ରଖି ନିଅ, ଫ୍ରିଜ ଟା ବନ୍ଦ କରିଦିଅ, ବାବୁର ପାଣି ବୋତଲ ଟା ସଫାକରି ପାଣି ଭରିଦିଅ, ବେଗ୍‌ରେ ସେ ସବୁଜିନିଷ ରଖିଦିଅ, ତମେ କଅଣ ସବୁ ନେବ ବେଗ୍‌ରେ ଭର୍ତ୍ତିକର, ଅନ୍ୟ କୋଠି ସବୁର ସୁଇଚ ଗୁଡ଼ା ବନ୍ଦ କରିଦିଅ। କେତେ କାମ ଅଛି ଏବେ ଅଳ୍ପ ସମୟ ଭିତରେ କଅଣ ସବୁ ମୁଁ ଏକା କରି ପାରିବି। ପରେ ବସ ଫେଲ ହେଲେ ମତେ କହିବ ନାଇଁ। ଦିନେଶ ଚୁପଚ଼ପ କାମରେ ଲାଗି ପଡ଼ିଲା। ଏବେ ପ୍ରତିବାଦ କରିବା ଅର୍ଥ ବିପଦ,ରୀତୁ ଯିବା ପାଇଁ ମନା କରିଦେବ ଏବଂ ରୀତୁ ନ ଗଲେ ତାର ସବୁ ଯୋଜନା ପଣ୍ଡ ହେଇଯିବ।

ରୀତୁ କୁ ତା ନିଜ ଘର ଖୁବ୍ ଭଲ ଲାଗେ। ତେଣୁ ସହଜରେ ସେ କୁଆଡ଼େ ହେଲେ ବି ଘରଛାଡ଼ି ଯାଏ ନାଇଁ। ଦିନେଶ ସବୁବେଳେ ରୀତୁକୁ ଚିଡ଼ାଏ ପ୍ଲିଜ୍ ରୀତୁ ତମେ ଦି ତିନି ଦିନ ପାଇଁ କୁଆଡ଼େ ହେଲେ ଯାଅନ୍ତ ନାଇଁ ମୁଁ ଫୁର୍‌ସତ୍‌ରେ କିଛିଦିନ କଟାନ୍ତି। ଦେଖ ମୋର କେତେ କାମ ରହିଯାଇଛି। ତମମାନଙ୍କ ଝାମେଲାରେ ରହି କିଛି ବି କରିପାରୁନି। ରୀତୁ ରାଗିଯାଏ କହେ, ତମକୁ ଯଦି ବୋର ଲାଗୁଛି ବରଂ ତମେ ଯାଇ ଅନ୍ୟ କୋଉଠି ଦି ଦିନ ଯାଇ ରୁହ, ମୋର କୁଆଡ଼େ ହେଲେ ବି ଯିବାର ନାହିଁ। ବାହାହେଲା ପରେ ରୀତୁ ଦିନେଶ ର ଘରକୁ ଗୋଟା ପଣେ ନିଜର କରି

ନେଇଯାଇଛି, ଘରଟାକୁ ସେ ଏମିତି ଆବୋରି ବସିଛି ଯେ, ଯେମିତି ସେଇଠି କେବଳ ରୀତୁ ଆଉ ଜିତେନ, ଜିତେନ ଆଉ ରୀତୁ, ଦିନେଶ ମାତ୍ର କେବଳ ଏଇ ଦି ଜଣଙ୍କ ମଝିରେ ଏକ ସାହାଯ୍ୟକାରୀ କ୍ରିୟା। ତିନି ବର୍ଷ ହେଲା ସେଇ ନିର୍ଦ୍ଦିଷ୍ଟ ଗତିବିଧି ନିର୍ଦ୍ଦିଷ୍ଟ ଜୀବନ ଯାପନ ଶୈଳୀ, ସକାଳୁ ସନ୍ଧ୍ୟା ଯାଏ ସେଇ ସମାନ ରୋଟିନ ବନ୍ଧା ଜୀବନ, ଦିନେଶ ଅନେକ ଦିନରୁ ଅନୁଭବ କରୁଛି ଯେମିତି ସେ ବୋର ହେଇ ଗଲାଣି ତାକୁ ଚେଞ୍ଜ୍ ଦରକାର। ଯେମିତି ଗୋଟେ ମେରୁ ଖୁମ୍ବରେ ଦଉଡ଼ିରେ ତାକୁ ବାନ୍ଧିଦିଆ ହୋଇଛି ଓ ସେଇ ଖମ୍ବକୁ କେନ୍ଦ୍ରକରି ସେଇ ସମାନ ବୃତ୍ତରେ ସେ ଅନେକ ଦିନରୁ ଘୁରୁଛି। ତାକୁ ଟିକେ ଚେଞ୍ଜ୍ ଦରକାର। ତେଣୁ ସେ ରୀତୁକୁ ଏ ବାହା ଘରକୁ ଯିବା ପାଇଁ ପ୍ରବର୍ତ୍ତାଉଛି ଓ ଶେଷରେ ରାଜି କରେଇବାରେ ସଫଳ ହେଇଛି। ଅନେକ ଦିନ ପରେ ଆଜି ରୀତୁ ପ୍ରଥମ ଥର କରି ତାର ଅନ୍ତରଙ୍ଗ ସାଙ୍ଗ ର ବାହାଘର କୁ ଯିବା ପାଇଁ ଘରୁ ପ୍ରଥମ ଥର ପାଇଁ ଗୋଡ଼ କାଢ଼ିଛି। ତେଣୁ ଦିନେଶ ଖୁସୀରେ ସବୁ କାମରେ ସାହାଯ୍ୟ କରିବା ପାଇଁ ପ୍ରସ୍ତୁତ। ରୀତୁର ମୁଡ଼ ଚେଞ୍ଜ୍ ହେଇଗଲେ ସବୁ ଯୋଜନା ପଣ୍ଡ ହେଇଯିବ। ତେଣୁ ତାକୁ ଆଜି ଶେଷ ବସ ଯେମିତି ହେଲେ ଧରିବାକୁ ହିଁ ପଡ଼ିବ।

ବାହାଘରରେ ପହଞ୍ଚିବା ବେଳକୁ ଅନେକ ଡେରୀ। ରୀତୁକୁ ଦେଖି, ସବୁ ଦୌଡ଼ି ଆସିଲେ। ଆରେ ରୀତୁକୁ ଦେଖ କେତେଦିନ ପରେ ଏଆଡ଼େ ଆସିଛି। କୋଉଠି ହଜି ଯାଇଥିଲୁ କିରେ। ଜିତେନ କୁ କିଛି ଝିଅ କେତେ ସୁନ୍ଦର ଛୁଆଟେ କହି ଟେକି ନେଇଗଲେ, ଭିଡ଼ ଭିତରେ ଜିତେନ କୋଉଠି ହଜିଗଲା, ରୀତୁ ତା ଆପଣ ଢ଼ଙ୍ଗରେ ବ୍ୟସ୍ତ ହେଇଗଲା ଏବେ ଦିନେଶ ଏକା, ପୁରାଏକା, ତାକୁ କେମିତି ଭାରୀ ହାଲ୍‌କା ଲାଗିଲା, ଅନେକ ଦିନ ପରେ ଯେମିତି ଗୋଟେ ବନ୍ଦ କୋଠରୀ ଭିତରୁ ସେ ପ୍ରଥମ ଥର ପାଇଁ ବାହାରକୁ ବାହାରିଛି, ଯେମିତି ଅନେକ ଦିନରୁ ତାକୁ କେହି ଜବରଦସ୍ତ ଭରି ଦେଇଥିଲା ଗୋଟେ କୋଠରୀ ଭିତରେ ଏବଂ ବାହାର ପଟୁ ଲଗେଇ ଦେଇଥିଲା ଶିକୁଳୀ। ଏବେ ଦୟା କରି କେହି ଜଣେ ଖୋଲି ଦେଇଛି। ଦିନେଶ ଚୁପ୍ ଚାପ୍ ବାହା ଘରର ଭିଡ଼ ଭିତରୁ ଧୀରେ ଧୀରେ ରାସ୍ତା ଉପରକୁ ଆସିଲା ଏବଂ ପୁରୁଣା ପରିଚିତ ସହରର ପରିବର୍ତ୍ତିତ ସଂସ୍କରଣକୁ ତାର ସ୍ମୃତି ସହ ମନେ ମନେ ତୁଳନା କରୁଥିଲା। ଦୋକାନ ବଜାର ଗହଳି କେତେ ବଢ଼ି ଗଲାଣି ବିଶ୍ୱାସ କରି ହେଉ ନାଇଁ ଯେ ଏଇଠି କେବେ ଦିନେ ସେ ପାଠ ପଢୁଥିଲା।

ରୀତୁ କାଳେ ବ୍ୟସ୍ତ ହେଉଥିବ ତା ପାଇଁ, ଜିତେନ୍ ବଦମାସୀ କରୁଥିବ ଭାବି ଦିନେଶ ବାହା ଘରର ଭିଡ଼ ଭିତରକୁ ଫେରି ଆସିଲା। ଭୋଜୀ ଆରମ୍ଭ ହେଇଯାଇଥାଏ। ଜିତେନ୍ ଝିଅମାନଙ୍କ ସାଙ୍ଗରେ ଟେବୁଲରେ ବସି ଭୋଜି ଖାଉଥାଏ। ଦିନେଶକୁ

ଦେଖିବା ମାତ୍ରେ ଜିତେନ୍ ପାଟିକଲା ବାପା ଆମେ ଭୋଜି ଖାଉଛୁ ଓ ଗୋଟିଏ ପିସ ମାଂସ ଦିନେଶ ଉପରକୁ ଫିଙ୍ଗି ଦେଲା। ଝିଅମାନେ ସବ୍ ହସିଲେ ଜିତେନର ବଦମାସୀ ରେ ଦିନେଶ ଖୁସୀ ହେଲା ଯା ବି ହେଉ ଜିତେନ ତାକୁ ଖୋଜୁନି। ରୀତୁ କୋଉଠି ଥିଲା ପଳେଇ ଆସିଲା, ଦିନେଶ ପାଖକୁ। କହିଲା ଖାଇନିଅ। ସକାଳୁ କିଛି ଖାଇନ, ଦିନେଶ ଅନୁଭବ କଲା ଯାବିହେଉ ରୀତୁ ଏଠିକୁ ଆସି ଭାରୀ ଖୁସି। ବାହାଘରର ମୁରବୀ ପାଟିଗଲାଣି କ୍ଷଣିକ ଭିତରେ। ଦିନେଶ କହିଲା, ରୀତୁ ମୁଁ ଖାଇ ନେଇଛି, ମୋତେ ଆଉ ଖୋଜିବ ନାହିଁ। ପାଖରେ ମୋର ଗୋଟେ ସାଙ୍ଗ ଘର ସେ ଡାକିଛି। ମୁଁ ସେଇଠି ଶୋଇଯିବି। ବଡ଼ି ଭୋରରୁ ମୁଁ ପଳେଇବି, ଏଇ ଭିଡ଼ ଭିତରେ ତମେ କୋଉଠି ଶୋଇଥିବ, କେଜାଣି କେତେ ଜଣକର ନିଦ ଭାଙ୍ଗିବା ପାଇଁ ପଡ଼ିବ। ତେଣୁ ମୁଁ ଆଉ ତମକୁ ଖୋଜିବି ନାଇଁ। ମୋର ଅଫିସ ନ ଗଲେ ନ ଚଳେ। ତେଣୁ ମୁଁ ସିଧା ସେ ପଟୁ ପଳେଇବି। ତମେ ଜିତେନକୁ ଟିକେ ଦେଖିବ। ରୀତୁ କହିଲା ତା ପାଇଁ ବ୍ୟସ୍ତ ହେବା ଦର୍କାର ନାଇଁ, ତାକୁ ଦେଖିବା ପାଇଁ ବହୁତ ଲୋକ ଅଛନ୍ତି, ଦେଖୁନ ଏଇଠି କେତେ ଖୁସୀରେ ଅଛି, ଘରେ ବୋର ହୁଏ ବୋଲି ବଦମାସୀ କରେ, ଠିକ ଅଛି ତମେ ତାହେଲେ ସିଧା ପଳେଇବ। ମିଁ ଦିନେ ଦି ଦିନ ପରେ ଯିବି।

ଦିନେଶ ଖାଇସାରି ସାରା ରାତି ସହରରେ ଚାଲି ଚାଲି ବୁଲିଲା। ଅନେକ ଦିନ ପରେ ତାକୁ ଖୁବ୍ ହାଲକା ଓ ମୁକ୍ତ ଲାଗୁଥିଲା। ତେଣୁ ସେଇ ସ୍ୱାଧୀନତା ଟିକକ ସେ ହରେଇବାକୁ ଚାହୁଁ ନ ଥିଲା। ସକାଳୁ ପ୍ରଥମ ବସରେ ଏକା ସେ ପଳେଇ ଆସିଥିଲା ଓ ଅଫିସ ସମୟରେ ପହଞ୍ଚିଥିଲା। ଅଫିସରେ କାମର ଭିଡ଼ ଥିଲା। ତେଣୁ ସେ ଆଉ ଘରକୁ ଯାଇ ପାରି ନ ଥିଲା। ତାଛଡ଼ା ଘରେ ତାର ଆଉ କି କାମ, ଅଫିସ ସରିବା ପରେ ସେଦିନ ଭାରୀ କ୍ଳାନ୍ତ ଲଗୁଥିଲା, ସାରାରାତି ଅନିଦ୍ରା ଥିବାରୁ ଆଖି ଦି ଟା ଲାଗି ଯାଇଥାଏ। ତେଣୁ ଏକାସାଙ୍ଗେ ବାହାରେ ଖାଇଦେଇ ଦିନେଶ ସିଧା ଘରକୁ ଗଲା ତା ଆରଦିନ ଅଫିସ ଯିବାର ନାହିଁ, ଘରେ କେହି ଡିଷ୍ଟର୍ବ କରିବା ପାଇଁ ନାହିଁ ତେଣୁ ଅଚିନ୍ତା ଶୋଇବ ଏବଂ ଗୋଟେ ଦିନ ମନଇଚ୍ଛା ଫୁରସତ୍ ରେ କାଟିବ, ଦିନେଶ ଆରାମରେ ବିଛଣାରେ ଗଡ଼ିପଡ଼ିଲା।

ଗୋଟେ ଠକ୍ ଠକ୍ ଶବ୍ଦରେ ଦିନେଶ ର ନିଦ ଭାଙ୍ଗିଲା। ଦେଖିଲା ବେଳକୁ ଦିନ ନଅଟା। ଦିନେଶ ର ହଠାତ୍ ମନେ ପଡ଼ିଲା ଘରେ କେହି ନାହାନ୍ତି। ଅର୍ଥାତ୍ ସେ ଆହୁରି କିଛି ଘଣ୍ଟା ଶୋଇ ପଡ଼ିଲେ ବି ଚଳନ୍ତା। ଏବେ କେହି ବି କହିବା ପାଇଁ ନାହାନ୍ତି। ଅଫିସରେ ଆଜି ଧର୍ମଘଟ ଅଥଚ କିଏ ଗୋଟେ ଆସି ସକାଳୁ ଏମିତି କବାଟ ବାଡ଼େଇବା ଆରମ୍ଭ କଲାଣି। ଦିନେଶ ନ ଶୁଣିବା ପାଇଁ ଜିଦ୍ ଧରିଲା ବେଳକୁ

ପାଟି ଶୁଣିଲା ବାବୁଜୀ ବାବୁଜୀ ଦିନେଶ କଣ୍ଠ ବାରିଲା ଏଇଟା ଦୁଧବାଲା, ଦିନେଶ ଅଗତ୍ୟା କବାଟ ଖୋଲିଲା, ଦୁଧ କୋଉଥିରେ ରଖିବ, ଦିନେଶର ମନେ ପଡ଼ିଲା ଗୋଟେ ବଡ଼ ଷ୍ଟିଲ୍ ଡେକ୍‌ଚିରେ ଦୁଧ ରଖାଯାଏ, ସେଇଟାକୁ ଖୋଜି ପାଇଲା ନାଇଁ, ମନେ ମନେ ରାଗିଲା ଓ ଯେଉଥିରେ ରଖିଲେ ବି ଚଳିବ ଭାବି ଗୋଟେ ବାଲ୍‌ଟି ନେଇ ଗଲା, ଦୁଧବାଲା ଖୁବ୍ ଜୋର୍‌ରେ ହସିଲା ଓ କହିଲା ଘରେ କେହି ନ ଥିଲେ ଭାରୀ ଅସୁବିଧା, ଠିକ୍ ଏତିକିବେଳେ ଦିନେଶ ର ମନେ ପଡ଼ିଲା ଦୁଧ ତାର କଅଣ ହେବ, ଜିତେନ ତ ନାହିଁ, ଅବଶ୍ୟ ଚା ପାଇଁ ଦରକାର ହେଇପାରେ ତେବେ ଏଇଟା ରଖିଲେ ପୁଣି ସିଝାଅ କୋଉଠି ଗୋଟେ ରଖ ଯନ୍ତ୍ରରେ, ପୁଣି ବାସନ ଧୋଅ, କପ୍‌ପ୍ଲେଟ୍ ଧୋଅ ଭାରୀ ଝାମେଲା, ଠିକ୍ ଅଛି ତମେ ପାଏ ଦୁଧ ଦିଅ ଏବଂ କାଲି ମୋଟେ ଆଣିବ ନାଇଁ। ଜିତେନ ଗୋଟେ ଗ୍ଲାସ୍‌ରେ ଦୁଧତକ ରଖିଲା ଏବଂ ତାକୁ ନେଇ ଡ୍ରେସିଂ ଟେବୁଲ ଉପରେ ଥୋଇଲା , ଅନ୍ତତଃ ବ୍ରସ୍‌ଟା ଘଷି ଚାଟିକେ ପିଇଦେବା ଉଚିତ୍। ଦିନେଶ ବ୍ରସ୍ ପାଇଁ ନିର୍ଦ୍ଦିଷ୍ଟ ଜାଗାକୁ ଗଲା ଓ ଦେଖିଲା ସେଇଠି ଷ୍ଟେଣ୍ଡଟା ନାହିଁ। ମନେ ମନେ ବିରକ୍ତ ହେଲା। ଏମାନେ କିଛି ଗୋଟେ ଠିକ୍ ଜାଗାରେ ରଖି ପାରୁନାହାନ୍ତି। ଦିନେଶ ଡ୍ରଇଂ ରୁମ୍‌ରେ ଖୋଜିଲା, ବାଥରୁମ୍‌ରେ ଖୋଜିଲା ଏବଂ ସମ୍ଭାବ୍ୟ ସବୁଜାଗା ଖୋଜି ସାରିବା ପରେ ବି ବ୍ରସ୍‌ଟା ପାଇଲା ନାହିଁ। ଚଳେଇ ଦେବ ଭାବି ପେଷ୍ଟ ଖୋଜିବା ବେଳକୁ ଦିନେଶ ଆବିଷ୍କାର କଲା କୋଲ୍‌ଗେଟ୍ ର ଠିପି ଟା ଖୋଲା ହେଇ ଥାକ ଉପରେ ପଡ଼ିଛି। ଚିପି ହେଇ ପେଷ୍ଟ ସବୁ ବାହାରି ପଡ଼ିଛି। ପେଷ୍ଟ ଉପରେ ଗୋଟେ ମଲାଜନ୍ଦା ଲଟକି ଯାଇଛି। ଦିନେଶ କହିଲା ଛୋଡୋ ଓ ବାଥରୁମକୁ ଯାଇ ମୁହଁ ଧୋଇଲା ଓ ଅନ୍ତତଃ କପେ ଚା ପିଇଦେବା ବୋଲି ଭାବି ସସ୍‌ପେନ୍ ଖୋଜିଲା। ପହର ଦିନ ଗଲା ପୂର୍ବରୁ ଦିନେଶ ଚା ଖାଇଥିଲା ଏବଂ ଯିବା ହରବରରେ ସସ୍‌ପେନ୍ ଆଉ ସଫା କରା ହେଇ ନ ଥିଲା। ଅନ୍ତତଃ ତା ଉପରେ ପାଣି ଟିକିଏ ପକେଇ ଦେଇ ଥିଲେବି ଏତେ ଅବ୍ୟବସ୍ଥା ହେଇ ନ ଥାଆନ୍ତା। ଚା ପତି ସବୁ ଶୁଖି ଲଟକି ଯାଇଛି , ଚା କରାରେ ପିମ୍ପୁଡ଼ି ଭର୍ତ୍ତି। ଦିନେଶ ସସ୍‌ପେନ୍ ବାସନମଜା ଘରେ ଫିଙ୍ଗିଦେଇ ଗୋଟେ ସଫା ଡେକ୍‌ଚି ବାହାର କରି ଗେସ୍ ଉପରେ ବସେଇଲା। ପାଣି ପକାଇଲା, ଦୁଧ ଆଣିବା ପାଇଁ ଗଲା ବେଳକୁ ଦେଖିଲା ଡ୍ରେସିଂ ଟେବୁଲ ଉପରୁ ବିଲେଇ ଡେଇଁ ପଳଉଛି, ଯାହା ପିଇଥିଲା ବାକି ତକ ତାର ଲାଞ୍ଜରେ ବାଜି ଗ୍ଲାସ୍ ସହ ପଡ଼ିଗଲା। ଗଲା ଘରଟା ବି ଅସନା ହେଇଗଲା। ବିଲେଇକୁ ଆଶ୍ରାବ୍ୟ ଭାଷାରେ ଗାଳି ଦେଉଦେଉ ଗଡ଼ି ଯାଉଥିବା ଦୁଧତକ ପାଇଁ ସେ ଗୋଟେ ବସ୍ତା ଖୋଜିବା ପାଇଁ ଗଲା। ବସ୍ତା ଆଣି ଦୁଧ ଉପରେ ପକେଇ ସାରିବା ପରେ ଦିନେଶ ର ମନେ ପଡ଼ିଲା।

ସେ ଗ୍ୟାସ୍ ଷ୍ଟୋଭ୍ ଉପରେ ଚା ବସେଇଥିଲା। ଅନ୍ତତଃ ଟିକେ ନାଲି ଚା ପିଇହେବ। ଷ୍ଟୋଭ୍ ପାଖକୁ ଗଲା ବେଳକୁ ଚା ତକ ବହଳ ହୋଇ ଶୁଖି ଯାଇ ନାଲି ରଙ୍ଗର ରକ୍ତ ପରି ଦିଶୁଛି । ଦିନେଶ ଷ୍ଟୋଭ୍ ବନ୍ଦ କଲା। ତା ଦ୍ୱାରା ଏ ଘରୋଇ କାମ ହେବ ନାହିଁ। ବରଂ ବାହାରୁ କୋଉଠି ଚା ପିଇ ଦେଲେ ହେବ। ତାକୁ ବ୍ରସ୍ ବି କିଣିବାର ଅଛି। ଦିନେଶ ପେଣ୍ଟ ସାର୍ଟ ଗଳେଇଲା ଓ ଚା ଦୋକାନକୁ ଗଲା। ଗୋଟିଏ କପ୍ ଚା ଅର୍ଡ଼ର୍ ଦେଇ ଖବର କାଗଜର ପୃଷ୍ଠା ସବୁ ଓଲଟାଇଲା। ବ୍ୟସ୍ତତା ହେତୁ ଆଜିକାଲି ଆଉ କଅଣ ସବୁ ଘଟି ଯାଉଛି ଦିନେଶ ଖବର ରଖି ପାରୁନାହିଁ। ବହୁତ ବର୍ଷ ପରେ ଆଜି ଯେତେବେଳେ ଖବର କାଗଜ ଓଲଟାଇଦେଲା ଦିନେଶ କିଛି ବୁଝିପାରିଲା ନହିଁ। ପେପର୍ କୁ ଅନ୍ୟ ଜଣକୁ ବଢ଼େଇଦେଇ ଦିନେଶ ଗୋଟେ ସିଗାରେଟ୍ ଟାଣିଲା। ତାପରେ କିଛି ସାଙ୍ଗ ଆସିଲେ ତାକୁ କମେଣ୍ଟ କଲେ କଅଣ ଦିନେଶ ଆଜି କେମିତି ଏତେ ଆରାମରେ ବସିଛ। ଫୁର୍ସତ୍ ମିଳିଗଲା କେମିତି। ଦିନେଶ ଚୁପ୍ କିନା ହସିଦେଲା ଓ ମନକୁ ମନ ଖୁସି ହେଲା ଯା ବି ହେଉ ତାକୁ ଅନେକ ଦିନ ପରେ ଫୁରସତ୍ ଟିକେ ମିଳିଛି। ଚା ଖାଇ ସାରିବା ପରେ ଦିନେଶ ର ଇଚ୍ଛା ହେଲା ଟିକେ ମନ ଭରି ବୁଲନ୍ତା, ଲାଇବ୍ରେରିକୁ ଯାଇ କିଛି ବହି ପଢ଼ନ୍ତା। ଟି.ଭି. ଖୋଲି କ୍ରିକେଟ୍ କମେଣ୍ଟ୍ରି ଦେଖନ୍ତା। ଦି ଚାରିଟା ସାଙ୍ଗ ଘରକୁ ବୁଲି ଯାଆନ୍ତା। ପାଖ ଜଙ୍ଗଲକୁ ବୁଲି ଯାଆନ୍ତା, ଏମିତି ନାନାଦି ଇଚ୍ଛା ତା ମନକୁ ସଂକ୍ରମିତ କଲା ଓ କୋଉଟା କରିବ କିଛି ସ୍ଥିର କରି ପାରିଲା ନାହିଁ ଏବଂ ଗୋଟେ ବ୍ରସ୍ କିଣି ପ୍ରଥମେ ନିତ୍ୟକର୍ମ ଶେଷ କରିବା ପାଇଁ ସ୍ଥିର କଲା ଓ ଷ୍ଟେସ୍‌ନେରୀ ଦୋକାନକୁ ଗଲା। ସେଇଠି ବିଭିନ୍ନ ଡିଜାଇନ୍ ର ନୂଆଁ ପେନ୍ ସବୁ ସଜଡ଼ା ହୋଇଥାଏ। ଦିନେସ ସେ ସବୁ ମାଗି ଦେଖିଲା ଓ ସେଇଥିରୁ ଗୋଟିଏ ସିଲେକ୍ଟ କଲା। ଅନେକ ଦିନରୁ କାହାକୁ ଚିଠି ଲେଖା ହୋଇନି, ଘରେ କଲମ ଖୋଜି ପାଇବାଟା ମୁସ୍କିଲ୍, ଛୁଆ ସବୁ କଲମକୁ ଏପଟ ସେପଟ ଫିଙ୍ଗିଦିଏ, ଅନ୍ତତଃ ଆଜିର ଏଇ କଲମଟା ଭାଙ୍ଗିବା ପାଇଁ ଯାବି ହେଉ ଜିତେନ୍ ନାଇଁ।

ଦିନେଶ ଘରକୁ ଆସିଲା ପରେ ଯାଇ ତାର ମନେ ପଡ଼ିଲା ସେ ବ୍ରସ୍ ବଦଳରେ ଗୋଟେ କଲମ କିଣି ଆଣିଛି। ମଣିଷ ବେଶିଟା ସ୍ୱାଧୀନ ହୋଇଗଲେ ସେମିତି ହୁଏ, ଦିନେଶ ମନେ ମନେ ଭାବିଲା ଅନ୍ତତଃ କିଛିଟା ଶୃଙ୍ଖଳା ରହିବା ଦର୍କାର। ଦିନେଶ ମନେ ମନେ ତାର ଏଇ ନୂଆଁ ଥିଓରିକୁ ପ୍ରଶଂସା କଲା ଓ ସେ ନେଇ କେବେ ଫୁର୍‌ସତ୍ ହେଲେ ଗୋଟେ ଥେଥିସ୍ ଲେଖିବା ପାଇଁ ଚିନ୍ତା କଲା। ଥେଥିସ୍‌ରେ ଆଉ କଣ ରହିବ ଭାବୁ ଭାବୁ ତା ନଜରରେ ଗୋଟେ ପୁରୁଣା ଦାନ୍ତ କାଠି ପଡ଼ିଲା, ଯୋଉଟି କି ଜିତେନ୍ ଖେଳିବା ପାଇଁ କଣା ଦେହରେ ପୁରେଇ ଦେଇଥିଲା। ଦାନ୍ତ କାଠିକୁ

ହାତରେ ଧରି ଦିନେଶ ପରୀକ୍ଷା କଲା ବେଶୀ ଶୁଖା ନାଁ ନୁହେଁ ଓ ଚଳିଯିବ ଭାବି ତାକୁ ବାଥ୍‌ରୁମ୍ ରେ ବାଲ୍‌ଟିଏ ପାଣିରେ ବତୁରାଇଲା ଏବଂ ଭାବିଲା ଏଇଟା ଗୋଟିଏ ଚାନ୍ସ। ବାଥ୍‌ରୁମ୍ ରେ ଦାନ୍ତକାଠି ଚାବୁ ଚାବୁ ଦିନେଶ୍ ମୁଣ୍ଡରେ ଚାନ୍ସ ଏଣ୍ଡ ଏକ୍‌ସିଡେଣ୍ଟ ଉପରେ ଗୋଟେ ଥେଥିସ୍ ଜୁଟିଲା, ଜୀବନରେ ଚାନ୍ସ ଏଣ୍ଡ ଏକ୍ସିଡେଣ୍ଟ ର ଭୂମିକା। କେତେ ପରିମାଣରେ ଭାଗ୍ୟ ଦାୟୀ ଏବଂ କେତେ ପ୍ରତିଶତ କର୍ମ, କର୍ମ ଦ୍ୱାରା ଭାଗ୍ୟ ନିୟନ୍ତ୍ରିତ ନା, ଭାଗ୍ୟ ଦ୍ୱରା କର୍ମ, ନା ଉଭୟେ ଉଭୟର ପରିପୂରକ ନାଁ କୌଣସିଟା ବି ନୁହେଁ। ଦିନେଶ୍ ଦାନ୍ତକାଠିଟାକୁ ଦାନ୍ତରେ ଛିଲେଇ ସମାନ୍ ଦି ଭାଗ କରିଦେଲା, ଯେମିତି ଭାଗ୍ୟ ଆଉ କର୍ମ ଅଲଗା ହେଇଗଲା। ବର୍ତ୍ତମାନ ସେ ଗୋଟିଏ କାଠିକୁ ମୋଡ଼ି ଜୀଭ ଛେଲେଇଲା କାଠିଟି ଟାଣ ଥିବାରୁ ଦୁଇଖଣ୍ଡ ହୋଇଗଲା। ଦିନେଶ୍ ତାକୁ ଫୋପାଡ଼ି ଦେଲା ବର୍ତ୍ତମାନ ଦ୍ୱିତୀୟ କାଠିଟାକୁ ଯତ୍ନରେ ମୋଡ଼ିଲା ଓ କାଠିଟି ପତଳା ଥିବା ହେତୁ ମୋଡ଼ି ହେଇଗଲା। ଦିନେଶ ଜୀଭ ଛେଲିସାରି ମୁହଁ ଧୋଇ ସାରିଲା ବେଳକୁ ଭାଗ୍ୟ ଆଉ କର୍ମର ଥେଥିସ୍ ତା ମୁଣ୍ଡରୁ ଧୋଇ ହୋଇ ସାରିଥିଲା ଏବଂ ତାକୁ ପ୍ରଚୁର ଭୋକ କରୁଥିଲା। ଦିନେଶ ବିସ୍କୁଟ ଓ ମୁଢ଼ି ଟିଣ ଖୋଲିଲା କେବଳ କିଛି ବିସ୍କୁଟ୍ ଗୁଣ୍ଡ ଓ ମୁଢ଼ି ଗୁଣ୍ଡ ଛଡ଼ା ଆଉ କିଛି ବି ନ ଥିଲା। ନଷ୍ଟ ହେଇ ଯିବାର ଭୟରେ ଏମାନେ ଜାଣି ଶୁଣି ସବୁ ସାରି ଦେଉଥିଲେ ନାଁ ପ୍ରକୃତରେ ସେସବୁ ସରିଯାଇଥିଲା। ଦିନେଶ ଫ୍ରିଜ୍ ଖୋଲିଲା ଭୀଷଣ ଦୁର୍ଗନ୍ଧ। ଗଲା ଦିନଠୁ ଫ୍ରିଜ୍ ଚଳା ହେଇନି।

ଦିନେଶ ଆସିଲା ପରେ ଫ୍ରିଜ ଚଳେଇବା ପାଇଁ ଭୂଲି ଯାଇଥିଲା। ଫ୍ରିଜର ସୁଇଚ୍ ଅନ୍‌କଲା ଲାଇଟ୍ ଜଳିବା ପରେ ଦେଖିଲା କିଛି ପନି ପରିବା ସଢ଼ି ଯାଇଛି। ଫ୍ରିଜ୍‌ରେ ପାଣି ଜମି ଯାଇଛି, ସବୁକୁ ଏବେ ସଫା କରିବା ପାଇଁ ପଡ଼ିବ, ନଚେତ୍ ରୀତୁ ଆସିଲେ ପୁଣି ପାଟି କରିବ। ଫ୍ରିଜ୍‌ରେ ବି ଖାଇବା ଭଳି କିଛି ନାହିଁ। ଥାଉ ପରେ ସଫା କରିବା। ଦିନେଶ ଫ୍ରିଜ୍ ସୁଇଚ ବନ୍ଦ କଲା। ପ୍ରଥମେ କିଛି ଖିଆ ଯାଉ। ଦିନେଶ କାନ୍ଥ ଘଣ୍ଟାକୁ ଅନେଇଲା ଦିନ ବାରଟା। ଏତେବେଳେ ଗୋଟେ ଟିଫିନ କ'ଣ ଖାଇବ ବରଂ ମିଲ ଖାଇବା ଉଚିତ୍ ହେବ। ତେଣୁ ଦିନେଶ ପ୍ରଥମେ ଗାଧୋଇବା ପାଇଁ ବାହାରିଲା ଅନେକ ଦିନରୁ ନଈରେ ଗାଧୋଇନି। ଆଜି ନଈକୁ ଯିବା। ପ୍ରଚଣ୍ଡ ଖରାସତ୍ତ୍ୱେ ଦିନେଶ ନଈକୁ ଗଲା। ନଈ ପଠାରେ ମୋଟର୍ ସାଇକେଲ ଧୋଇଦେଇ ନଈକୁ ଓହ୍ଲେଇଲା।

ତାତିଲା ବାଲି ଉପରେ କିଛି ବାଟ ଚାଲିବା ପରେ ପାଣିର ସ୍ରୋତା ଗୋଟେ ଦିଟା ପଥର ପକେଇ ଗୋଟେ ଘାଟ ତିଆରି ହେଇଛି। ଆଗ ପଟେ ବାଲିରେ ବନ୍ଧ

ପକେଇ ପାଣିର ସ୍ରୋତକୁ ଅଟକେଇଦିଆ ହେଇଛି ବେଶୀ ପାଣି ହେବ ବୋଲି। ନଈ ବାଲିରେ ଚାଲି ଚାଲି ପାଣି ପାଖକୁ ଗଲା ପରେ ଦିନେଶ ଓଲଟି କି ଦେଖିଲା। ଲମ୍ବା ହେଇ କିଛି ପଦ ଚିହ୍ନ ସେ ଛାଡ଼ି ଦେଇ ଆସିଛି ବାଲି ଉପରେ। ଦିନେଶକୁ କେମିତି ଗୋଟେ ଲାଗିଲା ସେ କିଛି ଗୋଟେ ନୂଆଁ ଅନୁଭବ କଲା। ଏଇ ପଦ ଚିହ୍ନ ଏକାନ୍ତ ଭାବେ ତାର ଆଉ କାହାରି ନୁହେଁ। ଏଥିରେ ଗର୍ବ କରିବାର କିଛି ଅଛି କି, ଦିନେଶ ଭାବିଲା। ମୁଁ ସିନା ଜାଣେ ଏ ପାଦ ଚିହ୍ନ ସବୁ ମୋର। ଅନ୍ୟ ଯେ କେହି ମୋ ପରେ ଯଦି ଏଠିକୁ ଆସେ ସେ କଅଣ କହିପାରିବ ଏ ପଦଚିହ୍ନ ସବୁ ଦିନେଶ ର। ମୋର ସେମିତି କିଛି ବିଶେଷତ୍ୱ ଅଛିକି ଯାହା ପାଇଁ ମୋର ପଦଚିହ୍ନ ସବୁ ଅନ୍ୟ ଯେ କୌଣସ ପଦଚିହ୍ନ ଠାରୁ ଅଲଗା ହେବ। ଏବେ ଗୋଟେ ଅଦ୍ଭୁତ ଜୀବନ ଦର୍ଶନ ଘାରିଲା ତାକୁ। କେହି ମନେ ପକେଇବେନି ଦିନେଶ ମରିଗଲା ପରେ ଦିନେଶ ଏମିତି କଅଣ କରି ପକେଇଛି। ତା ଜୀବନରେ ଯେ ଅନ୍ୟମାନେ ତାକୁ ମନେ ପକେଇବା ଭଳି। ହୁଏତ ଆଉ କିଛି ସମୟ ପରେ ପବନ ଆସି ନିଶ୍ଚିହ୍ନ କରିଦେବ ସେ ପାଦ ଚିହ୍ନ ସବୁକୁ। ଦିନେଶ ଭାରୀ ପସ୍ତେଇ ହେଲା ଯା କେତେବଡ଼ ଜୀବନ ଟାଏ ନଷ୍ଟ ହେଇଗଲା କେବଳ ଖାଇ, ପିଇ ଏବଂ ଶୋଇ ଶୋଇ। ଦିନେଶ ନଈ ପାଣିରେ ପହଁରିଲା। ସଫା ପାଣି ଉପରୁ ତଳକୁ ବାଲି ସବୁ ସ୍ୱଷ୍ଟ ଦିଶୁଥାଏ।

ପଥର ଉପରେ ବସି ଦେହର ମଇଳା ସବୁ ସଫା କଲା ଟାଓ୍ୱାଲରେ, କେତେ ଦିନରୁ ବସି ଯାଇଛି ମଇଳା ସବୁ। ହରବରରେ କେବେ ବି ସେ ସବୁ ଛଡ଼େଇ ପାରିନି। ଆଜି ଫୁରସତ୍ ଅଛି ଯେତେବେଳେ ଟିକେ ଘଷି ହେଇ ଗାଧୋଇବା। ଦିନେଶ ସାବୁନ ଲଗେଇଲା ଓ ବେକରୁ, ହାତରୁ, ପାଦରୁ, ପିଠିରୁ, ମଇଳା ସବୁ ସଫାକଲା। କେତେ ସୁନ୍ଦର ଚିନ୍ତା ସବୁ ପଶି ଆସୁଥାଏ ମୁଣ୍ଡ ଭିତରକୁ। ଦିନେଶ ଭାବିଲା ମନ ଭିତରେ ବି କେତେ ମଇଳା ଜମାଟ ବାନ୍ଧି ଯାଇଛି, ମଝି ମଝିରେ ମନକୁ ଏମିତି ମୁକ୍ତ ରଖି ସବୁ ଆବର୍ଜନା ସଫା କରିଦେବା ଦର୍କାର। ସୁସ୍ଥ ଚିନ୍ତା ପାଇଁ ମନକୁ ବି କିଛି କିଛି ଫୁରସତ ଦର୍କାର।

ଗାଧୋଇ ସାରି ଦିନେଶ ସିଧା ହୋଟେଲକୁ ଗଲା। ଖାଇସାରି ଘରକୁ ଆସିଲା ଭାରୀ ଗରମ, ଭାରୀ ଶୋଷ, ପାଣି ପିଇବା ପାଇଁ ଫ୍ରିଜ୍ ଖୋଲିଲା ବେଳକୁ ତାର ମନେ ପଡ଼ିଲା ଫ୍ରିଜ୍‌ର ଦୁର୍ଗନ୍ଧ। ଗାଧୋଇବା ପୂର୍ବରୁ ଫ୍ରିଜ୍‌ଟା ସଫା କରି ଚଳେଇ ଦେଇଥିଲେ ଭଲ ହେଇଥାଆନ୍ତା। ଅନ୍ତତଃ କିଛି ଥଣ୍ଡା ପାଣି ତ ମିଳି ଥାଆନ୍ତା। ଦିନେଶ ସୁରେଇରେ ପାଣି ନ ଥିବା କଥା ଚା ତିଆରି ବେଳରୁ ଜାଣିଥିଲା ବାକି ରହିଲା ଷ୍ଟିଲ୍ ଡ୍ରାମ୍‌ର ପାଣି। ତାକୁ ମୋଟେ ପିଇହେବ ନାଇଁ। ଅତଏବ ଫ୍ରିଜ୍‌କୁ ସଫା କରାଯାଉ।

ଦିନେଶ ଫ୍ରିଜ୍ ଖୋଲିଲା ଓ ନାକରେ ହାତ ଦେଲା। ଭେଜିଟେବୁଲ୍ ଟ୍ରେ କୁ ଖୋଲି ଆଣି ପନିପରିବା ତକ ଫୋପାଡ଼ି ଦେଲା। ବାକି ରହିଲା କିଛି ବାଇଗଣ, କିଛି ପୋଟଳ, କିଛି ଟୋମାଟୋ, ଖଣ୍ଡେ ଅଦା, କିଛି କଞ୍ଚା ଲଙ୍କା, ଦରକାର ବେଳେ କିଛି ତରକାରୀ କରାଯାଇପାରିବ। ଦିନେଶ ଚିଲ୍ ଟ୍ରେ ର ପାଣିତକ ବାଥ୍‌ରୁମ୍‌ରେ ପକେଇ ଦେଇ ଆସିଲା, ବୋତଲ ସଫା କଲା ଓ ପାଣି ଭର୍ତ୍ତି କରି ଗୋଟେ ବୋତଲ କୁ ଡିପ୍ ଫ୍ରିଜ୍‌ରେ ଭର୍ତ୍ତିକଲା ଓ ଫ୍ରିଜ୍ ଚଳେଇଲା। ଏତେବେଳକୁ ବିଚରା ଝାଳନାଳ ହେଇ ଗଲାଣି। ଏତେ ଗରମରେ ରହି ହେବ। ହଠାତ ତାର କୁଲର୍ କଥା ମନେ ପଡ଼ିଲା। କୁଲର୍ ଅନ୍ କଲା ଗରମ ପବନ। ଦେଖିଲା ଗରମରେ କୁଲର୍ ପାଣିତକ ଶୁଖିଯାଇଛି। ଅତଏବ ପାଣି ଭର୍ତ୍ତି କରିବାକୁ ପଡ଼ିବ। ବାଥରୁମ୍‌ରେ ଟାଙ୍କି ମାନ ଶୁଖା। ଦୁଇଦିନ ହେଲା ଋକରାଣୀ ର ବି ଛୁଟି ହେଇ ଯାଇଛି। ମାଠିଆରେ ମାତ୍ର ଅଳ୍ପ ପାଣି ଅଛି। ଏତିକି ପାଣି କୁଲରର ମୋଟର ଉଠେଇ ପାରିବ ନାହିଁ। ତେଣୁ ବରଂ କୁଲରର ଉପର ଢ଼ାଙ୍କୁଣି ଖୋଲି ଢ଼ାଳିଦେଲେ ଖସ୍ ସବୁ ଭିଜି ଯାଇପାରେ। କୁଲରର ଉପର ଢ଼ାଙ୍କୁଣୀ ଖୋଲିବା ପାଇଁ ଗଲେ ଗୁଡ଼ାଏ ଜିନିଷ ଅଲଗେଇବାକୁ ପଡ଼ିବ, କୁଲରକୁ ପୁଣି ଟେବୁଲ ଭଳି ବ୍ୟବହାର କରାଯାଇଛି, ବ୍ରସ ଷ୍ଟେଣ୍ଡ, ସାବୁନ ଡବା, ତେଲଡବା, କିଛି କପ୍ ପ୍ଲେଟ୍, ଦିଟା ଗ୍ଲାସ୍, ଗୋଟେ ଡେକଚି, କିଛି ଥାଳି, ଗୋଟେ ଦିଟା ଡବା ଅଲଗେଇ ସାରିଲା ପରେ କୁଲର ର ଢ଼ାଙ୍କୁଣୀ ଖୋଲି ପାଣି ପୁରା ହେଲା, ତଥାପି ଥଣ୍ଡା ଲାଗିବ ନାଇଁ, ଦିନେଶ ଷ୍ଟିଲ୍ ଡ୍ରମ୍‌ର ପାଣିକୁ କୁଲରରେ ଢ଼ାଳି ଦେଲା। ପରେ ପାଣି କଥା ଚିନ୍ତା କରାଯିବ, ପ୍ରଥମେ ଜୀବନଟା ଖରା ଦାଉରୁ ରକ୍ଷା ପାଇଯାଉ, ଯା ବି ହେଉ ଟିକେ ଥଣ୍ଡା ଲାଗିଲା, କୁଲର କୁ ବେଡ଼ରୁମ୍ ପଟକୁ ବୁଲେଇ ଦେଇ ଦିନେଶ ଶୋଇବା ପାଇଁ ଯୋଜନା କଲାବେଳେ ଦେଖିଲା ବେଡ଼ ଟାରେ ଦୁନିଆ ଭରର ଜିନିଷ ପତ୍ର ରଖାଯାଇଛି। ଏତେ ସବୁ ସ୍ଥାନାନ୍ତରିତ କରିବା ପାଇଁ ଘଣ୍ଟେ ଲାଗିବ ବରଂ ତଳେ ଶୋଇ ପଡ଼ିବ। ଦେଖିଲା ତଳଟା ଅସନା ହେଇଛି, ଦିଦିନ ହେଲା ଝାଡୁ ହେଇନି, ତା ଛଡ଼ା, ସେଦିନ ଯିବା ପୂର୍ବରୁ ଜିତେନ ଯାହା ସବୁ ଖେଳନା ଫିଙ୍ଗି ଥିଲା ସବୁ ସେମିତି ପଡ଼ି ରହିଛି, ଦିନେଶ ତରବରରେ ପାଲିଟିଥିବା ପେଣ୍ଟ ସାର୍ଟ, ଲୁଙ୍ଗି, ଗାମୁଛା, ଚଡ଼ି, ସବୁ ତଳେ ପଡ଼ିଛି, ତା ଛଡ଼ା ସକାଳେ ପଡ଼ିଯାଇଥିବା ଦୁଧ ତକ ଚିହ୍ନ ବସି ଚପ ଚପ କରୁଛି, ଭାଗ୍ୟ ଭଲ ଗତ ରାତିରେ ଅନିଦ୍ରା ହେତୁ କାଲି ରାତିରେ ସେ ଆରାମରେ ଶୋଇ ପଡ଼ିଥିଲା। ନଚେତ ରାତିରେ ତାକୁ ମୋଟେ ନିଦ ହେଇ ନ ଥାଆନ୍ତା। ଦିନେଶ ଗୋଟେ ଝାଡୁ ଖୋଜିଲା, ଝାଡୁରେ ତଳଟା ସଫା କରିଦେଲା। ସବୁ ସଫା କରି ସାରିବା ବେଳକୁ ଦିନ ତିନିଟା।

ଦିନେଶ ବିଛଣାରେ ଟିକେ ଗଡ଼ିବାର ଚେଷ୍ଟା କଲା, ତାପରେ ତାର ମନେ ପଡ଼ିଲା ସେ ଗୋଟେ କଲମ ଆଣିଥିଲା। କାହା ପାଖକୁ ଚିଠି ଲେଖିବ। ସାଙ୍ଗମାନଙ୍କ କଥା ସବୁ ମନେ ପକାଇ ପକାଇ ଦିନେଶ ର ଆଖି ଲାଗି ଆସୁଥାଏ, ଗୋଟେ ଝିଣ ଝାଣ ଶବ୍ଦରେ ନିଦ ଭାଙ୍ଗିଗଲା, ଦେଖିଲା, ବଦମାସ ବିଲେଇଟା ତା ଆଡ଼କୁ ଢ଼ିମା ଢ଼ିମା ଆଖିରେ ଅନେଇ ଲାଞ୍ଜ ଟେକିଛି, ଯେମିତି ସେ କହିବା ପାଇଁ ଚାହୁଁଛି ଶଳା କଞ୍ଜୁସ, ଘରେ କିଛି ବି ଖାଇବା ଜିନିଷ ରଖିନୁ, ଜିତେନ ର ମାଁ ଥିଲେ, ଦୁଧ, ଦହି, ଘିଅ, ମାଛ ଭାସିଯାଉଥାଏ ଘର ଭିତରେ, ମୁଁ ବେକାରଟାରେ ସାତଟା ଘର ଡେଇଁ ଏଇ ଖରାରେ ତୋ ଘରକୁ ଆସିଛି, ହଠାତ ମୋର ନଜର ପଡ଼ିଲା ଛାୟା ଉପରେ ଗୋଟେ ଆଚାର ଶିଶି ଓଲଟି ପଡ଼ିଛି, ବୋଧେ ଢ଼ାଙ୍କୁଣୀ ଠିକ ଭାବରେ ଲାଗି ନ ଥିଲା ତେଲ ଓ ଗୁଡ଼ ଥପ ଥପ ତଳେ ପଡୁଛି। ତା ପାଖକୁ ଲାଗି ଶୋରିଷ ଡବାଟା ମେଲା ଥିଲା ତଳେ ପଡ଼ିଯାଇ ଚାରିଆଡ଼େ ଶୋରିଷ ବିଞ୍ଚି ହେଇଯାଇଛି। ଦି କେଜି ଖଣ୍ଡେ ସୋରିଷ ଶସ୍ତା ମିଳିଗଲା ବୋଲି ଦିନେସ ଧରି ଆଣିଥିଲା ବଜାରକୁ। ଏବେ ଦି କେଜି ସୋରିଷ ବଢ଼ି ପାଣି ଭଳି ଘରଯାକ ପଙ୍ଖା ପବନରେ ଉଡ଼ିଯାଇଛି। ପାଖରେ ପଡ଼ିଥିବା ସୋରିଷ କୁ ଦିନେସ ଆଙ୍ଗୁଠି ମୁନରେ ଗଣିବା ପାଇଁ ଲାଗିଲା ଯେତିକି ସୋରିଷ ପଡ଼ିଛି ସାରା ଜୀବନ ଗଣିଲେ ବି ସରିବ ନାଇଁ। ଏବେ ସେ ସବୁ ଝାଡୁରେ ସଫା କରିବା ପାଇଁ ଦିନେ ଲାଗିବ। ରିତୁ ଆସି ଏ ଦୃଶ୍ୟ ଦେଖିଲେ ବହେ ଝଗଡ଼ା ଲାଗିବ। ତେଣୁ ତା ଆସିବାର ପୂର୍ବରୁ ସେ ସବୁ ସଫା ହେଇଯିବା ଦର୍କାର। ପହର ଦିନରୁ ଗଲେଣି। ବୋର ହେଇ ଆଜି ସନ୍ଧ୍ୟାରେ ଫେରି ବି ଆସିପାରେ।

ଦିନେଶ କୁଲର ଓ ପଙ୍ଖା କୁ ବନ୍ଦ କଲା। ପଡ଼ି ଯାଇଥିବା ସୋରିଷ ସବୁ ସ୍ଥିର ହେଇ ଗଲେ ଯେ ଯାହାର ଜାଗାରେ। କିଛି ଟଳ ଟଳ ଢଳୁଥିଲେ ଗୋଟେ ନିର୍ଦ୍ଦିଷ୍ଟ ତାଳରେ। ଯେମିତି ବ୍ୟଙ୍ଗ କରୁଥିଲେ ଦିନେଶର ଫୁରସତକୁ। ଦିନେଶ ଝାଡୁ କରି ସବୁ ସୋରିଷକୁ ଗୋଟେ କଣରେ ଗଦେଇଲା। ମୁଠା ମୁଠା କରି ସୋରିଷ ସବୁକୁ ଡବାରେ ଭର୍ତ୍ତି କରୁ କରୁ ଭାବୁଥିଲା ଆଜି ରୀତୁ ନ ଆସିଲେ ତା ପାଖକୁ ଫୋନ କରିବ, ଭାରୀ ହଇରାଣ ହେଇଗଲିଣି, ରୀତୁ ଜଲ୍‌ଦି ଆସ, ତମେ ଥିଲେ ବରଂ ମୋର ପୁରା ଫୁରସତ, ଅନ୍ତତଃ ଘର କାମରୁ ତ ନିଷ୍କୃତି ମିଳୁଛି। କିଛି ସୋରିଷ ତଥାପି ରହିଗଲା ତଳେ। ଯାକୁ ଝାଡୁରେ ଛିଞ୍ଚାଡ଼ି ଦେଲା ଦିନେଶ ଏବଂ କୁଲର ଚଳେଇ ତା ପାଖରେ କିଛି ସମୟ ଛିଡ଼ା ହେଇ ଝାଳ ମାରିଲା, ଝାଳ ସବୁ ଶୁଖିଗଲା ପରେ ଦିନେଶ ବିଛଣାରେ ଗଡ଼ିଲା ବେଳଲୁ ଦେଖିଲା ଆଚାର ଶିଶିଟା ଢ଼ଳି ପଡ଼ିଛି, ଥପ ଥପ ଗୁଡ଼ ଆଉ ତେଲ ମସଲା ଥିପି ପଡୁଛି। ଏବେ ଜିତେନ ଥିଲେ ଆଁ କରି ତା

ମୁହଁରେ ପକେଇ ଦେଇଥାଆନ୍ତା ସେଇ ଝରି ପଡୁଥିବା ଆଋର ବିନ୍ଦୁକୁ। ଥପ ଥପ ପଡୁଥିବା ଦୃଶ୍ୟଟି ଯଦିଓ ଦିନେଶକୁ ଭଲ ଲାଗୁଥିଲା। ଘର ପୁଣି ଖୁବ୍ ଶୀଘ୍ର ଆଋର ରସରେ କଷାୟିତ ହେଇଯିବାର ଭୟରେ ସେ ଉଠି ପଡ଼ିଲା, ପ୍ରଥମେ ଚିନ୍ତା କଲା ସେଇ ପଡୁଥିବା ଜାଗାରେ ଗୋଟେ ଗ୍ଲାସ୍ ଦେଇଦେବ। ପରେ ଭାବିଲା ନାଁ ତାକୁ ଉଠେଇଦେବା ଭଲ ହେବ ଏବଂ ସେ ବାହାର ଘରୁ ଗୋଟେ ଷ୍ଟୁଲ ଆଣିଲା, ଷ୍ଟୁଲ ଉପରେ ଠିଆହେଲା ଆଋର ଶିଶିଟାକୁ ସିଧା କରିଦେଲା। ତା ପାଖରେ ଶୋରିଷ ଡବା ଟା ରଖିଦେବା ଉଚିତ ହେବ ମନେକରି ଦିନେଶ ସୋରିଷ ଡବାଟା ଆଣିବା ପାଇଁ ଗଲା ଓ ଷ୍ଟୁଲ ଉପରେ ଚଢ଼ି ସୋରିଷ ଡବାଟା ରଖିବା ପାଇଁ ଗଲାବେଲେ ଦେଖିଲା ଗୋଟେ ବହଳିଆ ପିମ୍ପୁଡ଼ିର ଧାର।

ଗୋଟିଏ ଦିନରେ ଏତେ ପିମ୍ପୁଡ଼ି କୋଉଠୁ ଆସିଲେ ଦେଖିବା ପାଇଁ ଦିନେଶ ଅନୁସନ୍ଧାନ ଚଳେଇଲା। କୋଉଠି ସେମିତି କିଛି ଜିନିଷ ପଡ଼ିଛି କି, ତାକୁ ହିଁ ସଫା କରିଦେଲେ ଧାରଟି ଆପେ ବନ୍ଦ ହେଇଯିବ। ଦିନେଶ ଲକ୍ଷ୍ୟକଲା ସୋରିଷ ଡବାର ପଛପଟ କାନ୍ଥରୁ ସିଧା ସିଧା ଯାଇ ଆଗ କାନ୍ଥରୁ ବଙ୍କା ହେଇ ସ୍କାଇଲାଇଟ୍ ଯାଏ, ଦିନେଶ ଟିଭି ଟେବୁଲ ଉପରକୁ ଚଢ଼ିଯାଇ ଦେଖିଲା ପିମ୍ପୁଡ଼ି ଧାରଟି ସ୍କାଇଲାଇଟ ବାଟଦେଇ ଆର ପଟକୁ ଯାଇଛନ୍ତି, ଦିନେଶ ଆର ପଟକୁ ଆସି ଦେଖିଲା ଧାରଟି ସାୟାରୁ ସାୟାର ତଳ ପଟଦେଇ, ଡ୍ରେସିଂ ଟେବୁଲ କାଚର ପଛପଟ କାନ୍ଥରୁ ଆରକାନ୍ଥକୁ ଓ ଦ୍ୱାରବନ୍ଧ କଣାରୁ ବାରଣ୍ଡାର କାନ୍ଥପଟେ ତଳକୁ ଓହ୍ଲେଇ ବାଥରୁମ୍ ପାଖ ବାରଣ୍ଡାରୁ କାନ୍ଥ ବାଟଦେଇ କାନ୍ଥର ଆର ପଟକୁ ଲମ୍ବିଯାଇଛି ନଈ ଟିଏ ପରି ପିମ୍ପୁଡ଼ିର ସ୍ରୋତ। ଦିନେସ କିଛି ବୁଝି ପାରିଲା ନାଇଁ ଯଦି ମୋ ଘରେ କିଛି ନାଇଁ, ମୋ ଘର ପଟଦେଇ ଯିବା କଅଣ ଦର୍କାର, ନାଁ ଏଇଟା ପିମ୍ପୁଡ଼ି ମାନଙ୍କ ନେସନାଲ୍ ହାଇୱେ। କାନ୍ଥ ପାଖକୁ ଯାଇ ଦିନେଶ ପିମ୍ପୁଡ଼ି ମାନଙ୍କ ଗତିବିଧି ଲକ୍ଷ୍ୟ କଲା। ଗୋଟିଏ ଧାର ଭଳି ଦେଖା ଯାଉଥିଲେ ବି ପ୍ରକୃତରେ ଦିଇଟା ଧାର ହିଁ ଥିଲେ ଯେମିତି ୱାନ୍ ୱେ ଟ୍ରାଫିକ୍, କିଛି ପିମ୍ପୁଡ଼ି ପୂର୍ବ ଆଡ଼କୁ ଯାଉଥିଲେ କିଛି ପୂର୍ବରୁ ପଶ୍ଚିମ ମୁହାଁ ଫେରୁଥିଲେ। ଯୋଉମାନେ ପୂର୍ବରୁ ପଶ୍ଚିମ ପଟେ ଫେରୁଥିଲେ ସେମାନଙ୍କ ମୁହଁରେ ଧଳା ଧଳା କିଛି ଖାଦ୍ୟ ଥିଲା। ଯୋଉମାନେ ପଶ୍ଚିମରୁ ପୂର୍ବକୁ ଯାଉଥିଲେ ସେମାନଙ୍କ ମୁହଁ ସବୁ ଖାଲିଥିଲା ଓ ସେମାନେ ବଡ଼ ତରତର ହେଇ ଯାଉଥିଲେ, ମଝି ମଝିରେ ଅଟକିଯାଇ ଅନ୍ୟ ପିମ୍ପୁଡ଼ି ମାନଙ୍କ ମୁହଁକୁ ମୁହଁ ଲଗେଇ ଦେଉଥିଲେ। ହୁଏତ ସେମାନେ ପଶ୍ଚିମ ମୁହାଁ ପିମ୍ପୁଡ଼ି ମାନଙ୍କୁ କିଛି ପଋରୁଥିଲେ ପୂର୍ବ ସଂପର୍କରେ। ଯାବି ହେଉ ଯୁଦ୍ଧ କାଳୀନ ଭିତ୍ତିରେ ପିମ୍ପୁଡ଼ି ମାନଙ୍କର ଦୌଡ଼ାଧୁପା ଖରାକୁ ବେଖାତିର ଋଲିଥାଏ। ଦିନେଶ ମନେ ମନେ ଚିନ୍ତା

କଲା। ଏଇ ସ୍ରୋତକୁ କଅଣ ଅଟକା ଯାଇ ପାରିବ, ଏମାନଙ୍କର ପଥ କଅଣ ବଦଳା ଯାଇ ପାରିବ, ଏଇଟା ପିମ୍ପୁଡ଼ି ମାନଙ୍କର ଜରୁରୀକାଳୀନ ରାସ୍ତା, ନିଶ୍ଚୟ ସବୁଦିନିଆ ନୁହେଁ, ଦିନେଶ ଗୋଟେ ଝାଡୁ ଆଣିଲା ଓ ଚିନ୍ତା କଲା ଏମାନଙ୍କୁ ପଥଚ୍ୟୁତ କରି ମୋର କଅଣ ଲାଭ, ମୋର ଏମାନେ କିଛି କ୍ଷତି କରୁଛନ୍ତି କି, ତଥାପି ଦିନେଶ ଗୋଟେ ଅହେତୁକ ଚିନ୍ତାରେ ପିମ୍ପୁଡ଼ି ଧାର ଉପରେ ଝାଡୁ ମାରିଲା। କିଛି ସମୟ ପାଇଁ ପିମ୍ପୁଡ଼ି ମାନେ ଇତସ୍ତତ ହେଇଗଲେ, ଧାରଟି ଛିଣ୍ଡି ଗଲା ଭଳି ଦିଶିଲା ଓ କିଛି ସମୟ ପରେ ଧାଡ଼ିଟି ପୁଣି ଯୋଡ଼ି ହେଇଗଲା ଯଦିଓ ଝାଡୁ ମାଡ଼ରେ କିଛି ପିମ୍ପୁଡ଼ିର ଗୋଟେ ଧାର ପୁଣି ସେଇ ସମାନ ଧାରରେ ଧାଁ ଧପଡ଼ରେ ଲାଗିଗଲେ। ଏଥର ସେମାନେ ବେଶୀ ବ୍ୟସ୍ତ ଜଣା ପଡୁଥିଲେ।

ପିମ୍ପୁଡ଼ି ମାନଙ୍କୁ ଲକ୍ଷ୍ୟ କରୁ କରୁ କେ ଜାଣି କେମିତି ଭାବେ ଦିନେଶ ର ମୁଣ୍ଡକୁ ଗୋଟେ ଅଦ୍ଭୁତ ଥେସିସ ଜୁଟିଲା। ସନ୍ଧ୍ୟା ହେଇ ସାରିଥାଏ, ପେଣ୍ଟସାର୍ଟ ଗଳେଇ ବାହାରକୁ ଯିବା ପାଇଁ ଉପକ୍ରମ କଲାବେଳେ ହଠାତ ପାୱାର କଟ୍ ହେଲା, ଘରଯାକ ଅନ୍ଧାର ହେଇଗଲା, ଦିନେଶ ଦିଆସିଲି ଖୋଜି ପାଇଲା ନାହିଁ। ଲଣ୍ଠନ କି ମହମବତୀ ଖୋଜି ପାଇଲା ନାହିଁ, ଖୋଜିଲା ବେଳେ ହାତ ବାଜି ଋ ପତି ଡବା ପଡ଼ି ଯିବାର ସେ ଜାଣି ପାରିଲା, ତଥାପି ସେ ବ୍ୟସ୍ତ ହେଲା ନାଇଁ, ରୀତୁର ଯିବା, ଆସିବା ଥିବା ନ ଥିବା କିଛି ତାକୁ ବ୍ୟସ୍ତ କରି ପାରିଲା ନାଇଁ, ଚୁପ ଋପ୍ ଅନ୍ଧାରରେ ପାଦ ପକେଇ ପକେଇ ରାସ୍ତା ଉପରକୁ ଆସିଲା ଦିନେଶ। ଯେମିତି ଆଜି ସେ ଜୀବନର ଗୋଟେ ଚରମ ସତ୍ୟ ଖୋଜି ପାଇଛି। ଗୋଟେ ପରମ ତୃପ୍ତିରେ, ଆତ୍ମ ନିମଗ୍ନ ଦିନେଶ ଅନ୍ଧାର ଭିତରେ ସହର ସାରା ପାଦ ପକେଇ ପକେଇ ଋଲି ଆସୁଛି।

■■

ଶୋଭନ୍‌ର ଠିକଣା

ଭାରୀ ବୋର ହେଇ ଯାଇଥିଲା ଶୁଭେଂଦୁ ସେଦିନ। ସେ ଦିନ ହିଁ ପ୍ରଥମ ଥର ପାଇଁ ଅନୁଭବ କଲା ଯେ ଏ ସହରକୁ ବଦଳି ମାଗି ଆସି ସେ କେତେ ବଡ଼ ଭୁଲ୍ କରିଛି। ଯା ପୂର୍ବରୁ ଯୋଉଠି ଥିଲା ସେଇଠି ସେ କଅଣ ବୋର୍ ହେଉନଥିଲା। ତଥାପି ତାକୁ ଲାଗିଲା ଯେମିତି ଏଇଠି ସେ ବେଶୀ ବୋର୍ ହେଉଛି। ଅଥଚ କାହିଁକି ବୋର୍ ହେଉଛି ସେ ସଂପର୍କରେ ଚିନ୍ତାକଲେ କିଛି ହିଁ କାରଣ ଖୋଜି ପାଉ ନଥିଲା।

ସବୁ ତ ଠିକ୍ ଥିଲା ସେଇଠି। ବ୍ୟସ୍ତତା ଭିତରେ ନିଜକୁ ସଂପୂର୍ଣ୍ଣ ରୂପେ ହଜେଇ ଦେଇ ପାରିଥିଲା। ଏପରିକି କୋଉଠି ଅଛି ବୋଲି ଭାବିବା ପାଇଁ ତାର ଫୁରସତ ନ ଥିଲା। ତଥାପି ହଠାତ ଦିନେ ସେଇଠି ସେ ବୋର ହେଇଗଲା। ତାକୁ ଲାଗିଲା ଯେମିତି ସ୍ରୋତ ମଝିରେ କୋଉଠି ଗୋଟେ ସେ ଅଟକି ଯାଇଛି। ଶୁଭେଂଦୁ ସେଦିନ ହିଁ ନିଷ୍ପତ୍ତି ନେଇଥିଲା ସେ ଜାଗା ତାକୁ ଛାଡ଼ିବାକୁ ହିଁ ପଡ଼ିବ। ବେଶ୍ ଆଉ ଦ୍ୱିତୀୟ ଥର ସେ ଚିନ୍ତା କରିନି। କୋଉଠିକି ଯିବ ସେ କଥା ବି ସେ ସ୍ଥିର କରିନଥିଲା ଏବଂ ଯୋଉଠି କି ଗଲେ ବି ତାର ଆପତ୍ତି ନାହିଁ ବୋଲି ବଡ଼ ଆରାମରେ ବଦଳି ଆବେଦନ ପତ୍ରରେ ଲେଖି ଦେଇଥିଲା। ତା'ପରେ ଏ ବଦଳି।

ତାର ବଦଳି ଅର୍ଡ଼ର ଶୁଣି ଚମକି ପଡ଼ିଥିଲେ ସମସ୍ତେ। ସେ ନିଜେ ବି କମ୍ ଆଶ୍ଚର୍ଯ୍ୟ ହେଇନଥିଲା ସେ ଦିନ। କାରଣ ସାତ ଦିନ ଭିତରେ ଯେ ତାର ବଦଳି

ଆଦେଶ ଆସିଯିବ ଏକଥା ତାର କଳ୍ପନା ବହିର୍ଭୁତ ଥିଲା। ତଥାପି ଖୁସି କିମ୍ବା ଦୁଃଖିତ ହେଇପାରିନଥିଲା। ସମସ୍ତେ ତାକୁ ମନାକରିଥିଲେ ଯାଆନି ବୋଲି। ଅଥଚ କାହାରି କଥା ମାନିବା ପାଇଁ ସେ ପ୍ରସ୍ତୁତ ନଥିଲା। ଏମିତି ତାର କଅଣ ହେଇ ଯାଇଥିଲା ?

ତାକୁ ଆଉ କିଛି ଦିନ ରହିବା ପାଇଁ ଅଫିସର ସମସ୍ତେ ବାଧ୍ୟ କରୁଥିଲେ। କିନ୍ତୁ ଶୁଭେଂଦୁ ମନା କଲା। ତେଣୁ ସେଦିନ ହିଁ ଅଫିସରେ ଶୁଭେଂଦୁ ପାଇଁ ଶେଷ ଦିନଥିଲା ଓ ତା ପରଦିନ ଅଫିସ ତଥା ସେ ସହର ଛାଡ଼ି ଶୁଭେଂଦୁ ଏଡେ ହଠାତ୍ ପଳେଇ ଆସିଥିଲା ଯେ କେହି ତା ବଦଳି ସଂପର୍କରେ ଜାଣିବାର ସୁଯୋଗ ପାଇନଥିଲେ। ଅନେକ ଦିନ ପର୍ଯ୍ୟନ୍ତ ଯେମିତି ସେ ଦୀର୍ଘ ଛୁଟିରେ ହିଁ କୁଆଡ଼େ ଯାଇଛି। ସେଇ ଯେ ଅଣନିଶ୍ୱାସୀ ପଳେଇ ଆସିଥିଲା ଶୁଭେଂଦୁ ଏ ସହରକୁ ତା ପରଠୁ କୁଆଡ଼େ ହେଲେ ବି ଯାଇନି। ଆଜି ଦୁଇବର୍ଷ ପରେ ଶୁଭେଂଦୁ ଅନୁଭବ କଲା ଯେ ସେ ଭୀଷଣ ବୋର୍ ହେଇଯାଇଛି। ଏ ସହରକୁ ବଦଳି ମାଗି ଆସି ସତରେ ସେ କେତେ ବଡ଼ ଭୁଲ୍ କରିଛି।

ବୋର୍ ହେଇ ଯାଇଛି ବୋଲି ଜାଣିସାରିବା ପରେ ଶୁଭେଂଦୁ ବେଶି କଷ୍ଟ ପାଉଥିଲା। କାରଣ ପ୍ରଥମତଃ ସେ ଜାଣିନଥିଲା କାହିଁକି ବୋର୍ ହେଉଛି ଓ ଦ୍ୱିତୀୟତଃ କଅଣ କଲେ ବୋର୍ ହେବ ନାହିଁ ସେକଥା ବି ସେ ଜାଣି ପାରୁ ନଥିଲା। ପ୍ରତିଦିନ ସେ ପୋଷ୍ଟ ପିଅନକୁ ଅପେକ୍ଷା କରୁଥିଲା, ଅଥଚ ଅଫିସର ଆଜେ ବାଜେ ଚିଠି ଓ ଅନ୍ୟମାନଙ୍କ ଚିଠି ବ୍ୟତୀତ ତା ପାଇଁ କୌଣସି ଚିଠି କେବେ ବି ଆସୁ ନ ଥିଲା। ଫୋନ ରିଂ ହେଲେ ସେ ଭାବୁଥିଲା ଯେ ତାକୁ ହିଁ କେହିଜଣେ ଡାକୁଥିବ ଓ ସେ ପିଅନ କୁ ଅପେକ୍ଷା କରୁଥିଲା ଅଥଚ ପିଅନ ଆସି ଅନ୍ୟ ଜଣକୁ ଡାକିନେଇ ଯାଉଥିଲା ଓ ସେ ମନେ ମନେ ବିରକ୍ତ ହେଇଯାଉଥିଲା। ତାକୁ କଅଣ ମନେ ପକେଇବା ପାଇଁ କେହି ବି ନାହାନ୍ତି ?

ବୋର୍ ହୋଇଯିବା ପରେ ହିଁ ଶୁଭେଂଦୁର ପୂର୍ବତନ ସହର ତଥା ଅଫିସ କଥା ବେଶି ମନେପଡ଼ିଲା। ଚା ପିଇଲା ବେଳେ ମନେପଡ଼ିଲା ଲଛମନ ର ଚା ଦୋକାନ। ସେ ଶିମୁଳୀ ଗଛ ତଳେ ପଡ଼ିଥିବା ବେଂଚ ଯୋଉଠି ଶୁଭେଂଦୁର ଅଫିସ୍ ସମୟ ଛଡ଼ା ବାକିତକ ସମୟ କାଟୁଥିଲା। ଲଛମନର ଚା ସଂଗରେ କବିତା ଓ ସାହିତ୍ୟ ଚର୍ଚ୍ଚା। ଶୋଭନ ଓ ନିରାକାର ତଥା ସୁମନବାବୁଙ୍କ ପାଇଁ ଅପେକ୍ଷା କରୁଥିଲା ଶୁଭେଂଦୁ ସେଇଠି ଓ ପ୍ରତି କପ୍ ଚା ଓ ସିଗାରେଟ ଧୂଆଁ ଭିତରେ ଗୋଟିଏ ନୂଆଁ କବିତାର ଆସର ଜମିଯାଉଥିଲା।

ଆଜିକାଲି ଅଫିସକୁ ପଶିଆସିଲେ ଶୁଭେଂଦର ମନେହୁଏ ଯେମିତି ଗୋଟିଏ ଶୁନ୍ୟ କୋଠରୀ ଭିତରେ ସେ ବଂଦ ହେଇଯାଇଛି। ଯେମିତି ପ୍ରତି ଦିଇଟି କର୍ମଚାରୀଙ୍କ ମଝିରେ ଗୋଟିଏ ବିରାଟ କାନ୍ଥ। ଯା ଶଳା ଏଇଠି ଖାଲି କାମ, କାମ, କାମ, କାମ

ବାହାରେ ଆଉ କିଛି ମଜା ମଜଲିସ୍ ନାଇଁ, କ୍ଥାବାର୍ତ୍ତା ନାଇଁ, ହସଖୁସୀ। କିଏ ଏମିତି ବାନ୍ଧି ଦେଇଛି ସମସ୍ତଙ୍କ ମୁହଁକୁ ଯେ, ଯାଃ ଭଲ ଲାଗେ ନାଇଁ ଶୁଭେଂଦୁକୁ ଏ ସବୁ। ପାଞ୍ଚ ଜଣ ବୋଲି ଷ୍ଟାଫ୍। ସେଥିରେ ବି କାହାରି ସଙ୍ଗେ କାହାରି ମେଳନାଇଁ। ଅଥଚ ଶୁଭେଂଦୁ କେତେ ମଜାରେ ନଥିଲା ସେଇଠି। ଦିନେ ଅଫିସକୁ ନଗଲେ ବୋର୍ ହେଇଯାଉଥିଲା। ଯେମିତି ଅଫିସ ଟା ହିଁ ତା ପାଇଁ ଗୋଟେ ଖେଳପଡ଼ିଆ ଥିଲା। ଦିନେ ଛୁଟି ନେବାକୁ ପଡ଼ିଲେ ଶୁଭେନ୍ଦୁକୁ ଲାଗୁଥିଲା ଯେମିତି ଖୁସୀର ଗୋଟିଏ ଦିନରୁ ସେ ବଞ୍ଚିତ ହେଇଗଲା। ଭାରୀ ଭଲଥିଲା ସତରେ ସେ ଅଫିସ, ସେ ସହର, ସେ ଦିନ ସବୁ। ଶୁଭେଂଦୁ କାହିଁକି ଏମିତି ନିଷ୍ପତ୍ତି ନେଲା ଯେ।

ଆଜି ଏତେ ଜୋର୍ ଏ ସବୁ କଥା ମନେ ପଡୁଥିଲା ଯେ ଶୁଭେଂଦୁ ର ଆଉ କାମ କରିବାର ଇଚ୍ଛା ନ ଥିଲା। ତାକୁ ଲାଗୁଥିଲା ଆଜିହିଁ ସେ ତାର ପୂର୍ବତନ ସହରକୁ କିଛି ଦିନ ପାଇଁ ଅନ୍ତତଃ ଚାଲିଯାଆନ୍ତା। ଶୁଭେଂଦୁ ନିଜେ ସିନା ଏମିତି ଘାରି ହେଉଛି ତାକୁ କେହି କ'ଣ ସତରେ ମନେ ପକଉଥିବେ। ଅଥଚ ଶୁଭେଂଦୁ ନଥିଲେ ସେଇଠି ଯେମିତି ସବୁକିଛି ଅଚଳ ହେଇଯାଉଥିଲା। ସବୁକାମ ତାର ନିଷ୍ପତ୍ତିର ଅପେକ୍ଷା କରୁଥିଲା। ଆଜିକାଲି କେମିତି ଚଲୁଥିବ ସେ ସବୁ କାମ। କାହାରି ପାଇଁ କୌଣସି ଜାଗା ଖାଲି ରହିଯାଏ ନାହିଁ ବୋଧେ, ବୋଧେ କାହାରିପାଇଁ କୌଣସି କାମ ଅଟକି ଯାଏନି ବୋଧେ, ସବୁକୁ ଚଳେଇ ନେଇଯାଏ ସମୟ ତା ନିଜ ହିସାବରେ, ଶୁଭେଂଦୁ ଭାବେ।

ଏମିତି ସବୁ ଚିନ୍ତା କରୁ କରୁ ଶୁଭେଂଦୁ ଶୁଣିଲା ଯେ ଫୋନ ଅନେକ ବେଳୁ ରିଂ ହେଉଛି ଅଥଚ କେହି ଧରୁ ନାହାନ୍ତି। ଶୁଭେଂଦୁ ଧିରେ ଧିରେ ଫୋନ୍ ପାଖକୁ ଗଲା ଓ ଡାକିଲା ହେଲୋ। ହେଲୋ। ଷ୍ଟେଟ ବେଂକ। ଆରପଟୁ କେହି ଜଣେ ବହୁତ ଜୋରରେ ହେଲୋ ହେଲୋ କହୁଥାଏ ଅଥଚ ଭାରୀ କ୍ଷୀଣ ଶୁଭୁଥାଏ ଏ ପଟୁ। ଶୁଭେଂଦୁ ପୁଣିଥିରେ ପାଟିକରି କହିଲା। ହେଲୋ। କାହାକୁ ଦର୍କାର, କିଏ କହୁଛନ୍ତି, କୋଉଠୁ କହୁଛନ୍ତି। ଶୁଭେଂଦୁ ଜାଣିଲା ଏଇଟା ଗୋଟେ ଟ୍ରଂକ୍ କଲ୍। କାହାର କିଛି ଜରୁରୀ କାମଥିବ। ତେଣୁ ଫୋନ୍ କୁ ରଖିଦେବାର ଇଚ୍ଛା ଥିଲେ ବି ରଖିପାରୁ ନଥାଏ। ଗୋଟେ ଅପରାଧ ବୋଧରେ। ସେ ପଟୁ ପୁଣି ଥରେ ଆଗ ଅପେକ୍ଷା ଟିକିଏ ସ୍ପଷ୍ଟ ଶୁଭିଲା, ହେଲୋ ଶୁଭେଂଦୁ ଅଛନ୍ତି। ହେଲୋ ଟିକେ ଶୁଭେଂଦୁକୁ ଡାକିଦେବେ। ହଁ ହଁ ହଁ ମୁଁ ଶୁଭେଂଦୁ କହୁଛି, ଆପଣ କିଏ କହୁଥିଲେ, ପୁଣି କିଛି ଶୁଭିଲା। ନାଇଁ, ଶୁଭେଂଦୁ ଘବରେଇ ଗଲା କିଏ ତାକୁ ଏତେ ଦୂରରୁ ଖୋଜୁଛି ଅଥଚ ସେ ଜାଣି ପାରୁନି କିଏ, କାହିଁକି, ଶୁଭେଂଦୁ ପୁଣି ଥରେ ଜୋର୍‌ରେ ହେଲୋ। ହେଲୋ ମୁଁ ଶୁଭେଂଦୁ। ଆପଣ କିଏ କହୁଥିଲେ, ସେ ପଟୁ ଆରେ ଶୁଭେଂଦୁ ହେଲୋ, ହେଲୋ

କାଲି ସମ୍ବଲପୁର ଆସ, ତମର ଛୁଟି ଅଛିତ, ହେଲୋ ମୁଁ ଶୋଭନ କହୁଛି। ଛଅଟା ସୁଦ୍ଧା ଆମେ ସୁକାନ୍ତ ବାବୁଙ୍କ ଘରେ ଥିବୁ, ଚେଷ୍ଟାକର ଛଅଟା ସୁଦ୍ଧା। ଏଥରକ ଅନେକ ହେଲୋ ହେଲୋ ପରେ ବି ଆଉ କିଛି ଶୁଣାଗଲା ନାଇଁ। ଶୁଭେଂଦୁ ଫୋନ୍ ରଖିଦେଇ ବାହାରକୁ ଆସିଲା, ସିଗାରେଟ ଟାଣିଲା ଓ ଶୋଭନର କଥା ମନେ ପକେଇଲା।

ଶୁଭେଂଦୁ ଆସିଲା ପରେ ପରେ ଶୋଭନ ବି ଚାଲିଆସିଥିଲା ସେ ସହର ଛାଡ଼ି। ତାକୁ ବି କୁଆଡ଼େ ଗୋଟେ ନିର୍ବାସନ ଦର୍କାର ଥିଲା। ଗଲା ପରେ ଗୋଟିଏ ଚିଠି ଦେଇଥିଲା ଯେ, ଶୁଭେଂଦୁ ଉତ୍ତର ଦେଇଥିଲା ନାଁ ନାଇଁ କିଏ ଜାଣେ। ତା ପରଠୁ ଆଉ କେହି କାହାର ଖବର ରଖିନି। ଆଜି ହଠାତ୍ ଶୋଭନ ସମ୍ବଲପୁର ଯିବା ପାଇଁ ଡାକିଛି। କାଲି, ପଅରଦିନ ଦି' ଦିନ ଛୁଟୀ। ଶୋଭନ ବୋଧେ ପୁଣିଥରେ ବୋର ହେଇଯାଉଛି ସେଇଠି।

ଶୁଭେଂଦୁ ସେଦିନ ରାତିରେ ସମ୍ବଲପୁର ଯିବାର ପ୍ରସ୍ତୁତି କରିଲା। ତା ପୁରୁଣା ଡାଏରୀ, ନୂଆଁ, କବିତା, ଗଳ୍ପ, ଗୋଟିଏ କଲମ, ବ୍ରସ୍, ପେଷ୍ଟ, ଲୁଂଗି, ଚଡ଼ି, ଗାମୁଛା, ସବୁକୁ ବେଗରେ ଭର୍ତ୍ତି କଲା। ସମ୍ବଲପୁର ଗଲେ କ'ଣ କରିବ, କେଉଁଠି ରହିବ, କାହାକୁ ଭେଟିବ ଏତେଦିନ ପରେ ସମ୍ବଲପୁର କେମିତି ଲାଗିବ, ଏତେଦିନ ପରେ ଦେଖି ସାଙ୍ଗମାନେ ତା'କୁ କ'ଣ ଭାବିବେ, ଖୁସୀ ହେବ ନାଁ ଆଶ୍ଚର୍ଯ୍ୟ, ଏପରିକି ଲଛମନ ର ଚ଼ ଦୋକାନ ଥିବ ନାଁ ନାଇଁ ତାକୁ ଦେଖି ସେ କି ଟିପ୍ପଣୀ ଦେଇପାରେ ଇତ୍ୟାଦି ଅନେକ କଥା ଭାବି ଭାବି ଶୋଇ ପଡିଲା।

ସମ୍ବଲପୁରରେ ପହଞ୍ଚିଲା ପରେ ଶୁଭେଂଦୁ ଦେଖୁଛି ରାତି ସବୁ ଖୁବ୍ ଲମ୍ବା ହେଇଯାଇଛି। ଗୋଟିଏ କାଳ ନିଦ୍ରାରେ ଯେମିତି ଶୋଇପଡ଼ିଛି ସାରା ସହର। ଶୁଭେଂଦୁ ଘରିଆଡ଼େ ବୁଲୁଛି ଅଥଚ କାହାକୁ ଭେଟି ପାରୁନି। ସମସ୍ତଙ୍କ ଦୁଆର ଠକ୍ ଠକ୍ କରୁଛି ଅଥଚ କେହି ଉଠୁନାହାନ୍ତି। କ୍ଳାନ୍ତ ହେଇ ଶୁଭେଂଦୁ ଚର୍ଚ୍ଚ ବାରଣ୍ଡାରେ ଶୋଇ ପଡୁଛି। ଚର୍ଚ୍ଚ ଭିତରେ କେହି ଜଣେ ଫାଦର ଭଳି ଦିଶୁଛି। ଅଥଚ କଳା ଗାଉନ ପିନ୍ଧିଛି ଦେହ ସାରା ଗୋଟିଏ ଆଶାବାଡ଼ିର ଭରସାରେ ଶୁଭେଂଦୁ ପାଖକୁ ଆସୁଛି, ଦାଢ଼ି ଭିତରୁ ଚିହ୍ନି ହେଉନି ତାର ମୁହଁ ଶୁଭେଂଦୁକୁ ଆସି ଉଠଉଛି, କହୁଛି ଏଠି ରାତି ପାହୁନି, ସକାଳ ଆଉ ହେଉନି। ସେଦିନ ରାତିରେ ଏ ସହର ଛାଡ଼ି ଚାଲିଗଲା ବେଳେ ତମେ ଚୋରେଇ ନେଇ ଚାଲିଯାଇଥିଲ ଏ ସହରର ଘଣ୍ଟା ଚର୍ଚ୍ଚ ଘଣ୍ଟା ଆଉ ବାଜୁନି, ଲୋକେ ସେଦିନଠୁ ଶୋଇ ପଡ଼ିଛନ୍ତି, ଈଶ୍ୱର ତମକୁ କ୍ଷମା କରନ୍ତୁ, ତମେ ଘଣ୍ଟା ଫେରେଇ ଦିଅ। ଫାଦର ତା ବେଗକୁ ଖୋଲି ଖୋଜୁଛନ୍ତି, ବେଗ୍ ଭିତରୁ ଗୋଟିଏ ବଡ଼ ଘଣ୍ଟା ବାହାରୁଛି।

ଶୁଭେଂନ୍ଦୁ ଭାବୁଛି ଏମିତି ଘଣ୍ଟା ତ ସେ କେବେ ଦେଖିନି, ଏତେ ଭୟଂକର ଗୋଟିଏ ବାଘର ମୁହଁ। ଦିଇଟି ଭୟଂକର ଆଖି, ଗୋଟିଏ ଲାଲ ଜିଭ ଲମ୍ବିଆସି ପେଣ୍ଟୁ ଲମ ହେଇଛି। ତା ବେଗରେ ତ ଏମିତି କିଛି ନ ଥିଲା। ଶୁଭେଂନ୍ଦୁର ବେଶ ମନେଅଛି ଖାଲି ପୁରୁଣା ଡାଏରୀ, ନୂଆଁ, କବିତା, ଗଳ୍ପ, ଗୋଟିଏ କଲମ, ବ୍ରସ୍, ପେଷ୍ଟ, ଲୁଂଗି, ଚଡ଼ି, ଗାମୁଛା, ଶୁଭେଂନ୍ଦୁ ବେଗ୍ ଭିତରେ ଖୋଜୁଛି, ଅଥଚ କିଛି ନାଇଁ ବେଗ୍ ଭିତରେ ଗୋଟିଏ ପିସ୍ତଲ୍, ଛୁରୀ, କିଛି ହାତ ବୋମା, ଗୋଟିଏ ବାଇବେଲ ବହି, କିଛି ରକ୍ତ, ଶୁଭେଂନ୍ଦୁ ଭୟରେ ଫାଦରର ମୁହଁକୁ ଅନଉଛି, ଫାଦର ଏବେ ଡକାୟତ ବେଶରେ ଘୋଡ଼ା ଉପରେ ସବାର ହେଇଛି କହୁଛି ଘଣ୍ଟାଟା ମୁଁ ନେଇ ଯାଇଛି, ରାତି ପାହୁ ନ ପାହୁ ମୋର କିଛି ଯିବ ନାହିଁ। ଯଦି କେବେ ବି ଏଇଠି ସକାଳ ହୁଏ ତେବେ ତମେ ହିଁ ଚୋର ବୋଲି ଧରାଯିବ। ଫାଦରର ମୁହଁ ମୁଁ ସବୁଦିନ ପାଇଁ ବଂଦ କରିଦେଇଛି। ଶୁଭେଂନ୍ଦୁ ଦେଖୁଛି ଫାଦରର ଛାତିରେ ଗୁଳିବାଜି ରକ୍ତ ଝରୁଛି। ଶୁଭେଂନ୍ଦୁ ଫାଦର ପାଖକୁ ଦୌଡ଼ି ଯାଉଛି ଓ ପାଟି କରୁଛି ମର୍ଡର ମର୍ଡର ଓ ଶୁଭେଂନ୍ଦୁର ନିଦ ଭାଙ୍ଗିଯାଉଛି। ସକାଳ। ପାଖ ଘରୁ ଢ଼େଂକିର ଢକ୍ ଢକ୍ ଆବାଜ ଓ ଶୁଭେଂନ୍ଦୁ ଛାତିର ଧକ୍ ଧକ୍ ଏକା ପରି ଶୁଭୁଛି, କି ଦୁଃସ୍ୱପ୍ନ।

ଶୁଭେଂନ୍ଦୁ ମୁହଁ ଧୋଉଛି, ବ୍ରସ୍ କରୁଛି, ଭାଉଜ ଚା କପ୍ ବଢେଇ ଦେଉଛନ୍ତି। ଶୁଭେଂନ୍ଦୁ ସମ୍ବଲପୁର ଯିବ ଭାବି ସବୁ ପ୍ରସ୍ତୁତି ସାରୁ ସାରୁ ବସ୍ ର ସମୟ ପଳେଇ ଯାଉଛି। ଶୁଭେଂନ୍ଦୁ ମଧ୍ୟାହ୍ନ ର ବସ୍‌ରେ ଯିବ ବୋଲି ଭାବି ନେଉଛି। ଖାଇସାରି ଢୁଳେଇଛି ଟିକେ ଓ ଭାବୁଛି ବସ୍ ଗୁଡ଼ା ଭାରୀ ବୋର୍ କରିବେ। ସବୁଠି ଅଟକିବେ। ଶୁଭେଂନ୍ଦୁ ଅନେକ ଦିନ ହେଲା ବସ୍‌ରେ କୁଆଡ଼େ ଯାଇନି। ତାପରେ ଭାବିଛି ମଟର ସାଇକଲ ରେ ଯିବ। ଶୁଭେଂନ୍ଦୁ ମଟର ସାଇକେଲରେ ଧାଇଁ ଯାଉଛି ଚାଳିଶ, ପଚାଶ, ଷାଠିଏ କି.ମି. ବେଗରେ। ଟ୍ରକମାନଙ୍କୁ ଗାଳି ଦେଉଛି ବାଟସାରା, ଶଳେ ଟିକେ ବି ରାସ୍ତା ଛାଡୁନାହାନ୍ତି। କହୁଣୀ କାଟୁଛି। ଶୁଭେଂନ୍ଦୁ ଅଟକିଯାଇ ସିଗାରେଟ ଟାଣୁଛି, ପୁଣି ସ୍ପିଡ୍ ବଢେଇ ଦେଉଛି ଗାଡ଼ିର, ବାଃ ଅନେକ ଦିନ ପରେ ଶୁଭେଂନ୍ଦୁର ଦେହରେ ଦିଇଟି ଡେଣା ଲାଗିଯାଇଛି। ମହାନଦୀ ବ୍ରିଜ ପାଖରେ ଶୁଭେଂନ୍ଦୁ ଅଟକି ଯାଉଛି, ବିହ୍ୱଳ ହେଇ ଦେଖୁଛି ହୀରାକୁଦ ଡେମ୍‌କୁ। ସମ୍ବଲପୁର ପାଖେଇ ଆସୁଛି, ଛଅଟା ବାଜିବାକୁ ପନ୍ଦର ମିନିଟ ବାକିଅଛି, ଛଅଟା ସୁଦ୍ଧା ତାକୁ ପହଞ୍ଚିଯିବା ଦର୍କାର ନଚେତ ସବୁ ଗୋଳମାଳ ହେଇଯିବ। ଶୁଭେଂନ୍ଦୁ କ୍ଳାନ୍ତ ହୋଇଗଲାଣି, କହୁଣୀ କାଟୁଛି। ଗାଡ଼ି ଉପରେ ଥାଇ ଭିଡ଼ି ମୋଡି ହେଉଛି, ତଥାପି ଚେଷ୍ଟା କରୁଛି, ଅଇଁଠାପାଲି ଛକ କ୍ରସ୍ କରୁଛି, ଏଲ୍.ଆଇ.ସି. ଅଫିସ ଯାଏ ଆସି ଯାଉଛି। ରାସ୍ତା ଜାମ୍ ଅଛି। ରେଲୱେ

ଗେଟ୍ ପଡ଼ିଛି, ଏକ୍ସପ୍ରେସ୍ ଯିବାର ବେଳ, ଯାଃ ଶଳା ଦୁର୍ଯୋଗ, ଶୁଭେଂଦୁ ଚେଷ୍ଟା କରି ଫାଷ୍ଟ ଗିଅରରେ ଅନେକ କଷ୍ଟରେ ଭିଡ କ୍ରସ୍ କରୁଛି, ହର୍ଣ୍ଣ ଦେଉଛି, ମିନି ବସ୍ ପୁଣି ରାସ୍ତା ଅବରୋଧ କରୁଛି। ରିକ୍ସା ପଳେଇ ଆସୁଛି। ଲୋକ ଗଳି ଆସୁଛନ୍ତି ସାମନାରୁ। ଦୌଡ଼ା ଦୌଡ଼ି ଲାଗିଛି। ପରିବା ବାଲିର ପରିବା ତକ ପଡ଼ିଯାଉଛି ରାସ୍ତାରେ, କୋଉଁଠି ଏତେ ଭିଡ଼ ଭିତରୁ ବି ଗଳି ଆସୁଛି ବୁଲା କୁକୁରଟିଏ, ଯେମିତି ତାର ବି ଟ୍ରେନରେ ଯିବାର ଅଛି, ଶୁଭେଂଦୁ ଗୋପାଳ ମାଳ ରାସ୍ତାରେ ଯାଉଛି, ସୁକାନ୍ତ ବାବୁ ଘରେ ଗାଡ଼ି ଅଟକାଉଛି, ପିଙ୍କି ବାହାରି ଆସୁଛି ଘର ଭିତରୁ ହାତରେ ଖେଳନାଟିଏ ଧରିଛି। (ପିଙ୍କି ସୁକାନ୍ତ ବାବୁଙ୍କ ଚାରିବର୍ଷ ଝିଅ) ଶୁଭେଂଦୁ ପଚାରୁଛି, ପିଙ୍କି। ବାବା କୋଥାୟ। ପିଙ୍କି ହସୁଛି, କହୁଛି ବାବା ବଜାରତେ ଗିୟେଛେନ। କେନୁ ? ଆମର ଜନ୍ୟେ ଚକ୍ ଆନୀତେ। ବୌଦି ବାହାରି ଆସୁଛନ୍ତି ଘର ଭିତରୁ ଭଙ୍ଗା ଓଡ଼ିଆରେ କହୁଛନ୍ତି ଏଇମାତ୍ର ସୁକାନ୍ତ ବାବୁ ଓ ଶୋଭନ ଓ ନିରାକାର ସହରଆଡ଼େ ଯାଇଛନ୍ତି, ଦଶମିନିଟ ହେବ, ସେମାନେ କହୁଥିଲେ ଶୁଭେଂଦୁ ଆସିବାର ଅଛି, ଅନେକ ବେଳ ଯାଏ ଅପେକ୍ଷା କଲେ ତମକୁ। ଶୁଭେନ୍ଦୁ ଘଡ଼ି ଦେଖୁଛି, ଛଅଟା ଦଶ, ମାତ୍ର, ଦଶ ମିନିଟ ଡେରୀ ହେଇଯାଇଛି। ଶୁଭେନ୍ଦୁ ମନେ ମନେ ରାଗୁଛି କେବେ ଠୁ ଏତେ ପଂକଚୁଏଲିଟି। ଟ୍ରେନ ଛାଡ଼ି ନ ଥିବ, ସେମାନେ ନିଶ୍ଚୟ ଭିଡ଼ ଭିତରେ ବେଶୀ ଦୂର ଯାଇ ନଥିବେ। ଅବା ଷ୍ଟେସନରେ ହିଁ ଶୁଭେଂଦୁକୁ ଅପେକ୍ଷା କରୁଥିବେ, ଶୁଭେଂଦୁ ଗାଡ଼ି ଷ୍ଟାର୍ଟ କରି ପଳେଇ ଆସୁଛି, ଭାଉଜ ପିଙ୍କି କୁ ଭିତରକୁ ନେଇ କବାଟ କିଳି ଦେଉଛନ୍ତି। ଶୁଭେଂଦୁ ଫାଟକକୁ ଆସୁଛି। ଟ୍ରେନ୍ ରାସ୍ତା କ୍ରସ୍ କରୁଛି। ଦି' ଟି ଡବାର ଫାଙ୍କ ଭିତରୁ ଶୁଭେଂଦୁ ଆରପଟକୁ ଅନଉଛି କାଳେ ମୁଣ୍ଡଟିଏ ଦିଶିଯିବ, ପାଖ ସ୍କୁଟରରୁ କେହିଜଣେ ଶୁଭେଂଦୁକୁ ହେଲୋ କରୁଛି, ଶୁଭେଂଦୁକୁ ଚିହ୍ନା ଚିହ୍ନା ଲାଗୁଛି ଅଥଚ ମନେ ପକେଇ ପାରୁନି, ହସିଦେଉଛି ଅଥଚ ତା'ଆଡ଼େ ଧ୍ୟାନ ଦେଇ ପାରୁନି, ପଛ ପଟେ ଟ୍ରକ ଘର ଘର କରୁଛି, ମିନିବସ୍ ସବୁ ହର୍ଣ୍ଣ ଦେଉଛନ୍ତି। ଟ୍ରେନର ଶେଷ ଡବା ପାର ହେଇଯାଉଛି, ଆର ପଟେ ବି ଠିକ୍ ସମାନ ଦୃଶ୍ୟ। ଯେମିତି ଗୋଟିଏ ସେଓକୁ ସମାନ ଦି ଭାଗ କରି କାଟି ଦିଆହେଇଛି। କେହି ଜଣେ ଗେଟକୁ ଟେକି ଦେଉଛି। ଶୁଭେଂଦୁ ମୁଣ୍ଡରେ ବାଜିଯିବ ଭାବୁଛି ତଥାପି ଗଳି ଯାଉଛି। ଖାନ୍ ପାନ ଦୋକାନରେ ଗାଡ଼ିକୁ ଲକ୍ କରି ଦେଉଛି ଓ ଚାରିଆଡ଼େ ଅନଉଛି। ଗୁଡ଼ାଏ ସୁନ୍ଦରୀ ଝିଅ ଷ୍ଟେସନରୁ ବାହାରି ଆସୁଛନ୍ତି, ଶୁଭେଂଦୁର ଇଚ୍ଛା ଥାଇ ବି ସିଆଡ଼େ ଦେଖିପାରୁନି, ଚା ଦୋକାନ କୁ ଦେଖୁଛି, ନାଁ ଏଇଠି ନାହାନ୍ତି, ଷ୍ଟେସନ ଭିତରକୁ ପଶିଯାଉଛି। ଷ୍ଟେସନର ଶେଷଯାଏ ଦେଖୁଛି। ଭିଡ଼ ଭିତରେ ଖୋଜୁଛି। ତିନିଜଣ ଲୋକ ଏକାଠି ବୁଲୁଛନ୍ତି। ତିନି ଜଣ ଲୋକ,

ଜଣେ ଡେଙ୍ଗା, ଦୁଇଜଣ ବାଂଗରା, ଜଣେ ଗୋରା ଦିଇଜଣ କଳା। ଜଣେ ଟଂଦା, ଦି'ଜଣଙ୍କର ବାଳ ଅଛି, ଜଣେ ଚଷମା ପିନ୍ଧିଥିବ ଦିଇଜଣ ଖାଲି ଆଖିରେ ଅଥଚ ତିନିଜଣଙ୍କର ଦାଢ଼ି ଥିବ ଏମିତି ତିନି ଜଣ ଲୋକ ଯାହାକୁ ଖୋଜି ପାଉନି ଶୁଭେଂଦୁ, କୋଉଠି ହଜିଯାଇଥିବେ। ଏଇ ତିନି ଜଣ କୋଉ ପାନ ଦେକାନ, ଚା ଦେକାନ, ବୁକ୍ ଷ୍ଟଲ୍ ସାମ୍ନାରେ କୋଉ ନୂଆଁ କବିତାର ନିଶାରେ ମସଗୁଲଥିବେ। କଥା ହେଇ ହେଇ ପାହୁଣ୍ଡ ବଢ଼େଇ ଚାଲିଥିବେ କୋଉଠିକୁ ଯାଉଥିବେ କେହି ଜାଣି ନ ଥିବେ ଅଥଚ ସେମାନେ ଯାଉଥିବେ, ଏମିତି ତିନି ଜଣ ଲୋକ ଯାହାକୁ ଏବେ ଶୁଭେଂଦୁକୁ ଖୋଜି ବାହାର କରିବାକୁ ପଡ଼ିବ। ଶୁଭେଂଦୁ ଫାଟକର ବୁକ ଷ୍ଟଲକୁ ଯାଇ ପଚାରୁଛି ଶୋଭନକୁ ଦେଖିଛ, ବହି ଦୋକାନୀ କହୁଛି,ହଁ ଏଇମାତ୍ର ଆସିଥିଲେ, କୁଆଡ଼େ ଗଲେ କହିପାରିବିନି, ଶୁଭେଂଦୁ ପାଖର ସବୁ ପାନ ଦୋକାନ ଓ ହୋଟେଲ ରୁ ଖୋଜି ଆସୁଛି। ଅତୀତର ସେଇ ପୁରୁଣା ଆଡ୍‌ଡା ସବୁ ଯୋଉଠି ସେମାନେ ଘଣ୍ଟା ଘଣ୍ଟା ଧରି କବିତା ପଢୁଥିଲେ। ଲଛମନ ଦୋକାନକୁ ଯାଉଛି, ଲଛମନ ଖୁସୀ ହେଇଯାଉଛି କହୁଛି, ଏଇମାତ୍ର ଆପଣଙ୍କ ସାଙ୍ଗମାନେ ଆପଣଙ୍କୁ ଖୋଜୁଥିଲେ, ଲଛମନ ଚା ଦେଉଛି, ଶୁଭେଂଦୁ ମନା କରୁଛି, ଲଛମନ ଶୁଭେଂଦୁର କୁଶଳ ଖବର ପଚାରୁଛି, ଏତେଦିନ ଯାଏ କୋଉଠି ଥିଲେ, କାହିଁକି ଆସି ପାରୁନଥିଲେ, ଶୁଭେଂଦୁ ଗଲାପରେ କେମିତି ଖାଲି ପଡ଼ିଯାଇଛି ଦୋକାନ। ଶୁଭେଂଦୁ ଶୁଣୁଶୁଣୁ ଚା ପିଇ ଦେଇଛି, ବସ୍‌ଷ୍ଟେଣ୍ଡ ଆଡ଼େ ମୁହେଁଇ ନେଇଛି ମଟର ସାଇକେଲ, ବିଷ୍ଣୁ ବୁକ ଷ୍ଟଲରେ ପଚାରୁଛି, ବିଷ୍ଣୁ କହୁଛି ଏଇମାତ୍ର ଆସିଥିଲେ, ଶୁଭେଂଦୁ ଚାରିଆଡୁ ବୁଲିଆସୁଛି, ନାଁ କୋଉଠି ହେଲେ ବି ନାହାନ୍ତି। ଗୁଡ଼ାଏ ଚିହ୍ନା ଲୋକ ହାମୁଡ଼େଇ ପଡୁଛନ୍ତି, ପଚାରୁଛନ୍ତି ଆଉ ଶୁଭେଂଦୁ କେମିତି ଅଛ, ଆରେ। ଆରେ। ଶୁଭେଂଦୁ ଯେ, ହାୟ ହାୟ, ଶୁଭେଂଦୁ କୁଆଡ଼େ, ଏତେ ଦିନ ଯାଏ କୋଉଠି ଥିଲ, ଶୁଭେଂଦୁ ଭାରୀ ମୋଟା ହୋଇଯାଇଛ, ଆରେ ଶୁଭେଂଦୁ ସୁନ୍ଦର ଦିଶୁଛ, ସମସ୍ତଙ୍କୁ ପାର ହେଇ ଶୁଭେଂଦୁ ପଳେଇ ଆସୁଛି। ଶୋଭନକୁ ଖୋଜିବା ଭାରୀ ଜରୁରୀ। ଶୁଭେଂଦୁର କୌଣସି ଥିରେ ମନ ଲାଗୁନି। ସିଗାରେଟ ଟାଣୁଛି, ଭାବୁଛି କୁଆଡ଼େ ଯିବ, ପୁଣି ଥରେ ଫାଟକ ଆଡ଼େ, ନାଁ ଗୋଲ ବଜାର, ନାଁ ଗୋପାଳମାଳ ନାଁ ବଡ଼ବଜାର, କୁଆଡ଼େ ଗଲେ ତିନିଜଣ ଲୋକ କୋଉଠି ହଜିଗଲେ, ଶୁଭେଂଦୁ ଟ୍ରାଫିକ ଛକରେ ଠିଆ ହେଇଛି ଚାରି ଆଡ଼କୁ ନିଘା କରୁଛି, ଟ୍ରାଫିକ ବାଲା ପଳେଇ ଆସୁଛି, ତାକୁ ପଚାରୁଛି କୁଆଡ଼େ ଯିବେ ଯାଉନାହାନ୍ତି, ମଝା ରାସ୍ତା ଟା'ରେ କ'ଣ ଛିଡ଼ା ହେଲେ, ଶୁଭେଂଦୁ ପଂଜାବ ହୋଟେଲ ପାଖରେ ଗାଡ଼ିକୁ ଲକ୍ କରି ଦେଉଛି। ଗୋଲବଜାର ଯାଏ ଯାଉଛି ଫେରି ଆସୁଛି, ପୁଣି ମାଡ଼ି ଆସୁଛି ଫାଟକ

ଯାଏ, ଶୁଭେଂଦୁ ଅଶୋକା ଟକିଜ ରୋଡ଼ରେ ଯାଉଛି । ସିନେମାର ହାଫ୍ ଟାଇମ ହେଇଛି । ଚିହ୍ନା ସାଙ୍ଗମାନେ ବାହାରି ଆସୁଛନ୍ତି । ଶୁଭେଂଦୁ ସିଗାରେଟ ଖାଉଛି ଚା ପିଉଛି ପୁଣି ଯାଉଛି ଜେଲ ଛକ ଯାଏ ଫେରିଆସୁଛି । ତା'ପରେ ମନେପଡୁଛି ତାର ସାଙ୍ଗ କଥା, ହୁଏତ ସିଆଡ଼େ ଯାଇ ପାରିଥାଆନ୍ତି । ଦୁରିଆରୁ ତିନି ଜଣ ଲୋକ ଆସୁଛନ୍ତି । ଜଣେ ଶୋଭନ ଭଳି ଦେଖାଯାଉଛି । ଆଉ ଜେଣ ଡେଙ୍ଗା ଅଛି ଯେ, ସୁକାନ୍ତ ବାବୁଙ୍କ ଭଳି ଚାଲୁଛି । ଶୁଭେଂଦୁ ମନେ ମନେ ଖୁସି ହେଉଛି । ଦେଖିବାମାତ୍ରେ କଅଣ କହିବ ମନକୁ ମନ ଭାବି ନେଉଛି । ଗାଡ଼ି ଆଣୁଛି, ଷ୍ଟାର୍ଟ କରି ସିଆଡ଼େ ନେଉଛି । ଅଥଚ ତିନିଜଣ ଯାକ ଅଦୃଶ୍ୟ ହେଇଯାଉଛନ୍ତି । ଶୁଭେଂଦୁ ପାନ ଦୋକାନୀକୁ ପଚାରୁଛି । ଦାଢ଼ିଧରି ତିନିଜଣ ଲୋକ ଏବେ ଯେ ଏଇଠି ଥିଲେ କୁଆଡ଼େ ଗଲେ । ପାନ ଦେକାନୀ ଅମରଜି ହୋଟେଲ ଆଡ଼େ ଦେଖଉଛି, ଶୁଭେଂଦୁ ଆଶ୍ଚର୍ଯ୍ୟ ହେଉଛି । ଏଆଡ଼େ ତ ଯିବା କଥା ନୁହେଁ, ଭିତରକୁ ପଶୁଛି । ଗୋଟିଏ କେବିନ୍‌ର ପର୍ଦ୍ଦା ଭିତରୁ ତିନିଜଣ ଲୋକ ଗ୍ଲାସ୍‌ରେ ଚିଅରସ୍ କରୁଛନ୍ତି । ନାଁ ଏମାନେ ନୁହଁନ୍ତି । ଶୁଭେଂଦୁ ଫେରି ଆସୁଛି । ପଂଜାବୀ ମାଲିକ ପଚାରୁଛି କ୍ୟୁଁ ସାବ୍ କ୍ୟା ଲେଙ୍ଗେ, ଆରେ ବୈଠିଏ ବୈଠିଏ ଇତନା ହଡ୍‌ବଡ଼ି କ୍ୟୁଁ । ଶୁଭେଂଦୁ ବାଦ୍‌ମେ କହି ପଳେଇ ଆସୁଛି, ବାହାରେ ଭିଖାରୀଟିଏ ଶୁଭେଂଦୁର ଗାଡ଼ି ପାଖକୁ ଆସୁଛି, କହୁଛି ଦୋ ଦିନ ହୁଆ କୁଛ ନାହିଁ ଖାୟା ହୁଁ ସାବ୍ କୁଛ୍ ଦିଜିଏ, ଖୁଦା ଆପ୍‌କା ଭଲା କରେଗା । ପେଟ ତାର ପିଠିରେ ମିଶି ଯାଇଛି । ହାତରେ ବାଡ଼ି, ଅନ୍ୟ ହାତରେ ଟିଣର ଗୋଟେ ଡବା ଆଖି ଦି'ଟା ଯେମିତି ଶତାବ୍ଦୀ ଧରି କାହାକୁ ଖୋଜି ଆସିଛି । ପାଚିଲା ବାଳ, ଦାଢ଼ୀ ମଇଳା ଚିରା ଧୋତି, ଶୁଭେଂଦୁ ପକେଟ ଅଣ୍ଡାଳୁଛି ଆଠଣି ଟେ ବଢେଇ ଦେଉଛି । ମଦ ପିଇ କିଛି ପିଲା ହଲ୍ଲା କରୁଛନ୍ତି । ଲାଇଟ ପୋଷ୍ଟ ତଳେ ଗୋଟିଏ ଲୋକ ବେହୋସ ଶୋଇଛି । ଗେରେଜ୍‌ରେ ଗୋଟେ ପିଲା ନଟ୍ କସୁଛି, ମୁଣ୍ଡରୁ ଝାଳ ଥିପୁଛି, ତାର ହାତର ମୁସଲ୍‌ସ ସବୁ ବା'ରି ହେଇଯାଉଛି । ଶୁଭେଂଦୁ ସମସ୍ତଙ୍କୁ ମନେ ମନେ ଚିଲ୍ଲେଇ ପଚାରୁଛି, ଶୋଭନକୁ ଦେଖିଛ ଶୋଭନକୁ । ସେଇ ଯେ ତିନ ଜଣ ଲୋକ ଛଅଟାରେ ବାହାରିଥିଲେ ଘରପଟୁ ସେମାନଙ୍କ ଭିତରେ ଶୋଭନ ଅଛି । ମୁଣ୍ଡ ସାମାନ୍ୟ ଚନ୍ଦା, ଦାଢି ଧରିଛି । କଳା ବାଙ୍ଗରା ହେଇ ପିଲାଟା ଯା'ର ଆଖି ଦୁଇଟି ସମସ୍ତଙ୍କ ଠୁ ବେଶୀ ଚିକ୍ ଚିକ୍, ଯେମିତି ନିଆଁ ବାହାରୁଛି, ମୁଁ ଶୋଭନ କଥା ପଚାରୁଛି । ଶୋଭନକୁ ଦେଖିଛ ଶୋଭନକୁ ।

ଶୁଭେଂଦୁ ଧନକଉଡ଼ା ରାସ୍ତାରେ ଯାଉଛି । ସବୀର ବାବୁଂକ ଘରେ ଅଟକୁଛି । ସବୀର ବାବୁ ଖୁସୀ ହେଉଛନ୍ତି । ଯା'ବି ହେଉ ଅନେକ ଦିନ ପରେ ଶୁଭେଂଦୁ ଆସିଛି । ଆଉ ଶୁଭେଂଦୁ ଆଜିକାଲି ଲେଖାଲେଖି କେମିତି ଚାଲିଛି ? ସବୀର ବାବୁ ତାଙ୍କ

ନିଜର ଦୁଃଖ ବଖାଣୁଛନ୍ତି। ରୁଗ୍ଣ ସ୍ତ୍ରୀ ର କଥା, ଛୁଆର ପୋଡ଼ିଯାଇଥିବା କଥା, ନିଜର ଅର୍ଥନୈତିକ ସଂକଟ, ଚାକିରୀ ଚାଲିଯାଇଥିବା କଥା, ଲେଖାପାଇଁ ଗୋଳମାଳ ହେଇଯାଇଥିବା କଥା, ପ୍ରକାଶକ ମାନେ ବର୍ଷ ବର୍ଷ ହେଲା ପଇସା ଦଉ ନଥିବା କଥା, ଛୁଆଙ୍କ ଫର୍ମ ଫିଲଅପ୍, ଔଷଧ, ଭାଉଜଙ୍କ ପାଇଁ ଶାଢ଼ୀ, ବଡ଼ ଝିଅ ପାଇଁ ଡ୍ରେସ୍, ଦୋକାନ ବାଲାର ଉଧାରୀ, ଭାତ ପାଇଁ ଚାଉଳ, ସକାଳ ପାଇଁ ପରିବା ନଥିବା କଥା। ଶୁଭେଂଦୁ ସବୁକଥା ଗୋଟି ଗୋଟି କରି ଗିଳି ଦେଇଛି, କିଛି କହି ପାରୁନି। ଦି' ବର୍ଷ ଭିତରେ ଅନେକ କିଛି ବଦଳି ଯାଇଛି। ଶୁଭେଂଦୁର ତଣ୍ଟି ଅଠା ହେଇଯାଇଛି। ପାଣି ମାଗୁଛି ଗ୍ଲାସେ ଢକ ଢକ କରି ପିଇ ଯାଉଛି। ପଚାରୁଛି ଶୋଭନ କଥା, ସବୀର ଭାଇ କହୁଛନ୍ତି ଏଇମାତ୍ର ଆସିଥିଲା କିଛି କବିତା ଅନୁବାଦ ପାଇଁ। ଶୁଭେଂଦୁ ଖଟରୁ ଉଠୁଛି। ସବୀର ଭାଇ ମନା କରୁଛି। ଶୁଭେଂଦୁ ଗାଡ଼ି ଷ୍ଟାର୍ଟ କରୁଛି। ପୁଣି ଘେରେ ମାରି ଆସୁଛି ସହର ସାରା। ଭାବୁଛି କ'ଣ କରିବ ଏବେ କ'ଣ କରିବ। ଅଶୋକା ଟକିଜ ଯାଉଛି, ନାଁ ଶୋଭନ ଆଉ ମିଳିବ ନାଇଁ ? ଟିକେଟ କଟେଇ ପଶି ଯାଉଛି ସିନେମା ହଲରେ।

ଗୋଟିଏ ହୀରୋ ବାହାରୁଛି, ଗୋଟେ ହୀରୋଇନ, ଦାଢ଼ୀ ଧରା ଗୋଟେ ଭିଲେନ୍। ଗୋଟିଏ ଗୀତ ଭାସି ଆସୁଛି। ଶୁଭେଂଦୁକୁ ଲାଗୁଛି ଏ ଫିଲିମ୍ କଥା ସମାନ। ଶୁଭେଂଦୁ ଆଗକୁ କ'ଣ ହେବ ମନେ ମନେ ଭାବି ନେଉଛି ଓ ବୋର୍ ହେଇଯାଉଛି, କହୁଛି ସବୁ ସମାନ ନୂଆଁ ଗପ୍ପ, କିଛି ନାଇଁ। ହଲରୁ ବାହାରି ଆସୁଛି, ଗେଟ୍ ଖୋଲୁଛି, ଷ୍ଟେଣ୍ଡରେ ବୟ ଶୋଇପଡ଼ିଛି। ତାକୁ ଉଠଉଛି। ବୟ ସଂଗେ ଗାଳି ହେଉଛି। ଗାଡ଼ି ବାହାର କରୁଛି ହଲରୁ ବାହାରି ଆସୁଛି। ଚିନ୍ତା କରୁଛି ଏବେ କ'ଣ କରାଯାଇପାରେ। ଶୁଭେଂଦୁ ଜି.ଏମ୍.କଲେଜ ରାସ୍ତାରେ ଆସୁଛି ବୁକ୍ ଷ୍ଟଲ ପାଖ ମେସ୍‌ରେ ଗାଡ଼ିକୁ ତାର ଲକ୍ କରିଦେଉଛି। ସାଙ୍ଗମାନେ ଶୋଇ ପଡ଼ିଥିବେ, ରାତି ବାରଟା ହେଲାଣି, ନାଁ ସେମାନଙ୍କୁ ଉଠାଇବ ନାହିଁ। କଲେଜ ପଡ଼ିଆକୁ ଆସୁଛି ଶୁଭେଂଦୁ। ଛାତିର ବୋତାମ ଖୋଲି ଦେଉଛି। ରୁମାଲରେ ମୁହଁ ପୋଛୁଛି। ଏଇଠି କେତେ କବିତାର ଆସର ଜମି ଯାଇଛି ଶୋଭନ ସହିତ। ଶୁଭେଂଦୁ ପଡ଼ିଆରେ ଗଡ଼ିଯାଉଛି। ଖରାଦିନ। ଜହ୍ନରାତି। ସୁନ୍ଦର ପବନ ବହୁଛି। ଶୋଭନର କବିତା ସବୁ ଯେମିତି ଭାସି ଆସୁଛି ପବନରେ। ଶୁଭେଂଦୁ ଯାହା କିଛି ଦେଖିପାରୁଛି ସବୁ ଯେମିତି ଶୋଭନ ର କବିତାର ଗୋଟେ ଗୋଟ ଇମେଜ୍। ଆଖି ବୁଜି ହେଇ ଆସୁଛି। ସକାଳ ଯାଏ ଶୋଇ ପଡ଼ିଛି ଶୁଭେଂଦୁ।

ସକାଳୁ ଉଠି ଭାବିଛି ଆଉ ଶୋଭନକୁ ଖୋଜିବ ନାଇଁ। ଗୁଡ଼ାଏ ଜାଗା ବୁଲି ଆସିଛି, ଜ୍ଞାତି ପରିଜନ, ଆତ୍ମୀୟ ସ୍ୱଜନ, ବଂଧୁ, ବାଂଧବୀ, କବି ଓ ଜ୍ଞାନୀଜନ। ନାଁ

ଆଉ ଶୋଭନକୁ ଖୋଜା ଯିବ ନାଇଁ। ଶୋଭନର ଅସଲ ଠିକଣା ମିଳିଯାଇଛି। ଶୁଭେଂଦୁ ଭାବିଛି ଓ ତଥାପି ସୁକାନ୍ତ ବାବୁଙ୍କ ଘରଆଡ଼େ ଯାଇଛି। ବୌଦି କାନିରେ ହାତ ପୋଛୁ ପୋଛୁ ଘରଭିତରୁ ବାହାରି ଆସୁଛନ୍ତି। ପଛେ ପଛେ ପିଙ୍କି ହାତରେ ଗୋଟେ କଲମ। ପିଙ୍କି କହୁଛି ଆମର ବାବା ନୟ ବାଡିତେ, କୋଥାୟା ଗିୟେଛେନ୍ ଆମି ଜାନିନା, ବୌଦି ଭଙ୍ଗା ଓଡ଼ିଆରେ କହୁଛନ୍ତି ସେମାନେ ତମକୁ କାଲି ଅନେକ ଖୋଜିଛନ୍ତି। ପାଇଲେ ନାଇଁ। ରାତି ଗାଡ଼ିରେ ଶୋଭନ ଚାଲିଯାଇଛି ନିରାକାର ସକାଳ ଟ୍ରେନରେ ଗଲା। ସୁକାନ୍ତ ବାବୁ ଯାଇଛନ୍ତି, କୋଉ ଗୋଟେ ଲଜ୍‌କୁ ରାଉରକେଲା ରୁ ସାଙ୍ଗମାନେ ଆସିଛନ୍ତି। ଶୁଭେଂଦୁ ଗାଡ଼ି ଷ୍ଟାର୍ଟ କରୁଛି। ନାଁ ଆଉ ଶୋଭନକୁ ଖୋଜିବ ନାହିଁ। ଖୋଜିବା ଦର୍କାର ନାଇଁ। ଗତ ରାତିର ସେ ଭୟଙ୍କର ସ୍ୱପ୍ନ କଥା ତାର ମନେ ପଡ଼ିଯାଇଛି। ଶୁଭେଂଦୁ ଗୋଟିଏ ନିଶ୍ୱାସରେ ଗାଡ଼ି ଚଳେଇ ସତୁର କିଲୋମିଟର ଦୂରରେ ଥିବା ତାର ଗାଁ କୁ ପହଞ୍ଚିଯାଉଛି। ଭଉଣୀ ବାହାରି ଆସୁଛି ପଚାରୁଛି ଫେରିଆସିଲୁ ଯେ, ଦି'ଦିନ ରହିବାର ଥିଲା ପରା। ଶୁଭେଂଦୁ ଯୋତା ଖୋଲୁଛି। ସକ୍‌ସ୍ ଖୋଲୁଛି। ପେଣ୍ଟ୍ ଖୋଲୁଛି। ସାର୍ଟ ଖୋଲୁଛି। ଲୁଙ୍ଗି ଗଳଉଛି। ମୁହଁ ଧୋଉଛି, ଚା ପିଉଛି, ଖଟରେ ଗଡ଼ିପଡୁଛି। ଗଲା ରାତିର ଗୋଟିଏ ଗୋଟିଏ କଥା ତାର ମନେ ପଡ଼ିଯାଉଛି। ହଁ ହଁ ସେ ଶୋଭନକୁ ଭେଟିଛି, ଚାରିଆଡ଼େ ଭେଟିଛି, ସେଇଟା ହିଁ ଶୋଭନର ଅସଲ ଠିକଣା, ଗେଟ୍ ବଂଦ ରାସ୍ତାର ସେ ଭିଡ଼ ଭିତରେ ପ୍ରତି ଚା ଦୋକାନ, ପାନ ଦୋକାନ, ବହି ଦୋକାନ, ସିନେମା ହଲରେ, ତିନିଜଣ ଦାଢ଼ି ବାଲାଙ୍କ ଗ୍ଲାସର ଚିଅରସ୍‌ରେ, ସେ ଭିକାରୀ ର ଓପାସିଆ ଆଖିରେ, ଗେରେଜ ବାଲା ସେ ପିଲାର ଝାଳରେ, ସବୀରବାବୁଙ୍କ ଦୁଃଖ ସବୁ ଭିତରେ ବସ୍‌ଷ୍ଟାଣ୍ଡରେ, ରେଲୱେ ପ୍ଲାଟ୍‌ଫର୍ମରେ, ଜି.ଏମ୍ କଲେଜ ପଡ଼ିଆରେ, ଲାଇଟ ପୋଷ୍ଟ ତଳେ ବେହୋସ ପଡ଼ିଥିବା ସେ ମଦୁଆ ଲୋକ ଭିତରେ, ଶୁଭେଂଦୁର ଝାପସା ମନେ ପଡ଼ିଯାଉଛି। ଗତରାତିର ସେ ପାଗଳ ଖୋଜିବା କଥା। ଶୁଭେଂଦୁ ମନକୁ ମନ କହୁଛି। ମୁଁ ତୋତେ ଭେଟିଛି ଶୋଭନ ଭେଟିଛି, ସବୁ ଛକରେ ଗଳିରେ, ମନରେ, ହୃଦୟରେ, ମୋର ନୀରବତା ଭିତରେ ମୁଁ ତୋତେ ଭେଟିଛି ବାରମ୍ବାର ବାରମ୍ବାର।

■■

ସୁପର ହିଟ୍ ଲଭ୍ ଷ୍ଟୋରି

ଅନେକ ଦିନରୁ ଫିଲ୍ମ ଦେଖି ନଥିଲି। ଖରାମାସ, ପିଲାଛୁଆ ଖରାଛୁଟୀରେ ମାମୁଁ ଗାଁ ଯାଇଥିଲେ, ଘରେ ମୁଁ ଏକା, ସମୟ କଟୁ ନ ଥାଏ। ହୋଟେଲରେ ଖାଇସାରି ଘରକୁ ଫେରୁ ଥାଏଁ। ଭାବୁଥାଏ କେମିତି କଟେଇବି ଏତେ ବଡ଼ ଦି ପହର। ଅନ୍ୟ ଦିନ ସବୁ ଅଫିସରେ କଟିଯାଏ। ଅଥଚ ଏ ଶଳା ରବିବାର ଟା ଭାରୀ ବିରକ୍ତକର। ଦିନବେଳା ଶୋଇବା ଅଭ୍ୟାସ ନାହିଁ। ତା ଛଡ଼ା ଘରେ ଯୋଉ ଗରମ ରହିବା ବି ମୁସ୍କିଲ। ଏମିତି ସମୟରେ କାନ୍ଥରେ ଲଟକା ଯାଇଥିବା ଗୋଟେ ସିନେମା ପୋଷ୍ଟର ଦେଖି ହଠାତ୍ ମୋ ମୁଣ୍ଡକୁ ଗୋଟେ ଅକଲ ପଶିଲା। ଅନେକ ଦିନରୁ ସିନେମା ଦେଖା ହେଇନି। ହଲ୍ କୁ ପଶିଗଲେ କେମିତି ହୁଅନ୍ତା। ଏ.ସି. ହଲ୍ ଆରାମରେ ତିନି ଘଣ୍ଟା କଟିଯିବ। ମୁଁ ପୋଷ୍ଟର କୁ ପଢ଼ିଲି। ସିନେମା ର ନାଆଁ ଜାଗାଟା ଚିରିଯାଇଛି। ତେଣୁ କ'ଣ ଫିଲ୍ମ ଜଣା ପଡୁନି। ତେବେ ବଡ଼ ବଡ଼ ଅକ୍ଷରରେ ଲେଖା ଯାଇଛି ସୁପରହିଟ୍ ଲଭ୍ ଷ୍ଟୋରି, ରୋମାନ୍ସ, ଫାଇଟିଂ ଥ୍ରିଲିଂସ୍, ଡାନ୍ସ୍, କମିଡ଼ି, ପେଥେଟିକ୍, ଲଭ୍, ଏଡ୍‌ଭେନ୍‌ଚର୍ ରେ ଥ୍ରିଲିଂ ସଙ୍ଗ୍‌ସ୍, ଲଭଷ୍ଟୋରି ନେଭର ବିଫୋର। ଏନ୍‌ଜୟ ଏନ୍‌ଜୟ ନାଓ ସୋଇଙ୍ଗ।

ମୁଁ ଘରପଟେ ନ ଯାଇ ସିନେମା ହଲ ପାଇଁ ଗୋଟେ ରିକ୍ସା କଲି। ସିନେମା ହଲ୍‌ରେ ପହଞ୍ଚିବା ବେଳକୁ ସମୟ ପ୍ରାୟ ହେଇ ସାରିଥାଏ। ବୁକିଂ କାଉଣ୍ଟରରେ ଧସ୍ତାଧସ୍ତି ଚାଲିଥାଏ। ବ୍ଲେକର ମାନେ ଜୋର୍‌ରେ ଚିଲ୍ଲାଉ ଥାଆନ୍ତି। ଦଶ୍ ରୁପୟା, ବିଶ୍ ରୁପୟା,

ତିଶ୍ ରୁପୟା, ପଚାଶ ଟଙ୍କା, କୋଡ଼ିଏ ଟଙ୍କା ଅନଲି ଟୁଏଣ୍ଟି, ଦି ତିନିଟା ପୋଲିସ୍ କନ୍‌ଷ୍ଟେବଲ ବୁକିଂ କାଉଣ୍ଟରରେ ଧସ୍ତା ଧସ୍ତି ଲୋକଙ୍କ ମୁଣ୍ଡରେ ବାଡ଼ି ଆଉଁସୁଥାନ୍ତି। ମୁଁ ବେଲକୋନୀ ବୁକିଂ କାଉଣ୍ଟର ଯାଇ ଲାଇନ୍ ରେ ଛିଡ଼ା ହେଲି। ସେଇଠି ବି ମାଡ଼ ଧର ଚାଲିଥାଏ। ମୋର ନମ୍ବର କେବେବି ଆସୁ ନ ଥାଏ। ସିନେମା ହଲର ତୃତୀୟ ଘଣ୍ଟି ବାଜି ସାରିଥାଏ। ଗୋଟାଏ ବ୍ଲେକର ମୋତେ ବ୍ଲେକ୍‌ରେ ଟିକଟ କିଣିବା ପାଇଁ ଉସୁକାଉଥାଏ ଏବଂ ବୁକିଂ କାଉଣ୍ଟର ଟିକଟ ସରି ଯିବାର ଘୋଷଣା କରି ବନ୍ଦ ହେଇଗଲା ବେଳକୁ ଲୋକେ ଜୋର୍‌ରେ ଠେଲି ପେଲି ପଳେଇ ଆସିବା ବେଳକୁ ସେଇ ଧକ୍କାରେ ମୁଁ ପ୍ରାୟ ସିନେମା ହଲ୍‌ର ବାହାରକୁ ଚାଲି ଆସି ସାରିଥିଲି। ଏମିତି କଅଣ ସିନେମା ଯେ ପଚାଶ ଟଙ୍କା ବ୍ଲେକ୍ ଦେଇ ମୁଁ ଦେଖିବି। ମୁଁ କ'ଣ ଆଉ ପିଲା ହେଇଛି। ଆଗ ଭଳି ପିଲା ହେଇଥିଲେ ମୁଁ କଣ ଆଉ ଲାଇନ୍‌ରେ ଠିଆ ହୋଇ ବେଲାଇନ୍ ଲୋକଙ୍କୁ ଟିକଟ୍ ନେବା ପାଇଁ ଦେଇଥାଆନ୍ତି। କଲେଜ ପଢ଼ିଲା ବେଳେ ଏମିତି କେତେ ଭିଡ଼ରେ ଦମ୍ ବାଜିରେ ଲାଇନ୍‌ରେ ଠିଆ ହେଇ ବ୍ଲେକର ମାନଙ୍କୁ ଲାଇନ୍‌ରୁ କଲର୍ ଧରି ବାହାର କରେଇ ଟିକଟ କରା ହେଇଛି। ଆଜିକାଲି ସବୁଠି ନିଜର ମର୍ଯ୍ୟାଦା ବଞ୍ଚେଇ ଚୁପ୍ ଚାପ୍ ଚଳିବା ପାଇଁ ଅଭ୍ୟସ୍ତ ହେଇ ଯିବାକୁ ପଡ଼ିଲାଣି। ସିନେମା କଥା ମାର ଗୋଲି। ମୁଁ ପାଖ ପାନ ଦୋକାନରେ ଗୋଟେ ସିଗାରେଟ ଧରେଇଲି। ରିକ୍ସା ନ କରି ଚାଲି ଚାଲି ଧୁ ଧୁ ଖରାରେ ଆସିବା ବେଳେ ନାନାଦି ଚିନ୍ତା ଯଦିଓ ମୁଣ୍ଡକୁ ପଶୁଥିଲା ତେବେ ସୁପରହିଟ୍ ଲଭ୍ ଷ୍ଟୋରି କଥା ବାରମ୍ବାର ମୋ ମନକୁ ପଳେଇ ଆସୁଥାଏ। ଅନେକ ଦିନରୁ ଫିଲ୍ମ ନ ଦେଖିବାର ଓ ଫିଲ୍ମଟିଏ ଟିକଟ୍ ଅଭାବରୁ ଦେଖି ନ ପାରି ଥିବାର ଅବଶୋଷ ବାରମ୍ବାର ମୋର ମନ ଭିତରକୁ ଚାଲି ଆସୁଥାଏ।

ଝାଳନାଳ ହେଇ ଘରକୁ ଫେରିବା ବେଳକୁ ଦିନ ତିନିଟା। ପଙ୍ଖା ଚଳେଇ ବେଡ଼ ଉପରେ ତକିଆ ଆଉଜେଇ ମୁଁ ଟିକିଏ ଆଖି ବୁଜିଲି ଓ ସେତେବେଳ ହିଁ ମୋତେ ଗୋଟେ ସୁପରହିଟ୍ ଫିଲ୍ମ ଷ୍ଟୋରି ଲେଖିବା ପାଇଁ ଇଚ୍ଛା ହେଲା। ଷ୍ଟୋରି ଟି କେମିତି ଲେଖାଯାଇପାରିବ ସେଇ ଚିନ୍ତାରେ ମୁଁ ଆଖିବୁଜି ଚିନ୍ତା କରିବାରେ ଲାଗିଲି।

ଗୋଟିଏ ସୁନ୍ଦର ପିଲା ପଢ଼ାଶୁଣା, ଗାଉଁଲୀ ଗାଁର, ଚାକିରୀ ଅନ୍ୱେଷଣରେ ଆସୁଛି ସହରକୁ, ବୁଲି ବୁଲି କ୍ଳାନ୍ତ ହେଇ ଯାଇଛି ବେଚାରା, ଖାଇବା ପାଇଁ ବି ହାତରେ ପଇସା ନାହିଁ। ରାସ୍ତାରେ ବୁଲୁଛି ବିଚଳିତ ଅବସ୍ଥାରେ, ସେ ପଟୁ ଗୋଟେ ସୁନ୍ଦରୀ ଝିଅ ଗୋଟିଏ କାର୍‌ରେ ଆସୁଛି, ନାଲିଆ କାର୍ ହଳଦୀଆ ରଙ୍ଗର ପୋଷାକ ପିନ୍ଧିଛି, ସେମ୍ପୁ ମଖା ବାଳ ସବୁ କାନ୍ଧଯାଏ ପଡ଼ିଛି। କାରର ପବନରେ ଉଡୁଛି, ଆଖିରେ କଳା ଚଷମା, ମଝି ମଝିରେ ମୁଣ୍ଡକୁ ହଲେଇ ଦେଉଛି, ଆଗ ପଟକୁ ଉଡ଼ି ଆସୁଥିବା ବାଳ ସବୁ କାନ୍ଧପଛ

ପଟକୁ ବଡ଼ ସୁନ୍ଦର ଢ଼ଙ୍ଗରେ ଫେରି ଯାଉଛି, ଜୋର୍‌ରେ ହର୍ଣ୍ଣ ବଜଉଚି, ଇଏ ହେଉଛି ଫିଲ୍ମର ହିରୋଇନ୍, ହଠାତ୍ ବ୍ରେକ୍ ମାଡ଼ିଲା ବେଳକୁ ଆମର ବେକାରୀ ହୀରୋ ଦେହରେ ଧକ୍‌କା ବାଜୁଛି। ହୀରୋଟି ପଡ଼ିଯାଇଛି, ହୀରୋଇନ ହୀରୋକୁ ଘୋଷାରି ଘୋଷାରି ବସାଉଛି କାର୍‌ରେ। ଯା ବି ହେଉ ଆଘାତ ବେଶି ହେଇନି। ହସ୍‌ପିଟାଲରେ ତାର ଚିକିତ୍ସା ହେଇଛି ଏଯାଏ ଚେତା ଆସିନାହିଁ। ହୀରୋଇନ୍ ବ୍ୟସ୍ତ ଭାବରେ ହସପିଟାଲରେ ପଦଚାରଣ କରୁଛି। ବେଳେବେଳେ ହୀରୋର ଛାତିରେ ହାତ ମାରୁଛି। ମୁଣ୍ଡ ଟିକିଏ ଆଉଁସି ଦେଉଛି। ହାତରେ ଘଡ଼ି ଦେଖୁଛି। ନର୍ସ ପାଖକୁ ଦୌଡ଼ି ଯାଉଛି। ହୁଏତ ଆଉ କିଛି ସମୟ ପରେ ଚେତା ଆସିଯିବ।

ମୁଁ ମୋ ଜୀବନରେ କେବେ ଷ୍ଟୋରି ଲେଖି ନାହିଁ। ଆଜି ଆରମ୍ଭ କରି ବି ଭାବିଛି ତା ପୁଣି ସୁପରହିଟ୍ ଲଭ ଷ୍ଟୋରି ହେବା ଦର୍କାର, ମୁଁ ବଡ଼ ଅଡୁଆରେ ପଡ଼ିଗଲି। ଏବେ ଯଦି ହୀରୋର ଚେତା ଅସିଯାଏ ମୁଁ କରିବି କଅଣ। ହିରୋ ଆଗକଥା କହିବ ନାଁ ହିରୋଇନ। ତା ପରେ ଭାବିଲି ହିରୋଇନ୍ ର କଅଣ କାମ ଧାମ ନାଇଁ ଯେ ସେ ହିରୋର ଚେତା ଆସିବା ଯାଏ ହସ୍‌ପିଟାଲ୍‌ରେ ଜଗି ବସିଥିବ। ତା ଛଡ଼ା ମୁଁ ସିନା ଜାଣେ ଏଇଟା ଫିଲ୍ମର ହୀରୋ ବୋଲି ହିରୋଇନ୍ ତ ଜାଣିନି। ସେ କାହିଁକି ମିଛଟାରେ ଗୋଟେ ଅଜଣା ଲୋକ ପାଇଁ ହସ୍‌ପିଟାଲ ରେ ବସିଥିବ। ତାପରେ ମୋତେ ଲାଗିଲା ଏଇ ସିକ୍ୟୁଏନ୍ସ ଟା କୋଉ ଗୋଟେ ଫିଲ୍ମରେ ବୋଧେ ଅଛି। ମୁଁ ସେଇଟାକୁ କପି କରୁ ନାଇଁ ତ। ଏଇ ଗୋଟିଏ ସିନ ମିଶିଗଲେ କଅଣ ତାକୁ କପି ଧରାଯିବ। ମୋର ଷ୍ଟୋରି ତ ନିଶ୍ଚୟ ଅନ୍ୟକିଛି ହେବ। ମୁଁ ପୁଣି ଭାବିଲି ହିରୋର ଚେତା ଆସିଲେ କଣ କରାଯିବ। ତା ପରେ ମୋର ମନେ ପଡ଼ିଲା ମୁଁ ଗୋଟେ ଫିଲ୍ମ ଷ୍ଟୋରି ଲେଖୁଛି। ଏଥିରେ ଯାହା କିଛି ବି ହେଇପାରେ, ମୋର ଏତେ ଭାବିବା କଅଣ ଦରକାର। ହିରୋଇନର କାମ ଥାଉ ବା ନ ଥାଉ ସେ ଏକ୍‌ସିଡେଣ୍ଟ କରିଛି ଯେତେବେଳେ ହସ୍‌ପିଟାଲ୍‌ରେ ଜଗିବା ପାଇଁ ବାଧ୍ୟ।

ହିରୋଇନ୍ ହସ୍‌ପିଟାଲ୍‌ରେ ହିରୋର ବିଛଣା ପାଖରେ ଗୋଟିଏ ଚୌକିରେ ବସିଛି। ବାରମ୍ବାର ହାତ ଘଣ୍ଟାକୁ ଦେଖୁଛି।

(ଏଇଠୁ ଫ୍ଲାସ୍ ବେକ୍‌ର୍ ଆରମ୍ଭ)

ନୀତୁ (ଫିଲ୍ମର୍ ହିରୋଇନ୍ ର ନାଁ) ଗୋଟିଏ ସମ୍ଭ୍ରାନ୍ତ ଘରର ଏକମାତ୍ର ଅଲିଅଳି ଝିଅ ବାପା ଶିଳ୍ପପତି। ୨୪ ଘଣ୍ଟା ବ୍ୟସ୍ତ। ସେଦିନ ରବିବାର ଥିଲା। ନୀତାର କଲେଜ୍ ଛୁଟି। ନୀତାର ସାଙ୍ଗ ଅଞ୍ଜୁର ଜନ୍ମଦିନ। ନୀତା ବାପାଙ୍କ ପାଖରେ ଅଳି କଲା ତାକୁ ସାଙ୍ଗରେ ନେଇକି ଯିବା ପାଇଁ। ପିଲାଟି ଦିନରୁ ନୀତାର ମାଁ ନାହିଁ। ତେଣୁ ତାର ସବୁ ଅଳି ଅଝଟ ବାପା ପାଖରେ। କିନ୍ତୁ ବାପାଙ୍କ ପାଖରେ ଝିଅ ପାଇଁ ସମୟ ନାଇଁ। ବାପା

ରୋକ ଠୋକ ମନା କରିଦେଲେ ତାଙ୍କର ଜରୁରୀ ମିଟିଂ ଅଛି। ବାପା ଡ୍ରାଇଭରକୁ ଆଦେଶ ଦେଲେ ନୀତାକୁ ତା ସାଙ୍ଗର ଘରକୁ ନେଇକି ଯିବା ପାଇଁ। ନୀତା ଜିଦ୍ କଲା ସେ ଡ୍ରାଇଭର୍ କୁ ସାଙ୍ଗରେ ନେବ ନାହିଁ ଏବଂ ନିଜେ କାର୍ ଡ୍ରାଇଭିଂ କରି ଆସୁଥିଲା। ଡ୍ରାଇଭିଂ କଲାବେଳେ ସେ ତାର ମାଆ ନ ଥିବା କଥା, ଭାଇ ଭଉଣୀ କେହି ନ ଥିବା କଥା, ତାର ଏକାକିତ୍ୱ କଥା ଚିନ୍ତା କରୁଥିଲା ଏବଂ ଅନ୍ୟମନସ୍କ ରହୁଥିଲା। ଏତିକି ବେଳେ ହିଁ ଗୋଟିଏ ସ୍କୁଟର୍ ରଙ୍ଗ୍ ସାଇଡ୍ ରେ ଦାଏଁ କିନା ମାଡ଼ି ଆସିଥିଲା ଓ ନୀତା ଗାଡ଼ିକୁ ଆଉ ଟିକେ ବାଁ ପଟକୁ ବୁଲେଇ ଦେଇଥିଲା ଓ ଗାଡ଼ିଟି ରାଜୁ ଦେହରେ ବାଜିଗଲା। (ଧରା ଯାଉ ଫିଲ୍ମର ହିରୋର ନାଁ)। (ଫ୍ଲାସ୍‌ବେକ୍ ଶେଷ)

ନୀତାର ପାର୍ଟିର ସମୟ ଡେରି ହେଉଥିଲା ଏବଂ ତଥାପି ରାଜୁର ହୋସ୍ ଆସି ନ ଥାଏ, ନୀତା ବାରମ୍ବାର ଘଡ଼ିକୁ ଅନାଉଥାଏ ଓ ବ୍ୟସ୍ତ ଭାବରେ ହସ୍‌ପିଟାଲ ରେ ଏପଟସେପଟ ହେଉଥାଏ। ନର୍ସ ଆସି ନୀତାକୁ ଖବର ଦେଲା ରାଜୁ ର ହୋସ୍ ଆସି ଯାଇଛି।

ନୀତା ରାଜୁ ପାଖକୁ ଗଲା। ରାଜୁ ଅନେଇଥିଲା ନୀତା ଆଡ଼କୁ। ନୀତା ହିଁ ପ୍ରଥମେ ଆରମ୍ଭ କଲା-ଆଇ ଏମ୍ ସୋ ସରି ରାଜୁ କହିଲା ନାଁ ଆପଣଙ୍କର କିଛି ଦୋଷ ନ ଥିଲା। ନର୍ସ କହିଲା ତାଙ୍କ ସାଙ୍ଗରେ ଏବେ ବେଶୀ କଥା ହେବା ମନା ଓ ନୀତା ରାଜୁ କୁ ଗୋଟେ ଗ୍ଲାସ୍ ଫ୍ରୁଟ୍ ଜୁସ୍ ନିଜ ହାତରେ ପିଆଇଲା ଓ କହିଲା ଯା ବି ହେଉ ଆପଣ ଏବେ ଠିକ ହେଇଯିବେ। ମୁଁ ଖୁବ୍ ଡରି ଯାଇଥିଲି। କ୍ଷମା କରିବେ ଏମିତି ଅବସ୍ଥାରେ ମୁଁ ଆପଣଙ୍କୁ ଛାଡ଼ିକି ଯିବା ଉଚିତ୍ ହେବ ନାଇଁ। ତଥାପି ମୋର ଗୋଟେ ଜରୁରୀ ଏପୋଏଣ୍ଟମେଣ୍ଟ ଅଛି। ଟିକେ ଯାଏଁ। କିଛି ସମୟ ପରେ ଆସିବି ସିଷ୍ଟର ଙ୍କୁ କହିଲା - ସିଷ୍ଟର୍ ପ୍ଲିଜ୍ ଟେକ୍ ସ୍ପେଶାଲ କେୟାର ମୁଁ ଟିକେ ଆସୁଛି।

ନୀତା ଯଦିଓ ବାର୍ଥଡେ ପାର୍ଟିକୁ ଗଲା ସେଇଠି ତାର ମନ ନ ଥାଏ। ସାଙ୍ଗ ଗୁଡ଼ା ସବୁ ତାକୁ ଘେରି ଯାଇଥିଲେ। ଅଞ୍ଜୁ ଗୁଡ଼ାଏ ଅଭିମାନ କରିଥିଲା ଡେରି ପାଇଁ।

ଏଇଠି ଗୋଟିଏ ଗୀତ ବି ଦିଆଯାଇପାରେ, ଯୋଉଟା ନୀତାକୁ ଗାଇବା ପାଇଁ ବାଧ୍ୟ କଲେବି ଚଳିବ ଓ ନୀତା ଗୋଟେ ଦୁଃଖର ଗଜଲ ଗାଇବ ଅବା ଗୋଟେ ପାର୍ଟି ଟାଇପ୍‌ର ପପ୍ ସଙ୍ଗ ଦିଆଯିବ। ସମସ୍ତେ ନଚାଡ଼ିଆଁ କରିବେ ଅଥଚ ନୀତା ଚୁପ୍‌ଚାପ୍ ଟେବୁଲ୍‌ରେ ବସି ରହିବା ।

ପାର୍ଟିରୁ ଫେରିବା ପରେ ନୀତା ପୁଣି ହସ୍‌ପିଟାଲ ଯିବ ଓ ତା ପରଦିନ ପୁଣିଯିବ ଅନ୍ତତଃ ହିରୋ ସମ୍ପୂର୍ଣ୍ଣ ସୁସ୍ଥ ହେବା ପର୍ଯ୍ୟନ୍ତ ଏବଂ ଶେଷଦିନ ଯେତେବେଳେ ନୀତା ପଚାରିବ ଆପଣଙ୍କୁ ଚାଲନ୍ତୁ ମୁଁ ଆପଣଙ୍କ ଗାଁରେ ଛାଡ଼ିଦେବି, ହିରୋ ମନା କରିବ ଓ ତାର

ଚାକିରୀ ଖୋଜା ସଂକ୍ରାନ୍ତରେ କହିବ। (ଏ ଭିତରେ ଉଭୟଙ୍କ ଭିତରେ ପ୍ରେମର ସଂପର୍କଟିଏ ଗଢ଼ି ଉଠୁ ଥିବାର କେତୋଟି ଦୃଶ୍ୟ ଦେଇ ଦିଆଯିବ) ନୀତା ତାକୁ ତା ବାପାଙ୍କ ଠିକଣା ଦେଇଦେବ ଓ ସାକ୍ଷାତ କଲେ ଚାକିରୀ ମିଳିଯିବା ସୁନିଶ୍ଚିତ ବୋଲି କହିବ।

ନୀତା ବାପାଙ୍କୁ ରେକମେଣ୍ଡ କରିବ ଓ ବାପାଙ୍କ କମ୍ପାନୀରେ ମେନେଜର୍ ପୋଷ୍ଟ ପାଇବ। ରାଜୁ ମେଧାବୀ ଛାତ୍ର ଓ ଖୁବ୍ ବୁଦ୍ଧିମାନ୍। ତାର ବୁଦ୍ଧି ଯୋଗୁଁ କମ୍ପାନୀର ଗୁଡ଼ାଏ ସମସ୍ୟା ସୁଧୁରିଯିବ, ଗୁଡ଼ାଏ ଉନ୍ନତି ହେବ। ତା ଉପରେ ନୀତାର ବାପା ଖୁବ୍ ଖୁସୀଥିବେ। ମଝି ମଝିରେ ନୀତା କୁ ଡିନର୍ ପାଇଁ ଡାକୁଥିବ, ଏ ଭିତରେ ଉଭୟେ ଉଭୟଙ୍କ ପାଇଁ ବ୍ୟାକୁଳ ହେଇଯିବେ ଓ ଦିନେ କାର୍‌ରେ ଏକା ସାଙ୍ଗରେ ଗୋଟିଏ ପାର୍କକୁ ବୁଲିବା ପାଇଁ ଯିବେ ଯୋଉଠି ନୀତା ରାଜୁକୁ ଓ ରାଜୁ ନୀତାକୁ ଇଲୁ ଇଲୁ ଟାଇପ୍‌ର କିଛି କହିବା ପାଇଁ ଚାହୁଁଥିବେ। ଏଇଟାକୁ ଗୋଟେ ସୁନ୍ଦର ଗୀତ ଜରିଆରେ ଦେଖେଇ ଦିଆଯିବ। ଯୋଉ ଗୀତରେ ଲଇଲା ମଜ୍‌ନୁ ଠାରୁ ଆରମ୍ଭ କରି ଆଜି ପର୍ଯ୍ୟନ୍ତ ଘଟିଯାଇଥିବା ସବୁ ମହାନ ପ୍ରେମ କାହାଣୀର ଉଲ୍ଲେଖଥିବ। ଗୀତ ଗାଇବା ଭିତରେ ଉଭୟଙ୍କର ସ୍ୱପ୍ନ ଓ କଳ୍ପନା କୁ ସୁନ୍ଦର ଭାବରେ ଉପସ୍ଥାପିତ କରାଯିବ ଓ ସତର ନାଁ ଅଠର ଥର ପୋଷାକ ବଦଳି ସାରିଥିବ। ଯେମିତି ଉଭୟେ ଗୋଟେ ହ୍ରଦ ଭିତରେ ଡଙ୍ଗା ବାହିବାର ଦୃଶ୍ୟ, ଗୋଟିଏ ଘୋଡ଼ାରେ ସବାର ହେବାର ଦୃଶ୍ୟ, ମୋଟର୍ ସାଇକେଲ୍‌ରେ ବଜାରରେ ପଳେଇ ଯାଉଥିବେ ବର୍ଷାରେ ଭିଜି ଯାଇଥିବେ, ହିରୋଇନ୍ ସୁଇମିଂ ପୁଲରେ ଗାଧୋଉଥିବ, କୁଣ୍ଡା କୁଣ୍ଡି, ସ୍କେଟିଂ, ବାହାଘର, ମଧୁଶଯ୍ୟା, ଚୁମ୍ବନ ଇତ୍ୟାଦି ନାନାଦି ଦୃଶ୍ୟ ଏଥିରେ ଭରି ଦିଆଯାଇପାରେ। ଏମିତି ହିରୋ ହିରୋଇନ୍ ଙ୍କ ମିଳନ ଓ ଦି ତିନିଟା ଖୁସୀର ଗୀତ ଦିଆଯିବା ନିହାତି ଦର୍କାର।

ଏତିକି ଦୂର ଭାବିବା ପରେ ଦେଖିଲି ଏବେ ହିରୋଇନ୍ ଓ ହିରୋ ମୋ କର୍ତ୍ତୃତ୍ୱର ବାହାରେ। ଏମିତି ଯଦି ଏମାନେ ଖୁସୀ ମନେଇ ବସିବେ, ପ୍ରେମରେ ଡୁବିଯିବେ ତେବେ ମୋର ଷ୍ଟୋରି ର ଅବସ୍ଥା କଅଣ ହେବ। ଏମାନଙ୍କ ଭିତରେ ଏବେ କିଛି ଭୁଲ ବୁଝାମଣା କରା ନ ଗଲେ ମୁଁ ଅସୁବିଧାରେ ପଡ଼ିବି। ଟିକେ ସେପାରସନ୍ ରହିବା ନିହାତି ଦର୍କାର,ତା ଛଡ଼ା ଟିକେ ଭିଲାଏନ୍ ଆଉ କମିଡ଼ି ନ ରହିଲେ ଫିଲ୍ମ ବା ଦେଖିବ କିଏ। ତେଣୁ ମୋତେ ଗୋଟେ ଭିଲେନ୍ ଓ କମିଡିଏନ୍ ଚରିତ୍ର ତଆିରି କରିବାକୁ ପଡ଼ିବ। ଜାଣି ଶୁଣି ହିରୋ ହିରୋଇନଙ୍କ ମନରେ ଦୁଃଖ ଦେବାକୁ ପଡ଼ିବ। ଭିଲେନ୍ ସାଙ୍ଗରେ ହିରୋ କୁ ମାଡ଼ କରାଇବାକୁ ପଡ଼ିବ। ମୁଁ ଦେଖିଥିବା ପୁରୁଣା ଫିଲ୍ମ ଗୁଡ଼ା ମନେ ପକେଇବାକୁ ଚେଷ୍ଟା କଲି। ଯାହା କିଛି ବି ଝାପ୍‌ସା ମନେ ପଡ଼ିଲା ସେଇଟା ଆଜିକାଲି ର ଫିଲ୍ମକୁ ସୁଟ୍‌କଲା ଭଳିଆ ନ ଥିଲା। ଆଚ୍ଛା ଏମିତି କଲେ କେମିତି ହୁଅନ୍ତା।

ନୀତାର ବାପା (ଧରନ୍ତୁ ଅମରେଶ ବାବୁ) ଙ୍କ ଦୂର ସମ୍ପର୍କୀୟ ଭଣଜା ରାକେଶ ଲଣ୍ଡନରୁ ଫେରୁଛି। ସେଇଠି ସେ ଗୋଟିଏ ବ୍ୟବସାୟ ପ୍ରତିଷ୍ଠାନର ଚିଫ୍ ଏକ୍‌ଜିକ୍ୟୁଟିଭ୍ ଥିଲା, ବିଚରା ଭଣଜାର ମାଁ ବାପା ମରିଗଲେଣି। ତେଣୁ ଅମରେଶ ବାବୁ ତାକୁ ଏୟାରପୋର୍ଟକୁ ରିସିଭ କରିବାକୁ ଯାଇଛନ୍ତି ଓ ନୀତାକୁ ବି ଯିବା ପାଇଁ ବାଧ୍ୟ କରୁଛନ୍ତି। ନୀତାର ଠିକ ସେଇ ସମୟରେ ଏପୋଏଣ୍ଟମେଣ୍ଟ ଅଛି ରାଜୁ ସହିତ ଗୋଟିଏ ହୋଟେଲର ଲନ୍‌ରେ। ଅନିଚ୍ଛା ସତ୍ତ୍ୱେ ନୀତା ବାପାଙ୍କ ଜିଦ୍ ଯୋଗୁଁ ଏୟାର ପୋର୍ଟ ଯାଇଛି। ଭଣଜା ଏରୋପ୍ଲେନ୍ ରୁ ଓହ୍ଲେଇ ଆସୁଛି। ବିଲାତି ପୋଷାକ, ଆଖିରେ କଳା ଚଷମା, ବିଲାତି କଥା ବାର୍ତ୍ତା, ଆଦବ କାଏଦା ଅମରେଶ ବାବୁଙ୍କୁ ଦେଖି କହୁଛି ହାୟ ଅଙ୍କଲ, ହାତ ମିଳେଇ କହୁଛି ହାଓ ଆର୍ ୟୁ, ଅମରେଶ ବାବୁ ତାକୁ ଆଲିଙ୍ଗନ କରୁଛନ୍ତି।

ରାକେଶର ଆଖି ପଡୁଛି ନୀତା ଉପରେ, ନୀତା ମୁହଁ ଫେରେଇ ନେଇଛି, ରାକେଶ ପଚାରୁଛି ଅମରେଶ ବାବୁଙ୍କୁ ଅଙ୍କଲ ହୁ ଇଜ୍ ଦାଟ୍ ସୁଇଟି ଗାର୍ଲ୍, ଅମରେଶ ବାବୁ ରାକେଶ କୁ କହିଛନ୍ତି ତାଙ୍କୁ ଚିହ୍ନି ପାରୁନୁ, ସି ଇଜ୍ ମାଏ ଡଟର୍ ନୀତା, ଆରେ ମାଁ ନୀତା ଇଏ ହେଉଛି ରାକେଶ ଯା କଥା ମୁଁ ତତେ ଅନେକଥର କହିଛି। ରାକେଶ ଦୌଡ଼ିଯାଇ ନୀତାର ହାତକୁ ଧରି ପକାଉଛି, ଗୋଟେ ବିଲାତି କାଏଦାରେ ଚୁମା ଦେଉଛି ଯାହା ନୀତାକୁ ମୋଟେ ଭଲ ଲାଗୁନାହିଁ। ତା ପରେ ସମସ୍ତେ କାର୍‌ରେ ଘରକୁ ଆସୁଛନ୍ତି। ଏମିତି ଭାବରେ ଆମ ଫିଲ୍ମର ଭିଲେନ୍ ରାକେଶ ଆମ ଫିଲ୍ମ ଭିତରକୁ ବର୍ତ୍ତମାନ ପଶି ଆସି ପାରିବେ।

ସେ ପଟେ ରାଜୁ ହୋଟେଲ ର ଲନ୍‌ରେ ପଇଁତରା ମାରୁଛି। ନୀତା ମୋଟେ ଆସି ନାହିଁ। ବିଚରା ବ୍ୟସ୍ତ ହେଇ ଘଡ଼ି ଦେଖୁଛି। ଯୋଡ଼ି ଯୋଡ଼ି ହେଇ ଯାଉଥିବା ପୁଅ ଝିଅ ଙ୍କୁ ଦେଖି ନୀତା କଥା ମନେ ପକେଇଛି। ଏଇଠି ଗୋଟିଏ ଗୀତ ଦିଆ ଯାଇପାରେ ଯୋଉଠି ହିରୋ କାନ୍ଦୁଥିବ ସବୁ ହିରୋଇନ୍ ଗୁଡ଼ାକ ଠକ ଓ ହିରୋଇନ୍ ପ୍ରତିବାଦ କରି କାନ୍ଦୁଥିବ। ହିରୋ ଗୁଡ଼ାକ ଜନ୍ମ ଠକ। ଯୋଉଠି ନୀତା ଓ ରାଜୁର ଗୁଡ଼ାଏ ଫ୍ଲାସ୍‌ବେକ୍ ଦିଆଯିବ। ଏଇଟା ହିରୋ ଲନ୍‌ରେ ବସି କଳ୍ପନା କରୁଥିବ। ଗୀତଟି ସରିବା ପରେ ରାଜୁ ରାଗରେ ଗାଡ଼ି ଚଳେଇବ ଘରକୁ ଫେରିବ। ଭାଗ୍ୟ ଭଲ ଆମେ ଏଇଠି ହିରୋକୁ ପୁଣି ଥରେ ଏକ୍‌ସିଡେଣ୍ଟ ହେବାକୁ ଦେଇନାହୁଁ। ଏଇଠୁ ବରଂ ହିରୋ ଏବଂ ହିରୋଇନ୍ ଭିତରେ ଗୋଟେ ଅଭିମାନ ର ଆରମ୍ଭ କରି ଦିଆଯାଇପାରେ।

ରାକେଶର ବିଲାତରୁ ଫେରିଥିବାର ଖୁସୀରେ ଅମରେଶ ବାବୁ ଗୋଟେ ପାର୍ଟି ଡାକିବେ। ଯୋଉଠି ଆମର ହିରୋ ରାଜୁ ବି ମହଜୁଦ୍ ଥିବେ। ରାଜୁର ଗୋଟେ ସାଙ୍ଗ ରମେଶ ଯାହାକୁ କି ଆମେ କମିଡ଼ିଏନ୍ କରିବାର ବ୍ୟବସ୍ଥା ରହିଛି ସିଏ ବି ମହଜୁଦ୍

ଥିବ। ନୀତାର ସାଙ୍ଗ ଅଞ୍ଜୁ ଓ ଅନ୍ୟ ସାଙ୍ଗମାନେ ଓ ସହରର ବିଶିଷ୍ଟ ବ୍ୟକ୍ତି ବିଶେଷଙ୍କ ସବୁ ମେହେଫିଲ୍ ରେ ସାମିଲ ଥିବେ। ଡ୍ରିଙ୍କ୍ସ୍ ଚାଲିଥିବ, ନୀତା ପଛରେ ରାକେଶ ଗୋଡେଇ ହେଉଥିବ। ନୀତା ଏଭୋଏଡ୍ କରୁଥିବ। ରାଜୁ ଅଭିମାନ କରୁଥିବା ହେତୁ ରିଜର୍ଭ ରହୁଥିବ ଓ ଗୋଟେ ସିଟରେ ତା ସାଙ୍ଗ ରମେଶ ସାଙ୍ଗରେ ବସିଥିବ।

ରାକେଶ ଉପରେ ମନେ ମନେ ରାଗୁଥିବ। ରାଜୁକୁ ମନେଇବାରେ ଯେତେବେଳେ ନୀତା ଅସମର୍ଥ ହେବ ସେ ଅଞ୍ଜୁକୁ ଏଇଥି ପାଇଁ ଲଗେଇବ ଓ ଅଞ୍ଜୁ ଘୋଷଣା କରିବ ଯେ ଆଜି ରାଜୁ ଗୋଟେ ଗୀତ ଗାଇବ। ରାଜୁ ମନା କରୁଥିବ କିନ୍ତୁ ଅମରେଶ ବାବୁ ଯେତେବେଳେ ତାକୁ କହିବେ କମ୍ ଅପ୍ ୟୁ ହାଭ୍ ଟୁ ସିଙ୍ଗ ଟୁ ଡେ ରାଜୁ ନିଜକୁ ପ୍ରସ୍ତୁତ କରୁଥିବ। ଏଇଠି ଆମ କମିଡିଏନ୍ ମହାଶୟ ଘୋଷଣା କରିବେ ଯେ ଆମ ହିରୋ ଯାହା ବି କିଛି ଗୀତ ଜାଣିଛନ୍ତି ସବୁ ଡୁଏଟ୍ ସଙ୍ଗ ଯୋଉଟା ଏକା ଗାଇହେବ ନାହିଁ, ତେଣୁ ନୀତା କୁ ବି ସାଙ୍ଗରେ ଗାଇବା ପାଇଁ ପଡ଼ିବ। ଏଇଠି ରାଜୁ ପିଆନୋ ପାଖକୁ ଯିବ ଓ ଗୋଟେ ଅଭିମାନ ଭରା ଗୀତ ଗାଇବ ଯାହାର ମର୍ମ ଥିବ - ମୋତେ ଜଣା ନ ଥିଲା ତମେ ମୋତେ ଦିନେ ଏମିତି ଠକିବ, ମୋତେ ଅପେକ୍ଷା କରିବାକୁ କହି ଅନ୍ୟ କାହାର ହୃଦୟରେ ବସା ବାନ୍ଧିବ, ଯଦି ଏମିତି କରିବାର ଥିଲା ମୋତେ ଆଗରୁ କାହିଁକି ଏକଥା କହିଲ ନାହିଁ, ମୁଁ ସ୍ୱଇଚ୍ଛାରେ ତମକୁ ମୋର ବନ୍ଧନରୁ ମୁକ୍ତ କରି ଦେଇ ଥାଆନ୍ତି, ଅନ୍ୟ କୋଇଠି କୁ ଚାଲିଯାଇ ଥାଆନ୍ତି, ଇତ୍ୟାଦି ଯାର ଜବାବରେ ନୀତ ବି ପଦେ ଦି ପଦ ଗାଇଛି ଏବଂ କାନ୍ଦି ପକାଇଛି। ଗୀତ ସରିଯିବା ପରେ ପରେ ସମସ୍ତେ ତାଳି ମାରୁଛନ୍ତି ଓ ଅମରେଶ ବାବୁ ହସି ହସି ଘୋଷଣା କରୁଛନ୍ତି ରାକେଶ କୁ ସେ କମ୍ପାନୀର ଚିଫ୍ ଜେନେରାଲ ମେନେଜର୍ ପଦରେ ଅବସ୍ଥାପିତ କରିବାକୁ ପାଉଛନ୍ତି। ପୁଣି ତାଳିମାଡ଼ ହୋଇଛି। ରାକେଶ ଖୁସୀରେ ଅମରେଶ ବାବୁଙ୍କ ସାଙ୍ଗରେ ହାତ ମିଳାଇଛି ଓ ନୀତା ପାଖକୁ ଯାଇ କହୁଛି ୟୋର୍ ସଙ୍ଗସ୍ ଆର୍ ଏଜ୍ ଲଭଲି ଏଜ୍ ୟୁ। ରାଜୁ ଏ ସବୁ ସହ୍ୟ କରିପାରୁନି ଓ ପାର୍ଟିରୁ ଖସି ପଳେଇ ଆସୁଛି।

ବର୍ତ୍ତମାନ ହିରୋ ହିରୋଇନ ଭିତରେ ଗୋଟେ ଭୁଲ ବୁଝାମଣା ପକ୍କା ହେଇଗଲା। ଏବେ ହିରୋ ଆଉ ଭିଲେନ୍ ଭିତରେ ଟିକେ କନ୍‌ଫ୍ଲିକ୍ଟ ଆଣିବାକୁ ପଡ଼ିବ। ନଚେତ କ୍ଲାଇମେକ୍ସ ଠିକ୍ ଆସିବ ନାଇଁ। ମୁଁ ବି ଭିନ୍ନ ପ୍ରକାର କନ୍‌ଫିକ୍ଟ କଥା ଚିନ୍ତା କଲି ତେବେ ଏ ବିଷୟରେ ବିଶେଷ ଗୁରୁତ୍ୱ ନ ଦେଇ କାମ ଟିକେ ଚଳିବା ଭଳିଆ ହେଲେ ବି ଚଳିଯିବ ଭାବିଲି।

ଏତ୍‌କି ବେଳେ ବାହାର ଦର୍ଜାରେ ନକ୍ ହେଲା। ଯଦିଓ ଡିଷ୍ଟର୍ବ ହେବାକୁ ଚାହୁଁ ନ ଥିଲି ଆଗ କବାଟ ଖୋଲିଲି। ବାହାରେ ଦୁଧବାଲା ଠିଆ ହେଇ ଥିଲା। କହିଲା ଆଜ୍ଞା

ଏ ମାସର ବିଲ୍। ମୁଁ ବିଲକୁ ଆଣି ପଢ଼ିଲି ବାପାରେ ଏତେ ପଇସା। ଦୁଧର ହିସାବ ମୁଁ ରଖେନି, ପତ୍ନୀ ବୁଝନ୍ତି। ମୁଁ ତାକୁ କହିଲି ଦି ଦିନ ପରେ ଆସ ଓ କବାଟ ବନ୍ଦ କରି ପୁଣି ମୋର ଷ୍ଟୋରିରେ ମନୋନିବେଶ କଲି।

ଭିଲେନ ହିରୋଇନ କୁ ପଟେଇବା ପାଇଁ ଚେଷ୍ଟା କରୁଛି। ହିରୋଇନ ଏଭୋଏଡ୍ କରୁଛି ତାକୁ। ଭିଲେନ୍ ବୁଝି ପାରୁନି କିଛି। ଧୀରେ ଧୀରେ ଭିଲେନ୍ ଆବିଷ୍କାର କରୁଛି। ହୀରୋ ସହ ହୀରୋଇନ୍ ର ସଂପର୍କ। ଭିଲେନ ରାଗି ଯାଇଛି ଏବଂ ରିଭେଞ୍ଜ୍ ନେବା ପାଇଁ ଯୋଜନା ପ୍ରସ୍ତୁତ କରୁଛି।

ରାଜୁ ଏତେ ଜୋର୍ ଭୂଲ୍ ବୁଝିଛି ଯେ ତାକୁ ବୁଝାଇବା ହିରୋଇନ ପକ୍ଷରେ ମୁସ୍‌କିଲ୍ ହେଇ ପଡ଼ିଲାଣି। ବିରହି ଯା ଭିତରେ ଦୁଃଖର ଗୋଟେ ଦିଟା ଗୀତ ବି ଗାଇସାରିଲାଣି। ରାଜୁ ଜାଣି ଜାଣି କାମ ବାହାନାରେ ସହରରୁ କିଛିଦିନ ପାଇଁ ଉଭାନ ହେଇଛି। ହିରୋଇନ ର କୋଉଠି ହେଲେ ବି ମନ ଲଗୁନାହିଁ। ସେ ତାର ସାଙ୍ଗ ଅଞ୍ଜୁ ପାଖକୁ ଯାଉଛି। ତାରି ଦୁଃଖର କାହାଣୀ ସବୁ କହୁଛି। ଅଞ୍ଜୁ କହୁଛି ତୁ ଚିନ୍ତା କରନା ସବୁ ଠିକ୍ ହେଇଯିବ ଅନ୍ତତଃ ରାଜୁ ଆସିବା ଯାଏ ଅପେକ୍ଷା କରିଦେଖ ମୁଁ କଅଣ କରୁଛି।

ଯା ଭିତରେ ଅଞ୍ଜୁ ଦିନେ ରମେଶ ଅର୍ଥାତ୍ କମେଡ଼ିଏନ୍ ର ଅଫିସକୁ ଯାଇଛି ରମେଶ ଟାଇପ ରେ ବ୍ୟସ୍ତ ଅଛି। ରମେଶ ଅଞ୍ଜୁକୁ ଦେଖି ଖୁସୀ ହେଇ ଯାଇଛି ଓ ସାମନା ସିଟରେ ବସିବା ପାଇଁ କହୁଛି। ଏଇଠି ଅଞ୍ଜୁ ପ୍ରତି ଥିବା ରମେଶ ର ଦୁର୍ବଳତା କୁ ବି ଟିକଏ ଦେଖେଇ ଦିଆଯାଇପାରେ। ଯେମିତି ଟାଇପ ଉପରେ ରମେଶର ହାତ ଦୁଇଟି ସ୍ଥିର ହେଇ ରହିଯାଇଥିବ, ରମେଶ ନିର୍ମିଶେଷ ନୟନରେ ଅଞ୍ଜୁ ଆଡ଼କୁ ଦେଖୁଥିବ ଓ ମନେ ମନେ ଗୋଟେ ଲଭ୍ ସିକ୍ୱେନ୍ସ ଚିନ୍ତା କରିବ ଯୋଉଟା ଲଭ୍ ରୁ ସିଧା ମେରେଜ୍ ଯାଏ ଏବଂ ମଧୁଶଯ୍ୟା ରାତିଯାଏ ଲମ୍ବିଯିବ। ମଧୁଶଯ୍ୟା ରାତିରେ ଅଞ୍ଜୁ ମନା କରୁଥିବ ଓ ପ୍ରକୃତରେ ଅଫିସରେ ମଞ୍ଜୁ ଆଡ଼କୁ ଯା ଭିତରେ ତାର ଚୁମା ଦିଆ ମୁହଁ ବଢ଼ି ସାରିଥିବ ଓ ଅଞ୍ଜୁମନା କରୁଥିବ ଏ ଭାବରେ ଫ୍ଲାସବେକ୍ ସରିଯିବ ଓ କମିଡିଏନ୍ ପ୍ରକୃତିସ୍ଥ ହେଇଯିବ ଓ ଅଞ୍ଜୁ ପାଖରୁ କ୍ଷମା ମାଗିନେବ। ତାପରେ ସେ ଅଞ୍ଜୁ କୁ ଆସିବାର କାରଣ ପଚାରିବ ଓ ଯା ଭିତରେ ସେ ଗୋଟେ ଲଭ୍ ଲେଟର ଟାଇପ୍ କରି ସାରିଥିବ। ସାହେବ ଯେତେବେଳେ ଟାଇପ୍ ସରିଲାକି ବୋଲି ପଚାରିବେ ଲେଟର ଟାକୁ ପଠେଇଦେବ ଓ ସାହେବଠୁଗାଳି ଖାଇକି ଫେରିବ। ଅଞ୍ଜୁ ତାର ଅସିବାର କାରଣ ସଂକ୍ଷେପରେ କହିବ। କମେଡ଼ିଏନ୍ କହିବ ଏଇଠି ଏତେ କଥା ଆଲୋଚନା କରିହେବ ନାଇଁ ବରଂ ଆମେ ବାହାରେ କୋଉଠି ଭେଟ ପଡ଼ିବା କହ। ଅଞ୍ଜୁ ଘରକୁ ଆସିବା ପାଇଁ କହିବ। କମିଡିଏନ୍ ଭାବିବ ଏଇଟା ଗୋଟେ ବୋକୀ। ଘରକୁ ଗୋଟେ କଅଣ ଡାକୁଛି। ଖୋଲାପାର୍କ କିମ୍ବା ରେସ୍ତୁରାଁ

ସିନା ଡାକନ୍ତା। କମିଡିଏନ ମନା କରିବ ଘରକୁ ଯିବା ତା ପକ୍ଷରେ ସମ୍ଭବ ନୁହେଁ। କାରଣ ସେ ଗୋଟେ ବ୍ରତ କରିଛି ବାହା ନ ହେବାଯାଏ ସେ କୌଣସି କୁମାରୀ ଘରକୁ ଯିବ ନାହିଁ। ଅଞ୍ଜୁ ଥଟ୍ଟା କରୁଛି ଯାହାକୁ ବାହାହେବ ତା ଘରକୁ ବି ନୁହେଁ।

ରମେଶ ମର୍ମଟା ବୁଝି ଯାଇଛି ଓ କହୁଛି ବରଂ ଆଜି ଆସ ଆମେ ତାଜ୍‌ରେସ୍ଟୁରାଁ ରେ ସନ୍ଧ୍ୟା ୫ ଟାରେ ଭେଟ ପଡ଼ିବା। ସେଇଟା ମୋ ଅଫିସ ଆଉ ଘରର ଠିକ୍ ମଝିରେ ତେଣୁ ମୋତେ ବସ୍‌ଭଡ଼ା ପାଇଁ ଅଧିକ ଖର୍ଚ୍ଚ କରିବା ପାଇଁ ପଡ଼ିବ ନାହିଁ। ଅଞ୍ଜୁ ହଁ ଭରିଛି। ରମେଶ ଅଞ୍ଜୁକୁ କହୁଛି ତମେ ରହୁଥିବା ଗଳିରେ ମୋର ଗୋଟେ ପ୍ରେମିକା ଅଛି। ଭଲ ହୁଅନ୍ତା ଯଦି ତମେ ମୋର ପୋଷ୍ଟମ୍ୟାନ ର କାମ ଟିକେ କରନ୍ତ। ଏଇଠି ଡାକ ର କିଛି ଠିକଣା ନାହିଁ। ସବୁବେଳେ ଭୁଲ ଲୋକ ପାଖରେ ଚିଠି ପହଞ୍ଚିଯିବାର ସମ୍ଭାବନା ରହିଛି। ଯେମିତି ଦେଖ ମୁଁ ପ୍ରେମିକା କୁ ଚିଠି ଦେବି ଅଥଚ ଚିଠି ପାଇବ ତାର ବାପା। ଭାରୀ ସାଂଘାତିକ। ତେବେ ଗୋଟେ ସର୍ତ୍ତ ତମେ ଘରେ ପହଞ୍ଚିବା ପୂର୍ବରୁ ଚିଠିର ଠିକଣା ଟି ଦେଖିବ ନାହିଁ। ଅଞ୍ଜୁ ହଁ କହୁଛି ଓ ତାର ମନି ପର୍ସରେ ଚିଠି ଟି ରଖୁଛି। ରମେଶ ମନା କରୁଛି ଦେଖ ବାଟରେ ଆଜିକାଲି କେତେ ପକେଟ ମାର। କୋଉଠି ପର୍ସ ପଡ଼ିଗଲେ ବିପଦ ତମେ ବ୍ଲାଉଜ ଭିତରେ ଚିଠିଟି ଭରି ଦେଉନ। ଅଧିକାଂଶ ଝିଅ ଯେମିତି କରନ୍ତି। ସେଇଟା ସବୁଠୁ ନିରାପଦ। କାରଣ ସହଜରେ ସେଇଠିକୁ କାହାରି ହାତ ଯାଇପାରିବନି। ଅଞ୍ଜୁ ଲାଜେଇ ଯାଇଛି ଓ କହୁଛି ଦେଖୁଛି ତମେ ଭାରୀ ବଦମାସ। ମୁଁ ଭାବୁଥିଲି ଭାରୀ ସିଦା ସାଧା।

ଅଞ୍ଜୁ ଉତ୍କଣ୍ଠା ସମ୍ଭାଳି ନ ପାରି ବସ୍ ରେହିଁ ଚିଠିଟି ଖୋଲୁଛି ଓ ଦେଖୁଛି ଚିଠିଟି ତା ପାଇଁ ଉଦ୍ଦିଷ୍ଟ। ତାହେଲେ ମୁଁ ହିଁ ତମର ପ୍ରେମିକା ଅଞ୍ଜୁ ମନକୁ ମନ କହୁଛି ଓ ଚିଠିଟି ପଢୁଛି। ମନେ ମନେ ଖୁସୀ ହେଇ ଯାଇଛି ଓ ଚିଠିକୁ ତା ବ୍ଲାଉଜ୍ ଭିତରେ ଭରି ଦେଇଛି। ସଂଧ୍ୟା ଯାଏ ଅପେକ୍ଷା କରିବା ପାଇଁ ତାର ଆଉ ମନଥୟ ଧରୁନି।

ସମୟ ସଂଧ୍ୟା ସ୍ଥାନ ତାଜ ରେଷ୍ଟୁରେଣ୍ଟ, ଗୋଟିଏ ଲନ୍‌ରେ ଚୌକିରେ ଏକା ବସି ଅଞ୍ଜୁ ରମେଶର ଅପେକ୍ଷା କରୁଛି। ଗୋଟେ ସଫ୍ଟ ମ୍ୟୁଜିକ ଭାସି ଆସୁଛି। ରମେଶ ଜାଣି ଜାଣି ଡେରିରେ ପହଞ୍ଚିଛି। ରମେଶ ପଚାରୁଛି ଚିଠି ଟି ଦେଇଦେଲ। ଅଞ୍ଜୁ କହିଛି ହଁ। ରମେଶ ପଚାରିଲା କାହାକୁ, ଅଞ୍ଜୁ କହିଲା ଆଉ କାହାକୁ ଅଞ୍ଜୁ ସାମଲକୁ। ଆମ ଗଳିରେ ଆମେ ମାତ୍ର ଦି ଜଣ ଅଞ୍ଜୁ ଗୋଟେ ମୁଁ ଆଉ ଜଣକ ଅଞ୍ଜୁ ସାମଲ। ଯେହେତୁ ଚିଠିଟି ମୋ ପାଇଁ ନ ଥିଲା କାରଣ ମୁଁ ତମର ପ୍ରେମିକା ନୁହେଁ ମୁଁ ଆଉ କାହାକୁ ଦିଅନ୍ତି। ତେଣୁ ଅଞ୍ଜୁ ସାମଲ କୁ ଦେଇଦେଲି। ଅଞ୍ଜୁ ଜାଣି ଜାଣି ରସିକତା କରୁଛି। ବିଚରା କମିଡ଼ିଏନ୍ ଏଇଠି ସତରେ ସରିଅସ୍ ହେଇ ଯାଇଛି ଓ ମନେ ମନେ ଭାବି ନେଇଛି କିଏ

ହେଇଥିବ ସେଇ ଅଞ୍ଜୁ ସାମଲ, ଚିଠି ପାଇଯିବ, ରାଗିଯିବ, ଚିଠିରେ ଠିକଣାଟା ପୁରା ଲେଖାଅଛି ଦସ୍ତଖତ ଅଛି,ଅଞ୍ଜୁ ସାମଲର ଗୋଟେ ପ୍ରେମିକ ଥିବ ନଚେତ ଭାଇ ଥିବେ ଯୋଉମାନେ ଦାଦା ହେଇଥିବେ, ତାର ଅଫିସକୁ ଯିବେ ଓ ତାକୁ ଜୋର୍‌ରେ ବାଡ଼େଇବେ ମାଡ଼ରେ ତାର ସାର୍ଟ ପେଣ୍ଟ ଚିରିଯିବ ଓ ଶେଷରେ ଟାଇପ ରାଇଟର୍ ଟାକୁ ତାର ମୁଣ୍ଡରେ କଚାଡ଼ିବେ ଏଇଟାକୁ ଦୃଶ୍ୟ ମାଧ୍ୟମରେ ଦେଖେଇ ଦିଆଯିବ ଫ୍ଲାସ୍‌ବେକ୍‌ରେ। ସେଇଠୁ କମିଡ଼ିଏନ୍ ଗୋଟେ ଚିତ୍କାର କରିବ ଯୋଉଥିରେ ଅଞ୍ଜୁ ଚମକି ପଡ଼ିବ ଓ ତାଜ୍ ରେଷ୍ଟୁରେଣ୍ଟର ମେନେଜର ଦୌଡ଼ିଆସି ପଚାରିବ କିଛି ଦର୍କାର କି ସାର, ଆମର ଭୁଲ ହେଇଛି, ଆମେ ଆପଣମାନଙ୍କୁ ଡିଷ୍ଟର୍ବ କରିବା ପାଇଁ ଚାହୁଁ ନ ଥିଲୁ, ଏଇଟା ଆମ ରେଷ୍ଟୁରେଣ୍ଟର ବାହାଦୁରୀ ତାଜ ରେଷ୍ଟୁରେଣ୍ଟ ଟା ହିଁ କେବଳ ପ୍ରେମୀ ମାନଙ୍କ ପାଇଁ ସେଇଥିପାଇଁ ଆମେ ରେଷ୍ଟୁରେଣ୍ଟର ନାଁ ବି ରଖିବୁ ତାଜ୍ ହାଓ ଡୁ ୟୁ ଲାଇକ୍ ଇଟ୍ ସାର୍, ମେନେଜର୍ ଏମିତି ଭାଷଣ ମାରୁଥିବା ବେଳେ କମିଡ଼ିଏନ୍ କହିବ ପାଣି ଦର୍କାର ପାଣି ଆଣ ଆଉ ମେନ୍ୟୁ ଟା ପଠେଇ ଦିଅ।

ମେନେଜର ଚାଲି ଯାଇଛି। ଅଞ୍ଜୁ ଥଟା କରୁଛି। ଏମିତି କୁକୁଡ଼ା କଲିଜା ନେଇ ପ୍ରେମ କରିବା ପାଇଁ ବାହାରିଛି। ସେ ତାର ବ୍ଲାଉଜ୍ ଭିତରୁ ଚିଠିଟା ବାହାର କରେଇ ରମେଶକୁ ଦେଇଛି। ଏଇଠି କେମେରା ମେନ୍ ଟିକେ ସତର୍କରେ ଚିତ୍ରଟି ନେବାର ଦରକାର। କାରଣ ଅଞ୍ଜୁ ଆଙ୍ଗୁଳୀ ପୁରେଇ ବ୍ଲାଇଜ ଭିତରୁ ଚିଠିଟି କାଢ଼ିବା ବେଳେ ରମେଶର ଲୋଲୁପ ଦୃଷ୍ଟି ଅଞ୍ଜୁର ସ୍ତନ ଉପରେ ରହିବା ଉଚିତ୍ ନଚେତ୍ ଦୃଶ୍ୟଟି ମାଡ଼ ଖାଇଯିବା ଆବଶ୍ୟକ ସ୍ଥଳେ ଏଇଠି ଅଞ୍ଜୁକୁ ଅପାତତଃ ଗୋଟେ ଢ଼ିଲା ପୋଷାକ ପିନ୍ଧେଇଲେ ବି କାମ ସହଜରେ ହେଇଯିବ। ଟାଇଟ୍ ବ୍ରା ଭିଡ଼ିଲେ ଟିକେ ଅସୁବିଧା। ତେଣୁ ପରିଧାନ ଓ ପରିପାଟୀ ବିଭାଗ ଏ ଦିଗରେ ଯତ୍ନଶୀଳ ହେବା ଆବଶ୍ୟକ।

ଏଇ ଦୃଶ୍ୟରେ କମିଡ଼ିଏନ୍ ଓ ଅଞ୍ଜୁର ଭିତରେ ଗୋଟେ ପକ୍‌କା ପ୍ରେମର ସଂପର୍କ ଗଢ଼ି ଉଠୁଛି। ହୀରୋ ଓ ହୀରୋଇନ୍ ର ଭୁଲ୍ ବୁଝାମଣା ସଂପର୍କରେ ଆଲୋଚନା ହେଇଛି ଓ ତାକୁ ସମାଧାନ କରିବା ପାଇଁ ଉଭୟେ ବଦ୍ଧ ପରିକର ହେଉଛନ୍ତି। ଏଇଠି ଟିଫିନ୍ ଖାଇବା ବେଳେ, ପଇସା ଦେବା ବେଳେ ବିଭିନ୍ନ ହାସ୍ୟ ରସାତ୍ମକ ଦୃଶ୍ୟ ତଥା ଗୀତ ମାଧ୍ୟମରେ କିଛି ହାସ୍ୟ ରସ ଦିଆ ଯାଇ ପାରେ।

ହିରୋର ଅନୁପସ୍ଥିତିର ସୁଯୋଗ ନେଇ ଭିଲେନ୍ ତାର ପ୍ଲାନ୍ ବନେଇ ଦେଇଛି। ୟୁନିୟନ ର ତାକଡ଼ା ଲିଡ଼ର ମାନଙ୍କୁ ହାତ ମୁଠାରେ ଧରିଦେଇଛି। ସେମାନଙ୍କୁ ପଇସାର ଲାଞ୍ଚ ଦେଖେଇ ଗୋଟେ ବୃଥା ଧର୍ମଘଟ କରେଇ ଦିଆଯାଇଛି। ସପ୍ତାହ ବ୍ୟାପୀ ଧର୍ମଘଟ ଚାଲିଛି। ଅମରେଶ ବାବୁ ବାରମ୍ବାର ଚେଷ୍ଟା କରି ବିଫଳ ହେଇ ଯାଇଛନ୍ତି। ଲିଡ଼ର୍ସ

ମାନେ ତାଙ୍କ କଥା ଶୁଣୁ ନାହାନ୍ତି। ରାକେଶ ଏଇ ସୁଯୋଗର ଫାଇଦା ନେଇ ଅମରେଶ ବାବୁଙ୍କୁ ରାଜୁ ବିରୁଦ୍ଧରେ ପ୍ରବର୍ତ୍ତାଉଛି। ରାକେଶ କହୁଛି ଏଇଟା ରାଜୁର ବୁଦ୍ଧି, ସେ ସମସ୍ତଙ୍କୁ ମତେଇ ଦେଇ ନିଜେ କାମ ବାହାନାରେ ପଳେଇଛି, ଯେମିତି ତାର ଚାଲ ଧରା ନ ପଡ଼ିବ। ଆପଣ ବିଲିଭ୍ କରନ୍ତୁ ଅଙ୍କଲ ଏଥିରେ ରାଜୁର ପ୍ଲାନ ଅଛି, ଅମରେଶ ବାବୁ ପଚାରୁଛନ୍ତି। ଏଥିରେ ରାଜୁର ଫାଇଦା। ଆପଣ ବୋଧେ ଜାଣନ୍ତି ନାହିଁ ଅଙ୍କଲ ଯା ଭିତରେ ରାଜୁ ଆପଣଙ୍କ ସରଳତାର ସୁଯୋଗ ନେଇ କମ୍ପାନୀର ଲକ୍ଷ ଲକ୍ଷ ଟଙ୍କା ଆତ୍ମସାତ କରି ସାରିଛି, ଯୋଉଟା କି ସେ ଦେଖେଇବା ପାଇଁ ଅସମର୍ଥ। ତାର ପ୍ରଥମ ଯୋଜନା ଆପଣଙ୍କ ଦୃଷ୍ଟି ଅନ୍ୟ ଆଡ଼କୁ ଆକର୍ଷିତ କରିବା ପାଇଁ। ଆପଣ ସବୁବେଳେ କିଛି ନା କିଛି ଏବେ ସମସ୍ୟାର ସମ୍ମୁଖୀନ ହେବେ ଏବଂ କମ୍ପାନୀର ଏକାଉଣ୍ଟସ୍ ଆଡ଼କୁ ନଜର ଦେବେ ନାଇଁ, ତା ଛଡ଼ା କମ୍ପାନୀର ଶ୍ରମିକ ମାନଙ୍କ ପାଉଣା କିଛି ବଢ଼ିଗଲେ ସିଆଡ଼େ ରାଜୁ ବି କିଛି ଅଦଳ ବଦଳ କରି ତାର ଆତ୍ମସାତ କରିଥିବା ଟଙ୍କା କୁ ସୋ କରିପାରିବ। ୟୁ ବିଲିଭ୍ ମି ଅଙ୍କଲ୍।

ନୋ, ରାଜେଶ କେନନଟ ବି ଲାଇକ ଦେଟ୍। ଆଇ ୱିଲ ୱେଟ ଟିଲ୍ ହି କମ୍ସ ବେକ୍।

ରାଜେଶ ଦେଖିଲା ତାର ପ୍ଲାନ କାମ କରୁନି, ଧର୍ମଘଟ ବେଶୀ ଦିନ ବଢେଇ ହେବ ନାଇଁ, ଦିନ ମଜୁରୀଆ କେତେ ଜଣଙ୍କୁ ସେ ଏମିତି ବେକାରଟାରେ କେତେ ଦିନ ପୋଷି ପାରିବା ସିଧାଡ଼େ ରାଜେଶ କେବେ ଆସିବ ଠିକଣା ନାହିଁ।

ରାକେଶ ର ମୁଣ୍ଡରେ ଗୋଟେ ଆଇଡ଼ିଆ ଜୁଟିଲା ସେ ଅମରେଶ ବାବୁ ଙ୍କୁ କହିଲା ଆପଣ ପ୍ରୁଫ୍ ପାଇଲେ ବିଶ୍ୱାସ କରିବେ ତ ଅଙ୍କଲ୍।

ଓଃ ସିଓର। ଓକେ ୟୁ ଜଷ୍ଟ ୱେଟ, ରାକେଶ କହିଲା ମୁଁ ଅଳ୍ପ ସମୟ ଭିତରେ ଆସୁଛି।

ରାକେଶ ଅମରେଶ ବାବୁଙ୍କ ଗୋଟେ ଖାସ ଲୋକଙ୍କୁ ଧରିଲା ତାଙ୍କୁ ଦଶ ହଜାର ଲାଂଞ୍ଚ ଦେଇ ଓ ମିଛି କହିବା ପାଇଁ ଧମକେଇଲା।

ଲୋକଟି ଆସି ଅମରେଶ ବାବୁଙ୍କୁ କହିଲା ଯେ ସେ ରାଜେଶ ବାବୁ ୟୁନିୟନ ଲିଡ଼ର ‚ ମାନଙ୍କୁ ଡାକି କିଛି ଲାଞ୍ଚ ଦେବାଟା ଦେଖିଛି। ଧର୍ମଘଟ ଉପରେ ସେମାନଙ୍କର କିଛି କଥାବାର୍ତ୍ତା ହେବାଟା ବି ଶୁଣିଛି। ତେବେ କ'ଣ କଥା ହେଉଥିଲେ ସେ ସଠିକ ଶୁଣି ପାରିନାହିଁ। ତେବେ କିଛି ଗୋଟେ ଗୁରୁତର ମନ୍ତ୍ରଣା ହେଉଥିବା ଟା ସତ ଏବଂ ସେଦିନ ରାତିରୁ ହିଁ ରାଜୁ ବାବୁ ଗାଏବ ଅଛନ୍ତି।

ଅମରେଶ ବାବୁ ଖୁବ୍ ଜୋର୍ ରାଗି ଯାଇଛନ୍ତି।

ରାକେଶ ଗ୍ଲାସ୍‌ରେ ଟିକେ ମଦ ଢ଼ାଳୁଛି ଓ କହୁଛି ରିଲେକ୍ସ ଅଙ୍କଲ ଏଇଟା ରାଗିବାର ଟାଇମ ନୁହେଁ। ତାକୁ ପରେ ଥଣ୍ଡା କରିବା ପ୍ରଥମେ ଲିଡ଼ର୍ ମାନଙ୍କୁ ଥଣ୍ଡା କରିବାକୁ ହେବ।

ଅମରେଶ ବାବୁ : ଏନି ୱେ, ଏନି ସଲ୍ୟୁସନ

ରାକେଶ : ଅଛି ବଟ ଦେଟ ମେ ବି ଏକ୍ସପେନସିଭ ଇଫ ଅନଲି ୟୁ କେନ ଏଫର୍ଡ।

ଓଃ ଚିନ୍ତା କରନା, ମୋ ପାଖରେ ଯଥେଷ୍ଟ ସାମର୍ଥ୍ୟ ଅଛି, ତମେ ଉପାୟ କହ।

ରାକେଶ ଦେଖନ୍ତୁ ଅଙ୍କଲ, କମ୍ପାନୀରେ ୭ ଦିନ ହେଲା କାମ ବନ୍ଦ, ଦେଟ ମିନ୍ସ ୟୋର ଲସ ଇଜ ଏପ୍ରୋକ୍ସିମେଟଲି ଟେନ୍ ଲାକ୍ସ ଆଉ ଧର୍ମଘଟ ଯଦି ଆହୁରି ସାତଦିନ ଚାଲେ ଏନାଦର୍ ଟେନ୍ ଲାକ୍ସ। ଅନ୍ତତଃ ତାର ଫିଫ୍ଟି ପରସେଣ୍ଟ ମିନ୍‌ସ ଫାଇଭ ଲାକ୍ସ ଖର୍ଚ୍ଚ କଲେ ଆପଣଙ୍କର କାମ ହାସଲ ହେଇଯିବ। ଅମରେଶ ବାବୁ ପଚାରିଲେ ହାଓ ?

ରାକେଶ ଯଦି ୱାନ ଦେଇଛି ଆମେ ଟୁ ଦେବା। ୟୁ ଜଷ୍ଟ ୱେଟ ଆପଣ ରାଜି ତ।

ଅମରେଶ ବାବୁ : କେରିଅନ୍ : ରାକେଶ ଆଉ ଗୋଟେ ପେଗ୍ ଢ଼ାଳୁଛି ଓ ଫୋନ ଘୁରୁଉଛି। କଡ଼ା ଭାଷାରେ ଗାଳି ଦେଉଛି ଏବଂ ସେମାନଙ୍କୁ ଡାକୁଛି ଯଦି ରାଜିନାମା ଦର୍କାର ଏବେ ଆସ।

ଅମରେଶ ବାବୁ ଓ ରାକେଶ ଅଫିସ ଗୃହରେ ବସିଛନ୍ତି। ଦି ଜଣ ୟୁନିୟନ ଲିଡ଼ର ଆସୁଛନ୍ତି। ରାକେଶ ସହିତ ସେମାନଙ୍କର ଗରମ କଥାବାର୍ତ୍ତା ଚାଲିଛି। ରାକେଶ କହୁଛି ଆଇ ନୋ ୟୁ ଆର ବ୍ରାଇବଡ଼୍ ବାଏ ଦେଟ ବାଷ୍ଟାର୍ଡ଼। ୟୁ କନଫେସ ଇଟ୍ ୱି ଆର ପ୍ରିପେୟାର୍ଡ଼ ଟୁ ଗିଭ ୟୁ ଟ୍ୱାଇସ ଅଫ ହ୍ୱାଟ ୟୁ ହେଭ ଗଟ୍। ନଚେତ କାଲି ସଂସାରରେ ତମେ ଦି ଜଣ ନ ଥିବ। ରାକେଶ୍ ପକେଟରୁ ଗୋଟେ ପିସ୍ତଲ ବାହାର କରୁଛି।

ୟୁନିୟନ ଲିଡ଼ର ମାନେ କନଫେସ କରୁଛନ୍ତି ହଁ ସାର୍ ଆମର ଭୁଲ ହେଇଛି, ରାକେଶ ବାବୁ ଆମକୁ ଟଙ୍କା ଦେଇ ଆପଣଙ୍କ ବିରୁଦ୍ଧରେ ମତେଇଥିଲେ। କୌଶଳ କ୍ରମେ ଏଇ କଥାବାର୍ତ୍ତାକୁ ଯା ଭିତରେ ଭିଲେନ ଟେପ କରି ରଖୁଛି।

ଅମରେଶ ବାବୁ ରାଗରେ ଥରି ଉଠୁଛନ୍ତି। ବାଷ୍ଟାର୍ଡ ଏଇଥି ପାଇଁ ମୁଁ ତୋତେ ଦୟା କରିଥିଲି। ରାକେଶ କହୁଛି ଆପଣ ରାଗନ୍ତୁନି ଅଙ୍କଲ। ତାପରେ ୟୁନିୟନ ଲିଡ଼ର ମାନଙ୍କ ସହିତ କଥାବାର୍ତ୍ତା ଚାଲିଛି। କାଲି ସକାଳୁ ଷ୍ଟ୍ରାଇକ କଲଡ଼୍ ଅଫ ହେବ। ୟୁ ଅଣ୍ଡରଷ୍ଟେଣ୍ଡ ତମ ଦି ଜଣଙ୍କୁ ଦୁଇ ଦୁଇ ଲକ୍ଷ ଟଙ୍କା ଦିଆଯିବ।

ଲିଡ଼ର ମାନେ କହୁଛନ୍ତି କିଛି ନ ହେଲେ ସେମାନେ କ'ଣ ଆମ କଥା ଶୁଣିବେ।

ଅମରେଶ ବାବୁ କହୁଛନ୍ତି ଠିକ ଅଛି ସେମାନଙ୍କୁ ଏକ ଲକ୍ଷ ଟଙ୍କା ବୋନସ୍ ହିସାବରେ ଦେଇଦିଅ କିନ୍ତୁ କାଲିଠୁ ଯେମିତି କାମ ଚାଲେ। ହଁ ଆଉ ମନେ ରଖ ଆଉ ଯେମିତି କାହାରି ପ୍ରରୋଚନାରେ ନ ପଡ଼। ଲିଡ଼ର ମାନଙ୍କ ପ୍ରସ୍ଥାନ।

ଅମରେଶ ବାବୁ ରାକେଶ ଉପରେ ଖୁବ୍ ଜୋର୍ ଖୁସୀ। ତାକୁ ମନେ ମନେ ଜ୍ୱାଇଁ କରିବାର ସ୍ୱପ୍ନ ଦେଖୁଛନ୍ତି। ଅବଶ୍ୟ ଏ କଥା ତାଙ୍କର ମନକୁ ଅନେକ ଦିନରୁ ଆସି ସାରିଛି। ତେବେ ସେ ନୀତାକୁ ଏ ସଂପର୍କରେ କହିବା ପାଇଁ ଚାହିଁ କହି ପାରି ନାହାନ୍ତି।

ବିଚାରୀ ନୀତା ଗୋଟେ ଦୁଃଖରେ ଘାଣ୍ଟି ହେଉଥିବା ବେଳେ ଆଉ ଗୋଟିଏ ଦୁଃଖ ତା ଆଡ଼କୁ ମାଡ଼ି ଆସୁଛି।

ସେଦିନ ଖାଇଲାବେଳେ ଅମରେଶ ବାବୁ ନୀତାକୁ ତାଙ୍କର ମନର କଥା ଜଣଉଛନ୍ତି ଏବଂ ନୀତା ପ୍ରତିବାଦ କରୁଛି। ନୀତା ବାପାଙ୍କୁ କହୁଛି ମୁଁ ଜଣକୁ ଭଲପାଏଁ ବାପା ଆଉ ତାକୁ ହିଁ ବାହା ହେବି। ବହୁତ ଦିନରୁ ଏକଥା ତମକୁ କହିବି ଭାବୁଛି, କହି ପାରୁନି, ଭଲ ହେଲା ତମେ ମୋତେ ଆଗରୁ ପଚାରି ଦେଲ, ଆଜି ମୋର ମାଆ ଥିଲେ ମୋତେ ଏତେ ଅସୁବିଧା ହେଉ ନ ଥାଆନ୍ତା। ନୀତା କାନ୍ଦୁଛି, ଅମରେଶ ବାବୁ ନୀତାକୁ ବୁଝାଇଛନ୍ତି, ମାଆ ନ ଥିଲେ କ'ଣ ହେଲା ମୁଁ ତୋର ମାଆ, ବାପା ସବୁ କିଛି, ମୋ ଆଗରେ ଖୋଲିକି କହ ମୁଁ ତୋର ସବୁ ସୁବିଧା କରିଦେବି। ନୀତା ରାଜୁ ସଂପର୍କରେ କହୁଛି। ଏଇଠୁ ଅମରେଶ ବାବୁ ଦ୍ୱନ୍ଦରେ ପଡ଼ିଯାଇଛନ୍ତି। ଏ ପଟେ ଝିଅ ଅନ୍ୟପଟେ ରାଜୁ ଯାହାକୁ ସେ ନିଜର ସର୍ବନାଶ କରିଛି ବୋଲି ଭାବୁଛନ୍ତି। ଅମରେଶ ବାବୁ ନୀତା କୁ କହୁଛନ୍ତି ରାଜୁ ସହିତ ମୁଁ ତୋର ବାହା ହେବାକୁ ଦେବି ନାହିଁ ମାଆଁ ସେ ଗୋଟେ ଚୋର। ଅମରେଶ ବାବୁ ଯା କିଛି ଘଟି ଯାଇଛି ସବୁ ନୀତାକୁ କହୁଛନ୍ତି। ନୀତା ବାପା ଙ୍କୁ ବୁଝେଇବାରେ ବିଫଳ। ଅମରେଶ ବାବୁ ତାଙ୍କ ଜିଦରେ ଅଟଳ।

ଯା ଭିତରେ ରାଜୁ ଆସି ସାରିଛି। ଅମରେଶ ବାବୁ ତାକୁ ଚାକିରୀ ରୁ ବହିଷ୍କାର କରି ଦେଇଛନ୍ତି ଓ ତାର ମୁହଁ ସୁଦ୍ଧା ଦେଖିବା ପାଇଁ ମନା କରିଦେଇଛନ୍ତି।

ରାଜୁ ସେଇଦିନ କମ୍ପାନୀର କ୍ୱାଟର ଛାଡ଼ି ପଳେଇଛି।

ନୀତା ରାଜୁକୁ ଭେଟିବା ପାଇଁ ବ୍ୟାକୁଳ। ସେ ଅଞ୍ଜୁ ଘରକୁ ଯାଇଛି। ଅଞ୍ଜୁ ଓ ନୀତା ମିଶି ଯାଇଛନ୍ତି ରମେଶ ପାଖକୁ।

ରମେଶ କହିଛି ବ୍ୟସ୍ତ ହୁଅ ନାଇଁ ନୀତା ଦେବୀ ସିଏ ଯୋଉଠି ଥିଲେ ବି ମୋ ପାଖକୁ ଆସିବ। ଗୋଟେ କଲିଂ ବେଲ୍ ବାଜୁଛି। ରମେଶ କହୁଛି ଏଇଟା ରାଜୁର ବେଲ୍ ବଜାଇବା ଷ୍ଟାଇଲ୍। ତମେ ବି ଜଣ ଭିତର ଘରକୁ ପଳାଅ। ମୁଁ ଏଇଠି ତା ସହ କଥାବାର୍ତ୍ତା କରୁଛି ରାଜୁ ଆସୁଛି। ରମେଶ ତାକୁ ପଚାରୁଛି ଏମିତି ପାଗଳ ଭଳିଆ କଣ ଦିଶୁଛୁ। ଯୁ

ଆର ଏ ଜେନେରାଲ ମେନେଜର ଅଫ୍ ଏ ରେପୁଟେଡ଼ କମ୍ପାନି ତା ଛଡ଼ା ବିଶିଷ୍ଟ ଶିଳ୍ପପତି ଅମରେଶ ବାବୁ ଙ୍କ ଜ୍ୱାଇଁ।

ରାଜୁ ରାଗି ଯାଇଛି । ଡ୍ୟାମ ଇଟ୍ ଆଇ ହେଟ ଦେମ୍। ଜାଣୁ ନୀତା ଏ ଭିତରେ ବଦଳି ଯାଇଛି। ରାକେଶ ଆସିବା ଦିନୁ ସବୁ ବଦଳି ଯାଇଛି। ସେ ରାକେଶକୁ ବାହାହେବ ଏ କଥା ସିଧା କହିଥିଲେ ତ ଚଳି ଥାଆନ୍ତା। ମୋ ବିରୁଦ୍ଧରେ ଏମିତି ଷଡ଼ଯନ୍ତ୍ର କରିବାର କଣ ଦର୍କାର ଥିଲା। ରମେଶ ଭଲ ହେଇଛି ତୁ କାହାରି ପ୍ରେମରେ ପଡ଼ିନୁ। ଏ ଝିଅ ଗୁଡ଼ାକ ସବୁ ଏକା ପ୍ରକାରର। ଠକିବାରେ ଓସ୍ତାଦ୍।

ରମେଶ କହିଲା ବନ୍ଦ କର ତୋର ଫିଲୋସୋଫି ପ୍ରଥମେ ଟିକେ ଚା ଫା ହେଉ। ତୋ ଭାଉଜ ହାତରୁ କପେ ଚା ପିଇଲେ ଦିମାଗ ଥଣ୍ଡା ହେଇଯିବ।

ରାଜୁ ଆଶ୍ଚର୍ଯ୍ୟ ହେଇଛି। ଭାଉଜ ! କେବେ ବାହା ହେଲୁ କିରେ, ଆରେ ହେଇ ନାଇଁ ହେବି ଜଷ୍ଟ ୱେଟ ମେରେଜ ମେରେଜ ପକ୍କା ହୋଇଯାଇଛି। ଖାଲି ତୋତେ ଟାକିଛି। ତୋର ଆଉ ନୀତାର ବାହାଘର ସରିଗଲେ ଆମେ ବି ବସିଯିବୁ ସେଇ ବେଦୀରେ ଜଷ୍ଟ ୱେଟ, ରମେଶ ଭିତର ଘରକୁ ଯାଇଛି। ଅଞ୍ଜୁ ସହିତ ଚୁପ୍ ଗପ୍ କଅଣ କଥା ହେଇଛି। କିଛି ସମୟ ପରେ ଚା ଧରି ମୁଣ୍ଡରେ ସେଲୱାର୍ ର ଓଢ଼ଣା ଟାଣି ଅଞ୍ଜୁ ଆସୁଛି।

ରାଜୁ ଥଟ୍ଟା କରୁଛି କୋଉ ମଫସଲରେ ପସନ୍ଦ କଲୁକିରେ। ଏତେ ବଡ଼ ଓଢ଼ଣା।

ନୋ ୟାର୍, ସେ ଓଢ଼ଣା ଖୋଲିଗଲେ ତୁ ଚମକି ପଡ଼ିବୁ ତେଣୁ ଏ ଓଢ଼ଣା।

ଆରେ ଭାଉଜ ଓଢ଼ଣା ଖୋଲ ମୋତେ ଲାଜ କରିବାର କିଛି ନାଇଁ। ଅଞ୍ଜୁ ଢେଣା ଟାଣି ଦେଇଛି।

ରାଜୁ ସତକୁ ସତ ଚମକି ପଡୁଛି। ଅଞ୍ଜୁ ତମେ ଇଜ ଇଟ୍ ଟ୍ରୁ, ଆଇ କାଣ୍ଟ ବିଲିଫ୍ ଅଞ୍ଜୁ କହୁଛି ତମେ ମୋ ସାଙ୍ଗକୁ ଫସେଇଲ ମୁଁ ତମ ସାଙ୍ଗକୁ ଫସେଇଲି କ୍ଷତି କଅଣ। ରାଜୁ ଟିକେ ଅନ୍ୟମନସ୍କ ହେଇ ଯାଇଛି। ଅଞ୍ଜୁ କହୁଛି କ'ଣ ନୀତା କୁ ମନେ ପଡ଼ିଗଲା।

ରାଜୁ କହୁଛି ଡ଼ୋଣ୍ଟ ଟେକ ହାର ନେମ୍ ରମେଶ କହୁଛି ଆରେ ୟାର୍ ଏମିତି ରାଗିଲେ ହେବ। ଦେଖୁଛି ଲଭ ମେଟର ରେ ତୁ ମୋଠୁ ବି ପୋଅରଠଂ

ଅଞ୍ଜୁ ଓ ରମେଶ ମିଶି ତାପରେ ରାଜୁକୁ ବୁଝେଇବାକୁ ଚେଷ୍ଟା କରୁଛନ୍ତି। ପ୍ରକୃତରେ ନୀତା ରାଜୁକୁ କେତେ ଭଲ ପାଏ ଏବଂ ସେଥିପାଇଁ କେମିତି ତାର ବାପା ସାଙ୍ଗରେ ଝଗଡ଼ା ହେଇଛି। ରାଜୁ ବିଶ୍ୱାସ କରି ପାରୁନି। ତାପରେ ରମେଶ ତାଳି ମାରୁଛି। ନୀତା ଘର ଭିତରୁ ବାହାରି ଆସୁଛି। ଏଇଠି କିଛି ରୋମାଣ୍ଟିକ ସଙ୍ଗ ଦେବାକୁ ପଡ଼ିବ। ବିଶେଷ କରି ପୂର୍ବ ଗୀତ ସବୁର କିଛି ଫ୍ଲାସ୍‌ବେକ୍ ଜରିଆରେ ହିରୋ ହିରୋଇନ୍ ର ଇମୋସନ୍ ସବୁକୁ ଦେଖେଇ ତାଙ୍କର ପୂର୍ବ ସ୍ଥିତିକୁ ଫେରାଇବାକୁ ପଡ଼ିବ।

ଗୋଟେ ପ୍ରକାର ହିରୋ ହିରୋଇନ ଭିତରେ ବୁଝାମଣା ତ ହେଇଗଲା ସିଆଡ଼େ ଭିଲେନ୍ ଟା ଜୀଇଁ ରହିଲା ସେଇଟା ଗୋଟେ ଅସୁବିଧା। ହିରୋଇନ୍ ର ବାପା ସିଆଡ଼େ ଅବୁଝା। ତାକୁ ବି ନ ଧରିଲେ ହିରୋ ବିଚରା ଯାଏ କୁଆଡ଼େ। ଏଇଠି ଇଣ୍ଟରଭାଲ୍ ଟା ଦେଇଦେଲେ ଚଳନ୍ତା। ଲୋକମାନେ ଆରାମରେ ଚା, ପାନ, ବିଡ଼ି, ସିଗାରେଟ୍, ମୁଡ଼ି, ମିକ୍‌ସଚର, ଫେନ୍‌ଟା, ସିଟ୍ରା, ଲେହେର ପେପ୍‌ସି ପିଇକି ଆସନ୍ତେ। ତେବେ ଏମିତି ଏକ ସିଚୁଏସନ୍‌ରେ ଇଣ୍ଟରଭାଲ ଦେଇଦେଲେ କିଛି ସସ୍‌ପେନ୍‌ସ୍ ରହିବ ନାଇଁ। ଲୋକମାନେ ବାହାରେ ପାନ ଖାଉଥିଲା ବେଲେ ତାଙ୍କ ଭିତରେ ଗୋଟେ କୌତୁହଳ ରହୁଥିବା କଥା ଯେ ଯା ପରେ କଅଣ ହେବ। ତାପରେ ଭାବିଲି ମୁଁ ହେଲି ଷ୍ଟୋରି ରାଇଟରଠଁ ମୋର ଇଣ୍ଟରଭାଲ ସହିତ ମତଲବ କଅଣ। ଇଣ୍ଟରଭାଲ କଥା ଫିଲ୍ମ ବାଲେ ବୁଝିବେ ଫିଲ୍ମରେ ଇଣ୍ଟରଭାଲ ହେଉ ବା ନ ହେଉ ମୋର କିଛି ଯାଏ ଆସେ ନାଇଁ ତେବେ ମୋର ଏଇ ଷ୍ଟୋରି ରାଇଟିଙ୍ଗ ର ଇଣ୍ଟରଭାଲ ଭିତରେ ଅନ୍ତତଃ ମୁଁ ଚା ଟିକେ ଖାଇ ଆସିବା କଥା। ମୁଁ ଅଗତ୍ୟା ବାହାରେ ଆଡ଼େ ଗଲି। ଗୋଟେ ଚା ଦୋକାନ ରେ ବସିଲି। ଚା ଖାଇଲି। ଗୋଟେ ସିଗାରେଟ ଧରେଇଲି ଖଣ୍ଡେଦୂର ଚାଲି ଚାଲି ବୁଲି ଆସିଲି। ଏଇ ବୁଲିବା ଭିତରେ ବି ମୋ ମୁଣ୍ଡରେ ଫିଲ୍ମର ଭିନ୍ନ ସିକ୍ୟୁଏନ୍‌ସ୍ ସବୁ ଆସୁଥାଏ। ଯଥା ଗୋଟେ ରେପ୍ ସିନ୍, ହିରୋ ଆଉ ଭିଲେନ୍ ଭିତରେ ମାଡ଼, ହିରୋଇନ୍ କିଡ଼ନେପ୍, ଗୋଟେ ଲଣ୍ଡା ମୁଣ୍ଡା ବକ୍‌ସର। ଏ ଭିତରେ ମୁଁ ଘରକୁ ପହଞ୍ଚି ସାରିଥିଲି।

ରାତି ସାତଟା। ଟିଭିରେ କିଛି ଭଲ ପ୍ରୋଗ୍ରାମ ନ ଥିଲା। ୮ ଟା ରୁ ପାୱାର୍ କଟ। ଭାରି ବୋରିଂ, ହଁ ମୁଁ ଭାବିଲି ଏଇ ଘଣ୍ଟାକ ଅନ୍ତତଃ ମୁଁ କିଛି ଲେଖିଯାଏଁ। ପାୱାରକଟ୍ ଟାଇମ୍‌ଟା ବାହାରେ ବୁଲି ଆସିବି। ବାହାରୁ ମିଲ ଖାଇକି ଏକା ସଙ୍ଗେ ଘରକୁ ଫେରିବା। ଛୁଆପିଲା ଥିବା ଟା ଯେମିତି ବୋରିଂ ନ ଥିବାଟା ବି ସେମିତି ବୋରିଂ।

ହିରୋ ହିରୋଇନ୍ କମିଡିଏନ୍ ସମସ୍ତେ ଏଇ ସିଦ୍ଧାନ୍ତରେ ଉପନୀତ ହେଲେ ଯେ, ଏଥିରେ ଭିଲେନ୍ ର ଚାଲଅଛି। ତାକୁ ପାନେ ଚଖେଇବାକୁ ପଡ଼ିବ। ଏଇଥି ପାଇଁ ନୀତାକୁ ଲଗେଇ କିଛି କାମ ଆଦାୟ କରିବାକୁ ପଡ଼ିବ।

ଅମରେଶ ବାବୁଙ୍କୁ ବୁଝେଇବାକୁ ପଡ଼ିବ ଯେ ରାଜୁ ପ୍ରକୃତରେ ଫିଲ୍ମର ହିରୋ ଓ ଓ ରାକେଶ ଫିଲ୍ମର ଭିଲେନ୍। ତେଣୁ ରାଜୁ ଓ ନୀତା ର ମିଳନ ଆବଶ୍ୟମ୍ଭାବୀ। ରାଜୁ କୁ ବି ପ୍ରମାଣ କରିବାକୁ ହେବ ଯେ ସେ ହିଁ ପ୍ରକୃତରେ ହିରୋ। ତେଣୁ ତାକୁ ହିଁ ଭିଲେଏନ୍ କୁ କାବୁ କରିବା ପାଇଁ ମୁଖ୍ୟ ଭୂମିକା ନିଭେଇବାକୁ ପଡ଼ିବ।

ଭିଲେନ୍ ଯା ଭିତରେ ଜାଣି ପକେଇଛି ଅମରେଶ ବାବୁ ତାକୁ ଜ୍ୱାଇଁ କରିବା ପାଇଁ ଇଚ୍ଛୁକ କିନ୍ତୁ ନୀତା ନାରାଜ। ନୀତା ଅମରେଶ ବାବୁଙ୍କ ଏକମାତ୍ର କନ୍ୟା ତେଣୁ

ସବୁ ସମ୍ପତ୍ତିର ଉତ୍ତରାଧିକାରୀ। ଏ ସୁଯୋଗ ହାତଛଡ଼ା କଲେ ଗଲା। ତାକୁ ଯେମିତି ହେଲେ ନୀତା କୁ ବାହା ହେବାକୁ ପଡ଼ିବ। ରାଜୁ ଯେହେତୁ ଫେରି ଆସିଲାଣି, ତାର ସବୁ ଚାଲ ଜାଣି ସାରିଥିବ ଏବଂ ସେଇ କଣ୍ଟାଟାକୁ ସାଫ ନ କଲେ ଅସୁବିଧା, ବୁଢ଼ା ତ ବୁଝିକି ଅଛି, ଯଦି ରାଜୁ କିଛି ବିଗାଡ଼ି ଦିଏ। ତାର ସେଇ ବିଶ୍ୱସ୍ତ ବୁଢ଼ା ଟା ଭିତରେ ସନ୍ଦେହ ଥିଲା ଯିଏ ରାଜେଶ ବିରୁଦ୍ଧରେ ସାକ୍ଷ୍ୟ ପ୍ରଦାନ କରିଥିଲା। ତେଣୁ ତାକୁ ହାତରେ ରଖିବା ପାଇଁ ରାକେଶ ତାର ଝିଅକୁ ନିଜର ପରସନାଲ ସେକ୍ରେଟାରି ଭାବେ ଏପଏଣ୍ଟମେଣ୍ଟ ଦେଇଛି ଏବଂ ତା ସାଙ୍ଗରେ ଗୋପନରେ ମିଳାମିଶା କରି ଏମିତି ଭାବ ଜମେଇ ଚାଲିଛି ଯେମିତି ସେ ଭାବିବ ରାକେଶ ତାର ପ୍ରେମିକ। ଦର୍କାର ପଡ଼ିଲେ ଏଇ ଝିଅ ମୀନାକୁ ସେ ଇସ୍ତେମାଲ କରି ପାରିବ। ବୁଢ଼ାର ମୁହଁ ବନ୍ଦ କରି ରଖିବା ପାଇଁ ସେ ହିଁ ଯଥେଷ୍ଟ। ଯଦି ବୁଢ଼ା ମୁହଁ ଖୋଲେ ତେବେ ଝିଅଟାର ଜୀବନ ସହଜରେ ବରବାଦ ହେଇଯିବ ଏଇ କଥା ବୁଝିବା ପାଇଁ ବୁଢ଼ାକୁ ସମୟ ଲାଗିବ ନାଇଁ।

ଅମରେଶ ବାବୁଙ୍କ ଦେହ ଭଲ ରହୁନାହିଁ। ନ ରହିବାର କାରଣ ସ୍ୱାଭାବିକ। ଝିଅଟାର ଚିନ୍ତା ସବୁବେଳେ ମୁଣ୍ଡ ଉପରେ ତା ଛଡ଼ା ବୟସ ହେଲାଣି ଏତେବଡ଼ କମ୍ପାନୀର ଦାୟିତ୍ୱ ଏକା ତାଙ୍କ ମୁଣ୍ଡରେ। ନୀତା ପୁଅଟିଏ ହେଇଥିଲେ ତାଙ୍କର ଚିନ୍ତା ନ ଥିଲା। ନୀତା ବାହା ହେଇଗଲେ ବି ଜ୍ୱାଇଁ କୁ ଦାୟିତ୍ୱ ଦେଇ ନିଜେ ଅଚିନ୍ତା ରହୁନ୍ତେ। ତେବେ ନୀତା ଏ ସବୁ ବୁଝିବା ପାଇଁ ନାରାଜ। ମିଛଟାରେ ସେ ଗୋଟେ ଇଡ଼ିଅଟ ରାଜୁ ପଛରେ ମାତିଛି। କଅଣ ଅଛି ସେ ପିଲାଟାର। ଫେମଲି ଷ୍ଟାଟସ୍ କିଛି ଜଣାନାଇଁ , କୋଉ ମଫସଲ ଗାଆଁରୁ ଦିନେ ଭିକ ମାଗିବା ପାଇଁ ଆସିଥିଲା। ନୀତା ତାକୁ ଦୟା ଦେଖେଇଲା। ତା ପାଇଁ ଅମରେଶ ବାବୁ ତାଙ୍କୁ ଚାକିରୀ ଦେଲେ। ଶେଷରେ ନୀତାକୁ ସେ ତା ଜାଲରେ ଫସେଇ ଦେଲା। ଏ ଝିଅ ଗୁଡ଼ାକ ଭାରୀ ମୁର୍ଖ। ପ୍ରେମରେ ଅନ୍ଧ ହେଇ ଯାଆନ୍ତି। ହଠାତ ସମସ୍ତଙ୍କୁ ବିଶ୍ୱାସ କରି ବସନ୍ତି। ଆଗକୁ ପଛକୁ କିଛି ଭାବି ପାରନ୍ତି ନାହିଁ। ଅମରେଶ ବାବୁଙ୍କ ମନେ ପଡ଼ିଲା କଲେଜ ଜୀବନରେ ତାଙ୍କର ବି ଗୋଟିଏ ପ୍ରେମିକା ଥିଲା। କିନ୍ତୁ ଜୀବନରେ ଉପରକୁ ଉଠିବାର ମୋହ ତାଙ୍କୁ ଏତେ ଘାରିଥିଲା ଯେ କେମିତି ଭାବରେ ସେ କୋଉଠି ତାଙ୍କର ପ୍ରେମକୁ ହଜେଇଦେଲେ ତାଙ୍କର ଆଉ ମନେ ପଡୁନି। ଏମିତି ସବୁ ଭାବୁ ଭାବୁ ତାଙ୍କର ମୁଣ୍ଡରେ ଗୋଟେ ବୁଦ୍ଧି ଜୁଟିଲା। ସେ ରାଜୁର ମାଆ ବାପା ଙ୍କୁ ତାଗିଦ କରିବେ ଯେ ରାଜୁ ଯେମିତି ଆଉ ନୀତା ପଛରେ ନ ଦୌଡ଼େ। ଦର୍କାର ପଡ଼ିଲେ କିଛି ପଇସା ବି ସେମାନଙ୍କ ଉପରକୁ ଫୋପଡ଼ା ଯାଇପାରେ ହିରୋ ର ଗାଁ ର ପତା ଲଗେଇ ଦିନେ ଅମରେଶ ବାବୁ ସେଇ ଗାଁ ରେ ପହଞ୍ଚିଯାଇଛନ୍ତି।

ହିରୋ ଗୋଟିଏ ଇଉନିଅନ୍ ଲିଡର ପାଖକୁ ଯାଇ ତାର କଲର୍ ଧରି ତାକୁ

ବାଡ଼େଇଛି କଥା ଅସୁଲ କରିବା ପାଇଁ। କୁହ ଶଳେ ମୋ ବିରୁଦ୍ଧରେ ଏତେ ବଡ଼ ଷଡ଼ଯନ୍ତ୍ର କାହିଁକି କଲ। କିଏ ତମକୁ ଏଇଥି ପାଇଁ ବୁଦ୍ଧି ଦେଲା। ୟୁନିୟନ ଲିଡ଼ର ରାକେଶକୁ ଯାଇ କହି ଦେଇଛି ଯେ ହିରୋ ସବୁ କଥା ଜାଣିଗଲାଣି ଏଥର ବିପଦ। ରାକେଶ ବର୍ତ୍ତମାନ ହିରୋଇନ୍ କୁ ହଡ଼ପ କରିବାର ଯୋଜନା କରୁଛି। ହିରୋ ଯାଇ ଅମରେଶ ବାବୁଙ୍କ ଅତି ବିଶ୍ୱସ୍ତ କର୍ମଚାରୀ ଅର୍ଥାତ୍ ମୀନାରବାପା ପାଖରେ ପହଞ୍ଚିଛି ଓ ସବୁ କଥା ଅସୁଲ କରୁଛି। ହିରୋ କହୁଛି ତାକୁ ତୋତେ ଏକଥା ସବୁ ଅମରେଶ ବାବୁଙ୍କ ଆଗରେ କହିବା ପାଇଁ ପଡ଼ିବ। ସେ ମନା କରୁଛି କହୁଛି ମୁଁ ଗରିବ ଲୋକ। ମୋର ଝିଅ ସେଇ କମ୍ପାନୀରେ ଏବେ ଚାକିରୀ କରୁଛି। ଏକଥା ଜାଣିଲେ ରାକେଶ ବାବୁ ତାକୁ ଚାକିରୀ ରୁ ତଡ଼ିଦେବେ। ରାଜୁ କହୁଛି ସେ କଥା ମୁଁ ବୁଝିବି। ତାର ଚାକିରୀ ସୁରକ୍ଷିତ ରହିବ। ରାକେଶ ମୀନାକୁ ତାଗିଦ କରିଛି ଦେଖ ତୋର ବାପାର ମୁହଁ ଯେମିତି ବନ୍ଦ ରହେ। ନଚେତ ତମ ଦି ଜଣଙ୍କର ଜୀବନ ମୋ ହାତରେ। ତୁ ଆଜିଠୁ ମୋର ବନ୍ଦୀ ହେଇ ରହିଲୁ। ଭିଲେନ୍ ତାକୁ ଗୋଟେ ସୁରକ୍ଷିତ ଜାଗାରେ ଲୁଚେଇ ରଖୁଛି। ଭିଲେନ ତା ପରେ ନୀତା ଘରକୁ ଯାଇଛି। ସେ ପେଟେ ପିଇ ଦେଇଛି ଓ ନୀତା କୁ ଡାକୁଛି। କହୁଛି ମୋତେ ବାହା ହେଇଯା, ନୀତା ପାଟି କରୁଛି, ରାକେଶ ତାକୁ ଜବରଦସ୍ତ ଗୋଟେ ଭିତର ଘରକୁ ଟାଣି ନେଉଛି। କହୁଛି ୟୁ ହେଭ୍ ଟୁ ମେରୀ ମି ଦିସ୍ ମୋମେଣ୍ଟ, ତାପରେ ତାକୁ ସେ ନୀତା ଉପରକୁ ମାଡ଼ି ଆସୁଛି। ନୀତା ଚିତ୍କାର କରୁଛି ଘରର ବିଭିନ୍ନ କୋଣକୁ ଦୌଡ଼ି ଯାଇଛି, ସଜା ଯାଇଥିବା ମୂର୍ତ୍ତି ସବୁକୁ ଭିଲେନ୍ ଦେହକୁ ଫୋପାଡୁଛି, ଘରର ଗୁଡ଼ାଏ ଆସବାବ ପତ୍ର ଯା ଭିତରେ ଭାଙ୍ଗି ସାରିଲାଣି, ଭିଲେନ୍ ବଳାତ୍କାର କରିବା ପାଇଁ ଆଗେଇ ଯାଉଛି, ଯା ଭିତରେ ନୀତାର ଶାଢ଼ୀ ଦେହରୁ ଅଲଗା ହେଇ ସରିଲାଣି, ବାକି ରହିଲା ବ୍ଲାଉଜ୍ ଆଉ ଶାୟା, ନୀତା ଜୋର୍‌ରେ ତାର ହାତ ଦିଇଟା ଛାତି ଉପରେ ଭିଡ଼ି, ଧରିଛି, ଭିଲେନ୍ ତାକୁ ଚିପିକି ଧରି ଖଟ ଉପରେ ଶୁଏଇ ଦେଇଛି, ବ୍ଲାଉଜ୍ ଚିରିଯିବା ଉପରେ, ହାଠାତ୍ ତା ମୁଣ୍ଡରେ ଗୋଟେ ବଜ୍ର ପାହାର ପଡ଼ିଛି, ସେଇ ପାହାରଟା ହେଉଛି ଅମରେଶ ବାବୁଙ୍କ ଚାକର ରାଧୁ ଚାଚାର, ରାଧୁ ସହିତ ଭିଲେନ୍ ର ଲଢ଼େଇ ହେଉଛି, ନୀତା ଯା ଭିତରେ ପଳେଇଯିବାର ଉଦ୍ୟମ କରୁଛି, ଶାଢ଼ୀ ଟା ଗୋଡ଼ଇ ହେଇ ସେ ଆପାତତଃ କାର୍ ପାଖକୁ ପହଞ୍ଚିଲା ବେଳକୁ ଭିଲେନ୍ ରାଧୁ ଚାଚା କୁ କାବୁ କରିସାରି କାର ପାଖରେ ହାଜର। କାର ଭିତରେ ନିଜେ ପଶିଯାଇ ଷ୍ଟାର୍ଟ କରି ହିରୋଇନ୍ କୁ ଧରି ଚମ୍ପଟ୍।

ହିରୋ ପରେ ପହଞ୍ଚିଛି, ଅବସ୍ଥା ଦେଖି ସବୁ ବୁଝି ଯାଇଛି, ରାଧୁ ଚାଚା ମୁମୁର୍ଷୁ

ଅବସ୍ଥାରେ ତାକୁ କହୁଛି ଜଲଦି ଯାଅ, ନୀତାକୁ ବଞ୍ଚାଅ, ହିରୋ ଗୋଟେ ମୋଟର୍ ସାଇକେଲରେ ପିଛା କରୁଛି ଗାଡ଼ିକୁ।

ଅମରେଶ ବାବୁ ଗାଁରେ ପହଁଞ୍ଚି ଯାଇ ଦେଖନ୍ତି ତ ଘରେ ଏକା ରାଜେଶର ବିଧବା ମାଁ। କୋଉଠି ଦେଖିଲା ଭଳିଆ ମନେହେଲା। ରାକେଶର ମାଁ କିନ୍ତୁ ଚିହ୍ନିବାର ଭୁଲ କଲେ ନାଇଁ। କାରଣ ଇଏ ହେଉଛନ୍ତି ତାଙ୍କର କଲେଜ ଜୀବନ ର ପ୍ରେମିକା ଯିଏ କି ତାଙ୍କୁ ଧୋକା ଦେଇ ଏତେ ବଡ଼ ଲୋକ ହେଇଛନ୍ତି।

ଅମରେଶ ବାବୁ ସୁଧା ଦେବୀଙ୍କୁ କହିଛନ୍ତି ରାଜେଶ ବିଷୟରେ। ସୁଧା ଦେବୀ କହିଛନ୍ତି ମୁଁ କିଛି କରିପାରିବି ନାହିଁ। ସେଇଟା ତାର ନିଜସ୍ୱ ବ୍ୟାପାର। ସେ ଯଦି ଭଲ ପାଉଚି ସେ ବାହାହେବ ମୁଁ ବାଧା ଦେବି ନାହିଁ। କାରଣ ଭଲ ପାଇ ବାହା ନ ହେବାର ଦୁଃଖଟା କଅଣ ସେ କଥା ମୁଁ ଭଲ ଭାବେ ଜାଣେ।

ଅମରେଶ ବାବୁ ରାଗି କି ସୁଧା ଦେବୀଙ୍କୁ ଗାଳି ଦେଇଛନ୍ତି। ତମର ଚରିତ୍ର ଖରାପ ବୋଲି ତମ କଥାବାର୍ତ୍ତାରୁ ବେଶ ଜଣା ପଡୁଛି। ବୋଧେ ତମେ ଜଣକୁ ଭଲ ପାଇଛ ଓ ଅନ୍ୟ ଜଣକୁ ବାହା ହେଇଛ। ଏଥର ସୁଧାଦେବୀ ରାଗି ଯାଇଛନ୍ତି ଓ ତାଙ୍କର ପ୍ରକୃତ ପରିଚୟ ଦେଇଛନ୍ତି। ହଁସେ କଥା ସତ ଯେ ମୁଁ ଜଣକୁ କଲେଜ ଜୀବନରେ ଭଲ ପାଇଥିଲି ଏବଂ ସେଇ ଲୋକଟି ଧନର ଲୋଭରେ ମୋତେ ଧୋକା ଦେଇ ଅନ୍ୟତ୍ର ବାହା ହେଇଗଲା। ସେ ଭୁଲ୍ ଅନ୍ତତଃ ମୋର ପୁଅ କରୁ ବୋଲି ମୁଁ ଚାହିଁବି ନାହିଁ ଏବଂ ଏକଥା ଆପଣଙ୍କୁ ମନେ ପକେଇଦେବା ପାଇଁ ଚାହେଁ ଯେ ମୋତେ ଭଲ ପାଇ ଧୋକା ଦେଇଥିବା ଲୋକ ତମେ ମି: ଅମରେଶ ତମେ ଓ ମୁଁ ସେଇ ସୁଧା ତମର କଲେଜର ସହପାଠୀ।

ଅମରେଶ ବାବୁ ବିଶ୍ୱାସ କରି ପାରୁ ନାହାନ୍ତି। ତାଙ୍କର କଲେଜ ଜୀବନର କିଛିଟା ଫ୍ଲାସ୍‌ବେକ ଏଇଠି ଦିଆଯାଉ। ଯେମିତି କଲେଜ ଫଙ୍କସନ୍, ସୁଧାଦେବୀ ଙ୍କର ଗୀତ, କରତାଳି ଓ ଆରମ୍ଭ ଅମରେଶ ବାବୁଙ୍କ ପ୍ରେମର ଜୀବନ।

ଅମରେଶ ବାବୁ ଅନୁତାପ କରିଛନ୍ତି। ସେଇଠି ସୁଧାଦେବୀ ଙ୍କ ପାଖରେ କ୍ଷମା ମାଗୁଛନ୍ତି ଓ ମନେ ମନେ ରାଜେଶକୁ କ୍ଷମା କରିଦେଇଛନ୍ତି। ସୁଧାଦେବୀ ଙ୍କୁ ସାଙ୍ଗରେ ନେଇ ସେ ଆସୁଛନ୍ତି ନୀତା ଓ ରାଜେଶର ବାହା କରିବେ ବୋଲି ଘରେ ପହଞ୍ଚିଛନ୍ତି। ହିରୋ ଭିଲେନ୍ ର ଗାଡ଼ି ପଛରେ ଦୌଡୁଥିବାର ଦୃଶ୍ୟ ଦେଖି ତାଙ୍କ ଗାଡ଼ିର ପଛରେ ଗାଡ଼ି ଛୁଟେଇ ଦେଇଛନ୍ତି।

ସ୍ଥାନ ଗୋଟିଏ ଗୁଣ୍ଡାମାନଙ୍କ ଆଡ଼ଡ଼ା। ଗୋଟେ ଖମ୍ବରେ ହିରୋର ମାଆଁ, ଅନ୍ୟ ଖମ୍ବରେ ହିରୋଇନ୍‌ର ବାପା, ମଝିରେ ଗୋଟିଏ ବେଦୀରେ ବସିଛି ଭିଲେନ୍ ଗୋଟେ

ପୁରୋହିତ ମନ୍ତ୍ର ପଢ଼ୁଛି । ଦୁଇଟି ଶକ୍ତ ଗୁଣ୍ଡା ହିରୋଇନ୍‌କୁ ଭିଡ଼ିକ ଧରି ବେଦୀରେ ବସିଛନ୍ତି । ଜୋର୍‌ରେ ଡେଇଁ ପଡ଼ିଛି ହିରୋ, ଭିଡ଼ିକି ଧରିଛି ଭିଲେନ୍‌କୁ, ତା ପରେ ଚାଲିଲା ଧସ୍ତଧସ୍ତି ଡିସୁମ୍,ଢ଼ାସୁମ୍ ଜଣକ ସାଙ୍ଗରେ ଦି ଜଣ ସାଙ୍ଗରେ, ଜଣ ଜଣ କରି କେତେ ଗୁଣ୍ଡା ଆସୁଛନ୍ତି, ସମସ୍ତଙ୍କୁ ହିରୋ କାବୁ କରି ଦେଇଛି ଓ ଭିଲେନ୍ କୁ ଜାବୁଡ଼ି ଧରୁଛି, ଭିଲେନ୍ ର ହାତରେ ଗୋଟିଏ ପିସ୍ତଲ୍ ପଡ଼ି ଯାଇଛି, ସେ ଦୌଡ଼ି କି ହିରୋର ମାଆ ପାଖକୁ ଯାଇ ପିସ୍ତଲକୁ ତାଙ୍କର ମୁଣ୍ଡ ପାଖରେ ରଖି କହୁଛି ନୀତା କୁ ଛାଡ଼ିଦେ ରାଜେଶ ନଚେତ ତୋ ମାଆ ମୁଣ୍ଡରେ ଗୁଳି ପଶିଯିବା ପାଇଁ ଡେରି ହେବ ନାହିଁ, ହିରୋ ନୀତା କୁ କିଛି କହୁଛି ଓ ଛାଡ଼ି ଦେଇଛି, ଭିଲେନ୍ ଯେମିତି ହିରୋଇନ୍‌କୁ ଗୋଟେ ହାତରେ ଜାବୁଡ଼ି ଧରିଛି, ହିରୋଇନ୍ ଭିଲେନ୍‌ର ପିସ୍ତଲ ଧରିଥିବା ହାତକୁ କାମୁଡ଼ି ଦେଇଛି ଓ ଏଇ ସୁଯୋଗରେ ହିରୋ ପୁନର୍ବାର ଭିଲେନ୍ ଉପରକୁ ଲମ୍ଫ ଦେଉଛି, ହିରୋଇନ୍ ଦୌଡ଼ି ଯାଇ ଅମରେଶ ବାବୁ, ସୁଧା ଦେବୀ ଙ୍କ ବନ୍ଧନ ଖୋଲି ଦେଇଛି, ଯା ଭିତରେ ଆହୁରି ଗୁଣ୍ଡା ମାନେ ଆସୁଛନ୍ତି, ଲଢ଼େଇ ଚାଲିଛି ଏବଂ ପୋଲିସର ଫାଏରିଂ ସାଉଣ୍ଡ ହେଇଛି, କିଛି ପୋଲିସ ସାଙ୍ଗରେ ଅଞ୍ଜୁ ଓ ରମେଶ ପହଞ୍ଚିଛନ୍ତି, ରମେଶ ସେଇଠି କିଛି କମିଡ଼ି କରୁଛି, ପୋଲିସ ରାଜେଶ ଓ ରାକେଶକୁ ଛଡ଼ାଉଛି, ରାକେଶ ତାକୁ ମାରିଦେବା ପାଇଁ ତତ୍ପର୍ ହୋଇ ଉଠୁଛି । ଅମରେଶ ବାବୁ ବି ମନା କରୁଛନ୍ତି । ତାପରେ ରାକେଶ ହାତରେ ପୋଲିସ୍‌ର ହାତକଡ଼ା, ରାଜେଶ ଆଉ ନୀତା ଏକାଠି, ଅଞ୍ଜୁ ଆଉ ରମେଶ ଏକାଠି, ଅମରେଶ ବାବୁ ଓ ସୁଧାଦେବୀ ହସ ହସ ମୁହଁରେ, ଗୋଟେ ପୁରୁଣା ଗୀତ ଭାସି ଆସୁଛି । ଗୋଟେ ମହା ମିଳନର ଦୃଶ୍ୟରେ ସରିଯାଉଛି । ଆମର ତଥାକଥିତ ସୁପରହିଟ୍ ଲଭ୍ ଷ୍ଟୋରି ଦି ଏଣ୍ଡ । ଦର୍ଶକଙ୍କ କରତାଳି । ଲାଇଟ୍ ଜଳି ଉଠୁଛି ।

ଗଳ୍ପଟି ଲେଖି ସାରି ସେଦିନ ଗଭୀର ନିଦରେ ଶୋଇ ଯାଇଥିଲି । ସକାଳ ୯ ଟା ପାଖାପାଖି ଦ୍ୱାରରେ ଠକ୍ ଠକ୍ ହୋବାରୁ ଉଠିପଡ଼ି ଦେଖେ ତ ଫେମିଲି ପଳେଇ ଆସିଛନ୍ତି । ସ୍ତ୍ରୀ କହିଲେ ଭାରୀ ସୁଖା ସୁଖୀ ଦିଶୁଛ, ଖାଇବା ପିଇବା ଠିକ୍ ହେଇ ନ ଥିବ । କେମିତି ଟାଇମ୍ କଟୁଥିଲା ।

ମୁଁ କହିଲି ଷ୍ଟୋରି ଲେଖୁଥିଲି । ଏଇ ଦେଖ ମୁଁ ସ୍କ୍ରିପ୍ଟ ଆଡ଼କୁ ଅଙ୍ଗୁଳି ନିର୍ଦ୍ଦେଶ କଲି । ସ୍ତ୍ରୀ ଭାରୀ ଜୋର୍ ହସିଲେ, ତମେ ପୁଣି ଷ୍ଟୋରି । କୋଉଠୁ ଉତାରି ଦେଇଥିବ ।

ମୁଁ ସେଦିନ ରାତିରେ ପୁଅକୁ କହିଲି ସଫା କରି ମୋର ଗପଟିକୁ ଉତାରି ଦେବା ପାଇଁ । ପୁଅ ବହୁତ ପରିଶ୍ରମ କରି ଗପଟି ତିନି ଚାରି ଦିନରେ ଉତାରି ଦେଲା ଓ କହିଲା ବାପା ଏଇଟା କୋଉ ଫିଲ୍ମର ଗପ । ମୋତେ ତ ଦେଖିଲି ଭଳିଆ ଲାଗୁଛି ହେଲେ ନା ଟା ମନେ ପଡୁନି ।

ଏଇଟା କୋଉ ଫିଲ୍ମର ର ଗପ ନୁହେଁ ଗୋଟିଏ ନୂଆଁ ଫିଲ୍ମର ଗପ ଯୋଉଟା ମୁଁ ନିଜେ ଲେଖିଛି।

ପୁଅ ଜିଦ୍ କଲା ନାଇଁ ବାପା, ଏମିତି ଫିଲ୍ମ ତ ମୁଁ କୋଉଠି ଗୋଟେ ଦେଖିଛି। ହଁ ସେମିତି ଲାଗୁଥିବ, ସେମିତି ଲାଗେ, ମୁଁ ବି ଫିଲ୍ମଟିଏ ଦେଖିଲେ ମୋତେ ଫିଲ୍ମଟା ଆଗରୁ ଦେଖିଥିବା ଭଳିଆ ମନେ ହୁଏ, ହେଲେ ପ୍ରକୃତରେ ସେଇଟା ଗୋଟେ ନୂଆଁ ଫିଲ୍ମ ଜଷ୍ଟ ରିଲିଜ ହେଇ ଥାଏ, ସେମିତି ଲାଗେ, ଆଜିକାଲି ଅଧିକାଂଶ ଗପ ପ୍ରାୟ ପାଖା ପାଖି ତ। ତୁ ସେ କଥା ବୁଝିବୁ ନାଇଁ।

ଗପ ଗୋଟିଏ ଲେଖି ପାରିଥିବାର ଖୁସୀରେ ମୁଁ ଭାରୀ ଉତ୍ଫୁଲ୍ଲିତ ଥାଏଁ। କାହାକୁ ଗୋଟିଏ ଦେଖେଇବାର ଇଛା, ପ୍ରବଳ ଥାଏ। ମୁଁ ବିଭିନ୍ନ ସାଙ୍ଗମାନଙ୍କ କଥା ଚିନ୍ତା କଲି। ଅନେକଙ୍କୁ ଏଇଥି ପାଇଁ ଅନୁପଯୁକ୍ତ ମନେ କଲି। କାରଣ ଗପଟିଏ ପଢିବାର ଆଗ୍ରହ ଆଜିକାଲି କ୍ୱଚିତ ଲୋକଙ୍କର ଥାଏ। ତା ଛଡ଼ା ଗପଟିଏ ପଢିବାର ଓ ସଠିକ୍ ମୂଲ୍ୟାୟନ କରିବାର ଲୋକ ଆହୁରି କ୍ୱଚିତ। ଅଗତ୍ୟା ମୋତେ ଦୀନବନ୍ଧୁର କଥା ମନେ ପଡ଼ିଲା ଯେ ଏବେ ଗୋଟିଏ ଡ୍ରାମାର ବେଷ୍ଟ ଡିରେକ୍ଟର। ମୁଁ ଦି ଦିନିଥର ତା ପାଖକୁ ଗଲି ଏବଂ ଶେଷରେ ଦିନେ ତାକୁ ଫୁରସତରେ ଭେଟିଲି।

ଗପଟି ସେ ମୋତେ ପଢ଼ି ଶୁଣେଇବା ପାଇଁ କହିଲା। ଶୁଣି ସାରିବା ପରେ ଟିକେ ଗମ୍ଭୀର ହୋଇଗଲା। ମୁଁ ତାର ମତାମତ ଜାଣିବା ପାଇଁ ଋହିଲି ଏବଂ କହିଲି କଅଣ ଏଇ ଗପକୁ ନେଇ କିଛି ଡ୍ରାମା ଫ୍ରାମ କରି ହେବ।

ସେ ମୋତେ କହିଲା ଦେଖ୍ ଏଇଟା ବେସିକାଲି ଗୋଟିଏ ଫିଲ୍ମ ଗପ। ଏମିତି ଗପ ମେଗାଜିନରେ କେହି ଛାପିବେ ନାଇଁ। ଛାପି ବି ପାରନ୍ତି, ଭାଇ ସେ ଦିଗରେ ମୋର କିଛି ଏକ୍ସପେରିୟେନ୍ସ ନାହିଁ। ତେବେ ଗପଟିକୁ ନେଇ ମୁଁ ଚିନ୍ତା କରୁଥିଲି ଡ୍ରାମା କରିହେବ ନାଁ ନାଇଁ ତେବେ ନାଁ ସମ୍ଭବ ନୁହେଁ, ଏଇଟା ଗୋଟେ କମରସିଆଲ ଷ୍ଟୋରି, ତାପରେ ଏଇଟା ମିନିମମ ଥ୍ରୀ ଆୱାର ଲାଗିବ ଡ୍ରାମା କରିବା ପାଇଁ, ଆଜିକାଲି କିଏ ଦେଖୁଛି ତିନି ଘଣ୍ଟିଆ ଡ୍ରାମା, ତାପରେ ଯୋଉ ସେଟିଂ ଲାଗିବ ଭାରୀ ଏକ୍ପେନସିଭ, ଏମିତି ଷ୍ଟୋରି କୁ ନେଇ ରିସ୍କ୍ ନେଇ ହେବ ନାଇଁ। ଆଜିକାଲି ତ ଜାଣିଛୁ ଡ୍ରାମା ଗୁଡ଼ାକର ଯୋଉ ଅବସ୍ଥା, କେତେ କଷ୍ଟରେ ଡ୍ରାମା ଟିଏ ହୁଏ, ତା ପୁଣି ମେକ୍ସିମମ୍ ପଇଁଚାଳିଶ ମି. ରୁ ଘଣ୍ଟେ। ଫିଲ୍ମ ପାଇଁ ଗପଟି ଚଳିବ। ତେବେ ଆମେ ତ ଫିଲ୍ମ ଲାଇନର ଲୋକ ନୋହୁଁ ଆଉ ଫିଲ୍ମ ବନେଇବା ପାଇଁ ଯାହାର ପଇସା ଅଛିତାକୁ କ'ଣ ଷ୍ଟୋରି ର ଅଭାବ।

ମୁଁ ଦୀନବନ୍ଧୁ କୁ ପଋରିଲି ଭାଇ ଏତେଦୂର ମୁଁ ଭାବିନି। ତେବେ ମୋର ପଋରିବାର କଥା ଧରାଯାଉ ଏଇଟା ଗୋଟିଏ ଫିଲ୍ମ ଷ୍ଟୋରି। ସେଇ ହିସାବରେ ବିଚାର

କଲେ ଷ୍ଟୋରି ଟି କେମିତି ହେଇଛି। ଯଦି କହିବୁ ଠିକ୍ ଅଛି ତେବେ ମୁଁ ଆଉ ଗୋଟେ ଦିଟା ଗପ ଲେଖିବା ପାଇଁ ଉତ୍ସାହିତ ହେଇପାରେ।

ଦୀନବନ୍ଧୁ କହିଲା ଦେଖଭାଇ, ମୁଁ କାହାକୁ ମିଛ କହି ଟେକିବା ବାଲା ନୁହେଁ, ଯାହା ବି କହେ ରୋକ୍ ଠୋକ୍, ଭଲ ତ ଭଲ ଖରାପ ତ ଖରାପ। ଦେଖ ଷ୍ଟୋରି ତ ଠିକ ଅଛି ତେବେ ଷ୍ଟୋରିରେ ନୋଭେଲ୍‌ଟି ମାନେ ନୂଆଁ କଥା କିଛି ନାହିଁ। ଏମିତି ସିକ୍ୟୁଏନ୍‌ସ୍ ଗୁଡ଼ାଏ ଫିଲ୍ମରେ ଅଛି, ଦି ଚ଼ାରିଟା ଫିଲ୍ମ ଗପକୁ ପୋଡ଼ିଦେଲେ ବା ଏପଟ ସେପଟ କରିଦେଲେ, ଗୋଟେ ନୂଆଁ ଷ୍ଟୋରି ହେଇଯିବ ଏଇଟା ହେଲା ଫର୍ମୁଲା, ମୁଁ ତୋତେ କହୁନି କପି କରି ଛୁ ବୋଲି।

ଏଲାଇନ୍‌ଟା ସେମିତି। ପ୍ରାୟ ସବୁ ପ୍ରକାର ଗପ ଲେଖା ସରିଗଲାଣି ଫିଲ୍ମ ପାଇଁ। ତେଣୁ ଯିଏ ବି ଲେଖୁ କୋଉଠି ନାଁ କୋଉଠି ଟିକେ ନିଶ୍ଚୟ ମିଶି ଯାଇଥିବ ଏଥିରେ କାହାରି ଦୋଷ ନାହିଁ। ଆଜିକାଲି ନୂଆଁ ଷ୍ଟୋରି ବୋଲି ତ ଆଉ କିଛି ନାଇଁ। ଯୋଉଗୁଡ଼ା ଅଛି ସେଇଟା ଫିଲ୍ମ ହେଇ ପାରିବ ନାଇଁ, ପଢ଼ି ହେବ ସେଇଟା କେହି ଦେଖିବେ ନାହିଁ, କମର୍‌ସିଏଲ୍ ଫ୍ଲପ୍, ତେଣୁ କେହି ରିସ୍‌କ୍ ନେବେ ନାହିଁ।

ତେବେ ମୁଁ ପଚ଼ାରିଲି ମୁଁ ଲେଖିବାଟା ଟା ଛାଡ଼ିଦେବି।

ଓଃ ନୋ ମୁଁ ତୋତେ ଡ଼ିସକରେଜ କରୁନାହିଁ। ଲେଖିଚ଼ାଲ ମୁଁ ଜଷ୍ଟ ଗୋଟେ ଜେନେରାଲ କଥା କହୁଥିଲି ନା।

ମୁଁ ତୋତେ ଗୋଟେ ସଜେସନ ଦେଉଛି, ତୁ ଯଦି ଏଇ ଗପଟିକୁ ଫିଲ୍ମ କରିବା ପାଇଁ ଆଗ୍ରହୀ ୟୁ କେନ ଟ୍ରାଏ ୟୋର ଲକ୍ ତୋର ଷ୍ଟୋରି ଟା ତୁ ରୋଷନଲାଲ ପାଖକୁ ପଠା, ମୋ ପାଖରେ ତାର ଏଡ୍ରେସ୍ ଅଛି, ରୋଷନଲାଲ କଥା ତୋର ମନେ ଅଛି, ଆମ ଉପର ବେଚ୍‌ରେ ପଢୁଥିଲା, ପଢୁଥିଲା ବେଳେ ଗୋଟେ ଦିଟା ଫିଲ୍ମରେ ରୋଲ ବି କରିଥିଲା, ଏବେ ସେ ବମ୍ବେରେ ଅଛି, ଗୋଟେ ଫିଲ୍ମ ପ୍ରୋଡ୍ୟୁସର ହେଇଗଲାଣି । ୟୁ ଜଷ୍ଟ ସେଣ୍ଡ ୟୁ କେନ ଅଲସୋ ଗିଭ ମାଏ ରେଫରେନ୍ସ।

ଷ୍ଟୋରି ଟା ମୁଁ ରୋଷନଲାଲ ବାବୁଙ୍କ ପାଖକୁ ପଠେଇଥିଲି। ଦିନେ ତାଙ୍କ ପାଖରୁ ଗୋଟେ ଚିଠି ଆସିଲା ମୋର ଷ୍ଟୋରି କୁଆଡ଼େ ସେ ସିଲେକ୍ଟ କରିଛନ୍ତି ଫିଲ୍ମପାଇଁ। ତେଣୁ ମୋତେ ପରାମର୍ଶ ପାଇଁ ଡକେଇଛନ୍ତି। ମୋର ଖୁସୀର ସୀମା ନ ଥିଲା। ହଠାତଦିନନେ ମୁଁ ବମ୍ବେରେ ପହଞ୍ଚିଲି। ରୋଷନଲାଲ ବାବୁଙ୍କ ଗେଷ୍ଟ ହାଉସରେ ଦି ଚ଼ାରିଦିନ ରହିବା ପରେ ଗୋଟେ ଭଲ ମୁଡ଼ରେ ତାଙ୍କ ସହିତ ଦେଖାହେଲା।

ସେ ମୋତେ ପଚ଼ାରିଲେ କେତେଟା ଫିଲ୍ମ ଆପଣଙ୍କର ହେଇ ସାରିଲାଣି। ମୁଁ କହିଲି ଗୋଟିଏ ବି ନୁହେଁ। ଏଇଟା ମୋର ଜୀବନର ପ୍ରଥମ ଗପ। ସେ ଏକବାର

ଆଶ୍ଚର୍ଯ୍ୟ ହେଇଗଲେ ଭେରି ଫାଷ୍ଟ ଓ୍ୱାନ, ଓ୍ୱାଣ୍ଡରଫୁଲ ଷ୍ଟୋରି, ଟୋଟାଲି ନିଉ, ହିରୋ, ହିରୋଇନ୍ ଏକ୍ସିଡେଣ୍ଟ, ଫେଣ୍ଟାଷ୍ଟିକ୍ କନଫ୍ଲିକ୍ଟ, ରୋମନ୍ସ୍ , କମିଡି, ବାଃ ବାଃ ବାଃ ବାଃ ହିରୋସ ମଦର ଓ୍ୱିଥ୍ ହିରୋଇନ୍ସ ଫାଦର ଲଭ ଆଃ ..ହା...ହା ବ୍ରିଲିୟାଣ୍ଟ ମହାଶୟ ଖୁସୀରେ ହସୁଥାନ୍ତି, ଗୋଟିଏ ପରେ ଗୋଟିଏ ପ୍ରଶଂସା କରି ଚାଲିଥାନ୍ତି। ମୁଁ ଭାବୁଥିଲି ସେ ମୋତେ ପରିହାସ କରିବା ପାଇଁ ଡାକିଛନ୍ତି। ମୋତେ ବିଶ୍ୱାସ ଲାଗୁ ନ ଥାଏ ଦଶଟା ସୁପର ହିଟ୍ ଫିଲ୍ମର ପ୍ରୋଡ୍ୟୁସର ମୋର ଷ୍ଟୋରି ଦେଖି ଏତେ ଉଚ୍ଛସିତ ପ୍ରଶଂସା କରିବେ।

ସେ ମୋତେ ପଚାରିଲେ ଆପଣ ଷ୍ଟୋରି ର ଫିଲମାଇଜେସନ୍ ପାଇଁ ରାଜିତ। ମୋର ଖୁସୀର ସୀମା ନ ଥାଏ, ନାଁ କହିବାର କିଛି ନ ଥାଏ।

କିନ୍ତୁ ଦେଖନ୍ତୁ ଆମକୁ ଆବଶ୍ୟକ ମତେ ଏଇଠି ଟିକେ ଟିକେ ଚେଞ୍ଜ କରିବାକୁ ପଡ଼ିବ। ଏଇଟା ଫିଲ୍ମଲାଇନ୍ ତ ଗୁଡ଼ାଏ ଧନ୍ଦା ଆପଣତ ଜାଣିଥିବେ। ମୁଁ କହିଲି ନାଁ ନାଁ ମୋର ଆପତ୍ତି କରିବାର କିଛି ନାହିଁ। ସେ ମୋତେ ବିଭିନ୍ନ ଏଗ୍ରିମେଣ୍ଟ ଫର୍ମରେ ଦସ୍ତଖତ କରିବା ପାଇଁ କହିଲେ, ମୁଁ ଦସ୍ତଖତ କଲି।

ପ୍ରୋଡ୍ୟୁସର ମହାଶୟ କହିଲେ ଦେଖନ୍ତୁ ଷ୍ଟୋରି ଟିକିଏ ଅଦଳ ବଦଳ କରିବା ପାଇଁ ଆମେ ବାଧ କାହିଁକି ନା ଆପଣ ଜାଣନ୍ତି ଏ ଲାଇନରେ କେତେ କମ୍ପିଟିସନ୍, ଦର୍ଶକଙ୍କୁ ଖୁସୀ କରିବା ପାଇଁ ଆମେ ବାଧ, ତାଙ୍କଠୁ ପଇସା ନେଇଛୁ ତା ଛଡ଼ା ତାଙ୍କୁ ଅରୁଚିକର ହେଲେ ଫିଲ୍ମ ଚଳିବ ନାହିଁ, ତେଣୁ ଷ୍ଟୋରି ଟା ତାଙ୍କୁ ଭଲ ଲାଗିବା କଥା, ମୁଁ ପ୍ରୋଡ୍ୟୁସର ମୋର ବଜେଟକୁ ଦେଖିବି, ସେଇ ହିସାବରେ ମୋତେ ଷ୍ଟୋରି ଟା ଟିକିଏ ଅଦଳ ବଦଳ କରିବାକୁ ପଡ଼ିବ। ଧରନ୍ତୁ ହିରୋର ଲଣ୍ଡନରେ ପଢ଼ିବାର ଥିବ ମୁଁ ତାକୁ ବମ୍ବେରେ ପଢ଼େଇବି, କାରଣ ଲଣ୍ଡନ ପାଇଁ ମୋର ବଜେଟ୍ ମେ ନଟ ପାରମିଟ୍। ତାପରେ ଆସିବେ ଡାଇରେକ୍ଟର ମହାଶୟ, ସେ ତାଙ୍କର ଅନୁସାରେ କିଛି ଅଦଳ ବଦଳ କରିବେ, ଯିଏ ଡ଼ାଏଲଗ୍ ଲେଖିବ ସିଏ କିଛି ଅଦଳ ବଦଳ କରିବେ, ତାପରେ ଆମେ ଯାଇ ହିରୋ ହିରୋଇନ ନେବୁ ତାଙ୍କୁ ପାଇଁ ତାଙ୍କର ରୁଚି ଅନୁଯାୟୀ କିଛି ବଦଳାଇବାକୁ ପଡ଼ିବ, ଏମିତି ଗୁଡ଼ାଏ ଜନିଷ ଅଛି। ତେଣୁ ମୁଁ ପ୍ରଥମରୁ କହି ରଖୁଛି, ଘବରେଇବାର କିଛି ନାଇଁ। ଦର୍କାର ପଡ଼ିଲେ ଷ୍ଟୋରିଟା କମ୍ପ୍ଲିଟ୍ ଲି ଚେଞ୍ଜ ହେଇ ଯାଇପାରେ। ଗୋଟିଏ କଥା ଆପଣଙ୍କ ନାଁ ଆମେ ଚେଞ୍ଜ କରିବୁ ନାହିଁ। ବି ସିଓର୍। ଓ ସେ ହୋ ହୋ ହେଇ ହସିଉଠିଲେ।

ମୁଁ କହିଲି ତାହେଲେ ମୋର ସେଥିରେ କଅଣ ବିଶେଷତ୍ୱ ରହିଲା। ହେଇତ ଆପଣ ପୁଣି ବୁଝି ପାରିଲେ ନାହିଁ। କହିଲି ପରା ଆମେ ଆପଣଙ୍କ ଷ୍ଟୋରିକୁ ନେଇ ଫିଲ୍ମ ବନେଇବୁ। ବେସିକାଲି ଉଇ ହେବ୍ ଟୁ ଷ୍ଟାର୍ଟ ଉଇଥ୍ ୟୁ। ମୁଁ ଆଉ ଅଯଥା ମୁଣ୍ଡ ନ

ଖେଳେଇ ସେଦିନ ଚାଲିଆସିଥିଲି। ଯାହା ହେବାର ହେଉ ଅନ୍ତତଃ ଲୋକେ ଜାଣିବେ ମୁଁ ଗୋଟିଏ ଫିଲ୍ମ ଷ୍ଟୋରିର ରାଇଟର୍। ବେଶ୍ ସେତିକି ହିଁ ଯଥେଷ୍ଟ। ଆଉ ଶଳା କିଏ ମୁଣ୍ଡ ପୁରାଉଛି। ଥରେ ଲେଖିଦେଲେ ଛୁଟି।

ଯା ଭିତରେ ପ୍ରଡ୍ୟୁସର୍ ମହାଶୟ ଫିଲ୍ମର ମହୁରତ୍ କରିସାରିଥିଲେ। ମୋ ପାଖକୁ ବିଭିନ୍ନ ଅଦଳ ବଦଳ ସମ୍ପର୍କରେ ଲେଖିଥିଲେ ଓ ମୋର ଅନୁମତି ସମ୍ମତ ସନ୍ତକ ନେଇସାରିଥିଲେ ଓ ମୋର ପାଉଣା ବି କିଛି ପଠେଇଥିଲେ।

ଫିଲ୍ମ ର ପ୍ରିମିୟର୍ ସୋ କୁ ଆମେ ସମସ୍ତେ ନିମନ୍ତ୍ରୀତ ହୋଇ ଯାଇଥିଲୁ। ଫିଲ୍ମ ଦେଖି ସାରି ଫେରିବା ବେଳକୁ ପୁଅ କହିଲା ବାପା ତମର ଷ୍ଟୋରି ତ ଏମିତି ନ ଥିଲା। ପରେ ବଦଲେଇ ଦେଲ କି। ମୁଁ ପୁଅକୁ ସେଦିନ କିଛି କହି ନ ଥିଲି।

ବର୍ଷ ଶେଷରେ ଫିଲ୍ମଟି ସେ ବର୍ଷର ଶ୍ରେଷ୍ଠ ଚଳଚିତ୍ର ପୁରସ୍କାର ପାଇଲା। ପୁରସ୍କାରଟି ଧରି ଫେରିବା ପରେ ମୋତେ ଯେତେବେଳେ ବିଭିନ୍ନ ଜାଗାରେ ଲେଖକ ଭାବରେ ସମ୍ମାନୀତ କରାଯାଉଥିଲା ମୁଁ ମନେ ମନେ ଖୁବ୍ ଲଜ୍ଜିତ ହେଉଥିଲି ଓ ଭାବୁଥିଲି ସତରେ ଫିଲ୍ମ ଗଳ୍ପଟିଏ ଲେଖିବା ପାଇଁ ମୁଁ କେତେ ଅଯୋଗ୍ୟ।

■■

ସ୍ୱପ୍ନର ସହର

କ୍ଲାସ୍ ରୁ ଫେରି କ୍ଲାନ୍ତ ପାଦ ଦୁଇଟିରୁ ଯୋତା କାଢ଼ିଦେଇ ସଂବିତ ଅସହାୟ ଭାବରେ ପଡ଼ି ରହେ ବିଛଣାରେ। ଖୋଲା ଝରକା ଦେଇ ଆକାଶକୁ ଅନାଏ। ଝରକା କୁ ଆଉଜେଇ ହେଇ ବସେ ଓ ଅନାଏ ଅସହାୟ ଭାବେ ଲମ୍ବି ଯାଇଥିବା ପର୍ବତ ସବୁଙ୍କୁ। ଏତେ ଗୁଡ଼ାଏ ବନ୍ଧୁ ଥିଲେ ବି କାହିଁକି ଏତେ ଏକା ଏକା ଲାଗୁଛି ତାକୁ ?

ଟେବୁଲ କୁ ଆଉଜେଇ ହେଇ ବସେ ଓ ଆଖି ଖେଳାଏ ଟେବୁଲ ଉପରେ। ବିଛଣାକୁ ଲାଗି ଟେବୁଲ। କାନ୍ଥ କୁ ଲାଗି ଗୋଟିଏ ଧାଡ଼ି ବିଭିନ୍ନ ପ୍ରକାରର ବହି। ଟେବୁଲ ର ଗୋଟିଏ କୋଣରେ ଗୋଟିଏ ଥାକ୍ ମେଗାଜିନ୍। ଗୋଟିଏ ପେନ୍ ଷ୍ଟେଣ୍ଡରେ ବିଭିନ୍ନ ପ୍ରକାରର ପେନ୍। ଦି ଦିନଟା ଖାଲି ସିଗାରେଟ ଖୋଳ, ଗୋଟିଏ ମଇଲା ଆସ୍ ଟ୍ରେ, କିଛି କାଗଜର ଟୁକୁରା, ଖୋଲା ହେଇ ପଡ଼ିଥିବା ଦି ତିନିଟା ବହି। ସଂବିତ ଟିକେ ମୋଡ଼ି ଭିଡ଼ି ହେଲା। ଦର୍ପଣ ଟା ଟାଣି ଆଣି ନିଜର ମୁହଁ ଦେଖିଲା। ଅଲରା ବାଳକୁ ଟିକେ ସଜାଡ଼ି ନେଲା। ସାର୍ଟ ବୋତାମ୍ ଖୋଲିଲା। ମାଚିସ୍ ଟାଣି ଆଣି ଗୋଟେ ମାଚିସ୍ ଜଳେଇଲା ଓ ଫିଙ୍ଗିଦେଲା ତଳକୁ। ସାର୍ଟକୁ ଫିଙ୍ଗିଦେଲା ଆଲଣା ଉପରକୁ ଏବଂ ଟେବୁଲ କୁ ଟିକେ ସଜାଡ଼ି ଦେଲା। ହୁଇସିଲ୍ ମାରିଲା ଗୋଟେ ହିନ୍ଦି ଗୀତ ର। ଗୋଟେ ଧୂପକାଠି ଲଗେଇ ଦେଲା ଓ ଭାବିଲା କବିତା ପଢ଼ିବ। ସଂବିତ ଟେବୁଲ ଉପରୁ ଟାଣି ଆଣିଲା ବହିଟା ଏନ୍‌ଥୋଲୋଜି ଅଫ୍ ମୋଡର୍ଣ୍ଣ ପୋଏଟ୍ରି

ଏଡିଟେଡ୍ ବାଏ ଜୋନ୍ ୱେନ୍ ଓ ଖେଳେଇଲା ପୃଷ୍ଠା ସବୁ।

"ଲଭ୍ ! ଲଭ୍ ! ଏ ଲିଲି ଇଜ୍ ମାଏ କେୟାର୍ / ସି ଇଜ୍ ସ୍ୱିଟର୍ ଦେନ୍ ଏ ଟ୍ରି / ଲଭିଙ୍ଗ୍ ଆଇ ୟୁଜ୍ ଦି ଏୟାର୍ / ମୋଷ୍ଟ ଲଭିଙ୍ଗ୍‌ଲି ଆଇ ବ୍ରେଥ୍ !"

ଗୀତ, କବିତା ଆଉ କିଛି ଭଲ ଲାଗୁନି। କଅଣ ତେବେ କରିବ ସଂବିତ। ଗୁମ୍ ହେଇ ମୁଣ୍ଡକୁ ଟେବୁଲରେ ଥୋଇଦେଇ ସଂବିତ କିଛି ଭାବିବା ପାଇଁ ଭାବିଲା।

କେତେବେଳୁ ରୁମମେଟ ଅବିନାଶ ଆସି କଅଣ ସବୁ ବକି ଚାଲିଛି ସଂବିତ କିଛି ଶୁଣୁ ନାଇଁ। ପାଗଳଟା। ବକୁଥାଉ ଏମିତି ନୀରବ ହେଇ କେତେ ସମୟ ବସି ହେବ। ଗୁଡ଼ାଏ ଫାଲତୁ ଚିନ୍ତା ପଶି ଆସୁଛି। ସଂବିତ ଭାବିଲା ବହୁତ ଜୋର୍ ଚିତ୍କାର କରି ସବୁ ନୀରବତାକୁ ଖଣ୍ଡ ଖଣ୍ଡ କରି ଭାଙ୍ଗି ଦେବ। କଅଣ କରିବ ସଂବିତ ଏବେ କଅଣ କରିବ। ଶୋଇ ପଡ଼ିବ। ନିଦ ହେବ ନି। ବାହାରକୁ ଯିବ। ଏବେ ତ ଆସିଛି। ଗାଳି ଦେବ ଅବିନାଶକୁ। କଅଣ ଦର୍କାର। କଅଣ ତେବେ କରାଯାଇପାରେ।

ସଂବିତ ଚୁପ୍ ଚାପ୍ ବସିଛି। ଝରକାର ରେଲିଂ ଫାଙ୍କରୁ ଅସ୍ତବ୍ୟସ୍ତ କେମ୍ପସ୍ ରୁ ଖଣ୍ଡେ। ତା ସିଆଡ଼କୁ କେଇଖଣ୍ଡ ଜମି ଓ ତା ପରେ ଲମ୍ବିଯାଇଛି ପର୍ବତଟେ ଅଙ୍କା ବଙ୍କା ହେଇ। ରୁମ୍ ଭିତରକୁ ଗୁଡ଼ାଏ ଅନ୍ଧାର ପଶି ଆସିଲାଣି ଯଦିଓ ବାହାରେ ଏଯାଏ ସନ୍ଧ୍ୟା। ଲାଇଟ୍ ଜାଳି ପଢ଼ି ବସିବ ନାଁ ଅନ୍ଧାରରେ ବସିଥିବ ଏମିତି। ଅବିନାଶ ଶୋଇଛି। ଶୋଉ, ଶଳା ଅଳସୁଆ। ସଂବିତ ଲାଇଟ ଜଳେଇ ଦେଲା ଓ ଅବିନାଶ ର ପିଠିରେ ଗୋଟେ ବିଧା ଦେଇ କହିଲା - ଶୋଇଥା ବେ ଶୋଇଥା, ମର୍ ଶୋଇ ଶୋଇ ମରିଯା।

"କଅଣ ହେଇଗଲା ସେଇଠୁ, ମୁଁ ଶୋଇଲି, ନ ଶୋଇଲି, ମରିଗଲି, ତୁ ଶୋଉନୁ ବେ- ସବୁବେଳେ ଚେଇଁଥା ବକ୍ ବକ୍ ଅନଇେଥା ଭକୁଆ, ଭାବିଲେ କିଛି ହୁଏ ନାଇଁ - ଯାହା ଇଚ୍ଛା କରି ଚାଲ୍, ଓ ଅବିନାଶ ମୁହଁ ଢ଼ାଙ୍କି ପୁଣି ଶୋଇବା ଆରମ୍ଭ କଲା ଓ କିଛି ସମୟ ଭିତରେ ରୁମ୍ ଚାରିଆଡ଼େ ଘୁଙ୍ଗୁଡ଼ି ସବୁ ଖେଳୁଥାଏ।

ଇଡିଅଟ୍ ! ବୋକା ନିର୍ବୋଧ ସଂବିତ ଗୋଟେ ସିଗାରେଟ ଖୋଳକୁ ଟାଣି ଆଣି ଟିକ୍ ଟିକ୍ କରି ଛିଣ୍ଡେଇଦେଲା ଓ ଅବିନାଶ ଦେହକୁ ଫିଙ୍ଗିଦେଲା, ସାର୍ଟ ଗଳେଇଲା ଓ ଧଡ଼ାସ କିନା କବାଟକୁ ପଛପଟେ ଟାଣି ଆଣି ପଳେଇଲା ବାହାର ଆଡ଼େ।

ରାମ ଦୋକାନରେ ଚା ଖାଉ ଖାଉ ସଂବିତ ର ମନେ ହେଲା ସବୁପିଲା ଗୁଡ଼ା ବେକାର ରେ ବକ ବକ୍ ହେଉଛନ୍ତି। ତେଣୁ ସେ ଚା ପିଇସାରି ଗୋଟେ ସିଗାରେଟ ଲଗେଇଲା ଓ ଚାଲିଲା ଗେଷ୍ଟ ହାଉସ୍ ରାସ୍ତାରେ। ବାଟରେ ମନ୍ଦିର ଦେଖିଲା ଓ ଭିତରକୁ ପଶିଲା। ଶିବଲିଙ୍ଗ କୁ ଦେଖି କହିଲା ମନକୁ ମନ ବେଶ୍ ମଉଜରେ ଅଛୁ ଭାଇ ବାଃ

ବା଼। ମନ୍ଦିର ଅଗଣାରେ ବସି ଛୁଆ ମାନଙ୍କର ଖେଳ ଦେଖିଲା ଓ ଭାବିଲା ସେ ବେକାରଟାରେ ବଡ଼ ହେଇ ଯାଉଥିଲା।

ହଷ୍ଟେଲ କୁ ଫେରି ଆସୁ ଆସୁ ସେ ଲେଡିଜ୍ ହଷ୍ଟେଲ୍ ସାମ୍ନାରେ ଛିଡ଼ା ହୋଇ ଖୋଲା ଝରକା ଭିତର ଦେଇ ଗୋଟେ ଅଧେ ଝିଅଙ୍କ ସୁନ୍ଦର ମୁହଁ ଦେଖିବା ପାଇଁ ଅନେଇଲା ଏବଂ ଚିତ୍କାର କରି କହିବା ପାଇଁ ଇଚ୍ଛା କଲା। "ଏ ଝିଅମାନେ ଝରକା ଦେଇ ବାହାରକୁ ଡେଇଁ ପଡ଼ ବାହାରେ ସୁନ୍ଦର ଜହ୍ନରାତି" ଓ କିଛି ନ କହି ଚାଲିଲା ହଷ୍ଟେଲ ଆଡ଼େ।

ଅବିନାଶ ଶୋଇଛି। ଶୋଉ ବିଚରା ଅଳସୁଆ।

ସଂବିତ "ଇନ୍ ମେମୋରିୟମ" ବହିଟା କାଢ଼ିଲା ଓ ମିତା କଥା ଚିନ୍ତା କଲା ଓ ସାର୍‌ଙ୍କ ଗାଳି କଥା ମନେ ପକେଇ ମିତା କଥା ନ ଭାବିବାକୁ ସ୍ଥିର କଲା। ସବୁଥର କ୍ଲାସ୍‌ରେ ଗାଳି ଖାଉଛି ଅଥଚ କେବେ ବି ଗୋଟେ ଲାଇନ୍ ପଢ଼ି ପାରୁନି। ସାର୍ ପ୍ରଶ୍ନ ପଚାରୁଛନ୍ତି। ସଂବିତ ଚୁପ୍ ରହୁଛି। ତାକୁ "ଇନ୍ ମେମୋରିୟମ" ଟା ଭଲ ଲାଗୁନି ବୋଲି ପଢୁନି ନାଁ ଲମ୍ବା କବିତା ଟେ ବୋଲି ପଢୁନି ନାଁ ଅନ୍ୟ କିଛି। ବୋଧେ ସେ ଆଜିକାଲି ମିତା କଥା ବେଶୀ ବେଶୀ ଭାବୁଛି। ଯେତେ ଭାବୁଛି, ସେତେ ଏକା ଏକା ଲାଗୁଛି।

ମିତା ସହିତ ତାର ଏମିତି କି ସଂପର୍କ ଯେ !

ଅବିନାଶ କଡ଼ ଲେଉଟାଇଲା। ଗଳା ଖଙ୍କାରିଲା। ବେକକୁ କୁଣ୍ଡେଇଲା। ମଶା ଭାବି ପିଟି ହେଲା ଗୋଟେ ଚଟକଣା ପିଠିରେ। ବିଚରା ଅବିନାଶ ନିପଟ ଅଳସୁଆ। ବେଶ୍ ଆରାମରେ ଶୋଇଛି। ଶୋଇଥାଉ।

ସଂବିତ ପେଣ୍ଟ ସାର୍ଟ ଖୋଲି ଲୁଙ୍ଗି ଗଳେଇଲା। ବାଥରୁମ୍ ରୁ ମୁହଁ ହାତ ଧୋଇ ଆସିଲା। ଟାୱାଲରେ ପୋଛି ହେଲା। ଗୁଣୁ ଗୁଣୁ ହେଇ ଗୀତ ଗାଉ ଗାଉ ଅବିନାଶ କୁ ହଲେଇ ଦେଇ କହିଲା "ଆବେ ଉଠ କ୍ଲାସ୍ ଯିବା"।

ଅବିନାଶ ଚମକି ପଡ଼ି ଉଠି ବ୍ରସ୍ ଖୋଜୁଁ ଖୋଜୁଁ ସଂବିତ କହିଲା ଆବେ ବୋକା ରାତିଦିନ କିଛି ଜାଣି ପାରୁନୁ। ରାତି ଦଶଟା ହେଲାଣି ଚାଲ ଖାଇଯିବା।

ମେସ୍ ଟେବୁଲରେ ଖାଉ ଖାଉ ଗୁଡ଼ାଏ କବିଙ୍କ ବିଷୟରେ ଚର୍ଚ୍ଚା ହେଲା। ହାତ ଧୋଇଲା ବେଳେ ଅବିନାଶ କହିଲା କବିତା ନ ହେଲେ ଆଜିକାଲି ଭାତ ହଜମ ହେଉନି ଦେଖୁଛି।

ଅଜୟ କହିଲା ଭାତ ସିନା ହଜମ ହେଇଯିବ ଭାଇ ଗୋଡ଼ି ହଜମ କରିବା ପାଇଁ ତ କିଛି ଔଷଧ ଦରକାର।

ଅବିନାଶ ଗୋଟେ ମେଗାଜିନ୍ ଧରି ଗଡ଼ି ପଡ଼ିଲା ବିଛଣାରେ ଓ କହିଲା "ଲାଇଟ୍ ଲିଭାବେ ଶୋଇବା"।

"ଆଉ ତ କିଛି ନାଇଁ ଖାଲି ଖା, ପିଇ, ଶୋ, ମର୍ ଶଳା ଜଙ୍ଗଲି କୋଉଠି କାର।"

"ସେକେଣ୍ଡ ସେମିଷ୍ଟାର ବହୁତ ଡେରି ଅଛି। ଘୁଞ୍ଚିବି ଯାଇପାରେ ଏବେଠୁ ପଢ଼ିକି କଅଣ ଉଖାଡ଼ିବୁ। ଦେଖ ମୋତେ ଟପର୍ ହେବାର ନାହିଁ। ତୋର ଯଦି 'ସୁନା'ଗୋଲ୍ଡ ମେଡ଼ାଲ ପଛରେ ଧାଇଁବାର ଅଛି ଧାଁ। ମୁଁ ଶୋଇଲି ।"

ସଂବିତ ଇନ୍ ମେମୋରିୟମ ବହି ଧରିଲା ଓ ଭାବିଲା ଶଳାକୁ ଘୋଷି ଦେବା ଆଜି ହଜମ କରିଦେବା। କୋଉ ମାଷ୍ଟର୍ କଅଣ ପଚାରିବାର ପଚାରୁ। ଅତଏବ ବହିଟି ଓଲଟା ହେଲା -

: କାଲି କାହିଁ କ୍ଲାସ୍ ଆସିଲନି।

: ମୁଁ ଆସିଲି ନ ଆସିଲି ତୋର କଅଣ ଗଲା।

: ଗଲା ବୋଲିତ ପଚାରୁ ଥିଲି

: କଅଣ ଗଲା ?

: ବୋକା

: ସିଧା କହୁନୁ

: ସବୁ କଥା ସିଧା କୁହାଯାଏ ନି। ସିଧା କହିଦେଲେ କବିତା କେମିତି ହେବ।

: ଏଇଟା କଅଣ ଗୋଟେ କବିତା ହେଲା ?

: ଜୀବନଟା ଗୋଟେ ଲମ୍ବା କବିତା। ସବୁ ଘଟଣା କବିତାର ଗୋଟେ ଗୋଟେ ପଂକ୍ତି।

: ମୋତେ ଲମ୍ବା କବିତା ବୋର୍ ଲାଗେ ସେଥିପାଇଁ ତ "ଇନ୍ ମେମୋରିୟମ" ପଢ଼ି ପାରୁନି।

ଅବିନାଶ ର ମୁହଁରେ ଖପ୍ କିନା ପଡ଼ିଗଲା ମେଗାଜିନ୍। ସଂବିତ ପ୍ରକୃତିସ୍ଥ ହେଲା। ସେ ନିଜେ ନିଜର ମନକୁ ଖୁବ୍ ଜୋର୍ ଗାଳି ଦେଲା। ଶଳା ଲମ୍ପଟ କୋଉଠି କାର। କାହିଁ ସବୁବେଳେ ଇଆଡ଼େ ସେଆଡ଼େ ପଳାଉଛୁ। କେତେ କରି କହିଲି କବିତା ଟା ପଢ଼ି ପକା, ଏବେ ତୋତେ ମିତା ର କଥା ଭାବିବାର ଥିଲା। ସଂବିତ ଅବିନାଶ ର ମୁହଁରୁ ଫିଲ୍ମ ଫେୟାର୍ ଟା ଟାଣି ଆଣିଲା ଓ ରେଖାର ଫଟୋକୁ ମିତା ଧରିନେଇ କହିଲା " ପ୍ଲିଜ୍ ମିତା ମତେ ପଢ଼ିବାକୁ ଦେ"।

ମେଗାଜିନ୍ କୁ ଟେବୁଲ୍ ଉପରେ ରଖିଦେଲା। ଲାଇଟ୍ ଉଦ୍ଦେଶ୍ୟରେ କହିଲା

ଗୁଡ୍ ନାଇଟ୍ ଓ ସୁଇଚ୍ ଅଫ୍ କଲା। ବିଛଣା କୁ ଡେଇଁ ପଡ଼ିଲା। ଝରକା ପଟୁ ଥରେ ଲେଡିଜ୍ ହଷ୍ଟେଲ ଓ ଥରେ ଅନ୍ଧାରୁଆ ପର୍ବତ, ଶୂନ୍ୟ ରାସ୍ତା ଆଡ଼କୁ ଦେଖିଲା, ହିରାକୁଦ୍‌ର ଲାଇଟ୍ ସବୁକୁ ଦେଖିନେଲା, ଅବିନାଶ ଉପରେ ଚାଦର ଘୋଡ଼େଇ ଦେଇ ତାର ମୁଣ୍ଡକୁ ଥାପୁଡେଇ ଦେଇ ଗୁଣୁ ଗୁଣୁ ଗାଇଲା ଗୋଟେ ଲୁଲାବି ଓ ମିତା କଥା ଭାବି ଭାବି ନିଦ ଗୋଟେ ଲଗେଇବାର ଚେଷ୍ଟା କଲା।

ସଂବିତ ସକାଳୁ ଉଠି ଆଖି ବନ୍ଦ କରି ବିଛଣାକୁ ଅଣ୍ଡାଳିଲା। ଅବିନାଶ ଗାଏବ ହେଇ ଗଲାଣି। ବସିକି ଝରକା ଆଡ଼କୁ ଅନେଇଲା। ଗୁଡ଼ାଏ ଖରା। ଦଳ ଦଳ ପୁଅ ଝିଅ ଖାତା ବହି ଧରି କ୍ଲାସ୍ ଆଡ଼େ ଧାଉଁଛନ୍ତି। ସଂବିତ ଅନୁମାନ କରିନେଲା ନିଶ୍ଚୟ ନଅଟା ହୋଇଯାଇଥିବ। ୯ ଟାରେ ନାୟକ ସାର୍ ଙ୍କର୍ କ୍ଲାସ୍। ଇନ୍ ମେମୋରିୟମ୦ ଲେଟ୍ ହେଲେ ପୁଣି ଗାଳି ଦେବେ। ବ୍ରସ୍ ଖୋଜିଲା, ପେଷ୍ଟ ପୁରା ସରି ଯାଇଛି। ବହୁତ କୁସ୍ତି କରି ଚିପୁଡ଼ିଲେ ଟିକେ ବାହାରିବ। ଧେତ୍ ଶଳା ସବୁଦିନ ଗୋଟେ କାଠି କର, ବାଳ ସଜାଅ ଏଇଟା ଗୋଟେ କଅଣ। ମୁହଁ ଧୋଇ ଦେଇ ପେଣ୍ଟ ସାର୍ଟ ଗଳେଇ ସଂବିତ ଦେଖିଲା ଆଉ ଦର୍ପଣ ଦେଖିବା ପାଇଁ ସମୟ ହେବନି। ତେଣୁ ବାଳକୁ ହାତରେ ସଜାଡୁ ସଜାଡୁ ରଫ୍ ଖାତା ଟା ଖୋଜିଲା। ପେନ୍‌ଟା ମିଳିଲା ନାଇଁ। ଅତଏବ ଖାତା ଓ ଲାଇବ୍ରେରୀ ରୁ ଆଣିଥିବା ବହି ଧରି ଚାଲିଲା କ୍ଲାସ୍ ଆଡ଼େ।

କ୍ଲାସ୍ ଆରମ୍ଭ ହୋଇଯାଇଛି। ସଂବିତ ଚୁପ୍ ଚାପ୍ ଦର୍‌ବାଜା ପାଖରେ ଛିଡ଼ା ହେଲା।

ସଂବିତ ! ଏଗେନ ୟୁ ଆର ଲେଟ ? ନାୟକ ସାର କହୁଥିଲେ। ସରି ସାର ସମ୍ବିତ କହିଲା। କମ ଇନ୍। ଶୋ ଇନ ଦ ଲାଷ୍ଟ କ୍ଲାସ ଆଇ ୱାଜ ଟେଲିଂ ଏବାଉଟ ନାୟକ ସାର ପଢେଇ ଚାଲିଥିଲେ।

ସଂବିତ ପଛସିଟରେ ଯାଇ ବସିଲା ଓ ରଫ୍ ଖାତା ଖୋଲିଲା। ଭବେନ୍ କୁ କହିଲା ଗୋଟେ କଲମ ଦେ ଭାଇ। ଭବେନ୍ ଫିସ୍ ଫିସ୍ କହିଲା ଗୋଟେ ଅଛି ସେୟାର୍ କରିଦେବା।

ସଂବିତ ରଫ ଖାତା ବନ୍ଦକଲା। କିଛି ଲେଖିବା ଦରକାର ନାଇଁ। ସବ୍ ଶୁଣି ଶୁଣି ମୁଖସ୍ତ କରିନେବ।

ସାର୍ ବକିଚାଲିଥିଲେ। ସଂବିତ ଶୁଣିବାକୁ ଚେଷ୍ଟା କଲା।

ମିତା ଆଜି ଗୋଟେ ଶାଢ଼ୀ ପିନ୍ଧି ଆସିଛି। ଆଜି ବୋଧେ ପ୍ରଥମ କରି ପିନ୍ଧିଛି। ତେଣୁ ପ୍ରତି ମିନିଟ୍‌ରେ ଶାଢ଼ୀ କାନିଟାକୁ ଟାଣି ଆଣି ସଜଉଛି। ଭିଡ଼ି ମୋଡ଼ି ହେଉଛି। ଭାରୀ ଅଡୁଆ ଲାଗୁଥିବ ବିଚାରୀ କୁ। ଭଲ ମାନୁଛି ତ ଶାଢ଼ୀ ତାକୁ। ଆଜି କ୍ଲାସ୍ ସବୁ ତାକୁ

କହିବ। କହିଦେବ ନାଁ ଅକ୍ଷୟ ମାହାନ୍ତି ର ଗୀତ ଟା ଗାଇଦେବ। 'ଶାଢ଼ୀ ପିନ୍ଧି ହେଲୁ ଭାରୀ ସିଆଣୀ'। ଏମିତି ଗୀତରେ ବୋଧେ ମିତା ରାଗି ଯାଇପାରେ। ତା ବ୍ୟତୀତ ଏତେ ସାହାସ ତାର ହେବ କି ନାଁ ବୋଲି ଚିନ୍ତା କଲା। ପ୍ରଥମେ ଦେଖାଯାଉ ସେ ଶାଢ଼ୀ କଥା କହିପାରୁଛି ନାଁ ନାଇଁ। ହଃ ସୁନ୍ଦରକୁ ସୁନ୍ଦର ବୋଲି କହିଦେଲେ କ୍ଷତି କଅଣ। ମିତା ପଛକୁ ଓଲଟୁଛି। ବୋଧେ ସଂବିତ କୁ ଖୋଜୁଛି ନାଁ ଆଉ କାହାକୁ ଦେଖୁଛି। ସବ ଧୀରେ ଧୀରେ ପଛକୁ ଅନାଉଛନ୍ତି। ତା ଆଡ଼କୁ ଦେଖୁଛନ୍ତି। କଥା କଅଣ ଭବେନ ହଲେଇଲା ସଂବିତ କୁ। ଆବେ ସାର୍ ପଚାରୁଛନ୍ତି। ସଂବିତ୍ ଥରିଗଲା ଡରରେ। ଛିଡ଼ା ହେଲା। ସମସ୍ତେ ହସୁଛନ୍ତି। ସାର୍ ପଚାରୁଛନ୍ତି ଡୁ ୟୁ ନୋ ଇଟ୍? ସଂବିତ ଜାଣିନି କଅଣ ପଚାରୁଛନ୍ତି ସାର୍। ସଂବିତ୍ ଭବେନ୍ ର ଗୋଡ଼କୁ ମାଡ଼ିଲା କଣ ପଚାରୁଛନ୍ତି।

: ଡୁ ୟୁ ନୋ ଦ କ୍ୱେଶ୍ଚେନ। ଆଇ ଥିଙ୍କ ୟୁ ଓ୍ୱେର ଅନ ମାଇଣ୍ଡଫୁଲ।

: ୟେସ ସାର।

: ଇଫ ୟୁ ଆର ନଟ ଏଟେଣ୍ଟିଭ ଡୁ ନଟ ହେଭ ଏନି ଇନ୍ଟରେଷ୍ଟ ଇନ ମାଏ କ୍ଲାସ ହ୍ୱାଏ ଡୁ ୟୁ କମ୍ ଏଟ ଅଲ। ଆଇ ୱିଲ ଗିଭ ୟୁ ଏଟେଣ୍ଡେନ୍ସ। ପ୍ଲିଜ ଗେଟଆଉଟ ଫ୍ରମ ମାଏ କ୍ଲାସ।"

ସଂବିତ କୁ ଭୀଷଣ ଖରାପ ଲାଗିଲା। ରୁମାଲରେ ଝାଳ ପୋଛୁ ପୋଛୁ ସେ ବାହାରିଗଲା କ୍ଲାସ୍‌ରୁ ଓ ମନେ ମନେ ମିତାକୁ ଶୋଧିଲା। ଆଜି ତୋର ଶାଢ଼ୀ ପିନ୍ଧିକି ଆସି ବାର ଥିଲା। ରହ ବାହାରକୁ ଆ ଦେଖୁଛି। ସଂବିତ ବାହାରେ ଛିଡ଼ା ହୋଇ ହୋଇ ବୋର୍ ହେଲା ଓ ମନେ ପକେଇଲା ସେ ଚ଼ ଖାଇନି। ଅତଏବ ରାଓ କେଣ୍ଟିନ୍ କୁ ଯାଇ ଗୋଟେ ଗରମ ସିଙ୍ଗଲ ଚ଼ର ବରାଦ ଦେଇ ବସି ପଡ଼ିଲା। ଗୋଟେ ସିଗାରେଟ୍ ଲଗେଇ ଧୂଆଁ ଗୁଡ଼ାକ ଫିଙ୍ଗିଲା ଶୂନ୍ୟକୁ।

ପଣ୍ଡା ସାର୍ ଛୁଟୀରେ। ତେଣୁ ବାରଟାରେ କ୍ଲାସ୍ ସରିଗଲା। କୋଉଠାକୁ ପିକ୍‌ନିକ୍ ଯିବେ ସେ ବିଷୟରେ ଚର୍ଚ୍ଚା କରି ଆସୁ ଆସୁ ସଂବିତ ମିତାକୁ କହିଲା "ଲାଇବ୍ରେରୀ ଯିବା"।

ସଂବିତ ଓଡ଼ିଆ ଲାଇବ୍ରେରୀ ଖେଳଉ ଖେଳଉ ମିତାକୁ କହିଲାଗୋଟେ ଭଲ କବିତା ବହିଅଛି ପଢ଼ିବୁ ସପ୍ତମ ଋତୁ ? ମୋତେ ଓଡ଼ିଆ କବିତା ଗୁଡ଼ା ଭଲ ଲାଗେନି "କଅଣ ଇଂଲିଶ୍ ପଢୁଛୁ ବୋଲି ବାହାଦୁରୀ। ଭଲ ତ ଲାଗେନି। ମିତା କହିଲା।

ସଂବିତ ଭାବୁଥିଲା ମିତା ତାକୁ ପଚାରିବ ସେ କାହିଁକି କ୍ଲାସ୍ ରେ ମନଦେଇ ଶୁଣୁନି। ଅଥଚ ସେ କିଛି ପଚାରିଲା ନାଇଁ। ପଚାରିଥିଲେ ସେ ହୁଏତ କହି ପାରିଥାଆନ୍ତା। ତୋତେ ଶାଢ଼ୀ ଖୁବ୍ ମାନୁଛି। ସେ ବିଷୟ ଭାବୁଥିଲି ବା ଅନ୍ୟ ହିସାବରେ କହି

ପାରିଥାଆନ୍ତା ତାକୁ। ମିତା ଇଂଲିସ୍ ସେକ୍ସନ୍ ଆଡ଼େ ପଳାଉଥିଲା ଗୋଟେ କ୍ରିଟିସିଜମ୍ ବହି ଖୋଜିବ ବୋଲି। ସଂବିତ କହିବ ଭାବି ଡାକି ଦେଲା ମିତାକୁ। ମିତା ପଚାରିଲା କଅଣ ହେଲା।

ତୁ ଏମିତି ହଠାତ ଶାଢ଼ୀଟିଏ ପିନ୍ଧି କାହିଁ ପଳେଇ ଆସିଲୁ।

ମିତା ଟିକେ ଲାଜେଇ ଗଲା ଓ ଭାବିଲା ବୋଧେ ସଂବିତ ତାକୁ କହିବ ଶାଢ଼ୀ ଖୁବ୍ ସୁନ୍ଦର ମାନେ।

କଅଣ ହେଇଗଲା ସେଇଠୁ। ଇଚ୍ଛା ହେଲା ପିନ୍ଧିଦେଲି।

କେବେ ଏମିତି ଇଚ୍ଛା ହେଇନି ତ ଆଗରୁ /

"ତମର କଅଣ ଅସୁବିଧା ହେଇଗଲା ସେଇଠୁ "

: ଅସୁବିଧା ହେଲା ବୋଲି ତ କହୁଛି।

: ସବୁ ଅସୁବିଧା କହି ହୁଏନି। କହି ହେଉଥିଲେ ଅସୁବିଧା ବୋଲି କିଛି ନ ଥା'ନ୍ତା ଜାଣିଛୁ ଜୀବନଟା ଗୋଟେ ବହୁତ ବଡ଼ ଅସୁବିଧା। ସବୁ ଘଟଣା। ଅସୁବିଧା ଆଡ଼କୁ ଗୋଟେ ପାହାଚ।

ମିତା ଅଳ୍ପ ହସିଲା। "ମୋତେ ଅସୁବିଧା ଗୁଡ଼ା ଭଲ ଲାଗେନି। କାଲିଠୁ ଆଉ ଶାଢ଼ୀ ପିନ୍ଧିବି ନାଇଁ ଓ ସଂବିତ ଆଡ଼କୁ ପୁଣି ଥରେ ଅର୍ଥପୂର୍ଣ୍ଣ ଦୃଷ୍ଟିରେ ଅନେଇଦେଇ କହିଲା ବାଏ ...."

ସଂବିତ ସପ୍ତମ ଋତୁ ବିହିଟି ଇସୁ କଲା ଓ ଚାଲିଲା ହଷ୍ଟେଲ ଆଡ଼େ। ଅବିନାଶ ଖାଇସାରି ଶୋଇବାର ଉପକ୍ରମ କରୁଥିଲା। ସଂବିତ ଟେବୁଲ ଉପରେ ରଫ ଖାତା କୁ ଥୋଇ ଦେଇ ପେପର ଓଲଟେଇଲା।

"ଆବେ ଇରାନ୍-ଇରାକ୍ ପୁଣି ଯୁଦ୍ଧ।"

: ଖାଇସାରିଲୁଣି

: ବ୍ରସ୍ କରିନି

ଶଳା ପାଗଳ। ଗୋଟାଏ ହେଲାଣି। ଆଉ କେତେବେଳେ ଗାଧୋଇବୁ।

: ଏ ଯୁଦ୍ଧଟା କଅଣ କେବେ ସରିବ ନାଇଁ। ସଂବିତ ବ୍ରସ୍ ଧରିଲା, ପ୍ରଥମେ ଖାଇଦେ। ପରେ ବ୍ରସ୍ କରିବୁ ଗାଧୋଇବୁ। ମିଲ୍ ସରିଯିବ।

: ତେଲ ବିକା ପଇସା ସବୁ କଅଣ ହେବ। ଅସ୍ତ୍ରକିଣ ଯୁଦ୍ଧ କର। ଆମେରିକା ଅସ୍ତ୍ର ବିକିବ ବୋଲି ଚାରିଆଡ଼େ ଯୁଦ୍ଧ ଲଗେଇ ଦେଲାଣି। ଦେଖିବୁ କାଲି ସକାଳେ ଉଠିଲା ବେଳକୁ ଭାରତରେ ଯୁଦ୍ଧ ଲାଗିଥିବ କାଲି ସକାଳେ ମେସିନ୍ ଗନ୍‌ଧରି ମୁଁ ଯୁଦ୍ଧ ଚଳେଇଥିବି ସୀମାନ୍ତରେ। ତୁ ଶଳା ଶୋଇଥିବୁ ଏଇଠି ଅଳସୁଆ। ଯଦି ବମ୍

ପଡ଼େ କେବେ ସେଇଟା ତୋ ଛାତିରେ ପଡୁ।

: ତୋର ଯାହା ସ୍ୱାସ୍ଥ୍ୟ ନାଁ ସରକାର ତୋତେ ଟାକି ବସିଛି ମିଲିଟାରୀର କମାଣ୍ଡର ବନେଇବ ବୋଲି। ପାଗଳ କୋଉଠିକାର। ପନ୍ଦର ଦିନ ହେଲା ଗାଧୋଇନି, ଦି ଦିନ ହେଲା ବ୍ରସ୍ ଘଷିନି, କୋଡ଼ିଏ ଦିନ ହେଲା ମୁଣ୍ଡ କୁଣ୍ଡା ହେଇନି, ଖାଇବାର ଠିକଣା ନାଇଁ। ପାଠ ପଢ଼ିବାର ତ ନାଁ ନାଇଁ। କ୍ଲାସ୍‌ରେ ବସି ଝିଅମାନଙ୍କ କଥା ଭାବୁଥା, ମରିବୁ , ଫେଲ୍‌ହେବୁ। ମୁଁ ଶୋଇଲି। ଖାଇସାରି ସଂବିତ ଏଲିଅଟ ର ବହିଟି ଧରିଲା। ଝ୍ବିକ୍! ଝ୍ବିକ୍! ହ୍ୱାଏ ଡୁ୍ୟୁ ନେଭର ଝ୍ବିକ୍! ଝ୍ବିକ୍"

ସଂବିତ ମନେ ମନେ ସ୍ଥିର କଲା କାଲି ମିତାକୁ ଯାଇ ଏଇଲାଇନ୍ ଟା କହିବ। ମିତା ଯଦି ଖରାପ ଭାବେ ସେ ଅନ୍ତତଃ କହିଦେଇ ପାରିବ ମୁଁ ଏଲିୟଟ୍ ରୁ କୋଟ୍ କରିଛି। ତୋତେ ବୁଝେଇ ବାକୁ ଚାହୁଁଥିଲି ତାର ଅର୍ଥ।

ସଂବିତ ତକିଆକୁ କାନ୍ଥରେ ଆଉଜେଇ ତା ଉପରେ ମୁଣ୍ଡ ଥୋଇ ସିଗାରେଟ୍ ରୁ ଧୂଆଁ ଛାଡ଼ିଲା ଓ ଭାବିଲା "ଜୀବନ ଟା ଗୋଟେ ବହୁତ ବଡ଼ ଅସୁବିଧା।" ବାଃ ବାଃ ବାଃ ବହୁତ ବଡ଼ ଗୋଟେ ଫିଲୋସୋଫି ବାହାରି ପଡ଼ଛି ତା ମୁହଁରୁ ଆଜି। ମିତା ଆଜି ଗୁଡ଼ାଏ ଭାବିବ ତା ବିଷୟରେ। ଭାବୁ, ଭାବିଭାବି ମରିଯାଉ।

ମିତା ତୁ ମରିଯାଉନୁ କାହିଁକି, ତୋ ପାଇଁ ଗୋଟେ ଇନ୍ ମେମୋରିୟମ ଲେଖନ୍ତି। ମିତା ମଲେ ତାକୁ ଦୁଃଖ ଲାଗିବ ନାଁ ନାଇଁ ସେ ବିଷୟରେ ମନେ ମନେ ଗୁଡ଼ାଏ ଯୁକ୍ତି ତର୍କ କଲା ଏବଂ କୌଣସି ସିଦ୍ଧାନ୍ତରେ ପହଞ୍ଚି ନ ପାରି ଭାବିଲା ଅନ୍ତତଃ ମିତା ମୃତ ବୋଲି ଧରି ନିଆଯାଇ ଗୋଟେ କବିତା ଲେଖା ଯାଉ। ସଂବିତ ଏ ସଂକ୍ରାନ୍ତରେ ଗୋଟେ ହିସାବ କରି ଦେଖିଲା ଯେ, ମିତାର ମୃତ୍ୟୁ ପରେ ଯେକୌଣସି କବିତା ଲେଖିଲେ ବି ଅତି କମ୍‌ରେ ଦଶ, ପନ୍ଦର ପୃଷ୍ଠା ହେବ। ଯେକୌଣସି ପାଠକ ପଢ଼ିବା ପାଇଁ ଇଚ୍ଛା କରିବ ନାଇଁ ଏବଂ ଯଦି ବାଧ୍ୟ କରି କୌଣସି କୋର୍ସ ରେ ରଖାଯାଏ ତେବେ ପିଲା ଗୁଡ଼ାକ କବିକୁ ବହୁତ ଗାଳି ଦେବେ। ଅତଏବ ଏମିତି ଏକ ଦୁଃସାହସର କରିବାର ଇଚ୍ଛା ତାର ହେଲା ନାଇଁ। ତା ଛଡ଼ା ମିତା ତ ଏ ଯାଏ ମରିନାଇଁ। ମଲାପରେ ଦେଖାଯିବ।

ସିଗାରେଟ ର ନିଆଁ ଟା ଯେତେ ବେଳେ ହାତ ପାଖରେ ଗରମ ଲାଗିଲା ସଂବିତ ଜାଣି ପାରିଲା ଯେ ଗୋଟେ ଫାଲତୁ ଚିନ୍ତାରେ ସେ ସମୟ କଟଉଛି। ମିତାକୁ ତ ଏ ଯାଏ ସେ କିଛି କହିନାଇଁ। ବେଶ୍ ଖାଲିଯାହା ତାକୁ ମିତାର ପ୍ରେମ, ଭୂତ ଭଳି ମାଡ଼ି ବସିଛି। ଅବଶ୍ୟ ମିତା ଯେ ତାକୁ ଭଲପାଏ, ଏ ବିଷୟରେ ସେ ନିଶ୍ଚିତ। ତଥାପି ଏ ଯାଏ ତା ସହିତ କୌଣସି ଚୁକ୍ତି ବା ରାଜିନାମା ହେଇନାଇଁ।

ଏତେବଡ଼ ଗୋଟେ ସତ୍ୟ କଥାକୁ କେମିତି ଭାବରେ ଉପସ୍ଥାପନ କରାଯାଇପାରେ ମିତା ପାଖରେ। ପ୍ରେମ କରୁଛି ବୋଲି କହିଦେବା କଅଣ ନିହାତି ଦର୍କାର। ଯଦି ବି କୁହାଯାଏ କେମିତି ଭାବରେ କୁହାଯାଇପାରେ।

ସଂବିତ ଦି ତିନିଟା ଶୈଳୀ ଚିନ୍ତାକଲା। କୌଣସିଟା ମନକୁ ପାଇଲାନି। ଅତଏବ ସେ ବୁକ୍ ସେଲଫ ପାଖକୁ ଯାଇ କମ୍ପ୍ଲିଟ ୱାର୍କ ଅଫ୍ ସେକ୍ସପିୟର ବହି ଟି ଟାଣି ଆଣିଲା। ବୁକ୍ ସେଲ୍ଫ ଭିତରେ ଗୋଟେ ମୂଷା ଡିଆଁ ମାରିଲା ଖଟ ଉପରକୁ ଓ ଅବିନାଶ ର ପିଠି ଦେଇ ପଳେଇଲା ଝରକା ଆଡ଼େ। ଅବିନାଶ କଟମଟ କରି ଉଠିଲା ଓ ପାଟିକଲା କାହିଁ ଆମ୍ଭୁଡୁଛୁ। ତୋତେ ନିଦ ଲାଗୁନି ଯଦି ପଳା ଜର୍‌ନାଲ୍‌କୁ ପଢ଼ିବୁ। ଚାଦର୍ ଘୋଡ଼େଇ ହେଇ ଶୋଇ ପଡ଼ିଲା ଅବିନାଶ।

ସଂବିତ ସେକ୍‌ପିଅର ବହିରୁ ଯାହା ବୁଦ୍ଧି ପାଇଲା ତାର ମନକୁ ଆସିଲା ନାଇଁ। ସବୁ ପୁରୁଣା କାଳିଆ। ଅତଏବ ସେ "ହାଓ ଟୁ ଲଭ୍ ଏ ଗାର୍ଲ" ଉପରେ ଗବେଷଣାମୂଳକ ଗୋଟେ ବହି ଲେଖିବ ବୋଲି ଠିକ୍ କଲା ଓ ଏ ସଂକ୍ରାନ୍ତରେ ଆବଶ୍ୟକୀୟ ନଥିପତ୍ର ସକାଶେ ସେ ଜର୍‌ନାଲ୍ ଉଦ୍ଦେଶ୍ୟରେ ବାହାରିଲା।

ଜରନାଲକୁ ଯାଇ ସଂବିତ ଦେଖିଲା ନାୟକ ସାର୍ କଳା ହୋଇ ଗୋଟେ ବହି ଉପରେ ମାଡ଼ି ବସିଛନ୍ତି। ତାକୁ ଫାଲ୍‌ତୁ ବହି ସବୁ ପଢ଼ିବାର ଦେଖିଲେ ଖରାପ ଭାବି ପାରନ୍ତି ଭାବିସେ ଟାଇମ୍ସ ମେଗାଜିନ ଧରି ପଢ଼ି ବସିଲା ଇରାନ୍ ଇରାକ୍ ଯୁଦ୍ଧ ବିଷୟରେ। ବହି ଉପରୁ ମୁହଁକୁ ଉଠେଇ ସେ ବି ତିନିଥର ନାୟକ ସାରଙ୍କର ମୁହଁକୁ ଦେଖିବା ପାଇଁ ଚେଷ୍ଟା କଲା। ନାୟକ ସାର୍ ତା ଆଡ଼କୁ ଅନଉ ନ ଥିଲେ। ସେ ବୋଧେ ବହିଟିକୁ ଘୋଷି ଦେଉଥିଲେ। କ୍ଲାସ୍‌ରୁ ତାକୁ ଅନେକ୍‌ଥର ତଡ଼ି ଦେଉଥିଲେ ବି ସେ ନାୟକ ସାର୍‌ଙ୍କୁ ଖୁବ୍ ଭଲ ପାଉଥିଲା। ସଂବିତ ଏଫ-୧୬ ଉପରେ ପଢୁଥିଲା। ନାୟକ ସାର୍ କହିଲେ -

ଇଣ୍ଟରେଷ୍ଟେଟେଡ଼ ଇନ ୱାର୍ଲଡ଼ ଏଫେଆରସ୍ ସଂବିତ କହିଲା - ଆଇ.ସି.ଏସ. ପାଇଁ ପ୍ରିପେୟାର୍ କରୁଛି ସାର୍।

ଭେରି ଗୁଡ୍! କେରି ଅନ୍ ! ନାୟକ ସାର୍ ତାପରେ ମୋଟା ବହି ଖଣ୍ଡକ ସଂବିତ ଆଡ଼କୁ ବଢ଼େଇ ଦେଇ କହିଲେ - "ସୋସିଓଲୋଜି ଅଫ୍ ଲିଟ୍ରେଚର" ପଢ଼ , ବହୁତ କାମ ଦେବ।

ସଂବିତ ପ୍ରବନ୍ଧଟିକୁ ପଢ଼ିବା ସଙ୍ଗେ ସଙ୍ଗେ ନୋଟ୍ କରି ବସିଲା। ସଂବିତ ପ୍ରବନ୍ଧଟି ପଢ଼ିସାରି ଯେତେବେଳେ ସାମନାକୁ ଅନେଇଲା ନାୟକ ସାର୍ ନ ଥିଲେ। ସେ ଚାରିଆଡ଼େ ଆଖି ବୁଲେଇ ଦେଖିନେଲା ଓ ନିଶ୍ଚିତ ହେଇଗଲା ଯେ ସାର୍

ପଳେଇଇଲେଣି। ନଚେତ ସେ ଏ ପ୍ରବନ୍ଧ ସଂପର୍କରେ କିଛି ପ୍ରଶ୍ନ ପଚାରିବ ବୋଲି ଭାବିଥିଲା। ତାପରେ ଭାବିଲା ଠିକ୍ ହେଲା। କାଲି କ୍ଲାସରେ ପଚାରିବ ଓ ମିତାକୁ ବି ଚମକେଇ ଦେବ। ଅନ୍ତତଃ ସଂବିତ କିଛି ପଢୁନି ବୋଲି ଥିବା ଭୁଲ୍ ଧାରଣାଟା ତାର ଦୂର ହେଇଯାଉ। ସଂବିତ ପାଖରେ ବସିଥିବା ପିଲାଟିର ଘଣ୍ଟାରୁ ସମୟ ଦେଖିନେଲା। ସମୟ ପାଞ୍ଚ ଟା ରାମ ଦୋକାନ ଆଡ଼େ ଯିବାର ସମୟ ହେଇ ଯାଇଥିବାରୁ ସେ ବହିଟାକୁ ଠିକଣା ଜାଗାରେ ରଖିଦେଇ ପଳେଇ ଆସିଲା।

ରାମ ଦୋକାନରେ ବସି କିଛି ପଲ୍‌ଟିକାଲ୍ ସାଇନ୍‌ସ୍ ଇଂଲିସ୍ ଓ ଅର୍ଥନୀତି ବିଭାଗର ଛାତ୍ରମାନେ ମୁଢ଼ି, ମିକ୍ସଚର୍ ଖାଉ ଖାଉ ଓଡ଼ିଶାର ରାଜନୀତି ବିଷୟରେ ତର୍କ ଚଳେଇଥିଲେ। ସଂବିତ ଗୋଟେ ଚା ର ଅର୍ଡ଼ର୍ କଲା ଓ ତାଙ୍କ ପାଖରେ ବସି ଗୋଟେ ମୁଠା ମୁଢ଼ି ଖାଇଲା। ଗୋଟେ ମୁଠା ମୁଢ଼ି ବଦଳରେ ସେମାନେ ସଂବିତ ଠୁ ଓଡ଼ିଶାର ରାଜନୀତିର ଭବିଷ୍ୟତ ସମ୍ପର୍କରେ ଏକ ଜଟିଳ ପ୍ରଶ୍ନର ଉତ୍ତର ଦାବୀ କଲେ। ଏପ୍ରକାର ପ୍ରଶ୍ନରେ ତାର କୌଣସି ଆଗ୍ରହ ନ ଥିଲା। ତେଣୁ ସଂବିତ କହିଲା - "ମୁଁ ଓଡ଼ିଶା କିମ୍ବା ଭାରତ ସମ୍ପର୍କରେ ଆଦୌ କିଛି ଜାଣେ ନାଇଁ ବା ଜାଣିବାର ଆଗ୍ରହ ବି ନାଇଁ।"

ଏ ଉତ୍ତରରେ ସେମାନେ ସନ୍ତୁଷ୍ଟ ନ ଥିଲେ ବା ଏତେ ସହଜରେ ସଂବିତ କୁ ଛାଡ଼ିବା ପାଇଁ ସେମାନେ ପ୍ରସ୍ତୁତ ନ ଥିଲେ। ତେଣୁ ଅଜୟ କହିଲା "ଯେମିତି ତୁ ଭାରତ ଛାଡ଼ି ଦେଲେ ବାକି ପୃଥିବୀ ଯାକର ଖବର ଜାଣୁ" ଏମିତି ଥଟ୍ଟା ପାଇଁ ସଂବିତ ନିଜକୁ ଅପଦସ୍ଥ ମନେ କଲା।

ଚା ଆସିଯାଇଥିଲା। ସଂବିତ ରାମକୁ କହିଲା - "ରାମ ଗୋଟେ ସିଗାରେଟ ପଠା -" ଏବଂ ଅଜୟ କୁ କହିଲା - ଅବଶ୍ୟ ଟିକ୍ ନିକ୍ ନ ଜାଣିଲେ ବି ଯଥେଷ୍ଟ ଜାଣେ। ୱାର୍ଲ୍ଡ ଏଫେୟାର୍ ରେ ଅଜୟ ପୁରା ଗଧ। 'ସମାଜ' ରୁ ଯାହା ଟିକେ ଟିକେ କେବେ କେମିତି ପଢ଼େ। ତେଣୁ ପଲିଟିକାଲ୍ ସାଇନ୍‌ସ୍ ର ସୁନୀଲ ତାକୁ ଗୁଡ଼ାଏ ପ୍ରଶ୍ନ କଲା। ସଂବିତ ସବୁ ଗୁଡ଼ାକ ପ୍ରଶ୍ନର ସନ୍ତୋଷ ଜନକ ଉତ୍ତର ଦେବା ସଙ୍ଗେ ସଙ୍ଗେ 'ୱାର୍ଲଡ ପଲିଟିକାଲ ଏଫେଆରସ୍ ' ଉପରେ ଗୋଟେ ସଂକ୍ଷିପ୍ତ ଭାଷଣ ଦେଲା। ସଂବିତର ଏତେ ଜ୍ଞାନ ଥିବ ବୋଲି କାହାରି ବିଶ୍ୱାସ ନ ଥିଲା। ତେଣୁ ସେମାନେ ବାସ୍ତବିକ୍ ଖୁସୀ ହୋଇଯାଇ ସମସ୍ୱରରେ ଚିଲ୍ଲେଇଲେ ୱା ୱା ବେଟା, ବହୁତ ଜଲଦି ଆଇ.ଏ.ଏସ୍ ହେଇଯିବୁ, ଖାଲି ଟିକେ ଭାରତ ବିଷୟରେ ଖବର ରଖ। ଅନ୍ୟ ଡିପାର୍ଟମେଣ୍ଟର ପିଲା ଗୁଡ଼ା କମେଣ୍ଟ କଲେ ଇଂଲିଶ ପିଲାଙ୍କର ଟିକେ ଥାଏ। ସଂବିତ୍ ପାଇଁ ନିଜ ଡିପାର୍ଟମେଣ୍ଟର ଇଜ୍ଜତ ଟିକେ ଉପରକୁ ହେଇଗଲା

ଭାବି ଅଜୟ ଖୁବ୍ ଖୁସୀ ହେଇଥିଲା ଓ ସେ ଟିକେ ସଂବିତ୍ ର ବାହାଦୁରି ମାରିବାରେ ଲାଗିଲା। ଏସବୁ ଶୁଣିବାର ଇଚ୍ଛା ନ ଥିବାରୁ ସଂବିତ ସମସ୍ତଙ୍କୁ ଗୁଡ଼ବାଏ କହିଲା ଓ ଚାଲିଲା ଗେଷ୍ଟ ହାଉସ ରାସ୍ତାରେ। ମନ୍ଦିର ଭିତରକୁ ଗଲା ଓ ଭଗବାନଙ୍କୁ ଦେଖି କହିଲା - ତୋର ଆରାମରେ ଭାଇ, ମସ୍ତିରେ ଅଛୁ। ବାହାରେ କିଛି ସମୟ ବସି ଛୋଟ ପିଲାଙ୍କର ଖେଳ ଦେଖିଲା ଓ ଭାବିଲା ସେ ବେକାର ଟାରେ ବଡ଼ ହେଇ ଯାଉଥିଲା ଓ ଫେରି ଆସୁ ଆସୁ ଲେଡ଼ିଜ୍ ହଷ୍ଟେଲ୍ ସାମ୍ନାରେ ଛିଡ଼ା ହୋଇ ଭାବିଲା ମିତାକୁ ଡାକିବ। ତାପରେ ଠିକ୍ କଲା ଡାକିବ ନାଇଁ। କାରଣ ସେ କଅଣ କହିବ ନିଜେ ବି ଜାଣି ନାଇଁ। ଝରକା ଭିତର ଦେଇ ଗୋଟେ ଦିଟା ସୁନ୍ଦର ମୁହଁ ଦେଖିବାରେ ଚେଷ୍ଟା କଲା ଓ ମନେ ମନେ କହିଲା- "ଏ ଝିଅମାନେ ଝରକା ଡେଇଁ ପଳେଇ ଆସୁନ କାହିଁକି ବାହାରେ କି ସୁନ୍ଦର ଜହ୍ନରାତି"। ସଂବିତ ହଷ୍ଟେଲ ଆଡ଼କୁ ଗୋଡ଼ ବଢ଼େଇଲା।

ଅବିନାଶ ଆହୁରି ଏ ଯାଏ ଉଠିନାଇଁ ସଂବିତ ଲାଇଟ୍ ଜଳେଇଲା ଓ ଅବିନାଶ ର ପିଠିରେ ଥାପୁଡ଼ାଏ ଦେଇ ଉଠେଇ ଦେଲା ଓ କହିଲା କ୍ଲାସ୍ ଯିବୁନାଇଁ। ଅବିନାଶ ତରବରରେ ବ୍ରସ୍ ଖୋଜୁ ଖୋଜୁ ସଂବିତ କହିଲା - ଦିନ ରାତି କିଛି ଜଣା ପଡୁନାଇଁ ବେ ଶଳା ମୁର୍ଦ୍ଦାର। ଥରେ ମରିଗଲେ ସାରା ଜୀବନ ଶୋଇଥିବୁ। ଏବେ ଜୀଇଁ ଥାଉ ଥାଉ କାହିଁ ମରି ଯାଉଛୁ। ଆଖି ଖୋଲ, ଦୁନିଆଁ ଦେଖ। ଇରାକ, ଇରାନ୍ ରେ ବହୁତ ଜୋର୍ ଯୁଦ୍ଧ ଲାଗିଛି।

ଆମେରିକା ସରକାର ସବୁ ଅସ୍ତ୍ର ଶସ୍ତ୍ର ସପ୍ଲାଇ କରୁଛି। ଭାରତ ର ସୀମାନ୍ତରେ ବି ଥରେ ଦି ଥର ଆକ୍ରମଣ ହେଲାଣି ପାକିସ୍ଥାନ ଆଡୁ। କାଲି ସକାଳୁ ଉଠିଲା ବେଳକୁ ଦେଖିବୁ ତୋ ଛାତିରେ ବି ଗୋଟେ ବମ୍ ପଡ଼ିଛି।

ଅବିନାଶ ଏ ଯାଏ ଝୁପୁଥିଲା। ସଂବିତ ବମ୍ ଶବ୍ଦଟିକୁ ଏମିତି ଭାବରେ ଉଚ୍ଚାରଣ କଲା ଯେ ଚମକିକି ତାର ନିଦ ଭାଙ୍ଗିଗଲା। ତରବରରେ ସେ ମୁଁହ ଧୋଇ ଆସି ସଂବିତ କୁ ପଚାରିଲା "କୋଉଠି ବମ୍ ପଡ଼ିଛି"

"ପଡ଼ିଛି ନୁହେଁ ପଡ଼ିବ।"

"କୋଉଠି ?"

"ତୋ ମୁହଁରେ। ଶଳା ଗଧ କୋଉଠିକାର। ବମ୍ କଥା ଶୁଣି ଏମିତି ଛାନିଆ ହେଉଛୁ କାହିକି। ଏତେ ଭୟଜୀବନକୁ। " ନାଇଁମ ଡରିବି କାହିଁକି। ବମ୍ ଫମ୍ ପଡ଼ିଲେ ଖବର ରଖିବା କଥା ନାଁ। କୋଉଠି କିଏ କେତେବେଳେ ପଚାରିଦେବ ମୁଁ ଜାଣି ନ ଥିଲେ ଭକୁଆ ହେଇ ଯିବିନି।"

ସଂବିତ ଗୁଡ଼ାଏ ହସିଲା ଓ ଅବିନାଶର ମୁଣ୍ଡକୁ ଗେଲରେ ଆଉଁସି ଦେଇ କହିଲା ଆହା ବିଚରା ! ଶୋଇ ପଡୁଛି ଯେ କିଛି ଜାଣି ପାରୁନି। ଯା ଯା ବାହାରେ କିଛି ଥଣ୍ଡା ପବନ ଗରମ ଚ଼ ଖାଇ ଦେଇକି ଆ, ପଢ଼ିବା।

ଅବିନାଶ ପେଣ୍ଟସାର୍ଟ ଗଳେଇ ଦେଇ ପଳେଇଗଲା ବାହାର ଆଡ଼େ।

ସଂବିତ ଫିଲ୍ମ ଫେୟାର୍ ଟା ବାହାର କଲା ଓ ରେଖା ର ଫଟୋ ଟା ଦେଖି କହିଲା- ହାୟ ! ହାୟ! ମିତା !। ତୋତେ କେତେବେଳୁ ଭାବି ନ ଥିଲି। ସଂବିତ ତାପରେ ମିତାର ସ୍ମୃତିରେ ହଜିଗଲା ତାର ସ୍ୱପ୍ନର ସହରରେ ଯୋଉଠି କେବଳ ସେ ଆଉ ମିତା, ମିତା ଆଉ ସେ।

■■

ଅସରପାର ବି ହୃଦୟ ଥାଏ

ମୋତେ ଜଣା ନ ଥିଲା ଏତେ ବଡ଼ ଗୋଟେ ଜାଲ ବିଛା ଯାଇଥିବ।

ସେଦିନ ମନଟା ମୋର ଭୀଷଣ ଖରାପ ଥିଲା। ଭାବିଲି ବାହାର ଆଡୁ ଘେରାଏ ବୁଲି ଆସିଲେ ହୁଅନ୍ତା। ଘର ଭିତରଟା ବି ଭାରୀ ଗରମ ଲଗୁଥାଏ। ଗୋଟିଏ ଡିଆଁ ମାରି କବାଟ କଣ ଯାଏ ଆସିଲି। ଦ୍ୱାରବନ୍ଧ ଆଉ କବାଟ ଫାଙ୍କ ଭିତରୁ ମୁଣ୍ଡ ଗଳେଇ ବାହାରକୁ ଅନେଇ ଦେଖିଲି। ବାହାରେ ଗୁଡ଼ାଏ ପିଲା ଗ୍ଲାସ୍ ଗ୍ଲାସ୍ ପିଇ ଭାରୀ ଜୋର୍ ହୋ ହଲ୍ଲା କରୁଛନ୍ତି। ବାହାରକୁ ଯିବା ପାଇଁ ସାହାସ ହେଲା ନାହିଁ। କାଳେ କିଏ ମାରି ଗୋଡ଼େଇବ, କାହା ଗୋଡ଼ ମାଡ଼ି ହେଇଯିବ, କିଏ ହାତରେ ଧରି ଥଟ୍ଟା କରିବ, କିଏ କାଳେ ଡେଣା ଦିଇଟା କାଟି ଛାଡ଼ିଦେବ। ନାଁ ବାହାର ଆଡ଼େ ଯିବି ନାହିଁ। ଏ କୋଠା ଟା ମୋ ପାଇଁ ସ୍ୱର୍ଗ। ଗୋଟିଏ ବୋଲି ପିଲା ରହେ ଯେ କେତେବେଳ ଥାଏ କେତେବେଳେ ନାହିଁ। ଖୁବ୍ କମ ସମୟ ରହେ ଘର ଭିତରେ। ଭାରୀ ଶାନ୍ତ ପିଲାଟା। ତଥାପି ତାକୁ ଦି ବର୍ଷ ଭିତରେ ମୁଁ ଠିକ୍ ଭାବେ ବୁଝି ପାରିନାହିଁ। ତକିଆ ଉପରେ ମୁଣ୍ଡ ଦେଇ ଝରକା ଆଡ଼କୁ ଅନେଇ କଅଣ ଗୋଟେ ସବୁବେଳେ ଭାବୁଥାଏ। ବେଳେ ବେଳେ ରାତି ରାତି ବସି ବହି ପଢ଼େ। ଫର୍ଦ୍ଦ ଫର୍ଦ୍ଦ ଲେଖିଯାଏ, କେତେବେଳେ ସଜାଏ ନାହିଁ ଟେବୁଲକୁ, ଯୋଉଠି ଯାହା ଇଛା ପଡ଼ିଥାଏ, ପିଲାଟିର ଫୁରସତ ହିଁ ନ ଥାଏ, କେବେ ବି ଘରର ଅଳନ୍ଧୁ ସଫା କରେ ନାହିଁ। ବେଳେବେଳେ ମୋ ଆଡ଼େ

ଏମିତି ଅନାଏ ଯେ ମୁଁ ତା ଆଡ଼କୁ ଆଉ ଲାଜରେ ଚାହିଁ ପାରେ ନାହିଁ। ତା ପ୍ରତି ମୋର ବି ଗୋଟେ ମାୟା ଆସିଗଲାଣି। ଏଇତ ଦିନେ କି ଦି ଦିନ ହେବ କୁଆଡ଼େ ଯାଇଛି ଯେ ଏଯାଏ ଫେରିବାର ନାଁ ନାହିଁ। ଲାଇଟ ବି ଲଗେଇ ନାହିଁ ସେମିତି ସେଦିନଠୁ ଜଳୁଛି, ଫେନ ଘୁରୁଛି, ଝରକା ଠିଆ ମେଲା ଅଛି। ତା ଯିବାର ଆଗ ରାତିରେ କିନ୍ତୁ ଭାରୀ ଚିନ୍ତିତ ଜଣା ପଡୁଥିଲା ପିଲାଟି। ଗୁଡ଼ାଏ କାଗଜ ଚିରିଫିଙ୍ଗି ଦେଉଥିଲା। ସିଗାରେଟ ପରେ ସିଗାରେଟ ଟାଣି ଚାଲିଥିଲା। ହେଇତ ସେ ଅସନା ସିଗାରେଟ ଝୁଲା ଆଉ ପାଉଁଶଗୁଡ଼ା ଚାରିଆଡ଼େ ପଡ଼ିଛି। ସେ ଦିନ ରାତିସାରା ମୁଣ୍ଡର ବାଳକୁ ଉଖାରୁଥିଲା। ବହି ଗୁଡ଼ା ଟେବୁଲ ଉପରକୁ ଫିଙ୍ଗି ଦେଉଥିଲା। ଜୋତାକୁ ଫିଙ୍ଗି ଦେଉଥିଲା ଖଟ ଉପରୁ ଘରର ଗୋଟିଏ କୋଣକୁ । ମୁଁ ତ ଭୟରେ ମୋର ଘର ଭିତରକୁ ପଶିଯାଇଥିଲି କାଳେ ମୋ ଦେହରେ ବାଜିଯିବ ଭାବି। କିନ୍ତୁ ନାଁ ପିଲାଟି ସେମିତି ନୁହେଁ। ମୁଁ ଜାଣେ ତା ସଙ୍ଗେ ଥିବା ଯାଏ ମୁଁ ନିରାପଦ। କେହି ମୋତେ ମାରି ପାରିବେ ନାହିଁ। ଆଜିକାଲି ତା ପ୍ରତି ମୋର ଗୋଟେ ମାୟା ଆସିଗଲାଣି। ତାକୁ ଦିନେ ନ ଦେଖିଲେ ଭାରୀ ଖରାପ ଲାଗେ। ସେ କ୍ଲାନ୍ତ ହେଇ ଖଟ ଉପରେ ପଡ଼ିଗଲେ ମୋର ତା ମୁଣ୍ଡକୁ ଆଉଁସି ଦେବାକୁ ଇଚ୍ଛା ହୁଏ। ମୁଁ ସିଧା ଯାଇ ତା ମୁଣ୍ଡ ଉପରେ ବସେଁ। ତାକୁ କୁତ କୁତ ଲାଗେ ନାଁ କଅଣ ହାତ ଛିଞ୍ଚାଡ଼ି ଦିଏ। ମୁଁ ପୁଣି ଫେରିଆସେ। ଏତେଦିନ ଧରି କୁଆଡ଼େ ଗଲା ସେ ପିଲାଟି କେଜାଣି।

ରୋଷେଇ ଘରୁ ଝଣ ଝଣ ଆବାଜ ହେଉଥାଏ। ରନ୍ଧା ବଢ଼ାର ବାସ୍ନାରେ ମୋ ପାଟିରୁ ଲାଳ ଗଡ଼ି ପଡ଼ିଲା। ଇଚ୍ଛା ହେଲା ରନ୍ଧା ଘର ଆଡୁ ଘେରାଏ ବୁଲି ଆସନ୍ତି। ତେବେ ରୋଷେଇ ଘର ବି ଏବେ ଭାରୀ ଗରମ୍ ଲାଗୁଥିବ ଓ ସିଆଡ଼େ ଗଲେ ବି ଏଇ ପିଲାମାନଙ୍କୁ ପାରହେଇ ଯିବାକୁ ପଡ଼ିବ। ତେଣୁ ମୁଁ ମୋର ଇଚ୍ଛାରେ ବ୍ରେକ୍ ଦେଲି ଓ ଟେବୁଲ ଉପରକୁ ଡିଆଁ ମାରିଲି। କିଛି ମିକ୍ସଚର୍ ର ଦାନା, ବିସ୍କୁଟ ଟୁକୁଡ଼ା ଗୋଟେ ଶୁଖିଲା ଲେମ୍ବୁ, ପିଆଜ ଚୋପା, ଅଇଁଠା ଚା ଗ୍ଲାସ ଓ ମେଡ଼ିସିନର ଖୋଳ ଉପରୁ ଶୁଙ୍ଘି ବୁଲେଇ ଟେବୁଲ ଉପରେ ଥିବା ବହି ସବୁ ଭିତରେ ପଶିଗଲି। ମୋ ଦେହରେ ବହିର ନରମ ପୃଷ୍ଠାସବୁ ବାଜି ଭାରି କୁତକୁତ ଲାଗିଲା ଓ ମୁଁ ଏକା ଏକା ବହିର ଗୁମ୍ଫା ଭିତରେ ଲୁଚକାଳି ଖେଳିବି ଭାବି ଥାକ ଉପରେ ସଜା ହେଇଥିବା ବହିମାନଙ୍କ ଉପରକୁ ଲମ୍ଫ ଦେଲି। ସେତେବେଳ ଯାଏ ମୋ ସଙ୍ଗେ ଏକା ରୁମ୍‌ରେ ରହୁଥିବା ପିଲାଟି ଫେରି ନ ଥାଏ। ବହିର ଟିକେ ଉପରକୁ ବଲ୍‌ବ ଜଳି ଭାରୀ ଗରମ ଲାଗୁଥାଏ। ତେଣୁ କୋଠାର ଗୋଟିଏ ଅନ୍ଧାରୁଆ କୋଣକୁ ମୁଁ ଆଖିବୁଜା ଲମ୍ଫଟିଏ ଦେଇଥିଲି।

ମୋତେ ଜଣା ନ ଥିଲା ଏତେ ଶକ୍ତ ଗୋଟେ ଜାଲ ସେଇଠି ବିଛା ଯାଇଥିବ।

ମୁଁ ଛଟପଟ ହେଲି କିନ୍ତୁ ମୁକୁଳି ପାରିଲି ନାହିଁ। ବୁଢ଼ୀଆଣୀ ତାର ଗୋଡ଼ ସବୁକୁ ହଲେଇ ଜାଲର ରଜ୍ଜୁ ସବୁକୁ ଆହୁରି ଜୋର ଭିଡ଼ ଧରିଲା। ଡେଣା ଓ ଗୋଡ଼ ସବୁ ମୋର ଏକବାର ଲଟକି ଯାଇଥିଲା। ଦେହ ସାରା ଅଠାଳିଆ ଲାଗିଲା। ମୁଁ ଗୁଡ଼ାଏ ହଲିଲି, ଡିଆଁ ମାରିବାକୁ ଚେଷ୍ଟା କଲି, ଡେଣା, ଗୋଡ଼ କାଢ଼ିବାକୁ ଚେଷ୍ଟା କଲି। କିନ୍ତୁ ନାଁ ସମ୍ଭବ ହେଉ ନ ଥିଲା ମୁଁ ଯେତେ ଜୋର୍ ମୁକୁଳିବାର ଚେଷ୍ଟା କରୁଥିଲି ସେତେ ବେଶୀ ଜାଲ ଭିତରେ ଛନ୍ଦି ହେଇ ଯାଉଥିଲି।

କେତେବେଳେ ଖୁସୀରେ ବା ବେଳେବେଳେ ଦୁଃଖରେ ଇତସ୍ତତଃ ବୁଲିବା ବେଳେ ମୁଁ ଅନେକଥର ବୁଢ଼ୀଆଣି ଜାଲରେ ପଡ଼ିଛି। ତେବେ ସେ ସବୁ ଜାଲ ଛୋଟ ଛୋଟ ମଶା, ମାଛି, କୀଟ ପତଙ୍ଗ ମାନଙ୍କ ପାଇଁ ଉଦ୍ଦିଷ୍ଟଥିବାରୁ ମୁଁ ସହଜରେ ତାର ଜାଲ ଛିଣ୍ଡେଇ ଚାଲି ଆସିଛି। ଏଥର କିନ୍ତୁ ଜାଲଟି ସହଜରେ ଛିଣ୍ଡୁ ନ ଥିବାରୁ ମୁଁ ଭାବିଲି ବୁଢ଼ୀଆଣୀ ଏ ଜାଲଟା ଖାସ୍ ମୋ ପାଇଁ ଗୁନ୍ଥି ନାହିଁ ତ।

ଯେତେ ଛଟପଟ ହେଲେ ବି ମୁକୁଳିବାର ଏତେ ସହଜ ନ ଥିଲା। ମୁଁ ଅସହାୟ ଭାବେ ବୁଢ଼ୀଆଣି କୁ ଅନେଇଲି। ବୁଢ଼ୀଆଣୀ ମୋ ଆଡ଼କୁ ଏମିତି ଅନେଇଲା ଯେମିତି ତା ଆଖି ହିଁ କହୁଥିଲା ଠିକ୍ ହେଇଛି ଭାରୀ ଫଡ଼ ଫଡ଼ ହେଉଥିଲୁ। ମୋତେ ଲାଗିଲା ଯେମିତି ସେ ମୋତେ ଦେଖି ଗୋଟିଏ କ୍ରୁର ବିଜୟୀ ହସ ହସୁଛି। ଭାରୀ ଦୁର୍ବଳ ଲାଗିଲା ମୋତେ। ଯେମିତି ଏଇ ପ୍ରଥମଥର ପାଇଁ କାହା ପାଖରେ ମୁଁ ହାରି ଯାଉଥିଲି।

ସମ୍ଭବତଃ ସେ ମୋତେ ଖାଇବା ପାଇଁ ଏ ଜାଲ ବିଛେଇ ନ ଥିଲା। ମୁଁ ଆକାରରେ ତାଠୁ ବହୁତ ବଡ଼ ଥିଲି। ମୋତେ ସେ ଜୀଅନ୍ତା ଖାଇ ପାରିବ ନାହିଁ ଏବଂ ମୋତେ ମାରିବା ବି ତା ପାଇଁ କଷ୍ଟସାଧ୍ୟ ହେବ। ଏଥିପାଇଁ ଅନ୍ତତଃ ତାକୁ ଗୋଟେ ସପ୍ତାହ ଟାକିବା ପାଇଁ ପଡ଼ିବ ମୁଁ ଭୋକରେ ମରିବା ଯାଏ। ମୋ ଡେଣା ଓ ଗୋଡ଼ ସେ ଖାଇ ପାରିବ ନାହିଁ ଓ ମୋ ଦେହରୁ ଡେଣା ଦୁଇଟା ସେ କାଢ଼ି ପାରିବ ନାହିଁ ଏବଂ ଡେଣା ନ କାଢ଼ିଲେ ସେ ମୋତେ ଖାଇ ପାରିବ ନାହିଁ। ତେଣୁ ଏମିତି ଏକ କଷ୍ଟକର ଭୋଜନ ପାଇଁ ସେ ନିଶ୍ଚୟ ଏତେବଡ଼ ଆୟୋଜନ କରି ନଥିବ ବୋଲି ମୁଁ ଭାବିଲି। ତଥାପି ବୁଢ଼ିଆଣୀ ର ଏ ଜାଲ ର ରସହ୍ୟ ମୁଁ ବୁଝି ପାରୁନ ଥାଏଁ।

ବୁଢ଼ୀଆଣୀ ଢ଼ିମା ଢ଼ିମା ଆଖିରେ ମୋର ଅସହାୟତାକୁ ଅନେଇ ଥାଏ। ତାର ଗୋଡ଼ ସବୁ କୁ ସେ ଏମିତି ସାଙ୍କୁଡ଼େଇ ଦେଲା ଯେ ଜାଲଟା ସାରା ହଲି ଗଲା ଓ ମୁଁ ମୋର ଅସହାୟତା ସମ୍ପର୍କରେ ପୁଣିଥରେ ସଚେତନ ହେଲି। ଏଥରକ ବୁଢ଼ୀଆଣି ମୋ ପାଖକୁ ଦୌଡ଼ି ଆସିଲା। ଏଥରକ ବୁଢ଼ୀଆଣି ବୋଧେ ନିଶ୍ଚିତ ହେଇଗଲା ଯେ ମୁଁ ଏବେ ତାର ସଂପୂର୍ଣ୍ଣ ଅଧୀନରେ ଓ ମୋଠୁ ଅନତି ଦୂରରେ ବଡ଼ ଆରାମରେ ବସିଲା।

ମୁଁ ତାକୁ କହିଲି କାହିଁ ଏମିତି ମିଛଟାରେ ହଇରାଣ କରୁଛୁ। ବନ୍ଧନ ଖୋଲିଦେ। ଭାରୀ ଖରାପ ଲାଗିଲାଣି।

ବୁଢ଼ୀଆଣୀ କହିଲା ଦେଖ୍ ମୁଁ ବନ୍ଧନରେ ପକାଏଁ ହେଲେ କାହାକୁ ମୋ ବନ୍ଧନରୁ ମୁକୁଳେଇ ପାରେନି। ଜାଲ ବିଛେଇ ଥାଏ ଅଥଚ କାହାକୁ ଡାକେ ନାଇଁ ଆସବୋଲି। ଯେ ଆସେ ଆପେ ପଡ଼ିଯାଏ ଜାଲରେ। ହଇରାଣ ହୁଏ। ମୁଁ ତାକୁ ଦିଇଟି ବନ୍ଧନରୁ ଏକା ଥରେ ମୁକ୍ତ କରି ଦିଏ।

ବୁଢ଼ୀଆଣି ର କଥା ଶୁଣି ମୁଁ ଡରିଗଲି। ମୋତେ ଏଇଠି ଏମିତି ମରିଯିବାକୁ ପଡ଼ିବ ନା କଅଣ। ଜୀବନ ଉପରେ ମୋର ଲୋଭ ଆସିଗଲା। ଏତେବେଳେ ମୁଁ ମୋ କୋଠରୀରେ ରହୁଥିବା ସେ ପିଲା କଥା ମନେ ପକେଇଲି। ସେ ଥିଲେ ହୁଏତ ମୋର ଏ ଅସୁବିଧା କୁ ବରଦାସ୍ତ କରି ପାରି ନ ଥାଆନ୍ତା। ମୁଁ ଜାଣେ ଯେ ବୁଢ଼ୀଆଣୀ ଠିକ୍ କଥାଟା ହିଁ କହୁଛି। ମୋତେ ମୁକୁଳେଇବା ତା ଅକ୍ତିଆରର ବାହାରେ। ମୁଁ ମୋର ଅତୀତକୁ ଝୁରି ହେଲି ଓ ଚୁପ୍ ଚାପ୍ ସେଇଠି ସେମିତି ଅସହାୟ ପଡ଼ି ରହି ବୁଢ଼ୀଆଣି ର କାର୍ଯ୍ୟକଳାପ ଆଡ଼କୁ ନଜର ଦେଲି।

ବୁଢ଼ୀଆଣି ଏତେବେଳକୁ ତା ଜାଲର ଗୋଟିଏ କୋଣକୁ ଚାଲିଯାଇଥିଲା। ସମ୍ଭବତଃ ତାହା ତାର ରୋଷେଇ ଘରଥିଲ। କାରଣ ତନ୍ଦୁର ଚିକେନ ଭଳି ଗୁଡ଼ାଏ ଖାଦ୍ୟ ସେଇଠି ସଜା ହେଇ ରଖା ଯାଇଥିବାର ମୁଁ ଦେଖି ପାରୁଥିଲି। ସେ ସେଇଠି ବୋଧେ ଗୁଣ ଗୁଣ ହେଇ ଗୀତ ଗାଉଥିଲା ଓ ତା ରାତି ମିଲ୍‌ର ବନ୍ଦୋବସ୍ତରେ ଲାଗି ପଡ଼ିଥିଲା। ବାହାରେ ମେସ୍ ଘରେ ଥାଳି ଗିନା ର ଝଣ୍ ଝଣ୍ ଆବାଜ ଶୁଭୁଥିଲା। ପିଲାମାନେ ହୋ ହଲ୍ଲା ଭିତରେ ତାଙ୍କର ରାତ୍ର ଭୋଜନରେ ମାତିଥିଲେ। ପାଖ ଘରୁ ଗୋଟେ ଭଲ ତିଅଣ ର ବାସ୍ନା ଆସୁଥିଲା। ମୋତେ ମୋର ଭୋକ କଥା ମନେ ପଡ଼ିଲା। ମୁଁ ବୁଢ଼ୀଆଣିକୁ ଫିସ୍‌ଫିସ୍ କରି ଭାରୀ ଗେଲରେ କହିଲି, ଭାରୀ ଭୋକ ହେଲାଣି ମୋ ପାଇଁ ବି କିଛି ଯୋଗାଡ଼ କର। ଏକା ଖାଇବୁ ନାଁ କଅଣ ?

କରୁଛି ବାବା କରୁଛି, ମୋ ଘରେ ଅତିଥି ହେଇଛୁ ଆଉ ତୋତେ ଭୋକରେ ରଖିବି। ହେଲେ ମୁଁ ଭାରୀ ଗରିବ। ମୁଁ ଯାହା ଖାଇବି ତୁ ବି ସେଇୟା ଖାଇବୁ। ଯାହା ଅଛି ସାଙ୍ଗ ହେଇ ଖାଇନେବା। ତେବେ ଏତକ ଶୁଣି ମୋର ଭୋକ ଛାଡ଼ିଗଲା। ଅନେକ ଦିନ ହେଲା ଏମିତି ସରାଗରେ ମୋତେ କେହି କଥା କହି ନ ଥିଲେ।

ରାତିରେ ଖାଇସାରି ପାଖାପାଖି ବସି ଆମେ ଅନେକ ଗପିଲୁ। ବୁଢ଼ୀଆଣି ତ କୋଉଠୁ କେତେ ଗପ ଆଣି କହିଲା ଓ ତା ନିସଙ୍ଗ ଜୀବନର ଗୋଟେ ବିସ୍ତିର୍ଣ୍ଣ ବିବରଣୀ ବି ଦେଲା। ତେବେ ମୋତେ ଏ କୋଠାଟିରେ ଏକା ଦେଖିବା ଦିନଠୁ ତା

ମନରେ କଅଣ ସବୁ ଭାବନା ଆସୁଥିଲା, ମୁଁ କେମିତି ତାର ଜାଲ ସବୁ ଛିଣ୍ଡେଇ ଦେଉଥିଲି ସେ ରାଗୁଥିଲେ ବି କିଛି କହିପାରୁ ନ ଥିଲା, ମୋ ପ୍ରତି ତାର କେତେ ସରାଗ ଥିଲା ଇତ୍ୟାଦି ମଧ୍ୟ କହିବା ପାଇଁ ଭୁଲିଲା ନାହିଁ ଏବଂ ବାରମ୍ବାର ଏ ପ୍ରଶ୍ନ ଦୋହରାଉଥିଲା ଯେ, ମୁଁ କାହିଁକି ଏକାରହେ, ଏକା ରହିବାକୁ ଭଲପାଏଁ, ଏକା ରହୁଥିବା ଲୋକଗୁଡ଼ା ଭାରୀ ନିଷ୍ଠୁର, ସେମାନଙ୍କର ହୃଦୟ ନ ଥାଏ, ତମେ ଏକା ରହି ପାରୁଛ, ତମେ ନିଷ୍ଠୁର, ତମେ ଅସରପା, ଅସରପାମାନେ ନିଷ୍ଠୁର, ଅସରପାମାନଙ୍କର ହୃଦୟ ନ ଥାଏ। ମୁଁ ଭାରୀ ଥକି ଯାଇଥିଲି। ଯେମିତି ଖାଇ ସାରିଛି ନିଦ ମୋତେ ଭାରୀ ଜୋର ଘାରୁଥାଏ। ବୁଢ଼ୀଆଣିର କଥା ଶୁଣିବା ଭିତରେ ଥରେ ଦି ଥର ମୁଁ ଝୁପି ସାରିଥାଏଁ। ସେ କଅଣ କହୁଥାଏ କଅଣ ନାହିଁ ସିଆଡ଼କୁ ମୋର ନଜର ନ ଥାଏ। ତେବେ ବୁଢ଼ିଆଣୀ ଭାରୀ ସିଆଣି। ମୋର ନିଦ କଥା ସେ ଚଟକିନା ଧରି ପକେଇଲା। ମୋ ମୁଣ୍ଡ ପାଖରେ ତା ହାତ ଆଉସି କହିଲା, ଆହା ଦିନଯାକ ତମକୁ ମିଛଟାରେ କେତେ କଷ୍ଟ ଦେଲିଣି, ଛଟପଟ ହେଇ ଥକି ଯାଇଥିବ, ଆସ ତମର ମୁଣ୍ଡ ଟିକେ ଟିପିଦିଏ, ଭଲ ଲାଗିବ। ମୁଁ କିଛି କହିବା ପୂର୍ବରୁ ସେ ମୋର ମୁଣ୍ଡରୁ ଗୋଡ଼ଯାଏ ସବୁଠି ଟିପି ସାରିଥାଏ। ଭାରୀ ଆରାମ ଲାଗୁଥାଏ। ସତରେ ଏ ଝିଅ ପିଲାଙ୍କ ହାତରେ ଏମିତି କି ଯାଦୁଥାଏ। ମୋତେ ଭାରୀ ଅଡୁଆ ଅଡୁଆ ଲାଗୁଥାଏ। ଯେତେହେଲେ ବି ଝିଅ ପିଲାଟେ, ଏତେ ରାତିରେ ଆମେ ଦିଇଜଣ ଗୋଟିଏ ବିଛଣାରେ ଏକା। ଦେହ ମୋର ଶୀତେଇବା ସଙ୍ଗେ ସଙ୍ଗେ ଥରିବା ଆରମ୍ଭ କରିଥାଏ। ଏମିତି ସମୟରେ ଲାଇଟ ଲିଭିଗଲା। ପାଖ କୋଠରୀରେ ପିଲାମାନଙ୍କର ଚିତ୍କାର ଶୁଭିଲା।

ବୁଢ଼ୀଆଣୀ ଏବେ ମୋ ଦେହକୁ ଲାଗି ଆସି ସାରିଥିଲା ଓ ମୋ ଦେହସାରା ଏମିତି ବୁଲେଇ ଆଣୁଥିଲା ହାତ ଯେ ମୁଁ ଝାଳେଇ ଯାଉଥିଲି। ତେବେ ଭାରୀ କେମିତି କେମିତି ଲାଗୁଥାଏ। ମୁଁ ବାଧ୍ୟ ହେଇ ତାକୁ କହିଲି ଯା ଶୋଇବୁ ଯା ବେଶୀ ଡେରି ହେଲାଣି। ମୋର ଉର୍ଘା ସବୁ ଉଭେଇ ଗଲାଣି। ହେଲେ ବୁଢ଼ୀଆଣୀ କୋଉ ମୋ କଥା ଶୁଣୁଛି। ସେ ମୋ ଦେହକୁ ଜାକି ହେଇ ଶୋଇ ପଡ଼ିଲା ଓ କହିଲା ସବୁଦିନ ତ ଶୋଉଛୁ ଆଜି ଚାଲ ସାରାରାତି ଗପିବା। ସେ ମୋର ମୁହଁରେ ଗୋଟିଏ ଅଠାଳିଆ ଚୁମାଦେଇ କହିଲା ତୁ କେତେ ସୁନ୍ଦର, କେତେ ବୋକା, ଆଉ କେତେ ହୃଦୟହୀନ। ବୁଢ଼ୀଆଣୀ ଏବେ ମୋତେ କୁଣ୍ଢେଇ ଧଇଲା ଏବଂ ମୋ ସାଙ୍ଗରେ କଉତୁକ କରି କହିଲା "ମୁଁ ତୁମକୁ ଭଲପାଏ"। ମୁଁ ଭାରୀ ଘବରେଇ ଗଲି ଯଦିଓ ତା ଗରମ ନିଶ୍ୱାସରେ ମୋର ବରଫ ହୃଦୟ ତରଳିବା ଆରମ୍ଭ କଲା। ମୁଁ ତା ସଙ୍ଗେ ରାତିସାରା ଖେଳିବା ଏବଂ କୁସ୍ତି କରିବା ପାଇଁ ବାଧ୍ୟ ହେଲି। ପାହାନ୍ତା ଆଡ଼କୁ ସେ ଥକି ପଡ଼ିଥିଲା,

ଗୋଟିଏ ଚରମ ତୃପ୍ତିରେ ତାର ଆଖିପତା ମୁଦି ହେଇ ଆସୁ ଥାଏ। ମୁଁ ତାକୁ କହିଲି,ଦେଖ ମୋତେ ଏମିତି ମାୟା ଜାଲରେ ଛନ୍ଦ ନାଇଁ। ଥରେ ଛନ୍ଦି ହେଇଗଲେ ମୁକୁଳି ପାରିବା ଭାରି କଷ୍ଟ। ବୁଢ଼ୀଆଣୀ ସେଦିନ ଅନେକ ଗପିଲା ପ୍ରେମ ସଂପର୍କରେ ଏବଂ ମୋତେ କାକୁସ୍ଥ ହୋଇ କହୁଥିଲ। ମୋ ସୁନାଟା ପରା ଏମିତି ହୃଦୟହୀନ ହୁଅନା, ମୋ ସାଙ୍ଗେ ଛନ୍ଦି ହେଇ ଯା ସାରାଜୀବନ, ଦେଖିବୁ ବନ୍ଧନ ଭିତରେ ବି କେତେ ସୁନ୍ଦର ଜୀବନଟିଏ ଅଛି, ମୁଁ ତୋତେ ଖୁବ୍ ପ୍ରେମଦେବି, ଆମେ ସାରାଜୀବନ ବଞ୍ଚିଯାଇ ପାରିବା ଖୁସୀରେ। ବୁଢ଼ୀଆଣି ଗୁଡ଼ାଏ ଗପିଲା, ଗୁଡ଼ାଏ ହସିଲା, କଇଁ କଇଁ ହେଇ ଅନେକ କାନ୍ଦିଲା, ପାଗଳୀଙ୍କ ଭଳି ଭଡ଼ ଭଡ଼ ହେଲା ଏବଂ କାନ୍ଦି କାନ୍ଦି ଲୋଟି ପଡ଼ିଥିଲା ମୋର ଛାତିରେ ଓ ତାକୁ ଛାଡ଼ି କାଳେ କୁଆଡ଼େ ଚାଲିଯାଇପାରେ ଭାବି ମୋତେ ଏମିତି ଭିଡ଼ି ଧରିଥିଲା ଯେ ମୁଁ ସକାଳୁ ଉଠିବାଯାଏ ଛନ୍ଦି ହେଇ ରହିଥାଏ ତାର ହାତଯାକ ମୋର ଦେହ ସାରା।

ସେଦିନ ସକାଳେ ଭାରୀ ଓଜନିଆ ହେଇଯାଇଥିଲା ମୋର ମୁଣ୍ଡ। ତେବେ ଲାଜରେ ନାଁ ସେ ମୋତେ ଦେଖି ପାରୁଥିଲା ନା ମୁଁ ତା ମୁହଁକୁ। ପୁଣି ପର ମୁହୂର୍ତ୍ତରେ ଭାବପ୍ରବଣ ହେଇ ଯାଇଥିଲୁ ଉଭୟେ। ଦିନସାରା ମୋତେ ସେ ଗୁଡ଼ାଏ ଆଜେବାଜେ ପ୍ରଶ୍ନକଲା ଯା'ର ଉତ୍ତର ଦେବା ଏତେ ସହଜ ନଥିଲା। ତାର ମାନସିକ ଅବସ୍ଥା ଦେଖି ମୁଁ କହି ପାରୁ ନ ଥିଲି ମୋର ବନ୍ଧନ ଖୋଲିଦେ ମୁଁ ଚାଲିଯାଏଁ ବୋଲି। ସେଦିନ ସେ ମୋର ଭାରୀ ଚର୍ଚ୍ଚା କରିଥିଲା। ଭଲ ଭଲ ଖାଦ୍ୟ ସବୁ ପରସିଥିଲା। ପାଖରେ ବସି ବଳେଇ ବଳେଇ ଶୁଏଇଥିଲା ମୋତେ। ନରମ ଜାଲର ବିଛଣା ବିଛେଇ ଦେଇଥିଲା ଗୋଡ଼ ଘସି ଦେଇଥିଲା ନିସଙ୍କୋଚରେ। ମୋର ମନେ ହେଉଥିଲା ରାତିକ ଭିତରେ ଯେମିତି ସେ ମୋର ପତିବ୍ରତା ସ୍ତ୍ରୀ ହେଇଯାଇଛି। ଆହା ବିଚାରୀ ଭାରୀ ଦୁଃଖ ଲାଗୁଥିଲା ମୋତେ ତା ପାଇଁ।

ବୁଢ଼ୀଆଣୀର ହସ କାନ୍ଦ ଲୁହ ପ୍ରେମ ଭିତରେ ଏମିତି ବିତି ଯାଇଥିଲା କେତେ କେଜାଣି ମୁଁ ଧୀରେ ଧୀରେ ମୋର ବନ୍ଧନ କଥା ଭୁଲି ଯାଇଥିଲି, ଜାଲରେ ଛଟପଟ ହେବା କଥା ଭୂଲିଯାଇଥିଲି। ବୁଢ଼ୀଆଣୀ ବ୍ୟସ୍ତ ଥିବାବେଳେ ତା ବିଷୟରେ ଅନେକ କଥା ଭାବୁଥିଲି, ତା ପାଇଁ ଦୁଃଖ କରୁଥିଲି ଏବଂ ଏ ପ୍ରଶ୍ନ ମନକୁ ମନ ଦୋହରାଉଥିଲି ଅସରପାମାନଙ୍କର କଅଣ ସତରେ ହୃଦୟ ଥାଏ, ହୃଦୟ ଥାଏ, ହୃଦୟ ଥାଏ, ପ୍ରେମ ଥାଏ, ପ୍ରେମ ଥାଏ, ପ୍ରେମ ଥାଏ, ଜୀବନ ଥାଏ, ଜୀବନ ଥାଏ, ଜୀବନ ଥାଏ ?

ଏମିତି ସମୟରେ ମୋ ସଙ୍ଗେ ଏକୁଟିଆ ରହୁଥିବା ପିଲାଟି ରୁମ୍‌କୁ ଫେରି ଆସିଥିଲା। ଏଥରକ ଭାରୀ ଖୁସୀ ଜଣା ପଡୁଥାଏ ପିଲାଟି। ହୁଇସିଲରେ ଗୋଟିଏ

ଗୀତ ବୋଲୁଥାଏ, ଏମିତି ପାଦ ପକାଇଥାଏ ଯେମିତି ସେ ନାଚୁଛି, ବୋଧେ କିଛିଗୋଟେ ସେ ପାଇଯାଇଛି ଯା ସେ ଅନେକ ଦିନରୁ ଖୋଜୁଥିଲା। ତାର ବିଛଣାକୁ ସଜଉଛି। ବହିପତ୍ର ଉପରୁ ଧୂଳି ଝାଡ଼ି ଦେଇଛି। ଟେବୁଲ ସଜଉଛି। ଝାଡୁ ଧରି ଅଳନ୍ଧୁ ସଫା କରୁଛି। ହୁଇସିଲ ମାରୁଛି। ବୁଢ଼ୀଆଣୀ ଜାଲ ସବୁ ସଫା କରୁଛି। ଘରର କଣକୁ ଆସୁଛି। ଜାଲକୁ ଦେଖୁଛି। ଜାଲରେ ମୋତେ ଛଟକୁ ଥିବାର ଦେଖୁଛି। ଗୁଡ଼ାଏ କଅଣ ଭାବୁଛି। ମୋତେ ଛଟକୁ ଥିବାର ଦେଖୁଛି। ମୋ ଡେଣାରେ ଥିବା ଜାଲ ସବୁକୁ ସଫା କରି ନେଇଛି। ମୋତେ ଛାଡ଼ି ଦେଇଛି ପବନରେ ଯେମିତି କହୁଛି ଯାଃ ତୁ ବି ଉଡ଼ ମନ ଖୁସୀରେ। ମୁଁ ଦୌଡ଼ି ଯାଇଛି ବାହାର ଆଡ଼କୁ। ବୁଢ଼ୀଆଣୀ କଥା ମନେ ପଡୁଛି। ତାକୁ ଆଉ ଦେଖି ପାରୁନି। ଏଥର ପିଲାଟିର ଝାଡୁରେ ଜାଲ ସବୁ ସଫା ହେଇଯିବ। ବୁଢ଼ୀଆଣୀ କୁଆଡ଼େ ଗୋଟିଏ ଦୌଡ଼ି ପଳେଇବ।

ପିଲାଟି ସବୁ ସଫା କରି ସାରି ଗାଧୋଇଛି। ଟେବୁଲ ପାଖେ ଗୋଟେ ଆଗରବତୀ ଜଳଉଛି। ଡାଏରୀ ଖୋଲି କଅଣ ସବୁ ଲେଖି ଚାଲିଛି। ମୁଁ ଇତସ୍ତତ ପାଗଳ ଭଳି ବୁଲୁଛି। କାନ୍ଥ ଆଡ଼େ ଅନଉଛି। ନିଁ ବୁଢ଼ୀଆଣିର ଖୋଜ ଖବର ନାଇଁ, ଜାଲ ସବୁ ସଫା ହେଇଯାଇଛି।

ମୁଁ ଗାତ ଭିତରୁ ସନ୍ତର୍ପଣରେ ବାହାରି ଆସିଲି। ଟେବୁଲ ଉପରକୁ ଡିଆଁ ମାରିଲି, ବହିଥାକରେ ଘୁରିଲି, ଘରର ସେ ଅନ୍ଧାରୁଆ କୋଣ ଆଡ଼କୁ ଲମ୍ଫଦେଲି, ନାଁ ଜାଲଟା ନିଶ୍ଚିହ୍ନ ହେଇଯାଇଛିଲ କାନ୍ଥରେ କୋଉଠି କେମିତି ଟିକେ ଅଧେ ଛିଣ୍ଡା ଜାଲ ଅଠାଳିଆ ଲାଗୁଛି, ବୁଢ଼ୀଆଣୀ ର ଦେହର ବାସ୍ନା ସ୍ପଷ୍ଟ ବାରି ହେଇଯାଉଛି। ମୁଁ ପାଗଳ ଭଳି ଘୁରୁଛି। ଯେମିତି ବୁଢ଼ୀଆଣୀ କୁ କହିଦେବା ପାଇଁ ଚାହୁଁଛି। ଅସରପାର ବିହୃଦୟ ଅଛି, ଥାଏ, ଥିବା ଦର୍କାର। କାନ୍ଥର ଚାରିପାଖେ ଯେମିତି ପ୍ରତିଧ୍ୱନିତ ହେଉଛି, ଅସରପାର ବି ହୃଦୟ ଅଛି, ହୃଦୟ ଅଛି, ଅସରପାର ବି ହୃଦୟ ଥାଏ, ହୃଦୟ ଥାଏ, ହୃଦୟ ଥାଏ।

ମୁଁ ଚୁପ ଚାପ ଗାତ ଭିତରକୁ ପଶି ଯାଉଛି। ପିଲାଟି ଅନେକ ବେଳୁ ଡାଏରୀ ଉପରେ ମୁଣ୍ଡପୋତି ଶୋଇ ପଡ଼ିଛି।

■■

ଜେଲ ଭିତରେ ଚାରିବର୍ଷ

ଅନେକ ଲୋକ ଖସି ପଳେଇଛନ୍ତି ଏଇ ଜେଲରୁ। ମୁଁ ବି ବହୁବାର ଚେଷ୍ଟା କରିଛି ଖସିଯିବା ପାଇଁ। ଏ ଯାଏ ପାରି ନାହିଁ। ଜେଲର ଦ୍ୱାରଗୁଡ଼ିକ ଶକ୍ତ ନୁହେଁ। ପ୍ରହରୀ ସବୁ ସତର୍କ ନୁହଁନ୍ତି। ତା'ଛଡ଼ା ଜେଲରୁ ବାହାଯିବା ପାଇଁ କାହାକୁ ମନା ନାଇଁ। ଖାଲି ନିଜେ ବୁଦ୍ଧି ବାହାର କରି ଖସି ପାରିବା କଥା।

ବହୁବାର କାନ୍ଥ ଉପରକୁ ଉଠିଛି। ଡେଇଁ ନ ପାରି ପୁଣି ଗଳି ପଡ଼ିଛି ଜେଲ୍ ଭିତରେ। ପ୍ରଥମ ତିନି ଚାରିବର୍ଷ ସମସ୍ତେ ଚେଷ୍ଟା କରନ୍ତି। କେହି କେମିତି ଡେଇଁ ପଳାନ୍ତି। ଅନ୍ୟ ସମସ୍ତେ ଥକିଯାଇ ଆଦରି ନିଅନ୍ତି ଏଇ ଜେଲ୍‌ର ଆଜୀବନ ସଶ୍ରମ କାରାଦଣ୍ଡକୁ।

ବଞ୍ଚିବାକୁ ହେଲେ କୌଣସି ନାଁ କୌଣସି ଜେଲ୍ ଭିତରେ ବନ୍ଦୀ ରହିବା ନିହାତି ଦରକାର।

ଯାହାର ଦୋଷ ଯେତେ ବେଶୀ ତାକୁ ସେତେ ଭଲ ଜେଲ ଭିତରେ ବନ୍ଦୀ ରଖାଯାଏ। ବିଭିନ୍ନ ପ୍ରକାର ଜେଲ୍ ପାଇଁ ଭିନ୍ନ ଭିନ୍ନ ସମୟରେ ବିଭିନ୍ନ ଅଦାଲତ ସବୁ ବସେ। ନିଜର ଅପରାଧର ଟିକ୍ ନିଖ୍ ବିବରଣୀ ଓ ଠିକଣା ସହ ଆବେଦନ ପତ୍ର ଦାଖଲ କରାଯାଏ। ବିଭିନ୍ନ ପାହ୍ୟାର ବିଚାରକମାନେ ଗୋଟାଏ ଦିନ ବସି ଅପରାଧୀମାନଙ୍କର ଆବେଦନ ପତ୍ର ଯାଞ୍ଚ କରନ୍ତି ଓ ବିଭିନ୍ନ ପ୍ରକାରର ଅବାନ୍ତର ପ୍ରଶ୍ନସବୁ

ପଚାରି ଅପରାଧୀମାନଙ୍କ ବୁଦ୍ଧିକୁ ତଦାରଖ କରନ୍ତି। ମୋର ଅପରାଧର ଶୁଣାଣି ଦିନ ବିଚାରକ ମହାଶୟ ମୋର ଚେହେରା ଦେଖି ଅପରାଧ ବିଷୟରେ ସନ୍ଦିହାନ ହେଇଥିଲେ। ବୟସ ହିସାବରେ ମୋର ଚେହେରା ଠିକ୍ ନ ଥିଲା। ତେଣୁ ସହଜିଆ ହେବ ଭାବି ସେ ମୋତେ ଆଳୁର ଦାମ ପଚାରିଥିଲେ। ସେ ଦିନ ଭୟରେ ମୋର ଛାତି ଥରୁଥାଏ। ବିଚାରକ ମହାଶୟଙ୍କୁ ମୁଁ ସିଧା ଅନେଇ ପାରୁ ନ ଥାଏ। ସାର୍ଟ ଭିତରେ ମୋର ଗେଞ୍ଜି ଝାଳରେ ଜୁବୁବୁବୁ ହେଇ ସାରିଥିଲା। ମୁଁ ଆଳୁକୁ ପୃଥିବୀ ଭାବି କହିଥିଲି "କମଳା ଲେମ୍ବୁ ପରି ଗୋଲ"। ମୋର ଏ ପ୍ରକାରର ଉତ୍ତରରେ ସେ ସନ୍ତୁଷ୍ଟ ହେଲେ ନାଁ ନାହିଁ ମୁଁ ଲକ୍ଷ୍ୟ କରି ପାରିନାହିଁ। ତାପରେ ମୋତେ ସେ ଦି' ତିନିଟା ଦେଶର ହାଲ ବଜାରଦର ଓ ପାଣି ପାଗ ଉପରେ ଜଟିଳ ପ୍ରଶ୍ନସବୁ ପଚାରିଥିଲେ। ଯା'ର ଉତ୍ତର ମୋତେ ଜଣା ନ ଥିଲା। ତେଣୁ ମୁଁ ତାଙ୍କୁ ଏଇ ସଂକ୍ରାନ୍ତୀୟ ଗୋଟିଏ କବିତା ଦ୍ୱାରା ସାଂପ୍ରତିକ ପୃଥିବୀର ହାଲଚାଲ ଅତି ସଂକ୍ଷିପ୍ତରେ ଜଣେଇଥିଲି। ମୋର ଏଇ ପ୍ରକାରର ଦୁଃସାହସ ପାଇଁ ସେ ଅତ୍ୟନ୍ତ ପ୍ରୀତ ହେଇଥିଲେ ଓ କହିଥିଲେ "ବାଃ ବାଃ। ଏତେ ଛୋଟ ଦିନରୁ ତମେ ଏତେ ସୁନ୍ଦର ଅପରାଧ କରି ପାରୁଛ। ଭବିଷ୍ୟତରେ ତମେ ଯାଠୁ ଆହୁରି ଜଘନ୍ୟ ଅପରାଧ କରି ଗୋଟ ଭଲ ଜେଲରେ ଭର୍ତ୍ତି ହେଇ ପାରିବ। ବହୁତ ବୟସ ଆହୁରି ଅଛି। ଯାଅ, ଚେଷ୍ଟାକର।" ଯା' ପରେ କଅଣ କହିବା କଥା, କରିବା କଥା ମୁଁ ଜାଣି ନ ଥିଲି। ତାଙ୍କୁ ନମସ୍କାର କରିବା କଥା ନାଁ ନାହିଁ ଭାବୁ ଭାବୁ ମୁଁ ପଳେଇ ଆସିଥିଲି।

କିଛି ଦିନ ପରେ ଜେଲର କର୍ତ୍ତୃପକ୍ଷଙ୍କ ପାଖରୁ ଗୋଟ ଚିଠି ଆସିଲା। ଖୋଲିଲା ବେଳେ ମୋର ହାତ ଥରୁଥାଏ। ମୋର ମହୁଁରୁ ଝାଳ ପୋଛି ଦି' ତିନିଟା ଦୀର୍ଘଶ୍ୱାସ ଛାଡ଼ି ସାରିବା ପରେ ଚିଠି ପଢ଼ିବା ଆରମ୍ଭ କଲି।

"ତମର ଅପରାଧରେ ସନ୍ତୁଷ୍ଟ ହେଇ ତମ ପାଇଁ ଆମ ଜେଲରେ ଗୋଟେ ଜାଗା ଦେଲୁ। ଏ ଚିଠି ପାଇବାର ପନ୍ଦର ଦିନ ଭିତରେ ଆସି କମରାଟି ଦଖଲ କର। ଯଦି ନ ଆସ ତେବେ ଧରିନେବୁ ଆମର ଜେଲ ତମର ପସନ୍ଦ ହେଲା ନାହିଁ ଓ ଅନ୍ୟ ଅପରାଧୀକୁ ସେଇଠି ଜାଗା ଦେବୁ। ତମର ଏ ପ୍ରକାର ସଫଳତା ଯୋଗୁଁ ଅଭିନନ୍ଦନ ଜଣେଇବା ସଙ୍ଗେ ସଙ୍ଗେ ଆମେ ତମକୁ ଜେଲ ତରଫରୁ ସ୍ୱାଗତ ଜଣାଉଛୁଁ।"

ଜେଲକୁ ପଶିବା ପୂର୍ବରୁ ମୁଁ ଥରେ ଜେଲ ଦେଖି ଆସିବି ଭାବିଲି।

ଜେଲର ଫାଟକ ଖୋଲିଲା ଦିନ ଦଶଟାରେ। ଜେଲର ସାହେବ ମୋତେ ଜେଲ ଭିତରକୁ ଡାକି ନେଇ ମୋର କମରା ଦେଖେଇ ଦେଲେ।

ଯେ ଯାହାର କମରା ଭିତରୁ କୈଦୀମାନେ ଅନେଇଥିଲେ ଜୁଲୁ ଜୁଲୁ। କଳା

କିଟ କିଟ ଝରକାହୀନ କାନ୍ଥ ସବୁ, ଅନ୍ଧାର ସବୁ, ଲଟକି ଗଲେ ମୋର ଦେହରେ, ଆଲିଙ୍ଗନ କଲେ। ମୁଁ ଅତିଷ୍ଠ ହେଇ ଯାଇ ସେଇ ଆଲିଙ୍ଗନରେ ଦେହକୁ ଝାଡ଼ିଦେଇ ପଚାରିଲି "ଏଇ କମରାକୁ ଅମ୍ଳଜାନ ସପ୍ଲାଇ ହୁଏ ?" କୈଦୀମାନେ ହସୁଥିଲେ। ମୁଁ ଗୋଟେ କୈଦୀକୁ, ପଚାରିଲି "କେତେ ବର୍ଷ ହେଲା ଅଛ ଏଇ ଜେଲରେ, କେତେଥର ଚେଷ୍ଟା କରିଛ ଖସି ପଳେଇବାକୁ, କେମିତି ଲାଗୁଛି ଏଇ ଜେଲ ? କୈଦୀମାନେ ହସୁଥିଲେ।" ଆସ ଥରେ ଜେଲ ଭିତରକୁ, ସବୁ ଜାଣିଯିବ...." । ଯେମିତି ସେମାନେ କହିବାକୁ ଚାହୁଁଥିଲେ" ତୁ' ବି ଆ। ଆମ ସାଙ୍ଗରେ ମର୍। ଆ। ସଢ଼ିଯା ଆମ ଭଳି ଜେଲ୍ ଭିତରେ"।

ଜେଲଖାନା ନ ଥିଲା, ସେ ମୋର କବରଖାନା। କମରା ନ ଥିଲା, ସେ ମୋର କଫିନ୍। ମୁଁ ଜେଲରଙ୍କୁ କହିଲି ମୋ ପାଇଁ ବି ଗୋଟେ ହାତକଡ଼ି ରଖିଥାଅ। ମୁଁ ଆସୁଛି ଅଳ୍ପ ଦିନ ଭିତରେ। ମୋତେ ସମସ୍ତେ ଠେଲୁଥିଲେ ଜେଲ ଭିତରକୁ। ମାଆ କହିଲା ଯା, ବାପା କହିଲେ ଯା। ଭାଇମାନେ କହିଲେ ଯା। "ବଞ୍ଚିବାକୁ ହେଲେ କୌଣସି ନା କୌଣସି ଜେଲ ଭିତରେ ପଶିଯିବା ଦର୍କାର। ଆଜିକାଲି ଜେଲଖାନା ଭିତରେ ଜାଗାଟିଏ ପାଇଁ ବହୁତ ଯୁଦ୍ଧ। "

ମୋର କୌଣସି କଥା ଶୁଣିବା ପାଇଁ କେହି ପ୍ରସ୍ତୁତ ନ ଥିଲେ। ବନ୍ଧୁମାନେ କେତେକେ ଖୁସିରେ କହୁଥିଲେ ତୁ ଖୁବ୍ ଭାଗ୍ୟବାନ୍, କେହି କେହି ହସୁଥିଲେ। ଆଉମାନେ ହିଂସା କରୁଥିଲେ। ମୋ କଥା ଶୁଣିବା ପାଇଁ କେହି ପ୍ରସ୍ତୁତ ନ ଥିଲେ।

ଜେଲକୁ ଯିବାର ଦିନ ପାଖେଇ ଆସୁଥାଏ। ମୁଁ ମୋର ପୁରୁଣା ଚିଠି ସବୁକୁ ବାହାର କରି ପଢ଼ିଲି। ଆଲବମ୍ ଖୋଲି ଚିହ୍ନା ଲୋକଙ୍କର ମୁହଁ ସବୁ ଘୋଷିଲି। ସ୍ୱାଧୀନତାର ଦିନ ସବୁଙ୍କ ଉପରେ ଶୋକ କଲି। ପ୍ରେମିକାର ମୁହଁକୁ ମନେ ପକେଇ ଭାବିଲି। ବାପା, ମାଆ, ଭାଇ, ଭଉଣୀ, ସାଙ୍ଗସାଥି, ଗାଈ, ଛେଳି, କୁକୁର, ପୋଷାଶୁଆ, ପୋଖରୀ, ପାହାଡ଼, ଜଙ୍ଗଲ, ଝରଣା, ପଡ଼ିଆ, ଖୋଲା ଆକାଶ, ଜହ୍ନରାତି ଓ ସୁନ୍ଦର ମୁହଁମାନଙ୍କୁ ମନେ ପକେଇ ବେଦମ୍ କାନ୍ଦିଲି। ଜେଲ୍କୁ ଯିବାର ଦିନ ପାଖେଇ ଆସୁଥାଏ। ଗୁଡ଼ାଏ ଚିଠି ଲେଖି ମୋର ଯିବାର ଘୋଷଣାପତ୍ର ବାଣ୍ଟିଲି ଓ ଘୁରୁ ଲୁଚି ଥରେ ପ୍ରେମିକାର ସହର ଆଡ଼କୁ ମୁହାଁଇଲି।

ମୋର ଜେଲ ଯିବାର କଥା ଶୁଣି ସେ ହସୁଥାଏ, ଖୁସିରେ ପାଦ ତା'ର ପଡୁ ନ ଥାଏ। ସମ୍ଭବତଃ ସେ ନାଚୁଥାଏ ଗୀତ ବୋଲୁଥାଏ, ବଲ୍ ବଲ୍ କରି ଅନେଇଥାଏ।

"ତୋତେ କଅଣ ଦୁଃଖ ଲାଗୁନାଇଁ ମୋର ଜେଲ ଯିବାର ଶୁଣି ? "

"ଆହା। ଏତେ ଜଲଦି ତମର ଜେଲ୍ ହେଇଗଲା। ମୁଁ ଖୁସି ହେବିନି।"

ମୋର ଭୀଷଣ ରାଗ ହେଉଥାଏ ତା ଉପରେ । ଦୁଃଖ ଓ ରାଗରେ ମୁଁ କହିପାରୁ ନ ଥାଏ କିଛି । ଗୋଟେ ଗରମ ଗ୍ଲାସ୍ କଫି ବଢ଼େଇ ଦେଇ ମୋ ପାଖରେ ବସି ମୋର ହାତକୁ ଧରି ଖେଳୁଁ ଖେଳୁଁ ସେ କହିଲା, "ମୁ ମନ୍ଦିର ଯିବି । ମୁଁ ତାକୁ କେତେ ଡାକୁଥିଲି ତମର ଶୀଘ୍ର ଜେଲ୍ ହେଇଯାଉ ବୋଲି ।"

"ଆମର ଯେ ଆଉ ଦେଖା ହେଇ ପାରିବ ନାଇଁ, ନିଜ ଇଚ୍ଛାରେ ଗପି ପାରିବା ନାଇଁ, ବୁଲି ପାରିବା ନାଇଁ, ତୋତେ କଅଣ ଦୁଃଖ ଲାଗୁ ନାହିଁ ?"

: "ବଞ୍ଚିଯିବା ପାଇଁ, ଗୋଟେ ନା ଗୋଟେ ଜେଲ୍ ନିହାତି ଦର୍କାର ।"

ବଧିରମାନଙ୍କ କାନ ପାଖରେ କହିବା ପାଇଁ ମୋର ଆଉ କିଛି ନ ଥିଲା । ମୋର ଦୁଃଖର ସମୟରେ ହସୁଥିଲେ ସବୁ । ମୁଁ ତାଙ୍କର ଆତ୍ମୀୟତା ଉପରେ ଛେପ ପକେଇଲି ଓ ମନକୁ ମନ ଅନେକ ଶୋଧିଲି । ଜେଲକୁ ଯିବାର ଦିନ ପାଖେଇ ଆସିଥାଏ ।

ଦିନେ ମୋତେ ଜ୍ଞାତି ପରିଜନ, ସଖା ସହୋଦର ଗୋଟେ ଟ୍ରେନରେ ବୋଝେଇ କରିଦେଇ କହିଲେ ଯା ! ଖୁସିରେ ରହ, ବେଳେ ବେଳେ ଚିଠି ଲେଖୁଥିବୁ, ମନେ ପକାଉ ଥିବୁ । କେହି କେହି ଟୋପେ ଦିଟୋପା ଲୁହ ଗଡ଼େଇ ଥିଲେ ମୋ ପାଇଁ ।

ଗୋଟେ ଚାଉଳ ବସ୍ତା ଭଳି ମୁଁ ଟ୍ରେନ୍‌ର ଗୋଟେ କଡ଼ରେ ପଡ଼ିଥାଏଁ । ଝରକା ଦେଇ ବାହାରକୁ, ଖୋଲା ଆକାଶକୁ, ଜଙ୍ଗଲକୁ, ଜହ୍ନକୁ ହଜିଲା ହଜିଲା ଆଖିରେ ଅନେଇ ଥାଏଁ । ପୁରୁଣା ଦିନମାନଙ୍କୁ ଦେଖୁଥାଏଁ, ହଜୁଥାଏଁ, ଝୁରୁଥାଏଁ, କାନ୍ଦୁଥାଏଁ, ଲୁହପୋଛୁଥାଏ, ଛେପ ଢ଼ୋକୁଥାଏଁ । ସେଦିନ ମୋତେ ଜେଲ୍ ଯିବା ପାଇଁ ଟ୍ରେନ୍‌ରେ ବୋଝେଇ କରିଦେଇ ଥିଲେ ମୋର ଆତ୍ମୀୟମାନେ ଓ କହିଥିଲେ, ବଞ୍ଚିବା ପାଇଁ ଜେଲ୍‌ଯିବା ନିହାତି ଦରକାର ।"

ଜେଲ୍‌ର ସାହେବ ମୋର ଅପରାଧର ପ୍ରମାଣପତ୍ର ସବୁ ଯାଞ୍ଚ କଲେ । ଜୀବନଯାକ ଶ୍ରୀଛାମୁଙ୍କର ଚରଣ ତଳେ ମୁଣ୍ଡକୁ ବିକିଦେଲି ବୋଲି ଲେଖାଥିବା ଗୋଟେ କାଗଜରେ ମୋର ଦସ୍ତଖତ କରେଇ ନେଲେ । ମୋର ମୁଣ୍ଡଗଣ୍ଡି ଠିକ୍ ଅଛି ନାଁ ନାଇଁ, ଛାତିର ଚଉଡ଼ା, ଅଣ୍ଟାର ଗୋଲେଇ, ଉଚ୍ଚତା ଓ ଓଜନ ସବୁ ଗୋଟେ ଡାକ୍ତରଠୁ ଯାଞ୍ଚ କରେଇ ନେଇ କହିଲେ, "ଏତେ ବାଳଥିବା ଗୋଟେ ସୁନ୍ଦର ମୁଣ୍ଡର କିଛି ଦର୍କାର ନାହିଁ ।" ଗୋଟେ ଲୋକକୁ ଡାକି କହିଲେ ୟାର ମୁଣ୍ଡର ସବୁ ଦୁର୍ବୁଦ୍ଧିଗୁଡ଼ାକୁ ସଫା କରି ଜେଲର କିଛି କଞ୍ଚାମାଲ ପୁରେଇ ଦେ ।

ଅତଏବ ମୋତେ ଖିଅର କରାଗଲା । ପ୍ରଥମ କିଛିଦିନ ଜଣେ ଲୋକ ମୋ ମୁଣ୍ଡକୁ ହାତୁଡ଼ିରେ ଠକ୍ ଠକ୍ କରି ଜେଲର ପରିବେଶ ସାଙ୍ଗରେ ଖାପ୍ ଖୁଆଇବାରେ ଲାଗିଲା ।

ଦିନେ ଜେଲର ସାହେବ ମୋତେ ପାଖକୁ ଡାକି ଅତି ଆଦରରେ କହିଲେ "ବାପା ! କେମିତି ଲାଗୁଛି ଏ ଜେଲ । ୟା ଠୁ ଆଉ ଭଲ ଜେଲ ବିଲ୍‌କୁଲ ନାହିଁ, କିଛିଦିନ ଖାପଛଡ଼ା ଲାଗିବ, ତା'ପରେ ସବୁକିଛି ସହଜିଆ ଓ ସୁନ୍ଦର ହେଇଯିବ । ବେଶ ମଉଜରେ ରହିବ । ଏତେଦିନ ତମର ଡେଣା ଲାଗିଥିଲା ତ । ଫୁର୍ତ୍ତିରେ ଉଡୁଥିଲ, ତେଣୁ କିଛିଦିନ ଅଡୁଆ ଅଡୁଆ ଲାଗିବ । ଡେଣା ଫଡ୍ ଫଡ୍ କରିବ । କଷ୍ଟ ହେବ । ପଳେଇବା ପାଇଁ ଇଚ୍ଛା ହେବ । ଧୀରେ ଧୀରେ ଅବଶ ହେଇଯିବ ତମର ଡେଣା । ଡେଣା କଥା ଭୁଲି ଯିବ । ହଠାତ୍ ଦିନେ ଦେଖିବ ତୁମର ଡେଣା ଦି'ଟା ଉଭେଇ ଯାଇଛି । ତଥାପି ଚେଷ୍ଟାକର, କାଳେ ଯଦି ଉଡ଼ିଯାଇ ପାରିବ ।

ସେ ଜେଲର ସଂକ୍ଷିପ୍ତ ଇତିହାସ ଓ ଅନେକ୍ କୈଦୀଙ୍କ ଚରିତ୍ର ସମ୍ପର୍କରେ ଗୋଟେ ଦୀର୍ଘ ଭାଷଣ ଦେଇ ସାରିଲା ପରେ ମୋତେ କୈଦୀମାନଙ୍କ ସଙ୍ଗରେ ଚିହ୍ନା କରେଇ ଦେଲେ ଓ ମୋର କାମ ସମ୍ପର୍କରେ କହିଲେ - ଏଇଠି ଖାଲି ଦି ପ୍ରକାରର କାମ ହୁଏ । ଅବଶ୍ୟ ଦିଟାଯାକ ଏକା ପ୍ରକାର । ଗୋଟେ ହେଲା କାଠି ସବୁ ଗଣିବା । କିଛି କାଠି ଅଛି । କିଛି ଆସୁଛି କିଛି ଯାଉଛି । ତମେ ବଡ଼ ସାବଧାନରେ କାଠିସବୁ ଗଣି ଗଣି ନେବ, ଗଣି ଗଣି ଦେବ ଓ ଯାହା ବଳିଲା ସବୁକୁ ବିଡ଼ା ବାନ୍ଧି ରଖିବ । ଅନ୍ୟ କାମଟି ହେଲା କାଠିମାନଙ୍କର ହିସାବ ରଖିବା । ଆମ ପାଖରେ କାଠିମାନଙ୍କର ହିସାବ ରହିଛି । ପ୍ରତିଦିନ କିଛି ଯାଉଛି କିଛି ଆସୁଛି । ତମେ ଦିମାଗ ଖଟେଇ, ଅକଲ ଲଗେଇ ହିସାବ ଯୋଡ଼ିବ ଯିବା, ଆସିବା ଏବଂ ଥିବା ସବୁକୁ ମିଶେଇ ଗୋଳେଇ ହରି, ଗୁଣି, ଘାଣ୍ଟି, ଚଟକି, ଫେଡ଼ି ଆଉ କେତୋଟି କାଠି ରହିଲା ଏବଂ କୋଉଠୁ କେତେ ଆସିଲା ଏବଂ କୋଉଠୁ କେତେ ଗଲା । ୟା ଛଡ଼ା ଅନ୍ୟାନ୍ୟ କାମ ସବୁ ବି ରହିଛି । ସେ ସବୁ ପାଇଁ ତମର ଏବେ ଅକଲ ପାଚିନି । ଏବେ ପାଇଁ ଏତିକି କରୁଥାଅ ।

ସେ ଦିନଠୁ ଆଜିଯାଏ ଚାରିବର୍ଷ ହେଲା ଏଇ ଜେଲରେ ସଢୁଛି, ଏକରୁ ଶହେ ଗଣୁଛି କାଠି ସବୁର ହିସାବ ରଖୁଛି ବିଡ଼ା ବାନ୍ଧୁଛି, ଗଣୁଛି ଏକରୁ ଶହେ ବାରମ୍ବାର, ବାରମ୍ବାର । ଅନେକ ଥର ଖସିଯିବାର ଚେଷ୍ଟା କରି ବିଫଳ ହେଇଛି । ସେ ଦିନଠୁ ଆଜିଯାଏ ମୁଁ ପଡ଼ି ରହିଛି ମୋର ଅନ୍ଧାରୁଆ କଳା କିଟ୍‌ମିଟ୍ ଝରକା ହୀନ କାନ୍ଥର ତଳେ, ଚିତ୍କାର କରିଛି ବିକଳ ହେଇ, କାନ୍ଦିଛି ଯନ୍ତ୍ରଣାରେ, ଜେଲର ଦିଓ୍ୱାଲ ଡେଇଁଛି, ପଡ଼ିଛି, ରକ୍ତାକ୍ତ ହେଇଛି । ସେ ଦିନଠୁ ପଡ଼ି ରହିଛି ଏଇ ଜେଲ୍‌ର, ସଢୁଛି ।

ବେଳେ ବେଳେ କେହି କେମିତି ଆସନ୍ତି ମୋତେ ଦେଖା କରିବା ପାଇଁ କାଠି ସବୁ ଗଣିବାରେ ମୋର ଫୁରସତ ନ ଥାଏ । ଜେଲ ଫାଟକର ରେଲିଂ ଭିତର ଦେଇ ମୁଁ ସେମାନଙ୍କୁ ଅନାଏ ଓ ଦୀର୍ଘଶ୍ୱାସ ଛାଡ଼େ । ବାପା ଡାକନ୍ତି ଆ । ମା ଡାକେ ଆ । ଗାଁ

ଡାକେ ଆ। ମୁଁ ଫାଟକ ଯାଏ ଦୌଡ଼ି ଯାଏଁ ଓ ରେଲିଂରେ ମୁଣ୍ଡ ପିଟେଁ। ଜେଲର ସାହେବ ମୋର ଅଣ୍ଟାର ଦଉଡ଼ିକୁ ଧରି ଟାଣି ନିଅନ୍ତି। ମୁଁ ପୁଣି କାଠି ଗଣେ। କାଠି ସବୁ ଭିତରେ ବେଳେ ବେଳେ ଭାସିଯାଏ ମୋର ପ୍ରେମିକାର ମୁହଁ ! ମୁଁ ଗୁମ ହେଇ ବସିଯାଏଁ କିଛି ସମୟ। କେହି ଜଣେ ମୋର ମୁଣ୍ଡ ଉପରେ ହାତୁଡ଼ିରେ ବାଡ଼ାଏ। ରାତି ସବୁ ମାଡ଼ି ମାଡ଼ି ପଡ଼େ ମୋ ଉପରେ। ମୁଁ ଆକାଶକୁ ଝୁରେ ଜହ୍ନ ରାତିକୁ ମନେ ପକାଏଁ ମୋର ପ୍ରେମିକାର ଲୁହ ଭରା ଆଖିକୁ, ନଈକୁ ଓ ବେଦମ୍ କାନ୍ଦେ। ଢ଼ୋ ଢ଼ୋ ବାଡ଼ାଏ କାନ୍ଥକୁ, ନଖରେ କୋରେଁ ଚଟାଣକୁ। କିଛି ଭାଙ୍ଗେ ନାଇଁ କେବେ କି କଣାଟାଏ ବି ହୁଏ ନାଇଁ ଅନେଇବା ପାଇଁ ଆକାଶକୁ।

ଅନେକ ଦିନ ଧରି ପ୍ରେମିକା ମୋ ପାଖକୁ ଚିଠି ଲେଖୁଥିଲା, ତାର ଆଖିର ଲୁହ ସମ୍ପର୍କରେ, ବେଳେ ବେଳେ ବୁନ୍ଦା ବୁନ୍ଦା ଲୁହ ଓ ମନ୍ଦିରର ଶୁଖିଲା ଫୁଲ ବି ପଠାଉଥିଲା ସେ ଚିଠିରେ।

ପ୍ରଥମେ ପ୍ରଥମେ ମୁଁ ବି ତାକୁ ଲେଖୁଥିଲି ସୁନ୍ଦର ଚିଠି ସବୁ। ପରେ ସେ ଆପତ୍ତି କଲା କୁଆଡ଼େ ମୋର ଚିଠି ସବୁ ସୁଧକଷା ଅବା ଲାଭ କ୍ଷତିର ଅଙ୍କଥିଲା, ଶବ୍ଦ ନଥିଲା, ଗଣିତ ଥିଲା।

ମୁଁ ଜାଣେ ନାଇଁ ବାହାରର ପୃଥିବୀରେ କ'ଣ ସବୁ ଘଟେ। ମୋର ଆଉ ମନେ ନାଇଁ ଜହ୍ନରାତି କେମିତି ଦିଶେ। କାଠି ବିଡ଼ା ସବୁରୁ ବାହାରି ଆସନ୍ତି ମୁହଁସବୁ ବାପା, ମାଆ, ଭାଇ, ବନ୍ଧୁ, ସଖା, ସହୋଦର, - ସ୍ୱରସବୁ ଫୋଡ଼ି ହୁଏ ମୋର ଛାତିରେ, ଘାଣ୍ଟି ଚକଟି ହୁଏ ଜେଲ ସାରା, ଜେଲ ଯିବା ନିହାତି ଦର୍କାର।

ମୁଁ ପାଟି କରେଁ ଜୋର୍‌ରେ କେହି ତ ହେଲେ ହାତ ବଢ଼ାଅ, ମୋତେ ଟାଣି ନିଅ ଏଇ ଜେଲରୁ, ମୁହଁ ସବୁରୁ ନିଗିଡ଼ି ପଡ଼େ ହସ ସବୁ, - ମୁଁ ମୁଣ୍ଡ ପିଟେ ଓ ବେଦମ କାନ୍ଦେ। ଅନ୍ଧାର ଭିତରେ ଗୁରୁଣ୍ଡେ ଦାନ୍ତରେ ଘଷେ ଶିକୁଳୀକୁ, ଢୋ ଢୋ ବାଡ଼ାଏଁ କାନ୍ଥକୁ, ଲାତମାରେଁ, ନଖରେ କୋରେଁ ଚଟାଣକୁ, ଦାନ୍ତ କଟମଟ କରେ, ବେଦମ କାନ୍ଦେ, ଲୁହରେ ଓଦା କରିଦିଏ ଚଟାଣ ଓ ପୁଣି କୋରେଁ, ବାଡ଼ାଏ କାନ୍ଥକୁ, ଲାତ ମାରେଁ, କାନ୍ଥରେ କେବେ ବି ହୁଏ ନାଇଁ କଣାଟିଏ କି ଦେଖାଯାଏ ନାଇଁ ଖୋଲା ପଡ଼ିଆ, ମୁକ୍ତ ଆକାଶ, କି ଜହ୍ନରାତି। ଅନ୍ଧାରରେ ଗୁରୁଣ୍ଡୁ ଥାଏଁ ବଲ୍ ବଲ୍ କରି ଅନେଇ ଥାଏଁ ଅନ୍ଧାରକୁ।

■■

ମିଥ୍ୟା ଅପବାଦ ଯୋଗ

କାହିଁକି କେଜାଣି ମୋତେ ଆଉ କିଛି ଭଲ ଲାଗୁ ନ ଥିଲା। ମୋର ସମସ୍ୟା ସବୁରୁ କେବେ ବି ମୁକୁଳି ପାରୁ ନ ଥିଲି। ସମସ୍ୟା ର ସମାଧାନ ପାଇଁ ବାଟ ଖୋଜୁ ଖୋଜୁ ପୁଣି କୋଉ ଏକ ନୂଆଁ ସମସ୍ୟା ଭିତରେ ଛନ୍ଦି ହେଇଯିବାକୁ ପଡୁଥିଲା। ଯାହା କିଛି ବି କରିବି ଭାବୁଥିଲି କରି ପାରୁ ନ ଥିଲି। କରିବା ପୂର୍ବରୁ ହିଁ ଗୋଟିଏ ବିଫଳ ମନୋଭାବ ମୋତେ ଆହୁରି ଅକର୍ମଣ୍ୟ କରି ଦେଉଥିଲା। ତେଣୁ କୌଣସି କାମ କରିବା ପାଇଁ ମୋର ଆଉ ସ୍ପୃହା ନଥିଲା। ମୋର ସମସ୍ତ ଚେଷ୍ଟା ଓ ଯତ୍ନ ସତ୍ତ୍ୱେ ବି ମୁଁ ଜାଣି ପାରୁଥିଲି ମୁଁ କିଛି ବି ହାସଲ କରି ପାରିବି ନାହିଁ।

ଆଗରୁ ତ ଏମିତି ନଥିଲା। ବିଗତ କେଇବର୍ଷ ହେଲା ଅନେକଥର ଚିନ୍ତା କରିଛି ମୋର ବିଫଳତା ସଂପର୍କରେ। କେବେ ବି ଯାର କାରଣ ଖୋଜି ପାଇନି। ଆଗରୁ ସବୁ କିଛି ହିଁ ସହଜ ଓ ସୁନ୍ଦର ଥିଲା। ଯାହାକିଛି କରିବି ଚାହିଁଲେ ଅନାୟାସରେ କରିଦେଇ ଯାଉଥିଲା। କାହିଁକି ତେବେ ବର୍ଷ ଦିଇଟା ଭିତରେ ସବୁ ଓଲଟ ପାଲଟ ହେଇଗଲା।

ଏମିତି ଅନେକ ବିଫଳତା ପରେ ଅନ୍ଧବିଶ୍ୱାସି ବି ହେବାକୁ ପଡ଼ିଲା। ସ୍ତ୍ରୀ ଙ୍କ ଅନୁରୋଧ କ୍ରମେ ବିଭିନ୍ନ ପୂଜା ଉପଚାର କରିବାକୁ ପଡ଼ିଲା। ସ୍ତ୍ରୀ ନିଜେ ଷୋଳ ସୋମବାର, ସଂକ୍ରାନ୍ତି, ପୂଜା, ଶନିମେଳା, ସନ୍ତୋଷୀ ପୂଜା ଇତ୍ୟାଦି କରିବାକୁ ଲାଗିଲେ।

ମୋତେ ବି ତାଙ୍କର ପୂଜା ବିଧିରେ ମାତି ଅନେକ ସମୟ ଦେବାକୁ ପଡ଼ିଲା। ବିଭିନ୍ନ ତିଥିବାରରେ ଆମିଷ ଭୋଜନ ନିଷିଦ୍ଧ ହେଇଗଲା। ତଥାପି ପରିସ୍ଥିତି ବଦଳି ପାରିଲା ନାହିଁ। ମୁଁ ମୋର ସମସ୍ୟା ସବୁ ମଝିରେ ସେମିତି ଅଳଝି ରହିଲି। ଶେଷରେ ଧର୍ମକର୍ମ ସବୁରି ଉପରେ ଆସ୍ଥା ହରେଇ ଭାଗ୍ୟକୁ ଆଦରି ନେଲି। ଯାହାହେବ ଦେଖାଯିବ ଭଙ୍ଗିରେ ଜୀବନକୁ ଗ୍ରହଣ କରିନେଲି।

ସ୍ତ୍ରୀ କିନ୍ତୁ ନିରାଶ ହେଲେ ନାଇଁ। ବିଭିନ୍ନ ନୂଆଁ ନୂଆଁ ଯୋଜନାରେ ଲାଗିଥାଆନ୍ତି। ମଝି ମଝିରେ ମୋତେ ଉସୁକାଉ ଥାଆନ୍ତି। କହି ହେବନି, ତମେ ତମର କାମରେ ଲାଗିଯାଅ, ଚେଷ୍ଟା କର, ସବୁ କିଛି ଠିକ୍ ହେଇଯିବ। ଆଗ ଭଳି ସମୟଟିଏ ପୁଣି ଫେରିଆସିବ। ମୁଁ ହଁ କହେ ସିନା ତେବେ ମୋ ନିଜ ଉପରେ ସଂପୂର୍ଣ୍ଣ ଆସ୍ଥା ହରେଇ ସାରିଥାଏ।

ଦିନେ ସ୍ତ୍ରୀ ମୋତେ ଗୋଟେ ଆଞ୍ଚଳିକ ଖବର କାଗଜ ଦେଖେଇଲେ ଯାହା ସେ ତାଙ୍କର କୌଣସି ବାନ୍ଧବୀ ଠୁ ମାଗି ଆଣିଥିଲେ। ଖବର କାଗଜରେ ଗୋଟେ ସିଦ୍ଧ ବାବାଙ୍କର ଫଟୋ ସହ ଗୋଟିଏ ବିଜ୍ଞାପନ ଥିଲା। ସିଦ୍ଧବାବା ଜ୍ୟୋତିଷ ଶାସ୍ତ୍ରରେ ନିପୁଣ ଥିବା, ଭବିଷ୍ୟତ ଓ ଅତୀତକୁ ସଠିକ ଭାବେ ବଖାଣି ଦେଇ ପାରୁଥିବା ଓ ଯେ କୌଣସି ସମସ୍ୟା ପାଇଁ ମୁଦ୍ରିକା ଦ୍ଵାରା ପ୍ରତିକାର ର ବ୍ୟବସ୍ଥା କରିଦେଇ ପାରୁ ଥିବାର କଥା ଉଲ୍ଲେଖ ଥିଲା। ସିଦ୍ଧବାବା ମାତ୍ର ଅଳ୍ପଦିନ ପାଇଁ ସହରର ଗୋଟେ ନାମି ହୋଟେଲରେ ଅବସ୍ଥାନ କରିବା କଥା ବଡ଼ ବଡ଼ ଅକ୍ଷରରେ ମୁଦ୍ରିତ ହେଇଥିଲା। ବିଭିନ୍ନ ଦେଶ ସବୁ ବୁଲି ଖ୍ୟାତି ସବୁ ଅର୍ଜନ କରିଥିବା ର ଗୋଟେ ଛୋଟ ବିବରଣୀ ମଧ୍ୟ ସେଇଠି ଛପା ଯାଇଥିଲା। ବାବାଙ୍କ ପାଇଁ ସହରରେ ବେଶ ଭିଡ଼ ଲାଗିଯାଇଥିବା, ବାବା ପ୍ରକୃତରେ ଦିବ୍ୟଦ୍ରଷ୍ଟା ଏବଂ ଅନେକ ଲୋକଙ୍କ ଅତୀତକୁ ସଠିକ ରୂପେ ବଖାଣି ଦେଉଥିବା ତଥା ଅନେକ ସମସ୍ୟା ସବୁର ସୁରଖୁରୁ ସମାଧାନ କରିଦେଉଥିବା କଥା ନାରୀ ମହଲରେ ଚର୍ଚ୍ଚିତ ଏବଂ ପ୍ରସାରିତ ହେଉ ହେଉ ମୋ ସ୍ତ୍ରୀ ଙ୍କ ଯାଏ ଖୁବକମ ସମୟ ମଧ୍ୟରେ ପହଞ୍ଚି ପାରିଥିଲା। ସ୍ତ୍ରୀ ଙ୍କ ମୁଣ୍ଡରେ ବାବାଙ୍କ ଭୂତ ଏଡ଼େ ଜୋର ମାଡ଼ି ବସିଥିଲା ଯେ ତାଙ୍କର ଅନୁରୋଧ କୁ ଏଡ଼େଇ ଯିବା ମୋ ପାଇଁ ସହଜ ନଥିଲା। ତେଣୁ ବାଧ୍ୟ ବଶତଃ ପଚାଶ ଟଙ୍କା ଫିଜ ଦାଖଲ କରି ମୋର ଜାତକ ବିବରଣୀ ସହ ହୋଟେଲ ଐଶ୍ଵର୍ଯ୍ୟ ର ବୟାଳିଶ ନମ୍ବର କୋଠରୀ ସାମନାରେ ଗୋଟିଏ ଧାଡ଼ିରେ ଛିଡ଼ା ହେଇ ମୋର ନମ୍ବର ଆସିବା ଯାଏ ଅପେକ୍ଷା କରିଥିଲି।

ସିଦ୍ଧ ବାବାଙ୍କ ସାମନାରେ ମୁଁ ବସିଥିଲି। ତାଙ୍କ ମୁହଁରୁ ଗୋଟିଏ ଦିବ୍ୟ ଜ୍ୟୋତି ଫୁଟିବା ଭଳି ମନେ ହେଉଥାଏ। ବାବା ମେକ୍ ଅପ୍ ନେଇଥିଲେ ନାଁ ନାଇଁ କେଜାଣି

ତେବେ ତାଙ୍କୁ ଦେଖିଲେ ମନେ ହେଉଥାଏ ସେ ସିଧା ସ୍ୱର୍ଗରୁ ଓହ୍ଲାଇ ଆସି ଏଇମାତ୍ର ଏଇଠି ମୋ ସାମ୍ନାରେ ବସିଛନ୍ତି। ବାବାଙ୍କ ମୁହଁ ଶୁଖୁଆ ବହୁଳ ନ ଥିଲା। ତାଙ୍କର ଫଳରସ ଖିଆ ମୁହଁ ଆହୁରି ଚକ୍ ଚକ୍ କରୁଥିଲା ଯେମିତି ସଦ୍ୟ ତୋଳି ଅଣାଯାଇଥିବା ଗୋଟେ ଏପଲ।

ବାବା ମୋର ଜାତକ ଦେଖି ଗୋଟେ ସାଦା କାଗଜରେ କିଛି ଚିତ୍ର କାଟିଲେ। ତାପରେ ମୋର ହାତର ରେଖା ସବୁ ଦେଖିଲେ, ହିସାବ କଲେ, ମୋତେ ତାଙ୍କ ଆଡ଼କୁ ସିଧା ଅନେଇବା ପାଇଁ କହିଲେ ଓ ମୋର କପାଳ ଆଡ଼କୁ ଏକ ଲୟରେ ଦେଖିଲେ। ଏତେବେଳ ଯାଏ ବାବା ତାଙ୍କ କପାଳରେ ଗୋଟିଏ ଅଦ୍ଭୁତ ଟିକା ମାଖିଥିବା କଥା, ତାଙ୍କର ଆଖି ଦୁଇଟି ନୀଳ ହେଇଥିବା କଥା ମୁଁ ଜାଣି ପାରି ନ ଥିଲି।

ବାବା ମୋତେ ପଚାରିଲେ ଗୋଟେ ନମ୍ବର କହ। ମୁଁ ହଠାତ କିଛି ଭାବି ନ ପାରି କହିଦେଲି ନଅ ଓ ମନେ ମନେ ପ୍ରମାଦ ଗଣିଲି। ନଅଟା ମୋର ଅଶୁଭ ସଂଖ୍ୟା। ମୁଁ ପସ୍ତେଇ ହେଲି ଓ ଯାହାହେବ ହେଉ ଭାବି ବାବାଙ୍କ କାର୍ଯ୍ୟକଳାପ ରେ ମନଦେଲି। ବାବା କାଗଜରେ ଗୋଟେ ସମାନ୍ତରାଳ ରେଖା ଟାଣିଲେ। ତା ଉପରେ କିଛି ଛକି କିଛି ବାଡ଼ି କାଟିଲେ ଓ ହଠାତ ଅଟକି ଯାଇ ମୋର ମୁହଁକୁ ଏମିତି ଅନେଇଲେ ଯେମିତି ମୁଁ କିଛି ଭୂଲ କରିଛି। ମୋର ଛାତି ଧଡ଼ ଧଡ଼ ହେଲା ମୋର ଅତୀତ ସଂପର୍କରେ ବାବା ଟା କିଛି ଜାଣିଗଲା କି। ମୋର ଅତୀତ ସଂପର୍କରେ ବାବା ଟା ଜାଣିବ ଏକଥା ମୋତେ ଭଲ ଲାଗୁ ନ ଥିଲା ଏବଂ ଅତୀତ ସଂପର୍କରେ ସେ କିଛି କହୁ ଏଇୟା ମୁଁ ଆଦୌ ଚାହୁଁ ନ ଥିଲି, ଭବିଷ୍ୟତ ସଂପର୍କରେ ଜାଣିବା ପାଇଁ ବି ମୋର ଆଗ୍ରହ ନ ଥିଲା କାରଣ ସବୁ କଥା ଆଗରୁ ଜାଣିଗଲେ ବଞ୍ଚିବାର ଆଉ କଅଣ ମଜା ଅଛି। ତେବେ କଅଣ ପାଇଁ ମୁଁ ଏତେ ବଡ଼ ସିଦ୍ଧ ବାବା ପାଖରେ ପଚାଶ ଟଙ୍କା ଫିଜ ଦେଇ ଘଣ୍ଟା ଘଣ୍ଟା ଅପେକ୍ଷା ପରେ ଏଇଠି ଏମିତି ହାତ ଯୋଡ଼ି ବସିଥିଲି। ବର୍ତ୍ତମାନ ପାଇଁ ମୋର ଚିନ୍ତା ନ ଥିଲା। କାରଣ ବର୍ତ୍ତମାନ ତ ମୁଁ ବଞ୍ଚୁଛି ଯାହା ମୋତେ ଜଣା। ସେଇଠି ମୁଁ ପ୍ରଥମ ଥର ପାଇଁ ଜୀବନରେ ଅନୁଭବ କଲି ଯେ ମୋର ଭବିଷ୍ୟତ ସବୁ ପ୍ରତି ମୂହୁର୍ତ୍ତରେ ବର୍ତ୍ତମାନ ଓ ବର୍ତ୍ତମାନ ସବୁ ପ୍ରତି ମୂହୁର୍ତ୍ତରେ ଅତୀତ ହେଇ ଯାଉଛି। ଅତୀତ, ବର୍ତ୍ତମାନ ଓ ଭବିଷ୍ୟତ ଗୋଟିଏ ସମାନ୍ତରାଳ ରେଖା ଯାହା ବାବା ତାର କାଗଜରେ ଆଙ୍କିଛି ଓ ସିଧା ସିଧା ବାଡ଼ି ସବୁ ବୋଧେ ଗୋଟେ ଗୋଟେ ମୁହୂର୍ତ୍ତ ବା ଘଣ୍ଟା ବା ଦିନ ବା ମାସ ବା ବର୍ଷ। ଏତିକି ହୃଦବୋଧ ହେଲାପରେ ମୋର ଆଉ ସେଇଠି ବସି ରହିବା ଉଚିତ ନଥିଲା। ତଥାପି ବାବାଙ୍କୁ ଉପେକ୍ଷା କରି ସେଇଠୁ ପଳେଇ ଯିବା ପାଇଁ ମୋର ସାହାସ ନ ଥିଲା। ବାବାଙ୍କୁ ଅବମାନନା କଲେ ହୁଏତ ମୁଁ ଶାପଗ୍ରସ୍ତ ହେଇଯାଇ ପାରେ ଏଇ

ଭୟ, ବାବା କଅଣ କହିଲେ ସେ ସଂପର୍କରେ ମୋର ସ୍ତ୍ରୀ ଙ୍କୁ ଦେବାକୁ ଥିବା ଧାରା ବିବରଣୀ ତଥା ବାବା ପାଇଁ ମୁଁ ଫିଜ୍ ବାବଦକୁ ଦାଖଲ କରିଥିବା ମୋର କଷ୍ଟାର୍ଜିତ ପଚାଶ ଟଙ୍କାର ଉପଯୋଗୀତା ସହ ମୋର ଗୋଟିଏ ମାନସିକ ସନ୍ଧି କରିବାକୁ ପଡ଼ିଥିଲା। ତେବେ ବାବା ମୋ ଆଡ଼କୁ ଯେମିତି ଭାବରେ ଅନେଇଲେ ଓ ମୁଁ ଚମକି ପଡ଼ିଲି ମୋତେ ଲାଗିଲା ବାବା ମୋର ଅତୀତ ସଂପର୍କରେ ଗୁରୁତର କିଛି ଜାଣି ପକେଇଲେ।

ମୁଁ ମନେ ମନେ ଚିନ୍ତା କଲି, ଅତୀତରେ ମୁଁ ଏମିତି କିଛି କରିଥିଲି କି ଯୋଉଥି ପାଇଁ ମୁଁ ଡରିଯିବା କଥା। ଧୀରେ ଧୀରେ ଅତୀତର ଗୋଟେ ଗୋଟେ ଝାପ୍ସା ଚିତ୍ର ମୋ ମନରେ ଆଙ୍କି ହେଇ ଆସୁଥିଲା। ମୋର ଯେତେଦୂର ମନେ ପଡୁଥିଲା ପିଲାଦିନେ କିଛି ବଦମାସୀ କରିଥିଲି ଯେମିତି କାହା ଘରୁ ପିଜୁଳି ଚୋରୀ ତ କୋଉଠି ଆଖୁ ଚୋରି ଯାହା ସମସ୍ତେ କରନ୍ତି। ହାଇସ୍କୁଲ ପଢ଼ିବା ବେଳେ ଗୋଟେ ସାଙ୍ଗର ପ୍ରରୋଚନାରେ ପଡ଼ି ମୋଠୁ ବଡ଼ ଗୋଟେ ଝିଅକୁ କମେଣ୍ଟ କରିଥିଲି। ବ୍ଲାକ୍ ବୋର୍ଡ଼ରେ ହେଡ଼ ମାଷ୍ଟର ଙ୍କ ଦାନ୍ତକୁ ନେଇ ଗୋଟେ ବ୍ୟଙ୍ଗଚିତ୍ର କାଟି ମାଡ଼ ଖାଇଥିଲି, ଘରୁ ଲୁଚି ଥରେ ପାଖ ସହରକୁ ସିନେମା ଦେଖିବା ପାଇଁ ଯାଇ ବିନା ଟିକେଟରେ ସିନେମା ଦେଖିଥିଲି, ଥରେ ହୋଟେଲରେ ଖାଇସାରି ପଇସା ନଦେଇ ପଇସା ଦେଇଛି ବୋଲି କଳି କରିଥିଲି, ମେଳା ସମୟରେ ଚାରିଅଣା ପଇସା ଜୁଆ ଖେଳି ହାରିଯାଇଥିଲି, କଲେଜ ପଢ଼ିବା ବେଳେ ଗୋଟେ ପିଲା ସାଙ୍ଗରେ ଆଗ ସିଟକୁ ନେଇ ଝଗଡ଼ା କରିଥିଲି, ଲୁଚି ଛପି ଦି ଚାରିଟା ଝିଅଙ୍କୁ ମନେ ମନେ ପ୍ରେମ କରିଥିଲି ଏବଂ ସେମାନଙ୍କ ନାଁ ସବୁକୁ ଯୋଡ଼ି ଗୋଟିଏ କବିତା ଲେଖି ପ୍ରାଚୀର ପତ୍ରିକାରେ ଅନ୍ୟ ଜଣକ ନାଁ ରେ ଛପେଇ ଦେଇଥିଲି, ଗୋଟେ ଝିଅ ପାଖକୁ ରାତିରେ ଗୋଟିଏ ପ୍ରେମ ପତ୍ର ଲେଖିଥିଲି ଓ ସାଙ୍ଗମାନଙ୍କୁ ଦେଖେଇ ମୋର ଦାମ୍ଭିକତାର ପରିଚୟ ଦେଇଥିଲି ଯଦିଓ ସକାଳୁ ପତ୍ରଟିକୁ ମେସ ଘରର ଚୁଲୀରେ ପକେଇ ଦେଇଥିଲି, କଲେଜ୍ ଇଲେକ୍ସନ୍ ସମୟରେ ଗୋଟେ ସାଙ୍ଗକୁ ଉସୁକେଇ ଭୋଟରେ ଛିଡ଼ା କରେଇ ମଧ୍ୟ ତାକୁ ଭୋଟ ଦେଇ ନ ଥିଲି। ଥରେ ବାପା ଙ୍କୁ ଖରାପ ବ୍ୟବହାର ଦେଖେଇ ତାଙ୍କର ମନରେ କଷ୍ଟ ଦେଇଥିଲି। ଗୋଟିଏ ବୁଟ୍ ମୋର ନ ହେଲେ ନ ଚଳେ ବୋଲି ମାଆକୁ ଧମକେଇ ଦେଇଥିଲି ଯୋଉଥି ପାଇଁ ମାଆ ଖୁବ୍ ଜୋର୍ କାନ୍ଦିଥିଲେ ଓ ମୁଁ ବ୍ୟଥିତ ହେଇ ଆଉ ବୁଟ୍ କିଣିବି ନାହିଁ ବୋଲି ସ୍ଥିର କରିନେଇଥିବା ସତ୍ତ୍ୱେ ଗଲାବେଳେ ମାଆ ମୋତେ ବୁଟ କିଣିବା ପାଇଁ ପଇସା ଦେଇଥିଲେ, ଗୋଟେ ଦିଟା ବଦମାସ ବିଲେଇଙ୍କୁ ବସ୍ତାରେ ବାନ୍ଧି ଆମ ଗାଁ ଠୁ ଅନେକ ଦୂରରେ ଥିବା ନଈ ଆରପାରିରେ ଛାଡ଼ି ଦେଇ ଆସିଥିଲି, ଲକ୍ଷ୍ୟ କେତେ ଠିକ୍ ସାଙ୍ଗ ମାନଙ୍କୁ ଜଣେଇ ଦେବା ପାଇଁ ଗୋଟେ କୂଅରେ ଥିବା ଡଜନେ

ସରିକି ସାପଙ୍କୁ ମାରି ଦେଇଥିଲି। ନିର୍ଦ୍ଦୟ ଭାବେ କଙ୍କି ମାନଙ୍କ ଡେଣା କାଟି ଦେଇଥିଲି, ପାରାମାନଙ୍କ ବସାରୁ ଥରେ ଦିଟା ଅଣ୍ଡା ସାଙ୍ଗମାନଙ୍କ ସହ ଚୋରେଇ ଆଣିଥିଲି। କ୍ରିକେଟ୍ ଖେଳିଲା ବେଳେ ଜାଣି ଜାଣି ଜଣକର ଦାନ୍ତ ଭାଙ୍ଗିବା ଭଳି ବୋଲିଂ କରି ତାକୁ ଆହତ କରିଥିଲି।

ଚାକିରୀ କାଳରେ ଦି ତିନିଥର ମୋର ଉପରିସ୍ଥ କର୍ମଚାରୀ ମାନଙ୍କ ସହ ଝଗଡ଼ା କରିଛି, ଥରେ ବିନା ଛୁଟୀରେ ରହି ଉପସ୍ଥାନ ଖାତାରେ ଦସ୍ତଖତ କରି ଦେଇଛି। ବାହାହେଲା ପରେ ଥରେ ଦି ଥର ବିନା କାରଣରେ ସ୍ତ୍ରୀ ଙ୍କ ସହିତ ଝଗଡ଼ା କରିଛି। ନାଁ ଆଉ ବିଶେଷ କିଛି ଖରାପ କାମ ତ ମୁଁ ମୋର ଜ୍ଞାତସାରରେ କରିନାହିଁ ଯୋଉଥି ପାଇଁ ବାବା ଏଡ଼େ ଜୋର ଗମ୍ଭୀର ହେଇଯିବା କଥା।

ହଁ ହେଇପାରେ ପଢ଼ିଲାବେଳେ ଗୋଟେ ଝିଅକୁ ମୁଁ ମନେ ମନେ ଭଲ ପାଉଥିଲି। ମୋ ହିସାବରେ ହୁଏତ ମୁଁ ତାକୁ ବାହାହେବା କଥା। ତେବେ ଝିଅଟି ବାହାହେଇ ସାରିବା ବେଳକୁ ମୁଁ ପଢ଼ିସାରି ନ ଥାଏ। ଝିଅଟି ଅବଶ୍ୟ ଜାଣି ସାରିଥିଲା ମୁଁ ତାକୁ ଭଲପାଏଁ ବୋଲି ଏବଂ ପ୍ରତିଦିନ ଆଶା କରୁଥିଲା ମୁଁ ତାକୁ ଏକଥା କହିବି ବା ଚିଠିଟିଏ ଦେବି ଯାହା ମୁଁ କେବେ ବି କରି ପାରି ନ ଥିଲି। ଅନେକ ବର୍ଷ ପରେ ମୁଁ ଚାକିରୀ ପାଇଲା ପରେ ସେ ମୋ ପାଖକୁ ଗୋଟେ ଚିଠି ଲେଖିଥିଲା। ମୁଁ କୁଆଡ଼େ ତାର ହୃଦୟକୁ ଭାଙ୍ଗି ଦେଇଛି। ମୁଁ ତାକୁ ଭଲପାଏଁ ବୋଲି ତାକୁ କୁଆଡ଼େ ମୋର କହିଦେବାର ଉଚିତ ଥିଲା। ତେଣୁ ମୁଁ ଗୋଟାଏ ଧୋକାବାଜ୍। ଏଇଟା ବାବା ଜାଣିଗଲେ ଡରିବାର କଅଣ ଅଛି। ମୁଁ କଅଣ କିଛି ପ୍ରକୃତରେ ଭୂଲ କରିଛିକି। ହେଉ ଯାହାହେବ। ମୋର ଡରିବାର କଅଣ ଅଛି। କହୁ ବାବା କଅଣ ଟା ଜାଣି ପକେଇଲା ମୋର ଅତୀତ ସଂପର୍କରେ।

ବାବା ଧ୍ୟାନ ମୁଦ୍ରାରେ ବସିଥିଲେ। ମୁଁ ମନେ ମନେ ପ୍ରମାଦ ଗଣୁଥିଲି। ମୁଁ ଯାହା ଭାବୁଛି ସେ ସବୁ ବାବା ଜାଣି ଗଲେ ବୋଧେ। ହଁ ମୁଁ କୋଉଠି ବାବାକୁ ଗାଳି ଦେଇଛି ଯେ ଫାଶୀ ଅଛି। ତେବେ ବାବା ଯେ ମୋତେ ଏମିତି ଚମକି କି ଅନେଇଲେ ଓ ପୁଣି ଧ୍ୟାନ ମୁଦ୍ରାରେ ବସିଗଲେ ସେଇଠି ନିଶ୍ଚୟ କିଛି ରହସ୍ୟ ଅଛି ଯାହା ଜାଣିବା ପାଇଁ ମୁଁ ପୁଣି ବ୍ୟାକୁଳ ହେଇ ଉଠିଲି।

ବାବା ଧ୍ୟାନ ମୁଦ୍ରାରୁ ଉଠିଲେ ଓ ଗୁରୁ ଗମ୍ଭୀର ସ୍ୱରରେ କହିଲେ କିଛି ବୁଝି ପାରୁଛ, ତମେ ଗୋଟେ ଖୁବ୍ ଖରାପ ସମୟ ଦେଇ ଗତି କରୁଛ, ଦୀର୍ଘଦିନ ହେଲା ଗୋଟେ ମାନସିକ ଦୁଶ୍ଚିନ୍ତା ତମକୁ ଘାରି ରଖିଛି, ଯୋଉଥି ପାଇଁ ତମର କୌଣସି କାମରେ ମନ ଲାଗୁନାହିଁ, ବାରମ୍ବାର ଚେଷ୍ଟା କରି ବିଫଳ ହେଉଛ, ତମର ଦୋଷ

କିଛି ନାହିଁ, ସବୁ ତମର ସେଇ ରାଶି ନକ୍ଷତ୍ରର ଦୋଷ, ଏଇ କୋଷ୍ଠିରେ ଦେଖ ଏଇ ଘରରେ ଏକା ସାଙ୍ଗରେ ଚାରୋଟି ଗ୍ରହଙ୍କର ଅବସ୍ଥାନ, ଏଇ ସମୟ ଟିକକ ବଡ଼ ବିପତ୍ତିର ସମୟ, ଏହା ମଣିଷକୁ କୁଆଡ଼େ ନାଁ କୁଆଡ଼େ ନେଇଯାଏ, ମଣିଷ ତାର କର୍ତ୍ତବ୍ୟ ବାହାରେ ରହିଯାଏ, ତେବେ ତମର ହୃଦୟ ନିଷ୍କପଟ, ତମେ ଈଶ୍ୱର ବିଶ୍ୱାସୀ ତେଣୁ ଖରାପ ସମୟ ତକ କଷ୍ଟ ଭୋଗି ବି ଠିକ ଭାବେ ପାର ହେଇଯାଇଛ, ଏଇଟା ତମର ମିଥ୍ୟା ଅପବାଦର ଯୋଗ, ରାମ ବନବାସ ଯୋଗ ପଡ଼ିଛି, ତେଣୁ ତମେ ବିନା ଅପରାଧରେ ଅପରାଧି ବୋଲି ଧରାଯାଉଛ, ସବୁ ଥାଇକି ଗୋଟେ ସନ୍ୟାସୀର ଜୀବନ ବଞ୍ଚୁଛ। ଯା ବି ହେଉ ଆଉ ଅଳ୍ପଦିନ ପରେ ଏଇ ଦୁଃସମୟରୁ ତମେ ମୁକ୍ତି ପାଇଯିବ। ତେବେ ଏଇ କିଛି ଦିନ ଖୁବ୍ ସତର୍କ ରେ ରହିବା ପାଇଁ ହେବ।

ମୋତେ ଲାଗିଲା ବାବା ଠିକ୍ କଥାଟା ହିଁ କହୁଛି। ମୁଁ ବାବାଙ୍କ ଗୋଡ଼ ତଳେ ଲମ୍ବ ହେଇ ପଡ଼ିଗଲି। ମୋତେ ରକ୍ଷା କର ବାବା,ବହୁତ କଷ୍ଟ ପାଇଲି, ଏ କଷ୍ଟରୁ ଶୀଘ୍ର ମୁକ୍ତିଦିଅ, କିଛି ପ୍ରତିକାର ର ଉପାୟ ବତେଇ ଦିଅ।

ବାବା କିଛି ପ୍ରତିକାରର ବ୍ୟବସ୍ଥା ବତେଇଲେ ଯୋଉଥି ଭିତରୁ ସବୁଠୁ ସହଜଥିଲା ପ୍ରତି ସୋମବାର ଦିନ ନବଗ୍ରହ ସ୍ତୋତ୍ରରୁ ଚନ୍ଦ୍ର ଙ୍କ ସ୍ତୁତି ଗାନ କରିବା, ଶିବ ମନ୍ଦିରରେ ୧୦୮ ଟି ବେଲପତ୍ରର ମାଳ ଚଢ଼େଇ ଶିବଙ୍କୁ ରିଷ୍ଟ ଖଣ୍ଡନ ପାଇଁ ପ୍ରାର୍ଥନା କରିବା। ନୀଳ ସାର୍ଟ ପିନ୍ଧିବା, ନୀଳ ପଥରର ଗୋଟେ ମୁଦ୍ରିକା ପିନ୍ଧିବା। ନୀଳ ପଥରର ମୁଦ୍ରିକା ବାବାଙ୍କ ପାଖରେ ମହଜୁଦ୍ ନ ଥିଲା ଏବଂ ସେଥିପାଇଁ କାଉଣ୍ଟରରେ ଦୁଇଶହ ଟଙ୍କା ଜମାଦେଇ ଅର୍ଡର୍ ଦେବାକୁ ପଡୁଥିଲା ଯୋଉଥି ପାଇଁ ମୁଁ ପ୍ରସ୍ତୁତ ହେଇ ଆସି ନ ଥିଲି ଓ ବାବାଙ୍କ ଦର୍ଶନ ପରେ ଘରକୁ ଫେରି ଆସି ସ୍ତ୍ରୀ ଙ୍କୁ ସମସ୍ତ କଥା ବଖାଣିଥିଲି।

ପ୍ରତିକାର ର ବ୍ୟବସ୍ଥାରେ ସ୍ତ୍ରୀ ହେଳା କରି ନ ଥିଲେ। ପ୍ରତି ସୋମବାର ଦିନ ୧୦୮ ଟି ବେଲପତ୍ର ମୋତେ ଯୋଗାଡ଼ କରିବାକୁ ପଡୁଥିଲା। ସଂନ୍ଧ୍ୟାରେ ଚନ୍ଦ୍ର ଙ୍କ ସ୍ତୁତି ଗାନ କରୁଥିଲି। ନୀଳ ସାର୍ଟ ପିନ୍ଧୁଥିଲି, ନୀଳ ରୁମାଲ ଧରି ବୁଲୁଥିଲି। ତଥାପି ମୋତେ ଲାଗୁଥିଲା ଯେମିତି ମୋର ଏ ମିଥ୍ୟା ଅପବାଦ ଯୋଗରୁ ମୁକ୍ତି ନାହିଁ।

ହୁଏତ ଏଯାଏ ମୁଁ ଆପଣମାନଙ୍କ କହି ପାରିବା ନାଇଁ। ତିନିବର୍ଷ ତଳେ ବାହା ହେବା ପୂର୍ବରୁ ମୁଁ ଜଣେ ଗାଳ୍ପିକ ଥିଲି। ବାହାହେଲା ପରେ ଆଉ ଗଳ୍ପ ଲେଖି ପାରିଲି ନାଇଁ। ମୋର ସ୍ତ୍ରୀ ଙ୍କ ଇଚ୍ଛା ଥିଲା ମୁଁ ଗଳ୍ପ ଲେଖି ଖୁବ୍ ଜଣେ ବଡ଼ ଗାଳ୍ପିକ ହୁଏଁ। ମୋତେ ପ୍ରତିଷ୍ଠା ମିଳୁ, ରାଜ୍ୟ ସ୍ତରୀୟ ସମ୍ମାନ ମିଳୁ। ଅଥଚ ମୁଁ ଗଳ୍ପ ଲେଖି ପାରୁ ନ ଥାଏ। ସମ୍ଭବତଃ ଗଳ୍ପଟିଏ ଲେଖିବା ଭଳି, ଚିନ୍ତା କରି ପାରିବା ଭଳି ସମୟ ମୋ

ପାଖରେ ନ ଥାଏ। ସକାଳୁ ଉଠିବା କ୍ଷଣି ହିଁ ସଂସାରର ଜନ୍‌ଜାଳରେ ଏତେ ଜୋର ବୁଡ଼ିଯାଏ ଯେ ମୋ ନିଜ ସଂପର୍କରେ ନିଜେ ଚିନ୍ତା କରିବା ପାଇଁ ସମୟ ନ ଥାଏ। ସ୍ତ୍ରୀ ମୋତେ ସବୁବେଳେ ତାଗିଦ କରନ୍ତି ଦେଖ ତମର ସାଙ୍ଗମାନେ ଗଳ୍ପଲେଖି କେତେ ଉପରକୁ ଗଲେଣି। ତମେ କଅଣ କରୁଛ। ମୁଁ ମନେ ମନେ ଗଳ୍ପଟିଏ ଚିନ୍ତା କରେ ତ ପୁଣି କିଛି ନିତି ଦିନିଆ ଘଟଣା ମୋତେ ବ୍ୟସ୍ତ କରିଦିଏ। କେତେ ବେଳେ ଟେବୁଲ ପାଖକୁ ଆସେ ତ ସାଦା କାଗଜରେ ଲେଖା ଯାଉଥିବା ଲିଷ୍ଟ ମୋତେ ଘରେ ନ ଥବା ସଉଦା କଥା ମନେ ପକେଇଦିଏ। ମୁଁ ପୁନର୍ବାର ସଂସାର ଭିତରକୁ ପଶିଯାଏ, ମୁକୁଳି ପାରେନାଁ ଗଳ୍ପ ପାଇଁ, ତେଣୁ ହୁଏ ତ ସ୍ତ୍ରୀ ମୋତେ ସନ୍ଦେହ କଲେ ଏବଂ କହିଥିଲେ ତମେ କେବେବି ଗାଳ୍ପିକ ନ ଥିଲ, ହୁଏତ ମିଛ ପ୍ରତିଷ୍ଠା ପାଇଁ କାହାଠୁ ଚୋରେଇ ନିଜ ନାଁ ରେ ସେସବୁ ଗଳ୍ପ ଛପେଇ ଦେଉଥିଲ। ସେଦିନ ସ୍ତ୍ରୀ ଙ୍କ ସେଇ ମିଥ୍ୟା ଅପବାଦ ମୋତେ ଭୀଷଣ କଷ୍ଟ ଦେଇଥିଲା। ସେଦିନଠୁ ଗୋଟେ ଗଳ୍ପ ଲେଖିବା ପାଇଁ ବାହାରିଛି, ଗୋଟେ ଗଳ୍ପର ବିଷୟ ବସ୍ତୁ ଖୋଜିଛି, ଗଳ୍ପଟିଏ ପାଇଁ ସମୟ ଖୋଜୁଛି, ଅଥଚ ସଂସାରର ଏତେ ଦୈନନ୍ଦିନ ରୋଟିନ ଜୀବନ, ଧରାବନ୍ଧା ନିୟମ, ସାଂସାରିକ ବ୍ୟସ୍ତତା, ବଞ୍ଚିଯିବା ପାଇଁ ସଂଗ୍ରାମ ଭିତରେ ଭଲ ଗଳ୍ପଟିଏ ଲେଖାଯାଇ ପାରିବା କଅଣ ଏତେ ସହଜ।

ଅଥଚ ଭଲ ଗଳ୍ପଟିଏ ଲେଖି ନ ପାରିବା ଯାଏ ମୋର ଏ ମିଥ୍ୟା ଅପବାଦ ଯୋଗରୁ ମୁକ୍ତି କାହିଁ।

ପ୍ରବାସୀ ଚଢ଼େଇ

କେ. ପ୍ରଭାକର ରାଓ। ବ୍ୟାଙ୍କ ର ରିଟାଏର୍ଡ ଚିଫ୍ ମେନେଜର। ରିଟାଏର୍ଡ କଲା ପରେ ବି ଦିନେ ଘରେ ବସି ନାହାଁନ୍ତି। ତାଙ୍କ ବହୁମୂଲ୍ୟ ଅଭିଜ୍ଞତା ପାଇଁ ତାଙ୍କୁ ଆ.ସି.ଆଇ.ସି.ଆଇ ର ଇନସୁରେନ୍ସ କମ୍ପାନୀରେ ଗୋଟେ ଟପ୍ ଫାଇନାନ୍ସିଏଲ୍ ଏଡ୍‌ଭାଇଜର୍ ହିସାବରେ ମୁମ୍ୱେଇରେ ଚାକିରୀ ମିଳିଗଲା। ତେଣୁ ଅବସର ଜନିତ ବିଷାଦ କଣ ସେ ଜାଣି ପାରି ନ ଥିଲେ ଏବଂ ଅବସର ସମୟକୁ ସେ ସଠିକ ବିନିଯୋଗ କରୁଥଲେ। ପଇସା ପତ୍ର ତାଙ୍କର ଅଭାବ ନ ଥିଲା। ବ୍ୟାଙ୍କ ରୁ ମିଳୁଥିବା ପେନ୍‌ସନ୍ ଓ ତାଙ୍କର ସଞ୍ଚିତ ଅର୍ଥର ସୁଧ ତାଙ୍କ ଦୈନନ୍ଦିନ ଚଳଣି ପାଇଁ ଯଥେଷ୍ଟ ଥିଲା। ତେଣୁ ସେ ଟଙ୍କା ଲୋଭରେ ନୁହେଁ ବରଂ ନିଜର ସମୟର ସଦୁପଯୋଗ କରିବା ପାଇଁ ଚାକିରୀରେ ପୁଣି ଥରେ ଯୋଗ ଦେଇଥିଲେ।

ଡ୍ରଇଂ ରୁମ୍‌ରେ ବସି ଇଂରାଜୀ ଖବର କାଗଜ ଉପରେ ଆଖି ବୁଲେଇ ସେ ସକାଳର ଚା କପ୍ କୁ ଅପେକ୍ଷା କରୁଥିଲେ। ହଠାତ୍ ମୋବାଇଲ୍ ର ବିପ୍ ଧ୍ୱନୀ ଶୁଣି ସେ ମୋବାଇଲ୍ ଆଡ଼କୁ ହାତ ବଢ଼େଇଲେ। ମୋବାଇଲ୍ ଖୋଲି ଦେଖିଲେ ଫେସ୍‌ବୁକ୍ ରେ ଗୋଟେ ମେମୋରି ର ମେସେଜ୍ ଆସିଛି। ପ୍ରଭାକର ବାବୁ ସେ ମେମୋରି ଖୋଲି ପଢ଼ିବାକୁ ଲାଗିଲେ। ତାଙ୍କ ଆଖିରେ ଲୁହ ଆସିଗଲା। ସେଇ ମେମୋରୀ ହିଁ ତାଙ୍କୁ ଅନ୍ୟମନସ୍କ କରିବା ପାଇଁ ଯଥେଷ୍ଟେ ଥିଲା।

ଫେସ୍‌ବୁକ୍‌ରେ ସେ ଗତବର୍ଷ ହେଇଥିବା ପୋଷ୍ଟର ମେମୋରୀ ଆସିଛି। ପ୍ରଭାକର ବାବୁ ନିଜ ପୋଷ୍ଟଟାକୁ ଆମୂଳ ଚୂଳ ଆଉଥରେ ପାଠ କଲେ। ପୋଷ୍ଟରେ ତାଙ୍କ ଏକମାତ୍ର ପୁଅ କେ. ନୀଳାଦ୍ରୀ ରାଓ ର ଫଟୋ। କେତେ ସୁନ୍ଦର ଦିଶୁଛି ଫଟୋରେ ନୀଲୁ। ସ୍ନେହରେ ନୀଳାଦ୍ରୀ କୁ ସମସ୍ତେ ନୀଲୁ ଡାକନ୍ତି। ଏ ଫଟୋଟା ତା ବି ଟେକ୍ ଫାଇନାଲ୍ ଇୟର ର। ଗୋଟେ ନୀଳ ଆକାଶିଆ ରଙ୍ଗର ସାର୍ଟ। ନାଲୀ ରଙ୍ଗର ଟାଏ, କେତେ ହେଣ୍ଡସମ୍ ଚେହେରା। ଫଟୋ ତଳେ ପ୍ରଭାକର ବାବୁ ଲେଖିଛନ୍ତି "ତତେ ଆମେ ସବୁ ମିସ୍ କରୁଛୁ ନୀଲୁ। ଏ ଯାଏ ତୋ ମୃତ୍ୟୁ ର ରହସ୍ୟ ଉନ୍ମୋଚିତ ହେଇ ପାରିଲାନି। ଆଜି ତୋ ମୃତ୍ୟୁର ପଞ୍ଚ ବାର୍ଷିକୀ। ମୋ ଦ୍ୱାରା ଯାହା ବି ହେଇ ପାରିଲା କରିଲି। କିନ୍ତୁ କିଛି ଫଳ ହେଲାନି। ମୁଁ ଜାଣେ ତୋ ମୃତ୍ୟୁର ପର୍ଦ୍ଦାଫାଶ ନ ହେବା ଯାଏ ତୋ ଆତ୍ମାକୁ ଶାନ୍ତି ମିଳିବନି। କିନ୍ତୁ ଏମିତି ଏକ ନିର୍ଦ୍ଦୟ ଦୁନିଆଁରେ ମୋ ଭଳି ନୀରିହ ଦୁଃଖୀ ବାପର ଆଖିର ଲୁହ କଥା କିଏ ବୁଝିବ। ତଥାପି ମୁଁ ଆଶା ଛାଡ଼ିନି। ପ୍ରତ୍ୟହ ମୁଁ ଲାଗିଛି। ଆଜି ନ ହେଲେ କାଲି ତୋ ମୃତ୍ୟୁର ରହସ୍ୟ ଉନ୍ମୋଚିତ ହେବ। ଅପରାଧୀ ଧରା ପଡ଼ିବେ। କେବଳ ସେଇ ଆଶାରେ ମୁଁ ବଞ୍ଚିଛି।"

ପ୍ରଭାକର ପୋଷ୍ଟଟିକୁ ଫେସବୁକ୍‌ରେ ସେୟାର୍ କରିଦେଲେ ଓ ଡ୍ରଇଂ ରୁମ୍ ରେ ଲାଗିଥିବା ନୀଳାଦ୍ରୀର ଫଟୋ କୁ ଅନେଇଲେ। ଆବିର୍ଭାବ ୩୦.୦୯.୧୯୮୭ ତିରୋଧାନ ୧୯.୦୪.୨୦୧୨ ବଷ୍ଟନ, ଆମେରିକା ମାତ୍ର ପଚିଶ ବର୍ଷର ଆୟୁଷ। ଛୋଟ ଦିନରୁ ବଡ଼ ହେବା ଯାଏ ଗୋଟେ ଗୋଟେ କଥା ପ୍ରଭାକର ବାବୁଙ୍କ ଆଖି ଆଗରେ ନାଚି ଉଠୁଥାଏ। ଆଖିରୁ ଲୁହ ଗଡ଼ି ଆସୁଥାଏ। ଅନ୍ୟମନସ୍କ ଭାବେ ମୋବାଇଲରେ ଫେସ୍‌ବୁକ୍ ରୁ ତାଙ୍କ ଟାଇମ ଲାଇନ କୁ ସେ ସ୍କ୍ରୋଲିଂ କରି ଚାଲିଥାନ୍ତି। ତାଙ୍କୁ କିନ୍ତୁ କିଛି ଦିଶୁ ନ ଥାଏ। ନୀଳାଦ୍ରୀର ମୁହଁ ଝଲସି ଉଠୁଥାଏ।

୨୦୧୦ ମସିହାରେ ନୀଳାଦ୍ରୀ କର୍ଣ୍ଣାଟକର ଏନ୍‌ଆଇଆଇଟିକେ ରୁ ବିଟେକ୍ ଡିଗ୍ରୀ ହାସଲ କଲା। ତା ପୁଣି କୃତିତ୍ୱର ସହ। ଅନ୍ୟ ଯେ କୌଣସି ବଡ଼ କଲେଜରେ ସେ ଏମ୍.ବି.ଏ କରି ପାରିଥାନ୍ତା। ତାର କିନ୍ତୁ ଉଚ୍ଚମନ। କହିଲା ଇଣ୍ଡିଆ ବାହାରେ ସେ ଏମ୍‌ବିଏ କରିବ। ତା ମାଆ ମନା କରୁଥିଲେ। ନିଜର ଗୋଟେ ବୋଲି ପୁଅକୁ ବିଦେଶ ଛାଡ଼ି ଦେବାକୁ ତାଙ୍କର ଆଦୌ ଇଚ୍ଛା ନ ଥିଲା। କିନ୍ତୁ ପୁଅର ଆଗ୍ରହ ଦେଖି ମନା କରିପାରୁ ନ ଥିଲେ। ପ୍ରଭାକର ବାବୁ କିନ୍ତୁ ଖୁସୀ ଥିଲେ। ସେ ଚାହୁଁଥିଲେ ତାଙ୍କ ପୁଅ ବିଦେଶ ଯାଇ ପାଠ ପଢୁ। ନାଁ କମଉ। ତେଣୁ ସ୍ତ୍ରୀ କେ ଶୁଭଲକ୍ଷ୍ମୀ ଯେତେବେଳେ ପୁଅ ବିଦେଶରେ ପାଠ ପଢ଼ିବାକୁ ମନା କରୁଥିଲେ ପ୍ରଭାକର ତାଙ୍କୁ ବହୁତ ଗାଳି ଦେଇଥିଲେ। କହିଥିଲେ କେମିତି ମାଁ ହେଇଛ। ପୁଅ ବିଦେଶ ଯିବ ଉଚ୍ଚ ଶିକ୍ଷା କରିବ ତମେ ଏତିକି

ଟିକେ ତ୍ୟାଗ କରିପାରିବନି। ତୁମର ଗେଲ ଟିକକ ପାଇଁ ପୁଅ ଉଚ୍ଚ ଶିକ୍ଷାରୁ ବଞ୍ଚିତ ହେବ। ଇଚ୍ଛା ନ ଥାଇ ବି ସେଦିନ ବାପ ପୁଅଙ୍କ ଅଦ୍ଭୁତ ଜିଦ୍ ଆଗରେ ମୁଣ୍ଡ ନୁଆଁଇଥିଲେ ଶୁଭଲକ୍ଷ୍ମୀ। ଦି ବର୍ଷ ତ। ଯେମିତି ହେଲେ କଟେଇ ଦେବି। ତଥାପି ସେ ଡରୁଥିଲେ କାଳେ ଯଦି ପୁଅ ବିଦେଶରୁ ନ ଫେରେ। ଏମିତି ସେ ଅନେକ କାହାଣୀ ଶୁଣିଛନ୍ତି ଭାରତୀୟ ମାନଙ୍କୁ ବିଦେଶୀନୀ ମହିଳାମାନେ ପ୍ରେମ ଜାଲରେ ଫସେଇ ଦିଅନ୍ତି, ବାହା ହେଇ ଯାଆନ୍ତି ଆଉ ଭାରତରକୁ ଫେରିବାକୁ ଦିଅନ୍ତିନି। ଯେତେ ହେଲେ ମାଆ ମନ ତ। ପ୍ରଭାକର ରାଗିଯାଆନ୍ତି। ଯେତେସବୁ ବାଜେ ଚିନ୍ତା। ତମ ନିଜ ପୁଅ ଉପରେ ତମର ଭରସା ନାହିଁ। ମୋର କିନ୍ତୁ ସଂପୂର୍ଣ୍ଣ ଭରସା ଅଛି ସେ ସେମିତି କରିବନି।

ନୀଳାଦ୍ରିର ଗୋଡ଼ ସେଦିନ ତଳେ ଲାଗୁ ନ ଥିଲା। ବଷ୍ଟନ୍ ୟୁନିଭାର୍ସିଟି ରେ ଏମ୍‌ବିଏ ପଢ଼ିବା ପାଇଁ ସେ ସିଲେକ୍ଟ ହେଇ ଯାଇଛି ଏବଂ ସେମିତି କୃତିତ୍ୱ ଅର୍ଜନ କରିବା ପାଇଁ ସେ ହେଇଛି ଏକମାତ୍ର ଭାରତୀୟ। ସାରା ବିଶ୍ୱରେ ପରୀକ୍ଷା ଦେଇଥିବା ହଜାରେ ଜଣ ଛାତ୍ର ଭିତରୁ ମାତ୍ର ପଚାଶ ଜଣ ମନୋନୀତ ହେଇଥିଲେ ଫାଇନାନ୍‌ସିଏଲ୍ ମେଥ୍‌ମେଟିକ୍‌ସ୍ ରେ ଏମ୍‌ବିଏ କରିବା ପାଇଁ। ସେ ଭିତରେ ନୀଳାଦ୍ରୀ ଜଣେ। ସେଦିନ ଖୁସୀରେ ପ୍ରଭାକର ବାବୁ ପୁରା ପରିବାର ସହ ପାର୍ଟି ମନେଇଥିଲେ ହୋଟେଲ ସ୍ୱସ୍ତି ପ୍ରେମିୟମରେ। ଆଉ ଅଳ୍ପଦିନ ଥିଲା ତା ଭିତରେ ଭିସା ପାସପୋର୍ଟ ସବୁ ରେଡ଼ି କରିବାକୁ ହେବ। ନୀଳାଦ୍ରୀ ନିଜେ ସବୁ ଯୋଗାଡ଼ କରିବାରେ ଲାଗି ପଡ଼ିଲା। ସେ ଜାଣେ ତା ବାପା ପାଖରେଏ ସବୁ କାମ ପାଇଁ ମୋଟେ ସମୟ ନାହିଁ। ନୀଳାଦ୍ରୀ ଖୁବ୍ ସିନ୍‌ସିୟର୍ ସବୁ କାମରେ। ତା କର୍ତ୍ତବ୍ୟରେ ସେ କେବେ ବି ହେଳା କରେନି। ପାଠରେ ଯେମିତି ଅନ୍ୟ କାମରେ ବି ସେମିତି। ଘର କାମରେ ବୋଉକୁ ବି ବେଳେ ବେଳେ ସାହାଯ୍ୟ କରେ। ଯେମିତି ପରିବା କାଟିବା ଘର ସଜା ସଜି କରିବା। ବାପାଙ୍କ ପାଇଁ ବେଳେ ବେଳେ ଚ଼ କରିଦେବା। ଘରର ବଜାର ସଉଦା କରିବା। ନୀଳଦ୍ରୀ ଘରେ ଥିଲେ ଶୁଭଲକ୍ଷ୍ମୀ କିଛି ଜାଣି ପାରନ୍ତିନି। ସେ ଚାହାନ୍ତି, ପୁଅ ସବୁଦିନ ତାଙ୍କ ପାଖରେ ରହୁ। ଛୋଟ ଚାକିରୀ ଟେ ବରଂ କରୁ କିନ୍ତୁ ଭୁବନେଶ୍ୱରରେ ରହୁ। କିନ୍ତୁ ସବୁ ସ୍ୱପ୍ନ କଣ ସତ ହୁଏ। ନୀଳାଦ୍ରୀ ଘରଛାଡ଼ି ବିଦେଶ ଚାଲିଯିବ ବୋଲି ଭାବି ଦେଲେ ତାଙ୍କ ଛାତି ଭିତରଟା କଣ ହେଇଯାଏ। ପ୍ରତିଦିନ ସେ ନୀଳାଦ୍ରୀକୁ ତା ମନ ପସନ୍ଦର ଖାନା ବନେଇ ବି ଦିଅନ୍ତି। ବିଚାରା ଆଉ ଖୋଜିଲେ ବି କୋଉଠି ପାଇବ ଏ ସବୁ ଘରର ଖାନା।

ନୀଳାଦ୍ରୀର ଫ୍ଲାଇଟ ଟିକେଟ ହେଇଯାଇଥିଲା। ନୀଳାଦ୍ରୀ ତାର ଆବଶ୍ୟକୀୟ ଜିନିଷ ପତ୍ରକୁ ପେକିଂ କରିସାରିଥିଲା। ମଇ ପନ୍ଦର ରେ ତାର ଫ୍ଲାଇଟ। ସୁଦୂର

ଆମେରିକାର ବଷ୍ଟନ ସିଟିକୁ ଚାଲିଯିବ ନୀଳାଦ୍ରୀ। ଏ ୟାରପୋର୍ଟରୁ ଫେରି ସେଦିନ ବହୁତ କାନ୍ଦିଥିଲେ ଶୁଭଲକ୍ଷ୍ମୀ। ସୁଧାକର ତାଙ୍କୁ ପ୍ରବୋଧନା ଦେବାକୁ ଯାଇ ନିଜେ ବି ବହୁତ କାନ୍ଦିଥିଲେ। ଦୁରଯାଗା। କଲିକତା ନୁହେଁ ଯେ ଡାକିଦେଲେ ଆସିଯିବ। ବର୍ଷକ ଥରେ ବି ଆସିବ କି ନା ସନ୍ଦେହ। ନୀଳାଦ୍ରୀ ଗଲାପରେ ସୁଧାକର ଓ ଶୁଭଲକ୍ଷ୍ମୀ ଘରେ ଏକା। ଛୁଆପିଲା ନ ଥିଲେ ଘର ଗୋଡ଼େଇ ଆଣେ। ଖାଇବା ପିଇବାକୁ ବି ଆଦୌ ଇଚ୍ଛା ହୁଏନି। ନୀଳାଦ୍ରୀର ଫଟୋ ଦେଖି ଶୁଭଲକ୍ଷ୍ମୀ ସବୁବେଳେ କାନ୍ଦନ୍ତି। ପ୍ରଭାକର ଗାଳି ଦିଅନ୍ତି ତାଙ୍କୁ। ସେ କଅଣ ଛୋଟ ଛୁଆ ହେଇଛି ଯେ କୋଉଠି ହଜିଯିବ। ମୋ ନୀଲୁ ବହୁତ ସ୍ମାର୍ଟ୍। ସେ ଯେ କୌଣସି ଜାଗାରେ ନିଜକୁ ଏଡ଼ଜଷ୍ଟ କରିଦେବ। ଦେଖିବ ସେ ଦିନେ ନିଜକୁ ବହୁତ ଜୋର ପ୍ରତିଷ୍ଠିତ କରିବ। ତା ପାଇଁ ତମେ ନିଶ୍ଚୟ ଗର୍ବ କରିବ।

ସତକୁ ସତ ନୀଳାଦ୍ରୀ ଖୁବ ଭଲ ପଢୁଥିଲା। ତା ପ୍ରଫେସର ମାନେ ସବୁ ତାକୁ ବହୁତ ଭଲ ପାଉଥିଲେ। ପ୍ରଥମ ସେମିଷ୍ଟାର୍ ରେ ସେ ଫାଷ୍ଟ ହେଇଥିଲା। କଲେଜ ର ସବୁ ଏକ୍ଟିଭିଟିରେ ସେ ପାର୍ଟିସିପେଟ କରୁଥିଲା ଓ କଲେଜ ପାଇଁ ଗୌରବ ଆଣୁଥିଲା। ସଙ୍ଗ୍ ରେ ହେଉ ବା ଡ଼ିବେଟରେ, ପେପର ପ୍ରେଜେଣ୍ଟେସନରେ ଏପରିକି ଫୁଟବଲ ଖେଳରେ ସେ ପ୍ରାଇଜ ଧରି ଆଣୁଥିଲା ଏମିତି ଏକ ଅଲରାଉଣ୍ଡର୍ କୁ କିଏ ବା କାହିଁକି ଭଲ ନ ପାଇବ। ହେଲେ ତାର ଏଇ ପରଫର୍ମେନ୍ସ୍ ପାଇଁ ଧୀରେ ଧୀରେ କେମ୍ପସ୍‌ରେ ତାର ଶତ୍ରୁ ବି ବଢୁଥିଲେ। ବହୁତ ଷ୍ଟୁଡେଣ୍ଟ୍ ତା ପ୍ରତି ଈର୍ଷାଳୁ ଥିଲେ। ଗୋଟିଏ ବର୍ଷ କେମିତି କଟି ଗଲା ନୀଳାଦ୍ରୀ ଜାଣି ପାରିଲା ନାଇଁ। ବର୍ଷକ ପରେ ଥରେ ସେ ଆସିଥିଲା ଘରକୁ ଡିସେମ୍ବର ୨୦୧୧ ରେ ତାର ଫାଇନାଲ ଏକ୍‌ଜାମ୍ ପରେ ମାତ୍ର ପନ୍ଦର ଦିନ ପାଇଁ। ଗଲା ପରେ ରିଜଲଟ ବାହାରିଥିଲା ଓ ସେ କ୍ଲାସରେ ଟପର ହେଇଥିବା କଥା ଫୋନ୍ କରି ଜଣେଇଥିଲା। ସେଦିନ ଶୁଭଲକ୍ଷ୍ମୀ ଲିଙ୍ଗରାଜ ମନ୍ଦିରରେ ଯାଇ ଭୋଗ ଲଗେଇଥିଲେ।

୨୩.୦୨.୨୦୧୨ ତାରିଖ ଦିନ ହେବାକୁ ଥିବା ଇଣ୍ଟର୍ ନେସ୍‌ନାଲ୍ ଟ୍ରେଡ୍ କମ୍ପିଟିସନ୍ ପାଇଁ ନୀଳାଦ୍ରୀ ସିଲେକ୍ଟ ହେଇଥିଲା ଯାହା କାନାଡ଼ାର ଟରଣ୍ଟୋ ସିଟିରେ ହେବାକୁ ଥିଲା। ଏଇଥି ପାଇଁ ତାଙ୍କ ୟୁନିଭାର୍‌ସିଟିରୁ ମାତ୍ର ଛ ଜଣ ସିଲେକଟ ହୋଇଥିଲେ। ଚାରିଜଣ ଚାଇନାରୁ ଜଣେ ୟୁଏଇ ରୁ ଆଉ ଜଣେ ନୀଳାଦ୍ରୀ। ସେଥିରେ ବି ନୀଳାଦ୍ରୀ ଫାଷ୍ଟ୍ ହେଇ ଟ୍ରଫି ଧରି ଆସିଥିଲା। ସେଇଦିନ ପ୍ରକୃତରେ ନୀଳାଦ୍ରୀ ସଂପୂର୍ଣ୍ଣ ୟୁନିଭାର୍‌ସିଟି ପାଇଁ ଗୋଟେ ସେଲିବ୍ରିଟି ହେଇଗଲା ଯେତେବେଳେ ତାକୁ ତିନି ହଜାର ଛାତ୍ରଙ୍କ ସାମନାରେ ଫେଲିସିଟେଟ୍ କରା ହେଲା। ଏଇ ଏଚିଭ୍‌ମେଣ୍ଟ

ପରେ ନୀଳାଦ୍ରୀ ର ଇର୍ଷାଳୁ ଗୋଷ୍ଠି ଆହୁରି ସକ୍ରିୟ ହେଇଯାଇଥିଲେ। ଛାତ୍ରମାନଙ୍କ ଭିତରେ ବି ଏମିତି ଥାଏ ଏଇଟା ନୀଳାଦ୍ରୀ କେବେ ବି ଭାବି ନ ଥିଲା। ସେ ଚାଲିଗଲା ବେଳେ ତା ସହ ବହୁତ ଲୋକ ହାତ ମିଳାଉଥିଲେ। ଅଭିନନ୍ଦନ ଜଣାଉଥିଲେ। ତାର ବହୁତ କ୍ଲାସମେଟ୍ ଏଇଟାକୁ ସହ୍ୟ କରି ପାରୁ ନ ଥିଲେ। ବିଶେଷତଃ ଯୋଉମାନେ ତା ସଙ୍ଗେ ଯାଇଥିଲେ ତାଙ୍କ ମୁହଁ ଅନେଇ ହେଉ ନ ଥିଲା। ଅସଫଳତା ପାଇଁ ସେମାନେ ଯେତିକି ଓରିଡ୍ ନ ଥିଲେ ନୀଳାଦ୍ରୀ ର ସଫଳତା ତାଙ୍କୁ ସେତେ ବେଶି ଘାରୁଥିଲା। ସେମାନେ ଏଇ ସଫଳତାକୁ ଆଦୌ ସହ୍ୟ କରିପାରୁ ନ ଥିଲେ। ବହୁତ ଛାତ୍ର ତାକୁ ଅଭିନନ୍ଦନ ବାର୍ତ୍ତା ଦେଉଥିଲାବେଳେ ଗୋଟେ ନିର୍ଦ୍ଦିଷ୍ଟ ଗୋଷ୍ଠି ତାକୁ ଚିଡ଼ଉଥିଲେ। ନୀଳାଦ୍ରୀ କିନ୍ତୁ ସେ ସବୁ କୁ ଖାତିର କରୁ ନ ଥିଲା ଏବଂ ନିଜ କାମରେ ଲାଗିଥିଲା। ସେ ଗାନ୍ଧୀ ଦେଶର ଥିଲା ଏବଂ ସହିଷ୍ଣୁତା କଣ ଶିଖି ଥିଲା। ତା ଭିତରେ ଅନେକ ଗୁଣ ଥିଲା ଯାହା ଅନ୍ୟ ବିଦେଶୀ ଛାତ୍ରମାନଙ୍କ ପାଖରେ ନ ଥିଲା।

୫ ଏପ୍ରିଲ ୨୦୧୨ ଦିନ ନୀଳାଦ୍ରୀ ଟାଉନ୍ ରୁ ସପିଙ୍ଗ୍ କରି ଫେରୁଥିଲା। ୟୁନିଭାର୍ସିଟି କେମ୍ପସ୍ ଆଉ ଅଳ୍ପ ବାଟ ଥାଏ। ନୀଳାଦ୍ରୀ ବସ୍ ରୁ ଓହ୍ଲେଇ ଚାଲି ଚାଲି କେମ୍ପସ୍ କୁ ଆସୁଥାଏ। ହଠାତ୍ ପଛପଟୁ ବାଇକ୍ ରେ କିଛି ଲୋକ ଆସିଲେ ଏବଂ ନୀଳାଦ୍ରୀ କୁ ବାଡ଼େଇବାରେ ଲାଗିଲେ। ସମସ୍ତେ କଳା ମୁଖା ପିନ୍ଧିଥିଲେ। ନୀଳାଦ୍ରୀ ରାସ୍ତାରେ ରକ୍ତାକ୍ତ ଅବସ୍ଥାରେ ପଡ଼ିଥିଲା। ସେ କିଛି ବୁଝିବା ପୂର୍ବରୁ ସେମାନେ ଚାଲି ଯାଇଥିଲେ। ପରେ ଅନ୍ୟ କିଛି ଛାତ୍ରଙ୍କ ସହାୟତାରେ ନୀଳାଦ୍ରୀ ହଷ୍ଟେଲ୍ କୁ ଫେରିଲା। କେମ୍ପସ୍ ହସ୍ପିଟାଲ୍ ରୁ ଔଷଧ ଖାଇଲା। ୱାର୍ଡେନ ଙ୍କ ଜରିଆରେ ହଷ୍ଟେଲ୍ ସୁପରିଟେଣ୍ଡେଣ୍ଟ୍ ପାଖରେ ଅଭିଯୋଗ କଲା। ସୁପରିଟେଣ୍ଡେଣ୍ଟ୍ ଦେଖିବା, ପୋଲିସରେ ଖବର ଦେବା ବୋଲି କହିଲେ ଯଦିଓ କିଛି କଲେନି। ନୀଳାଦ୍ରୀ ଚୁପ୍ ଚାପ୍ ସବୁ ଅତ୍ୟାଚାର ସହିଗଲା। ସେଦିନ ସେ ବାପା ଙ୍କୁ ସବୁକଥା ଇମେଲ୍ କରି ଜଣେଇଥିଲା ଏବଂ ମାଁ ଙ୍କୁ ନ ଜଣେଇବା ପାଇଁ ତାଗିଦ ମଧ୍ୟ କରିଥିଲା।

ଏ ଘଟଣା ପରେ ପ୍ରଭାକର ବାବୁ ବହୁତ ଚିନ୍ତାରେ ପଡ଼ିଗଲେ। କଅଣ କରିବେ ସେ ବୁଝି ପାରିଲେନି। ଏତେ ଦୂରରୁ ଥାଇ ସେ କଅଣ ବା କରି ପାରି ଥାନ୍ତେ। ତା ପୁଣି ଆମେରିକା ଭଳି ଏକ ଦୂର ଦେଶ। ତଥାପି ସେ କଲେଜ କର୍ତ୍ତୃପକ୍ଷଙ୍କୁ ଏ ନେଇ ଏକ ଚିଠି ଇ ମେଲ୍ ଜରିଆରେ ଲେଖି ନିଜର ପ୍ରତିବାଦ ଜଣେଇଥିଲେ ଏବଂ ତାଙ୍କ ପୁଅର ଜୀବନ ବିପଦରେ ଅଛି ଓ ତାକୁ ସୁରକ୍ଷା ଦେବା ପାଇଁ ପ୍ରାର୍ଥନା କରିଥିଲେ। ତାର ଏକ କିତା ନକଲ ଇଣ୍ଡିଏନ୍ ଏମ୍ବାସୀକୁ ମଧ୍ୟ ଦେଇଥିଲେ। କେହି କିନ୍ତୁ କିଛି ଜବାବ ଫେରେଇ ନ ଥିଲେ। ୟା ପରଠୁ ପ୍ରତ୍ୟହ ପ୍ରଭାକର ବାବୁ ପୁଅକୁ ଫୋନ୍

କରୁଥିଲେ ଓ କୁଆଡ଼େ ଏକା ନ ବୁଲିବାକୁ ତାଗିଦ କରୁଥିଲେ। ସେ ନୀଳାଦ୍ରୀ ଙ୍କର ମାଆକୁ କିଛି କହି ପାରୁ ନ ଥିଲେ ଏବଂ ଏ ଯନ୍ତ୍ରଣା କୁ ଏକା ଏକା ଭୋଗିବା ପାଇଁ ବାଧ୍ୟ ଥିଲେ। ନୀଳାଦ୍ରୀ ଜାଣିଥିଲା ବାପା ଟେନ୍‌ସନ୍ ରେ ରହିବେ। ତେଣୁ ସେ ବାରମ୍ବାର ଇ-ମେଲ୍ କରି ବାପାଙ୍କୁ ବୁଝାଉଥିଲା ଯେ ଡରିବାର କିଛି ନାହିଁ। ସେ ସୁରକ୍ଷିତ ଅଛି ଏବଂ ନିଜ ହେପାଜତ ନିଜେ କରିବାରେ ସକ୍ଷମ ମଧ୍ୟ। ତେଣୁ ଅଯଥା ରେ ଚିନ୍ତା କରି ଦେହ ଖରାପ ନ କରିବାକୁ ବାପାଙ୍କୁ ପରାମର୍ଶ ଦେଉଥିଲା।

୧୯.୦୪.୨୦୧୨ ସକାଳେ ପ୍ରଭାକାର ବାବୁ ବ୍ୟାଙ୍କ ଯିବା ପାଇଁ ବାହାରୁଛନ୍ତି ଗୋଟେ ଅନ୍‌ନୋନ୍ ଆମେରିକାନ୍ ନମ୍ବର ରୁ ଫୋନ୍ ଆସିଲା। ପ୍ରଭାକର ବାବୁ ଧରିବି କି ନା ଭାବୁ ଭାବୁ କଲ ବଟମ ଚିପିଦେଲେ। ଆରପଟୁ ଇଂରାଜୀରେ ଜଣେ ଭାରତୀୟ ଯୁବକଙ୍କ ସ୍ୱର। "ଅଙ୍କଲ ମୁଁ ନୀଳାଦ୍ରୀର ସାଙ୍ଗ କହୁଛି। ନୀଳାଦ୍ରୀ ଇଜ୍ ସଟ୍ ଡେଡ୍। କାଲି ରାତିରେ ସେ କେମ୍ପସ୍ ବାହାରେ ଗୁଳିର ଶୀକାର ହେଇଛି"। ନୀଳାଦ୍ରୀ ବାବୁ ଆଉ କିଛି ଶୁଣି ପାରୁ ନ ଥିଲେ। ତାଙ୍କ ପାଦ ତଳର ମାଟି ଖସିଯାଉଥିଲା। ଘରର ଚାରିକାନ୍ଥ ବୁଲିବା ଭଳି ଲାଗିଲା। ସେ ଡ୍ରଇଂ ରୁମ୍ ରେ କଚାଡ଼ି ହେଇ ପଡ଼ିଲେ।

ଯେତେବେଳେ ହୋସରେ ଆସିଲେ ନୀଳାଦ୍ରୀ ବାବୁ ଏପୋଲୋ ହସ୍‌ପିଟାଲରେ ଥିଲେ। ତାଙ୍କ କାନରେ ଗୁଞ୍ଜରିତ ହେଇ ଉଠୁଥିଲା ସେଇ ଗୋଟିଏ ସେଣ୍ଟେନ୍ସ "ନୀଳାଦ୍ରୀ ଇଜ୍ ନୋ ମୋର"। ପ୍ରଭାକର ବାବୁ ଶୁଭଲକ୍ଷ୍ମୀ ଙ୍କୁ କିଛି କହି ପାରୁ ନାହାଁନ୍ତି। ଖବର ଶୁଣି ତାଙ୍କ ଅବସ୍ଥା ଯଦି ଏମିତି ଶୁଭଲକ୍ଷ୍ମୀର କଣ ନ ହେବ। ସେ ହୁଏତ ହାର୍ଟଫେଲ୍ ହେଇ ମରିଯିବେ। ପ୍ରଭାକର ବାବୁ ତାଙ୍କ ମୋବାଇଲ ମାଗିଲେ। ନୀଳାଦ୍ରୀ କୁ ଫୋନ ଲଗେଇଲେ। ତାଙ୍କର ତଥାପି ଆଶା ଥାଏ ଏ ଖବର ମିଛ ହେଇଥିବ। କିନ୍ତୁ ନା ନୀଳାଦ୍ରୀ ର ଫୋନ ସୁଇଚ୍‌ଅଫ୍। ସେ ନୀଳାଦ୍ରୀର ରୁମମେଟ ନୀଳାଚଳ ପାଖକୁ ଫୋନ ଲଗେଇଲେ। ନୀଳାଚଳ ସବୁ କଥା ଖୋଲି କହିଲା। କେମିତି ତାକୁ ରାତି ନ ଟା ପରେ ଫୋନ କରି କିଛି ପିଲା ବାହାରକୁ ଡକେଇଲେ। ନୀଳାଦ୍ରୀ କେମିତି ସେତେବେଳଠୁ ବାହାରକୁ ଗଲା ଆଉ ଫେରିଲାନି। ସକାଳେ କେମିତି ତାର ମୃତ୍ୟୁର ଖବର ଆସିଲା ଇତ୍ୟାଦି।

ପ୍ରଭାକର ବାବୁଙ୍କ ହାବଭାବରୁ ଶୁଭଲକ୍ଷ୍ମୀ ଠଉରେଇ ନେଲେ ନିଶ୍ଚୟ କିଛି ଗୋଟେ ବଡ଼ ଧରଣର ସକ୍ ଲାଗିଛି। ସେ ଠଉରେଇ ନେଲେ ନୀଳାଦ୍ରୀ ବିପଦରେ ଅଛି ଓ ପ୍ରଭାକର ହାତରୁ ଛଡ଼େଇ ନେଲେ ଫୋନ। ନୀଳାଚଳ ତଥାପି କହି ଚାଲିଥାଏ ନୀଳାଦ୍ରୀ ଇଜ୍ ସଟ୍ ଡେଡ୍ ଅଙ୍କଲ୍ ନୀଳାଦ୍ରୀ ଇଜ୍ ସଟ୍ ଡେଡ୍। ଶୁଭଲକ୍ଷ୍ମୀଙ୍କୁ ଆଉ କିଛି ଜାଣିବାକୁ ବାକି ରହିଲାନି। ସେ ଜାଣି ପାରିଲେ କାହିଁକି ଆଜି ପ୍ରଭାକର ବାବୁ

ହସ୍‌ପିଟାଲ୍ ବେଡ୍‌ରେ। ସେ ଯଦି ଧୈର୍ଯ୍ୟ ନ ଧରିବେ ଅବସ୍ଥା ଆହୁରି ଅସମ୍ଭାଳ ହେବ। ତାଙ୍କର ଆଉ କିଏ ଅଛି। ଆଖିର ଲୁହକୁ ଛାତିରେ ଚାପି ଧରି ସେ ସ୍ୱାମୀଙ୍କ ସେବାରେ ଲାଗିପଡ଼ିଲେ।

ନୀଳାଦ୍ରୀର ଲାସ୍ ନେବା ପାଇଁ ବଷ୍ଟନ ପୋଲିସ ଆଉ ବଷ୍ଟନ ୟୁନିଭାର୍‌ସିଟିର ଡିନ୍ ଙ୍କ ପାଖରୁ ବାରମ୍ବାର ଫୋନ ଆସୁଥାଏ। ଇଣ୍ଡିଏନ୍ ଏମ୍ବାସି ପାଖରୁ ଓ ଫରେନ ସେକ୍ରେଟାରୀ ଟୁ ୟୁଏସ୍ ପାଖରୁ ମଧ୍ୟ ଫୋନ ଆସୁଥାଏ। ପ୍ରଭାକର ବାବୁ କାକୁତି ମିନତି ହେଇ ସମସ୍ତଙ୍କୁ କହୁଥାନ୍ତି ପ୍ରପର୍ ଇନ୍‌ଭେଷ୍ଟିଗେସନ୍ କରନ୍ତୁ। ଦୋଷୀ ଙ୍କୁ ଧରନ୍ତୁ ବୋଲି। ଚାରି ଦିନ ପରେ ନୀଳାଦ୍ରୀର ଲାସ୍ ଆସିଲା। ପ୍ରଭାକର ବାବୁ ପୁରୀ ରେ ଶୁଦ୍ଧିକ୍ରିୟା ସାରିଲେ। ଖବର ଦେଶସାରା ବ୍ୟାପି ଯାଇଥିଲା "ଭାରତୀୟ ଛାତ୍ରଙ୍କୁ ଆମେରିକାରେ ହତ୍ୟା" ସବୁ ଖବରକାଗଜର ଶିରୋନାମା ଥିଲା। ବଷ୍ଟନ୍ ୟୁନିଭାର୍‌ସିଟିରେ ତିନି ହଜାର ଛାତ୍ରଛାତ୍ରୀ କେଣ୍ଡଲ୍ ଶୋଭାଯାତ୍ରା କଲେ। ନୀଳାଦ୍ରୀ ପଢୁଥିବା ଏନ୍‌ଆଇଆଇକେ ସୁରଥମାଲ୍ ୟୁନିଭାର୍‌ସିଟିରେ ମଧ ଶୋଭାଯାତ୍ରା ବାହାରିଥିଲା। ସବୁ ଖବର କାଗଜକୁ ପ୍ରଭାକର ବାବୁ ସାଇତି ରଖୁଥିଲେ ଓ ଫେସ୍‌ବୁକ୍ ରେ ସେୟାର୍ କରୁଥିଲେ।

ପ୍ରଭାକର ବାବୁ ଙ୍କୁ ଆଉ କିଛି ଭଲ ଲାଗୁ ନ ଥିଲା ସେ ଅନ୍ୟାୟ ବିରୁଦ୍ଧରେ ଲଢ଼ିବା ପାଇଁ ସଂକଳ୍ପ କଲେ। ସେ ଦିନଠୁ ଆଜିଯାଏ ପ୍ରଭାକର ବାବୁ ପ୍ରତ୍ୟହ ନିଉଜ ପେପରରେ ପ୍ରବାସୀ ଭାରତୀୟଙ୍କ ପ୍ରତି ହେଉଥିବା ଅନ୍ୟାୟ ସଂପର୍କରେ ଖବର ସବୁ ଖୋଜନ୍ତି। ଫେସ୍‌ବୁକ୍ ରେ ପୋଷ୍ଟ କରନ୍ତି। ବିଭିନ୍ନ ଏମ୍ବାସୀ କୁ ଚିଠି ଲେଖନ୍ତି। ପ୍ରତିବାଦ କରନ୍ତି। ଚେଞ୍ଜ୍ ଡଟ୍ ଓଆରଜି ରେ ଦାବୀ ଉପସ୍ଥାପନ କରନ୍ତି ଏବଂ ଲୋକଙ୍କ ପାଖକୁ ପିଟିସନ୍ ର ସ୍ୱାକ୍ଷର ପାଇଁ ପଠାନ୍ତି।

ଏପ୍ରିଲ ୨୦୧୨ ରୁ ୨୦୨୦ ଦୀର୍ଘ ସାତବର୍ଷ ହେଇଗଲା ବଷ୍ଟନ୍ ପୋଲିସ ଏଯାଏ ନୀଳାଦ୍ରୀ ହତ୍ୟାକାଣ୍ଡର କିଛି ସୁରାକ ପାଇ ପାରିନି। ଆମେରିକୀୟ ପୋଲିସ ର ଏତେ ଦକ୍ଷତା ସବୁ ଏଇ କେସ୍‌ରେ ଭୂଲ ପ୍ରମାଣିତ ହେଇଛି। ପ୍ରଭାକର ବାବୁ ବଷ୍ଟନ୍ ୟୁନିଭାର୍‌ସିଟି କୁ ବାରମ୍ବାର ଲେଖିଛନ୍ତି ଆମେରିକାନ ଏମ୍ବାସିକୁ ଲେଖିଛନ୍ତି। ଇଣ୍ଡିଏନ୍ ଏମ୍ବାସିକୁ ଲେଖିଛନ୍ତି। ସବୁଠି ସେଇ ଗୋଟେ ଉତ୍ତର "ଇନ୍‌ଭେଷ୍ଟିଗେସନ୍ ଇଜ୍ ଗୋଇଙ୍ଗ୍ ଅନ୍। ଅପରାଧୀର କିଛି ସୁରାକ ମିଳିନି। ଯେମିତି ଅପରାଧୀ ଧରା ପଡ଼ିବେ ଆମେ ଆପଣଙ୍କୁ ଖବର ଦେବୁ"। ପ୍ରଭାକର ବାବୁ ଭାବନ୍ତି ଭାରତରେ ସାମାନ୍ୟ ଚୋରୀ ହେଲେ ଚୋବିଶ ଘଣ୍ଟାରେ ଧରି ଦେଉଛନ୍ତି। ଆମେରିକା ଭଳି ଗୋଟେ ଦେଶକୁ ଗୋଟିଏ ମର୍ଡର୍ କେଶର ପର୍ଦ୍ଦାଫାଶ କରିବା ପାଇଁ ସାତ ବର୍ଷ ଲାଗି

ଯାଉଛି। ଏ ଦେଶ ପୁଣି ବିନ ଲାଡେନ ଭଳି ଅପରାଧୀଙ୍କୁ ଅନ୍ୟ ଦେଶରେ ମାରିବାର ଶ୍ରେୟ ନେଇଛି। ବେଳେ ବେଳେ ତାଙ୍କର ବିଶ୍ୱାସ ହୁଏନି। ବେଳେ ବେଳେ ସେ ସମସ୍ତ ବ୍ୟବସ୍ଥା ଉପରେ ସନ୍ଦୀହାନ ହେଇ ଯାଆନ୍ତି।

ଫେସ୍‌ବୁକ୍ ରେ ସେ ସେୟାର କରିଥିବା ପୋଷ୍ଟରେ ଗୋଟେ ମନ୍ତବ୍ୟ ଯା ଭିତରେ ଆସି ଯାଇଥିଲା। ତାଙ୍କର ଅନୁରଙ୍ଗ ବନ୍ଧୁ କମେଣ୍ଟ କରିଥିଲେ ନୀଳାଦ୍ରୀ ର ମୃତ୍ୟୁ ରେ ଦୁଃଖ ପ୍ରକାଶ କରି ଓ ଶୀଘ୍ର ସେ ରହସ୍ୟର ପର୍ଦ୍ଦାଫାଶ ହେଉ ବୋଲି କାମନା କରି। ପ୍ରଭାକର ବାବୁ ପୁଣିଥରେ ପୋଷ୍ଟଟିକୁ ପଢୁଥିଲେ ଯାହା ସେ ୧୯.୦୪.୨୦୧୭ ରେ ସେୟାର କରିଥିଲେ। ପୋଷ୍ଟ ଟି ଫରେନ୍ ସେକ୍ରେଟେରୀ ଗଭର୍ଣ୍ଣମେଣ୍ଟ୍ ଅଫ୍ ଇଣ୍ଡିଆକୁ ସମ୍ବୋଧିତ ଥିଲା। ପୋଷ୍ଟର ମର୍ମ ଏହିଭଳି ଥିଲା।

"କେ ନିଳାଦ୍ରୀ ରାଓ ଜଣେ ଭାରତୀୟ ଛାତ୍ରକୁ ୧୯.୦୪.୨୦୧୨ ଦିନ କିଛି ଅଜଣା ବ୍ୟକ୍ତି ବଷ୍ଟନ ୟୁନିଭାରସିଟି ବାହାରେ ଜଘନ୍ୟ ଭାବେ ଗୁଳି କରି ହତ୍ୟା କଲେ। ନିୟୁର୍କର ଭାରତୀୟ ସଦସ୍ୟଙ୍କ ସହାୟତାରେ ବଷ୍ଟନ୍ ପୋଲିସ ଯଦିଓ ନୀଳାଦ୍ରୀର ଲାସକୁ ଖୁବଶୀଘ୍ର ଭାରତ ପଠେଇବାର ତତ୍ପରତା ପ୍ରକାଶ କଲେ ତାର ମୃତ୍ୟୁର ଅନୁସନ୍ଧାନ କରିବା ପାଇଁ ଯଥେଷ୍ଟ ହେଳା ପ୍ରଦର୍ଶନ କରିଛନ୍ତି। ଦୀର୍ଘ ପାଞ୍ଚ ବର୍ଷ ବିତିଯାଇଥିଲେ ସୁଦ୍ଧା ଜଣେ ବି ଅପରାଧୀ ଏ ଯାବତ ଧରା ପଡ଼ି ନାହାଁନ୍ତି। ମୋ ପାଖରେ ତଦ୍ ସଂପର୍କୀୟ ଯାହା ବି ନଥିପତ୍ର ଥିଲା ମୁଁ ତାକୁ ତୁରନ୍ତ ବଷ୍ଟନ ପୋଲିସ ତଥା ଭାରତୀୟ ଦୁତାବାସ କୁ ହସ୍ତାନ୍ତର କରିଥିଲି। ମୁଁ ଗୁଡ଼ାଏ ପତ୍ର ଦେଇଥିଲେ ମଧ୍ୟ ଏ ଯାଏ କାହାରିଠୁ ଖଣ୍ଡେ ବି ଉତ୍ତର ପାଇପାରି ନାହିଁ। ନୀଳାଦ୍ରୀ ହତ୍ୟାକାଣ୍ଡ ବିଷୟରେ ଏବେ ବି ଆମେ ଅନ୍ଧାରରେ। ମୁଁ ଏକଥା ବି କହିବା ପାଇଁ ବାଧ୍ୟ ହେଉଛି ଯେ ଯଦି କୌଣସି ବିଦେଶୀ ବ୍ୟକ୍ତି ଭାରତରେ ମରନ୍ତି ଭାରତ ଖୁବ୍ ତତ୍ପର ହୋଇ ଉଠେ। କିନ୍ତୁ ଯଦି ଜଣେ ଭାରତୀୟ ବାହାର ଦେଶରେ ମରେ ସମସ୍ତେ କେମିତି ଏତେ ନୀରବ ହେଇ ରହି ପାରନ୍ତି। କଣ ଭାରତୀୟ ର ଜୀବନ ଜୀବନ ନୁହେଁ। ବିଦେଶୀ ନାଗରିକଙ୍କ ଜୀବନ ଆମଠୁ ବେଶୀ ମୂଲ୍ୟବାନ। ମୁଁ ବୁଝି ପାରୁ ନାହିଁ ଭାରତୀୟଙ୍କୁ କାହିଁକି ନ୍ୟାୟ ମିଳି ପାରୁ ନାହିଁ। ମୁଁ ଜାଣେ ଯେ ମୋ ପୁଅ ନୀଳାଦ୍ରୀ ଆଉ ଫେରିବ ନାହିଁ। କିନ୍ତୁ ଯଦି ଦୋଷୀମାନଙ୍କୁ ଦଣ୍ଡ ନ ମିଳେ ତେବେ ସେମାନେ ଭବିଷ୍ୟତରେ ଏମିତି ଆହୁରି ଅନେକ ଅପରାଧ ଘଟେଇ ଚାଲିବେ। କେବଳ ଭାରତୀୟ କାହିଁକି ଅନ୍ୟ ଅନେକ ଦେଶର ଲୋକେ ପ୍ରଭାବିତ ହେବେ। ମୁଁ ଅନ୍ୟ ଦେଶର କଥା କହୁନାହିଁ। ଅନ୍ତତଃ ବିଦେଶରେ ପଢୁଥିବା ମୋ ଦେଶର ଛାତ୍ରଛାତ୍ରୀମାନଙ୍କୁ ସୁରକ୍ଷା ମିଳୁ। ଭାରତର ବିଦେଶ ମନ୍ତ୍ରଣାଳୟ ଠୁ ମୁଁ

ଏତିକି ଆଶା କରୁଛି । ଧନ୍ୟବାଦ" । ଯାର ଉତ୍ତରରେ ବିଦେଶ ମନ୍ତ୍ରଣାଳୟରୁ ଆସିଥିବା କନସଲ ଜେନେରାଲ ଅଫ ଇଣ୍ଡିଆ ର ପତ୍ରର ନକଲ ମଧ୍ୟ ପ୍ରଭାକର ବାବୁ ପୋଷ୍ଟ କରିଥିଲେ । ଯାର ମର୍ମ ଥିଲା "ଡିଅର ଶ୍ରୀ ରାଓ, ଏପ୍ରିଲ ୨୦୧୨ ରେ ଆପଣଙ୍କ ପୁଅ ନୀଳାଦ୍ରୀର ବଷ୍ଟନରେ ନିଧନ ଓ ତାହାର ଅନୁସନ୍ଧାନରେ ହେଳା ହୋଇଥିବା ଖବର ଜାଣି ଆମେ ମର୍ମାହତ । ଆମେ ଆପଣଙ୍କ ପତ୍ର ପାଇଲା ପରେ ଲୋକାଲ ଅଥୋରିଟି ସାଙ୍ଗେ ମେଟର ଟେକଅଫ୍ କରିଛୁ ଏବଂ ଖୁବ୍ ଶୀଘ୍ର ଅନୁସନ୍ଧାନ କରି ଅପରାଧୀଙ୍କୁ ଧରିବା ପାଇଁ ପ୍ରବର୍ତ୍ତେଇଛୁ । ଏ ସଂପର୍କରେ କିଛି ବି ସୂଚନା ପାଇଲେ ଆମେ ଆପଣଙ୍କୁ ଯଥା ଶୀଘ୍ର ଜଣେଇବୁ ।"

ନୀଳାଦ୍ରୀର ମୃତ୍ୟୁର ପଞ୍ଚ ବାର୍ଷିକୀରେ ପ୍ରଭାକର ବାବୁ ଫେସ୍‌ବୁକ୍ ରେ ଏଇ ପୋଷ୍ଟ କରିଥିଲେ । ତା ପରଠୁ ସବୁ ବର୍ଷ ସେ ଏଇ ପୋଷ୍ଟ କୁ ସେୟାର କରିଆସୁଛନ୍ତି । କିଛି କଣ୍ଡୋଲେନ୍ସ ମେସେଜ୍ ବ୍ୟତୀତ ଆଉ କିଛି ହୁଏନା । ତଥାପି ପ୍ରଭାକର ବାବୁ ଫେସବୁକ୍ ରେ ପୋଷ୍ଟ କରି ଆତ୍ମ ସନ୍ତୋଷ ଲାଭ କରନ୍ତି ଯେ ସେ ବୁଢ଼ା ହେଲେ କଣ ହେଲା ଏବେ ବି ପୁଅ ପାଇଁ ସଂଗ୍ରାମ ଜାରି ରଖିଛନ୍ତି । ଆଜି ନ ହେଲେ କାଲି ଅପରାଧୀ ନିଶ୍ଚୟ ଧରା ପଡ଼ିବେ । ନୀଳାଦ୍ରୀର ଆତ୍ମାକୁ ତାପରେ ଯାଇ ଶାନ୍ତି ମିଳିବ । ପ୍ରଭାକର ବାବୁ ସେଇ ଆଶାରେ ବଞ୍ଚି ରହନ୍ତି ।

ପ୍ରଭାକର ବାବୁ ଯେତେବେଳେ କୌଣସି ଆଡୁ କୌଣସି ସାହାଯ୍ୟ ବା ନ୍ୟାୟ ନ ପାଇ ନିରାଶ ହେଲେ ସେ "ପ୍ରବାସୀ ଚଢ଼େଇ" (ଦି ଫରେନ୍ ବାର୍ଡ) ନାଁ ରେ ଗୋଟେ ସ୍ୱେଚ୍ଛାସେବୀ ସଂଗଠନ ଖୋଲିଲେ । ନିଜର ସମସ୍ତ ସଞ୍ଚୟ ରାଶିକୁ ସେଥିରେ ବିନିଯୋଗ କଲେ । ପ୍ରବାସରେ ପଢୁଥିବା ଭାରତର ଛାତ୍ର ମାନଙ୍କପାଇଁ ସଂସ୍ଥାଟି ଉତ୍ସର୍ଗିକୃତ ସେବା ଯୋଗାଏ । ତାଙ୍କ ଭଳି ଅନେକ ବୁଢ଼ା ଲୋକ ସେ ସଂସ୍ଥାର ମେମ୍ବର ଅଛନ୍ତି । କୌଣସି ସରକାରୀ ଅନୁଦାନ କୁ ସେ ଅପେକ୍ଷା କରି ନାହାଁନ୍ତି । ଅନ୍ୟ ଅନେକ ପ୍ରବାସୀ ଓଡ଼ିଆଙ୍କ ସମସ୍ୟା ସଙ୍ଗେ ଓତ୍‌ପ୍ରୋତ ଭାବେ ଜଡ଼ିତ ହେଇ ତାଙ୍କ ସମସ୍ୟାର ସମାଧାନ ଦିଗରେ ଯଥାସାଧ୍ୟ ଚେଷ୍ଟା କରୁଛନ୍ତି । ସବୁ ବିଦେଶରେ ପଢୁଥିବା ଭାରତୀୟ ଛାତ୍ରଙ୍କ ଭିତରେ ସେ ତାଙ୍କ ପୁଅ ନୀଳାଦ୍ରୀର ମୁହଁ ଖୋଜି ପାଉଛନ୍ତି । ଗୋଟେ ନୀଳାଦ୍ରୀ ର ସ୍ୱପ୍ନ ସିନା ପୁରଣ ହେଇ ପାରିଲାନି । ସେ ଆହୁରି ଏମିତି ହଜାର ନୀଳାଦ୍ରୀ ମାନଙ୍କ ମୁହଁରେ ହସ ଫୁଟେଇବା ପାଇଁ ଲାଗି ପଡ଼ିଛନ୍ତି । ସେମାନଙ୍କ ସମସ୍ୟା କୁ ନିଜର ସମସ୍ୟା ଭାବି ସ୍ୱର ଉତ୍ତୋଳନ କରିଛନ୍ତି । ଏବେ ଯେଉଁଠି ବି ବିଦେଶରେ ଭାରତୀୟ ଛାତ୍ରଟିଏ ହଇରାଣ ହୁଏ ପ୍ରବାସୀ ଚଢ଼େଇ ସେଇଠି ଛିଡ଼ା ହୁଏ ଓ ସାହାଯ୍ୟ ର ହାତ ବଢ଼ାଏ ।

ପ୍ରବାସୀ ଚଢ଼େଇ ସଂସ୍ଥା ଜରିଆରେ ପ୍ରଭାକର ବାବୁ ନୀଳାଦ୍ରୀ ର ଅଧୁରା ସ୍ୱପ୍ନ କୁ ସାକାର କରିବାରେ ଲାଗି ପଡ଼ିଛନ୍ତି । ଆଜି ୧୯.୦୪.୨୦୧୯ ନୀଳାଦ୍ରୀର ତିରୋଧାନ ଦିବସ ଓ ପ୍ରବାସୀ ଚଢ଼େଇର ଜନ୍ମତିଥି ।

ଆଜି ତାଙ୍କର ବହୁତ କାମ । ପ୍ରଭାକର ବାବୁ ଆଉ ଚା କୁ ଅପେକ୍ଷା ନ କରି ତୁରନ୍ତ ସୋଫାରୁ ଉଠିଲେ ଓ ଥରେ ନୀଳାଦ୍ରୀର ଫଟୋ ଆଡ଼େ ଅନେଇଲେ ।

ନୀଳାଦ୍ରୀର ଫଟୋ ଡ୍ରଇଂ ରୁମ୍ ରେ ଥାଇ ଯେମିତି ତାଙ୍କୁ ଅନୁନୟ କରୁଛି "ବାପା ମୋତେ ନ୍ୟାୟ ମିଳୁ ।"

■■

ନିରୁଦ୍ଦିଷ୍ଟ

ବୋଧେ ୧୯୮୫ ମସିହାର କଥା। ଗାଳ୍ପିକ ହିସାବରେ ସେତେବେଳେ ମୋର ଅଳ୍ପ ବହୁତ ଖ୍ୟାତି ଆସି ସାରିଥାଏ। ଓଡ଼ିଶାର ଅନେକ ସୁନାମ ଧନ୍ୟ ପତ୍ରିକାରେ ମୋର ଲେଖା ବାହାରି ସାରିଥାଏ। ମଝି ମଝିରେ ଆକାଶବାଣୀ ସମ୍ବଲପୁର କେନ୍ଦ୍ରରୁ ଗଳ୍ପ ପଢ଼ିବା ପାଇଁ ବି ମୋତେ ନିମନ୍ତ୍ରଣ ଆସୁଥାଏ। ଏମିତି ଏକ ନିମନ୍ତ୍ରଣ ପାଇ ସେଦିନ ମୁଁ ଆକାଶବାଣୀ ସମ୍ବଲପୁର କେନ୍ଦ୍ରକୁ ଗଳ୍ପଟିର ରେକର୍ଡ଼ିଂ ପାଇଁ ଯାଇଥାଏ।

ସେତେବେଳେ ପ୍ରୋଗାମ୍ ଏକ୍‌ଜିକ୍ୟୁଟିଭ୍ ଥିଲେ ମଜୁମଦାର ବାବୁ। ବଙ୍ଗାଳୀ ଲୋକ। ଯୁବକ ଜଣେ ଅବିବାହିତ। ନୂଆଁ ହେଇ ଚାକିରୀ କରିଛନ୍ତି। ଘର କଟକ। ରେକର୍ଡ଼ିଂ ସରି ଯାଇଥାଏ। ଆମେ ମଜୁମଦାର ବାବୁଙ୍କ ରୁମରେ ବସିଥାଉ। ପ୍ରୋଗାମ୍ ବାବଦରେ ମିଳିଥିବା ଚେକ୍ ଟି ନେଇ ଯିବାକୁ ଅପେକ୍ଷା କରିଥାଏ। ମଜୁମଦାର ବାବୁ ଆରମ୍ଭ କଲେ ଆପଣ ତ ବଢ଼ିଆ ଗଳ୍ପ ଲେଖୁଛନ୍ତି। ମୋତେ ଭଲ ଲାଗିଲା ଆପଣଙ୍କ ଏ ଗଳ୍ପଟି। ଏମିତି ଲେଖିଛନ୍ତି ଯେମିତି ସତ୍ୟ ଘଟଣା ଟିଏ। ଲାଗୁଛି ଯେମିତି ଆପଣ ଅତି ପାଖରୁ ଦେଖୁଛନ୍ତି ଆଉ ବର୍ଣ୍ଣନା କରୁଛନ୍ତି। ଆପଣ କେମିତି ଏତେ ସୁନ୍ଦର ଆଉ ଏତେ ଜୀବନ୍ତ କରି ଲେଖିପାରନ୍ତି। ସେ ମୋ ଲେଖାର ପ୍ରଶଂସା କରିଚାଲିଥିଲେ ଓ ମୁଁ ଚୁପ୍‌ଚାପ୍ ଶୁଣି ଚାଲିଥିଲି। ହଠାତ୍ ଅଟକିଗଲେ। ଟେବୁଲ୍ ଉପରେ ହାତ ଥୋଇଲେ।

ହାତ ଉପରେ ଗାଲ ଥୋଇଲେ। ଚଷମାକୁ ଟିକେ ସଜେଇଲେ। କଲମକୁ ଟିକେ ଟେବୁଲ୍ ରେ ଘୁରେଇଲେ। ଟିକେ ଅନ୍ୟ ମନସ୍କ ହେଲେ। ମୁଁ ପଚାରିଲି କଣ ହେଲା ମଜୁମଦାର ବାବୁ। ହଠାତ୍ ଅଟକିଗଲେ ଯେ।

ମଜୁମଦାର ବାବୁ ଏଥର ଚୌକିରେ ସିଧା ହେଇ ବସିଲେ। ସାର୍ଟର କଲର୍ କୁ ଟିକେ ସଜେଇଲେ। ସାମ୍ନାକୁ ଚାଲିଆସିଥିବା କେରାଏ ବାଳକୁ ବାଆଁ ହାତରେ ପଛକୁ କଲେ ଓ ଚଷମାକୁ ଟିକେ ବାଗେଇ ମୋ ଆଡ଼କୁ ସିଧା ଅନେଇ କହିଲେ ଆଚ୍ଛା ଦାଶ ବାବୁ ମୋ ପାଖରେ ଗୋଟିଏ କାହାଣୀ ଅଛି। ବହୁତ ସୁନ୍ଦର କାହାଣୀ ବୋଲି ତ କୁହାଯାଇପାରିବନି। ତଥାପି ଏହା ଏମିତି ଏକ କାହାଣୀ ଯାହା ମୋତେ ସବୁବେଳେ ଆନ୍ଦୋଳିତ କରେ। ମୁଁ ତ ଲେଖକ ନୁହେଁ। ତେଣୁ ଲେଖି ପାରୁନି। ମୁଁ କାହାଣୀଟି ଆପଣଙ୍କୁ କହିଦେଉଛି। ଯଦି ଆପଣଙ୍କର କିଛି କାମରେ ଆସିଯାଇପାରେ। ମୁଁ କହିଲି କୁହନ୍ତୁ। ସେ କହିଲେ ଆପଣଙ୍କ ପାଖରେ ସମୟ ଅଛି ତ ନା ଅନ୍ୟ ଦିନ କହିବି। ମୁଁ କାହାଣୀଟି ଶୁଣିବାର ଲୋଭ ସମ୍ବରଣ କରିପାରିଲି ନି। ଯଦିଓ ମୁଁ ଜାଣୁଥିଲି ମୋର ଗୁଡ଼ାଏ ଅଫିସ କାମ ପଡ଼ିଥିବ ଟେବୁଲ୍ ରେ। ଗୋଟିଏ ଘଣ୍ଟା ପାଇଁ କଣ ଛୁଟୀ ନେବି ଭାବି ଅଫିସ୍ ରେ ମୁଁ ପାଖ ସିଟ୍ ର ଅସିତ୍ କୁ ମୋ କାମ ଦେଖିଦେବୁ କହି ଚାଲିଆସିଥିଲି। ତା ଛଡ଼ା ଏଇଟା ଲଞ୍ଚ ଆୱାର ଥିଲା। କେହି କଷ୍ଟମର୍ ଆସି ନ ଥିବେ। ବେଶୀ ଡେରି ହେଲେ ହୁଏତ ଅସୁବିଧା ହୋଇ ପାରେ। ତଥାପି ଅସିତ୍ ମୋର ବହୁତ ଘନିଷ୍ଠ ବନ୍ଧୁ। ସେ ଯେମିତି ହେଉ ମୋ ସିଟ୍ କାମ ସମ୍ଭାଳି ଦେବ ମୁଁ ଜାଣେ। ଆମର ବହୁତ ବଡ଼ ବ୍ରାଞ୍ଚ ଥିଲା। ତେଣୁ କିଏ କେତେବେଳେ ଆସେ କେତେବେଳେ ଯାଏ ଜଣା ପଡ଼େନା। ମଜୁମଦାର ବାବୁଙ୍କ କଥାରେ ମୁଁ ମୋର ଭାବନା ରାଜ୍ୟରୁ ଫେରି ଆସିଲି। ସେ କହୁଥିଲେ ଦାଶ ସାର ସତରେ ଶୁଣିବେ ନା ପଳେଇବେ କାମ ଅଛି।

ସେତେବେଳ ଯାଏ ମୁଁ ପାଇବାକୁ ଥିବା ଚେକ୍ ଦସ୍ତଖତ ହୋଇ ଆସି ନ ଥାଏ। ଯେମିତି ହେଲେ ଟାକିବାକୁ ପଡ଼ିବ। ନ ହେଲେ ପୁଣି ଆଉଦିନେ ଏଥିପାଇଁ ଆସିବାକୁ ପଡ଼ିବ। ଆମ ଅଫିସ୍ ରୁ ଯଦିଓ ଆକାଶବାଣୀ ଅଫିସ ଦୂର ନ ଥିଲା ସବୁବେଳେ କିନ୍ତୁ ଅଫିସ କାମ ଛାଡ଼ି ଆସିବା ସମ୍ଭବ ନୁହେଁ। ମୁଁ ତେଣୁ ମଜୁମ୍‌ଦାର ବାବୁଙ୍କ କଥାରେ ରାଜି ହେଲି ଓ କହିଲି କୁହନ୍ତୁ ତାହେଲେ ଆଉ ଡେରି କାହିଁକି।

ମଜୁମଦାର ବାବୁ ବୋତଲରୁ ଗ୍ଲାସ୍ ରେ ପାଣି ଢ଼ାଳିଲେ ଓ ଅଳ୍ପ ଢ଼ୋକିଲେ। ଗ୍ଲାସ୍ କୁ ପ୍ଲାଷ୍ଟିକ୍ କଭର୍ ଢ଼ାଙ୍କି ଥୋଇଦେଲେ ଆଉ ଆରମ୍ଭ କଲେ। ଏଇ ଅଳ୍ପଦିନ ତଳର କଥା। ମୁଁ ଫେରୁଥାଏ କଲିକତାରୁ। ଗୋଟିଏ ଅଫିସିଏଲ୍ ଟ୍ରେନିଂରେ ଯାଇଥିଲି।

ରିଜର୍ଭେସନ୍ ନ ଥିଲା। ତେଣୁ ବଡ଼ କଷ୍ଟରେ କୁଲୀକୁ ତିରିଶ ଟଙ୍କା ଦେଇ ଗାମୁଛା ପକାଇ ଜେନେରାଲ୍ ବଗି ରେ ସିଟ୍ ଖଣ୍ଡେ ପାଇଥିଲି। ଠେଲିପେଲି ସାରା ରାତି ବଡ଼ କଷ୍ଟରେ ଉଜାଗର ରହି କ୍ଷେତ୍ରରାଜପୁର ଷ୍ଟେସନ୍ ରେ ଓହ୍ଲାଇଥିଲି। ସକାଳ ପାଞ୍ଚ ଟା। ଶୀତ ମାସ। ତେଣୁ ଅନ୍ଧାର ପୁରାପୁରି ହଟି ନ ଥାଏ। ଠାଏ ଠାଏ କୁହୁଡ଼ି। ଷ୍ଟ୍ରିଟ୍ ଲାଇଟ୍ ସବୁ ତଥାପି ଜଳୁଥାଏ। ରିକ୍ସାରେ ଯିବା କଥା ହେଲେ ମନ ହେଲା ଆଗ ଚା ଟିକେ ଖାଇଦେବି। ତିୱାରୀ କେଣ୍ଟିନ୍ ଗଲି। ଚା ଖାଇଲି। ସିଗାରେଟ୍ ରେ ନିଆଁ ଧରେଇଲି। ଗୋଟେ ଗୋଟେ କଦମ୍ ପକେଇ ଯେମିତି ଆସିବି ଭାବୁଛି ଦେଖିଲି ଲାଇଟ୍ ପୋଷ୍ଟ୍ ତଳେ ବାର ତେର ବର୍ଷର ପିଲାଟିଏ ବସି କାନ୍ଦୁଛି। ଦୃଶ୍ୟଟି ମତେ ଆକର୍ଷିତ କଲା। ମୁଁ ଧିରେ ଧିରେ ତା ଆଡ଼କୁ ଅଗ୍ରସର ହେଲି। ତା ପାଖରେ ପହଞ୍ଚିଲି। ପିଲାଟି ମୁହଁରେ ଦି ହାତ ଘପିଧରି କାନ୍ଦୁଥାଏ। ମୁଁ ତା ପାଖରେ ଛିଡ଼ା ହେଲି। ମୋ ଆଡ଼କୁ ବି ତାର ନଜର ନ ଥାଏ।

ମୁଁ ଆଶ୍ଚର୍ଯ୍ୟ ହେଲି। ଏତେ ସକାଳୁ ଏହି ଷ୍ଟେସନ୍ କୁ ଏମିତି ପିଲାଟିଏ ଆସିଲା କେମିତି। ବେଶଭୂଷାରୁ ବେଶ୍ ଭଲ ଘରର ପିଲାଟିଏ ଭଳି ଦିଶୁଥାଏ। କୋଉ ଗରୀବ, ଖଟିଖିଆ ବା ଭିକାରୀ ନୁହେଁ। ଦେହରେ କଳା ହାଫ୍ ପେଣ୍ଟ ଓ ଦାମୀ ଗେଞ୍ଜି। ଚମତ୍କାର ଚପଲ। କୁଞ୍ଚ କୁଞ୍ଚିଆ କଳା ବାଳ। ବେଶି ଗୋରା ନୁହେଁ କି କଳା ନୁହେଁ। ସାବନା ରଙ୍ଗ କିନ୍ତୁ ଡଉଲ ଡାଉଲ ହେଇ ବହୁତ ସୁନ୍ଦର ପିଲାଟିଏ ଯାହାର ହେଲେ ମନ ଖୋସୀ ହେଇଯିବ। ମୁଁ ତାକୁ କହିଲି ଆରେ ବାବୁ କଣ ହେଲା କଣ ପାଇଁ କାନ୍ଦୁଛୁ। ସେ ଆହୁରି ଆହୁରି କାନ୍ଦିବାରେ ଲାଗିଛି। ମୋ ଆଡ଼କୁ ତାର ନିଘା ନାହିଁ।

ମୁଁ ଭାବିବାରେ ଲାଗିଲି। କୁଆଡୁ ଆସିଲା ପିଲାଟିଏ। ବୋଧହୁଏ ତା ମାଁ ବାପା ସାଙ୍ଗରେ ଆସିଥିଲା। ଟ୍ରେନ୍ ରେ ଚଢ଼ି ପାରିଲାନି। ଟ୍ରେନ୍ ଛାଡ଼ିଦେଲା। ବାପା ମାଆଁ ସବୁ ରହିଗଲେ ଟ୍ରେନ୍ ରେ। ନା ଘର ଛାଡ଼ି ଚାଲିଆସିଛି କାହାକୁ କିଛି ନ କହି। ଘରୁ ତାକୁ ତଡ଼ି ଦେଇ ନାହାଁନ୍ତି ତ। ଏମିତି ସୁନ୍ଦର ପିଲାଟିକୁ କିଏ ବା କାହିଁକି ଘରୁ ତଡ଼ି ଦେବ। ନାନାଦି ଚିନ୍ତା ମୋ ମୁଣ୍ଡରେ ପଶୁଥାଏ। ମୁଁ ପିଲାଟିକୁ ଧରି ହଲେଇଲି। ତା ପାପୁଲି ଦୁଇଟିକୁ ମୁହଁରୁ କାଢ଼ି ଦେଲି। ପଚାରିଲି କଣ ହେଲା କାହିଁକି କାନ୍ଦୁଛୁ। ତୋ ମାଁ ବାପା କୁଆଡ଼େ ଗଲେ। ତୋ ଘର କେଉଁଠି ସମ୍ବଲପୁର। କୋଉ ପଡ଼ା, ଚାଲ୍ ଡର୍ ନା, ମୁଁ ତତେ ତୋ ଘରେ ଛାଡ଼ିଦେବି। ପିଲାଟି ନିରୁତ୍ତର। ଆରେ ବାବା ତୋ ନାଁ କଣ। ତୋର ଘର କେଉଁଠି। ତୋ ମାଁ ବାପା କେଉଁଠି। ପିଲାଟି କିଛି ଶୁଣୁନି କିଛି କହୁନି। ମୁଁ ଭାବିଲି କାଲାଟା ହେଇଥିବ ବୋଧହୁଏ। ମୁକ ବି ହେଇଥାଇ ପାରେ। ଶୁଣି ବି ପାରୁନି। କହିବି ପାରୁନି। ବହୁତ ବୁଝେଇବା ପରେ ପିଲାଟି ଚୁପ୍

ହେଲା । ମୁଁ ଭାବିଲି ବୋଧହୁଏ ଏଥର ସେ ମୋତେ ତା କାହାଣୀ ଶୁଣାଇବ । କିନ୍ତୁ ନା ସେ ସେମିତି ବସି ରହିଲା । ମୁଁ ତାକୁ ମୋ ବୋତଲ୍ ର ପାଣି ଯାଚିଲି, ସେ ନେଲା ଓ ପାଣିରେ ଆଗ ତା ମୁହଁ ଧୋଇଲା । ତା ପରେ ଢ଼କ୍ ଢ଼କ୍ କରି ବୋତଲରୁ ପାଣି ପିଇଲା ଓ ବୋତଲ୍ ମୋତେ ଫେରେଇ ଦେଲା । କେତେବେଳଠୁ ଅଛୁ ଏଇଠି କାଲିଠୁ । ସେ ମୁଣ୍ଡ ଟୁଙ୍ଗାରି ହଁ କହିଲା । ମୁଁ କହିଲି ରାତିରୁ କିଛି ଖାଇ ନ ଥିବୁ, ଭୋକ ହେଉଥିବ, ଚାଲ୍ ଆଗ କିଛି ଖାଇଦେ । ସେ ମୁଣ୍ଡ ଟୁଙ୍ଗରୀ ହଁ କହିଲା । ମୁଁ ତିୱାରୀ ହୋଟେଲ୍ ରୁ ଗୋଟେ ବଡ଼ା ଓ ଗୋଟେ ସିଙ୍ଗଡ଼ା ଉପରେ ଚଣା ଓ ଚଟଣୀ ଢ଼ାଳି ଆଣିଦେଲି । ସେ ବଡ଼ ଖୁସୀରେ ଖାଇବାକୁ ଲାଗିଲା । ମୁଁ ମନେ ମନେ ବହୁତ ଗୋଟାଏ ବଡ଼ କାମ କରିପାରିବାର ଖୁସିରେ କୁରୁଳି ଉଠୁଥାଏ । ମୋ ନିଜର ଅନିଦ୍ରା ଓ କ୍ଳାନ୍ତ ଥିବାର କଥା ସମ୍ପୂର୍ଣ୍ଣ ଭୁଲି ସାରିଥାଏ । ଆହା ନିରୀମାଖି ପିଲାଟା । କାଲିଠୁ କିଛି ଖାଇ ନ ଥିଲା । ଜାଣେନା ତାର ମାଁ ବାପା କୋଉଠି, ଘର ଦ୍ୱାରା କୋଉଠି । ଖାଇସାରୁ ଆପେ ଜଣା ପଡ଼ିଯିବ । ମୋ ଦ୍ୱାରା ଯାହା ହେବ ସାହାଯ୍ୟ କରିବି, ମୁଁ ମନେ ମନେ ଭାବିଲି ।

ଜାଣେନା କୋଉ ମାୟା ମତେ ସେ ଦିନ ସେଇଠି ଅଟକେଇ ରଖିଥିଲା । ମୁଁ ସେହି ଅଜଣା, ଅଚିହ୍ନା ପିଲାଟି ପ୍ରତି କାହିଁକି କ୍ରମଶଃ ଦୁର୍ବଳ ହେଇ ପଡୁଥିଲି । ନା ଚିହ୍ନା ନା ଜଣା । ପିଲାଟା ମୋର କିଏ କି । ନା ମୋର କି କାମରେ ଆସିବ । ପିଲାଟା ବଡ଼ାଟା ଖାଇସାରିଥିଲା । ଏବେ ସିଙ୍ଗଡ଼ାରୁ ଖଣ୍ଡେ ଟାଣି ଚଟଣୀରେ ଲଗଉଥିଲା ଆଉ ପାଟିକୁ ନେଉଥିଲା । ଏମିତି ଖାଉଥିଲା ଯେମିତି ସେ ବହୁତ ଦିନରୁ କିଛି ଖାଇନି । କିମ୍ବା ଏ ସ୍ୱାଦ କିଛି ଭିନ୍ନ ଥିଲା ଯାହାକୁ ସେ ସହଜେ ହାତଛଡ଼ା କରିବାକୁ ଋହୁଁନ ଥିଲା । ତେଣୁ ସେ ଖାଇବା ପ୍ରକ୍ରିୟାକୁ ଜାଣି ଜାଣି ବହୁତ ଧିର କରିଦେଇଥିଲା ଏବଂ ପ୍ରତ୍ୟେକ ଖଣ୍ଡ ସିଙ୍ଗଡ଼ାର ମଜା ସେ ନେବାକୁ ଋହୁଁଥିଲା । ଛୋଟ ପିଲା ଖାଇବା ଜିନିଷ ପାଇବା କ୍ଷଣି ତାର କାନ୍ଦକୁ ସେ ଭୁଲି ସାରିଥିଲା । ଦୁଃଖକୁ ସେ ଭୁଲି ସାରିଥିଲା ଓ ଧିରେ ଧିରେ ସହଜ ଜଣାପଡୁଥିଲା ।

ଧିରେ ଧିରେ ଷ୍ଟେସନ୍ ରେ ଗହଳି ହେବା ଆରମ୍ଭ ହୋଇଯାଇଥିଲା । ମୁଁ ପିଲାଟି ପାଖରେ ଛିଡ଼ା ହୋଇଥିବାର ଦୃଶ୍ୟ ବି ହୁଏତ ବହୁତ ଲୋକଙ୍କୁ ଆକର୍ଷିତ କରୁଥାଇପାରେ । ଏମିତି ଭାବି ମୋତେ ଟିକେ ଅସହଜ ମନେ ହେଉଥାଏ । ଭାବୁଥାଏ ପିଲାଟା ଶୀଘ୍ର ଖାଇ ସାରନ୍ତା କି । ମୁଁ ଏଇଠୁ ଚାଲିଯାଆନ୍ତି । ସେ ଖାଇସାରିବା ଆଗରୁ ବି ମୁଁ ଚାଲିଯାଇ ପାରିଥାଆନ୍ତି । କିନ୍ତୁ ଗୋଟିଏ ଛୋଟ ପିଲାକୁ ଏମିତି ଅସହାୟ ଅବସ୍ଥାରେ ଛାଡ଼ି ଚାଲିଯିବାକୁ ମୋର ବିବେକ ବାଧା ଦେଉଥାଏ । ତା ଛଡ଼ା ମୋ

ମନରେ ଏକ ଅଦ୍ଭୁଦ କୌତୁହଳ ବସା ବାନ୍ଧିଥାଏ। ମୁଁ ଜାଣିବାକୁ ଋହୁଁଥାଏ ପିଲାଟା କୋଉଠୁ ଆସିଲା, କେମିତି ଆସିଲା ଏ ଷ୍ଟେସନ୍ କୁ। ପିଲାଟି ପଛରେ ଯେ ନିଶ୍ଚୟ ଏକ କାହାଣୀ ଅଛି ଏବଂ ସେହି କାହାଣୀ ହିଁ ମୋତେ ସେ ଯାଏ ଅଟକାଇ ରଖିଥାଏ ଷ୍ଟେସନ୍ ରେ। ପିଲାଟି ଯା ଭିତରେ ଆହୁରି ସହଜବୋଧ ହେଉଥାଏ। ଆଉ କୌଣସି ଗ୍ଲାନି ତା ମନରେ ନ ଥାଏ। ପିଲାମାନେ ସତରେ କେମିତି ଭୁଲିଯାଇ ପାରନ୍ତି ଏତେସବୁ ଦୁଃଖକୁ ଏତେ ସହଜରେ ଓ ପରିସ୍ଥିତି ସହ ଖାପଖୁଆଇ ନିଅନ୍ତି। ମୁଁ ଏମିତି ଭାବୁଥିବାବେଳେ ପିଲାଟି ସିଙ୍ଗଡ଼ାଟାକୁ ଖାଇସାରିଥିଲା। ଅବଶିଷ୍ଟ ଚଣା ଓ ଚଟଣୀର ଝୋଳକୁ ସୁନ୍ଦରଭାବେ ଦନାରୁ ଚୋଷୀ ପିଇଦେଲା ଓ ଦନାକୁ କୋଉଠି ଫିଙ୍ଗିବ ଏଇ ଭଙ୍ଗୀରେ ମତେ ଅନେଇଲା। ସେଥିରୁ ମୁଁ ଅନୁମାନ କରିଦେଲି ସେ ନିଶ୍ଚୟ କୋଉ ଭଦ୍ର ପରିବାରରୁ ଆସିଛି। ଅନ୍ୟ ଯେ କୌଣସି ପିଲା ହୋଇଥିଲେ ଦନାକୁ ସାଙ୍ଗେ ସାଙ୍ଗେ ଖାଇସାରି ତଳେ ଫିଙ୍ଗିଦେଇଥାଆନ୍ତା। ନା ଏ ପିଲା କିନ୍ତୁ ସେମିତି କଲାନି। ମୁଁ ତାକୁ ଷ୍ଟେସନ୍ କଡ଼ର ଗୋଟେ ଡଷ୍ଟବିନ୍ ଆଡ଼କୁ ଇଙ୍ଗିତ କଲି। ସେ ଧିରେ ଧିରେ ଯାଇ ଡଷ୍ଟବିନ୍ କୁ ଦନାଟା ଫିଙ୍ଗିଦେଲା ଓ ମୋ ଆଡ଼କୁ ଧୋଇବା ପାଇଁ ହାତ ବଢ଼େଇଲା। ମୁଁ ବୋତଲରୁ ପାଣି ଢ଼ାଳିଲି। ସେ ହାତ ଧୋଇଲା ଓ ଦୁଇ ହାତକୁ ତା ପେଷ୍ଟରେ ପୋଛିଦେଲା। ମୁଁ ପଚାରିଲି ପାଣି ପିଇବୁ ସେ ମୁଣ୍ଡ ହଲେଇ ସମ୍ମତି ପ୍ରଦାନ କଲା। ମୁଁ ତାକୁ ପିଇବା ପାଇଁ ପାଣିଦେଲି। ସେ ପାଣି ପିଇଲା। ପାଣି ବୋତଲ ଯା ଭିତରେ ସରି ଯାଇଥିଲା। ମୁଁ ତାକୁ ଇସାରା କଲି ଓ ସେ ମୋ ଇସାରାକୁ ବୁଝିପାରି ବଡ଼ ସୁନ୍ଦର ଭାବେ ଖୁସୀରେ ଡେଇଁ ଡେଇଁ ଡଷ୍ଟବିନ୍ ରେ ବୋତଲକୁ ଫିଙ୍ଗି ମୋ ଆଡ଼କୁ ଧାଇଁ ଆସିଲା।

ପିଲାଟି ସଙ୍ଗରେ ବନ୍ଧୁତା ମୋର ପକ୍କା ହେଇଯାଇଥିଲା। ମୁଁ ଯାହା କହିବି ସେ ଏବେ ବୋଧହୁଏ ମାନିବା ସ୍ଥିତିରେ ଥିଲା। ମୋତେ କାହିଁକି କେଜାଣି ସେମିତି ଲାଗିଲା। ମୁଁ ତାକୁ ଜେରା କରିବା ଆରମ୍ଭ କରିଦେଲି। ସେ କିନ୍ତୁ କଥା କହିବା ସ୍ଥିତିରେ ନ ଥିଲା। ମୁଁ ନିଶ୍ଚିତ ଥିଲି ଯେ ସେ ମୁକ ନ ଥିଲା। ବଧିର ବି ନ ଥିଲା। କାରଣ ମୁଁ ଯାହା କହୁଥିଲି ସେ ଶୁଣି ପାରୁଥିଲା ଓ ଉତ୍ତର ବି ଦେଉଥିଲା ମୁଣ୍ଡ ହଲେଇ। ବୋଧହୁଏ ସେ ବହୁତ ବଡ଼ ସକ୍ ପାଇ ଯାଇଥିଲା ଓ ତୁଣ୍ଡଖୋଲି କିଛି କହି ପାରୁନ ଥିଲା। ଏମିତି ଏକ ପରିସ୍ଥିତିରେ କଣ କରିବା କଥା ମୁଁ ଜାଣି ପାରୁନ ଥିଲି। ଭାବିଲି ପୋଲିସ୍ ରେ ଦେଇଦେବି। ତାକୁ କହିଲି ଚାଲ୍ ତତେ ଥାନାରେ ଦେଇଦେବି। ଷ୍ଟେସନ୍ ଭିତରେ ହିଁ ଫାଣ୍ଡି ଥିଲା। ମୋର ଡେରି ହେଇଯାଉଥିଲା। ଘରେ ପହଞ୍ଚିଲେ ଫ୍ରେସ୍ ହେବି ଆଜି ପୁଣି ଯାଇ ଅଫିସ୍ ଜଏନ୍ କରିବାର ଅଛି। ତେଣୁ ଭାବିଲି ପିଲାଟିକୁ

ପୋଲିସ୍ ର ଜିମା ଦେଇଦେବା ଭଲ ହେବ। କାରଣ ତା ମାଁ ମାଆଁ ବାପାବିତ ପୋଲିସ୍ ରେ ମିସିଙ୍ଗ୍ କେଶ୍ ଦେଇଥିବେ। ତେଣୁ ସେ ଶୀଘ୍ର ଘରକୁ ଫେରି ଯାଇ ପାରିବ।

ମୁଁ ପିଲାଟିକୁ କହିଲି ତୁ ତ ତୋର କିଛି ପରିଚୟ ଦେଲୁନି। ତୋର ଠିକଣା ବି ଦେଲୁନି। ନହେଲେ ମୁଁ ତତେ ତୋର ଘରେ ପହଞ୍ଚେଇ ଦେଇ ପାରିଥାନ୍ତି। ଚାଲ୍ ତତେ ପୋଲିସ୍ ରେ ଜିମା ଦେଇଦେବି। ପୋଲିସ୍ ର ନାଁ ଶୁଣି ସେ ପୁଣି କାନ୍ଦିବା ଆରମ୍ଭ କଲା। ଏଥରକ ଆଗ ଅପେକ୍ଷା ଆହୁରି ଜୋର୍ କାନ୍ଦିବା ଆରମ୍ଭ କଲା। ମୋତେ ଜୋର୍ ରେ ଭିଡ଼ି ଧରିଲା। ଆଉ ଛାଡ଼ିଲାନି। ମୁଁ ଡରିଗଲି। ତା ଛଡ଼ା ତା କାନ୍ଦ ଶୁଣି କିଛି ଲୋକ ବି ମୋ ପାଖରେ ଜମି ଗଲେ ଓ ମୋତେ ଉପଦେଶ ଦେବା ଆରମ୍ଭ କଲେ। କିଛି ଲୋକ ଏମିତି ଅନେଇଲେ ଯେମିତିକି ମୁଁ ଗୋଟିଏ ଛୁଆଚୋର। ମୋ ପାଖରେ ଆଉ କିଛି ଉପାୟ ନ ଥିଲା। ମୁଁ ପିଲାଟାକୁ ବୁଝେଇ ବସିଲି। କହିଲି ନା ବାବା ନା ମୁଁ ତୋତେ ପୋଲିସ୍ ରେ ଦେବି ନି। ଯିବୁ କି ମୋ ସାଙ୍ଗରେ ମୁଁ ତାକୁ ପଚାରିଲି। ସେ ମୁଣ୍ଡ ହଲାଇ ସମ୍ମତି ଦେଲା। ଆଗ କାନ୍ଦ ବନ୍ଦ କର୍ ମୁଁ କହିଲି। ସେ ଧିରେ ଧିରେ ସକେଇ ସକେଇ କାନ୍ଦିବା ବନ୍ଦ କଲା। ମୋ ପାଖରେ ଅନ୍ୟ ଉପାୟ ନ ଥିଲା। କିଛି ଭାବିବା ପାଇଁ ସମୟ ନ ଥିଲା। ପିଲାଟିକୁ ପୋଲିସ୍ ଷ୍ଟେସନ୍ ରେ ନ ଦେଇ ମୋ ବସାକୁ ଆଣିବା ପାଇଁ ବାଧ ହେଲି। ଭାବିଲି ଆଜି ନ ହେଲେ କାଲି ତାର ମୁହଁ ଫିଟିବ। ମୁଁ ତାର ଠିକଣା ପାଇଯିବି ଆଉ ତା ପରେ ତା ଘର ଲୋକଙ୍କ ଜିମା ଦେଇଦେବି। ଏଇଠି ଅସୁରକ୍ଷିତ ଅବସ୍ଥାରେ ଛାଡ଼ିଯିବା ଅପେକ୍ଷା, ପୋଲିସ୍ ରେ ଜିମା ଦେବା ଅପେକ୍ଷା ସାଙ୍ଗରେ ନେଇଯିବାଟା ମୁଁ ବେଶୀ ଉଚିତ୍ ହେବ ବୋଲି ମନେ କଲି। ପୋଲିସ୍ ଜିମା ତ କେବେ ବି ଦେଇ ପାରିବି। ଆଗ ପିଲାଟାର ମାନସିକ ଅବସ୍ଥା ସ୍ୱାଭାବିକ ହେଉଯାଉ। ତେଣୁ ତତ୍‌କ୍ଷଣାତ୍ ପିଲାଟିକୁ ଧରି ମୋ ବସାକୁ ଆସିଲି।

ମୁଁ ଗାଧୋଇଲି। ପିଲାକୁ ବି ଗାଧୋଇବା ପାଇଁ କହିଲି। ବାହାରୁ ଟିଫିନ୍ ଆଣିଲି। ଦୁହେଁ ଖାଇଲୁ। ସେଦିନ ଆଉ ଅଫିସ୍ ଯିବାକୁ ମନ ହେଲାନି। ପିଲାଟିର ରହିବା ଖାଇବା ବନ୍ଦୋବସ୍ତରେ ଲାଗିପଡ଼ିଲି। ମୁଁ ତ ଘରେ ଏକା ରହେ। ତା ଶୋଇବା ପାଇଁ ବ୍ୟବସ୍ଥା କରିବାକୁ ହେବ ଏବଂ ତା ପିନ୍ଧିବା ପାଇଁ ଜାମା ପଟା, ବ୍ରସ୍, ପେଷ୍ଟ, ସାର୍ଟ ସବୁ ଦରକାର। ତାକୁ ବଜାରକୁ ନେଇକି ଗଲି। ତା ପାଇଁ ଦୁଇ ପେୟାର୍ ପେଣ୍ଟ ସାର୍ଟ କିଣିଲି। ଟାଓ୍ୱଲ୍ କିଣିଲି, ବ୍ରସ୍ କିଣିଲି, ଟଙ୍ଗ୍ କ୍ଲିନର୍ କିଣିଲି, ସାବୁନ କିଣିଲି, ରବର ଚପଲ୍ ସାରେ କିଣିଲି। ତଳେ ଶୋଇବା ପାଇଁ ମେଟ୍, ଢ଼ାଙ୍କି ହେବା ପାଇଁ କମଲ ବେଡ୍ ସିଟ୍, ଟିଫିନ୍ ପାଇଁ ମୁଢ଼ି, ମିକ୍ସଚର, ବିସ୍କୁଟ, କଦଳି, ସେଓ, ସବୁ କିଣି

କି ରଖିଲି । କାରଣ ମୁଁ ଅଫିସ୍ ଗଲେ ତାକୁ ଭୋକ ହେଲେ ସେ କଣ ଖାଇବ। ବୁଲିଲା ବେଳେ ସେ ଚକ୍‌ଲେଟ୍ ଆଡ଼େ ହାତ ଦେଖେଇଲା । ତା ପାଇଁ ଗୁଡ଼ାଏ ଚକଲେଟ୍ କିଣିଦେଲି ଓ ଖେଳିବା ପାଇଁ ଗୋଟେ ଛୋଟ ବଲ୍ ବି କିଣିଦେଲି ।

ପିଲାଟି ବହୁତ୍ ଖୁସୀ ଥିଲା । ଆରାମ୍‌ରେ ମୋ ଘର ଆଗଣାରେ ଖେଳୁଥିଲା । ଠିକ୍ ରେ ଖାଉଥିଲା ପିଉଥିଲା ଶୋଉଥିଲା । ମୋତେ ବହୁତ୍ ଭଲ ପାଉଥିଲା । ମୁଁ ଯାହା କହୁଥିଲି ମାନୁଥିଲା । ମୁଁ ତା ପରଦିନ ଅଫିସ୍ ଜଏନ୍ କଲି । ସେ ବି ଆରାମ୍ ରେ ଘରେ ଏକା ରହିଲା । ମୋର ଅଫିସ୍ ରୁ ଫେରିବାକୁ ଅପେକ୍ଷା କରିଥାଏ । ଆସିଲେ ମୋ ସାଙ୍ଗରେ ଖେଳେ ବୁଲେ ଗେଲ ହୁଏ । ପିଲାଟି ଉପରେ ଏମିତି ମାୟା ଲାଗିଯାଇଥିଲା ଯେମିତି ସେ ମୋ ଘରର ଜଣେ କେହି । ତାକୁ କ୍ଷଣେ ନ ଦେଖିଲେ ମୋତେ ବହୁତ ଅଡୁଆ ଲାଗୁଥିଲା । ତେଣୁ ବାଧ ହୋଇ ଅଫିସ୍ ରୁ ଥରେ ଦୁଇଥର ମୁଁ ଘରକୁ ପଳେଇ ଆସୁଥିଲି । ତା ସଙ୍ଗେ ଟିକେ ମିଶୁଥିଲି ଓ ପୁଣି ପଳେଇ ଯାଉଥିଲି । ସେ କିନ୍ତୁ ଏ ଯାଏ କଥା କହି ପାରୁ ନ ଥାଏ ।

ମୁଁ ପ୍ରତ୍ୟେକ ଦିନ (ସେ ଆସିଲା ପରଠୁ) ଖବର କାଗଜରେ ନିରୁଦ୍ଦିଷ୍ଟ ସ୍ତମ୍ଭ ଦେଖେ । ଟିଭିରେ ନିରୁଦ୍ଦିଷ୍ଟ ବ୍ୟକ୍ତିଙ୍କ ସମ୍ପର୍କରେ ସୂଚନା ଦେଖେ । କାଳେ ଏ ପିଲାର ଛବି କୋଉଠି ଦିଶିଯିବ । ଏ ଭିତରେ ମୁଁ ତାକୁ ଡାକ୍ତରଙ୍କୁ ମଧ୍ୟ ଦେଖେଇଥିଲି । କାଳେ ତାର ବାକ୍ ଶକ୍ତି ଫେରିଆସିବ ବୋଲି । କିନ୍ତୁ ଡାକ୍ତର ବି କିଛି କହି ପାରିଲେ ନାହିଁ । ଦୁଇ ତିନିଟା ବଟିକା ଲେଖି ଛାଡ଼ିଦେଲେ । ମୁଁ ନିରାଶ ହୋଇ କୌଣସି ଏକ ଆକସ୍ମିକତାର ଅପେକ୍ଷାରେ ଥାଏ ।

ସାତଦିନ ପରେ ହଠାତ୍ ଦିନେ ମୁଁ ଅଫିସ୍ ରୁ ଫେରି ଦେଖେ ତ ଘର ଦ୍ୱାର ସବୁ ମେଲା । ପିଲାଟି ଘରେ ନାହିଁ । ଭାବିଲି ଖେଳିବାକୁ ଯାଇଥିବ । ବାହାରେ ଯାଇ ଖୋଜିଲି । ନା କୁଆଡ଼େ ବି ନାହିଁ । ବହୁତ୍ ସମୟ ଅପେକ୍ଷା କଲି । ଆସିଲା ନାହିଁ । ବାରିପଟେ କୁଅକୁ ଯାଇ ଝାଙ୍କି ଦେଖିଲି କାଳେ ପଡ଼ିଯାଇଥିବ । ନା ସେଇଟି ବି ନ ଥିଲା । ଧିରେ ଧିରେ ଅନ୍ଧାର ହୋଇ ଆସିଲା । ମୋ ଛାତି ଧଡ଼ ଧଡ଼ ହୋଇ ଉଠିଲା । କୋଉଠି ଟିକିଏ ଆବାଜ୍ ଆସିଲେ ଲାଗିଲା ଯେମିତି ପିଲାଟି ଆସୁଛି । ରାତି ହେଇ ସକାଳ ହେଇଗଲା ତଥାପି ସେ ଫେରିଲାନି । ମୁଁ ବହୁତ ଡରିଗଲି । ବହୁତ ଜୋର୍ କାନ୍ଦିଲି ତା ପାଇଁ । ଭାବିଲି ପୋଲିସ୍ ରେ ଏତଲା ଦେବି । କିନ୍ତୁ ସାହାସ ହେଲାନି । କାରଣ ମୁଁ ଆଗରୁ ହିଁ ପୋଲିସ୍ ରେ ଖବର ନ ଦେଇ ମସ୍ତବଡ଼ ଭୁଲ୍ କରିଛି । ସକାଳେ ଦୌଡ଼ିଲି କ୍ଷେତରାଜ୍‌ପୁର ଷ୍ଟେସନ କୁ କାଳେ ସେଇଠି ବୁଲୁଥିବ । କିନ୍ତୁ ନା କୋଉଠି ବି ତାର ଚିହ୍ନବର୍ଣ୍ଣ ନ ଥିଲା । ଭାବିଲି କିଛି ଚୋରି କରି ଆଉ ଘରୁ ପଳେଇ ନି ତ । ନା

ମୋର ଘରର ସବୁ ଜିନିଷ ଠିକ୍ ଠାକ୍ ଥିଲା । ସେ ଯୋଉ ପେଣ୍ଟ ସାର୍ଟ ପିନ୍ଧିକି ଆସିଥିଲା ସେଇଟାକୁ ହିଁ ପିନ୍ଧିକି ପଳେଇଛି ।

ମୁଁ କିଛି ବୁଝି ପାରିଲିନି ତାର ଅନ୍ତର୍ଦ୍ଧାନ ସମ୍ପର୍କରେ । ମୋର ତାକୁ ପାଳିବାରେ କୋଉଠି କିଛି ଭୁଲ୍ ରହିଗଲା କି । ତାକୁ କୋଉ ଜିନିଷର କମ୍ ରହିଲା ମୋ ଘରେ । ସବୁତ ତା ପାଇଁ ଯୋଗାଡ଼ କରିଦେଇଥିଲି । ଖାଇବାର, ପିନ୍ଧିବାର, ଖେଳିବାର, ବୁଲିବାର କିଛି ତ କମ୍ କରି ନ ଥିଲି । ସ୍ନେହ ବି ଖୁବ୍ କରୁଥିଲି । ତା ସତ୍ତ୍ୱେ ପିଲାଟି ମୋ ଘରୁ ମୋତେ ନ କହି ଚାଲିଗଲା କାହିଁକି ?

ଏତକି କହି ସାରି ମଜୁମ୍‌ଦାର୍ ବାବୁ ମୋତେ ଅନେଇଲେ । କହିଲେ ଦାଶ ବାବୁ ଏହି ପ୍ରଶ୍ନର ଉତ୍ତର ମୁଁ ଏ ଯାଏ ପାଇ ପାରୁନି ଯାହା ମତେ ସବୁବେଳେ ବ୍ୟଥିତ କରୁଛି । ମୁଁ ତାକୁ ନେଇ କାହାଣୀଟିଏ ଲେଖିବାକୁ ଚାହୁଁଛି କିନ୍ତୁ ମୁଁ ଜଣେ ଗାଳ୍ପିକ ନୁହେଁ । ତେଣୁ ମୁଁ ଆପଣଙ୍କୁ ଗଳ୍ପଟି କହିଲି । ଆପଣ ଯଦି ଚାହାଁନ୍ତି ତେବେ ଗଳ୍ପଟି ଲେଖି ପାରନ୍ତି । ମୁଁ ଜାଣେ ଆଉ ଯେତେ ଖୋଜିଲେ ବି ସେ ପିଲାଟି ମିଳିବ ନାହିଁ । ମୁଁ ଏବେ ବି ନିରୁଦ୍ଦିଷ୍ଟ ବ୍ୟକ୍ତିଙ୍କ ସ୍ତମ୍ଭ ଦେଖେ ଓ ତାକୁ ମନେ ମନେ ଖୋଜେ । ଖବର କାଗଜରେ ଦୁର୍ଘଟଣା ସମ୍ପର୍କରେ ଟିକ୍‌ନିକ୍ ପଢ଼େ । କିନ୍ତୁ କେବେ ବି ତାର ଫଟୋ ଦେଖେନା । ଜାଣେ ନା ସେ ବଦ୍‌ମାସ୍ ଟୋକାଟା ମୋ ସଙ୍ଗରେ ଏତେ ମାୟା ଲଗେଇ ଦେଇ କୁଆଡ଼େ ଚାଲିଗଲା । ମୋର କର୍ତ୍ତବ୍ୟରେ ମୁଁ କୋଉଠି ଭୁଲ୍ କଲି । ମୋର ଅବଶୋଷ ଯେ ମୁଁ ମୋର ଭୁଲ୍ କୋଉଠି ଏ ଯାଏ ଜାଣି ପାରିଲି ନାହିଁ । ଦାଶ ବାବୁ କଣ ଆପଣ ଯାକୁ ନେଇ କାହାଣୀଟିଏ ଲେଖିପାରିବେ ନାହିଁ ?

ସେଦିନ ଏକ ଭାରାକ୍ରାନ୍ତ ମନ ନେଇ ମୁଁ ମଜୁମ୍‌ଦାର୍ ବାବୁଙ୍କ ଅଫିସ୍ ରୁ ଚାଲି ଆସିଥିଲି । ଜାଣେନା ଏତେଦିନ ଯାଏ କୋଉ ଦୁନିଆଁରେ ହଜି ଯାଇଥିଲି ଏବଂ କାହାଣୀଟିଏ ଲେଖିବା ପାଇଁ ଭୁଲି ଯାଇଥିଲି । ଜାଣେନା ଆଜି ମଜୁମ୍‌ଦାର୍ ବାବୁ କୋଉଠି ଥିବେ । ତାଙ୍କ ପାଖକୁ ଏ କାହାଣୀଟି ପହଞ୍ଚିପାରିବ ନା ନାହିଁ । ସିଏ ସିନା କହିପାରିବେ ସେ କହିଥିବା କାହାଣୀଟିକୁ ମୁଁ ଠିକ୍ ଭାବରେ ଲେଖି ପାରିଲି ନା ନାହିଁ ।

■■